FANTASY

R. A. Salvatore wurde 1959 in Massachusetts geboren, wo er mit seiner Frau und seinen drei Kindern lebt. Bereits sein erster Roman »Der gesprungene Kristall« machte ihn bekannt und legte den Grundstein zu seiner weltweit beliebten Reihe von Romanen um den Dunkelelf »Drizzt Do'Urden«.

Von R. A. Salvatore bereits erschienen:

Von der Dämonendämmerung

DÄMONENDÄMMERUNG: 1. Nachtvogel (24892), 2. Juwelen des Himmels (24893), 3. Das verwunschene Tal (24905), 4. Straße der Schatten (24906), 5. Der steinerne Arm (24936), 6. Abtei im Zwielicht (24937), 7. Der ewige Fluch (24988)

Aus den Vergessenen Welten

DIE VERGESSENEN WELTEN 1–6: 1. Der gesprungene Kristall (24549), 2. Die verschlungenen Pfade (24550), 3. Die silbernen Ströme (24551), 4. Das Tal der Dunkelheit (24552), 5. Der magische Stein (24553), 6. Der ewige Traum (24554)

DIE SAGA VOM DUNKELELF: 1. Der dritte Sohn (24562), 2. Im Reich der Spinne (24564), 3. Der Wächter im Dunkel (24565), 4. Im Zeichen des Panthers (24566), 5. In Acht und Bann (24567), 6. Der Hüter des Waldes (24568)

DAS LIED VON DENEIR: 1. Das Elixier der Wünsche (24703), 2. Die Schatten von Shilmista (24704), 3. Die Masken der Nacht (24705), 4. Die Festung des Zwielichts (24735), 5. Der Fluch des Alchimisten (24736)

DIE VERGESSENEN WELTEN, WEITERE BÄNDE: 1. Das Vermächtnis (24663) [= 7. Band], 2. Nacht ohne Sterne (24664) [= 8. Band], 3. Brüder des Dunkels (24706) [= 9. Band], 4. Die Küste der Schwerter (24741) [= 10. Band], 5. Kristall der Finsternis (24931) [= 11. Band], 6. Schattenzeit (24973) [= 12. Band]

Aus der Drachenwelt

DRACHENWELT: 1. Der Speer des Kriegers (24652), 2. Der Dolch des Drachen (24653), 3. Die Rückkehr des Drachenjägers (24654)

Weitere Bände sind in Vorbereitung.

FANTASY

R. A. Salvatore

Der ewige Fluch

Dämonendämmerung 7

Ins Deutsche übertragen
von Joannis Stefanidis

BLANVALET

Die amerikanische Originalausgabe erschien
unter dem Titel »Mortalis« (Parts 1 + 2)
bei Del Rey/Ballantine Books, New York

Umwelthinweis:
Alle bedruckten Materialien dieses Taschenbuches
sind chlorfrei und umweltschonend.
Das Papier enthält Recycling-Anteile

Blanvalet Taschenbücher erscheinen im Goldmann Verlag,
einem Unternehmen der Verlagsgruppe Bertelsmann GmbH.

Deutsche Erstveröffentlichung 5/2001

This translation was published by arrangement
with The Ballantine Publishing Group,
a division of Random House, Inc.
Umschlaggestaltung: Design Team München
Umschlagillustration: Agt. Schlück/Fishman
Satz: deutsch-türkischer fotosatz, Berlin
Druck: Elsnerdruck, Berlin
Verlagsnummer: 24988
Redaktion: Alexander Groß
V. B. · Herstellung: Peter Papenbrok
Printed in Germany
ISBN 3-442-24988-0
www.blanvalet-verlag.de

1 3 5 7 9 10 8 6 4 2

Dieses Buch ist für Gary.
Es gibt keinen anderen.

Barbakan
Berg Aida
ALPINADOR
Waldlande
Moorlande
Andur'Blough Inninness (Nebeltal)
Wilderlande
Masur Delaval
KÖNIGREICH DES BÄREN
Großer Gürtel
BEHREN
Mantis Arm
Katzenbucht
1
2
3
4
5
6
7
8
9
10
11
12
13
14
19

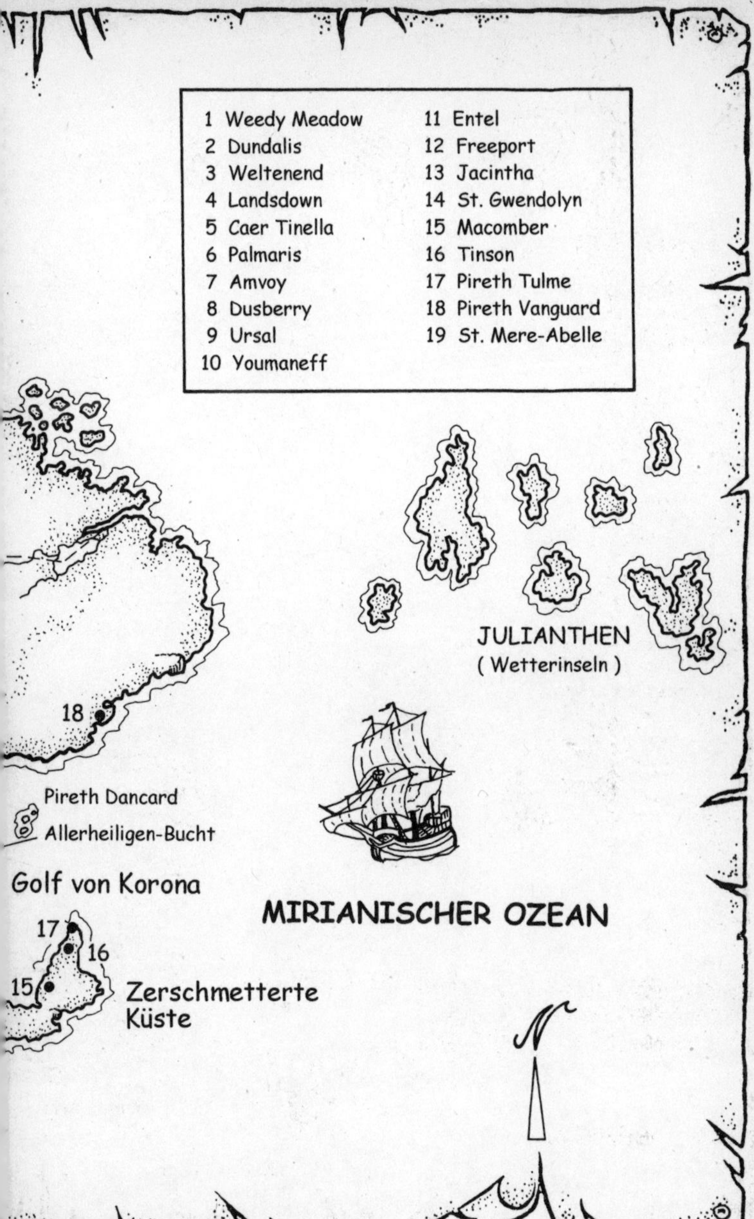
1 Weedy Meadow
2 Dundalis
3 Weltenend
4 Landsdown
5 Caer Tinella
6 Palmaris
7 Amvoy
8 Dusberry
9 Ursal
10 Youmaneff
11 Entel
12 Freeport
13 Jacintha
14 St. Gwendolyn
15 Macomber
16 Tinson
17 Pireth Tulme
18 Pireth Vanguard
19 St. Mere-Abelle
JULIANTHEN
(Wetterinseln)
18
Pireth Dancard
Allerheiligen-Bucht
Golf von Korona
MIRIANISCHER OZEAN
17
16
15
Zerschmetterte
Küste
N

Prolog

Jilseponie, kurz »Pony« genannt, saß auf dem Zinnendach des Wehrturms der St. Precious-Abtei in Palmaris und blickte über die schneebedeckten Dächer der Stadt zu den dunklen Fluten des Masurischen Flusses. Ein eisiger Wind umwehte sie, doch Pony, tief in Erinnerungen versunken, bemerkte ihn kaum. Schon vor einer Woche war im gesamten Nordwesten des Bärenreichs der erste Schnee gefallen. Der Winter war hereingebrochen, obwohl nicht einmal der zehnte Monat des Jahres vergangen war.

Nach allgemeiner Einschätzung war der Krieg gegen den geflügelten Dämon Bestesbulzibar und sein Gefolge aus Riesen, Pauris und Goblins unerwartet glimpflich verlaufen und mit minimalen Verlusten an Menschenleben und ohne eine einzige niedergebrannte Stadt beendet worden. Nun aber, mit dem Einsetzen des Winters, wurden die Folgen des Krieges spürbar, am stärksten in den Dörfern, die keine königlichen Truppen aufgenommen hatten und deren Lebensmittelvorräte nun an bedürftigere Orte verteilt wurden. In Palmaris kursierten bereits Gerüchte, nach denen sich in einigen dieser Dörfer Unbill gegen König Danube und die abellikanische Kirche regte, deren verblichenes Oberhaupt nachweislich für den Geflügelten Partei ergriffen hatte. Andere Gerüchte sprachen von mysteriösen Todesfällen entlang der Katzenbucht-Küste und von einer fanatischen Gruppe, die mit der Abspaltung vom Abellikaner-Orden drohte, weil sie eine der Glaubenslehre Avelyns folgende Kirche prinzipiell ablehnte.

Der Krieg hatte hier in Palmaris geendet, doch der trauernden Pony schien es, als hätten die Unruhen gerade erst begonnen.

War alles bloß ein ewiger Kreislauf?, fragte sie sich. Waren die Katastrophen und Tragödien nur das Spiegelbild des menschlichen Wesens, eine unendliche Aneinanderreihung von Kämpfen, von einer Verbitterung nach der anderen? Die Vorstellung erschütterte Pony, denn sollte es tatsächlich stimmen, was hatten sie dann erreicht? Was hatten ihre Opfer gebracht?

Warum war Elbryan, ihr geliebter Mann, gestorben?

Pony seufzte resigniert. Sie dachte an die gute alte Zeit in Dundalis in den Waldlanden zurück, wo sie und Elbryan sorgenfrei aufgewachsen waren. Sie dachte daran, wie sie mit ihm durch die Wälder gerannt war, meistens nördlich des Dorfes in dem weiten Tal mit den uralten Nadelbäumen und dem flauschigen Teppich aus weißer Rentierflechte. Sie erinnerte sich, wie sie mit ihm in einer frostigen Nacht auf den Nordhang geklettert war und zum Sternenhimmel aufgeschaut hatte, um einen Blick auf Koronas Halo zu erhaschen, den wunderschönen, vielfarbigen Himmelsring, der die Welt umgab und der, wie sie später erfuhr, der Herkunftsort der magischen Steine war, auf denen die Macht und der Glaube der abellikanischen Kirche beruhten.

Am nächsten Morgen hatten Pony und Elbryan gesehen, wie ihre Väter und die übrigen Männer von der Jagd heimkehrten. Pony erinnerte sich noch genau daran, wie sie zwischen den Fichten und Kiefern den steilen Berghang hinunterstürmten, voller Aufregung, volle Vorfreude, voller …

Entsetzen. Denn an einer der Schulterstangen hing eine seltsame, hässliche kleine Kreatur: ein Goblin. Damals hatten Pony und Elbryan sich nicht träumen lassen, dass das erschlagene Vieh sich als Vorbote des Verderbens erweisen sollte. Denn die Goblins waren bald darauf zurückgekommen, hatten Dundalis niedergebrannt und außer Pony und Elbryan alle Dorfbewohner umgebracht. Irgendwie hatten die beiden es geschafft, den kleinen Ungeheuern zu entwischen, doch jeder auf sich allein gestellt, ohne zu wissen, dass der andere überlebt hatte.

Und so war die ihrer Identität beraubte Pony hier in Palmaris gelandet und von Graevis und Pettibwa Chilichunk adoptiert worden, den Betreibern des Schankhauses Zur Geselligen Runde.

Pony blickte über die Häuser hinweg zu der Stelle, wo das Schankhaus gestanden hatte. Welch aberwitzige Schicksalswendungen ihr Leben gehabt hatte: verheiratet mit einem Adligen, dem Lieblingsneffen Baron Bildeboroughs aus Palmaris; die Aufhebung der Ehe und Ponys Zwangsrekrutierung in die Armee des Königs; ihre Aufnahme in die elitäre Küstenwache und ihre Versetzung nach Pireth Tulme; die Invasion der Pauris-Streitmacht und der Fall der Festung. All das war im Laufe mehrerer Jahre geschehen, aber Pony kam es so vor, als wäre es gestern gewesen. Noch heute konnte sie die klirrende Kälte spüren, die ihre Knochen durchdrungen hatte, als sie nach ihrer Flucht aus der dem Untergang geweihten Festung in die eisigen Fluten des Golfs von Korona gesprungen war. Vielleicht war es Schicksal gewesen, vielleicht bloß ein Zufall, dass sie aus dem Wasser gestiegen und Avelyn Desbris in die Arme gelaufen war, dem entflohenen Mönch aus St. Mere-Abelle, der von der Kirche wegen Mordes an einem Meister und dem Diebstahl magischer Himmelsjuwelen gesucht wurde. Avelyn hatte Pony nach Dundalis gebracht, und dort hatte sie Elbryan wiedergefunden, der nach seiner Ausbildung bei den geheimnisvollen Touel'alfar in die Waldlande zurückgekehrt war.

Auf welch finsteren Pfaden die drei Gefährten fortan gewandelt waren: Zum Berg Aida und zum geflügelten Dämon, dann durch das gesamte Königreich zurück nach St. Mere-Abelle, wo Ponys Pflegeeltern in Gefangenschaft starben. Trotz ihres Kummers hätten die Dinge fortan besser werden sollen, doch das Gegenteil geschah, als Bestesbulzibars Geist in Vater Markwart eindrang und in ihm das brennende Begehren weckte, sich mit Elbryan und Pony zu messen.

Und genau das war geschehen, in demselben Herrschaftshaus, in dem Pony ihre Hochzeitsnacht mit Connor Bildeborough verbracht hatte. Dort hatten Elbryan und Pony den letzten Kampf gegen Markwart ausgefochten. Sie hatten ihn besiegt, aber Elbryan hatte dafür sein Leben gegeben.

Pony war sich nicht sicher, was sie erreicht hatten und was dieser Sieg wert war. Sie erkannte, dass die Dinge sich wiederholten, sich im Kreis zu bewegen schienen, doch statt darin einen gewissen Trost zu finden, fühlte sie sich machtlos und gefangen.

»Ich fürchte, hier oben ist es viel zu kalt für Euch«, sprach eine sanfte Stimme hinter ihr. Sie wusste, dass die Stimme Bruder Braumin Herde gehörte, dem Anführer einer Gruppe von Abellikaner-Mönchen, die von der traditionellen Kirche abgerückt war und Avelyns und Meister Jojonahs humanistischerer Glaubenslehre folgten. Überdies gehörte Bruder Braumin zu den Brüdern, die Elbryans und Ponys Kampf gegen Markwart unterstützt hatten.

Sie wandte sich zu dem gut aussehenden Mann um. Er war einige Jahre älter als Pony, Anfang dreißig, und hatte einen dichten schwarzen Haarschopf, der an den Schläfen die ersten Spuren von Grau zeigte, und ein dunkles Gesicht, das durch den stets sichtbaren Bartschatten noch dunkler wirkte, ganz gleich, wie oft er sich rasierte.

»Das macht mir nichts aus«, entgegnete Pony leise und blickte wieder hinunter auf die Stadt, als der Mönch zu ihr trat und sich neben ihr an die Zinnenmauer lehnte.

»Denkt Ihr an Elbryan?«, fragte er.

Pony lachte bekümmert, denn die Antwort lag auf der Hand.

»Viele Menschen sind unglücklich«, versuchte Bruder Braumin sie zu trösten, aber es waren dieselben leeren Worte, die

Pony in den vergangenen drei Monaten von unzähligen Leuten gehört hatte. Sie wusste deren Bemühungen zu schätzen – natürlich tat sie das! –, aber im Grunde wollte sie nichts weiter, als mit ihren Gedanken allein gelassen zu werden.

»Die Zeit wird Eure Wunden ...«, begann Bruder Braumin, doch als Pony ihn mit einem düsteren Blick bedachte, ließ er den Satz unbeendet.

»Euer Schmerz war zu erwarten«, versuchte er es kurz darauf von neuem. »Ihr müsst Trost suchen in Eurem Glauben an Gott und in dem Guten, das Eure Taten bewirkt haben.«

Pony sah ihn noch düsterer an, und der gutmütige Mönch wich unwillkürlich einen Schritt zurück.

»In welchem Guten?«, fragte sie.

Braumin hob die Hände, als verstünde er ihre Frage nicht.

»Sie kämpfen von neuem, nicht wahr?«, fragte Pony und richtete den Blick wieder auf die schneebedeckten Dächer der Stadt. »Oder sollte ich lieber sagen, sie kämpfen noch immer?«

»Sie?«

»Die Oberen Eurer Kirche«, sagte Pony. »Und König Danube und seine Berater. Sie kämpfen wieder, kämpfen ohne Unterlass. Nichts hat sich geändert.«

»Wenn es in der Kirche Auseinandersetzungen gibt, so ist dies nur allzu verständlich, das müsst Ihr zugeben«, erwiderte Braumin unbeirrt. »Wir haben unseren ehrwürdigen Vater verloren.«

»Ihr hattet ihn schon verloren, bevor ich ihn tötete«, merkte Pony an und lachte hilflos.

»Wohl wahr«, räumte der Mönch ein. »Und trotzdem war es für die meisten von Dalebert Markwarts Anhängern ein Schock, als sie erfuhren, dass das personifizierte Böse den ehrwürdigen Vater zu seinem Werkzeug gemacht hatte.«

»Und jetzt ist der ehrwürdige Vater tot, und Ihr seid in einer weitaus besseren Lage«, bemerkte Pony trocken.

Bruder Braumin antwortete nicht sogleich, und Pony wurde bewusst, dass sie ungerecht war. Schließlich war er ein Freund, der nichts weiter versucht hatte, als ihr und Elbryan zu helfen, und ihr unerbittlicher Sarkasmus tat ihm bestimmt weh. Sie sah ihm direkt ins Gesicht und wollte etwas sagen, ließ es dann aber bleiben. Was soll's?, dachte sie. Soviel Großmut konnte sie im Moment einfach nicht aufbringen. Noch nicht.

»Unsere Lage hat sich tatsächlich verbessert«, erwiderte Braumin ebenso trocken wie Pony. »Und sie wäre noch besser, wenn Jilseponie unser Angebot noch einmal überdenken würde.«

Pony schüttelte den Kopf, bevor Braumin ihr erneut die ewig gleiche Litanei vorzubeten begann.

Das Angebot überdenken. Immer dasselbe. Sie wollten, dass sie die ehrwürdige Mutter der abellikanischen Kirche wurde, obwohl es dies in der langen Geschichte des patriarchalischen Ordens noch nie gegeben hatte. Bruder Francis, Markwarts treuester Gefolgsmann, hatte es bereits vorgeschlagen, als er noch den sterbenden Markwart in den Armen hielt, während durch Ponys und Elbryans Anstrengungen der Dämon aus dem Körper des ehrwürdigen Vaters herausbrannte. Francis hatte den fürchterlichen Kampf mit angesehen und dabei die schreckliche Wahrheit über seinen Meister und Bestesbulzibar erkennen müssen. Pony hatte den Dämon getötet, zu dem Markwart geworden war, und einflussreiche Mönche forderten nun, dass Pony seine Nachfolgerin werden sollte.

Zumindest einige forderten es. Pony gab sich nicht der Illusion hin, dass ein solcher Traditionsbruch – eine Frau zum Kirchen-Oberhaupt zu machen, die auch noch das vorherige Oberhaupt getötet hatte! – ohne Widerspruch hingenommen werden würde. Die Auseinandersetzungen wären endlos und für Pony unerträglich.

Als wäre alles nicht schon kompliziert genug, war ihr ein

weiteres Angebot unterbreitet worden, vom König persönlich: Danube hatte sie gebeten, sich zu überlegen, ob sie Baroness von Palmaris werden wolle, obwohl ihr bis auf ihren neuerdings heroischen Namen jegliche Qualifikation dafür fehlte. Pony wusste, was hinter den Angeboten von Hof und Kirche steckte. Der Krieg hatte ein gewisses Machtvakuum hinterlassen, und die Seite, die die Gefährtin von Elbryan, dem Nachtvogel, als Aushängeschild gewann, würde ihr ein einflussreiches Amt geben und sich damit die Sympathie und Loyalität der Menschen sichern.

Pony lachte still in sich hinein, als sie den Blick von Bruder Braumin löste und wieder auf das verschneite Palmaris schaute. Sie liebte den Schnee, besonders wenn er in rauen Mengen fiel und sich vor den Häusern zu weißen Wällen auftürmte, auf denen es sich vortrefflich herumtoben ließ. Es gefiel ihr, dass der Winter so früh angebrochen war. Für Pony stellte diese Jahreszeit kein Ungemach dar. Sie betrachtete die Wintermonate als Ruhepause, als Gelegenheit, schweigend vor einem knisternden Kaminfeuer zu sitzen und nichts und niemandem verpflichtet zu sein. Wegen der ersten, unerwartet frühen Schneefälle und weil Herzog Bretherford Elbryans Leichnam nach Dundalis gebracht hatte und erst kürzlich zurückgekehrt war, hatte König Danube seine Rückkehr nach Ursal verschoben. Sollte das Wetter nicht besser werden, könnte der König gezwungen sein, den ganzen Winter über in Palmaris auszuharren. Dies würde den Druck von Pony nehmen, sich möglichst bald für oder gegen sein Angebot entscheiden zu müssen.

In dieser Hinsicht schien das Wetter mitzuspielen, aber das war nur ein schwacher Trost für Pony. Früher hatte sie in dieser Stadt ihr Zuhause gesehen, nun aber, wo diesem Ort so viel Schmerz anhaftete, wo die Gesellige Runde eine Ruine war, wo Elbryan und ihre Pflegeeltern tot waren, konnte sie diesem Ort nichts mehr abgewinnen, konnte ihn nicht länger mit schönen Erinnerungen verbinden.

»Falls er die Baronswürde behält, wird Herzog Kalas auf jede mögliche Weise gegen St. Precious vorgehen«, riss Bruder Braumin Pony aus ihren Gedanken. Aber nur für einen Augenblick, denn die Erwähnung des energischen Herzogs, der übergangsweise Baron von Palmaris war, ließ sie unweigerlich an seine Residenz denken, an den Wohnsitz, in dem ihre Ehe mit Connor Bildeborough gleich nach der Hochzeit im Chaos geendet hatte, an das Haus, in dem Elbryan gestorben war.

»Wie sollen wir den Richtungsstreit in unserer Kirche ohne unsere heroische Anführerin Jilseponie gewinnen?«, fragte Braumin und legte Pony einen Arm um die Schultern, was endlich ein echtes Lächeln auf das wunderschöne Gesicht der Frau zauberte. »Oder aber Jilseponie nimmt stattdessen das Angebot des Königs an …«

»Dann soll ich also ein Aushängeschild werden?«, fragte sie. »Für die Kirche oder den König? Ein Symbol, das Braumin und seinen Freunden hilft, ihre Ziele zu erreichen?«

»Nein, so war das nicht gemeint!«, erwiderte der Mönch und gab sich betroffen, denn ihm war klar, dass Pony nur mit ihm spielte.

»Ich sagte Bradwarden und Roger Flinkfinger, dass ich sie oben in Dundalis treffen würde«, erklärte Pony, und dabei wurde ihr bewusst, dass es in der Tat keine schlechte Idee war, in ihre Heimat zurückzukehren. Dort lag Elbryan begraben, dort war es … reiner. Ja, das war das richtige Wort, fand Pony. Reiner. Weit entfernt vom endlosen Gezänk der Menschen. Aber natürlich würde auch sie den ganzen Winter hier festsitzen, denn die Straße nach Norden war zu dieser Jahreszeit so gut wie unpassierbar.

Sie betrachtete Bruder Braumin, der enttäuscht aussah. Sie mochte den Mann und seine eifrige Schar. Es waren allesamt Idealisten, die, wie sie glaubten, den Abellikaner-Orden wieder auf den rechten Weg führten, indem sie der Glaubenslehre von Avelyn folgten. Der Gedanke ließ Pony schmunzeln. Innerlich lachte sie sogar, aber sie behielt ihren Kommentar für sich, weil sie nicht den Anschein erwecken wollte, Braumin zu verspotten. Er und seine Freunde hatten Avelyn nicht einmal gekannt – zumindest nicht den wahren Avelyn, den Mann, der als der »irre Mönch« bekannt gewesen war. Braumin war ein Jahr vor Avelyn in den Abellikaner-Orden eingetreten, im Jahre des Herrn 815. Im Jahr darauf waren ihm Avelyn, Meister Francis sowie Braumins engster Freund, Bruder Marlboro Viscenti, gefolgt. Aber Avelyn und drei weitere Ordensbrüder waren von den übrigen ihres Jahrgangs getrennt worden, als sie mit den Vorbereitungen für ihre Schiffsreise zur Insel Pimaninicuit begannen. Braumins, Viscentis und Francis' einzige Erinnerung an Avelyn war der Tag, an dem dieser und die anderen drei Auserwählten von der Allerheiligen-Bucht aus in Richtung Pimaninicuit in See stachen, um dort die heiligen Himmelsjuwelen an sich zu bringen. Sie hatten Avelyn nie erlebt, nachdem er St. Mere-Abelle verlassen hatte, nachdem er der irre Mönch mit der Vorliebe für wilde Schankhaus-Gelage geworden war – die Heiligsprechung des übermütigen Avelyn Debris würde in der Tat eine wunderliche Angelegenheit werden!

»Zu kalt hier oben«, sagte Bruder Braumin und zog Pony näher zu sich, um seine Körperwärme mit ihr zu teilen. »Kommt bitte rein und setzt Euch an den Ofen. Nach einem Krieg liegen viele Krankheiten in der Luft, und die Welt wäre ein düsterer Ort, sollte Jilseponie einer dieser Krankheiten anheim fallen.«

Pony protestierte nicht, als er ihr von ihrem Platz herunterhalf und sie zur Turmtür führte. Ja, sie mochte Bruder Braumin und seine Freunde. Sie hatten alles riskiert, um nach dem Aufruhr, den Avelyns Lossagung von der Kirche und der Diebstahl der magischen Edelsteine ausgelöst hatten, die wahren Hintergründe der Ereignisse herauszufinden. Es ging tiefer, als Braumin einfach nur zu mögen, wurde der Frau bewusst, während sie ihn von der Seite musterte und die echte Besorgnis auf seinen gutmütigen, jugendlichen Zügen und den Schwung seiner federnden Schritte sah. Sie beneidete ihn, denn er besaß weit mehr jugendliche Energie als sie, obwohl sie die Jüngere war.

In ihrer düsteren Stimmung wurde Pony bewusst, dass Bruder Braumin etwas besaß, das sie verloren hatte.

Hoffnung.

»Brennilee! Du hast die Hühner nicht gefüttert, du dummes Ding!«, rief Merry Cowsenfed aus der Tür ihres kleinen Hauses. »Oh, Brennilee, was hast du jetzt wieder angestellt, Mädchen?« Die Frau schüttelte den Kopf und murmelte ein paar Schimpfworte vor sich hin. Brennilee, ihr jüngstes Kind, war mit Sicherheit die schwierigste Siebenjährige, von der Merry je gehört hatte. Auf ihrer ständigen Suche nach Abenteuern tobte ihre Tochter beinahe täglich über die Felsklippen und die Dünen weiter unten und stürmte manchmal sogar durch die herantosende Brandung der Katzenbucht, obwohl das Wasser oft meterhoch auf den Strand krachte.

Und immer, immer vergaß Brennilee, ihre häuslichen Pflichten zu erledigen, bevor sie spielen ging. Jeden Morgen hörte Merry Cowsenfed das hungrige Gackern der Hühner, und jeden Morgen musste die Frau sich in die Tür stellen und nach ihrer Tochter rufen.

»Ich bin hier, Mutter«, sagte eine matte Stimme hinter ihr, eine Stimme, die Merry kaum als die ihrer immer so lebhaften Tochter erkannte.

»Du hast nichts gefrühstückt«, sagte Merry und drehte sich um. »Und die Hühner auch nicht.«

»Ich füttere sie jetzt«, sagte Brennilee leise, zu leise. Merry eilte zu ihrer seltsam blassen Tochter und legte die Hand auf Brennilees Stirn, um zu prüfen, ob das Kind Fieber hatte.

»Geht es dir gut, Mädchen?«, fragte sie. Dann weiteten sich ihre Augen, denn Brennilees Stirn war tatsächlich heiß.

»Mir ist schlecht, Mutter«, gab das Mädchen zu.

»Dann komm. Ich stecke dich ins Bett und koche dir einen Kräutertrunk«, sagte die Frau, nahm Brennilees Handgelenk und wandte sich zum Haus um.

»Aber die Hühner …«

»Die Hühner bekommen ihr Frühstück, wenn du im Bett liegst«, sagte Merry Cowsenfed und drehte sich lächelnd zu ihrer Tochter zurück.

Das Lächeln erstarb, und die Augen der Frau weiteten sich vor Schreck, als sie den Arm des Mädchens sah. Der Ärmel von Brennilees Nachthemd war hochgerutscht, sodass ein rötlicher Fleck mit einem weißen Ring sichtbar wurde.

Um ihrer Tochter willen behielt Merry die Fassung. Sie hob Brennilees Arm, um ihn von nahem zu betrachten. »Hast du dich gestoßen?«, fragte sie das Mädchen. Der hoffnungsvolle Klang ihrer Stimme war nicht zu überhören.

»Nein«, antwortete Brennilee und schaute jetzt selbst auf ihren Arm, um nachzusehen, was ihre Mutter so interessant fand.

Merry studierte den rötlichen Fleck nur einen Augenblick lang, dann zog sie den Ärmel des Nachthemds darüber und ließ den Arm ihrer Tochter fallen. »Du legst dich jetzt hin«, befahl sie. »Und nimm nur eine Decke, damit dir bei deinem kleinen Fieber nicht zu heiß wird.«

»Werde ich noch kränker werden?«, fragte Brennilee unschuldig.

Merry setzte ein liebevolles Lächeln auf. »Nein, du bist bald wieder gesund, mein Mädchen«, log sie, und sie wusste genau, welch immense Lüge das war. »So, nun leg dich hin. Ich bringe dir gleich deinen Trunk.«

Brennilee lächelte und schlüpfte an ihrer Mutter vorbei ins Haus. Als das Mädchen außer Sichtweite war, verwandelte sich Merry Cowsenfed in ein schluchzendes, verängstigtes Häufchen Elend.

Sie musste umgehend nach Felidan aufbrechen und den Heiler herholen, damit er nach dem Mädchen sah. Immer wieder ermahnte sie sich, dass nur eine klügere Person als sie ihre schreckliche Entdeckung bestätigen oder Entwarnung geben konnte. Möglicherweise war es etwas ganz anderes: ein Spinnenbiss oder ein Kratzer von den scharfkantigen Felsklippen, auf denen Brennilee so gerne herumkletterte. Es war zu früh, um schon das Schlimmste zu befürchten, redete Merry Cowsenfed sich ein.

Der beringte rote Fleck.

So hieß ein uraltes Lied in Felidan, das in jeder Stadt des Bärenreiches bekannt war.

Es war ein Lied über die Rotflecken-Pest.

Teil Eins

Übergang

War der Sieg seinen Preis wert?

Allein diese Worte laut auszusprechen tut weh, und in Wahrheit scheint bereits die bloße Frage ein Höchstmaß an Selbstsucht widerzuspiegeln, eine Respektlosigkeit gegenüber dem Gedenken an all jene, die ihr Leben gaben, um die Finsternis zu vertreiben, die über Korona gekommen war. Wenn ich mir wünsche, dass Elbryan – und Avelyn und all die anderen – wieder am Leben sein mögen, schmälere ich dann den Wert ihrer Selbstaufopferung? Ich stand in geistiger Vereinigung mit Elbryan, als wir gemeinsam gegen den Geflügelten kämpften, der die leibliche Hülle Vater Markwarts befallen hatte. Ich sah und spürte, wie Elbryans Geist erlosch und sich in nichts auflöste, während ich gleichzeitig das Aufbrechen der Finsternis mit verfolgte, die Vernichtung Bestesbulzibars.

Und ich spürte Elbryans Bereitschaft, sich zu opfern, seinen Wunsch, den Kampf zum einzig akzeptablen Ende zu führen, obgleich er wusste, dass dieser Sieg sein Leben kosten würde. Er war ein Hüter, ausgebildet von den Touel'alfar, ein Diener und Beschützer der Menschheit, und seine Grundsätze verlangten von ihm Verantwortungsbereitschaft und völlige Selbstaufgabe.

Und so schied er zufrieden aus diesem Leben, in dem Wissen, die Finsternis von Kirche und Land genommen zu haben.

Seit ich nach Dundalis zurückgekehrt war und Elbryan gefunden hatte, war unser ganzes gemeinsames Leben durch bedingungslose Opfer- und Risikobereitschaft geprägt. Wie viele Kämpfe wir austrugen, obwohl wir ihnen hätten aus dem Weg gehen können! Wir begaben uns zum Herkunftsort des Geflügelten, zum Berg Aida im Barbakan, obwohl wir überzeugt waren, uns auf ein hoffnungsloses Unterfangen einzulassen, obwohl wir davon ausgingen, dass jeder von uns – vermutlich vergebens – bei dem Versuch sterben würde, gegen das uns weit überlegene Böse anzukämpfen. Und doch zogen wir los. Freiwillig. Der Realität hatten wir nur Hoffnung entgegenzusetzen, das Bewusstsein, dass wir es zum Wohle der Welt tun mussten, ganz gleich zu welchem Preis.

Und an jenem Tag in Chasewind Manor schloss sich der Kreis, als wir endlich den Geist von Bestesbulzibar stellten, die Essenz des absolut Bösen. Wir gewannen jenen Kampf und vernichteten den Geist des Geflügelten.

Aber war der Sieg seinen Preis wert?

Ich schaue auf die vergangenen Jahre meines Lebens zurück und kann diese Frage nicht so einfach abtun. Ich erinnere mich an all die guten, großartigen Menschen, die mich auf meinem Weg begleiteten und starben, und oft kommt es mir so vor, als sei alles umsonst gewesen.

Ich weiß, dass ich mit diesen Gedanken Elbryan entehre und seinen Geist verärgere, aber meine Empfindungen sind äußerst real.

Wir kämpften unentwegt und gaben alles, was wir hatten. Trotzdem kommt es mir so vor, als hätten wir den Großteil der Zeit damit verbracht, unsere Toten zu begraben. Als kurz nach meinem Kampf mit dem Dämonengeist Bruder Francis, Bruder Braumin und König Danube meinten, Elbryan sei nicht vergebens gestorben und die Welt sei dank unserer Taten eine bessere geworden, hatte ich für einen Moment tatsächlich geglaubt, dass sich trotz des hohen Preises unsere Opfer gelohnt hatten. In diesem Moment des Triumphes hegte ich die Hoffnung, dass Elbryans Tod reichen würde, um das Schicksal der Menschheit zum Guten zu wenden und die Welt zu einem besseren Ort zu machen.

Ist es nach Markwarts Sturz tatsächlich besser bestellt um das Königreich des Bären?

Im ersten Moment schien die Antwort klar auf der Hand zu liegen.

Aber jener Moment ist vergangen, fürchte ich. Nach dem augenblicklichen Triumph begann abermals das verwirrende Spiel um Macht und Einfluss, das die Oberen des Landes seit jeher treiben und von dem sie auch künftig nicht lassen werden.

Die Kraft jenes triumphalen Augenblicks nimmt immer weiter ab, verliert an Substanz und wird schließlich auf unsichtbaren Winden von dannen getragen, genau wie Elbryans Seele.

Und ich bin mutterseelenallein in Palmaris und schaue zu, wie die Welt im Chaos versinkt. Bin auch ich von einem Dämon besessen? Vielleicht. Oder aber – und dies ist meine größte Befürchtung –, dieses Chaos gehört schlichtweg zur Natur des Menschen. Ist das Leben nur ein endloser Kreislauf aus Leid und Opfern, eine Aneinanderreihung gleißender Momente der Hoffnung, die so sicher verblassen wie die Sterne im Morgengrauen? Haben Elbryan und ich die Welt tatsächlich aus der Finsternis geführt oder nur durch eine lange dunkle Nacht, der mit Sicherheit die nächste folgen wird?

Dies ist meine Befürchtung, mein Verdacht. Wenn ich mich hinsetze und mich all derer entsinne, die ihr Leben gaben, damit wir unseren Weg bis zum Ende beschreiten konnten, beschleicht mich die Angst, dass dieser Weg uns wieder an seinen Ausgangspunkt geführt hat.

Im Lichte dieser Erkenntnis sage ich voller Überzeugung, dass der Sieg seinen Preis nicht wert war.

JILSEPONIE WYNDON

1. Demonstration der Stärke

Der Schlamm blieb an seinen Stiefeln kleben, während er, gefolgt von einer Gruppe bewaffneter Soldaten, durch den engen, rauchigen Kellergang marschierte. Die Zustände gefielen ihm nicht – schließlich wollte er seine »Gefangenen« nicht verärgern.

Nach einer Biegung wurde es etwas heller und die Luft klarer. Vor Herzog Targon Bree Kalas lag ein Kellerverlies, dessen einziger Zugang fest verschlossen war. Kalas gab dem hinter ihm stehenden Soldaten ein Zeichen, und der Mann eilte an ihm vorüber, fummelte mit den Schlüsseln herum und schloss hastig die schwere Eisentür auf. Weitere Soldaten traten heran und wollten zur Sicherung vor ihrem Anführer in den Raum gehen, aber Kalas wies sie zurück und trat furchtlos alleine ein.

Zwergenhafte Gesichter schauten zu ihm auf. Die normalerweise rotgesichtigen Pauris waren nach Monaten in unterirdischer Gefangenschaft deutlich blasser geworden.

Kalas blickte in die Gesichter und sah, wie sich die Augen verengten, ein Zeichen des brodelnden Hasses, wie er wusste. Nicht, dass die Pauris nur ihn hassten, nein, sie hassten alle Menschen.

Fast wie auf Kommando senkten die Zwerge die Köpfe und widmeten sich wieder ihren Gesprächen und den verschiedenen Spielen, die sie sich ausgedacht hatten, um die Langeweile zu vertreiben.

Einer der Soldaten ermahnte die Pauris zur Aufmerksamkeit, doch Herzog Kalas fuhr dem Mann ins Wort und wies ihn und die übrigen an, den Mund zu halten. Er selbst blieb ruhig an der Tür stehen und wartete darauf, dass die Zwerge sich rührten.

»Igitt, er wird den ganzen verdammten Tag hier rumhängen, wenn wir nicht mit ihm sprechen«, sagte schließlich einer der Pauris. Der Zwerg nahm seine rote, vom Blut seiner Opfer gefärbte Kappe ab und kratzte seinen verlausten Haarschopf; dann sprang er auf die Beine und stapfte zum Herzog.

»Kommt Ihr hier runter, um uns beim Feiern zuzusehen?«, fragte der Zwerg.

Kalas zeigte keine Regung, sondern starrte nur finster auf den Pauri herab. Der Zwerg, der Anführer der Gruppe, neigte zum Sarkasmus und musste ständig daran erinnert werden, dass er ein Kriegsgefangener war und dass er und seine armseligen kleinen Kameraden nur deshalb noch am Leben waren, weil Herzog Kalas es so wollte.

»Nun?«, bohrte der Zwerg namens Dalump Keedump.

»Ich sagte, dass ich am Ende des Jahres Eure Dienste benötigen würde«, erklärte der Herzog leise.

»Und woher sollen wir wissen, dass das Jahr zu Ende geht?«, fragte Keedump sarkastisch. Er wandte sich zu seinen Kameraden um. »Meint ihr, die Sonne steht nun an ihrem tiefsten Punkt?«, fragte er sie mit einem boshaften kurzen Lachen.

»Möchtet Ihr die Sonne wieder sehen?«, fragte Herzog Kalas ernst.

Dalump Keedump musterte ihn lange. »Ihr glaubt, Ihr könntet uns brechen?«, fragte er schließlich. »Ihr seid ein Narr. Wir haben länger in Tonnen-Booten gehaust, die enger und schmutziger waren als das hier.«

Kalas ließ einige Augenblicke verstreichen und starrte den Zwerg finster an. Dann wandte er sich um, verließ den Raum und begann, die Eisentür zuzuziehen, während er zu seinen Soldaten in den feuchten Kellergang hinaustrat. »Na schön«, sagte er. »Ich komme in einigen Tagen wieder. Vielleicht habt Ihr ein offeneres Ohr für meinen Vorschlag, nachdem Ihr vor Hunger ein paar Eurer Kameraden verspeist habt.« Dann schloss er die Tür und machte sich auf den Weg nach oben.

Er war einige Schritte gegangen, als Dalumps gedämpfte Stimme erklang: »Ihr seid den ganzen Weg heruntergekommen, dann könnt Ihr uns ruhig sagen, was Ihr wollt.«

Kalas ließ die Tür öffnen und ging lächelnd in das Kellerverlies zurück. Die übrigen Zwerge hatten sich hinter Dalump versammelt, plötzlich an dem Gespräch interessiert.

»Ihr bekommt Extra-Rationen und bequemere Betten«, sagte der Herzog.

»Ihr habt gesagt, Ihr würdet uns freilassen!«, protestierte Dalump Keedump. »Uns ein Schiff geben, mit dem wir nach Hause segeln können.«

»Alles zu seiner Zeit, mein kleiner Freund, alles zu seiner Zeit«, entgegnete Kalas. »Ich brauche einen Feind, um dem gemeinen Volk die Stärke der Allhearts zu demonstrieren. Dann kann ich ihm die Sicherheitsgarantien geben, die es so sehnlichst wünscht. Unterstützt mich dabei, dann werden schon bald die Vorkehrungen für eure Freilassung getroffen.«

Ein anderer Zwerg drängte sich nach vorne und stellte sich neben Dalump. »Was, wenn wir nicht mitmachen?«, fragte er aufgeregt.

Herzog Kalas zückte blitzschnell sein Schwert und setzte es dem widerspenstigen Kerl an die Kehle. »Dann eben nicht«, sagte Kalas ruhig und richtete den Blick wieder auf Dalump. »Ich habe von Beginn an meine Absichten offen dargelegt und bin immer aufrichtig zu Euch gewesen. Trefft Eure Wahl, Dalump, und akzeptiert die Konsequenzen.«

Der Anführer der Pauris warf seinem vorlauten Stellvertreter einen zornigen Blick zu.

»Ins Messer gelaufen«, bemerkte Herzog Kalas, was durchaus treffend war angesichts der Tatsache, dass er noch immer sein Schwert in der Hand hielt und die Bemerkung auch sonst voll ins Schwarze traf. Dalump und sein Trupp waren ihm in dem Waldstück um Palmaris praktisch vor die Füße gefallen, als sie einen Angriff auf die Stadt vorbereiteten. Herzog Kalas war an keine Regeln gebunden, was sein Vorgehen bezüglich der Pauris betraf. Er konnte sie in aller Öffentlichkeit auf Palmaris' größtem Platz hinrichten und sie, von aller Welt vergessen, hier unten in den Kerkern von Chasewind Manor verhungern lassen.

Dalumps wütender Blick wanderte zwischen Kalas und dem vorlauten Stellvertreter hin und her. Dem Pauris-Anführer war anzusehen, dass er die beiden am liebsten erwürgt hätte, um die wachsende Frustration herauszulassen, die seine missliche Lage verursachte. »Tragt mir Euren elenden Plan vor«, willigte er widerstrebend ein.

Herzog Kalas nickte und lächelte erneut.

Einige Tage nach seinem Besuch bei Dalump Keedump begab sich Herzog Kalas frühmorgens auf den hinteren Balkon von Chasewind Manor. Nebelschwaden und ein feiner Nieselregen hingen in der Luft. Es war ein grauer Tag, doch zu Kalas' Freude war es für die Jahreszeit wieder unangemessen warm geworden. Die Überreste der ersten Schneefälle schmolzen schnell dahin, und dem Bericht zufolge, den Kalas am Vortag erhalten hatte, zeigte sich auf den windgepeitschten Feldern im Westen wieder Gras.

Dieser Umstand sowie die Gewitterwolken, die sich im Westen zusammenzogen und einen Sturm ankündigten, hatten den Herzog in seinem Entschluss bestärkt, und aufgrund der wie erwartet schlechten Sichtverhältnisse hätte er sich keinen besseren Morgen aussuchen können. Er hörte, wie hinter ihm die Balkontür geöffnet wurde, wandte sich um und erblickte König Danube Brock Ursal, der herauskam und sich zu ihm gesellte.

Der König war einige Jahre älter als sein Freund Kalas und um die Hüften etwas rundlicher, doch sein Haar war noch immer dicht und schwarz, und auch der Bart, den er neuerdings trug, wies keine Spuren von Grau auf.

»Ich hoffe, binnen einer Woche in See zu stechen«, sagte Danube. Kalas war nicht überrascht, denn Bretherford, der Herzog des Mirianik und der Oberbefehlshaber der königlichen Flotte, hatte am Vorabend diesbezügliche Andeutungen gemacht.

»Das Wetter müsste sich halten, bis Ihr Ursal erreicht«, ermutigte Herzog Kalas seinen geliebten König, obwohl ihn dessen Absichten mit Sorge erfüllten. Denn falls der Winter doch noch verfrüht hereinbrechen sollte, während die Flotte sich noch in den nördlichen Gewässern des Masurischen Flusses befand, konnte dies katastrophale Folgen haben.

»Das sagte Bretherford auch«, meinte Danube. »Aber ich mache mir mehr Gedanken über die Lage, die ich hier hinterlasse, als über mein Reisewetter.«

Kalas sah den König gekränkt an.

»Bruder Braumin ist fürchterlich, und doch scheint das Volk ihn zu schätzen«, sagte Danube. »Und wenn diese Frau, Jilseponie, sich auf Bruder Braumins und Bruder Francis' Seite stellt, werden sie bei der Bevölkerung von Palmaris beträchtlichen Anklang finden. Ich will dich daran erinnern, wie dieser Francis sich am Ende von Markwarts Herrschaft beim Volk einschmeichelte, als er Bischof der Stadt war.«

Kalas wusste auf die Befürchtungen des Königs nichts zu entgegnen, denn er und Danube hatten die Situation seit dem Tode Markwarts und des Helden, Elbryan, an genau dieser Stelle viele Male ausführlich besprochen.

»Dann hat Jilseponie Euer Angebot ausgeschlagen?«, fragte er stattdessen.

»Ich werde ein letztes Mal mit ihr reden«, entgegnete der König, »aber ich bezweifle, dass sie es annehmen wird. Der alte Je'howith verbrachte viel Zeit in St. Precious und berichtete mir, sie sei eine gebrochene Frau ohne jede Ambition.«

Die bloße Erwähnung von Je'howith, dem Abt von Ursal, ließ Kalas eine argwöhnische Miene ziehen. Es war am Hof kein Geheimnis, dass Je'howith Jilseponie mehr hasste als jeder andere. Er war Markwarts Mann gewesen, und sie und ihr toter Geliebter hatten Markwart umgebracht und damit plötzlich seine sichere, kleine Kirchenwelt auf den Kopf gestellt. Daraufhin hatte Je'howith König Danube gedrängt, die Frau in das Amt einer Baroness hoch zu loben. In weltlichen Kreisen und dem König unterstellt, käme ihr Einfluss auf die Kirche von *außen*, was Je'howith als ungefährlicher erachtete, als wenn sie die Kirche von *innen* zu beeinflussen versuchte.

»Abt Je'howith befürwortet Jilseponies Ernennung zur Baroness«, rief Danube dem Herzog ins Gedächtnis.

»Am meisten würde er ihre Hinrichtung befürworten«, entgegnete Kalas.

Danube lachte über die Ironie des Ganzen. Pony und Elbryan wären tatsächlich einmal beinahe hingerichtet worden, damals auf Geheiß von Vater Markwart.

Ihr Gespräch wurde von lauten Stimmen im Haus gestört.

»Nachricht über einen Pauri-Angriff an der Westmauer«, sagte Herzog Kalas, ein listiges Grinsen im Gesicht.

»Du spielst ein gefährliches Spiel«, erwiderte der König, doch dann nickte er, denn er wusste um die Notwendigkeit des falschen Spiels. »Ich werde nicht zur Mauer gehen«, sagte er, obwohl er und Kalas dies im Vorfeld ins Auge gefasst hatten. »Dadurch verringern wir das Risiko, dass eine Verschwörung vermutet wird.«

Herzog Kalas starrte einen Moment nachdenklich ins Leere, dann nickte er beipflichtend.

Ein weiterer Vertrauter des Königs – eine Hofdame namens Constance Pemplebury, die von Kalas' Plan nichts wusste –, erschien aufgeregt auf dem Balkon. »Rotkappen-Pauris!«, rief sie atemlos. »Sie greifen am Westtor an!«

Kalas gab sich alarmiert. »Ich werde die Allhearts rufen«, sagte er und eilte ins Haus.

Constance trat neben den König, der beiläufig einen Arm

um sie legte und sie auf die Wange küsste. »Keine Angst, liebste Constance«, sagte er. »Herzog Kalas und seine Männer werden mit dem Angriff schon fertig.«

Constance nickte und schien sich etwas zu beruhigen. Sie kannte die stolze Allheart-Brigade gut, hatte viele Male ihre Glanzleistungen auf dem Schlachtfeld bewundert. Außerdem, wie sollte sie sich hier oben auf dem Balkon des hochherrschaftlichen Chasewind Manor fürchten, in den Armen des Mannes, den sie so anhimmelte?

Sie wurde von aufgeregten Rufen geweckt und hob den Kopf vom Kissen, als ein Mönch an ihrem kleinen Zimmer vorbeieilte und rief: »Pauris! Pauris am Westtor!«

Pony machte große Augen und sprang aus dem Bett. Dieser Tage gab es kaum etwas, das sie aus ihrer Lethargie reißen konnte, aber der Ausruf »Pauris!« brachte ihr Blut vor Zorn zum Kochen. Diese elenden, mörderischen Zwerge! Binnen Sekunden zog sie sich an, stürmte aus dem Zimmer und rannte durch die düsteren Gänge von St. Precious, bis sie die Brüder Braumin Herde, Francis, Anders Castinagis und Marlboro Viscenti fand, die sich in der großen Kapelle der Abtei versammelt hatten – in jener Kapelle, in der sie vor Jahren Connor Bildeborough geheiratet hatte.

»Sind sie in der Stadt?«, fragte sie.

»Wir wissen es nicht«, sagte Francis, der sehr gefasst wirkte.

Pony musterte ihn einen Augenblick. Früher hatte sie Francis als erbitterten Feind betrachtet, hatte zugesehen, wie Elbryan ihn in St. Mere-Abelle besinnungslos geschlagen hatte. Aber welche Veränderung war seit den Offenbarungen und Vater Markwarts anschließendem Tod über den Mann gekommen! Pony konnte ihn noch immer nicht besonders gut leiden, aber mittlerweile vertraute sie ihm.

»Den Berichten zufolge sind sie vor der Westmauer«, sagte

Bruder Braumin. »Ob sie schon in die Stadt eingedrungen sind –«

»Oder ob diese Berichte überhaupt stimmen«, merkte Bruder Viscenti an, ein unruhiger kleiner Mann mit schütterem hellbraunem Haar und einem nervösen Kopf- und Schulterzucken. Als Braumin ihn fragend ansah, führte Viscenti weiter aus: »Die Menschen sind ziemlich dünnhäutig geworden. Sollen wir solch aufgeregten Berichten ungeprüft Glauben schenken?«

»Wohl wahr«, sagte Braumin. »Nichtsdestotrotz müssen wir davon ausgehen, dass es stimmt.«

Eine andere Gruppe von Mönchen kam in die Kapelle, der vorneweg marschierende Bruder mit einem Lederbeutel in der Hand.

Pony wusste Bescheid. Sie hatten Edelsteine gebracht – vermutlich überwiegend Hämatite, mit denen sich auf magische Weise Wunden heilen ließen.

»Wir gehen zur Stadtmauer«, ordnete Bruder Braumin an. Während die anderen sogleich losrannten, fragte er Pony: »Kommt Ihr mit?«

Pony überlegte einen Moment. Sie wollte nichts zu tun haben mit irgendwelchen Kämpfen, aber ebenso wenig konnte sie die auf ihr ruhende Verantwortung ignorieren. Wenn Pauris an Palmaris' Westtor standen, würde es zu Kämpfen kommen, und jeder Kampf gegen die mordlustigen Zwerge bedeutete verletzte Menschen. Auf ganz Korona wusste niemand besser mit den Edelsteinen umzugehen als Pony. Gab es überhaupt eine Wunde, die sie nicht heilen konnte?

Eine gab es, entsann sie sich, nämlich die in ihrem Herzen.

Sie folgte Bruder Braumin zur Westmauer der Stadt.

Aus einer Gasse beobachtete Herzog Kalas das Treiben auf der Brustwehr. »Dort!«, rief jemand, und die Männer der Stadtgarde stolperten beinahe übereinander, als sie hastig ihre Bogen hochrissen und blindlings ihre Pfeile in den Nebel schossen. Vermutlich trafen sie nichts als Grasbüschel.

Sie hatten Angst, erkannte Kalas, an Torheit grenzende Angst. Während des Krieges hatte Palmaris mehr Schlachten erlebt als jede andere größere Stadt im Bärenreich, und die Stadtgarde hatte sich dabei durch allergrößte Tapferkeit ausgezeichnet. Aber Kalas wusste, dass die Männer genug hatten, denn niemand, der jemals gegen die Pauris gekämpft hatte, wollte sich ein weiteres Mal mit den brutalen Zwergen auseinander setzen müssen.

Es sei denn, man hatte mit den Pauris vorher abgemacht, wie die Schlacht auszugehen hatte.

Neue Rufe erklangen, und immer neue Pfeilhagel zischten von der Stadtmauer. Dann schrien zahlreiche Männer in der Mitte der Verteidigungslinie auf, und einige wandten sich ab und sprangen von der drei Meter hohen Brustwehr herunter.

Kurz darauf traf sie ein donnernder Vergeltungsschlag der Pauris, als etwas Schweres gegen die Mauer krachte.

Kalas lächelte; seine Kanoniere hatten den Großteil des Vortages damit zugebracht, das Katapult so zu positionieren, dass die Kugel die Mauer treffen, aber keinen wirklichen Schaden anrichten würde.

Als Erwiderung hob sich ein weiterer Pfeilhagel in die Nebelschwaden, und es folgte eine Reihe von Aufschreien getroffener Pauris.

Herzog Kalas trat in den Schatten zurück, als eine weitere Gruppe heraneilte – Abellikaner-Mönche und diese Frau, Jilseponie – und zu den Soldaten der Stadtgarde auf die Brustwehr stieg. Der Herzog sah ihr Erscheinen mit gemischten Gefühlen. Er freute sich über das Kommen der Mönche und war besonders davon angetan, dass auch die schöne Jilseponie seinen triumphalen Sieg miterleben würde. Andererseits war er beunruhigt. Würde Jilseponie die Pauris vielleicht mit Hilfe eines magischen Steins außer Gefecht setzen?

Mit diesem bestürzenden Gedanken im Kopf eilte Kalas zum anderen Ende der Gasse und hob den Arm, das Zeichen für die Trompeter, dann rannte er zu seinem riesigen Pony, einem gescheckten To-gai-ru, das zuvorderst in einer Gruppe von fünfzig berittenen, schwer bewaffneten Allhearts stand.

Scheinbar von jedem Dach des Viertels schmetterten die Trompeter die Schlachtfanfare der mächtigen Allheart-Brigade. Entlang der Westmauer fuhren alle Köpfe herum, als die Fanfare und der anschließende Donnerhall heranpreschender Hufe erklangen.

»Öffnet das Tor!«, rief eine befehlsgewohnte Stimme. Männer der Stadtgarde eilten herbei und zogen das Westtor auf.

Die Soldaten preschten durch das Tor auf das freie Feld hinaus, ihre Rüstungen trotz des trüben Tages silbern glänzend. Sie brachten ihre mächtigen Ponys mit einstudierter Präzision in eine Keilformation, an deren Spitze sich Herzog Kalas befand.

Die Trompetenfanfare dauerte noch einige Augenblicke, dann endete sie ebenso abrupt, wie sie begonnen hatte. Alle auf der Mauer verstummten und beobachteten das Spektakel der legendären Allheart-Brigade. Selbst Pony, die schon so viel gesehen hatte, war von dem majestätischen Anblick ergriffen, den die besten Soldaten des Königs in ihren glänzenden Ringhemden boten. Gab es im Bärenreich oder irgendwo sonst auf der Welt eine Macht, die sich mit ihnen messen konnte?

In diesem Augenblick schien es Pony – deren magische Blitzschläge Riesen niedergestreckt hatten, die gesehen hatte, wie Avelyn mit einem Amethyst eine Bergkuppe sprengte – wenig wahrscheinlich.

Mit einer blitzschnellen Armbewegung zückte Herzog Kalas sein Schwert und hielt es hoch in die Luft.

Alles war still, der kurze Moment der Ruhe vor dem Sturm.

Irgendwo im Nebel stieß ein Pauris einen Fluch aus.

Das Gefecht begann – das erneute Schmettern der Trompeten, die donnernden Hufe, das Schwertgerassel, die Schlachtrufe. Die Schmerzensschreie.

Von der Mauer aus konnten Pony und die anderen nicht viel erkennen, nur geisterhafte Schemen, die im Nebel umhereilten. Doch dann stürmte eine Gruppe Pauris aus den Dunstschwaden und rannte auf die Stadtmauer zu. Bevor die Bogenschützen ihre Waffen benutzen konnten, bevor Pony den Graphit nehmen konnte, den Bruder Braumin ihr reichte, hatten Herzog Kalas und einige seiner Allhearts die Zwerge eingeholt und ritten sie in Sekundenschnelle nieder oder schlugen ihnen die Köpfe ab; dann rissen sie ihre mächtigen To-gai-ru-Ponys herum und preschten wieder zurück in den Nebel.

Einige auf der Brustwehr stammelten Gebete, aber die meisten schwiegen ehrfürchtig, denn sie hatten noch nie erlebt, dass eine Horde kampferprobter Pauris so leicht und vollständig überrannt worden war.

Draußen in den Nebelschwaden entfernte sich das Schlachtgetöse allmählich. Offenbar hatten die Pauris die Flucht ergriffen und wurden vom Herzog und seinen Männern verfolgt.

Die vielen hundert Menschen in der Nähe der Westmauer brachen in Jubel für Herzog Kalas aus, den neuen Baron von Palmaris.

»Hoffentlich geraten sie nicht in einen Hinterhalt«, sagte Bruder Francis. Die Befürchtung war durchaus berechtigt angesichts der Leichtigkeit, mit der der Sieg errungen worden war.

Pony, die schweigend neben Francis stand und angestrengt in den Nebel starrte, hatte keine derartigen Befürchtungen. Sie spürte, dass Kalas und seinen Allhearts keine Gefahr drohte.

Etwas an der Schlacht war … eigenartig gewesen.

Sie erwog, einen Hämatit zu nehmen und ihren Geist über das in Nebelschwaden gehüllte Feld zu schicken, um das Vorgehen des Herzogs aus der Nähe zu beobachten. Aber sie schüttelte den Kopf und verwarf den Gedanken wieder.

»Was ist?«, fragte der aufmerksame Bruder Braumin.

»Nichts«, antwortete Pony und fuhr sich mit der Hand durch ihr langes blondes Haar. Sie starrte weiter in den Nebel, lauschte weiter den Schlachtrufen und den sterbenden Pauris und spürte immer stärker, dass etwas nicht stimmte.

Aus dem Unterholz auf der anderen Seite des Feldes beobachtete ein anderes Augenpaar voller Interesse die spektakuläre Schlacht. Verschmutzt, durchnässt, der Bart zerzaust, seine Mönchskutte seit langem von inneren Dämonen zerfetzt, konnte Marcalo De'Unnero nicht verstehen, wie ein größerer Pauri-Trupp so plötzlich auf dem Feld auftauchen konnte, ohne dass er sein Anrücken bemerkt hatte. Er hielt sich seit Tagen in der Gegend auf, war auf der Suche nach Nahrung und einem Unterschlupf, und versuchte am Leben zu bleiben und nicht verrückt zu werden. Er hatte jeden Schritt der wenigen Bauern beobachtet, die es wagten, den Schutz der Stadtmauern zu verlassen, um in ihren bescheidenen Hütten zu überwintern.

Aber hauptsächlich hatte De'Unnero Tiere beobachtet, seine bevorzugte Beute. Mittlerweile konnte er ihre Stimmungen spüren, konnte seine Umgebung wahrnehmen wie sie, und ihm war in der Luft kein ungewöhnlicher Angstgeruch aufgefallen, den jede anrückende Armee bei Tieren verursachte, besonders eine Armee, die so große Gerätschaften wie ein Katapult mitschleppte.

Woher waren die Pauris gekommen?

De'Unnero schlug sich wieder ins Unterholz. Hinter einem Baum verborgen, sah er auf einer kleinen Wiese das Katapult und die dazu gehörige Mannschaft, eine menschliche Mannschaft. Soweit er mitbekommen hatte, hatten die Kanoniere nur eine einzige Kugel abgefeuert, und sie schienen es mit dem Nachladen und einem zweiten Schuss nicht eilig zu haben.

»Gerissen von Herzog Kalas«, murmelte De'Unnero, der frühere Bruder Richter. Er hatte die List und die dahinter stehende Absicht erkannt.

Plötzlich hörte er einen knackenden Zweig. Es war so nahe, dass er das Blut riechen konnte.

»Verdammter Schwertmann«, hörte er einen Pauri grummeln und sah den Rotkappen-Zwerg einen Pfad entlang stapfen.

Dann sah er die klaffende Wunde in der Schulter des Zwerges. Ja, er sah die Wunde und roch das Blut. Der süßliche Duft stieg ihm in die Nase und betörte seine Sinne.

Kurz darauf spürte er die ersten Zuckungen der Verwandlung. Er knurrte leise wegen der plötzlichen scharfen Schmerzen in seinen Fingern und Zehen, dann in seinem Unterkiefer – die Umformung des Unterkiefers tat immer am stärksten weh.

Plötzlich sprangen De'Unneros Schultern vor, als sich seine Wirbelsäule verbog. Er fiel auf alle viere, aber diese Haltung war ohnehin bequemer, während seine Hüftknochen in den umgeformten Gelenken einrasteten.

Er war jetzt eine Raubkatze, ein großer, schwarz-gelb gestreifter Tiger.

»Verdammt«, fluchte der näher kommende Pauri. »Er sagte, er würde nicht so hart –«

Das letzte Wort verschluckte der Zwerg, als er plötzlich spürte, dass er nicht allein war. Er begann sich umzudrehen, erstarrte aber vor Entsetzen, als es im Gebüsch raschelte und die große Raubkatze ihn ansprang und mit beängstigender Geschwindigkeit zu Boden riss. Der Zwerg ruderte wie wild mit den Armen und versuchte zu schreien, aber die Katzenpranken waren schneller und stärker als er, schlugen in seine ledrige Haut. Noch einmal versuchte der todgeweihte Pauri zu schreien, doch mächtige Fänge bohrten sich in seine Kehle.

Kurz darauf begann De'Unnero seine Morgenmahlzeit.

Wenig später registrierten seine geschärften Sinne, dass andere näher kamen – Reiter und fluchende Zwerge –, deswegen biss er in die Schulter des Pauri und zog seine Beute in die Büsche.

»Ihr habt sie umgebracht!«, wetterte Dalump Keedump und zeigte mit seinem stummeligen Finger auf Herzog Kalas, der hoch erhoben auf seinem braun-weißen To-gai-ru saß.

»Ich sagte Euch, dass einige sterben würden«, entgegnete Kalas ungerührt.

»Zu viele!«, rief ein anderer Zwerg, derselbe, der Kalas wenige Tage zuvor im Kerkerverlies von Chasewind Manor herausgefordert hatte. »Du hast gelogen, du dreckiger Lump.«

Mit einem wohl dosierten Stoß in die Flanken ließ der Herzog sein Pony einen Satz nach vorne machen, sodass es direkt neben dem Zwerg zum Stehen kam. Dann, in einer einzigen fließenden Bewegung, zog Kalas sein Schwert und schlug dem Pauri den Kopf ab.

»Glaubt ihr, das ist ein Spiel?«, brüllte der Herzog Dalump und die übrigen Pauris an. »Sollen wir euch alle hier an Ort und Stelle erschlagen?«

Dalump Keedump hakte seine stummeligen Daumen in die Schulterlöcher seiner ärmellosen Tunika, legte den Kopf in den Nacken und starrte zu Herzog Kalas hoch. Der Pauri trauerte nicht um seinen großmäuligen Stellvertreter, sondern war vielmehr erleichtert, dass Kalas ihm den Kerl vom Hals geschafft hatte. »Ich denke, unser heute vergossenes Blut hat uns ein Schiff Richtung Heimat eingebracht.«

Herzog Kalas beruhigte sich und starrte einen Augenblick auf den Zwerg herunter, dann nickte er. »Im Frühling«, willigte er ein, »sobald das Wetter es erlaubt. Und bis dahin werdet

Ihr gut behandelt. Ihr bekommt warme Decken und besseres Essen.«

»Behaltet die Decken und bringt uns gegen die Kälte ein paar Menschenfrauen«, forderte Dalump.

Um ein Haar hätte Kalas den Befehl gegeben, die verbliebenen Pauris auf der Stelle zu töten. Er würde sein Wort halten und die Gruppe in ihre weit entfernte Heimat zurückkehren lassen, und er würde dafür sorgen, dass sie bis dahin mit allem versorgt wurden. Aber sollte er jemals eine dreckige Pauri-Hand auf einer Menschenfrau erwischen, und sei es bloß eine billige Bauernhure, er würde dem Pauri sofort die Hand und anschließend den Kopf abschlagen.

»Bring sie heute Nacht in Ketten zurück«, wies er einen seiner Ritter an, »so leise wie möglich. Der Stadtgarde erzählst du, dass die gefangenen Zwerge verhört und danach hingerichtet werden. Dann bringst du sie wieder in den Kerker.«

Kalas riss sein Pony herum und ritt davon. Ihn erwartete eine triumphale Rückkehr in die Stadt.

Als sie aus dem Nebel ritten, waren der Herzog und seine Männer um eine Ruhmestat reicher, und ihre Rüstungen schienen vor lauter Blut und Schmutz noch eine Spur heller zu schimmern als vor der Schlacht.

Herzog Kalas zog sein blutiges Schwert und hielt es senkrecht in die Höhe. »Den Besten der Ruhm, dem König der Sieg!«, rief er die Losung der Allhearts. Fast alle Zuschauer auf oder an der Westmauer brachen in frenetischen Jubel aus, und nicht wenige von ihnen vergossen Freudentränen.

Herzog Kalas kostete es aus, badete im Ruhm des Augenblicks, genoss den Triumph, der seine und König Danubes Macht in dieser gefährdeten Küstenstadt festigen würde. Er blickte die Stadtmauer entlang und betrachtete die begeistert und bewundernd schauenden Gesichter. Dann gelangte sein Blick zu einer Frau, die weder weinte noch jubelte.

Dennoch war Kalas hoch erfreut, dass die schöne und gefährliche Jilseponie seine triumphale Rückkehr miterlebt hatte.

2. Ferne Stimmen

»Wir müssen in dieser Sache zusammenhalten!«, herrschte der stets leicht erregbare Bruder Viscenti Abt Je'howith an. »Oder würdet Ihr es lieber sehen, wenn König Danube sich in die Angelegenheiten der Kirche einmischt?«

Die Art und Weise, wie Bruder Viscenti am Ende des Satzes seinen Tonfall änderte, verlieh der rhetorischen Frage einen skeptischen, sogar sarkastischen Klang, ein Umstand, der den nur wenige Schritte entfernt miteinander sprechenden Brüdern Francis und Braumin nicht entging. Alle wichtigen Mönche, die sich gegenwärtig in Palmaris aufhielten, waren an diesem Morgen zusammengekommen, um sich auf das letzte Treffen mit König Danube vor dessen Abreise aus Palmaris vorzubereiten. Zu den Anwesenden zählten Braumin Herde und seine treuen Gefährten Holan Dellman, Castinagis und Viscenti, des Weiteren Francis aus St. Mere-Abelle, Abt Je'howith aus Ursal sowie eine Abordnung rangtieferer Mönche aus St. Precious, die künftig in die Leitung der Abtei mit einbezogen werden sollten. Sie wurden von dem jungen, aber eifrigen Bruder Talumus angeführt, dem bei den bedeutsamen Ereignissen vor einigen Monaten eine entscheidende Rolle zugefallen war. Nach Einschätzung vieler, zu denen auch Braumin Herde zählte, stand die abellikanische Kirche tief in Bruder Talumus' Schuld.

»Ihr seht den König als Feind«, antwortete Abt Je'howith schließlich Bruder Viscenti. »Das ist ein Fehler, und vermutlich ein schwer wiegender.«

»Ach was«, bemerkte Bruder Braumin, der zu den beiden hinübereilte, um einen Disput zu verhindern. Im Eifer seiner Ausführungen verlor Bruder Viscenti oftmals das richtige Maß, und zu diesem Zeitpunkt konnte jede zweideutige Äußerung die Situation nur verschlimmern. Abt Je'howith, der seit langem in Ursal lebte und nach der frühzeitigen Inthronisation des jungen Danube bei dessen Ausbildung mitgewirkt hatte, war wegen seiner exzellenten Verbindungen zu den weltlichen Machtzirkeln im Bärenreich von nicht zu unterschätzender Bedeutung. »Nicht als Feind«, fuhr Braumin Herde fort und schob sich vor Bruder Viscenti. »König Danubes Pläne sind nun mal nicht die unseren. Seine werden von weltlichem Denken bestimmt, unsere vom religiösen.«

»Nette Worte«, sagte Je'howith mit mehr als einer Spur Ironie.

»Aber dennoch wahr«, bemerkte Meister Francis, der Braumin zu Hilfe kam.

Je'howith sah den Meister verärgert an; die beiden konnten sich nicht ausstehen. Francis war Markwarts rechte Hand gewesen. Markwart hatte ihn frühzeitig in den Rang eines Meisters erhoben, ihn vorübergehend zum Bischof von Palmaris gemacht und ihm anschließend das begehrte Amt des Abtes von St. Precious übertragen, obwohl Francis das Amt wieder abgegeben hatte, als er nach Markwarts Tod erfuhr, dass der ehrwürdige Vater vom geflügelten Dämon besessen gewesen war. Aber auch Je'howith hatte in Markwarts Machtgebilde eine starke Position innegehabt, und dieses Machtgebilde hätte auch nach dem Ableben des ehrwürdigen Vaters intakt bleiben können. Wären Francis und Je'howith sich damals einig gewesen – als Elbryan tot im Nebenzimmer lag und Jilseponie bewusstlos war –, hätten die beiden Äbte die Zügel der Macht aufnehmen können, indem Je'howith der neue ehrwürdige Vater geworden wäre. Er war kein junger Mann mehr und hätte den jungen Francis als seinen Nachfolger aufgebaut. Doch aus einem Je'howith unverständlichen Grund hatte Francis das politische Spiel nicht mitmachen wollen.

Im Gegenteil, Francis hatte sich auf Markwarts letzte Worte berufen und die Kirche aufgefordert, Jilseponie Wyndon zur ehrwürdigen Mutter zu ernennen!

»König Danube würde uns in eine Richtung lenken, die allein seinen Interessen dient«, fuhr der jüngste Meister des Abellikaner-Ordens fort.

»Aber würden in diesen schweren Zeiten, wo so viele gestorben sind, wo vielerorts die Lebensmittel knapp werden, wo sich überall im Land Krankheiten ausbreiten, wo so viele eine tiefe Sinnkrise durchmachen, die Menschen eine Zusammenarbeit von Kirche und Krone nicht als Versicherung betrachten, dass man sie nicht im Stich lässt?«, fragte Abt Je'howith dramatisch. »Würde eine demonstrative Einigung zwischen unserem geliebten König Danube und den neuen Kirchen-Oberen dem Bärenreich nicht neue Hoffnung und Zuversicht schenken?«

»Eine solche Einigung wird es auch geben«, entgegnete Bruder Braumin, »eine Partnerschaft, aber wir werden uns dem König nicht unterwerfen. Unsere unmittelbaren Ziele wie die Beseitigung der Kriegsfolgen scheinen zwar dieselben zu sein, aber unsere langfristigen Absichten bleiben sehr unterschiedlich.«

»So unterschiedlich nun auch nicht«, sagte Je'howith.

Bruder Braumin schüttelte den Kopf und signalisierte damit Je'howith und den übrigen Zuhörern – inzwischen galt dies für alle Mönche im Versammlungsraum –, dass er in diesem entscheidenden Punkt hart bleiben würde.

Jedem im Raum war klar, dass, falls König Danube erst einmal Einfluss auf den Abellikaner-Orden nahm, es für die Kirche in Ermangelung einer erfahrenen und charismatischen Führung sehr schwierig wäre, ihm diesen Einfluss wieder zu nehmen.

»Vater Markwart versuchte eine solche Zusammenarbeit zwischen Hof und Kirche«, erinnerte Meister Francis Abt Je'howith und meinte damit die relativ kurz zurückliegende Ernennung von Marcalo De'Unnero zum Bischof von Palmaris, ein Amt, das die kirchliche und weltliche Herrschaft über die Stadt in sich vereinte. Palmaris hatte keinen Baron gehabt, seit der beliebte Rochefort Bildeborough auf dem Weg nach Ursal ermordet worden war – die Indizien deuteten an, dass De'Unnero ihn umgebracht hatte –, und Markwart hatte versucht, diese Vakanz zu seinem Vorteil zu nutzen.

Aber dies hatte nur bewirkt, dass König Danube mit seiner Armee und seiner Entourage nach Norden gekommen war, um seine Machtbasis in Palmaris zu erhalten.

»Ein komplettes Desaster«, fuhr Francis fort. »Und so wird es wieder kommen, sollte der König seine Macht und seinen Einfluss in Bereichen geltend machen, in denen sie nichts verloren haben.«

Bruder Braumin sah Francis an und nickte eifrig. Obwohl sich der junge Meister seit Markwarts Tod sehr verändert hatte, waren er und Braumin keine Freunde geworden, aber Braumin war dankbar für die Unterstützung in dieser kritischen Zeit. Er wusste, dass die Kirche auseinander brechen würde, wenn sie in den kommenden Monaten nicht weise agierten und kluge Entscheidungen trafen.

Braumin blickte wieder auf Je'howith und sah deutlich, dass der alte Mann ein gefährlicher Gegner werden könnte. Je'howith hatte Jahrzehnte damit verbracht, seine Macht und seine Privilegien zu sichern, und beides verdankte er mehr dem König als dem Abellikaner-Orden.

Braumin sah Je'howith eindringlich an, dann wies er mit einem leichten Kopfnicken auf eine ruhige Ecke im Raum, wo sie ihre Meinungsverschiedenheiten unter vier Augen weiter diskutieren konnten.

Wie fast jeden Morgen kam sie auch heute nur schwer aus dem Bett. Braumin zufolge würden die Ereignisse dieses Tages kritischer werden als jeder Angriff der Pauris, so lange die Zwerge nicht gerade das ganze Königreich zu erobern versuchten. Für die erschöpfte Jilseponie aber war es nur eine weitere überflüssige Versammlung. Immer diskutierten und organisierten sie, veränderten das Gleichgewicht der Macht, doch Pony war zu dem Schluss gelangt, dass all diese Vorhaben und Intrigen auf den großen Weltenplan und die Zukunft der Menschheit nur geringen Einfluss haben würden.

So viele Leute sahen das alles als wichtig und bedeutsam an, aber war es das wirklich?

Seit Elbryans Tod beschäftigte sie diese Frage, verfolgte sie auf Schritt und Tritt, lähmte bei den Unterredungen ihre Zunge, selbst wenn sie wusste, dass ein Beschluss falsch war. Aber was machte das schon?

Selbst der Sieg über den geflügelten Dämon war nutzlos gewesen. Sie waren zum Berg Aida gegangen und hatten die körperliche Manifestation des Geflügelten vernichtet, aber diese scheinbare Heldentat, bei der Avelyn und das Elfenmädchen Tuntun starben, hatte nur zu noch größerem Leid geführt. Der um seine Macht fürchtende Markwart hatte die von Avelyn gestohlenen magischen Steine zurückhaben wollen und deswegen Ponys Stiefbruder, Grady, umgebracht und ihre Pflegeeltern Graevis und Pettibwa in den Kerker geworfen und elend zu Grunde gehen lassen.

Und kaum dass Markwart und Elbryan unter der Erde waren, hatte das Hin und Her von neuem begonnen, waren neue, laut Bruder Braumin ernste Probleme aufgetaucht, die den scheinbaren Lohn ihrer Opfer in Frage stellten.

Während sie über all das nachdachte, strich sich Pony über den Bauch, in dem ihr Kind herangewachsen war. Markwart hatte es getötet, hatte das kleine Herz zum Stillstand gebracht, das stets im selben Rhythmus geschlagen hatte wie das ihre.

Jetzt kämpften sie wieder, und in ihrer Trauer konnte Pony sich nicht vorstellen, dass es jemals aufhören würde. Wie konnte sie ohne Optimismus, ohne jeden Funken Hoffnung aus dem Bett steigen und voller Enthusiasmus die nächste auch so wichtige Versammlung besuchen?

Trotzdem gelang es ihr aufzustehen, sich zu waschen und anzuziehen. Sie tat es für Braumin, Dellman, Castinagis und Viscenti, die ihr und Elbryan in Zeiten der Not zur Seite gestanden hatten, die sich trotz Gefangennahme und drohenden Foltertodes geweigert hatten, sie zu verraten. Und sie tat es für Bruder Romeo Mullahy, der lieber in den Tod gesprungen war, als sich Markwart zu ergeben. Sie musste es für Avelyn tun, für die Art von Kirche, die ihm vorgeschwebt hatte – auch wenn sie nicht glaubte, dass sie jemals Realität werden würde.

Ihr Verantwortungsbewusstsein gab ihr die Kraft, sich Schritt für Schritt durch die Gänge von St. Precious zu schleppen.

Als sie in den Gang einbog, der zum Versammlungsraum führte, begegnete sie jemandem, dessen Schritte ganz anders waren als ihre, voller Kraft und Elan.

»Seid gegrüßt, Jilseponie«, sagte Herzog Kalas und eilte zu ihr. »Ich dachte, Ihr säßet schon mit den Ordensbrüdern zusammen und würdet auf den König warten.«

»Ich habe mit Bruder Braumin oft genug zusammengesessen«, entgegnete Pony gleichgültig. Dass sie nur Braumin erwähnte – und keinen der ranghöheren Mönche, besonders Je'howith –, sprach Bände über ihre Einstellung zu den gegenwärtigen Themen.

Kalas schwieg; die einzigen Geräusche im Gang waren das leise Auftreten von Ponys leichtem Schuhwerk und das harte Klacken von Kalas' Armeestiefeln.

Bevor sie die Tür erreichten, eilte der Herzog einige Schritte voraus und wandte sich zu ihr um, sodass sie ihn ansehen musste. »War eine harte Schlacht gestern.«

Pony lachte angesichts des abrupten Themenwechsels. »Finde ich nicht«, sagte sie, »bei so wenigen Verwundeten.«

»Ein schlagender Beweis für die Stärke der Allhearts«, sagte der Herzog stolz. »Es waren viele kampflustige Pauris, aber mit unserer präzisen Formation und unserer ausgezeichneten Koordination haben wir ihre Reihen gesprengt und sie dingfest gemacht.«

Trotz ihres Argwohns nickte Pony. Sie hatte keinen Beweis, der die Worte des Herzogs widerlegen würde.

Kalas trat einen Schritt auf sie zu. »Es hat mich gefreut, Euch auf der Stadtmauer zu sehen, als ich nach Palmaris zurückkam«, sagte er und sah sie erwartungsvoll an. »In diesen schwierigen Zeiten tut es gut, ein Spektakel wie die Allheart-Brigaden zu erleben. Das gibt Euch die Gewissheit, dass wir beide dieselben Feinde bekämpfen.«

Pony musste sich zusammenreißen, um dem Mann nicht lauthals ins Gesicht zu lachen. Er begann, ihr Avancen zu machen. Natürlich erwartete er keine schnellen Resultate, denn er wusste ebenso gut wie alle anderen, dass sie seit gerade vier Monaten verwitwet war und noch immer um Elbryan trauerte. Nein, Kalas war gerissener. Er legte die Saat und würde auf sie warten. Genau genommen war ihr das in letzter Zeit des öfteren passiert. Sie war alles andere als eitel und gab sich nicht der Illusion hin, dass es ihre Schönheit und ihr Charme waren, welche die Herzen der Adligen an König Danubes Hof gewannen. Sie wusste, dass sie eine schöne Frau war, aber das waren alle Kurtisanen, die dem König und seinem Hofstaat nach Palmaris gefolgt waren. Pony durchschaute die Absichten des Herzogs. Sie war jetzt eine wichtige Person, besaß mehr potenzielle Macht in der Kirche oder am Hof als jede andere Frau im Königreich, einschließlich Äbtissin Delenia aus St. Gwendolyn, der hochrangigsten Frau in der abellikanischen Kirche. Verschiedene Mönche in Palmaris hatten sie für das höchste Amt im Orden vorgeschlagen, und sie musste nur ein Wort sagen, um zumindest Äbtissin von St. Precious zu werden. Und König Danube hatte ihr die Baronswürde von Palmaris angeboten.

Wäre Pony an kirchlicher oder höfischer Politik interessiert gewesen, hätte sie binnen weniger Tage in die höchsten Regionen der Macht aufsteigen können.

Herzog Kalas wusste das natürlich und glaubte seinen Charme bei der Richtigen einzusetzen. In Ponys Augen jedoch war es vor allem Charme, an dem es ihm mangelte.

»Wäre ich auf dem Schlachtfeld verwundet worden, hätte ich auf Jilseponie als Heilerin bestanden«, fuhr der Herzog fort; es war ihm anzusehen, dass er glaubte, ihr ein großes Kompliment gemacht zu haben.

Wieder musste Pony sich zusammenreißen, um nicht laut loszulachen. Sie verstand Herzog Kalas sehr gut. Der Mann konnte jede Frau im Königreich haben. Er musste nur mit den Fingern schnippen oder sich mit ihnen durch sein dichtes schwarzes Haar fahren, um die Frauen an Ursals Hof ohnmächtig zu Boden sinken zu lassen. Pony wusste das und leugnete nicht, dass der Mann gut aussah, ja sogar schön war.

Aber wie sehr er neben Elbryan verblasste! Kalas war wie eine kunstvoll gemalte Landschaft majestätischer Berge, ein Bild der Schönheit. Elbryans Schönheit hingegen war viel tiefgründiger. Elbryan war die Berge selbst – mit der frischen, klaren Luft, den Klängen, der Aussicht, den Gerüchen, der anregenden und *realen* Erfahrung. Kalas war das Abbild der Berge, Elbryan war deren Substanz. Der vor ihr stehende Mann mit seinem aufgesetzten, stolzen Gehabe wirkte blass neben dem Geist des Nachtvogels.

Ihr wurde bewusst, dass ihre Miene ihre wahren Gefühle verriet, als Herzog Kalas sich plötzlich räusperte.

Pony kaute betreten auf der Unterlippe und hoffte, Bruder Braumins Sache keinen allzu großen Schaden zugefügt zu haben und nicht in schallendes Gelächter auszubrechen.

»Der König verspätet sich etwas«, rief eine Stimme weiter unten im Gang. Sie wandte sich um und erblickte Lady Constance Pemplebury, die mit schnellen Schritten auf sie zukam. Die Frau wiederholte ihre Botschaft und sah Pony dabei bedeutungsvoll an. Weder Pony noch Kalas missverstanden, was Constance auszudrücken versuchte: König Danube verspätete sich wegen ihr.

Pony verdrehte die Augen und kämpfte gegen den Spott an, den sie angesichts solch offenkundiger Dummheit empfand. Constance – die Gerüchten zufolge seit Jahren eine Affäre mit dem König hatte – sah in der zehn Jahre jüngeren Pony eine Rivalin und wollte öffentlich klarstellen, dass Danube ihr gehörte.

»Er möchte, dass wir auf ihn warten, bevor wir hineingehen«, unterrichtete Constance den Herzog. »Das gilt natürlich nicht für Euch. Geht ruhig«, sagte sie herablassend zu Pony, die lächelnd den Kopf schüttelte, sich zur Tür umwandte und bei jeder Bewegung Herzog Kalas' Blick im Rücken spürte.

Sie hatte den Mann zurückgewiesen, ihn möglicherweise brüskiert, aber sie wusste, dass er es wahrscheinlich als Herausforderung betrachten und ihr in den folgenden Tagen umso vehementer nachstellen würde.

Ein Mann wie Kalas musste immer etwas beweisen.

»Seit dem letzten Äbtekollegium ist kaum ein Jahr vergangen«, sagte Bruder Braumin zu Abt Je'howith, als die beiden allein am Rand des großen Raumes standen. »Wie sehr sich die Welt seitdem verändert hat!«

Je'howith musterte den jüngeren Mönch argwöhnisch. Das letzte Kollegium war eine einzige Katastrophe gewesen. Markwart hatte Meister Jojonah zum Ketzer erklärt, ihn von königlichen Soldaten durch die Straßen von St. Mere-Abelle treiben lassen und ihn auf dem Scheiterhaufen verbrannt. Auch Bruder Avelyn war bei dem Kollegium zum Ketzer erklärt worden, und nun schien es, als würde die Kirche mit dem Prozess seiner Heiligsprechung beginnen!

Braumin deutete Je'howiths Miene richtig und gab ein hilfloses Lachen von sich, um die Spannung abzubauen. »Seither haben wir viel gelernt«, sagte er. »Hoffentlich kann die abellikanische Kirche nun beginnen, ihre Wunden zu schließen.«

»Indem sie Avelyn Desbris heilig spricht?«, fragte Je'howith skeptisch.

Braumin hob beschwichtigend die Hände. »Möglicherweise finden sich mit der Zeit genügend Befürworter, damit der Prozess irgendwann anlaufen kann«, sagte er unverbindlich, denn er wollte diese Auseinandersetzung jetzt nicht. »Aber bevor wir anfangen, dieses Thema zu erörtern, bevor wir zu bestimmen versuchen, wer Recht hatte – Vater Markwart oder Bruder Avelyn –, müssen wir auf Geheiß des Königs erst einmal Ordnung in unsere Reihen bringen.«

Je'howiths skeptischr Blick kehrte zurück. »Ihr habt doch längst entschieden, welcher der beiden den richtigen Kurs wählte«, sagte er vorwurfsvoll.

»Und ich beabsichtige, mich mit aller Kraft gegen Euch zu stellen, falls Ihr nach allem, was wir erlebt haben, Markwarts Amt zu übernehmen gedenkt«, gab Bruder Braumin zu. »Aber wir haben zu dieser Stunde keine Zeit, mit diesem Thema zu beginnen.«

Je'howith lenkte ein. »Wie Ihr meint«, sagte er.

»Wir müssen schleunigst ein Kollegium einberufen und einen neuen ehrwürdigen Vater wählen«, fuhr Bruder Braumin fort, »und das Amt des Abtes von St. Precious muss ebenfalls besetzt werden.«

»Bruder Braumin, Ihr seid nicht einmal Meister. Als Immakulat werdet Ihr zwar zum Kollegium eingeladen, aber Ihr habt kein Stimmrecht. Und doch sprecht Ihr, als wolltet Ihr persönlich einen neuen ehrwürdigen Vater benennen.«

»Meister Francis wird mich heute vor König Danube als

neuen Abt von St. Precious vorschlagen«, erklärte Braumin. »Bruder Talumus und die übrigen in St. Precious billigen diesen Vorschlag.« Er machte eine Pause und sah dem alten Mönch in die Augen. »Und auch Jilseponie wird ihn billigen.«

»Kinder führen Kinder!«, zischte Je'howith. Braumin wusste, woher der Zorn des Alten rührte: Er war frustriert, weil er Braumins Aufstieg nicht verhindern konnte. »Und diese Frau!«, schimpfte der Abt. »Jilseponie! Sie gehört nicht einmal zum Orden! Sie hat kein Mitspracherecht in dieser Angelegenheit!«

»Sie gehört sehr wohl zu unserem Orden, mein Freund«, erwiderte Bruder Braumin gelassen. »Wollt Ihr ihr Geschick mit den magischen Steinen leugnen? Das ist ein klares Zeichen, dass sie in Gottes Gunst steht! Wollt Ihr Markwarts letzte Worte ignorieren?«

»Er war im Delirium«, betonte Je'howith. »Er war fast tot. Außerdem hat nicht er Jilseponie vorgeschlagen – das tat der törichte Bruder Francis.«

»Die Augenblicke vor seinem Tod waren die Augenblicke der größten Klarheit, die unser ehrwürdiger Vater seit vielen Jahren erlebt hatte«, antwortete Braumin Herde. »Denn davor schickte er Bruder Richter los, um Bruder Avelyn zu töten. Davor entführte er Jilseponies Pflegeeltern und ließ sie im Kerker von St. Mere-Abelle elendig zu Grunde gehen. Ihr wisst genau, dass meine Worte wahr sind und dass die anderen Äbte und Meister sie mit Wohlwollen vernehmen werden. Viele von ihnen hatten lange vor den Enthüllungen ihre Zweifel an Markwart. Meister Francis folgte Markwart in die Finsternis, aber er trat wieder hinaus ins Licht und enthüllte die wahren Hintergründe der Ereignisse.«

Je'howith brauchte eine Weile, bis er Braumins Ausführungen verarbeitet hatte. »Ich werde Eurer Ernennung zum Abt nicht im Weg stehen«, gab er schließlich nach.

Braumins Lächeln erstarb sogleich wieder, als Je'howith einen langen, knochigen Finger auf ihn richtete. »Aber nur, so lange Bischof De'Unnero nicht zurückkehrt.«

»Selbst wenn er das tun sollte, hat er sich durch seine Taten diskreditiert«, sagte Braumin. »Wir wissen, dass er im entscheidenden Moment auf Markwarts Seite stand.«

»Wir kennen seine genaue Rolle nicht«, entgegnete Je'howith.

»Er ist in den Mord an Baron Bildeborough verwickelt.«

»Wohl kaum«, erklärte Je'howith. »Er hat damit nur in den Augen derer zu tun, die Markwart so sehr hassten, dass sie hinter jeder seiner Taten eine unlautere Absicht vermuteten. Es gibt keine Verbindung zum Mord an dem Baron, außer der Tatsache, dass De'Unneros Geschick mit der Tigertatze bekannt ist. Das ist wohl kaum ein ausreichender Beweis.«

»Warum ist er dann geflohen?«, fragte Braumin.

»Ich werde Eure Ernennung befürworten, so lange er nicht mit einer plausiblen Begründung zurückkehrt, warum er wieder die Abtei-Leitung übernehmen sollte, so wie Vater Markwart es vorgesehen hatte«, sagte Je'howith resolut. Nach einem Moment des Zögerns bekundete Bruder Braumin mit einem Kopfnicken seine Zustimmung.

Braumin sah aber an Je'howiths Körperhaltung, dass er für die Unterstützung einen Preis zahlen musste. »Was wollt Ihr als Gegenleistung?«, fragte der junge Mönch freiheraus.

»Zwei Dinge«, antwortete Je'howith. »Erstens, wir werden Vater Markwarts Andenken in Ehren halten.«

Braumins Miene kündete von schierem Unglauben, der sich rasch in Widerwillen verwandelte.

»Er war ein großartiger Mann«, betonte Je'howith.

»Der sein Lebenswerk mit Morden krönte«, erwiderte Braumin mit gesenkter Stimme, um in dieser Phase des Gesprächs keine Aufmerksamkeit auf sie zu lenken.

Je'howith schüttelte den Kopf. »Ihr versteht es nicht«, sagte er. »Was Dalebert Markwarts letzte Taten betrifft, widerspreche ich Euch nicht, aber man kann seine Lebensleistung nicht wegen eines einzigen Irrtums für null und nichtig erklären.«

»Wegen einer falschen Wahl, die er traf«, widersprach Braumin.

Plötzlich nickte Je'howith eifrig. Offenbar gab er Braumin Recht – doch nur für den Moment, so viel war dem jungen Mönch klar.

»Ganz gleich, wie man es ausdrückt«, sagte Je'howith, »wir würden einen großen Fehler begehen, ihn nur aufgrund des Irrtums zu bewerten, der ihm am Ende seiner Herrschaft unterlief.«

Braumin wusste, dass Markwart mehr als nur ein »Irrtum« unterlaufen war, und die ganze Art, wie Je'howith das Gespräch zu steuern versuchte, hatte für den idealistischen Mönch einen bitteren Beigeschmack. »Ein Mönch kann wegen einer einzigen kleinen Indiskretion seine Weihen verlieren«, rief er dem Abt ins Gedächtnis.

»Ich bitte Euch doch nicht, Dalebert Markwart heilig zu sprechen«, sagte Je'howith.

»Was dann?«

»Lasst uns seiner ebenso respektvoll gedenken wie seiner Vorgänger«, erklärte Je'howith, »so wie wir es mit jedem ehrwürdigen Vater tun, außer natürlich mit denen, die unsere Kirche auf Irrwege führten.«

»Wie zum Beispiel Markwart.«

Je'howith schüttelte den Kopf. »Er war ein Mann, der in eine schwierige Situation hineinkatapultiert wurde, eine Situation, die vom Krieg und durch das Eingreifen der beiden Menschen erschwert wurde, die Ihr so schätzt. Ihr mögt entgegnen, er habe die falsche Wahl getroffen, aber seine Herrschaft als ehrwürdiger Vater war nicht von Gewalt und Kontroversen geprägt. Tatsächlich stieg unter seiner Führung die Kirche in ungeahnte Machtregionen auf. Regnete es jemals so viele magische Steine vom Himmel wie beim letzten Mal?«

»Das war Avelyns Werk«, sagte Braumin trocken, doch Je'howith hörte ihm kaum zu, so sehr hatte er sich in seine Lobpreisungen hineingesteigert.

»Unter Markwarts Führung ernannten wir einen Bischof von Palmaris. Wenn dies auch nicht gut endete, so spricht allein der Umstand, dass König Danube das zuließ, Bände über Markwarts Einfluss und seine diplomatischen Fähigkeiten.«

Braumin war im Begriff, den Kopf zu schütteln, stieß aber nur ein resigniertes Seufzen aus. Er wollte nicht zulassen, dass sich in die Diskussionen über Markwart unangebrachte Milde einschlich; er wollte, dass der ehrwürdige Vater für alle Zeiten als der gefallene Sünder dastand, zu dem er geworden war. Aber es ging auch um praktische Erwägungen. Je'howith konnte sich als unüberwindbares Hindernis erweisen, wenn es beispielsweise um Avelyns oder Jojonas Heiligsprechung ging. Braumin mochte Je'howith nicht, aber ihm war klar, dass Je'howith am Scheideweg stand, dass der alte Mann entweder ein gefährlicher Feind werden konnte oder aber, wenn Braumin richtig mit ihm umging, eine unbedeutende Randfigur.

»Außerdem solltet Ihr an die Gefühle der Menschen denken«, fuhr Je'howith fort. »Sie sind verunsichert und fragen sich, ob an jenem schicksalhaften Tag in Chasewind Manor das Gute triumphierte oder das Böse.«

»Markwart war lange vor diesem Kampf verloren«, stellte Braumin tonlos fest.

Je'howith verzog das Gesicht und nickte. »Schon möglich, und vielleicht sieht das gemeine Volk es genauso. Aber die Einwohner von Palmaris betrachteten Markwart nicht als Feind, vergesst das nicht, mein junger Freund.«

»Aber sie haben De'Unnero ...«, wollte Braumin einwenden.

»Ich weiß, er war nicht wie Bischof Francis«, unterbrach ihn Je'howith. »Ja, sie haben De'Unnero gehasst, und sie verfluchen seinen Namen noch heute, obwohl ich glaube, dass der Mann missverstanden wurde.«

Bruder Braumin fühlte Übelkeit in sich aufsteigen.

»Aber gegen Bischof Francis hatten sie nichts einzuwenden«, meinte Je'howith.

»Und der lässt kein gutes Haar an Markwart«, sagte Braumin.

»Mag sein«, entgegnete Je'howith, »aber in der Öffentlichkeit hält er sich zurück. Versteht doch, Bruder Braumin, die Einwohner von Palmaris sind verunsichert. Sie kennen den Ausgang des Kampfes in Chasewind Manor, aber sie wissen nicht, was das für sie bedeutet. Sie hören zwar König Danubes Edikte, in denen er den Sieg des Volkes proklamiert, aber die Menschen sind trotzdem skeptisch, weil sie ahnen, was sich hinter der Rivalität zwischen Danube und Vater Markwart verbarg.«

Braumin schüttelte den Kopf, als wollte er den Gedanken als unsinnig abtun, aber Je'howith sah ihn eindringlich an und machte eine Pause, um Braumin Gelegenheit zum Nachdenken zu geben. Der junge Mönch musste zugeben, dass Je'howith einen wichtigen Punkt anführte. Nach Ponys erstem – scheinbar erfolgreichem – Versuch, Markwart zu töten, hatten die Einwohner von Palmaris auf den Straßen geweint. Gegen Ende seiner Herrschaft hatte Markwart es verstanden, das Volk für sich zu gewinnen. Er hatte sich durch Francis' Vermittlung mit der Handelsgilde versöhnt, indem er sie für die von De'Unnero befohlene Konfiszierung ihrer magischen Steine entschädigte. Das Volk hatte nicht gewusst, dass er sich insgeheim gegen König Danube gewandt hatte. Vielleicht hatte der alte Je'howith tatsächlich Recht, musste Braumin einräumen. Vielleicht war es hilfreich, Markwart mit einer gewissen Milde zu gedenken.

»Wie lautet Eure zweite Forderung?«, fragte Braumin.

Je'howith antwortete nicht sogleich, was Braumin als verräterisches Zeichen ansah. »In der Kirche ist ein Amt zu besetzen«, sagte der alte Mann schließlich ernst.

Mit einem Nicken bedeutete Braumin ihm fortzufahren. Er wusste natürlich, worauf Je'howith hinauswollte, aber er wollte es dem Alten nicht leichter als nötig machen.

»Meister Engress ist tot«, fuhr Je'howith fort, »und auch wenn Vater Markwart den jungen Meister Francis gerne als seinen Nachfolger gesehen hätte, dürfte klar sein, dass dies ein Ding der Unmöglichkeit ist. Ein so junger und unerfahrener Mann würde niemals als ehrwürdiger Vater akzeptiert werden. Viele akzeptieren nicht einmal seine frühzeitige Ernennung zum Meister.«

»Ab dem kommenden Frühling hätte man ihn ohnehin zum Meister ernennen können«, entgegnete Braumin. »Er ist dann im zehnten Jahr.«

»Und Ihr?«, fragte Je'howith. Aus seinem Tonfall schloss Braumin, dass der alte Mann ihm einen Handel vorschlagen wollte. »Ihr seid Francis ein Jahr voraus und noch nicht einmal Meister. Und dann wollt Ihr Abt einer so wichtigen Abtei wie St. Precious werden?«

Braumin wusste, dass Je'howiths Einwände gegen ihn und Francis bei vielen Äbten und Meistern auf offene Ohren stoßen würden. Wenn Je'howith behauptete, dass Markwart nur aufgrund seines verwirrten Geisteszustands Francis zum Meister ernannt hatte, wie sollten Braumin und Francis, die Markwart auf eben dieser Grundlage zu diskreditieren gedachten, da den Gegenbeweis antreten? Trotzdem beabsichtigte Braumin nicht, auf Je'howiths Begehren einzugehen. »Nein«, sagte er. »Ihr wollt selbst der neue ehrwürdige Vater werden und bittet mich um meine Unterstützung, aber das kann ich nicht tun.«

Je'howiths Augen verengten sich, seine Lippen wurden schmal.

»Auch Meister Francis wird Euch nicht unterstützen«, sagte Braumin schroff. »Und da er dem ehrwürdigen Vater ebenso nahe stand wie Ihr, wird es den anderen Brüdern zu denken geben, dass er Euch seine Unterstützung versagt.«

Braumin hielt dem wütenden Blick seines Gegenübers ungerührt stand. »Ihr werdet nicht der neue ehrwürdige Vater werden«, sagte er. »Ihr wart für dieses Amt nie geeignet, und in Zeiten wie diesen – wo die Trennung zwischen Hof und Kirche so verschwommen ist und die Menschen sich von Eurem früheren Mitstreiter Markwart abgewendet haben – seid Ihr wegen Eurer engen Bande zum König erst recht kein wünschenswerter Kandidat.«

Einen Moment lang kam es Braumin so vor, als würde Je'howith sich eine Erwiderung zurechtlegen oder gar in eine Schimpftirade ausbrechen, doch dann erklang ein Ruf, dass der König eingetroffen sei, und diese Nachricht schien dem alten Abt die Zunge zu verknoten. Braumin verstand die Verwandlung, denn Je'howith war von König Danube unter immensen Druck gesetzt worden, Ordnung in die abellikanische Kirche zu bringen, und zwar eine Ordnung, die dem König zupass kam.

»Wer dann?«, fragte Je'howith scharf. »Die Frau?«

Braumin zuckte mit den Schultern. »Falls Jilseponie die Ernennung annehmen sollte …«

Je'howith schüttelte vehement den Kopf.

»Meister Francis zufolge hat unser ehrwürdiger Vater es so gewünscht«, fuhr Braumin fort. »Sollte sie die Nominierung akzeptieren, werden ich, Francis und viele andere Pony mit ganzem Herzen unterstützen.«

»Ich bin mir nicht so sicher, ob Ihr wirklich auf Francis' Unterstützung zählen könnt«, sagte Je'howith spitzfindig.

»Wir hätten auch ohne ihn genug Unterstützung«, meinte Braumin unbeirrt; in Wahrheit jedoch bezweifelte er dies. Er wusste, dass Francis inzwischen eher gegen Ponys Nominierung war und dass es ohne Francis – und selbst mit ihm – eine äußerst schwierige Angelegenheit werden würde, dem Kollegium den Gedanken an eine Frau als Kirchen-Oberhaupt schmackhaft zu machen, zumal diese Frau nicht einmal offiziell Mitglied des Abellikaner-Ordens war!

»Ihr würdet die abellikanische Kirche entzweien«, raunte Je'howith.

»Was einer Kirche Avelyns nur zugute käme!«, erwiderte Braumin. »Aber habt keine Sorge, Jilseponie schlug das Angebot aus. Sie wird nicht das nächste Oberhaupt der abellikanischen Kirche werden.«

»Wer dann?«, fragte Je'howith. »Strebt etwa der junge Braumin nach diesem Amt?«

In der Tat hatte Braumin dies in Betracht gezogen, doch während seine engsten Freunde, Castinagis und Viscenti, es für einen wunderbaren Einfall gehalten hatten, hatte selbst Bruder Francis gezögert. Francis war sehr ehrlich gewesen und hatte gemeint, er, Braumin, sei viel zu jung und viel zu unerfahren, um von den anderen Oberen akzeptiert zu werden, und viel zu naiv, um den politischen Anforderungen gerecht zu werden, die mit dem Amt einhergingen.

»Ihr seid noch nicht so weit«, sagte Je'howith, und Braumin spürte, dass der Mann es aufrichtig meinte. »Wenn Ihr mich unterstützen würdet und ich die Wahl gewinnen sollte, würde ich Euch vielleicht zu meinem Protegé machen.«

»Nein«, entgegnete Braumin ohne zu zögern. »Ihr werdet nicht das neue Oberhaupt der Kirche werden, Abt Je'howith.«

Je'howith wollte etwas erwidern, verkniff es sich aber und seufzte bloß. »Dort ist Abt Olin aus St. Bondabruce in Entel.«

Braumin schüttelte sichtlich verärgert den Kopf.

»Er dürfte ein aussichtsreicher Kandidat sein«, sagte Je'howith.

»Seine Art ähnelt mehr den Menschen in Behren als denen im Bärenreich«, sagte Braumin. Er hatte Recht damit, und jeder in der Kirche wusste es. Entel war die südlichste Stadt des

Landes. Sie lag in den Ausläufern des Großen Gürtels, eines Gebirgszuges, der das Königreich von Behren trennte, und ihre Schwesterstadt Jacintha, Behrens Regierungssitz, war in der Tat nur eine kurze Schiffsreise entfernt.

»Trotzdem kann Abt Olin die Wahl gewinnen, wenn wir uns nicht als Einheit präsentieren«, erwiderte Je'howith.

»Aber Ihr haltet ihn – genau wie ich – nicht für die richtige Wahl.«

Je'howith zuckte mit den Schultern.

»In St. Mere-Abelle gibt es genügend erfahrene Meister, die für das Amt in Frage kommen«, erklärte Braumin. Er sah, dass Je'howith die Idee nicht sonderlich gefiel. »Zum Beispiel Fio Bou-raiy oder Machuso.«

»Bou-raiy ist noch nicht so weit; er ist zu aufbrausend, und Machuso verbringt jeden Tag bei den Bauern«, sagte Je'howith. »Vielleicht wäre Agronguerre aus St. Belfour ein geeigneter Kandidat.«

Braumin konnte dazu nichts sagen; er kannte den Abt der nördlichsten Abtei des Landes kaum.

»Ja, Abt Agronguerre wäre eine gute Wahl«, sagte Je'howith.

Braumin wollte fragen, warum, verkniff es sich aber, als ihm ein Bild vom letzten Äbtekollegium in den Sinn kam: Abt Agronguerre aus St. Belfour hatte neben Je'howith gesessen und sich angeregt mit ihm unterhalten, so als wären die beiden alte Freunde.

Erst jetzt wurde Bruder Braumin klar, dass Je'howith mit ihm gespielt hatte. Je'howith hatte nicht ernsthaft erwogen, selbst das nächste Kirchen-Oberhaupt zu werden. Natürlich nicht, dazu stand er dem König viel zu nahe, und die meisten Äbte, die alle in regionale Machtgerangel mit Herzögen und Baronen verwickelt waren, würden seine Kandidatur rundheraus ablehnen.

»Es gibt noch andere Meister in St. Mere-Abelle –«, begann Braumin.

»Die es nie wagen würden, sich für das Amt zu bewerben, falls Bruder Braumin sich für den Abt einer anderen Abtei aussprechen sollte. Schließlich waren Braumin und seine Anhänger an Markwarts Niedergang beteiligt«, unterbrach ihn Je'howith.

Bruder Braumin lächelte angesichts der verwirrenden Komplexität des Ganzen und gab Francis im Stillen Recht, dass er, Braumin, für die politischen Anforderungen, die an einen ehrwürdigen Vater gestellt wurden, tatsächlich noch nicht reif war.

»Wenn Ihr wollt, fragt Meister Francis«, sagte Je'howith, »oder irgendeinen anderen Eurer Freunde, die Abt Agronguerre kennen. Sein Ruf als sanftmütiger und gerechtigkeitsliebender Mensch ist wohl bekannt. Richtig, er ist kein besonders durchsetzungsfähiger Mann, ist nicht so draufgängerisch wie einst der junge Markwart, aber momentan braucht die Kirche vielleicht eher heilsame Stabilität.«

Braumin nickte und begann, Je'howiths Interesse an Agronguerre zu verstehen. Zweifellos würde Agronguerre den alten Je'howith unterstützen und in den kommenden Jahren die Interessen des Abtes aus Ursal vertreten. Immerhin war Agronguerre der Abt von St. Belfour im wilden Vanguard, das von König Danubes jüngerem Bruder, Prinz Midalis, regiert wurde; Braumin kannte die dortigen Verhältnisse gut genug, um zu wissen, dass es in Vanguard zwischen Kirche und Krone ein freundschaftliches Miteinander gab.

»Er ist ein guter Mensch mit hervorragendem Ruf«, betonte Je'howith, »und er ist kein junger Mann mehr, nicht viel jünger als ich. Eure Fürsprache wäre für uns beide von Vorteil. Aber selbst ohne Eure oder Bruder Francis' Unterstützung könnte ich das Kollegium in Aufruhr versetzen, indem ich meine Kandidatur verkünde. Womöglich würde ich nicht genügend Stimmen zum Sieg erhalten, aber ich könnte Euch viele Wähler abspenstig machen – Euch oder wen auch immer Ihr aufzustellen gedenkt –, und das würde in jedem Fall reichen, um entweder Abt Olin oder Abt Agronguerre zum Sieger zu machen.«

»Warum redet Ihr dann überhaupt mit mir?«, fragte Braumin.

»Weil ich fürchte, dass Olin gewinnen und anschließend versuchen würde, die Bande zwischen der abellikanischen Kirche und den heidnischen Yatol-Priestern in Behren zu stärken«, antwortete Je'howith.

Und Olin würde mit wenig Wohlwollen auf Je'howith und dessen enge Bande zu König Danube blicken, dachte Braumin.

»Also, haltet das Gedenken an Vater Markwart in Ehren«, sagte Je'howith, »so wie es sich aufgrund seiner jahrzehntelangen Verdienste um die Kirche gehört.«

Dass Braumin nichts entgegnete, schien Je'howith als Bestätigung zu reichen.

»Und unterstützt meine Fürsprache für Angronguerre«, fuhr der alte Abt fort. »Und falls Ihr Euch bis zu Agronguerres Tod als Abt von St. Precious bewährt haben solltet – ich werde Eure Ernennung befürworten –, werde ich Eure anschließende Kandidatur für das Amt des ehrwürdigen Vaters unterstützen.«

»Ich werde so viel wie möglich über Abt Agronguerre in Erfahrung bringen«, lenkte Bruder Braumin ein, »und wenn er so ist, wie Ihr sagt, werde ich seine Kandidatur befürworten.« Er nickte und verbeugte sich leicht, dann wandte er sich um und wollte zu seinen Freunden hinübergehen.

»Noch eine Sache, die Ihr bedenken solltet, Bruder Braumin«, sagte Je'howith, und Bruder Braumin wandte sich wieder zu dem alten Mönch um und sah ihn fragend an. »Beim letztjährigen Kollegium kritisierte Abt Agronguerre Vater Markwarts Ketzer-Erlass gegen Meister Jojonah. Er brachte sogar seine Befürchtungen zum Ausdruck, dass wir Bruder Avelyn möglicherweise vorschnell verurteilt hätten, weil wir uns nicht sicher sein könnten, inwieweit er für oder gegen den geflügelten Dämon agierte.«

Braumin nickte abermals. Inzwischen fand er, dass das Gespräch mit Je'howith weit besser verlaufen war, als er es für möglich gehalten hätte.

Pony sah den abschließenden Wortwechsel zwischen Braumin und Je'howith. Da sie nichts von der Unterredung mitbekommen hatte, beobachtete sie den jüngeren Mönch, als er sich umwandte und losging. Sie bemerkte seinen beschwingten Gang, der noch beschwingter wurde, als er Pony erblickte und direkt auf sie zukam.

»Mit dem Feind gemessen?«, fragte sie ihn.

»Nur die Wogen geglättet«, erwiderte Braumin. »Da Pony unser Angebot ausschlägt, ist die See ziemlich rau geworden.«

Pony lachte über Braumins unablässiges Drängen. Sie konnten einfach kein Gespräch führen, ohne dass Bruder Braumin sie aufforderte, sich formell auf die Seite der neuen abellikanischen Kirche zu stellen, die er und seine Gefährten entstehen lassen wollten. »Falls Ihr denkt, die See wäre weniger rau, wenn ich für das Amt der ehrwürdigen Mutter kandidiere, seid Ihr ein Narr, Bruder Braumin«, entgegnete sie.

»Ihr habt den auf dem Sterbebett erteilten Segen eines ehrwürdigen Vaters.«

»Eines in Ungnade gefallenen ehrwürdigen Vaters«, erinnerte ihn Pony, »eines Mannes, den *ich* erst auf das Sterbebett brachte.«

»Eines Mannes, der in den letzten Augenblicken seines Lebens tiefe Reue empfand und mit aller Klarheit in die Zukunft blickte«, erwiderte Braumin. »Und eine Kirche, die für Mitgefühl und Vergebung eintritt, wird dies zu honorieren wissen.«

Wieder lachte Pony über den ungebrochenen Idealismus des Bruders. Sah er nicht, welchem Trugschluss er mit seiner

Sichtweise unterlag? War ihm nicht klar, dass die Äbte beim Kollegium allein auf ihren persönlichen Machtzuwachs erpicht sein und Markwarts letzte Äußerung mit allergrößter Skepsis betrachten oder aber sofort als unsinnig abtun würden?

Aber diese Diskussion hatten sie bereits dutzende Male geführt, und Pony wollte nicht von neuem damit beginnen. Außerdem war keine Zeit dafür, denn in dem Moment betrat Herzog Bretherford den Raum und kündigte König Danubes Erscheinen an.

Danube schritt in den Versammlungsraum, gefolgt von Constance und Kalas und einer Abordnung von Allheart-Rittern in schimmernden Rüstungen.

»Meine Zeit ist knapp, denn mein Schiff wird in Kürze in See stechen«, sagte er und deutete auf den großen ovalen Versammlungstisch. Sofort eilten die Mönche und Adligen zu ihren Stühlen – auch Pony, die sich nicht sicher war, wo sie sich hinsetzen sollte – und warteten geduldig, bis König Danube Platz genommen hatte.

»Erteilt uns Euren Segen«, bat der König Abt Je'howith, eine Herabwürdigung von Braumin, Talumus und besonders Francis, die Pony nicht entging.

Je'howith tat wie geheißen und bat um Gottes Segen in diesen unruhigen Zeiten, erbat den Beistand, den seine Kirche brauche, um sich eine vernünftige neue Rangordnung zu geben und die Fehler des vergangenen Jahres vergessen zu machen.

Pony lauschte andächtig und bewunderte, wie geschickt der alte Mann in seinem Gebet jegliches spezifische Urteil vermied, wie er keinen Hinweis darauf gab, wer diese Fehler begangen hatte. Ja, Je'howith war sehr gerissen, sagte sie sich. Sie vertraute ihm nicht im Geringsten, und Braumin und die anderen taten gut daran, ihrem Beispiel zu folgen.

»Was sind Eure Pläne?«, fragte König Danube, sobald das

Gebet zu Ende gesprochen war. Er richtete den Blick auf Braumin, doch der überraschte Mönch schaute hilfesuchend zu Francis hinüber.

»Wir werden so bald wie möglich ein Äbtekollegium einberufen«, kam Je'howith den anderen zuvor, »vielleicht lieber in St. Precious als in St. Mere-Abelle. Ja, das könnte klug sein in diesen unruhigen Zeiten.«

Die übrigen Mönche am Tisch schienen anderer Meinung zu sein. »Das Kollegium wird immer in St. Mere-Abelle abgehalten«, warf Bruder Viscenti verärgert ein.

»Ja, aber –«, begann Je'howith.

»Wir haben einen möglichen Ortswechsel nicht besprochen«, sagte Bruder Braumin, »und dies ist nicht der richtige Zeitpunkt, um über Euer Ansinnen zu beratschlagen.«

Bruder Viscenti wollte etwas hinzufügen, ebenso Bruder Francis. Gleichzeitig bekundeten Bruder Talumus und einige seiner Gefährten aus St. Precious aufgeregt, welch große Ehrerweisung ein Äbtekollegium für St. Precious bedeuten würde. Plötzlich aber schlug König Danube mit der Faust auf den Tisch und sprang von seinem Platz auf.

»Ich habe euch gewarnt!«, rief er. »Ihr sollt eine neue Rangordnung in euer Haus bringen! Seht ihr nicht die Verunsicherung in den Gesichtern der Menschen, denen ihr zu dienen vorgebt? Versteht ihr nicht, dass euer törichtes Gezänk das Königreich auseinander reißen wird, zumindest was die Religion anbelangt? Ich will davon nichts mehr hören!«

»Bruder Braumin und ich sind bezüglich des künftigen ehrwürdigen Vaters zu einer Übereinkunft gelangt«, erklärte Je'howith, der über den Ausbruch des Königs sichtlich beunruhigt war und vermutlich bereute, einen Ortswechsel für das Äbtekollegium vorgeschlagen zu haben.

König Danube setzte sich wieder hin und sah Braumin fragend an.

»Wir haben uns … verständigt«, begann Braumin. »Meine

und Vater Markwarts Wahl – die des geläuterten Vater Markwarts – sitzt neben mir«, erklärte er und klopfte Pony auf die Schulter. »Aber da Jilseponie unser Angebot nicht annimmt, haben Abt Je'howith und ich uns Gedanken gemacht.«

»Und würdet Ihr diese Gedanken bitte mit uns übrigen teilen?«, sagte Meister Francis.

»Natürlich«, erwiderte Braumin. »Wir haben keine Entscheidung getroffen – das steht uns nicht zu –, sondern die Angelegenheit bloß besprochen und versucht, einen Vorschlag zu erarbeiten, den wir unseren Ordensbrüdern unterbreiten können.«

Francis nickte und bedeutete Braumin fortzufahren.

»Wie Ihr wisst, dürfen wir unseren Vorschlag nicht öffentlich machen«, antwortete Braumin und richtete den Blick auf den König. »Aber das Äbtekollegium wird seiner Aufgabe gerecht werden und die richtige Wahl für diese schweren Zeiten treffen. Das versichere ich Euch, Eure Majestät.«

»Und wir haben uns auf einen neuen Abt für St. Precious verständigt«, fügte Je'howith zur allgemeinen Verblüffung hinzu. »Aufgrund seiner Großzügigkeit und Weitsicht verzichtet Meister Francis auf den Posten und nominiert …« Er machte eine Pause und bedeutete Francis fortzufahren.

»Ich d-d-dachte, Bruder Braumin«, stotterte Francis, der sichtlich überrascht war, dass Je'howith ihm zuvorkam. »Sobald er formell zum Meister ernannt worden ist …«

»Ja«, hörten sie Bruder Talumus voller Enthusiasmus ausrufen.

»Immakulat Braumin wird noch in dieser Woche zum Abt von St. Precious ernannt«, sagte Je'howith. »sobald wir alle dafür oder dagegen sprechenden Argumente gehört haben, werden wir mit den Vorkehrungen beginnen.«

König Danube blickte zu Braumin hinüber, und der Mönch zuckte mit den Schultern. »Wenn meine Dienste gewünscht werden, werde ich mich nicht weigern«, sagte er.

Danube nickte, offenbar zufrieden damit. Dann legte er seine Hand ans Kinn und schaute nachdenklich ins Leere. Die übrigen Anwesenden am Tisch verstummten andächtig, und Pony wurde klar, dass hier allein Danube das Sagen hatte und dass die Brüder des Abellikaner-Ordens gut daran taten, ihn keinesfalls zu stören. Je weniger König Danube sich mit der Kirche beschäftigen musste, desto stärker würde sie aus ihrer gegenwärtigen Krise hervorgehen.

Danube schwieg eine halbe Ewigkeit – Pony hatte das Gefühl, dass der Mann die Geduld der Mönche testete und abwartete, ob jemand zu sprechen wagte. Schließlich räusperte er sich und sah Pony an.

»Bruder Braumin, habt Ihr Euch für einen Mann oder für eine Frau als Oberhaupt der abellikanischen Kirche entschieden?«, fragte Danube.

Pony fühlte sich unbehaglich, hielt Danubes Blick aber stand.

»Falls Äbtissin Delenia aus St. Gwendolyn sich nicht für das Amt bewerben sollte, wird es ein Mann sein«, antwortete Braumin.

»Und Äbtissin Delenia hätte ohnehin keine Chance, Oberhaupt der Kirche zu werden, selbst wenn sie es wollte«, fügte Abt Je'howith aufgeregt hinzu.

Sein Tonfall ließ Pony in seine Richtung blicken. Sie versuchte festzustellen, ob er sich über die bloße Andeutung, dass eine Frau Kirchen-Oberhaupt werden könnte, aufregte oder über den Umstand, dass König Danube die Frage an Braumin gerichtet hatte und nicht an ihn.

»Und Ihr habt das Angebot abgelehnt«, sagte Danube zu ihr, als sie sich wieder umwandte. »Die abellikanische Kirche bietet Euch das zweitmächtigste Amt der Welt an, und Ihr lehnt ab?«

»Bruder Braumin und einige andere boten mir an, meine *Kandidatur* für das Amt der ehrwürdigen Mutter zu unterstützen«, korrigierte ihn Pony, »aber viele andere in der Kirche hätten sich meiner Kandidatur widersetzt. Ich habe mich entschlossen, diesen Kampf nicht anzunehmen, und außerdem finde ich, dass ich das Amt eines Kirchen-Oberhauptes ohnehin nicht verdiene.«

»Wohl gesprochen. Ich finde, Ihr –«, sagte Je'howith, doch Danube schnitt ihm mit einer ärgerlichen Handbewegung das Wort ab.

»Ihr unterschätzt Eure Ausstrahlung, Jilseponie«, fuhr der König fort, »und das, was Ihr geleistet habt und in Zukunft leisten könntet. Ich hege keine Zweifel, dass die abellikanische Kirche unter Eurer Führung aufblühen würde.«

Mit einem Nicken bedankte sich Pony für das überraschende Kompliment.

»Aber möglicherweise ist der Verlust für die Kirche ja vorteilhaft für mich«, fuhr der König fort. »Da Ihr Euch entschlossen habt, das Angebot des Ordens auszuschlagen, möchte ich Euch noch einmal fragen, ob ich Euch irgendwie überzeugen kann, die Baronswürde von Palmaris anzunehmen.«

Seufzend senkte Pony den Blick. Jeder wollte sie für sich haben. Sie verstand, weshalb ihr so viel Aufmerksamkeit zuteil wurde – für das Volk war sie eine Heldin, und die Menschen hatten sich in letzter Zeit mit dem König und vor allem mit der Kirche äußerst unzufrieden gezeigt –, aber trotzdem konnte sie nicht glauben, wie viel Vertrauen diese Führer in sie setzten. »Was weiß ich schon darüber, wie man eine Stadt regiert, mein König?«

Danube lachte herzhaft – zu herzhaft, fanden Pony und einige andere, die, wie ihr auffiel, nervöse Blicke austauschten, insbesondere Herzog Kalas und Constance Pemblebury, deren Mienen sich verfinstert hatten.

Pony war darüber nicht sonderlich überrascht. Immerhin hatte Kalas ihr seine amourösen Gefühle angedeutet, und Constance war der Liebling des Königs. Hatte Danubes herzhaftes Lachen Pony soeben zum Ziel einer Intrige der beiden gemacht?

Sie seufzte und sah zu Bruder Braumin hinüber, der sie flehend anstarrte.

Pony lenkte ein und begann, ebenfalls zu lachen.

»Dann stimmt Ihr mir also zu, dass Eure Bemerkung absurd war?«, fragte Danube sogleich. »Woher sollte Jilseponie auch wissen, wie man Führungsaufgaben bewältigt!«

»Nein, Euer Majestät«, antwortete Pony. »Ich lache, weil ich nicht glauben kann, dass ...« Sie verstummte und schüttelte hilflos den Kopf. »Ich eigne mich nicht als Baroness oder für irgendein anderes Amt, das Ihr mir schenken wollt«, sagte sie, »genauso wenig wie ich mich als ehrwürdige Mutter einer Kirche eigne, deren komplizierte Politik ich kaum verstehe.«

»Unsinn«, erklärte Danube, aber Pony schüttelte weiter den Kopf, selbst als er das Wort herausbellte. »Adel liegt Euch im Blut«, fuhr der König fort, »wenn nicht sogar in Eurer Blutlinie, und Euer Eintritt in den Königshof würde sich für Euch als höchst vorteilhaft erweisen.«

Sie schüttelte noch immer den Kopf.

Der König starrte sie eine Weile durchdringend an, dann stieß er einen resignierten Seufzer aus. »Wie ich sehe, kann ich Euch nicht überzeugen. Nein, Jilseponie Wyndon, Ihr besitzt einen untadeligen Charakter und eine außergewöhnliche Entschlossenheit.«

»Sturköpfigkeit«, wagte Bruder Braumin anzumerken und entspannte damit die Atmosphäre wieder.

Der König lachte abermals. »Aber es ist die Sturköpfigkeit einer wahren Heldin«, sagte er. »Schade, dass Ihr Eure Meinung nicht ändert. Ein herber Verlust für uns beide, nicht wahr, Abt Je'howith?«

»In der Tat«, sagte der alte Abt wenig überzeugend.

Ponys Blick wanderte zwischen Constance und Kalas hin und her, die sie unablässig anstarrten.

»Die Herrschaft über Palmaris wird auch weiterhin in guten Händen liegen«, fuhr der König fort, nun wieder zur gesamten Versammlung sprechend. »Herzog Kalas wird Baron bleiben, so lange er es für nötig hält. Aufgrund der Feindseligkeiten der Pauris, Goblins und Riesen, die nach jüngsten Berichten in der Region um Palmaris noch immer ihr Unwesen treiben, wird er die Hälfte der Allheart-Brigade hier behalten. Das sollte ausreichen, um das Volk von Palmaris in Ruhe schlafen zu lassen.«

Pony blickte zu Francis, Braumin und den anderen jungen Mönchen hinüber. Aus ihren bestürzten Mienen las sie ab, dass sie den Beschluss des Königs durchschauten. Danube fürchtete keine Pauris, Goblins oder Riesen, denn die Stadtgarde von Palmaris hatte sich während des Krieges als überaus verlässlich erwiesen. Nein, wenn der König von potenziellen Feinden sprach, meinte er damit die Mönche von St. Precious, mit denen Herzog Kalas sich künftig würde auseinander setzen müssen. Die Allhearts würden aus Chasewind Manor eine wahre Festung machen und Herzog Kalas' Macht beträchtlich stärken.

Auch Pony war über die Nachricht bestürzt, doch zumindest konnte sie sich für Bruder Braumin freuen; sie glaubte an den Mann und seine Ziele. Seine bevorstehende Ernennung zum Abt von St. Precious ließ sie beinahe verkünden, dass sie ihre Meinung geändert habe und einwillige, der Kirche beizutreten, jedoch nicht als ehrwürdige Mutter, sondern als Bruder Braumins persönliche Beraterin in dessen neuem Amt. Aber während sie noch das Für und Wieder abwog, musste sie an Elbryan und ihr verlorenes Kind denken, an die Sinnlosigkeit des Ganzen, an all die verschwendeten Anstrengungen eines Kampfes gegen Feinde, die ihr in diesem Moment unbesiegbar vorkamen.

Sie schwieg; genau genommen zog sie sich bis zum Ende der Versammlung in ihr Inneres zurück. Es kamen keine weiteren Überraschungen, weder von Danube noch von den Mönchen, und schon bald waren alle Punkte abgehakt. Pony bemerkte den bösen Blick, mit dem Constance Pemblebury sie bedachte, als sie den Versammlungsraum verließen, ein Blick, der sich noch verfinsterte, als König Danube Ponys Hand nahm und einen Kuss darauf hauchte. Noch einmal drückte er ihr seine Dankbarkeit für ihre Taten und Opfer aus und erklärte, durch Jilseponie und Elbryan, durch Avelyn und den Zentaur, Bradwarden, durch Roger Flinkfinger und – zu jedermanns Verblüffung – durch das lautlose Wirken der Touel'alfar werde im Königreich des Bären nun alles wieder gut.

Dann war Danube verschwunden und der Augenblick der Dankbarkeit verstrichen; der König, Constance Pemblebury und Herzog Bretherford ritten zum Hafen und begaben sich auf die dort wartenden Schiffe. Die Realität des düsteren Tages senkte sich wieder über St. Precious.

Ein vorübergehender Moment der Waffenruhe, dachte Pony, während sie über die letzten Worte des Königs nachsann. Ein flüchtiger Moment des Glanzes, der in der Düsternis verblasste. Wie alle diese Momente.

Später am selben Tag saß Pony wieder auf dem Zinnendach des Wehrturms von St. Precious. Das Spektakel im Hafen, wo die riesigen Schiffe des Königs unter schmetternden Trompetenfanfaren die Segel setzten und die Menschen ihnen lautstark zujubelten, hielt ihre Aufmerksamkeit nicht lange gefangen. Stattdessen blickte sie nach Norden, über die Stadtmauer, die Bauernhäuser und die sanft geschwungenen Hügel hinweg. Im Geiste blickte sie nach Dundalis und auf ihre Vergangenheit – und vielleicht, dachte sie, auf ihre Zukunft.

3. Bündnis gegen einen gemeinsamen Feind

Eiskalter Regen prasselte auf die kahlen Bäume nieder und durchnässte Prinz Midalis und seine Soldaten bis auf die Knochen. Sie hatten auf Schnee gehofft, auf einen der gewaltigen Schneestürme, die Vanguard oft heimsuchten. Die Stürme brauten sich über dem Golf von Korona zusammen, sogen das Wasser auf und luden es über der gesamten Region als hüfthohen Schnee ab. Dieses Mal aber war es bloß Regen; zugegeben, ein höchst unangenehmer, eiskalter Regen, aber es war nichts, was die Goblin-Streitmacht aus ihren Stellungen rund um das große, steinerne Abteigebäude von St. Belfour vertrieben hätte, das mitten im Wald auf einem kleinen, baumlosen Hügel stand.

Mit tief in die Gesichter gezogenen Mantelkapuzen ritten der junge Prinz und sein engster Vertrauter, Liam O'Blythe, der Graf von Tir-Mattias, langsam auf den Waldrand zu. Von dort hatten sie freie Sicht auf die Abtei und die gewaltige Goblin-Streitmacht, die drum herum in Stellung lag.

»Es sind mindestens zweitausend von diesen Ungeheuern«, sagte Liam, den Blick weiter auf die sich ihnen bietende Szenerie gerichtet. Er war ein schlaksiger Mann mit sommersprossengesprenkeltem Gesicht, roten Haaren und den grauen Augen, die für viele Einwohner Vanguards typisch waren. »Sie sind fünf zu eins in der Überzahl, vorausgesetzt, dass die Mönche rauskommen und mitkämpfen.«

»Mir wären ein paar kräftige Blitzschläge lieber«, entgegnete Midalis, in dessen höfischem Ursal-Akzent eine Spur der rollenden Vanguard-Mundart mitschwang. Unter der Kapuze blitzten seine blauen, trotz des trüben Tages hell leuchtenden Augen auf. Wenn er mit Einheimischen aus Vanguard in einem Raum war, sah man deutlich, dass er nicht aus der Region stammte. Zwar war er ebenfalls mittelgroß und von durchschnittlicher Statur, aber er hatte eine dunklere Gesichtsfarbe und dunkelbraunes Haar. Jeder, der Midalis neben dem älteren Danube stehen sah, erkannte, dass die beiden Brüder sein mussten.

»Falls ihre Steine noch genügend magische Kraft besitzen«, sagte Liam. Er zog seine durchnässte Kapuze zurück, schüttelte seinen wilden roten Haarschopf und strich sich die Strähnen aus der Stirn. »Sie haben seit zwei Wochen keinen Blitzschlag oder Feuerball auf die Goblins geworfen.«

»Ihre Kraft würde noch ausreichen«, sagte Midalis. »Aber sie wissen, dass sie die Goblins erst richtig wild machen, wenn sie erneut ihre Magie einsetzen. Und es würde sie so erschöpfen, dass sie die Horde kaum noch abwehren könnten.«

Liam nickte, aber seine Miene blieb mürrisch und zweifelnd. »Nun, wenn wir angreifen, sollen sie wenigstens ein, zwei Blitzschläge werfen, sonst werden die Goblins uns entweder verjagen oder bis auf den letzten Mann abschlachten.«

Midalis teilte die Ansicht seines Freundes. Seit Beendigung des Krieges hatte sich die Lage in Vanguard verschlechtert, denn hier war der Krieg noch nicht vorüber. Die Horden des Geflügelten hatten die Region schwer getroffen, sowohl im Küstengebiet als auch mit einer landeinwärts marschierenden Streitmacht. Südlich und westlich des Golfes von Korona war das Land kultiviert und viel dichter besiedelt, und dort war es der Armee des Königs gelungen, die Horden zu vertreiben; hier aber, wo das Land rau war, wo es mehr Wälder als Ackerland gab und die menschliche Bevölkerung in Hunderten gezählt wurde statt in Zehntausenden, hatten die Pauris und Goblins sich nicht so bereitwillig zurückgezogen. Vanguard war seit jeher die raueste Region im Bärenreich, mit Wäldern voller Raubkatzen und riesiger Braunbären und einer Nordgrenze, die regelmäßig von den kriegslüsternen Barbarenstämmen der Alpinadoraner verletzt wurde. Vanguards Volk hatte gewusst, dass Pauris und Goblins keine Legenden waren, lange bevor der Geflügelte erwacht war und den zivilisierteren Regionen ins Gedächtnis rief, dass die Ungeheuer tatsächlich existierten.

Und obwohl es seinen Feinden zahlenmäßig unterlegen war, wusste Vanguards Volk sich zu wehren.

Dennoch wollte Midalis die Schlacht nicht; die Goblin-Armee, mit der sie es zu tun hatten, war zu groß und der Untergrund um St. Belfour zu uneben, um aus ihrem größten Vorteil, ihren Pferden, vollen Nutzen ziehen zu können. Deswegen hatte Midalis gehofft, dass die dunklen Wolken, die sie über dem Golf hatten heraufziehen sehen, einen heftigen Schneesturm bringen würden, der die Goblins zur Aufgabe zwang.

»Irgendwann wird es schon schneien«, sagte Liam.

Midalis schüttelte verdrossen den Kopf. »Die Mönche können nicht viel länger durchhalten«, erklärte er. »Sie werden seit fast zwei Monaten belagert, und ihre Vorräte reichen nicht für alle Menschen, die vor den Goblins in die Abtei geflohen sind.« Er verstummte und starrte durch den Regen auf die Abtei und die unzähligen Lagerfeuer der Goblins.

»Ihr wollt zu ihm, nicht wahr?«, fragte Liam.

Midalis blickte ihn an. »Ich sehe keine andere Möglichkeit«, antwortete er. »Letzte Nacht erschien Agronguerre mir im Traum und erbat unsere Hilfe. Ihre Lebensmittel reichen noch einen Tag, dann fangen sie an zu hungern. Wir können nicht länger warten.«

Liams Miene drückte aus, dass er dem, was ihnen bevorstand, nicht mit Freude entgegensah.

»Ich bin darüber auch nicht erbaut«, sagte Midalis zu ihm. »Normalerweise würden wir gegen die Barbaren kämpfen, und jetzt bitte ich sie um Hilfe.«

»Hilfe für den Abellikaner-Orden«, rief Liam ihm ins Gedächtnis. »Das macht die Sache nicht gerade angenehmer.«

»Ja, zwischen den Barbaren aus Alpinador und der Kirche herrscht wahrlich keine Freundschaft«, pflichtete Midalis ihm bei. Der Prinz hatte völlig Recht damit, denn die Kirche war viele Male in das wilde nördliche Königreich vorgestoßen, und jede dieser Unternehmungen hatte katastrophale Folgen gehabt, besonders in jüngerer Vergangenheit, als es in einem Städtchen namens Fuldebarrow zu einem scheußlichen Gemetzel gekommen war. »Aber ich muss hingehen und es für den Abt und seine Bruderschaft versuchen.«

»Ich werde Euch begleiten, mein Prinz«, sagte Liam. »Und jeder Eurer Soldaten würde Schulter an Schulter mit dem Dämon persönlich kämpfen, sollte Prinz Midalis ihn zu unserem Verbündeten erklären.«

Midalis klopfte Liam auf die Schulter, wie immer dankbar für die bedingungslose Loyalität der ihm untergebenen Männer und Frauen. Das Volk von Vanguard hatte alle Heimsuchungen wie die todbringenden Schneestürme und jetzt die Invasion überlebt, indem es vereint hinter seinem geliebten Prinz Midalis stand, dem jüngeren Bruder von König Danube Brock Ursal. Und Midalis empfand dieselbe tiefe Loyalität gegenüber seinen Untertanen. Als Danubes Bruder hätte er jedes Herzogtum regieren können, das er haben wollte. Er hätte Mantis Arm mit seinem prosperierenden Handelswesen wählen können, oder die zwischen Ursal und Entel gelegene Yorkey-Region mit ihrem milden Klima und dem sanft geschwungenen Ackerland. Oder er hätte sich, wie es für einen alleinigen Königsbruder üblich war, zum Herzog von Ursal ernennen lassen und an Danubes Seite im höfischen Luxus schwelgen können.

Aber Midalis hatte Vanguard seit seiner Kindheit ins Herz geschlossen, als sein Vater mit ihm auf der Jagd nach dem riesigen Nordelch zur Küstenfeste Pireth Vanguard gesegelt war. Etwas an der rauen, scheinbar unzähmbaren Natur der Region hatte im jungen Midalis dessen spirituelle Seite erweckt, hatte ihm eine Alternative zum Schmutz und zum Durcheinander der Städte gezeigt. Sein Bruder hatte Midalis nur widerwillig in dieses raue Land ziehen lassen, denn er befürchtete, dass das nahezu autonome Volk den Prinzen nicht akzeptieren würde. Womöglich würde ihm bei einem Jagdausflug gar ein »Unfall« widerfahren.

Danubes Befürchtungen hatten sich in dem Moment als unbegründet erwiesen, als Midalis vom Schiff kam und das niedrige Dock von Pireth Vanguard betrat. Ihn empfing eine bunt gemischte, aus allen umliegenden Gemeinden kommende Menschenmenge, die ihm zu Ehren ein großes Festmahl mit Wildbret und Geflügel veranstaltete; dazu spielten Dudelsack-Pfeifer mal lustige, mal melancholische Lieder, und die anwesenden jungen Damen rissen sich darum, mit ihrem neuen Prinzen tanzen zu dürfen.

Midalis hatte wahrhaftig eine neue Heimat gefunden. Und so hatte er, als die Horden des Geflügelten in das Land eingefallen waren, Vanguards Armee persönlich in die Schlacht geführt. Man konnte ihm wahrlich nicht nachsagen, jemals von einem sicheren Standort aus seine Soldaten ins Gefecht geschickt zu haben – im Gegenteil, er war nie einem Kampf aus dem Weg gegangen.

Und deswegen hatten seine Untertanen, die traditionellen Feinde der Barbaren, ohne zu murren den Entschluss ihres Prinzen akzeptiert, als vor einer Woche Andacanavar in ihrem Lager erschienen war und Midalis einem Treffen mit ihm und dem Clan-Häuptling Brunheld zugestimmt hatte.

Trotzdem waren Midalis und Liam nervös, als sie über den bewaldeten Flügel zu dem Feld ritten, wo Andacanavar und sein Gefolge ihr Lager aufgeschlagen hatten. Würde der riesige Barbar ihn in eine Falle locken? Hatte er sein Freundschaftsangebot nur vorgetäuscht, um Vanguards Armee ihres Führers zu berauben?

Midalis verdrängte sein Misstrauen und dachte stattdessen

an den armen Abt Agronguerre und die anderen vierzig Mönche in St. Belfour und an die dreihundert Gemeinden, die sich hinter den Abteimauern verschanzt hatten.

Am Rande des Feldes kamen den beiden Reitern drei hünenhafte, muskelbepackte Männer entgegen. Der Kleinste von ihnen war immer noch gut zwanzig Zentimeter größer als der sechs Fuß große Midalis. Mit riesigen Speeren in den Händen traten zwei der Männer vor die Pferde der Besucher, griffen unterhalb der Tiermäuler nach den Zügeln und zogen sie mit einem Ruck herunter.

»Wer von euch ist Midalis?«, fragte der dritte aus der Gruppe, der einige Schritte zurückgeblieben war.

Der Prinz zog seine Kapuze zurück und schüttelte die Feuchtigkeit aus seinen glatten braunen Haaren. »Ich bin der Prinz des Bärenreiches«, sagte er und sah, wie sich die Augen der drei Barbaren verengten.

»Euer Anführer bat mich, ihn aufzusuchen«, fuhr Midalis fort. »Als Freund.«

Der hinten stehende Barbar deutete nickend zur Seite, was hieß, dass sie von ihren Pferden steigen sollten; dann, während seine beiden Gefährten die Tiere fortführten, bedeutete er Midalis und Liam, ihm zu folgen.

»Ihr müsst den Pferden die Sättel abnehmen und ihr Fell bürsten«, rief Prinz Midalis den beiden Hünen nach.

Ihr Führer schaute über die Schulter und warf ihm einen abfälligen Blick zu.

»Sie wissen nicht viel über Pferde«, flüsterte Liam dem Prinzen zu. »Die Alpinadoraner halten nicht viel vom Reiten.«

»Aber wir mögen Pferdefleisch«, fügte ihr hünenhafter Führer an.

Midalis und Liam sahen sich viel sagend an; dies würde nicht einfach werden.

Sie wurden zu einem großen Zelt in der Mitte des Lagers geführt. Auf dem Weg dorthin fiel den beiden auf, dass ihnen nur wenige Augenpaare nachblickten, und als ihr Führer die Zeltklappe zur Seite schlug, sahen sie den Grund dafür.

In dem Zelt waren mehr als dreihundert Barbarenkrieger – alles muskelbepackte Hünen, die meisten mit langen, flachsblonden Haaren, einige mit Zöpfen, andere mit eingeflochtenem Schmuckwerk in den Mähnen. Die Männer hielten schäumende Becher in den Händen und machten einen solchen Lärm, dass Midalis und Liam sich fragten, weshalb sie die Barbaren nicht schon aus einer Meile Entfernung gehört hatten und auch die Goblins vor St. Belfour nichts bemerkt und keine Kundschafter ausgesandt hatten.

Oder vielleicht hatten sie Kundschafter ausgesandt, wurde Midalis klar, als er zur Seite blickte und wie als makabre Festdekoration eine Reihe von aufgepflockten Goblin-Schädeln sah.

»*Tunno bren-de prin!*«, brüllte ihr Begleiter gegen den Lärm in seiner Landessprache an, einer abgehackten, holprigen Mundart, die die Menschen in Vanguard scherzhaft »Bedongadongadonga« nannten.

Es wurde augenblicklich still im Zelt, und alle Augen richteten sich auf die beiden kleineren Männer am Eingang. Der Prinz hörte Liam beklommen schlucken, und Midalis konnte es ihm voll und ganz nachfühlen. Obwohl es Spätherbst war und dementsprechend kalt, trugen die meisten der Barbaren ärmellose Wämser, die ihre dicken, muskelbepackten Arme entblößten.

Die Barbarenmeute teilte sich, als ein etwas älterer Mann mit dem wettergegerbten Gesicht von über fünfzig Wintern zwei Becher aufklaubte und langsam durch das Zelt zu schreiten begann. Er war riesig und hatte trotz seines Alters straffe Oberarmmuskeln. Obwohl es andere gab, die ebenso groß und größer waren als er und obwohl die meisten Männer im Zelt nicht einmal halb so alt waren, konnte Midalis an seinem federnden Gang, seinen harten Gesichtszügen und an seiner

Respekt einflößenden Ausstrahlung erkennen, dass dieser Mann, Andacanavar, der Hüter, sich mit mindestens zwei, wenn nicht mit dreien seiner Männer gleichzeitig messen konnte.

Ohne ein Wort zu sagen, ohne auch nur einmal zu blinzeln, ging er auf das Besucherpaar zu, blieb aber ein Dutzend Schritte vor ihnen stehen, hob seinen Becher an die Lippen und trank ihn in einem Zug leer. Dann nahm er die beiden anderen Becher, jeden in eine Hand, und schritt weiter auf Midalis und Liam zu. Bis auf ihr schweres Atmen war das Knirschen seiner Wildleder-Kniehosen das einzige Geräusch im Zelt.

Andacanavar blieb vor den beiden stehen und breitete die Arme über dem Kopf aus.

Dann schloss er die Augen und stieß einen Heulton aus, der zu einem wilden, urzeitlichen Brüllen anschwoll. Es war das Furcht einflößendste Geräusch, das Midalis und Liam je gehört hatten.

Die übrigen Nordmänner stimmten in das Brüllen mit ein, ein gemeinsamer, markerschütternder Schrei, der die Zeltwände erzittern ließ und den beiden Besuchern wahre Angstschauer über den Rücken jagte.

Während er noch brüllte, öffnete Andacanavar die Augen und zwinkerte den beiden zu. Midalis verstand das Zeichen, hob selbst die Arme und stimmte ebenfalls in das Gebrüll ein; nach einem kurzen, ungläubigen Blick tat Liam es ihm gleich, obwohl sein Schrei eher wie ein Piepsen klang. Die Nordmänner schien es nur zu immer neuen Höchstleistungen anzustacheln, bis ihr Gebrüll schließlich ein donnerndes Crescendo erreichte.

Plötzlich ließ Andacanavar die Arme sinken. Schaum flog aus den Bechern, und alle verstummten – bis auf Midalis und Liam, die das Ritual nicht kannten und noch einige peinliche Augenblicke weiterschrien. Andacanavar musterte die beiden einen Moment, dann trat der imposante Barbar auf sie zu, drückte ihnen die Becher in die Hände und rief nach neuem Met für sich.

Liam wollte den Met-Becher an die Lippen heben, aber Midalis hielt ihn zurück.

Dann hielt Andacanavar wieder einen eigenen Becher in der Hand. »Ah, wir müssen eine Horde Goblins umbringen, was?«, stellte der Barbar trocken fest.

Midalis ging das Wagnis ein. Er hob seinen Becher hoch – schüttelte sogar etwas Met auf Andacanavar, der es jedoch nicht zu bemerken schien – und rief: »Tod den Goblins!«

Andacanavar hob seinen Becher, stieß ihn gegen Midalis' Gefäß und hielt ihn erhoben. Die beiden Männer schauten auf Liam, der hastig seinen eigenen Becher hochriss und gegen die anderen stieß, während die ganze Schar der Nordmänner in den Trinkspruch einstimmte: »Tod den Goblins!«

Andacanavar leerte seinen Becher in einem Zug, genau wie Liam, denn niemand im Königreich des Bären übertraf die Trinkfestigkeit eines Vanguardiners, und auch Midalis leerte seinen Becher so weit, dass er nach einem neuen rufen konnte.

»Trinkt nur, meine Freunde, trinkt«, sagte Andacanavar.

»Aber nicht zu viel«, entgegnete Midalis. »Wir haben noch Wichtiges zu bereden.«

Andacanavar nickte. »Richtig, aber meine Männer wollen von Euch die Wahrheit hören«, erklärte er. »Wenn Ihr genug getrunken habt, werden Eure Zungen ehrlich sprechen, und dann werden wir sehen, ob unser Bündnis tatsächlich besiegelt werden kann.«

Midalis sah Liam an und zuckte mit den Schultern, dann hielten die beiden ihre Becher hin, als zwei jugendliche Barbaren mit prall gefüllten Met-Schläuchen herbeieilten, um ihnen nachzuschenken.

»Das ist Brunheld, der Clan-Häuptling aus Tol Hengor«, erklärte Andacanavar, als er sich umdrehte und einen imposanten, breitgesichtigen Mann heranwinkte, dessen flachsblonde Mähne mit bunten Federn und glitzerndem Schmuckwerk behangen war. Sein Unterkiefer war fast eckig und sah hart wie ein Felsbrocken aus. Midalis glaubte, er würde sich, wenn er jemals gegen diesen Unterkiefer schlagen sollte, eher die Hand brechen, als dem Gesicht des Hünen Schaden zufügen.

»Euer direkter Nachbar«, fuhr Andacanavar fort. »Es ist längst überfällig, dass ihr beide euch als Freunde kennen lernt.«

Midalis konnte aus Brunhelds Gesichtsausdruck nicht ablesen, ob der Mann Andacanavars Ansicht teilte. Aber der eindrucksvolle Barbar nickte leicht und hielt Midalis seinen Becher zum Anstoßen hin. Liam wollte es ihm gleichtun, aber Brunheld gebot ihm mit einem finsteren Blick Einhalt.

»Haben wir?«, fragte Midalis unverblümt.

Brunheld musterte ihn unverständig, dann richtete er den Blick auf Andacanavar.

»Uns als Freunde kennen gelernt«, erklärte Midalis. »Unsere Völker haben seit vielen Jahren wenig Kontakt miteinander, und wenn es zu Begegnungen kam, waren sie selten freundschaftlicher Natur.«

»Und Ihr gebt meinem Volk die Schuld dafür?«, grollte der offenbar leicht erzürnbare Brunheld. Die umstehenden Alpinadoraner begannen ärgerlich zu murren, und dem armen Liam schien es, als würde er vor Angst regelrecht zerfließen.

Aber Midalis hielt seinen Blick fest auf den imposanten Brunheld gerichtet. »Schuld?«, fragte er lachend. »Ich würde mir niemals anmaßen, jemandem die Schuld zu geben – das tun andere vermutlich zur Genüge, und letztlich müsste man dazu jede einzelne der katastrophalen Begegnungen auf ihre spezifischen Umstände hin untersuchen. Nein«, fuhr er fort, während Brunhelds Miene etwas freundlicher zu werden schien, »ich gebe niemandem die Schuld und nehme auch keine Schuld auf mich. Ich muss das Geschehene einfach akzeptieren und hoffen, dass wir daraus lernen und Derartiges niemals wieder zulassen. Geschätzter Brunheld, sollten unsere Völker wegen der neuerlichen Goblin-Invasion ein Bündnis eingehen, so wäre dies ein Lichtschimmer am Rande der Finsternis. Wir haben uns zu lange zum Schaden unserer Völker bekämpft. Lasst uns in dieser Hengorot-Nacht« – Brunheld und die anderen zeigten sich überrascht, dass Midalis ihren Ausdruck für das nächtliche Gelage im Met-Zelt kannte – »ein Bündnis der gegenseitigen Hilfe und der Vernunft schließen.« Als er zu Ende gesprochen hatte, hob er seinen Becher.

Ein langer, unbehaglicher Moment verstrich. Brunheld blickte zu Andacanavar, dann sah er wieder Midalis an. Es war totenstill im Met-Zelt, während die Männer den Atem anhielten und auf Brunhelds Antwort warteten.

Er stieß sein Gefäß gegen Midalis' Becher. »Wir hätten uns keinen besseren gemeinsamen Feind als die stinkenden Goblins aussuchen können!«, sprach er mit tiefer Stimme, worauf die Nordmänner im Met-Zelt einen wütenden, markerschütternden Schrei ausstießen. Der überschäumende Enthusiasmus und die ohrenbetäubende Lautstärke des Barbaren-Gebrülls ließen Liams Knie weich werden. Als Prinz Midalis seinen Gefährten von der Seite ansah, wusste er, dass Liam dasselbe dachte wie er: Sie konnten froh sein, die Alpinadoraner auf ihrer Seite zu haben!

Obwohl er aufbrechen musste, um seine Soldaten auf die bevorstehende Schlacht einzustimmen, blieb Prinz Midalis so lange bei dem Hengorot-Fest, bis Brunheld ihn ein Dutzend Met-Becher hatte leeren lassen.

»Ich bin mir nicht sicher, ob sie mir als Feinde oder als Verbündete lieber sind«, sagte Liam, während sie durch den Wald zurückritten, beide müde und betrunken. »Oh, mir wird morgen der Schädel brummen, noch bevor ein Goblin mit seiner Keule draufhaut.«

»Die Barbaren werden ebenfalls mit Brummschädeln und

pelzigen Zungen aufwachen«, erklärte Midalis. »Wahrscheinlich macht sie das nur umso wilder.«

Allein der Gedanke jagte Liam einen Angstschauer über den Rücken.

Plötzlich veränderte sich Midalis' Gesichtsausdruck, und er stoppte sein Pferd.

»Was ist los?«, fragte Liam.

Midalis hob die Hand und bedeutete Liam zu warten. Eine Empfindung war über ihn hinweggespült, ganz so wie in der vergangenen Nacht, ein lautloser, spiritueller Hilferuf. Er wusste, dass Abt Agronguerre ihn mit einem Hämatit rief. Es war eine subtile Empfindung, nichts Eindeutiges, bloß ein allgemeines Gefühl der Bedrängnis. Midalis versuchte mit aller Willenskraft, den Ruf zu erwidern. Er hoffte, dass der über ihm schwebende Geist Agronguerres seine Antwort spüren würde. »Morgen früh«, sagte er laut, denn er war sich nicht sicher, wie die Steinmagie funktionierte, ob die spirituelle Gestalt des Abtes seine Gedanken verstehen konnte. »Wir werden die Goblins morgen früh angreifen.«

»Das sagten wir bereits«, entgegnete der verwirrte Liam, doch Midalis hob abermals die Hand und bedeutete seinem Freund zu schweigen. Aber die Empfindung war vergangen, die Verbindung abgebrochen, und der Prinz konnte nur hoffen, dass sein Freund in der Abtei ihn verstanden hatte.

»Das war Agronguerre«, erklärte er Liam. »Er hat mich wieder gerufen.«

Scheinbar entnervt hob Liam die Hände. »Wieder diese Magie?«, fragte er, und Midalis nickte. »Was werden wohl unsere neuen Barbarenfreunde von den Mönchen und ihrer Magie halten?«, fragte er, denn Vanguards Bevölkerung wusste, dass die Alpinadoraner den Kräften der Steinmagie misstrauten, sie gar als Werk ihres Gottes Fenerloki betrachteten, der in ihrer Götterwelt die Kräfte des Bösen repräsentierte.

»Wir greifen an, und die Mönche werfen einen Feuerball,

und plötzlich wenden Brunheld und seine Männer sich gegen uns und reißen St. Belfours Mauern nieder«, gab Liam zu bedenken.

Seufzend überlegte Midalis, ob Liam Recht haben mochte, dann schüttelte er den Kopf. »Andacanavar weiß von der Steinmagie«, erklärte er. »Er wird Brunheld und die anderen vorwarnen. Sie wissen, dass wir gegen Goblins marschieren. Das dürfte reichen.«

»Hoffentlich behaltet Ihr Recht, mein Prinz«, entgegnete Liam besorgt.

Den Rest der Nacht fand der Prinz keinen Schlaf. In den letzten Monaten hatte er an vielen Schlachten teilgenommen, aber immer gegen kleinere Trupps der Ungeheuer und immer auf einem Schlachtfeld seiner Wahl. Dieses Mal hatte er mit mehr als dreihundert Soldaten den Großteil seiner Armee dabei, und in St. Belfour hielten sich alle Mönche Vanguards verschanzt. Sollten die Goblins die Schlacht gewinnen, konnte dies katastrophale Folgen haben – es war nicht auszuschließen, dass die Überlebenden nach Pireth Vanguard würden fliehen müssen. Vielleicht würden sie sogar über den Golf nach Süden segeln und die Region ganz aufgeben müssen.

Im Morgengrauen verflog die Müdigkeit des Prinzen, und während er seine Soldaten einwies, ließ seine wachsende Erregung ihn sogar seine pochenden Kopfschmerzen vergessen.

»Keiner zu sehen«, berichtete Liam ihm kurz darauf. »Unseren Kundschaftern zufolge ist kein einziger Barbar in der Gegend. Nicht einmal ihr Lager ist noch da.«

Midalis starrte Liam ungläubig an. »Das kann nicht sein.«

»Die Kundschafter konnten niemanden entdecken«, wiederholte Liam säuerlich. »Möglicherweise haben die Barbaren ihre Meinung geändert und sind verschwunden.«

»Oder sie wollen aus einer verdeckten Stellung angreifen«, sagte Midalis hoffnungsvoll.

»Und darauf sollen wir warten?«

Midalis dachte einen Augenblick darüber nach. Sollte er auf Andacanavar und Brunheld warten? Oder sollte er ihnen vertrauen und angreifen, bevor die Sonne in den Himmel zu steigen begann, so wie er und Andacanavar es besprochen hatten? Er dachte an Abt Agronguerres Hilferuf und an den Umstand, dass die Menschen in der Abtei ab heute hungern würden. Er und seine Männer mussten die Goblins schleunigst vertreiben, oder sie würden die Abtei verlieren. Aber so viel stand auf dem Spiel …

»Wir greifen an«, sagte er entschlossen.

»Aber falls Andacanavar –«

»Wir greifen an«, wiederholte Midalis. Er strich die Pergamentkarte glatt, die auf dem Tisch in seinem Zelt lag. Während seiner Zeit in Ursal war Midalis bei den Allhearts in Kriegstaktik geschult worden, und er hatte gelernt, seine Stärken und die Schwächen des Gegners zu erkennen. Er wusste, dass seine Männer es mit den Goblins im Verhältnis zwei zu eins aufnehmen konnten – mit mehr noch, falls sie ihre Pferde richtig einzusetzen wussten. Aber das heutige Zahlenverhältnis sprach eindeutig gegen sie.

Midalis studierte die Karte, konzentrierte sich auf das offene Gelände um die Abtei und den bewaldeten Hügel westlich davon. Wenigstens ein paar Vorräte mussten sie in die Abtei schaffen.

Der Prinz legte einen Schlachtplan fest und rief seine Feldwebel zusammen, und binnen einer Stunde setzte Vanguards Sreitmacht sich in Marsch.

»Er hat Euren Ruf gehört, oder?«, fragte der nervöse junge Bruder Haney Abt Agronguerre. Die beiden Ordensbrüder standen auf St. Belfours Glockenturm, der ihnen eine gute Aussicht auf die Umgebung bot. Es hatte aufgehört zu regnen, und die Sterne verblassten allmählich, während es am östlichen Horizont hell zu werden begann.

Abt Agronguerre starrte auf die Lagerfeuer der Goblins. Er wusste um den Ernst ihrer Lage; sie hatten keine Lebensmittel mehr, und sie benötigten dringend Midalis' Hilfe. Aber Agronguerre kannte auch die Grenzen von Midalis' Möglichkeiten und wusste, dass ihre Aussichten schlecht waren, selbst wenn Midalis mit jedem verfügbaren Soldaten angriff. Am schlimmsten aber war, dass Agronguerre Bruder Haney nicht antworten konnte, denn er wusste nicht, ob Midalis ihn gehört hatte.

»Wir müssen beten«, erwiderte er und wandte sich dem jungen Mann zu, der gerade Anfang zwanzig war.

Bruder Haney schüttelte den Kopf. »Midalis muss uns helfen«, sagte er. »Ansonsten –«

»Ansonsten werden wir uns heute Nacht aus St. Belfour herausschleichen«, sagte Agronguerre.

Bruder Haney nickte. Die Entschlossenheit in Agronguerres Stimme schien ihm neue Kraft zu geben.

Aber sie waren sich beide über ihre verzweifelte Lage im Klaren, und sie wussten, dass es so aussah, als hätten die Goblins dieses Mal gewonnen.

»Sie machen keinen Laut«, sagte Liam O'Blythe kurz vor Sonnenaufgang zu Prinz Midalis. Sie standen auf einem bewaldeten Hügel hinter St. Belfour, und um sie herum herrschte Totenstille. Soeben waren die Kundschafter mit der Nachricht zurückgekehrt, dass ein Teil der Goblins sich am Fuß des Hügels im Unterholz versteckt hielt.

Midalis blickte zu seinen Soldaten zurück, deren Pferde mit prall gefüllten Satteltaschen beladen waren. Sie mussten wenigstens bis an die Abteimauer gelangen und den dahinter verschanzten Menschen die Vorräte hochwerfen. Und das würde ihnen auch gelingen, wusste Midalis, aber ihm war klar, dass der Rückzug problematisch werden würde.

»Glaubt Ihr, wir können uns zurückziehen, ohne in Kämpfe verwickelt zu werden?«, fragte Liam, offenbar seine Gedanken lesend.

»Wir werden an der Nordost-Ecke einfallen«, erklärte Midalis und deutete in diese Richtung. St. Belfours Nordmauer lag dicht am Fuß des bewaldeten Hügels. Leider wimmelte es dort von Goblins, aber Midalis glaubte, dass er und seine Männer an ihnen vorbeigelangen und die Abtei erreichen konnten. Vor den anderen drei Abteimauern lag offenes Gelände, das sich etwa fünfzig Meter in die jeweilige Richtung erstreckte. Dahinter lagen weitere hügelige Waldgebiete, in denen es ebenfalls von Goblins wimmelte. Das offene Gelände bot Midalis und seinen Männern zwar den Vorteil, mit ihren Pferden den Feind niederreiten zu können und sich in Reichweite der magischen Unterstützung der Mönche zu befinden, aber der Rückzug von dort würde sich als äußerst gefährlich erweisen, erkannte der Prinz. Er würde seine Soldaten in ein Waldstück schicken müssen, in dem aus allen Richtungen Goblins über sie herfallen würden. Vanguards Streitmacht war bisher so erfolgreich gewesen, weil der Prinz ihre Schlachtfelder sorgsam ausgewählt hatte, und das vor ihnen liegende schien Midalis alles andere als geeignet.

Aber sie mussten es wagen, sie mussten ihren hungernden Landsleuten die Vorräte bringen.

»Ich denke schon, dass wir in Kämpfe verwickelt werden«, sagte Midalis. »Die Goblins werden uns nachjagen und uns von allen Seiten attackieren.«

»Wie viele können die Mönche erledigen?«

Midalis zuckte mit den Schultern. Er wusste nicht, wie groß Abt Agronguerres magische Ressourcen waren, doch er ging davon aus, dass sie nicht lange reichen würden. »Am besten wäre, wenn wir an die Abteimauer gelangen und uns anschließend mit möglichst geringen Verlusten zurückziehen können«, sagte der Prinz. Mehrere der ihn umgebenden Männer murrten unwillig, alles grimmig dreinblickende Soldaten, denen es nach Goblin-Blut dürstete. »Lasst den Winter die Belagerung beenden. Wenn die Mönche genügend Vorräte haben, können sie vermutlich bis zum ersten tiefen Schnee durchhalten«, erklärte Midalis.

»Stimmt, es sind einfach zu viele Goblins«, pflichtete Liam ihm bei, seine Worte an die übrigen Soldaten richtend.

»Aber vermutlich werden sie uns schon angreifen, bevor wir in die Nähe der Mauer gelangen«, merkte einer der Männer an, und dem Prinzen fiel der hoffnungsvolle Unterton in den Worten auf.

»Dann werden wir eben so lange wir können gegen die Ungeheuer kämpfen«, erwiderte Midalis. »Mit unserer Tapferkeit und der Magie aus der Abtei können wir die Goblin-Streitmacht zerstreuen und in den Wald zurücktreiben, wo wir die einzelnen Gruppen jagen und vernichten werden.«

Er sprach im Brustton der Überzeugung, aber die erfahrenen Männer seines Trupps wussten, wie aussichtslos ihre Lage war, und Midalis wusste es ebenfalls. Die hässlichen kleinen Ungeheuer würden über sie herfallen und keine Ruhe geben, bis der letzte Mensch umgebracht war. Eine Hoffnung hatten Midalis und seine Männer jedoch: Der Prinz hatte im Süden seine Bogenschützen Stellung beziehen lassen und ihnen befohlen, ihre Pfeile so lange zurückzuhalten, bis die Lage kritisch wurde, und dann ihr Feuer auf die schwächste Stelle der Goblin-Reihen zu richten und den Reitern damit hoffentlich einen Durchbruch zu ermöglichen.

Es war ein Plan für eine verlustreiche Niederlage, sicherlich kein Siegesplan.

»Der Morgen bricht an«, sagte Liam mit Blick nach Osten, wo gerade die rote Rundung der Sonne über den Horizont zu steigen begann.

Midalis sah seinen Freund voller Entschlossenheit an, gab ihm die Hand und ritt los, erst langsam den Hügel hinunter, dann in immer schnellerem Galopp.

Auf dem Glockenturm von St. Belfour stieß Abt Agronguerre einen Seufzer der Erleichterung aus, als er die Rufe »Reiter aus nördlicher Richtung« hörte, und wandte sich um, damit er einen Blick auf die dunklen Gestalten werfen konnte, die sich der Rückseite der Abtei näherten.

»Die Fänger nach hinten zur Nordost-Ecke!«, rief der alte Abt Bruder Haney zu und eilte schnaufend die Wendeltreppe hinunter, denn er wusste, dass Midalis und seine todesmutigen Soldaten gleich seine Unterstützung benötigen würden.

Er hörte Schreie auf dem bewaldeten Hügel hinter der Nordmauer und gleich darauf die Rufe seiner Ordensbrüder: »Goblins!«

Abt Agronguerre widerstand dem Drang, zur Nordmauer zu rennen und dort seine Magie einzusetzen. Prinz Midalis und seine Männer würden ihren Verfolgern einfach davonreiten müssen!

Am unteren Treppenabsatz traf Abt Agronguerre auf Bruder Haney, und gemeinsam rannten sie den Gang hinunter, von dem aus sie auf die Brustwehr der Südmauer gelangten. Dort standen bereits mehrere zauberkundige Mönche in Stellung, die ihre Steine – die wenigen Graphite, die es in St. Belfour gab – auf den Wald gerichtet hielten. Agronguerre eilte zu ihnen und holte seine eigenen Steine, einen Rubin und einen Serpentin, heraus. Bruder Haney tat es ihm gleich und entnahm seinem Beutel den machtvollsten Graphit, den es in St. Belfour gab.

Hinter ihnen erklang lauter Jubel, als Midalis und seine Reiter an der Nordost-Ecke vorbeigaloppierten und das Tempo nur drosselten, um ihre Satteltaschen in eifrige Hände hochzuwerfen.

»Augen nach vorne!«, schalt Bruder Haney einen der Mönche auf der Brustwehr, als der neugierige Mann sich umwandte, um die Szene zu betrachten. »Schau auf den Wald, der Feind kommt von dort.«

»Ein Goblin!«, rief ein anderer Mönch und deutete nach rechts ins Unterholz jenseits des offenen Geländes. Der junge Bruder hob seinen Stein, als ob er sogleich einen Blitzschlag schleudern wollte, aber Abt Agronguerre zog den Arm des Mannes schnell herunter.

»Lasst sie erst alle herauskommen«, erklärte der Abt. Er wusste um ihre begrenzten magischen Kräfte und wollte sie so einsetzen, dass sie sowohl physische als auch emotionale Wirkung erzielten. »Wir schlagen erst los, wenn die Goblins mit ihrer ganzen Streitmacht angreifen, aber dann richtig. Mal sehen, wie sie reagieren.«

Dann preschten die ersten, von Prinz Midalis und Liam O'Blythe angeführten Reiter um die südöstliche Ecke und galoppierten an der Vorderseite der Abtei entlang.

Der Prinz verringerte sein Tempo so weit, dass er Abt Agronguerre salutieren und zulächeln konnte.

In diesem Moment schwärmten die Goblins aus, aberhunderte Goblins, die überall aus ihren Verstecken stürmten.

Innerhalb weniger Sekunden wurde Midalis bewusst, in welchen Schwierigkeiten er und seine Männer steckten. Goblins stürmten aus Süden und Westen heran und umringten in tiefen Reihen das Gelände; andere kamen hinter ihnen den Hügel heruntergerannt und schleuderten ihre Speere auf die Nachhut des Prinzen.

Da brach aus der Abtei das Sperrfeuer der Blitzschläge los, die ganze Reihen der kleinen Ungeheuer zu Boden schickten. Einer der Blitze kam von Abt Agronguerre, ein Feuerball aus seinem Serpentin, der den größten Goblin in Flammen setzte, als dieser seinen hässlichen Nebenleuten gerade einen Befehl zubrüllte. Die lichterloh brennende Kreatur ruderte wild mit den Armen und fiel schließlich zu Boden. Der Abt richtete seinen Flammenstoß sogleich auf den daneben stehenden Goblin.

Aber trotz des Schocks des plötzlichen Gegenangriffs blieben insgesamt nur wenige Goblins verletzt oder tödlich getroffen liegen. Nachdem sie sich anfänglich entsetzt gezeigt und viele von ihnen die Flucht ergriffen hatten, begriffen die Kreaturen die Wahrheit – dass ein Dutzend gut platzierter Bogenschützen denselben Schaden angerichtet hätte –, und stürmten zurück, um einen noch engeren Ring um die Soldaten des Prinzen zu ziehen.

Von der Abteimauer flog ein weiterer Blitzschlag durch die Luft, während Midalis seine Reihen zu einer immer engeren Verteidigungsformation zusammenzog, doch der neuerliche Feuerball von Abt Agronguerre erzielte nur geringe Wirkung.

Und selbst Midalis fiel auf, dass die Blitzschläge nicht so laut waren wie gewöhnlich.

Jemand rief, dass die letzten Reiter des Prinzen ihre Satteltaschen zur Abtei hochgeworfen hätten, worauf Midalis und seine Männer eine Keilformation bildeten und in die näher rückende Goblin-Horde hineingaloppierten. Von der Abteimauer kam eine weitere Salve, dieses Mal Pfeile und Armbrust-Bolzen, und die Goblins gingen vor den heranstürmenden Pferden reihenweise zu Boden.

Midalis' Bogenschützen begannen, die von hinten angreifenden Ungeheuer unter Beschuss zu nehmen.

»Macht kehrt und brecht nach hinten durch!«, rief der Prinz. Es sah tatsächlich so aus, als würden sie sich in das Waldstück absetzen können, aus dem sie gekommen waren.

Aber mussten sie überhaupt fliehen?, fragte sich Prinz Midalis. Denn wenn sie ihre Verfolger vernichten konnten und sich damit den Rückzug in das Waldstück sicherten, konnten sie das Gefecht ebenso gut fortführen und so viele Feinde wie möglich umbringen. So lange sie die Goblins nicht in ihre Flanken einfallen ließen, hatten sie nötigenfalls immer einen Fluchtweg.

Midalis führte seine Männer um die Südost-Ecke. Die meisten der ihnen nachjagenden Goblins, die sich plötzlich einer

Wand aus heranpreschenden Pferden gegenübersahen, kamen abrupt zum Stehen, wirbelten herum und rannten zurück.

Mitten in einen Pfeilhagel.

Midalis' Männer brüllten begeistert, und die Mönche, die mit ihren magischen Steinen, ihren Bogen und Armbrüsten auf der Abteimauer standen, stimmten in den Jubel ein. Die Goblin-Reihen entlang der Ostmauer lichteten sich zusehends.

Einen Moment lang glaubten der Prinz und seine Soldaten, dass sie den Sieg davontragen würden.

Ein Schrei auf dem bewaldeten Hügel machte ihnen ihre wahre Lage klar: Ein weiterer Goblin-Trupp hatte von hinten den Hügel erklommen und griff die Bogenschützen an. Die Männer kamen stolpernd heruntergerannt, und einige krachten kopfüber in die Bäume oder stürzten ins Gebüsch. Bevor Midalis reagieren konnte, war die wichtige Stellung auf dem Hügel verloren. Fieberhaft machten er und seine Reiter sich daran, die vor der Ostmauer verbliebenen Goblins zu zerstreuen, damit die fliehenden Bogenschützen zu ihnen durchbrechen konnten.

Von der Abteimauer donnerten weitere Blitzschläge herab, gefolgt von Schreien und wütenden Schlachtrufen der Goblins. Als Midalis zur Abtei zurückschaute, sah er mit Entsetzen die Myriaden von Pfeilen und Speeren, die todbringend auf St. Belfours Innenhof niederprasselten.

Sie konnten nicht mehr in das Waldstück zurück, denn auf dem Hügel wimmelte es nur so von Feinden, daher ritten sie wieder zur Südmauer der Abtei und hofften, dort eine Schwachstelle in den Goblin-Reihen zu entdecken.

Als sie um die Ecke bogen und die Heerscharen von Goblins erblickten, als sie die zahlreichen Speere und Pfeile sahen, die der Abtei entgegensausten, erkannte der Prinz die traurige Wahrheit. Er erwog, den Mönchen zuzurufen, das Tor der Abtei zu öffnen, damit er und seine Männer sich dorthin retten konnten.

Aber wer würde dann die Belagerung beenden? Und würden sie hinter den Mauern überhaupt bis zum Morgen durchhalten?

»Wir kämpfen weiter!«, rief er. »Für die Menschen in St. Belfour und für die Männer, die am heutigen Tag ihr Leben lassen!«

Die Magie aus der Abtei wurde immer schwächer. Ein Blitzschlag traf einen Goblin mitten in die Brust, ohne dass das Ungeheuer zu Boden gegangen wäre. Dieser Umstand blieb vom Feind nicht unbemerkt, und die Goblins schrien freudig auf und griffen noch vehementer an.

Midalis und seine Männer ritten mitten in die Goblin-Horde hinein. Ihre Schwerter schlugen Goblin-Köpfe ab, ihre Speere bohrten sich in Goblin-Brustkörbe, doch die Ungeheuer verteilten sich und griffen die Soldaten von allen Seiten an. Ein Mann wurde von seinem Pferd gerissen, und eine ganze Traube der hässlichen Kreaturen stürzte sich auf ihn; einem anderen wurde das Pferd aufgeschlitzt, und der Mann war tot, bevor er auf dem Boden aufschlug.

Prinz Midalis wusste es, und Abt Agronguerre wusste es ebenfalls: St. Belfour war dem Untergang geweiht. In wenigen Augenblicken würde Vanguards Streitmacht besiegt sein, und die gesamte Region würde in Finsternis versinken.

Ein weiterer riesenhafter Schatten zog durch den Wald. Noch eine Goblin-Horde, vermutete der Prinz, und er konnte sich nur wundern, wie viele der Ungeheuer gekommen waren, um seine Heimat zu besetzen.

Zwischen den Bäumen stürmten brüllende Gestalten hervor. Es war ein animalischer, urzeitlicher Schlachtruf, der jedem, der ihn hörte, das Blut in den Adern gefrieren ließ und die Schlacht für einen entsetzlich langen Augenblick zum Stillstand brachte.

Fast unsichtbar in ihrer braungrünen Kleidung, stürmten die Barbaren auf das Schlachtfeld. Die Männer in der vordersten Linie kamen schnell voran, blieben aber nach wenigen Schritten wie auf Kommando stehen. Sie schwangen ihre Wurfketten über den Köpfen und begannen, schwere Steinbrocken auf die Goblins zu schleudern und damit unzählige Lücken in die Reihen der Ungeheuer zu reißen.

Erneut erklang der fürchterliche, alles übertönende Barbaren-Schlachtruf, der den Goblins Angstschauer über den Rücken jagte und Midalis und seinen tapferen Männern neue Hoffnung gab. Ein einzelner Mann stürmte aus der Reihe der Steinwerfer hervor, Andacanavar, und streckte mit seinem gewaltigen Breitschwert drei Goblins auf einmal nieder. Wie ein gigantischer Keil stürmten jetzt die alpinadoranischen Barbaren aus Tol Hengor ihrem Führer nach.

»Kämpft weiter!«, rief Midalis seinen Männern zu, dieses Mal hoffnungsvoll statt resigniert. Zum ersten Mal schienen die Goblins wirklich entsetzt zu sein. Der Prinz nutzte den Augenblick, um seine Reiter zu sammeln und den Vorstoß zu beginnen, der seinen bedrängten Bogenschützen den Weg zum Eingangstor der Abtei frei machen würde.

Er gab dem auf der Abteimauer stehenden Agronguerre ein Zeichen und hoffte, dass der alte Mönch verstand und seinen Brüdern befehlen würde, die Umgebung des Tores zu sichern.

Mit wilder Entschlossenheit setzte Midalis seinen Plan in die Tat um. Seine Reiter schirmten die herbeirennenden Bogenschützen vor den tödlichen Goblin-Speeren ab, während die Mönche das Tor aufzogen und die kleinen Biester abwehrten, bis die Bogenschützen in die Abtei gelangt waren.

Ihr Schlachtenglück drohte sich abermals zu wenden, doch die Barbaren folgten Andacanavar mit fanatischem Heldenmut und hielten ihre Reihen geschlossen, während der riesige Hüter mit seinem Breitschwert unablässig durch die Goblin-Horden pflügte. Die von allen Seiten heranstürmenden Ungeheuer hatten Midalis und seine Reiter an der Abteimauer fast schon überwältigt, aber der Hüter durchbrach im letzten Augenblick die Angriffslinie der mörderischen Kreaturen. Sein mächtiges, von Elfen geschmiedetes Breitschwert schlug den Körper eines Goblins in der Mitte entzwei, gerade als der Prinz seinerseits sein Schwert heben wollte, um die Kreatur niederzustrecken.

Bevor Midalis Andacanavar danken konnte, rammte der Hüter sein Schwert in den Boden und stieß ein lautes Heulen aus. Dann hob er die Arme über den Kopf und legte die Fingerspitzen aneinander, sodass seine Haltung ein Abbild der Keilformation der Barbaren war. Anschließend glitt Andacanavar mit den Fingern seiner rechten Hand zum linken Ellbogen herunter, und augenblicklich folgte die rechte Seite seiner Formation dem Befehl mit einstudierter Präzision, sodass Andacanavar nun der Schlussmann der rechten Flanke war und Brunheld, der die Außenposition der ursprünglich linken Flanke eingenommen hatte, jetzt die Keilspitze bildete.

Prinz Midalis betrachtete die brillante Truppen-Drehung voller Bewunderung. Er wusste, was seine Männer jetzt zu tun hatten. Er riss sein Pferd herum und preschte die Kampflinie seiner Soldaten entlang, bis er die Mitte erreichte und von dort ins Feld ausbrach, links und rechts gefolgt von seinen in Keilformation reitenden Männern.

Zu diesem Zeitpunkt hatten die geretteten Bogenschützen die Brustwehr der Abtei erreicht und schickten ihrem angreifenden Prinzen zur Unterstützung ihre Pfeile voraus.

Von St. Belfours Mauer aus sah Abt Agronguerre dem Schauspiel mit Tränen in den Augen zu. Er lebte seit dreißig Jahren in Vanguard und kannte die Geschichte des Landes gut. Er wusste von den vielen Scharmützeln zwischen den Menschen im Bärenreich und den Alpinadoranern und kannte die auf beiden Seiten der Grenze herrschenden Vorurteile.

Nun aber hatten Vanguards Bevölkerung und die Alpinadoraner einen gemeinsamen Feind gefunden, der zu gefährlich war, um ihn zu ignorieren; und wenn dieser Feind die Verbündeten des Geflügelten, die beiden Völker zusammenzubringen vermochte – wenn er die Alpinadoraner veranlasste, für die abellikanische Kirche zu kämpfen! –, dann hatte in der Finsternis möglicherweise ein Licht zu scheinen begonnen.

Der alte Abt konnte es kaum glauben, und die in ihm aufwallenden Emotionen verliehen ihm neue Kräfte. Er nahm den Graphit von Bruder Haney, hob die Hand und feuerte den machtvollsten Blitzschlag des Morgens ab, eine ohrenbetäubende Explosion, die eine Horde von tödlich getroffenen Goblin-Speerwerfern durch die Luft schleuderte.

»Läutet die Glocken!«, rief der beseelte alte Abt und schleuderte einen weiteren Blitzschlag. »An die Waffen! An die Waffen!«

Das Blatt hatte sich gewendet. Das Erscheinen der Alpinadoraner hatte den erschöpften Mönchen neue Kräfte verliehen und die Disziplin der Goblins erschüttert. Die Hälfte der Ungeheuer ergriff die Flucht. Diejenigen, die weiterkämpften, wurden von Pfeilen oder den Blitzschlägen der Mönche getötet oder von den Pferden des Prinzen und den Alpinadoranern niedergetrampelt.

Innerhalb weniger Minuten lagen die einzigen noch lebenden Goblins verwundet im Gras. Einige winselten um Gnade, doch ihnen wurde keine Gnade zuteil, weder von Midalis und seinen Männern noch von den ungestümen Alpinadoranern.

Die Schlacht war gewonnen, die Belagerung beendet, die Goblin-Armee vernichtet oder in die Flucht geschlagen. Prinz Midalis ritt über das Feld zu Andacanavar und Brunheld, hinter denen sich ihr jeweiliger Kriegertrupp aufstellte.

»Mit dem heutigen Tage stehen wir tief in Eurer Schuld«, sagte der Prinz zu Andacanavar.

Andacanavar sah Brunheld an, aber der stoische Häuptling sagte kein Wort und gab auch sonst keinen Hinweis darauf, was in ihm vorging. Stattdessen blickte er mit ernster, unbewegter Miene zur Abteimauer hoch. Midalis folgte seinem Blick und sah, dass Abt Agronguerre ebenso ernst und unbewegt zu ihnen herunterstarrte.

Das Tor der Abtei wurde wieder geöffnet, und eine Gruppe von Mönchen eilte heraus. Die meisten hatten Verbandszeug dabei, einige einen Seelenstein. Die Abordnung bog geschlossen nach rechts ab, nahm Midalis beunruhigt zur Kenntnis, zu den verwundeten Soldaten aus Vanguard. Kein einziger Mönch ging auf die linke Seite des Feldes, wo die verwundeten Alpinadoraner lagen.

Die Schlacht war noch lange nicht gewonnen.

4. Die harte Realität

Der Winter hatte die Berge westlich des Bärenreiches erfasst und die Region um Andur'Blough Inninness, das Nebeltal der Elfen, in eine schimmernde Schneelandschaft verwandelt. Den Elfen Belli'mar Juraviel, der flink über das glitzernde Weiß hinwegflatterte und dabei kaum eine Spur hinterließ, störte dies jedoch nicht. Denn anders als die Menschen stemmten sich Koronas Touel'alfar nicht gegen die Launen der Natur. Sie passten sich den Jahreszeiten an, und deswegen hatten sie in jeder ihren Spaß: im Frühling mit dem Tanz des Wiedererwachens, im heißen Sommer mit lustigen, aufregenden Fangspielen, im Herbst mit der Ernte und den Wintervorbereitungen und im Winter selbst mit Ausruhen. Doch selbst in Zeiten heftigster Schneestürme ließen die Touel'alfar sich nicht davon abhalten, kunstvolle Eisskulpturen zu errichten und vergnügt im Schnee herumzutollen, während sie es sich abends an ihren Feuern gemütlich machten.

Der jüngste Schneesturm war besonders heftig gewesen,

und obwohl er inzwischen weitgehend abgeflaut war, schneite es noch immer, als Juraviel oberhalb des verborgenen Tals aus den tief hängenden Wolken flatterte.

Trotz der Schneemassen musste Juraviel raus, um allein zu sein mit seiner Frustration. Zum wiederholten Male hatte Lady Dasslerond seine Bitte abgeschlagen, das junge Kind von Elbryan und Pony in seine Obhut zu geben, das Baby, das seine Herrin Pony auf dem Feld vor Palmaris abgenommen hatte, als die junge Heldin von Markwart halbtot zurückgelassen worden war. In den folgenden Monaten hatte Lady Dasslerond Juraviel mächtig auf Trab gehalten, hatte ihn auf einen Botengang nach dem anderen geschickt. Zwar vermutete er, dass sie ihn absichtlich von dem Baby fern hielt, aber sicher war er sich nicht.

Bis heute Morgen, als er sie unverblümt gefragt und sie es ebenso unverblümt zugegeben hatte.

Deswegen musste Juraviel aus dem Tal heraus und über alles in Ruhe nachdenken.

Er flitzte eine Schneewehe zu einem Felsüberhang hoch. Dort setzte er sich in den Wind und dachte lange an Elbryan und Pony und an Tuntun, das Elfen-Mädchen, das am Berg Aida im Kampf gegen den Geflügelten ihr Leben gelassen hatte.

Wie der Sturm flaute allmählich auch sein Zorn ab, und er saß völlig entspannt da, als er plötzlich eine Gestalt aus den tief hängenden Wolken über Andur'Blough Inninness kommen sah. Er schaute neugierig hin und glaubte, ein anderer Touel'alfar hätte sich hier hoch begeben, um den Sturm zu genießen oder um zu sehen, ob er schon vorüber war, oder aber, um nach Juraviel zu suchen. Doch als die Gestalt auf ihn zukam und unter ihrer tief ins Gesicht gezogenen Kapuze zu ihm aufsah, erkannte Belli'mar Juraviel den Neuankömmling. Es überraschte ihn, dass Lady Dasslerond persönlich hier hoch kam, um mit ihm zu sprechen.

Er wollte zu ihr hinabsteigen, aber sie bedeutete ihm, sitzen zu bleiben, und flitzte ebenso flink wie er die Schneewehe hoch und setzte sich auf den Felsbrocken neben ihm.

»Du hattest Recht mit deiner Annahme«, unterrichtete sie ihn. »Tien-Bryselle ist heute Morgen mit Informationen über Sturmwind und Falkenschwinge zurückgekehrt.«

Juraviel stieß einen Seufzer der Erleichterung aus. »Sturmwind« und »Falkenschwinge« waren Elbryans Waffen gewesen. Das Elfen-Schwert Sturmwind war für Mather, den Onkel des Hüters, geschmiedet und von Elbryan im Duell mit dem Geist des toten Mannes gewonnen worden. Der Bogen Falkenschwinge war von Juraviels Vater eigens für Elbryan, den Nachtvogel, angefertigt worden. Beide Waffen waren verloren gegangen, als Elbryan Vater Markwart in die Hände gefallen war. Juraviel war überzeugt gewesen, dass sie in St. Precious lagen, und hatte versucht, sie dort zu finden.

Aber dann war es in Chasewind Manor zur alles entscheidenden Konfrontation zwischen Elbryan und Markwart gekommen, und Juraviel hatte keine Zeit mehr gehabt, weiter nach den Waffen zu suchen. Daraufhin hatte Lady Dasslerond einen anderen Elfen losgeschickt, um Sturmwind und Falkenschwinge zu finden. Berichten zufolge waren sie mit Elbryans Leichnam nach Dundalis gebracht worden, wo sich die letzte Ruhestätte des Hüters befand.

»Bradwarden hat die Berichte bestätigt«, erklärte sie, »und Tien-Bryselle hat die Waffen gesehen.«

»Der Zentaur ist ein feiner Kerl«, sagte Juraviel.

Lady Dasslerond nickte. »Ein feiner Kerl, der ebenfalls vergaß, welche Verantwortung man trägt, wenn man sich als Freund der Elfen bezeichnet.«

Juraviels Augen verengten sich. Ihm war der Seitenhieb auf Elbryan und Jilseponie nicht entgangen. Lady Dasslerond war noch immer darüber erbost, dass Elbryan Jilseponie den *Bi'nelle dasada*, den Schwerttanz der Elfen, beigebracht hatte.

Zudem hatten ihr einige von Ponys Taten am Ende der Auseinandersetzung mit Vater Markwart nicht gefallen.

»Aber wir sind froh zu wissen, dass die Waffen in Sicherheit sind«, fügte sie schnell hinzu – um ihn wieder zu besänftigen, wie Juraviel wusste. »Sie werden von den Geistern zweier Hüter bewacht. Eines Tages werden sie vielleicht *yel'delen* gehören.«

Yel'delen. Der Ausdruck rief Juraviel ins Gedächtnis, dass Lady Dasslerond dem Baby noch keinen Namen gegeben hatte, denn in der Elfen-Sprache bedeutete *yel'delen* »das Kind«.

»Jilseponie hätte sich der Herausgabe der Waffen nicht widersetzt«, wagte Juraviel anzumerken.

»Sie ist noch immer in Palmaris und wusste vermutlich nicht, dass sie nach Dundalis gebracht wurden«, antwortete Lady Dasslerond, »und auch nicht, dass wir jemanden nach ihnen ausgeschickt haben.«

Juraviel sah sie verwundert an. Ihre erste Vermutung konnte er nicht teilen. Wenn Sturmwind und Falkenschwinge Palmaris in Elbryans Sarg verlassen hatten, dann war es sicherlich auf Jilseponies Weisung geschehen. »Sie würde sich bestimmt nicht widersetzen, falls wir die Waffen zurückforderten«, erklärte Juraviel.

Dasslerond zuckte mit den Schultern. Offenbar hatte sie dem nichts hinzuzufügen.

»Ihr unterschätzt sie«, fuhr Juraviel kühn fort. »Ihr habt sie von Anfang an unterschätzt.«

»Ich beurteile sie nach ihren Taten«, erwiderte die Herrscherin von Caer'alfar bestimmt. Sie schüttelte den Kopf und lachte. »Obwohl du weißt, dass du noch Jahrhunderte leben wirst, während dein Freund längst Fraß der Würmer geworden ist, wird deine Erinnerung noch immer von freundschaftlichen Gefühlen beeinträchtigt.«

»Darf ich mich denn mit niemandem anfreunden, der ein gutes Herz hat?«

»Die Menschen haben ihren angestammten Platz«, sagte Lady Dasslerond kühl. »Sie darüber hinaus emporzuheben ist ein gefährlicher Fehler, Belli'mar Juraviel. Das weißt du ganz genau.«

Juraviel senkte den Blick und spürte, dass sich seine goldenen Augen mit Tränen füllten. »Warum ist das so?«, fragte er. Er blinzelte die Tränen weg und sah Lady Dasslerond mit neuer Entschlossenheit an. »Ist das der Grund, weshalb Ihr mir das Kind verweigert?«

Seine Herrin zeigte keine Reaktion. »Dieses Kind ist anders als andere Kinder«, sagte sie. »Eines Tages wird es Mathers und Elbryans Waffen erhalten, die Touel'alfar-Waffen eines wahren Hüters.«

»Und das wird ein denkwürdiger Tag sein«, sagte Juraviel rasch.

»In der Tat«, pflichtete sie ihm bei, »und zwar denkwürdiger, als du ahnst. Das Kind wird von seiner Geburt an von uns ausgebildet und wird der mächtigste aller Hüter werden. Es wird den Menschen nicht verpflichtet sein, und nur dem Äußeren nach wird er seinen Artgenossen gleichen.«

Juraviel dachte über ihre Worte nach. »Aber liegt die wahre Macht der Hüter nicht darin, dass sich in ihnen die besten Eigenschaften der Menschen und Elfen vereinen?«, fragte er nach einer Weile. Er fand, dass seine geliebte Herrin hier einen wichtigen Punkt übersah.

»Das kann man so sehen«, antwortete sie, »aber ich habe es immer so verstanden, dass dem Wesen der Elfen lediglich die Unrast der Menschen hinzugefügt wird. Die Kräfte, die dieses Kind durch unsere Ausbildung erlangen wird, werden sogar die seines Vaters übertreffen. Und dazu werden wir ihm beibringen, was es heißt, sterblich zu sein. Es wird um die Kürze seines Lebens wissen, und damit wecken wir in ihm die menschliche Ungeduld und ihren Sinn für Schnelligkeit, beides entscheidende Eigenschaften für einen Krieger.«

Juraviel sah seine Herrin ungläubig an. Er verstand ihre Argumentation nicht und fand ihre Worte beinahe beschämend. Sie hatte das Kind an sich genommen und sich entschieden geweigert, es seiner Mutter zurückzugeben, selbst jetzt noch, wo die Finsternis gewichen war, die Markwart und Bestesbulzibar über Korona gebracht hatten. Im Grunde genommen kam es Juraviel so vor, als hätte Lady Dasslerond das Kind für Andur'Blough Inninness *in Besitz* genommen.

Dann wurden ihm mit einem Mal die Beweggründe seiner Herrin klar. Aufgrund seiner Abstammung und seiner überragenden körperlichen und geistigen Fähigkeiten würde dieses Kind möglicherweise die Macht besitzen, Andur'Blough Inninness zu retten. Dieses Kind des Hüters konnte Lady Dasslerond in ihrem Kampf gegen die sich ausbreitende Verrottung helfen, gegen das Unheil, das der Geflügelte über das Nebeltal gebracht hatte.

»Er wird stark und flink sein wie Elbryan«, sagte Juraviel, um einerseits ihre Erwiderung darauf zu hören und andererseits die Wahrheit auszusprechen.

»Er wird eher nach seiner Mutter kommen«, entgegnete Lady Dasslerond.

Juraviel zog eine Braue hoch, überrascht, dass seine Herrin Jilseponie ein solches Kompliment machte.

»Jilseponie ist stark und weiß mit dem Schwert umzugehen. Und sie beherrscht den *Bi'nelle dasada*«, erläuterte Lady Dasslerond. »Und auch wenn sie den Schwertkampf nicht ganz so gut beherrscht wie der Nachtvogel, war sie wegen ihres Geschicks mit den magischen Steinen dennoch der komplettere der beiden Elternteile. Ein perfekter Menschenkrieger. Das Kind wird all das sein, was seine Mutter war und ist, und es wird mehr sein – denn es lebt von klein auf bei den Touel'alfar und wird alles lernen, was wir ihm beibringen können.«

Belli'mar Juraviel nickte, befürchtete aber, dass Lady Dassleronds Erwartungen ein wenig zu hoch waren. Das Kind war schließlich erst wenige Monate alt, und seine Abstammung allein garantierte noch gar nichts. Außerdem wusste Juraviel, dass es ein Experiment war, das Kind in Andur'Blough Inninness aufzuziehen, denn etwas Vergleichbares hatte es bisher nie gegeben.

»Jilseponie beging Fehler, die wir nicht tolerieren können«, konstatierte Lady Dasslerond kühl und rief Juraviel ins Gedächtnis, welche Gefühle seine Herrin für die Frau hegte. »Und auch Elbryan, unser geliebter Nachtvogel, beging einen Fehler damit, ihr den *Bi'nelle dasada* beizubringen. Du kannst sicher sein, dass wir Jilseponie aus der Ferne beobachten werden.«

Juraviel nickte. Wenigstens in diesem Punkt waren er und seine Herrin einer Meinung. Sollte Pony anfangen, anderen den Schwerttanz der Elfen beizubringen, würden die Touel'alfar einschreiten müssen.

»Trotzdem war es Elbryans Fehler«, sagte er, »nicht Jilseponies.«

»Noch nicht.«

Juraviel nickte abermals. Er wusste um die Befürchtungen seiner Herrin. Trotzdem war er sich nicht sicher, ob er seine letzte Bemerkung tatsächlich ernst meinte – dass Elbryan einen Fehler begangen hatte, indem er Pony den Schwerttanz der Elfen beibrachte. Juraviel hatte den beiden beim Kämpfen zugesehen, und die Anmut und Perfektion, mit der sie ihre Schwerter geführt hatten, hatte dem Elf beinahe Freudentränen in die Augen getrieben.

Wie konnten so kunstvolle Fertigkeiten ein Fehler sein?

»Du vertraust ihr«, stellte Lady Dasslerond fest.

Juraviel widersprach nicht.

»Du liebst sie genauso, wie du die Touel'alfar liebst«, fuhr sie fort.

Juraviel sah sie an, schwieg aber weiter.

»Am liebsten wäre dir, wenn wir ihr verzeihen und ihr das Kind zurückgeben würden.«

Juraviel schluckte beklommen. »Pony wäre ein hervorragender Hüter geworden, wenn sie in Andur'Blough Inninness ausgebildet worden wäre«, sagte er ausweichend.

»Bestimmt«, antwortete sie, »aber sie wurde nicht von uns ausgebildet. Vergiss das niemals, mein Freund. Sie wurde nicht von uns ausgebildet.« Lady Dasslerond schwieg einen Moment. »Ich möchte deine Gefühle für Jilseponie nicht schmälern oder gering schätzen«, fuhr sie dann fort. »Genau genommen gibt mir dein Glaube an sie die Hoffnung, dass der Fehler des Nachtvogels zu keiner Katastrophe führen wird. Trotzdem, Jilseponies Rolle bestand darin, Elbryans Sohn zur Welt zu bringen. Verstehe das, und akzeptiere es. Das Kind gehört jetzt uns. Es ist unser Werkzeug, unsere Waffe. Es ist die Wiedergutmachung für die Opfer, die wir erbrachten, um den Menschen in ihrem Krieg gegen Bestesbulzibar zu helfen, und es ist unsere einzige Möglichkeit, die dauerhaften Schäden dieses Krieges zu minimieren.«

Juraviel wollte einwenden, dass der Krieg gegen den Geflügelten nicht allein zum Wohle der Menschen, sondern ebenso zum Wohle der Elfen geführt worden war, aber er verkniff sich den Einwand.

»Deswegen und wegen deiner aufrichtigen Gefühle ist dir jedweder Kontakt zu dem Kind untersagt«, fuhr sie fort. »Das Kind ist nicht der Nachtvogel – wir werden ihm einen passenden Namen geben, sobald es uns die wahre Natur seiner Persönlichkeit offenbart. Belli'mar Juraviel aber wird den Jungen erst in den kommenden Jahren kennen lernen, durch die Arbeit von anderen, die für seine Ausbildung besser geeignet sind.«

Juraviel war alles andere als glücklich über die Nachricht, überrascht war er jedoch nicht. Während all der Monate hatte er sich oft darüber beschwert, dass er und die übrigen Touel'alfar den Jungen nie zu sehen bekamen und dass der Junge, wenn sich denn mal jemand um ihn kümmerte, bloß getestet wurde und so gut wie keine persönliche Zuwendung erfuhr. Juraviel hatte dies zutiefst beunruhigt, und er hatte seine Befürchtungen gegenüber Lady Dasslerond mehrfach unverhohlen zum Ausdruck gebracht.

Aber seine Worte hatten kein Gehör gefunden.

Deswegen war er jetzt alles andere als überrascht.

»Kennst du das andere Kind?«, fragte ihn Lady Dasslerond.

»Brynn Dharielle«, entgegnete Juraviel. Dies war der Name des zweiten Kindes, das sich gegenwärtig in der Obhut der Touel'alfar befand. Das kleine Waisenmädchen stammte aus To-gai, der westlichen Region im Königreich Behren, wo die besten menschlichen Reiter der Welt lebten.

»Sie wird dir gefallen«, versicherte ihm Lady Dasslerond. »Sie hat mehr Geist, als in ihren kleinen Körper passt, und ihr Wesen ist voller Impulsivität und Feuer, ganz so wie bei dem jungen Elbryan Wyndon.«

Juraviel nickte. Man hatte ihm von Brynn Dharielle berichtet. Er hatte die Hüter-Novizin noch nicht kennen gelernt, denn obwohl Brynn sich seit fast einem Jahr in der Obhut der Touel'alfar befand und Andur'Blough Inninness kein großer Ort war, hatte Juraviel dennoch stets anderswo zu tun gehabt – auf Elbryans und Ponys verschlungenen Pfaden wandelnd, im Kopf nur den geflügelten Dämon und das Schicksal der Welt. Diejenigen im Tal, die Brynn Dharielle kannten, schwärmten tatsächlich in höchsten Tönen von ihrem Talent und Geist. Glaubten die Touel'alfar etwa, sie hätten einen zweiten Nachtvogel unter ihren Fittichen?

»Ich übertrage dir ihre Ausbildung«, sprach Lady Dasslerond weiter. »Du wirst dich um sie genauso kümmern, wie du dich um den Nachtvogel gekümmert hast.«

»Aber denkt Ihr nicht, ich hätte mit dem Nachtvogel versagt?«, fragte Juraviel vorsichtig. »Brach er nicht seinen Eid als Hüter, indem er den *Bi'nelle dasada* weitergab?«

Lady Dasslerond lachte laut auf – denn trotz aller Verärgerung darüber, dass Elbryan Pony den Schwerttanz beigebracht hatte, war sie nicht der Meinung, dass Juraviel mit Elbryan versagt hatte. Ganz im Gegenteil. Der Nachtvogel war zum Berg Aida gegangen und hatte gegen Bestesbulzibar gekämpft, und als der Geist des Dämons einen neuen und noch gefährlicheren Wirt gefunden hatte, hatte der Nachtvogel für den Sieg über das Böse sein Leben gegeben und damit alle friedliebenden Völker Koronas vor den Mächten der Finsternis gerettet.

»Dann wirst du aus deinen Fehlern lernen«, sagte Lady Dasslerond. »Mit Brynn Dharielle wirst du eben noch erfolgreicher.«

Nun war es Juraviel, der laut auflachte. War sich seine Herrin im Klaren darüber, was sie von dem Mädchen verlangte? Würde seine Herrin jemals über ihre vordergründige Verärgerung hinwegkommen und Elbryans Einzigartigkeit anerkennen, die nun in Jilseponies Herzen weiterlebte?

Oder täuschte er sich?, musste er sich beunruhigt fragen. War er so von Freundschaft und Zuneigung geblendet, dass er das Versagen seiner menschlichen Gefährten nicht erkannte?

Belli'mar Juraviel stieß einen lang gezogenen, verdrossenen Seufzer aus.

5. Diplomatie

Constance Pemblebury beobachtete, wie der Hafen von Palmaris im Morgennebel verschwand. Sie war froh, aus der Stadt fortzukommen, fort von Markwart und seiner verwickelten Kirchenpolitik, fort von der verzweifelten Bevölkerung, die am Rande zur Hysterie stand, vor allem aber fort von Jilseponie. Jilseponie. Allein der Gedanke an die Frau ließ Constance zusammenzucken. Die heldenhafte Pony, die Befreierin Koronas, die am Berg Aida erst den Geflügelten und später dessen Geist in Markwarts Körper besiegt hatte. Jilseponie, die nur ein Wort sagen musste, um Äbtissin von St. Precious zu werden, die sogar ehrwürdige Mutter der abellikanischen Kirche werden konnte, wenn sie nur wollte. Jilseponie, die Frau, der König Danube Palmaris angeboten hatte. Äbtissin, ehrwürdige Mutter, Baroness. Welche der ihr offen stehenden Möglichkeiten würde sie wählen? Was würde König Danube ihr noch alles anbieten?

Seit der abschließenden Versammlung in St. Precious hatte sich Jilseponie der königlichen Entourage nicht mehr gezeigt, war nicht einmal am Hafen gewesen, als die Königsbarke und ihre Eskorte aus fünfzehn Kriegsschiffen die Stadt verlassen hatten.

Constance war froh darüber.

In Wahrheit beneidete Constance die Frau um ihr Feuer und ihren Mut. Sie konnte nicht abstreiten, dass Jilseponies Heldentaten im Krieg von unschätzbarem Wert gewesen waren. Eigentlich, erkannte Constance, hätten sie und Jilseponie beste Freundinnen werden können, wäre die Situation eine andere gewesen. Doch dies war eine private Wahrheit, die Constance niemandem außer sich selbst eingestand.

Denn die Situation *war* anders; Constance waren die begehrlichen Blicke nicht entgangen, die König Danube Jilseponie zugeworfen hatte.

Die schöne und heldenhafte Jilseponie. Eine Frau, die sich in den Augen der Bevölkerung über ihre gemeine Abstammung hinaus in den Adelsstand hoch gearbeitet hatte. Ein Adel der Taten, nicht des Blutes.

Und wie König Danube sie angestarrt hatte. In seinen Augen hatte ein Glanz gelegen, den Constance bei ihm seit Jahren nicht gesehen hatte. Noch machte er Jilseponie keine offenen Avancen – schließlich lag ihr Gatte, Elbryan, erst seit wenigen Monaten unter der Erde. Aber Constance hatte keine

Zweifel an Danubes Begehren und der Anziehungskraft seines Charmes.

War Jilseponie die nächste Vivian, die kommende Königin des Bärenreiches?, fragte sich Constance.

Bei der Vorstellung verkrampfte sie sich und begann, auf ihren Lippen zu kauen. Ja, sie bewunderte die Frau, mochte sie sogar, und ja, Constance war klar, dass Danube zwar sein Schlafgemach mit ihr teilte, sie aber nie zur Frau nehmen würde. Und trotzdem fühlte sie sich brüskiert, dass diese Tür ihr nicht offen stand. Sie war jetzt Mitte dreißig, zehn Jahre älter als Jilseponie, und allmählich sah man ihr das Alter an. Die Falten um ihre Augen wurden immer zahlreicher, und ihr Körper begann seinen Kampf gegen die Schwerkraft zu verlieren. Verglichen mit Jilseponies glatter Haut, ihren strahlenden blauen Augen, ihren straffen Muskeln und ihrem federnden, jugendlichen Gang konnte Constance nur verlieren, das wusste sie.

Deswegen hatte sie in der vergangenen Nacht und in der Nacht davor mit dem König geschlafen, ihn aufs schamloseste verführt, ihn sogar mit Alkohol willig gemacht, damit er ihre Annäherungsversuche nicht ignorierte. Und heute Nacht auf dem Schiff würde sie wieder mit ihm schlafen, jede Nacht bis nach Ursal und in jeder der darauf folgenden Nächte.

Bis sie von ihm schwanger wurde.

Constance hasste sich für das, was sie vorhatte, für ihren Betrug, denn König Danube glaubte, dass sie – wie alle anderen Kurtisanen auch – das Kräutermittel einnahm, das eine Empfängnis verhinderte. Doch noch mehr hasste sie die Vorstellung, einer Königin Jilseponie dienen zu müssen. Wie viele Jahre hatte sie an Danubes Seite gearbeitet und sich in Krisenzeiten als seine beste Beraterin erwiesen? Wie viele Jahre hatte sie ihm gegen seine Feinde treu zur Seite gestanden und im Stillen seine Verbündeten bei der Stange gehalten? Nach Constances Auffassung hatte sie seit Vivians Tod in jeder Hinsicht wie eine wahre Königin agiert, bis auf den Umstand, dass sie

Danubes ständig wechselnde Gespielinnen hinnehmen musste und bisher nicht Mutter seiner Kinder geworden war.

Diese Situation wollte sie nun berichtigen. Vermutlich würde er sie nicht heiraten, aber er würde ihr gemeinsames Kind anerkennen; und so lange er keine andere Frau ehelichte, würde er es vermutlich zum Thronfolger bestimmen. Ja, diese Konzession könnte sie ihm abringen. Seine anderen unehelichen Kinder – mindestens zwei an der Zahl – waren längst erwachsen und nie auf die Krone vorbereitet worden. Und seinen einzigen Bruder, Midalis, einen Mann, den er seit Jahren nicht gesehen hatte, mochte Danube nicht sonderlich. Ja, Constance war fest davon überzeugt, dass er seine Liebe zu ihrem gemeinsamen Kind entdecken und den Jungen oder das Mädchen darauf vorbereiten würde, eines Tages den Königsthron des Bärenreiches zu besteigen.

Constance war klar, dass sie wahrscheinlich niemals Königin werden würde, doch ihr wurde bewusst, dass der Titel der Königsmutter ihr völlig ausreichen würde.

Trotzdem wäre eine andere Ausgangslage ihr lieber gewesen. Sie wünschte, sie hätte König Danubes aufrichtige Liebe gewinnen können. Sie hatte gehofft, dass die Lage in Palmaris, die größte Krise während Danubes Regentschaft, ihr die Möglichkeit eröffnen würde, durch geschicktes Taktieren seine Einstellung ihr gegenüber zu ändern. Und nach Danubes persönlicher Einschätzung hatte sie während der wochenlangen Drangsal tatsächlich Bewundernswertes geleistet. Aber wie sehr ihre Leistungen im Vergleich zu Jilseponies Erfolgen verblassten! Genau wie neben der betörenden Frau ihre verwelkende Schönheit verblasste.

»Ihr könnt Euch ruhig ein wenig entspannen«, erklang hinter ihr Abt Je'howiths Stimme. Als sie den Kopf wandte und seinem Blick zur Reling folgte, verstand sie seine Äußerung, denn sie umfasste das Schiffsgeländer so fest, dass alles Blut aus ihren Knöcheln gewichen war.

»Die Heimsuchungen sind vorüber«, pflichtete Constance ihm bei. Sie ließ die Reling los und schob ihre Hände in die Falten ihres warmen Wollumhangs.

»Weitgehend«, sagte der alte Je'howith mit nachdenklicher Miene. »Zumindest für Krone und Kirche, doch ich fürchte, dass mir persönlich noch einiges Ungemach bevorsteht.« Der alte Mann stellte sich neben Constance an die Reling und starrte auf den im Morgennebel verschwindenden Hafen von Palmaris, so wie sie es auch getan hatte.

Constance musterte ihn von der Seite. Sie und Je'howith hatten sich nie besonders gut verstanden, obwohl es zwischen ihnen nie zum Ausbruch offener Feindseligkeiten gekommen war, so wie zwischen dem alten Abt und Herzog Kalas.

»Sie sind so jung und idealistisch«, fuhr der Abt fort. Er sah Constance von der Seite an. »Ich meine die jungen abellikanischen Mönche, die in Vater Markwarts Tod das Signal sehen, nun selbst an die Spitze des Abellikaner-Ordens zu treten. Sie glauben, die Wahrheit zu kennen; wir beide aber wissen aufgrund unserer Erfahrung, dass die Wahrheit niemals so einfach ist. Sie werden überreagieren und der Kirche Schaden zufügen, wenn es uns älteren Äbten nicht gelingt, den Eifer der Jugend zu bändigen.«

Constance fragte sich, weshalb der alte Je'howith so vertraulich mit ihr sprach, denn *sie* vertraute ihm ganz und gar nicht. Wollte er vielleicht, dass sie dem König einflüsterte, wie aufrichtig besorgt der alte Je'howith war? Sollte sie als unwissende Fürsprecherin den König von Je'howiths Wichtigkeit überzeugen? Nun, dann war sie die Falsche, denn sie war keineswegs unwissend!

»Die jungen Brüder, die nun St. Precious vorstehen, sind fast so alt wie ich«, erinnerte sie Je'howith. Braumin, Marlboro Viscenti und Francis standen allesamt kurz vor dem dreißigsten Geburtstag.

»Und doch fristen sie ihr Dasein seit vielen Jahren in einer kleinen, unbedeutenden Abtei«, sagte Je'howith. »Die anderen Abteien der abellikanischen Kirche sind nicht wie die in Ursal, versteht Ihr? Selbst St. Mere-Abelle mit mehr als siebenhundert Mönchen ist verhältnismäßig klein und weit ab vom Schuss. Man weiß dort nicht viel über die Dinge, die nicht den Abellikaner-Orden betreffen. Wir in Ursal dagegen haben den Vorteil, uns auf die Weisheit des Königs und seines Hofes stützen zu können.«

Constances Miene verriet ihren – wegen der jüngsten Auseinandersetzungen zwischen Kirche und Krone verständlichen – Argwohn. Falls Je'howith vorgehabt hatte, sie darauf anzusprechen, verpasste er jedoch die Gelegenheit dazu, denn hinter ihnen erklang eine Stimme.

»Leb wohl, Palmaris«, sagte König Danube lachend, »und Euch viel Glück, mein Freund, Herzog Kalas! Ich weiß, dass Eure Aufgabe die mit Abstand kniffligste ist!« Er ging auf Constance und Je'howith zu, ein breites Lächeln im Gesicht. Es war kein Geheimnis, dass er froh war, endlich die Heimreise anzutreten.

»Mein König«, sagte Je'howith und verneigte sich.

»Ah, Ihr wisst noch, wer ich bin!«, entgegnete Danube trocken. Constance hätte beinahe laut aufgelacht.

»Wie könnte ich das jemals vergessen«, erwiderte der Abt ernst.

Danube sah ihn argwöhnisch an.

»Ihr wisst, welchen Einfluss ein ehrwürdiger Vater hat«, sagte Je'howith. Constance entging nicht, dass ein Großteil der Liebenswürdigkeit aus König Danubes freundlicher Miene zu weichen schien.

»Ich frage mich, ob das auch für den neuen ehrwürdigen Vater gelten wird«, spottete der König und zog abfällig die Mundwinkel herunter. Constance wusste, dass er Ursals einflussreichem Abt klarmachen wollte, dass er von den Querelen mit der abellikanischen Kirche endgültig die Nase voll hatte.

»Jedenfalls wird es ein sanftmütigerer Mann sein, wer immer es werden mag«, sagte Je'howith gelassen. »Und sorgt Euch nicht um Herzog Kalas, mein König. Er wird merken, dass die Mönche in St. Precious äußerst entgegenkommend sind.«

»Irgendwie bezweifle ich das«, sagte Danube.

»Zumindest wird beiden Seiten klar werden, dass sie keine Feinde sind, sondern Verbündete im Kampf um die Rückgewinnung der Seelen von Palmaris«, fuhr Je'howith fort.

»Rückgewinnen für wen? Krone oder Kirche?«, fragte Constance.

Je'howiths Blick wanderte zu ihr, und sie sah, dass ihre argwöhnische Einstellung ihn scheinbar kränkte. Was wollte er von ihr?, fragte sie sich. Wollte er sich mit ihr verschwören, und wenn ja, welchen Nutzen hätte sie davon?

»Ich muss gehen und meinen Pflichten nachkommen, mein König«, sagte Je'howith rasch. »Die Einladungen zum Äbtekollegium aufsetzen.« Er verneigte sich abermals und ging.

Danube sah ihm kopfschüttelnd nach. »Bei ihm ist man sich nie sicher, wofür er steht«, sagte er zu Constance und trat zu ihr an die Reling, »für Kirche oder Krone.«

»Je'howith steht für Je'howith«, sagte Constance. »Und da sein Mentor, Markwart, tot ist und die Kirche sich gegen dessen überkommene Ansichten wendet, dürfte er sich momentan eher der Krone zugeneigt fühlen.«

Danube sah sie bewundernd an und nickte beipflichtend. »Du hast immer einen so klaren Blick für die Dinge«, lobte er sie und legte den Arm um ihre Schultern. »Ah, meine Constance, was würde ich nur ohne dich tun?«

Die Frau schmiegte sich an ihn; sie genoss es, die Kraft seiner Arme zu spüren. Sie kannte die Spielregeln und wusste, dass sie niemals Königin werden würde. Aber sie war sich Danubes tiefer Zuneigung sicher, und obwohl es mehr Freundschaft als Liebe war, konnte sie damit dennoch zufrieden sein.

Fast zufrieden, rief sie sich in Erinnerung und führte den König kurz darauf in sein Schlafgemach im Unterdeck.

Prinz Midalis sah, wie der füllige Abt schnaufend durch das Tor stapfte und sich mit einem schmutzigen Taschentuch den Schweiß von der Stirn wischte. Der Mann murmelte in einem fort Gebete, dann blieb er plötzlich kopfschüttelnd stehen und machte ein durchaus übliches, wenn auch selten gebrauchtes religiöses Zeichen. Er hielt die Hand senkrecht vor die Brust, führte sie dann hinauf an die Stirn, hinab zur linken Seite, zurück an die Stirn, dann hinab zur rechten Seite – das Zeichen des Lebensbaums.

Der Prinz ließ den Blick über das Schlachtfeld schweifen und konnte die Betroffenheit des sanftmütigen Abtes nachfühlen. Unzählige Goblins waren gefallen. Die meisten waren tot, die wenigen Überlebenden winselten vor Schmerz. Und auch viele Menschen waren verwundet oder getötet worden. Die Soldaten des Prinzen lagen rechts von ihm auf dem Schlachtfeld, die verwundeten alpinadoranischen Barbaren auf der linken Seite. Die Mönche, die vor Abt Agronguerre aus der Abtei gekommen waren, hatten sich geschlossen nach rechts gewandt und versorgten dort ihre verwundeten Landsleute.

Abt Agronguerre betrachtete die Situation einen Augenblick, dann schaute er zu Midalis hinüber, der den Kirchenmann zu sich winkte. Der Abt nickte und kam zu ihm.

»Wir haben Verbündete«, sagte Midalis ernst, »verwundete Verbündete.«

»Werden sie denn unsere Seelensteine akzeptieren?«, fragte der Abt besorgt. »Oder werden sie unsere Magie als eine Art dämonischer Kraft ansehen, der man besser aus dem Weg geht?«

»Glaubt Ihr wirklich, dass –«, begann der Prinz unsicher.

Agronguerre unterbrach ihn schulterzuckend. »Ich weiß es

nicht«, gestand er, »und die jüngeren Brüder wissen es auch nicht. Deswegen sind sie instinktiv nur den Vanguardianern zu Hilfe geeilt.«

»Bringt unseren Verbündeten schleunigst ein paar Seelensteine«, befahl der Prinz. Dann wendete er seinen Hengst und ritt zu den Barbaren hinüber. Die meisten der Alpinadoraner hielten sich am Rand des Schlachtfelds auf, und viele hatten sich bei ihrer Jagd auf die fliehenden Goblins in den Wald begeben. Die übrigen lagen verwundet im offenen Gelände.

»Wo ist Andacanavar?«, rief der Prinz den Barbaren zu, dann auf Bedongadongadonga: »*Tiuk nee* Andacanavar?«

Mehrere Pfiffe erklangen, dann traten der riesige Hüter und der nicht minder imposante Brunheld aus dem Unterholz. Die beiden Barbaren erblickten Midalis und schritten rasch auf ihn zu.

»Wir stehen tief in Eurer Schuld«, sagte Midalis. Er glitt von seinem Hengst herunter und verneigte sich vor den beiden Männern. »Ohne Euch wären wir verloren gewesen.«

»Man steht nie in der Schuld eines Freundes«, sagte Andacanavar. Midalis entging nicht, dass der Mann etwas unsicher auf Brunheld blickte, während er sprach.

»Wir wussten nicht, ob Ihr kommen würdet«, gestand Midalis.

»Tranken wir nicht miteinander im Met-Zelt?«, fragte Brunheld, als hätte dies alles zwischen ihnen geregelt und Midalis dessen versichern sollen, dass die Barbaren tatsächlich auftauchen würden.

Der Prinz nickte und verneigte sich abermals. »Ich fürchtete, dass Ihr vielleicht von einem anderen Goblin-Trupp aufgehalten wurdet«, antwortete er, »oder dass unsere Absprache über die Schlachttaktik nicht eindeutig war.«

Brunheld lachte. »Wir hatten keine Absprache«, sagte er barsch.

»Eine Absprache wäre unnütz gewesen«, erklärte Andacanavar schnell. Midalis verstand und wusste es zu schätzen, dass der Hüter zwischen den beiden Anführern keinen Unmut aufkommen lassen wollte. »Wir wissen nicht viel über Eure Kampftaktik, und Ihr wisst nicht viel über unsere. Es war besser, Euch auf dem Felde zu beobachten und dann dort einzugreifen, wo es am nötigsten war.«

Midalis blickte auf das Schlachtfeld mit den unzähligen toten Goblins. Er lächelte und nickte.

Und er sah Abt Agronguerre und mehrere andere Ordensbrüder herübereilen.

»Ihr habt Verwundete«, sagte der Prinz zu Brunheld. »Meine Freunde sind in den Heilkünsten bewandert.«

Brunheld warf Andacanavar einen finsteren Blick zu, bevor der Hüter kurz entschlossen den Abellikaner-Mönchen entgegenging. Der Prinz und Brunheld folgten ihm.

»Nur Verbände«, ermahnte der Hüter Abt Agronguerre. Die beiden Männer starrten sich einen Moment lang an, dann nickte der Abt. Agronguerre wandte sich um und schickte die Mönche an die Arbeit, dann eilte er selbst zu dem am schwersten verwundeten Barbaren; mehrere Barbarenfrauen hatten sich über ihn gebeugt und versuchten fieberhaft, die Blutungen des Mannes zu stoppen.

Andacanavar, Midalis und Brunheld versammelten sich neben dem Abt; der Prinz beugte sich zu ihm hinab.

»Sie fürchten sich vor Eurer Magie«, flüsterte er seinem Mönchsfreund zu. »Verwendet nur Verbände.«

»Das sagte der Hüne bereits«, erwiderte Abt Agronguerre und deutete auf Andacanavar. Er beendete den Satz mit einem mürrischen Brummen, während er den Brustverband des Mannes fester zog und den Fluss des unentwegt hervorquellenden Blutes zu stoppen versuchte. »Bei den anderen reicht es vielleicht aus, aber dieser Mann hier wird binnen einer Stunde sterben, wenn wir keinen Seelenstein benutzen. Und selbst dann wird er vielleicht nicht überleben.«

Die beiden Vanguardianer schauten zu Andacanavar und Brunheld auf. Andacanavar blickte unsicher, doch Brunheld starrte mit unbewegter Miene auf sie herab.

»Der Verband wird die Blutung nicht stoppen«, sagte Abt Agronguerre. Dann griff er in seine Gürteltasche und holte den grauen Seelenstein heraus, den Hämatit, und hielt ihn zu den beiden Alpinadoranern hoch. »Aber mit diesem magischen Stein –«

»Nein!«, unterbrach Brunheld ihn schroff.

»Er wird sterben, wenn –«

»Nein«, sagte der Barbarenhäuptling erneut. Sein Gesichtsausdruck wurde so wütend, dass Midalis Abt Agronguerres Handgelenk packte und seine Hand sanft herunterzog. Der Abt sah den Prinzen sprachlos an, und Midalis schüttelte bloß den Kopf.

»Er wird sterben«, sagte Agronguerre zu Midalis.

»Krieger sterben nun mal«, entgegnete Brunheld trocken und ging, jedoch nicht, bevor er zwei seiner Krieger herangewunken hatte und ihnen in alpinadoranischer Sprache Befehle gab.

Midalis verstand genug, um zu wissen, dass Brunheld in dieser Sache nicht nachgeben würde, denn er hatte seinen Kriegern aufgetragen, Agronguerre mit allen Mitteln aufzuhalten, falls der Mönch seine teuflische Magie bei ihrem verletzten Kameraden einzusetzen versuchte. Der Prinz sah Agronguerre eindringlich an, und obwohl es Midalis ebenso schmerzte wie Agronguerre, einen Menschen auf diese Weise sterben zu lassen, schüttelte er bloß resigniert den Kopf.

Der Abt schaute zu den beiden imposanten Wachen auf, dann steckte er den Edelstein ein und machte sich wieder daran, dem verwundeten Krieger mit konventionellen Mitteln zu helfen.

Wenig später war der Mann tot.

Abt Agronguerre wischte sich mit blutigen Händen die Tränen von den Wangen und hinterließ dabei rote Schlieren auf seinem Gesicht. Dann erhob er sich stöhnend und eilte zu einem Bruder, der einen verwundeten Alpinadoraner versorgte, und dann weiter zum nächsten. Midalis, Andacanavar und die beiden Wachen folgten ihm.

Ohne ein Wort zu seinen unwillkommenen Begleitern und bei jedem Schritt laut vor sich hin murrend, machte Abt Agronguerre plötzlich kehrt und begann, quer über das Schlachtfeld zu den verwundeten Vanguardianern zurückzumarschieren. Er hatte den Seelenstein wieder herausgeholt und hielt ihn trotzig den alpinadoranischen Wachen vor die Augen.

Die Barbarenkrieger blickten erzürnt, und der Prinz befürchtete, dass der Verdruss seines Freundes neuerlichen Unmut heraufbeschwören würde. Aber Andacanavar schickte die beiden Wachen mit einem Wink fort.

»Der Mönch täuscht sich«, sagte der Hüter mit leiser Stimme zu Midalis.

»Es gefällt Abt Agronguerre nicht, einen Menschen sterben zu sehen«, erwiderte der Prinz eindringlich, »besonders wenn er glaubt, dass er ihn hätte retten können.«

»Zum Preis seiner Seele?«, fragte Andacanavar.

Midalis blinzelte verwirrt, überrascht von der einfältigen Frage. Er musterte den Hüter einen Augenblick und versuchte abzuschätzen, ob der Mann es ernst meinte.

»Ist das Euer Ernst?«, fragte er.

Andacanavar sah ihn mit unergründlicher Miene an und zuckte mit den gewaltigen Schultern. »Ich wandle seit vielen Jahren auf dieser Welt«, sagte er. »Ich habe vieles erlebt, was ich nicht für möglich gehalten hätte. Monster, Magie, und, ja, den Geflügelten. Ich habe mich mit verschiedenen Religionen beschäftigt, auch mit Eurer abellikanischen Kirche, und ich kenne die Auffassung des Ordens, dass die magischen Steine ein Geschenk ihres Gottes seien.«

»Aber Euer Volk teilt diese Auffassung nicht«, erwiderte Midalis.

Andacanavar lachte schallend, was dem Prinzen zeigte, wie untertrieben seine Worte waren. »Mein Volk hält nichts von Magie«, sagte der Hüter. »Diese die Fesseln der Elemente sprengenden Praktiken – die Magie der Abellikaner und der Elfen, der Dämonen und der Yatol-Priester –, sie sind für uns alle ein und dasselbe, entstammen allesamt dem Reich der Illusion und der Täuschung.«

»Und wie urteilt der weltliche Andacanavar über den Gebrauch dieser Steine?«, fragte Prinz Midalis vorsichtig.

»Ich bin bei den Touel'alfar aufgewachsen«, sagte der Hüter ausweichend. »Ich kenne die Unterschiede zwischen den verschiedenen Formen der Magie.«

»Und doch lasst Ihr Euren Gefährten sterben«, sagte der Prinz. Seine Worte klangen vorwurfsvoll, waren aber keineswegs so gemeint.

»Hätte Abt Agronguerre versucht, den verwundeten Temorstaad mit einem Seelenstein zu heilen, wären Brunheld und seine Krieger mit aller Macht eingeschritten«, erklärte der Hüter. »Sie sind einfache Menschen, ein Volk der Ehre und der resoluten Prinzipien. Sie fürchten den Tod nicht, aber sie fürchten das Reich des Mystischen. Für sie ging es darum, ob Temorstaads Körper zum Preis seiner Seele gesund werden sollte, und diese Wahl war keine schwierige.«

Prinz Midalis schüttelte seufzend den Kopf und zeigte damit, dass Andacanavars Erklärung ihn nicht überzeugte.

»Das Bündnis zwischen unseren Völkern ist noch sehr schwach«, warnte ihn Andacanavar. »Eure Befürchtung, dass Brunheld und seine Krieger nicht zur Schlacht kommen würden, war berechtigt. Hätten seine Männer die Wahl gehabt, wäre der überwiegende Teil nach Norden gezogen, um vor Beginn der Winterstürme zu Hause zu sein. Aber Brunheld ist ein weiser Führer. Ihm geht es nicht um augenblickliche Bequemlichkeiten, sondern um das künftige Wohlergehen seines Volkes. Er wünscht dieses Bündnis, obwohl er das niemals offen zugeben würde. Aber wenn Ihr oder Eure abellikanische Kirche uns Eure Absichten aufzwingen wollt, wenn Ihr Brunheld und seinen Kriegern das Reich des Mystischen unterschieben wollt, dann seid Euch bewusst, dass die Goblins künftig Euer geringstes Problem sein werden.«

»Es tat mir weh, den Mann sterben zu sehen«, erwiderte Midalis. »Er hätte gerettet werden können.«

Andacanavar nickte, widersprach nicht.

»Und es tat Abt Agronguerre weh«, fuhr Midalis fort. »Er ist ein sanftmütiger, herzensguter Mensch, der gegen das Leid ankämpft.«

»Fürchtet er Leid?«

Midalis schüttelte den Kopf.

»Fürchtet er den Tod?«

Midalis schaute erstaunt. »Wenn er das täte, wäre sein Titel als Abt der abellikanischen Kirche dem Falschen zugefallen.«

»Weder Brunheld noch seine Krieger fürchten den Tod«, sagte Andacanavar, »solange sie ehrenvoll im Kampf sterben.«

Prinz Midalis dachte eine Weile darüber nach, blickte sogar über die Schulter zum gefallenen Termostaad zurück. Die alpinadoranischen Frauen hatten ihm die Waffen abgenommen und waren dabei, ein Tuch um den Leichnam zu wickeln. Midalis war von Andacanavars Erklärung und der Realität der Situation nicht erbaut, aber er wusste, dass er es akzeptieren musste. Das Bündnis mit den alpinadoranischen Barbaren würde problematisch werden, wurde ihm klar, denn ihre Sitten und Gebräuche unterschieden sich erheblich von denen der Vanguardianer. Midalis' Blick schweifte über das Schlachtfeld zu den gefallenen Goblins und den alpinadoranischen Frauen, die zwischen den kleinen Ungeheuern umhergingen und gnadenlos auf jedes einstachen, das sich bewegte. Sie stachen sogar in einige Goblins, die kein Lebenszeichen mehr von sich gaben, nur um auf Nummer sicher zu gehen, dass sie wirklich tot waren. Dem Prinzen lief ein Schauer über den Rücken. Das Bündnis würde in der Tat schwierig werden, aber es war notwendig für Vanguard. Zum Feind wollte er Brunheld und sein Gefolge bestimmt nicht haben!

»Und Ihr habt Euer Frauenvolk mit in die Schlacht gebracht«, sagte Andacanavar in Anspielung auf die vielen Frauen unter Midalis' Soldaten. »Brunheld würde niemals Frauen als Kriegerinnen akzeptieren. Ihre Aufgabe ist es, die Krieger zu unterhalten, die Verwundeten zu versorgen und die verletzten Feinde zu töten.«

Prinz Midalis konnte sich ein Grinsen nicht verkneifen. »Und findet auch Andacanavar das alles richtig?«, fragte er spitzfindig. Der Hüter hatte zwar einen weiteren Punkt angeführt, in dem sich die beiden Völker unterschieden, aber er hatte ausdrücklich für Brunheld gesprochen, nicht für sich selbst.

»Ich bin bei den Touel'alfar aufgewachsen und wurde von mehr als einer dieser winzigen Kreaturen – von männlichen wie von weiblichen – zu Boden geschickt«, erwiderte der Hüter, nun seinerseits grinsend. »Ich spreche für Brunheld und seine Männer, weil ich sie verstehe. Ob ich ihren Standpunkt teile, ist unerheblich, denn sie sind, wie sie sind, und daran werdet Ihr nichts ändern. Und Eure abellikanischen Gefährten auch nicht, und wehe ihnen, falls sie es dennoch versuchen sollten.«

Midalis nickte. Er war froh, dass er die Gelegenheit hatte, sich allein mit dem klugen Hüter zu unterhalten. Er kannte die Geschichte aus Fuldebarrow, wo die Alpinadoraner eine abellikanische Missionskirche niedergebrannt und alle Ordensbrüder umgebracht hatten.

»Vielleicht gelingt es mir ja, meine Seite dazu zu bewegen, das Verbindende über das Trennende zu stellen und mehr auf die Gemeinsamkeiten mit euch zu schauen statt nur auf die

Unterschiede. Und Ihr werdet dasselbe mit Euren Leuten versuchen«, sagte Andacanavar. Dann klopfte er Midalis auf die Schulter und marschierte zu den Alpinadoranern zurück.

Midalis dachte einen Moment über die weisen Worte des Hüters nach. Dann wandte er sich um und erblickte Abt Agronguerre, der sich um einen verwundeten Bogenschützen kümmerte. Er ging hinüber, um mit dem Abt zu reden. Er würde die Wogen des morgendlichen Disputs glätten und ihn daran erinnern, dass er und seine Bruderschaft immer noch in einer belagerten Abtei hungern würden, wenn Brunheld und seine stolzen Krieger ihnen nicht zu Hilfe gekommen wären.

Ja, es würde ein schwieriges Bündnis werden, aber die Ausführungen des Hüters machten Prinz Midalis Hoffnung, dass Vanguard und Alpinador diese schweren Zeiten nützen würden, um eine dauerhafte Verständigung zu erzielen.

»Das Verbindende über das Trennende stellen«, rief er sich flüsternd ins Gedächtnis.

»Ich gehe davon aus, dass Ihr einen angenehmen Tag hattet«, sagte Je'howith zu Constance Pemblebury, als er die Frau erneut allein an der Heckreling stehen und auf die dunklen Fluten des Masurischen Flusses blicken sah.

Constance warf ihm einen verärgerten Blick zu; ihr gefiel seine zweideutige Anspielung nicht.

»Erzählt«, drängte der Abt. »Hat König Danube sich an Euren Namen erinnert?«

Constance starrte ihn erbost an.

»Im Moment der höchsten Leidenschaft, meine ich«, fuhr der alte Abt fort. »Hat er ›Constance‹ gerufen?«

»Oder ›Jilseponie‹?«, vervollständigte sie die Frage mit unverhohlenem Sarkasmus, denn sie wollte Je'howith wissen lassen, dass er sie nicht überraschte.

»Ah, ja, Jilseponie«, gab Je'howith sich verblüfft. »Die

ruhmreiche Heldin Koronas. Welcher Titel würde ihren Heldentaten wohl am ehesten gerecht werden? Baronness? Herzogin? Äbtissin?«

Constance bedachte ihn mit einem abfälligen Blick und schaute wieder aufs Wasser hinaus.

»Ehrwürdige Mutter?«, fuhr der alte Mann fort. »Oder vielleicht Königin? Ja, Königin, dieser Titel wäre angemessen für sie!«

Constance sah ihn kurz von der Seite an, worauf sich auf Je'howiths faltengefurchtem Gesicht ein verschlagenes Grinsen ausbreitete. »Habe ich einen wunden Punkt getroffen?«, fragte er.

Constance gab sich ungerührt.

»Ihr habt gesehen, wie König Danube sie anstarrte«, fuhr Je'howith fort. »Ihr wisst genauso gut wie ich, dass Jilseponie ohne weiteres Königin werden könnte, falls sie dies wollte.«

»Sie wollte nicht einmal Baroness von Palmaris werden«, erinnerte ihn Constance, doch selbst für sie klangen ihre Worte wenig überzeugend.

Nun war es Je'howith, der abfällig dreinblickte.

»Sie trauert um den Nachtvogel, und diese Wunde wird womöglich niemals heilen«, sagte Constance.

»Vielleicht nicht völlig«, stimmte Je'howith ihr zu, »aber zumindest so weit, dass sie mit ihrem Leben fortfahren möchte. Und ich frage mich, was sie dann zu tun gedenkt. Es gibt keine Möglichkeit, die ihr nicht offen stünde. Sie könnte in die Wilderlande gehen, nach St. Mere-Abelle oder nach Ursal an den Königshof. Wer in aller Welt würde sich Jilseponie verweigern?«

Constance schaute wieder auf das Wasser hinaus und spürte Je'howiths abschätzenden Blick.

»Ich weiß, was Ihr wollt«, sprach der alte Abt leise.

»Sagt Ihr mir das alles, um mich zu verletzen?«, fragte Constance.

»Seht Ihr in mir einen Feind oder eher einen möglichen Verbündeten?«

Constance fing an zu lachen. Sie durchschaute den alten Je'howith und wusste, dass er sich in seiner Rolle als höfischer Intrigant gefiel. Er glaubte, so oder so zu gewinnen. Sollte Danube Constance heiraten oder zumindest ihr gemeinsames Kind anerkennen und zum Thronfolger bestimmen, bliebe Je'howith stets präsent und könnte weiterhin Einfluss auf den König nehmen. Das machte ihn aber noch lange nicht zu ihrem Verbündeten, war sich Constance bewusst, denn Je'howiths einzige Sorge galt seinem Vorhaben, Jilseponie von der Kirche fern zu halten und zu verhindern, dass sie ehrwürdige Mutter wurde. Was konnte da Besseres geschehen, als dass Jilseponie den König heiratete?

»Danube ist von Jilseponie fasziniert«, räumte Constance ein, »so wie jeder Mann, der ihr begegnet, von ihrer Ausstrahlung und Schönheit fasziniert ist.« Sie wandte sich dem alten Abt zu und sah ihn kühl an.

»Schönheit. Ja, die besitzt sie in der Tat«, sagte Je'howith.

»Aber Jilseponie wohnt nicht in Ursal«, fuhr Constance fort. »Es ist eine lange Reise dorthin, und der Landweg ist gefährlicher, als man glaubt.«

Der alte Je'howith erwiderte ihren kühlen Blick und nickte einen Moment später, dann verneigte er sich knapp und ging davon.

Constance sah ihm nach und überlegte, was der alte Abt wohl aushecken möchte. Offenbar wollte er nicht, dass sie Jilseponies Zauber erlag und sich mit ihr zusammenschloss. Je'howith hatte versucht, ihre Missgunst gegenüber Jilseponie zu wecken, und sie war bereitwillig auf sein Unterfangen eingegangen.

Das störte Constance Pemblebury immens, während sie dort an der Reling stand und auf die dunklen Fluten starrte. Sie hatte Jilseponie gemocht, als sie von ihren Abenteuern gehört hatte, hatte sie bewundert und sie in ihrem Kampf gegen Markwarts verdorbene Kirche innerlich bestärkt. In Constances Augen war Jilseponie – wenn auch unbeabsichtigt – eine Verbündete der Krone gewesen, eine Verbündete ihres geliebten Königs Danube. Aber nun hatten sich die Dinge geändert. Der Nachtvogel war tot und Danube verliebt. Aus Jilseponie, der Verbündeten, war eine Rivalin geworden. Constance gefiel diese Tatsache nicht, aber es ließ sich nicht abstreiten. Welche Gefühle sie auch immer für Jilseponie Wyndon hegen mochte, die Frau war eine Gefahr geworden für ihre Pläne und, was noch wichtiger war, für ihr Kind, den künftigen Thronfolger.

In diesem Moment konnte Constance sich nicht ausstehen. Sie war nicht stolz auf die Gedanken, die ihr durch den Kopf schossen.

Trotzdem konnte sie die Gedanken nicht verdrängen.

6. Jahreszeitenwechsel

Mit einem beklommenen Gefühl im Bauch ging Abt Braumin durch das imposante Eingangsportal von Chasewind Manor. Zum Schutz vor dem Nieselregen hatte er die braune Kapuze tief ins Gesicht gezogen, die Arme vor der Brust verschränkt und die Hände tief in die Ärmel geschoben. Er beachtete die Allheart- Ritter nicht, die mit ihren riesigen, schräg stehenden Doppeläxten beide Seiten des Portals säumten. Ihre beeindruckenden Rüstungen waren frisch poliert, sodass sie selbst an diesem grauen Tag hell glänzten.

Er wusste, warum Herzog Targon Bree Kalas ihn zu der Unterredung an den Ort bestellt hatte, wo seine Macht am sichtbarsten war. Die Auseinandersetzungen zwischen den beiden fingen gerade erst an, denn erst jetzt, wo König Danube abgereist war, kehrte in der Stadt wieder der Alltag ein. Außerdem hatte der harte Winter die Pflichten der Kirche und der Krone auf ein Minimum reduziert. Nun war der König wieder in Ursal, und der Großteil der Ordensbrüder aus St. Mere-Abelle war in die entlegene Abtei zurückgekehrt oder würde bald dorthin zurückkehren. Zum ersten Mal seit über einem Jahr – genau genommen zum ersten Mal seit Erscheinen des Geflügelten und seiner Verbündeten – begann die Bevölkerung von Palmaris, wieder ihren gewohnten Rhythmus zu finden.

Er wurde sofort hereingelassen, saß aber anschließend länger als eine Stunde im Vorzimmer von Kalas' Empfangssaal und wartete und wartete. Mehrere Male unterrichtete man ihn, dass Kalas noch dringende Angelegenheiten zu erledigen habe.

Abt Braumin murmelte still seine Gebete vor sich hin, in denen er vor allem um den langen Atem bat, den er benötigen würde, um diese misslichen Zeiten durchzustehen. Er wünschte sich zum wiederholten Male, dass Jilseponie ihn begleitet hätte – Kalas hätte sie niemals warten lassen! –, aber Jilseponie hatte nichts davon hören wollen und gemeint, dass die Tage der Versammlungen und politischen Intrigen für sie endgültig vorbei seien.

Schließlich erschien der Saaldiener und bat den Abt, ihm zu folgen. Als er Kalas' Empfangssaal betrat, erblickte Bruder Braumin sogleich die zahllosen Bürokraten, die, mit Papieren raschelnd, herumstanden und sich mit tuschelnden Stimmen berieten, als wären ihre Angelegenheiten von allergrößter Dringlichkeit. Herzog Kalas, zugleich Baron von Palmaris, saß, über ein Pergament gebeugt, an seinem riesigen Schreibtisch, in der Hand eine Schreibfeder.

»Abt Braumin Herde aus St. Precious«, verkündigte der Saaldiener.

Kalas schaute nicht einmal auf. »Mir wurde zugetragen,

dass Ihr Handwerksleute, Maurer und Zimmermänner zusammenrufen lasst.«

»Das ist richtig«, sagte Braumin.

»Zu welchem Zweck?«

»Zu welchem Zweck auch immer ich wünsche«, sagte der Abt. Da blickte Kalas auf, und die Gespräche im Saal erstarrten.

Kalas starrte ihn einen langen, unbehaglichen Augenblick an. »Tatsächlich«, sagte er schließlich. »Und beinhalten Eure Wünsche auch die Erweiterung von St. Precious, so wie man mir berichtet?«

»Möglicherweise.«

»Dann erspart Euch die Mühe«, sagte Kalas schroff. »Ihr könnt die Handwerksleute wieder nach Hause schicken. Es wird keine Erweiterung des Kirchenbaus geben.«

Braumins Miene verdüsterte sich. »Das Land um die Abtei gehört der Kirche.«

»Innerhalb der Stadtmauern dürfen ohne die Zustimmung des Barons keine Gebäude errichtet werden«, rief Kalas ihm ins Gedächtnis. Er blickte zu einem der Bürokraten am Rande des Saals. Der mausartige Mann eilte augenblicklich herbei und übergab Abt Braumin ein von Baron Rochefort Bildeborough und Abt Dobrinion Calislas unterzeichnetes und mit einem Siegel versehenes Schriftstück, das Kalas' Behauptung zu bestätigen schien.

»Das bezieht sich nur auf von ›Gemeinen‹ errichtete Gebäude«, merkte Braumin an und deutete auf den entsprechenden Absatz.

Kalas zuckte mit den Schultern. Er widersprach nicht.

»Dieser Erlass wurde verfasst, um den Zuzug von Behrenesern einzudämmen«, erläuterte Braumin, »und um zu vermeiden, dass jede freie Fläche innerhalb der Stadtmauern zugebaut wird. Er gilt für das gemeine Volk, nicht aber für die Kirche und den Adel.«

»Das ist eine Möglichkeit, wie man es auslegen kann«, entgegnete Kalas. »Aber nicht die, für die ich mich entscheide.«

Abt Braumin warf das Schriftstück auf den Schreibtisch. »Dann verdreht Ihr den Sinn des Erlasses und pervertiert seinen eigentlichen Zweck«, sagte er. »Dieses Schriftstück ist irrelevant für jedwede Baumaßnahmen an der St. Precious-Abtei. Das Grundstück ist Eigentum der abellikanischen Kirche.«

»Falsch, mein guter Abt«, sagte Kalas und erhob sich hinter seinem Schreibtisch, den Blick des Mönchs mit dergleichen Entschlossenheit erwidernd. »Es ist sehr wohl relevant. Es handelt sich um ein geschriebenes Gesetz, das von Eurem hoch geschätzten früheren Abt gebilligt wurde. Aufgrund dieses Gesetzes kann ich jeden einkerkern, der an Eurer Abtei arbeitet, und ich kann die verwendeten Werkzeuge und Materialien konfiszieren.«

»Ihr riskiert großen Unmut in der Bevölkerung.«

»Das tut Ihr ebenfalls«, entgegnete Kalas. »Ihr bietet Handwerksleuten Arbeit an, die schon alle Hände voll zu tun haben mit der Beseitigung der Kriegsschäden. Sie brauchen Eure Arbeit nicht, Abt Braumin, aber sie brauchen ihre Werkzeuge. Ich frage mich, auf wen sie eher wütend sein werden. Auf den gesetzestreuen Baron oder auf den anmaßenden, selbstgefälligen neuen Abt von St. Precious?«

Braumin wollte etwas entgegnen, begann aber zu stottern, weil ihm keine passende Antwort einfiel. Er durchschaute Kalas' Drohung. Der Herzog wollte einen Kampf um die Gunst der Bürger von Palmaris austragen, und dieser Kampf konnte so oder so enden. Aber war Braumin bereit, sich auf dieses Kräftemessen einzulassen? Er wusste, welche Auseinandersetzungen ihm innerhalb der Kirche bevorstanden; wäre er den unvermeidbaren Herausforderungen noch gewachsen, falls er die Gunst der Bevölkerung von Palmaris verlor?

Ein abfälliges Lächeln legte sich über Braumins Züge, das Eingeständnis, dass Kalas – für den Augenblick – gewonnen hätte. Braumin lachte kurz auf und nickte, dann wandte er sich um, schritt erhobenen Hauptes aus dem Saal und verließ das weitläufige Gebäude. Als er ins Freie trat, ließ er trotz des Regens die Kapuze hinten. Die Allheart-Ritter standen noch immer Wache am Eingangsportal. Der Soldat am Ende der Reihe trat vor und zog dem Abt eines der Tore auf.

»Eure Handwerksleute haben mit der Reparatur exzellente Arbeit geleistet«, sagte er laut mit Blick auf die Torangeln, »nachdem Jilseponie die Tore im Handumdrehen aufriss und dabei Eure Männer durch die Luft schleuderte.«

Als er hinausging, hörte er das Murren hinter ihm, und zumindest in diesem kleinen Sieg fand er ein wenig Trost.

Er roch es. Der Duft war so stark, dass er die süßliche Flüssigkeit fast auf seiner Raubkatzenzunge schmecken konnte. Das kleine Mädchen hatte sich am Arm verletzt, war an einen Ast gestoßen, und nun kam es in seine Richtung und rief mit erhobenem Arm nach seiner Mutter. Der Tiger sah deutlich die feine Linie roten Blutes, das aus der Wunde sickerte.

De'Unnero wandte sich ab und schloss die Augen. Er wollte es nicht tun, wollte nicht herausspringen und dem Mädchen die Kehle zerfetzen. Während des harten Winters hatte er nur einen Menschen getötet, einen alten, verlausten Saufbruder, der von niemandem in Penthistle vermisst worden war.

Der Geruch stieg ihm immer stärker in die Nase, und der Kopf des Tigers fuhr wieder zu dem näher kommenden Mädchen herum.

Sie würde vermisst werden, ermahnte sich De'Unnero. Er versuchte ein logisches Argument zu finden, das ihn in seinem moralischen Empfinden bestärkte. Nachdem er den Pauri verschlungen und anschließend die Umgebung von Palmaris verlassen hatte, war er in den ersten Wintertagen von den hier ansässigen Menschen mit offenen Armen aufgenommen worden. Es gefiel ihnen, einen abellikanischen Ordensbruder von

Haus zu Haus weiterreichen zu können. Er hatte angeboten, für sein Essen zu arbeiten, doch die Einwohner von Penthistle hatten ihn nie etwas wirklich Anstrengendes verrichten lassen, ihm aber immer mehr als genug zu essen gegeben.

Trotzdem hatte De'Unnero sich des öfteren in den Wald davongestohlen, wenn der Tigerdrang ihn rief und er ihm nicht länger widerstehen konnte. Er hatte sich viele Male an Wild gelabt, sogar an Eichhörnchen und Hasen, aber einen Menschen hatte er nur ein einziges Mal verspeist.

Aber nun war der Winter vorüber. Der Frühling war gekommen, und mit dem Wechsel der Jahreszeiten widmeten sich die Menschen wieder verstärkt außerhäuslichen Aktivitäten. De'Unnero war hergekommen, um nach konventioneller Beute zu suchen, möglichst ein Reh, doch stattdessen war er auf das Kind gestoßen. Sobald er es erblickt hatte, hatte er sich abgewendet und wollte wegrennen, aber dann hatte das Mädchen sich am Arm verletzt, und der unwiderstehliche Duft ihres Blutes war ihm in die Nase gestiegen.

Ohne sich dessen richtig bewusst zu sein, stieß er ein grollendes Fauchen aus. Das Mädchen zuckte erschrocken zusammen.

De'Unnero versuchte sich abzuwenden, aber jetzt konnte er auch ihre Furcht riechen, ein Duft, der sich mit dem ihres süßen Blutes vermischte. Er lief auf sie zu; das Mädchen hörte das Rascheln im Unterholz und fing an zu rennen.

Ein Satz, und er hätte sie. Ein gewaltiger Sprung, und er hätte sie unter sich begraben und könnte seine Fänge in diesen schönen, kleinen Kinderhals schlagen.

Ein Satz …

Der Tiger verharrte. Sein menschliches Gewissen rang mit seinen Tierinstinkten.

Das Mädchen rannte weiter und rief nach seiner Mutter.

De'Unnero wandte sich ab und trabte ins dichtere Unterholz zurück. Sein Hunger auf das Mädchen, selbst auf ein Reh, war verflogen. Der Tiger legte sich auf den Boden und zwang sich, mit der Verwandlung zu beginnen; Knochen sprangen aus Gelenken, Gliedmaßen verschoben sich, sein Oberkörper richtete sich auf.

Es tat weh, aber der Mönch zwang sich zum Weitermachen, zwang den Tiger aus seinem Leib, kämpfte mit aller Macht gegen die Schmerzen und den Tötungsinstinkt an, bis eine undurchdringliche Finsternis sich über seine Sinne legte.

Kurz darauf erwachte er zitternd und nackt auf dem feuchten Waldboden. Der kalte nächtliche Wind bereitete ihm eine Gänsehaut. Er orientierte sich einen Augenblick, dann fand er seine braune Kutte, streifte sie über und lief nach Penthistle zurück.

Wie der Zufall es wollte, war die erste Person, der er zwischen der kleinen Ansammlung von Bauernhäusern begegnete, dasselbe kleine Mädchen, das er im Wald gesehen hatte. Sein Arm war jetzt bandagiert.

»Ah, da seid Ihr ja«, sagte die Mutter des Kindes, eine gut aussehende Frau von etwa vierzig Wintern. »Wir brauchen Euch, Bruder Wohlgemut. Meine Tochter hat den Kampf mit einem Baum verloren!«

De'Unnero hob den Arm des Mädchens und betrachtete den Verband. »Habt Ihr die Wunde gut gereinigt?«, fragte er.

Die Frau nickte.

Der Mönch ließ den Arm des Mädchens wieder los und strich dem Kind über den Kopf. »Das habt Ihr gut gemacht«, sagte er zu der Mutter.

Dann ging der Mönch auf das Haus zu, in dem er gegenwärtig wohnte. Nach einigen Schritten blieb er jedoch stehen und schaute zu dem Mädchen zurück. Er hätte es töten können, es wäre kinderleicht gewesen. Und wie sehr er es gewollt hatte! Wie sehr er sich an ihrem zarten Fleisch hatte laben wollen.

Und doch hatte er es nicht getan. Die Bedeutung dieses Umstands wurde De'Unnero im selben Moment bewusst, in dem ihm klar wurde, welchen Triumph er errungen hatte. Die nackte Angst hatte ihn aus Palmaris vertrieben, nachdem der Nachtvogel ihn beim Kampf in Chasewind Manor aus dem Fenster geworfen hatte.

Es war keine Angst vor dem Nachtvogel gewesen oder vor dem König oder vor der Vergeltung von Markwarts siegreichen Feinden, wurde De'Unnero jetzt klar. Nein, es war die Angst vor ihm selbst gewesen, die Angst vor dem alles verzehrenden Drang in seinem Innern. Einst war er einer der angesehensten Meister von St. Mere-Abelle gewesen, ein enger Vertrauter des ehrwürdigen Vaters, dann Abt von St. Precious und schließlich Bischof von Palmaris. Einst hatte er die jungen Ordensbrüder in den Kampfkünsten unterwiesen und als der großartigste Kämpfer gegolten, der jemals die Pforten von St. Mere-Abelle durchschritten hatte, als Personifizierung der Kampftradition des Abellikaner-Ordens. In jenen Tagen hatte Marcalo De'Unnero sich vor allem auf die Kräfte eines bestimmten Steins verlassen, der Tigertatze. Mit Hilfe dieses Steins vermochte er eines oder zwei seiner Gliedmaßen in die einer Raubkatze zu verwandeln, und damit besaß er eine jedem Schwert ebenbürtige Waffe. Während Markwarts Aufstieg an die Macht hatte der ehrwürdige Vater De'Unnero beigebracht, wie er die Verwandlungskräfte des Steins um ein Vielfaches steigern konnte, und mit diesem neuen Wissen war der junge Meister imstande gewesen, sich vollständig in eine Raubkatze zu verwandeln, eine bis dahin nie dagewesene Leistung.

Aber dann war etwas Unerwartetes geschehen. Auf unergründliche Weise war die Tigertatze mit De'Unnero verschmolzen, sodass er sich fortan auch ohne den Stein in eine Raubkatze verwandeln konnte – oftmals geschah es jedoch gegen seinen Willen, meistens zu einem denkbar ungünstigen Zeitpunkt.

Das war der wirkliche Grund, weshalb er aus Palmaris geflohen war. Er hatte Angst vor sich selbst, vor der mordlüsternen Kreatur, die in ihm schlummerte.

Es war eine erbärmliche Existenz für einen Mann, der einstmals in den höchsten Zirkeln der Macht verkehrt hatte, trotz aller Gastfreundschaft der Einwohner von Penthistle. Marcalo De'Unnero hatte befürchtet, den Rest seines Daseins am Rande der Zivilisation fristen zu müssen, immer auf der Flucht von einer Ortschaft zur nächsten, wenn ihn wieder einmal die Blutgier übermannt hatte. Er hatte sich vorgestellt, in nicht allzu ferner Zukunft über ein offenes Feld zu fliehen, verfolgt von Heerscharen von Jägern aus dem ganzen Königreich.

Jetzt aber …

Er war der ultimativen Versuchung ausgesetzt gewesen – ein blutendes junges Mädchen im Wald –, und doch hatte er der Versuchung widerstanden, hatte ihr nicht nachgegeben. War es möglich, dass De'Unnero Kontrolle über seinen Zustand erlangt hatte?

Wenn er sich kontrollieren konnte, dann konnte er nach Palmaris zu seiner Kirche zurückkehren.

De'Unnero verdrängte den absurden Gedanken. Schließlich hatte er Baron Bildeborough und seine Begleiter umgebracht. Und er hatte Elbryan verwundet, der daraufhin geschwächt in den Kampf gegen Markwart gezogen war. Und diese Verwundung hatte zum Tod des Nachtvogels ebenso beigetragen wie die Anstrengungen des ehrwürdigen Vaters. Wenn er nach Palmaris zurückkehrte, erwartete ihn dort mit Sicherheit ein Prozess.

»Warum eigentlich ein Prozess?«, fragte sich De'Unnero laut, und als er genauer darüber nachdachte, formten seine Lippen das erste Lächeln seit über einem halben Jahr. Es gab keine Beweise, die ihn als Bildeboroughs Mörder auswiesen, nichts außer den Spekulationen seiner Feinde. Und wie konnte man ihn für etwas verantwortlich machen, das in Chasewind Manor geschehen war? Hatte er nicht bloß seine Schutzpflicht gegenüber dem ehrwürdigen Vater erfüllt? Und waren Elbryan und Jilseponie zum damaligen Zeitpunkt nicht von Kirche und Krone als Gesetzlose betrachtet worden?

»Was habt Ihr gesagt, Bruder Wohlgemut?«, fragte die Mutter des Mädchens, die seine Worte nicht richtig verstanden hatte.

De'Unnero riss sich aus seinen Gedanken. »Nichts«, antwortete er. »Ich dachte bloß, dass es an der Zeit ist, in meine Abtei zurückzukehren.«

»Oh, wir werden Euch vermissen«, entgegnete die Frau.

De'Unnero nickte abwesend. Er hatte ihr kaum zugehört, so sehr war er mit den berauschenden Möglichkeiten beschäftigt, die ihm sein heute errungener Sieg über die Raubkatze eröffnete.

»Ich habe eine Passage auf der *Saudi Jacintha* bekommen«, platzte es aus Bruder Dellman heraus, als der jüngere Mönch das Arbeitszimmer des neuen Abts von St. Precious betrat und Braumin im angeregten Gespräch mit Bruder Viscenti vorfand. »Käpt'n Al'u'met wird binnen einer Woche in See stechen, und er sagte, es freue ihn, uns helfen zu können.«

»Hast du über den Preis gesprochen?«, fragte Braumin.

»Käpt'n Al'u'met meinte, die Bruderschaft aus St. Precious habe bereits den vollen Preis entrichtet, indem wir uns gegen das Böse stellten und die Behreneser am Hafen verteidigten.«

»Ein ehrbarer Mann«, sagte Bruder Viscenti.

»Du kennst deine Aufgabe?«, fragte Braumin.

Dellman nickte. »Ja, zunächst soll ich die Lage erkunden und herausfinden, was für ein Mensch Abt Agronguerre ist«, antwortete er, »und anschließend soll ich ihn davon unterrichten, dass ihr ihn beim kommenden Abteikollegium im Calember für das Amt des ehrwürdigen Vaters vorschlagen wollt.«

»In erster Linie bist du ein Übermittler. Du wirst ihn über

das bevorstehende Kollegium und über die Ereignisse in Palmaris unterrichten«, sagte Braumin.

»Wahrscheinlich weiß er das alles schon«, warf Viscenti kopfschüttelnd ein. »Wer in aller Welt hat davon noch nicht gehört?«

Abt Braumin lächelte und ließ den Punkt an seinen leicht erregbaren Freund gehen. In Wahrheit jedoch bezweifelte er, dass man in Vanguard mehr von den Ereignissen in Palmaris wusste als die Tatsache, dass Vater Markwart tot war. Der Abellikaner-Orden war der einzig verlässliche Nachrichtenübermittler in diese ferne Region; und selbst wenn St. Mere-Abelle einen Boten entsandt hatte, konnte man in Vanguard die Bedeutung der Ereignisse nicht richtig abschätzen, und bestimmt würden die dortigen Ordensbrüder es nicht wagen, in dem sich anbahnenden Richtungsstreit der Kirche Partei zu ergreifen. Aber genau das hatte Braumin dem klugen und vertrauenswürdigen Bruder Holan Dellman aufgetragen: Er sollte Abt Agronguerre auf die Seite der Reformer bringen und ihm klarmachen, dass das Gute über das geschwürartige Böse gesiegt hatte.

»Rede auf keinen Fall abwertend über Markwart«, rief Braumin Bruder Dellman ins Gedächtnis, »aber mach auch keinen Hehl daraus, welche Umstände zu seinem Niedergang führten.«

Dellman nickte und war im Begriff zu gehen, als Bruder Talumus ins Zimmer kam.

»Geh und nimm die Passage von Al'u'met«, sagte Braumin abschließend zu Dellman. »Richte ihm unseren tiefen Dank aus und bereite dich auf deine Abreise vor. Geh mit Avelyns Segen.«

Bei dem letzten, beiläufig gesprochenen Satz runzelte Bruder Talumus die Stirn.

Als Dellman gegangen war, bedeutete Braumin Bruder Viscenti, die Tür zu schließen, was dieser augenblicklich tat.

Bruder Talumus sah die beiden Mönche fragend an.

»St. Precious ist bei weitem nicht so stark, wie es sein müsste, um sich der ständigen Übergriffe von Herzog Kalas zu verwehren«, sagte Braumin an Talumus gewandt. In der Tat hatten Kalas und Braumin im Laufe des Winters über viele politische Punkte gestritten. Die meisten waren von untergeordneter Bedeutung, aber Braumin war klar, dass diese Punkte an Wichtigkeit gewinnen würden, da nun der Winter zu Ende ging und die Bevölkerung wieder in Scharen auf die Straßen von Palmaris strömte.

»Jilseponie verlässt Palmaris«, berichtete der junge Bruder Talumus.

»Gute Arbeit, Talumus«, sagte Braumin und hob mahnend einen Finger. »Bleibt aber weiterhin wachsam und haltet die Ohren offen.«

»Sie meinte, sie würde abreisen, sobald die Straße nach Norden passierbar ist«, sagte Bruder Talumus. »In letzter Zeit traf sie sich des öfteren mit Belster O'Comely. Wie ich hörte, will er nun auf Jilseponies Drängen hin ebenfalls in den Norden zurückkehren.«

»Dann wird Jilseponie uns wohl tatsächlich verlassen. Es tut mir weh, sie gehen zu sehen«, sagte Braumin. »Welch großartige Verbündete der Kirche sie war. Mit ihr an unserer Seite könnten wir uns der Übergriffe des Herzogs viel leichter erwehren. Aber sie muss ihren eigenen Weg gehen, und ich kann sie nicht davon abhalten, ganz gleich, wie wichtig sie für uns wäre.

Und deswegen«, fuhr er fort, »müssen wir die Position von St. Precious stärken.«

»Mit einer Rangerhöhung«, sagte Bruder Talumus.

»Richtig. Von diesem Tage an trägt Marlboro Viscenti den Titel eines Meisters von St. Precious«, erklärte Braumin, und der nervöse kleine Viscenti blies ungläubig die Backen auf. »Meister Francis, der heute nach St. Mere-Abelle abreist, wird dafür sorgen, dass die Ernennung auf allen Ebenen anerkannt wird. Und selbst falls sich wider Erwarten jemand dagegen aussprechen sollte, steht es mir als Abt von St. Precious zu, Viscentis Ernennung für unumkehrbar zu erklären.«

Bruder Talumus nickte und lächelte Viscenti ein wenig gezwungen, aber dennoch aufrichtig an. Dann richtete er den Blick wieder auf Braumin. »Warum jetzt und warum hinter verschlossenen Türen?«, fragte er.

Braumin kam lächelnd um seinen Schreibtisch herum und setzte sich direkt vor dem anderen Mönch auf die Tischkante. Auf diese Weise beseitigte er die physische Barriere zwischen ihnen, und er hoffte, auch die übrigen Barrieren abbauen zu können, die es möglicherweise zwischen ihnen gab. »Euer Verhalten am Ende von Markwarts Herrschaft hat Euch zu einem wahren Helden gemacht«, erklärte er. »Hättet Ihr mehr Erfahrung, wärt zweifellos Ihr der neue Abt von St. Precious geworden, und ich hätte Eure Ernennung voll unterstützt. Da dies aber nicht der Fall ist, habe ich überlegt, auch Euch in den Rang eines Meisters zu erheben. Doch auch dafür mangelt es Euch an Erfahrung, und deswegen würde Eure Beförderung starken Widerspruch auslösen – und offen gestanden habe ich keine Lust auf eine solche Auseinandersetzung.«

»Ich habe nie darum gebeten, mich zum –«, begann Talumus einzuwenden, aber Abt Braumin bedeutete ihm zuzuhören.

»Ich werde Eure Ernennung zum Meister vorschlagen, sobald die Zeit dafür gekommen ist«, erklärte er. »Sobald Ihr die nötigen Jahre zusammen habt – und damit meine ich nicht die üblichen zehn Jahre als Minimum. Aber das alles heben wir uns für einen späteren Tag auf; doch dieser Tag wird nie kommen, wenn St. Precious sich nicht Herzog Kalas' ständigen Einmischungsversuchen zu widersetzen vermag. Wir brauchen mehr Macht, größere Rechtssicherheit und mehr Unterstützung für meine – für unsere – Sache, um im Falle einer neuerlichen Tragödie einschreiten zu können.«

Die Worte hatten offenbar große Wirkung auf Bruder Talumus, der unlängst die Ermordung seines geliebten Abtes Dobrinion Calislas hatte mit ansehen müssen. Der junge Mönch verkrampfte sich und ballte die Fäuste, und ein leerer Blick trat in seine Augen.

»Deswegen muss es in St. Precious neue hochrangige Ordensbrüder geben, wie Meister Viscenti zum Beispiel, die unserer Abtei mehr Geltung verschaffen«, erklärte Braumin. »Ich werde Unterstützung beim Äbtekollegium brauchen und Hilfe gegen Herzog Kalas. Das alles wollte ich Euch aus Respekt vor Eurem Verhalten und Eurer Loyalität persönlich erklären.«

Braumin neigte den Kopf leicht zur Seite und wartete auf eine Erwiderung, doch Bruder Talumus brauchte eine Weile, um das Gehörte zu verarbeiten. »Eure Worte ehren mich«, sagte er schließlich, und er schien mit Braumins Erklärung tatsächlich zufrieden zu sein. »Mehr als ich es verdiene, fürchte ich. Ich war Jilseponies und Elbryans Zauber erlegen und befürchtete, das …«

»Wir alle erlagen Elbryans und Jilseponies Zauber. Ihr habt das Richtige getan, Bruder Talumus«, erwiderte Braumin, und Viscenti nickte zustimmend.

»Danke«, sagte Talumus. »Ich weiß nun um die Hintergründe des Kampfes in Chasewind Manor, und mir ist völlig klar, welcher Weg vor mir liegt. Unser Ziel muss es sein, der neuen, der wahren abellikanischen Kirche die Geltung zu verschaffen, die ihr gebührt. Noch erteilt meine Stimme nicht die Befehle eines Meisters, aber sie wird trotzdem laut erklingen, wenn es darum geht, Abt Braumin Herde und Meister Viscenti zu unterstützen.«

Die drei Ordensbrüder lächelten sich in gegenseitiger Wertschätzung freundlich zu. Sie waren erleichtert, dass sie innerhalb ihres Zirkels endlich starke Bande knüpften – für die bevorstehenden Auseinandersetzungen mit Kalas und mit den

Gruppierungen innerhalb des Abellikaner-Ordens, die jegliche Reformen entschieden ablehnten.

Francis hatte geglaubt, der vor ihm liegende Weg würde ein einfacher sein, und er hatte sich voller Elan und Überzeugung seinen neuen Aufgaben zugewandt. Aber wenn er sich jetzt die Realität vor Augen führte, begann Francis zu erkennen, dass seine bevorstehende Reise eine ebenso große Gefahr für die Kirche darstellte wie die Umstände, die ihn ursprünglich nach Palmaris geführt hatten. Denn er wandelte auf einem schmalen Grat, wurde ihm klar, auf einem Grat zwischen der künftigen Kirche, die ihm vorschwebte, und der Kirche, der er bislang gedient hatte. Ja, mit gewissen Abstrichen glaubte er inzwischen an den von Avelyn Desbris eingeschlagenen Reformkurs, den Abt Braumin nun fortzuführen gedachte, und er würde alles dafür tun, um den Menschen die Kirche zu geben, die sie verdienten.

Ja, Meister Francis hatte die Erklärungen akzeptiert, die Braumin und die übrigen ihm für Jojonahs und Avelyns Verhalten gaben, und er hatte erkannt, dass Jilseponie und Elbryan Korona tatsächlich aus den Klauen des Bösen befreit hatten und deswegen zu Recht als Helden galten. Trotzdem verfolgten ihn noch immer Markwarts letzte Worte: *Gib Acht, dass du vor lauter Menschlichkeit nicht die Mysterien entweihst.*

Für die Menschheit stellte es eine große Gefahr dar, wenn das gemeine Volk um das Mysterium der magischen Himmelsjuwelen wusste. Die Gefahr bestand nicht in Kriegen oder in unkontrollierter Machtausübung, sondern in der Verweltlichung des Spirituellen, darin, dass man das Leben seiner Mysterien beraubte. Was tat die Kirche den Menschen Gutes, fragte sich Francis, wenn sie ihnen in ihrem Streben nach mehr Mitgefühl und Offenheit den Ursprung ihres Glaubens nahm, das Versprechen des ewigen Lebens? Seelensteine hin oder her, eines Tages musste jeder Mensch sterben. Wie viel dunkler wäre dieser Augenblick für den Todgeweihten und seine Angehörigen, wenn sie nicht ihren Glauben an das ewige Leben hätten? Menschen, die dem Abellikaner-Orden beitraten, mussten sich einer jahrelangen Ausbildung unterziehen, bevor sie nach St. Mere-Abelle oder in eine der anderen Abteien kamen, bevor man sie in die Geheimnisse der Himmelsjuwelen einweihte. Die Mönche wussten, dass die magischen Steine, der Himmelsring und der Steinregen natürliche Erscheinungen waren, aber dieses Wissen vermochten sie in den Kokon ihres unumstößlichen Glaubens einzubetten, den sie durch ihr jahrelanges Studium entwickelt hatten. Was aber war mit den gewöhnlichen Menschen, denen es nicht freistand, tage-, wochen-, monate- oder gar jahrelang zu meditieren? Würden diese Menschen den Seelenstein, das Kernstück der abellikanischen Religion, als *natürliche* Erscheinung betrachten, die nicht geheimnisvoller war als die Lagerfeuer, die sie zum Schutz vor der Kälte entzündeten?

Francis wusste es nicht und nahm an, dass er ein weiserer Mönch hätte sein müssen, um den tieferen Sinn von Markwarts letzter Warnung zu verstehen.

Er wusste jedoch, wie die Lage in St. Mere-Abelle war. Und abgesehen von seinen privaten Zweifeln, wie weit die von Braumin vorangetriebene Öffnung der Kirche gehen durfte, war dem jungen Meister klar, dass sie in der größten Abtei des Königreichs mehr Gegner als Fürsprecher erwarteten. Deswegen wandelte Francis, einst als Mitstreiter des vom Bösen besessenen Markwart, auf einem schmalen Grat. Wenn er Markwart zu sehr angriff, zeigte er im Endeffekt nur auf sich selbst und schmälerte damit seinen Einfluss. Aber Markwart glorifizieren konnte er auch nicht. Er wusste mittlerweile, dass der ehrwürdige Vater einen schweren Fehler begangen hatte. Davon abgesehen war Francis völlig klar, dass die Kirche eine Katastrophe heraufbeschwor, wenn sie den von Markwart eingeschlagenen Weg weiter verfolgte. Die Bevölkerung würde sich gegen sie wenden und die abellikanische Kirche endgültig spalten.

Das alles war äußerst verwirrend für den jungen Meister, der einst Markwarts Vertrauter und Bischof von Palmaris gewesen war. Francis fürchtete, dass alle Ämter, die er bekleidet hatte und noch bekleidete, seine Fähigkeiten überforderten.

Nun stand seine Reise nach St. Mere-Abelle an, eine Reise in die Vergangenheit und in die Zukunft. Er würde die zutiefst betroffenen Meister wiedersehen – allen voran den gutmütigen Machuso –, die seines Trostes und Zuspruchs bedurften, und ebenso würde er den sturköpfigen und vergesslicheren Meistern wiederbegegnen – dabei dachte er in erster Linie an Bou-raiy und Glendenhook –, die sich jeglicher Veränderung widersetzten und keinesfalls mit ansehen würden, wie das Andenken an den ehrwürdigen Vater beschmutzt wurde, dem sie so ergeben gedient hatten.

Ja, Bou-raiy, sagte sich Francis und hatte sogleich das Bild des Mannes vor Augen, der einen brennenden Ast in der Hand hielt und in Jubel ausbrach, als der Scheiterhaufen um den Ketzer Jojonah in Flammen aufging.

Er hörte, wie hinter ihm die Tür geöffnet wurde, und wandte sich zu dem hereinkommenden Abt Braumin um.

»Gut, Ihr seid noch hier«, sagte der Abt. »Ich hatte gehofft, Euch vor Eurer Reise noch anzutreffen.«

Francis nickte, obwohl ihm nicht klar war, weshalb Braumin ihn verabschieden wollte. Sie sahen die Dinge nicht mit den gleichen Augen, denn für Braumin, so kam es Francis jedenfalls vor, gab es nur Schwarz und Weiß. Aber obwohl Braumin nicht erbaut gewesen war, als Francis seine Unterstützung für Jilseponie als ehrwürdige Mutter zurückgezogen hatte, hatten sie eine Verständigung erzielt.

»Habt Ihr vor Je'howiths Abreise noch mit ihm gesprochen?«, fragte Braumin.

Francis lachte. »Befürchtet Ihr das?«

»Befürchten?«

Francis lachte erneut. »Ja, ich habe mit ihm gesprochen, und er hat mir vermutlich das Gleiche gesagt wie Euch«, antwortete Francis. »Abt Agronguerre scheint eine gute Wahl zu sein. Genau der Mann, den die Kirche momentan braucht, denke ich.«

»Dann befürwortet Ihr also seine Nominierung?«

»Ich würde gerne mehr über Agronguerre erfahren, aber aufgrund dessen, was ich bisher über ihn weiß, sage ich ja, ich befürworte seine Nominierung«, antwortete Francis.

»Und war das alles, worüber Ihr mit Je'howith gesprochen habt?«, fragte Braumin.

Francis musterte den Abt und überlegte, worauf Braumin hinauswollte. »Wir sprachen auch über Markwarts Andenken, falls Ihr das meint«, sagte er schließlich.

Braumin nickte knapp und sah Francis erwartungsvoll an.

»Glaubt mir, Abt Braumin, mich verwirrt diese Sache mehr, als Ihr glaubt«, versicherte Francis dem jungen Abt.

»Aber Ihr wisst, dass Markwart vom Bösen besessen war?«, wollte Braumin von ihm wissen.

»Ich weiß, welchem Irrtum der ehrwürdige Vater erlag«, antwortete Francis ausweichend.

»Ihr macht einen Schritt zurück«, warf Braumin ihm vor.

Francis überlegte einen Moment und pflichtete ihm fast bei. »Nein, ich weiche Euch eher seitwärts aus«, korrigierte er ihn. »Vater Markwarts Verhalten war sicherlich falsch, keine Frage, aber einige seiner Ansichten sind durchaus bedenkenswert. Das sollte man nicht ignorieren.«

Francis sah den missmutigen Gesichtsausdruck des Abtes.

»Das haben wir doch alles schon durchgesprochen«, sagte Francis und hob beschwichtigend die Hände. »Unser Glaube unterscheidet sich nicht so sehr, dass Ihr mich fürchten müsstet, Abt Braumin. Ich gehe nach St. Mere-Abelle, um die Wahrheit über die Ereignisse in Palmaris zu berichten.«

»Welche Wahrheit?«, fragte Braumin argwöhnisch.

Francis lachte abermals. »Wir sind beide zu jung für solchen Zynismus«, sagte er. »Die schmerzvollen Ereignisse in Palmaris brachten uns Erlösung, allerdings zu einem zu hohen Preis, als dass wir uns zufrieden zurücklehnen könnten. Markwart beging einen schwer wiegenden Fehler – das gestand er mir kurz vor seinem Tod –, und deswegen stellte ich mich hinter Braumin Herde und Jilseponie.«

»Aber Eure Unterstützung für ihre Nominierung habt Ihr zurückgezogen«, rief Braumin ihm ins Gedächtnis.

»Weil ich nicht vollends zerstören möchte, was von der stabilsten Institution im Königreich noch übrig ist«, sagte Francis. »Wir werden sicherlich einen gemeinsamen Nenner finden, aber in kleinen Schritten, nicht in gewaltigen, erderschütternden Sätzen. Das Volk ist verunsichert, und es ist unsere Pflicht, ihm Beistand zu leisten, nicht es noch mehr zu verwirren.« Er sah Braumin ernst an. »Ich bin nicht Euer Feind«, erklärte er. »Und es besteht kein Grund dafür, uns wegen Vater Markwarts Andenken zu streiten.«

»Und was ist mit Jojonah und Avelyn?«, fragte Braumin.

»Rückt ihr Andenken in das Licht unserer jüngsten Entdeckungen«, antwortete Francis. »Erklärt sie neben Elbryan und Jilseponie zu den Siegern über die Mächte der Finsternis. Ja, das ist mein voller Ernst, Abt Braumin. Meister Jojonah vergab mir, obwohl er wusste, dass er dem Tode geweiht war – eine herausragende menschliche Leistung. Ich werde veranlassen, dass sein Leichnam in geweihtem Boden begraben und sein Name vollständig rehabilitiert wird.«

»Und Avelyn?«, fragte der Abt.

»Seine Taten und die dahinter stehenden Motive müssen eingehend untersucht werden«, entgegnete Francis. »Ich werde seine Nominierung zur Heiligsprechung billigen, falls Ihr beim Kollegium mit dem Kanonisationsprozess beginnen wollt. Aber das heißt nicht, dass ich ihn für einen Heiligen halte. Es heißt nur, dass ich ihn für wert halte, eine Untersuchung durchzuführen, die letztlich zu diesem Ergebnis gelangen könnte. Lasst uns abwarten und sehen, wofür der Mann wirklich stand und was er vollbrachte. Lasst uns mit aller Vernunft darüber befinden, ob Avelyn tatsächlich einen Kurs zum Wohle der Kirche einschlug oder einen, der zu unserer Zerstörung führt.«

»Ihr meint, Ihr wollt seine Heiligsprechung von philosophischen Fragen abhängig machen?«, fragte Abt Braumin kopfschüttelnd.

»Nicht von philosophischen Fragen, nein«, antwortete Francis, »von seinen ursprünglichen Absichten. Für die Inquisitoren, die über seine Heiligsprechung zu befinden haben, werden seine Absichten ausschlaggebend sein.«

Francis sah zu, wie Braumin über seine Worte nachdachte. Schließlich nickte der neue Abt von St. Precious.

»Gebt Acht auf Eurer Reise«, sagte Braumin. »Ihr könnt davon ausgehen, dass Euch in St. Mere-Abelle mehr Gegner als Gleichgesinnte erwarten.«

»Die Kirche verändert sich nur langsam«, stimmte Francis ihm zu.

Bald darauf verließ der dreißig Jahre alte Meister Francis Dellacourt Palmaris und hatte das Gefühl, auf seinen Schultern würde das Gewicht der ganzen Welt lasten.

»Warum sollen wir noch länger warten?«, fragte Pony und spitzte ihre Lippen zu einem Schmollmund. Sie saßen im Tomnoddys, einer geschäftigen Taverne, die sie schmerzhaft an die Gesellige Runde in ihren besten Zeiten erinnerte.

»Warum nicht?«, entgegnete Belster O'Comely lächelnd. Er war froh, dass Pony sich endlich wieder über etwas ereifern konnte, selbst wenn der stattliche Gastwirt ihre Meinung nicht unbedingt teilte. Außerdem beruhigte es Belster, dass Pony ihn bat, sie nach Norden zu begleiten. Am Ende des Krieges waren sie mehrfach aneinander geraten, als Pony Belsters

Vorurteile gegenüber den dunkelhäutigen Behrenesern mitbekommen hatte. »Immerhin haben wir hier viele Freunde.«

»Prym O'Brien geht auch nach Norden«, erinnerte sie ihn.

»Das sagt er seit letztem Sommer jeden Tag«, entgegnete Belster. »Ich bezweifle, dass er es jemals tun wird.«

»Es ist an der Zeit, nach Hause zurückzukehren, Belster«, sagte Pony ernst. »Ich spüre es, und deswegen werde ich in zwei Tagen aufbrechen. Ich hoffe, dass du mich nach Caer Tinella und Dundalis begleiten wirst, denn ich könnte deine Hilfe gut brauchen.«

»Wozu?«, fragte Belster.

»Um eine neue Heulende Sheila aufzubauen«, antwortete Pony, »genau an der Stelle, wo die alte stand, auf dem Steinfundament von Elbryans altem Haus.«

»Sie haben vermutlich längst wieder ein Gebäude draufgesetzt«, murmelte Belster, griff nach seinem schaumgekrönten Bierkrug und trank ihn in einem Zug halb leer.

»Tomas versicherte mir, dass das Grundstück mir gehört, falls ich je zurückkommen sollte«, sagte sie. »Ich werde sein Versprechen einfordern, selbst wenn ich dafür sein eigenes Haus niederreißen müsste!«

»Du willst wohl ein paar magische Steine mitnehmen, was?«, sagte Belster und hätte seine Worte am liebsten wieder zurückgenommen, als er sah, wie Ponys Miene sich verfinsterte.

»Ich werde das Schankhaus wieder aufbauen«, sagte die junge Frau leise, »die Heulende Sheila. Oder ich nenne es Zur Geselligen Runde, zu Ehren der Chilichunks. Die Aufgabe wäre jedenfalls um einiges freudvoller, wenn Belster O'Comely mich begleiten würde – aber selbst wenn nicht: Ich werde in zwei Tagen aufbrechen.«

»Du willst ein Schankhaus führen?«, fragte Belster skeptisch. »Nach allem, was du erlebt hast? Glaubst du nicht, dass du dich schnell langweilen wirst, Mädchen?«

»Ich möchte ein Schankhaus führen«, erwiderte Pony bestimmt. »Ich möchte bei Sonnenuntergang mit Roger auf einem Hügel sitzen und Bradwardens zauberhaften Melodien lauschen. Ich möchte Blumen schneiden und …« Ihre Stimme verlor sich, und Belster sah sie mitfühlend an.

»Bist du sicher, dass du nicht einfach bloß wegrennst?«, fragte er unverblümt. »Hast du keine unerledigten Aufgaben hier?« Noch während er ihr die Frage stellte – die Pony, wie er wusste, nicht beantworten würde –, dachte er über ihre Worte nach und gelangte zu der Erkenntnis, die ihn von ihrem Vorhaben überzeugte. Pony hatte Elbryans Sarg nicht nach Norden begleitet, war nicht dabei gewesen, als der Hüter ins kalte Erdreich gesenkt worden war. Wie konnte er jetzt ihre Bitte ablehnen? In den Tagen des Geflügelten hatten Pony und Elbryan ihm und allen seinen Freunden das Leben gerettet. Pony und Elbryan hatten ihm und den anderen unter größtem persönlichen Risiko zur Seite gestanden. Der Schankwirt wusste, dass sie ihr Leben gegeben hätten, um ihn aus den Fängen des Geflügelten zu befreien, wenn der Dämon ihn in seine Klauen bekommen hätte.

»In zwei Tagen«, fragte er. »Hast du mit Dainsey gesprochen?«

»Dainsey bleibt hier«, sagte Pony. Sie sprachen von der Frau, die für die Chilichunks gearbeitet hatte, bevor sie von Markwart eingekerkert worden waren. Danach war sie Belsters Angestellte geworden, als er auf Ponys Bitte das Schankhaus neu eröffnet hatte. »Sie hat Gefallen an einem jungen Mann gefunden, und das würde ich ihr niemals nehmen.«

»Das arme Mädchen verdient ein wenig Glück«, stimmte Belster ihr lachend zu und leerte seinen Krug. Dann wischte er sich den Schaum von den Lippen und musterte Pony, die ihn ihrerseits gespannt ansah.

»In zwei Tagen?«, fragte er erneut.

Ponys gespannte Miene löste sich in ein Lächeln auf. »Wir

treffen uns am Tor von St. Precious«, erklärte sie. »Und komm nicht zu spät! Ich möchte früh aufbrechen und einen vollen Tagesritt haben.«

»Gut, dann bring mir ein Pferd mit«, gab Belster seufzend nach. »Aber wenn ich wieder in die Wildnis zurück soll, muss ich mir vorher noch kräftig einen genehmigen.« Er wandte sich zum Tresenmann um und winkte ihn heran, um sich nachschenken zu lassen.

Pony gab ihm einen Kuss auf die Wange und verließ das Tomnoddys in Richtung St. Precious, wo sie mit Abt Braumin reden wollte.

Sie fand ihn in seinem Arbeitszimmer, im Gespräch mit Bruder Anders Castinagis, Jojonahs wohl entschlossenstem Anhänger. Er sprach so laut, dass sie ihn schon draußen auf dem Gang gehört hatte.

»Kommt rein! Kommt rein!«, sagte Braumin zu ihr und deutete auf einen Stuhl links vor seinem Schreibtisch. Ihr fiel auf, dass Castinagis sich nicht hingesetzt hatte, sondern vor Braumins Schreibtisch stand und den neuen Abt von St. Precious verärgert ansah. »Wir sprachen gerade über Meister Francis' Abreise«, erklärte Braumin. »Er hat sich heute auf den Weg nach St. Mere-Abelle gemacht, um der Bruderschaft die Neuigkeiten zu berichten und Bruder Viscentis Ernennung zum Meister bestätigen zu lassen.«

Die letzte Äußerung überraschte Pony, und ihre blauen Augen weiteten sich. »Er ist jetzt schon Meister?«, fragte sie. Als sie Braumins plötzlich missmutigen Gesichtsausdruck sah, fügte sie rasch hinzu: »Nun, es gibt kaum jemanden, der es mehr verdient als er.«

»Das sehe ich genauso«, sagte Braumin. »Und Bruder Viscenti wird das vom Orden geforderte Minimum an Jahren ohnehin bald zusammen haben, daher sollte es keine ernsthaften Schwierigkeiten geben.«

»Es sei denn, die Nachricht wird auf unvorteilhafte Weise

überbracht«, bemerkte Bruder Castinagis. Nun verstand Pony den Grund ihrer offenkundigen Auseinandersetzung.

»Ihr vertraut Meister Francis nicht?«, fragte sie den neben ihr stehenden Mann.

»Sollte ich?«, sagte Castinagis.

»Ja«, antwortete sie knapp, und die Direktheit ihrer Antwort trieb Castinagis die Zornesröte ins Gesicht.

»Genau das habe ich auch gesagt«, erklärte Braumin. »Bruder Castinagis wollte Meister Francis begleiten, aber ich versuche ihm klarzumachen, dass wir, die Avelyns Glauben folgen, hier in Palmaris verwundbarer sind als irgendwo sonst auf der Welt. Bruder Dellman ist unterwegs nach Vanguard, Meister Francis nach St. Mere-Abelle; einschließlich Bruder Talumus und Viscenti sind wir somit nur noch fünf, die sich ausdrücklich zu unserer Sache bekennen. Wir müssen zusehen, dass wir die Lämmer in St. Precious hinter uns scharen«, fuhr er fort, seine Worte nun an Castinagis richtend und nicht an Pony, »das hat oberste Priorität, wenn wir gegen Herzog Kalas bestehen wollen.«

»Bald werdet Ihr nur noch zu viert sein«, sagte Pony. »Belster O'Comely hat eingewilligt, mich zu begleiten«, erklärte sie. »In zwei Tagen mache ich mich auf den Weg nach Caer Tinella.«

Abt Braumin schien auf seinem Stuhl zusammenzusinken, und Bruder Castinagis schüttelte nur den Kopf. Die Nachricht kam nicht unerwartet, doch Braumin hatte gehofft, sie wenigstens die erste Hälfte des Sommers in Palmaris halten zu können.

»Und wie lange gedenkt Ihr in Caer Tinella zu bleiben?«, fragte der Abt.

»Ein paar Tage, mehr nicht«, antwortete Pony. »Ich hoffe, vor Sommerbeginn in Dundalis zu sein, um bei Einbruch des nächsten Winters mein Zuhause fertiggestellt zu haben.«

Mein Zuhause. Für Abt Braumin klangen die Worte nach

endgültigem Abschied. »Bindet Euch nicht überstürzt an den Ort«, riet er ihr.

»Vielleicht führt Euch Euer Weg ja wieder zurück nach Palmaris«, fügte Bruder Castinagis hinzu. »In diesen Zeiten ist dies das Zentrum der Welt, zumindest was die Zukunft der Kirche betrifft.« Er redete immer weiter, wurde mit jedem Wort lauter und erregter, bis Abt Braumin ihn mit einem lauten Räuspern unterbrach. Als Castinagis ihn ansah, deutete Braumin nickend zur Tür, und Castinagis verstand den Wink und ging.

»Er ist ein leicht erregbarer Mann«, sagte Braumin zu Pony, als der Bruder verschwunden war.

»Und er überschätzt unsere Wichtigkeit, fürchte ich«, sagte sie.

»Tut er das?«

Pony lächelte nur.

»Oder könnte es vielleicht sein, dass Ihr wegen Eurer Trauer alles andere auf der Welt für unwichtig haltet?«, fragte Abt Braumin.

»Vielleicht ist es mir ja gelungen, die Wahrheit hinter der dinglichen Welt zu erkennen«, entgegnete Pony, »den Wahnsinn und die falschen Hoffnungen der Menschen. Wollt Ihr mir etwa das ewige Leben versprechen?«

Braumin starrte sie unverwandt an, seine Miene eine Mischung aus Verärgerung und Mitleid.

»Wenn ich höre, wie Eure Kirche das ewige Leben definiert, kann ich mich nur wiederholen und sagen, dass Bruder Castinagis unsere Wichtigkeit überschätzt«, erklärte Pony, »denn ganz gleich, was wir tun, wir werden alle sterben. Richtig?«

Der Abt starrte sie weiter an, lächelte hilflos und schüttelte am Ende nur noch den Kopf. Ja, Pony war vom rechten Weg abgekommen, hatte aufgegeben, dachte er. Und ihm war klar, dass er nichts tun konnte, um sie vom Gegenteil zu überzeugen und ihr den Fehler bewusst zu machen, den sie in ihrer Verzweiflung beging.

Pony kam um den Schreibtisch herum und umarmte den Abt. »Ihr seid mein Freund, Braumin Herde«, sagte sie, »ein wahrer Freund für mich und Elbryan, ein Bruder im Geiste und im Herzen. Ihr habt uns in der dunkelsten Stunde beigestanden, und durch Eure Anstrengungen ist die Welt eine bessere geworden.«

Braumin schob sie auf Armeslänge von sich weg. »Wenn Ihr davon wirklich überzeugt wärt –«, begann er, aber Pony legte ihm einen Finger auf die Lippen.

»Irgendwann werde ich wieder in Caer Tinella sein«, sagte sie. »Ich versprach Euch, bei der Einweihung von Avelyns Kapelle in Caer Tinella dabei zu sein, falls es jemals dazu kommen sollte. Lasst es mich also wissen, und ich werde da sein.«

»Aber bis dahin werden Jahre vergehen«, protestierte der Abt.

»Wir sind beide noch jung, mein Freund«, sagte Pony. Sie verneigte sich tief und umarmte Braumin ein letztes Mal, dann gab sie ihm einen Kuss auf die Wange und verließ sein Arbeitszimmer.

Als er hörte, wie hinter ihr die Tür ins Schloss fiel, kam es Abt Braumin so vor, als würde es ihm das Herz brechen. Plötzlich fühlte er sich sehr einsam und ängstlich. Nach dem Kampf in Chasewind Manor hatte er trotz seines Schmerzes allergrößte Hoffnungen gehegt. Francis hatte erklärt, dass er Pony für das Amt der ehrwürdigen Mutter vorschlagen würde, und Braumin hatte zu hoffen gewagt, dass diese heldenhafte Frau Oberhaupt seiner zerstrittenen Kirche werden und sie mit ihrer Entschlossenheit und Willenskraft wieder auf den richtigen Weg führen würde. Selbst als sich abzeichnete, dass Pony das Angebot ausschlagen würde, hatte Braumin seine Position für gefestigt und den Aufstieg von Jojonahs und Avelyns Anhängern innerhalb der Kirche für unaufhaltsam gehalten.

Aber dann hatte Francis seine Unterstützung für Pony zurückgenommen, und nun fragte sich Braumin, wie weit er Francis tatsächlich vertrauen konnte.

Und jetzt verließ ihn Pony, und obwohl Castinagis und Viscenti voll hinter ihm standen und obwohl er wusste, dass Bruder Talumus und mehrere andere der rangtieferen Mönche in St. Precious sich seiner Sache verschrieben hatten, hatte Braumin Angst. Denn ab jetzt musste er sich um alles allein kümmern. Er war der wichtigste Mann im Kampf gegen den sturköpfigen Herzog; er war derjenige, der die Fragen beantworten musste, die St. Precious in St. Mere-Abelle gestellt werden würden; er war derjenige, der sich beim Äbtekollegium für Meister Jojonahs Ansichten einsetzen würde. Und er wusste, dass den meisten abellikanischen Oberen, denen er noch vor einem Jahr in St. Mere-Abelle gedient hatte, diese Ansichten nicht einfach zu vermitteln sein würden.

Erst da, als die Tür ins Schloss fiel, wurde Abt Braumin bewusst, mit welchen schwer wiegenden Problemen er sich fortan konfrontiert sehen würde: Er hatte sich voll und ganz darauf verlassen, dass Pony ihn in seinem Kampf für Jojonahs und Avelyns Sache von oberster Position aus unterstützen und aufgrund ihres Rufes alle Anfeindungen ins Leere laufen lassen würde. Und nun hatte Pony sich von ihm abgewandt.

Abt Braumin hatte große Angst.

Zwei Tage später, an einem verregneten Frühlingsmorgen, rollte der kleine Wagen mit Pony und Belster O'Comely durch das Nordtor von Palmaris und fuhr rumpelnd zu der Straße, die sie nach Caer Tinella führen würde.

Aus einer Baumgruppe auf einem Hügel nördlich der Stadt beobachtete De'Unnero ihre Abreise. Er hatte von den Bauern erfahren, dass Pony Palmaris verlassen wollte, und nun sah er voller Freude, dass diese Gerüchte der Wahrheit entsprachen. De'Unnero wollte Jilseponie gegenwärtig nicht begegnen, denn er glaubte, dass eine solche Begegnung in Gewalttätigkeiten ausarten würde, in einen für ihn katastrophalen Kampf, ganz gleich, ob er ihn gewann oder verlor.

Nachdem der Wagen außer Sichtweite war, wartete De'Unnero mehr als eine Stunde und überlegte, wie er vorgehen sollte. Immer wieder rief sich der ehemalige Bischof ins Gedächtnis, dass er trotz der ultimativen Versuchung das Monster in sich *kontrolliert* hatte. Er hatte den inneren Dämon besiegt, und deshalb war er bereit, wieder seinen rechtmäßigen Platz im Abellikaner-Orden einzufordern.

Aber welcher Platz das sein würde, wusste er nicht.

Marcalo De'Unnero war Zeit seines Lebens nie ängstlich gewesen, und es hatte ihm nie an Selbstvertrauen gemangelt. Daran würde sich jetzt nichts ändern. Er sprang vom moosigen Boden auf, lief den Hügel zur Straße hinunter und wandte sich nach Süden in Richtung Palmaris. Niemand beachtete ihn, als er durch das Stadttor ging.

Warum sollte ihn auch jemand beachten?, fragte sich De'Unnero. Er hatte kaum noch Ähnlichkeit mit dem Mann, der vor Monaten aus Palmaris geflohen war. Er war jetzt viel schlanker, trug einen dichten Bart, und seine gelockten schwarzen Haare hingen ihm bis auf die Schultern. Die Wachposten am Nordtor schienen ihn überhaupt nicht zu bemerken und fragten ihn nicht einmal nach seinem Namen.

Er kam sich sogar noch unsichtbarer vor, als er unerkannt durch die geschäftigen Straßen der Stadt lief. Er merkte, dass ihm diese Anonymität ganz und gar nicht gefiel. Seine Vernunft sagte ihm, dass es besser so war – schließlich hatte er die Bevölkerung von Palmaris nicht im Guten verlassen –, aber trotzdem behagte es ihm nicht, sich unerkannt unter Menschen mischen zu müssen, die er als ihm unterlegen ansah.

Bald darauf erreichte er das Eingangstor von St. Precious. Er stand reglos da und betrachtete das Gebäude mit aufgewühlten Gefühlen. Die Bauern hatten ihm den Namen des neuen Abtes genannt, und allein deswegen hätte er am liebsten auf das Gebäude gespuckt. Braumin Herde? Als De'Unnero aus der Stadt geflohen war, war der Mann nicht einmal Meister gewesen! De'Unnero wusste zwar, dass Markwart den Mann einmal fast in den Rang eines Meisters erhoben hätte, aber nur aus politischen Gründen, nicht wegen der Leistungen, die Braumin Herde in seinem armseligen Leben erbracht hatte!

De'Unnero stand lange vor dem Eingangstor, in seinem Zorn schwelgend, und rief sich von neuem ins Gedächtnis, dass er irgendeine Möglichkeit ersinnen musste, wie er sich in die neue Ordnung seiner abellikanischen Bruderschaft einfügen konnte.

»Kann ich Euch helfen, Bruder?«, fragte ein Mann, der von der Seite auf De'Unnero zukam, ein Mönch, den der frühere Bischof erkannte.

De'Unnero zog seine Kapuze zurück und starrte dem Mann ins Gesicht.

»Bruder?«, fragte der ahnungslose Mönch erneut.

»Erkennst du mich nicht, Bruder Dissin?«, fragte De'Unnero scharf.

Der jüngere Mann musterte sein Gegenüber eine Weile, dann weiteten sich seine Augen.

»B-Bischof De'Unnero«, stammelte er. »Aber ich – ich dachte –«

Mit einer abfälligen Geste bedeutete De'Unnero dem Mann, mit dem Gestammel aufzuhören. »Führ mich hinein«, befahl er. »Bring mich zum neuen Abt von St. Precious.«

7. Brynn Dharielle

Sie schlich immer näher heran, und es schien, als wäre es ihre größte Herausforderung, nicht in lautes Gelächter auszubrechen. Denn obwohl es als eine der schwierigsten Prüfungen ihrer Ausbildung galt, war es für Brynn Dharielle nur ein Spiel, und zwar ein kinderleichtes! Sie pustete sich eine Strähne ihrer langen schwarzen Haare – Haare, die so schwarz waren, dass darin alle Farben des Regenbogens zu schimmern schienen – aus den ebenso schwarzen Augen und biss sich auf die Lippen, um nicht laut loszulachen.

Sie sah das Reh mit dem weißen Schwanz, und das Reh sah sie. Es würde ruhig stehen bleiben, so lange sie keine abrupten Bewegungen machte, keine lauten Geräusche …

Und so lange sie das Lied des Grasens summte, das sie als kleines Kind gelernt hatte, lange bevor sie ins Land der Elfen gekommen war …

Das junge Mädchen duckte sich, setzte einen Fuß nach vorne und ließ ihn behutsam in das feuchte Gras sinken. Dann begann sie, langsam, ganz langsam ihren Körper vorzuschieben.

Ein weiterer Schritt. Das Reh erstarrte und sah sie mit großen Augen an. Auch Brynn bewegte sich nicht, nicht einmal die Lippen, doch sie summte unentwegt das ruhige, besänftigende Lied. Der angespannte Moment verging. Brynn hob die Hand, öffnete sie und enthüllte das zerstampfte Zuckerrohrstück.

Brynn Dharielle atmete tief durch und blieb geduldig, obwohl sie am liebsten sofort zu dem wunderschönen Tier gerannt wäre. Ganz langsam ging sie mit ausgestreckter Hand auf das Reh zu. Dann hatte sie es erreicht und gab ihm das Zuckerrohr zu fressen, während sie ihm sanft über den schlanken Hals strich und es hinter den Ohren kraulte.

Sie wusste, dass sie beobachtet und bewertet wurde, aber

das war ihr in diesem Moment egal. Alles, was zählte, war dieses zauberhafte Wesen, dieser neue Freund, den sie soeben gefunden hatte.

Was für ein wundervoller Frühlingsmorgen am schönsten Ort auf der ganzen Welt!

Hinter einem nicht weit entfernten Busch schlug Belli'mar Juraviel seufzend die Hände vors Gesicht. Hielt diese so beseelte junge Dame sich jemals an die Regeln? Jemals?

Aber trotzdem musste Juraviel lachen, und zwar nicht aus Verärgerung oder Frustration, sondern weil er sich geschlagen gab. Brynn Dharielle hatte ihn verzaubert, musste er sich eingestehen. Der Elf war nie einem Menschen wie ihr begegnet. Sie schien zwei Seelen in sich zu vereinen: die der kriegerischen To-gai-ru kombiniert mit einem Maß an kindlicher Verspieltheit und Frechheit, das alles übertraf, was Juraviel je, selbst bei Elfen, untergekommen war! Ihr eigentlicher Name war Dharielle Tsochuk, doch Lady Dasslerond hatte den Namen Brynn hinzugefügt, im Gedenken an die legendäre Heroin der Elfen, von der es hieß, sie habe bei der Erschaffung von Andur'Blough Inninness mitgewirkt und dabei ihr Leben und ihre Seele dem Geist eines Baumes geschenkt, aus dem das Herz des Zaubertals geworden war. In der Sprache der Elfen bedeutete *Brynn* »Schmetterling«, und lustigerweise gab es ein Elfenwort ähnlich wie *Dharielle*, das »Bienenstich« bedeutete. Also hieß Brynn Dharielle frei übersetzt »Schmetterling mit Bienenstachel«, und dies war eine äußerst treffende Beschreibung für die Kleine, dachte Juraviel.

»Du solltest das Reh jagen und dich nicht mit ihm anfreunden«, rügte Juraviel sie, als er auf Brynn und ihren neuen Freund zutrat. Das Tier schien völlig entspannt, während es dem Mädchen die letzten Zuckerrohrreste aus der Hand leckte.

»Du hast mir gesagt, ich solle das Reh berühren«, erwiderte die kniende Brynn und schaute zu Juraviel auf. Ihr strahlendes Lächeln ließ ihre braune Haut förmlich aufleuchten.

Sie war wirklich ein Paradox, fand Juraviel, auf körperlicher wie auf emotionaler Ebene. Ihre Augen strahlten leuchtend hell, obwohl die Iriden tiefschwarz waren. Ihre Haut war, typisch für die To-gai-ru, wesentlich dunkler als die der Menschen im Bärenreich und erst recht dunkler als die zarte, goldfarbene Haut der Touel'alfar. Und doch schien Brynn Dharielle von einem inneren Glühen beseelt zu sein. Im Grunde ihres Herzens war sie eine sanftmütige Jägerin, Freundin der Rehe und Hasen, und doch war sie ebenso eine wilde Kriegerin, die, wenn es ums Überleben ging, in sich urzeitliche Instinkte zu wecken vermochte.

Sie war so komplex und doch so einfach, besaß die edelsten Eigenschaften der Elfen und Menschen. Sie würde sich hervorragend machen, glaubte Juraviel, und er war froh, dass Lady Dasslerond ihm ihre Ausbildung übertragen hatte.

»Der Sinn der Lektion war, sich *unbemerkt* an das Reh heranzupirschen«, versuchte Juraviel ihr klarzumachen. »Der lautlose Jäger.«

»Ist es nicht besser, sich seine Feinde oder seine Beute zum Freund zu machen?«, fragte Brynn unschuldig. »Es wäre leicht gewesen, das Reh zu töten«, sagte sie und schaute dem Tier in die großen Augen.

Juraviel bezweifelte, dass er Brynn je dazu bringen könnte, ein Reh zu töten. Es sei denn, sie verhungerte – und selbst dann würde sie es vermutlich nicht tun.

»Darum ging es nicht in der Lektion«, versuchte Juraviel zu erklären.

»Sagtest du nicht, ich solle meinen eigenen Stil entwickeln?«, fragte Brynn. Juraviel hätte am liebsten erneut die Hände vors Gesicht geschlagen. Das Reh drehte sich weg und begann davonzutrappeln. Brynn versetzte ihm einen sanften Klaps auf das Hinterteil. »Dann soll ich also eine Imitation der anderen Hüter werden?«, fragte das Mädchen, rieb sich die Hände sauber und erhob sich; sie war fast so groß wie Juraviel. »Soll ich wie der starke Andacanavar werden und mit meinem Breitschwert Goblins zerfleischen, oder vielleicht wie der Nachtvogel, der zum Berg Aida ging und gegen den schlimmsten aller Feinde kämpfte?« Ihre Stimme erstarb, und sie schlug beklommen die Augen nieder.

Denn ein Schatten war über Juraviels Gesicht gehuscht.

»Es tut mir Leid«, sagte Brynn.

Juraviel brachte ein Lächeln zustande. »Schon gut«, sagte er. »Es besteht kein Grund, dich zu entschuldigen, und nein, du sollst keine Imitation der anderen Hüter werden. Obwohl es dir im Falle der beiden, die du gerade erwähnt hast, nicht schaden würde, dir ein bisschen was von ihnen abzuschauen.«

»Vor allem von Nachtvogel, was?«, fragte Brynn. »Erzähl mir noch mal von ihm.«

»Es gibt so viel zu erzählen«, sagte Juraviel.

»Und wir haben so viel Zeit«, freute sich Brynn. »Du dachtest, ich würde den ganzen Tag brauchen, um das Reh zu berühren, und jetzt ist noch nicht einmal Vormittag, und ich habe die Prüfung schon bestanden.«

Juraviel wollte dem widersprechen, merkte aber, dass er gegen das entwaffnende Lächeln des Mädchens nicht ankam. Er glaubte, dass Brynn ihn nur deshalb nach Elbryan gefragt hatte, um seine Trauer zu vertreiben, die ihr Erwähnen des toten Hüters ausgelöst hatte, aber als er die freudige Neugier und das betörende, unschuldige Lächeln in ihrem Gesicht sah, konnte er ihren Wunsch nicht abschlagen.

Er führte sie an ein moosiges Ufer, gebot ihr, sich hinzusetzen, und begann von Elbryan, dem Waisenkind, zu erzählen, das mit angesehen hatte, wie sein Heimatdorf Dundalis von Goblins niedergebrannt worden war; von Elbryan, dem ungestümen, stolzen und eigenwilligen Jüngling, der dem Elfen-Mädchen Tuntun den letzten Nerv geraubt hatte. Und er erzählte ihr vom Nachtvogel, dem Mann, zu dem Elbryan geworden war, dem mächtigsten Hüter, den Andur'Blough Inninness jemals hervorgebracht hatte; er berichtete ihr, wie der Nachtvogel zum Aida gegangen war, um dem geflügelten Dämon entgegenzutreten, und wie er in die Zivilisation zurückkehrte, um dort die Schlacht gegen den unsterblichen Geist des Dämons fortzuführen. Tränen schwammen in Juraviels Augen, während er von Nachtvogel erzählte, dem Mann, der sein Leben gegeben hatte, um die Welt vor den Mächten der Finsternis zu retten.

Juraviel schloss die Augen und erzählte, wie Nachtvogels Sarg zuerst von dem Zentaur und danach von Symphony, dem wundersamsten Pferd der Welt, durch die Straßen der bedeutenden Stadt Palmaris gezogen und anschließend quer durchs Land nach Norden in seine Heimat gebracht worden war.

Als er endete, öffnete Juraviel die Augen und sah, dass Brynn direkt vor ihm stand, ihre Miene voller Mitgefühl und Trauer. »Danke«, sagte sie und umarmte ihren Elfen-Lehrmeister.

Juraviel führte das Mädchen über die erblühenden Hügel und durch die dichten Wälder des Nebeltals Andur'Blough Inninness zurück zu den bescheidenen Hütten und Baumhäusern der Elfen. Dies war Caer'alfar, *das Zuhause des Elfenvolkes*, ein Ort der Lieder und des Tanzes, der Poesie und Philosophie und der sprudelnden Weisheit ihres Jahrhunderte währenden Daseins. Seit Jahrtausenden war dies das Herzland der Touel'alfar, ein Ort, den viele der Elfen für unzerstörbar gehalten hatten. Doch als der Geflügelte über die Welt gekommen war, hatte Lady Dasslerond sich aufgemacht, um Juraviel und die um ihn gescharten menschlichen Flüchtlinge zu retten. Der Geflügelte hatte sie angegriffen und hätte sie beinahe alle getötet, doch unter Einsatz ihres machtvollen magischen Smaragds hatte Lady Dasslerond sich selbst, Juraviel, die Menschen und unbeabsichtigt auch Bestesbulzibar ins Elfen-Tal zurückgebracht. Und hier hatte der Dämon vor seiner Flucht einen bösen Zauber über das Tal gebracht, der sich allmählich ausbreitete und den Boden des Tals langsam sterben ließ.

Auf ihrem Weg nach Caer'alfar kamen Juraviel und Brynn an dem Gebiet vorbei, das der Geflügelte infiziert hatte. Obwohl seitdem einige Jahre vergangen waren, hatte sich die Seuche noch nicht weit ausgebreitet, hatte erst einen Baum erfasst, und der Baum lebte noch, wenngleich er nicht so prächtig blühte wie in den vergangenen Jahren. Einem Menschen mochte die Erkrankung des Bodens nicht besonders bedrohlich erscheinen, aber für die Elfen, die ein völlig anderes Zeitempfinden hatten – ein Jahr war für sie so lang wie für einen Menschen ein Monat –, war es, als hätte Bestesbulzibar einen Flächenbrand gelegt.

Juraviel seufzte traurig bei dem Anblick, so wie er es immer tat, denn er konnte die Erkrankung des Baums deutlich erkennen, und er wusste, dass dies nur wegen ihm geschehen war. Vielleicht hätte er die Flüchtlinge zurücklassen und mit Nachtvogel, Jilseponie und Bruder Avelyn zum Aida weiterziehen sollen. Lady Dasslerond war Bestesbulzibar schließlich nur deswegen entgegengetreten, weil ein Angehöriger des Elfenvolkes in Gefahr war. Hätte Juraviel sich an die Gesetze der Touel'alfar gehalten, wären die Flüchtlinge umgebracht worden; nach den Grundsätzen der Elfen waren ein paar Menschenleben den bösen Zauber nicht wert, der über Andur'Blough Inninness gekommen war. Die Infizierung war ein zu hoher Preis, selbst um die gesamte Menschheit zu retten.

Nicht wenige von Juraviels Gefährten hatten ihm dies in den letzten Monaten in Erinnerung gerufen, als mit Beginn des Frühlings die Erkrankung wieder sichtbar geworden war. Natürlich hatte es keiner offen ausgesprochen, aber ihre Lieder klangen melancholisch und kündeten von der Sehnsucht nach dem, was gewesen war und nie wieder sein würde; und jede dieser Anspielungen trieb Belli'mar Juraviel einen Pfeil der Bitterkeit ins Herz.

Sein einziger Lichtblick war Brynn Dharielle, der Schmetterling mit dem Bienenstachel, das schlagfertige junge Mädchen, das Juraviel wieder daran erinnerte, weshalb er den Nachtvogel und Pony, ja sogar Avelyn und Roger Flinkfinger dereinst so ins Herz geschlossen hatte. Für Juraviel verkörperte Brynn die besten Eigenschaften der Menschen, und er hegte keinen Zweifel, dass sie einer der besten Hüter überhaupt werden würde. Ihr Name würde in einem Atemzug genannt werden mit Terranen Dinoniel, dem Elfen-Mischling; mit Elbryan und Mather Wyndon; mit dem mächtigen Andacanavar aus Alpinador und mit den legendären Heroen Bimriel und A'juge, die den abellikanischen Bruder Allabarnet durch die unwirtlichen Wilderlande geführt und allerorten fruchtbare Obstbäume angepflanzt hatten.

Brynn Dharielle, der noch so viel Unbill bevorstand, wenn sie eines Tages zu ihrem versklavten Volk zurückkehrte, würde sich nahtlos in die Reihe der legendären Hüter einfügen, glaubte Juraviel, und er war entzückt, dass Lady Dasslerond das Kind in seine Obhut gegeben hatte.

Wenn seine Herrin doch nur …

»Wann kann ich ihn wieder sehen?«, fragte Brynn unschuldig, und Juraviel wusste, von wem sie sprach.

Er zuckte mit den Schultern und wollte es damit auf sich beruhen lassen. Aber das Mädchen, ganz ihrem Wesen entsprechend, blieb beharrlich. »Sag es mir, bitte«, forderte sie ihn auf und stellte sich vor Juraviel, damit er sie ansehen musste. »Wann werde ich das Kind wieder sehen? Hat es überhaupt schon einen Namen? Ich würde es so gerne halten und in den Schlaf wiegen, so wie meine Mutter es mit mir getan hat.«

Juraviel hatte keine Antwort für sie – zumindest keine, die sie hören wollte. Lady Dasslerond hatte ihm unmissverständlich klargemacht, dass weder er noch Brynn Kontakt zu Nachtvogels und Jilseponies Kind haben würden. So sehr es Juraviel auch schmerzte, er wusste, dass es für die junge Brynn noch schwerer war. Sie wollte ein anderes menschliches Wesen sehen. War das nicht verständlich? Juraviel wusste, wie sehr er sich nach seinesgleichen sehnte, wenn er zu lange aus Andur'Blough Inninness fort war. Menschen brauchten die Gesellschaft ihresgleichen genauso sehr, wie die Touel'alfar die der ihren brauchten. Richtig, fast jeder der anderen Hüter hatte die Ausbildung ohne menschliche Kontakte durchlaufen, auch der Nachtvogel. Aber in diesem seltenen Fall hatten die Elfen zwei Menschen gleichzeitig aufgenommen, und dieses Wissen um die Nähe des anderen vergrößerte nur die Sehnsucht des Mädchens nach einem menschlichen Gefährten.

Immer wieder schlug Brynn Juraviel vor, dass sie doch bei der Betreuung des Kindes mithelfen könne, versprach, dass sie sich dabei allergrößte Mühe geben würde, und Juraviel verstand ihre Sehnsucht besser, als sie es selbst tat. Er wusste, dass die beiden Menschenkinder voneinander profitieren würden.

»Wenn ich die Lektion so ausführe, wie du wolltest?«, fragte Brynn hoffnungsvoll. »Wenn ich mich an das Reh heranschleiche und ihm einen harten Klaps auf das Hinterteil gebe, statt mich ihm als Freund zu zeigen?«

Belli'mar Juraviel holte tief Luft, und seine Gedanken wanderten von dem ihn anstrahlenden Mädchen zu dem bösen Zauber im Nebeltal, zu der Seuche, für die allein er verantwortlich war – erst hatte er sich mit den Menschen angefreundet, dann hatte Lady Dasslerond ihn und seine Freunde hierher gebracht und damit Bestesbulzibar den Weg geöffnet; und später hatte Nachtvogel Pony den *Bi'nelle dasada* beigebracht, die geheimste Kampftechnik der Elfen. So viele ihrer Grundprinzipien waren verletzt worden, und Juraviel musste sich die Wahrheit eingestehen: Hätte er die Gesetze der Elfen befolgt, wäre die Welt heute zwar ein dunklerer Ort, aber Andur'Blough Inninness wäre von keiner Seuche befallen, und es würde keine Gefahr bestehen, dass die Menschen bald die wertvollsten Geheimnisse der Elfen erfuhren. Er stellte sich ein verseuchtes Tal vor und rief sich in Erinnerung, wie es dazu gekommen war, und deswegen klangen seine Worte strenger, als Brynn erwartet hatte.

»Das Kind geht dich nichts an«, erklärte er tonlos. »Ich bin mir nicht einmal sicher, ob es in Caer'alfar bleiben wird, und falls ja, täte Brynn Dharielle gut daran, sich von ihm fern zu halten. Ansonsten droht ihr eine schmerzhafte Strafe.«

»Aber ich –«

»Kein Aber«, unterbrach Juraviel sie. »Darüber wird nicht länger diskutiert. Du bist zur Ausbildung hier – das solltest du immer bedenken. Und denke auch an die Lage deines Volkes, an den Tod deiner Eltern. Entdecke endlich, wo dein Herz liegt, und konzentriere dich auf dein Ziel, Brynn.«

Das Mädchen wirkte verwirrt, was Juraviel in Anbetracht seines plötzlichen Stimmungswandels und der immensen Verantwortung, die er ihr soeben aufgebürdet hatte, gut nachvollziehen konnte. Sie starrte ihn einen Moment lang blinzelnd an und wischte sich die Tränen aus den Augen. Dann drehte sie sich um und rannte davon.

Juraviel nickte verdrossen. Er hatte seine Pflicht als Touel'alfar erfüllt.

Er schaute ihr noch immer nach, als plötzlich eine andere Gestalt in sein Blickfeld trat und auf ihn zukam.

»Noch immer schmerzt sie die Erinnerung«, bemerkte Lady Dasslerond und blickte in die Richtung, in die Brynn verschwunden war. »Also inspiriert es sie noch. Das ist gut so.«

Juraviel nickte, und er fragte sich, wie viel seine Herrin von dem Gespräch mitbekommen hatte und ob sie ihm und Brynn in den letzten Tagen auch auf weniger auffällige Weise nachgespürt hatte. Juraviel war klar, dass seine Position bei Lady Dasslerond im Augenblick etwas wackelig war. Und wenn er genau darüber nachdachte, konnte er ihr das auch nicht verübeln.

Er berichtete ihr von Brynns bemerkenswerter Leistung mit dem Reh. Selbst Andacanavar war in diesem jungen Alter nicht so dicht an ein Reh herangekommen, und bisher hatte der Hüter aus Alpinador in dieser Prüfung den Altersrekord gehalten. »Ihre Fähigkeiten machen große Fortschritte«, endete Juraviel, »aber wirklich verblüffend ist ihr Verständnis für die natürliche Welt – darin ähnelt sie mehr den Touel'alfar als den Menschen.« Als er geendet hatte und Lady Dasslerонds mürrischen Blick sah, wusste er, dass seine Wortwahl nicht besonders glücklich gewesen war.

»Sie *ist* ein Mensch«, sagte Lady Dasslerond scharf. »Vergiss das nicht.«

Belli'mar Juraviel senkte demütig den Blick.

»Aber sie ist auch eine To-gai-ru«, fuhr seine Herrin fort. »Und als solche ist sie in erster Linie eine Reiterin. Ihr Volk lebt mehr im Einklang mit der Natur als jedes andere Menschenvolk auf der Welt, selbst mehr als die Alpinadoraner. Sie war bereits eine geübte Reiterin, bevor wir sie nach Caer'alfar holten, bevor ihr gesamter Clan von fanatischen behrenesischen Soldaten umgebracht und ihr Dorf niedergebrannt wurde. Sie war schon eine hervorragende Reiterin, als sie noch nicht einmal neun Winter zählte. Wenn ihre Beine erst länger und kräftiger sind, wird unsere Brynn schneller reiten können als die besten Allheart-Ritter.«

Vor Juraviels innerem Auge blitzte das Bild des künftigen Hüters auf Symphonys Rücken auf, aber er verdrängte es rasch wieder, denn es schmerzte zu sehr, sich auf dem Hengst jemand anderen als den Nachtvogel vorzustellen.

»Ob ihre Jahre bei uns ihren Reitfertigkeiten schaden werden?«, fragte Lady Dasslerond.

Juraviel schaute seiner Herrin in die Augen. Zuerst glaubte er, ihre Frage sei sarkastisch gemeint, aber dann erkannte er, dass sie wirklich besorgt war. Würden Brynns Reitkünste leiden? Die Touel'alfar konnten Pferde reiten, gut reiten sogar, aber da sie dabei ihre Flügel einsetzen, um das Gleichgewicht zu halten, war ihr Reitstil nicht auf Menschen übertragbar. Außerdem zogen die Touel'alfar es vor, sich mit ihren Beinen und Flügeln fortzubewegen, denn sie konnten aus eigener Kraft zügig Distanzen überwinden. Deswegen gab es in Andur'Blough Inninness kein einziges Pferd, das irgendein Mensch zu reiten imstande war.

»Wir dürfen ihr das nicht nehmen«, fuhr Lady Dasslerond fort. »Brynn muss vor allem ihre Reitkünste perfektionieren, wenn sie nach ihrer Rückkehr Ansehen genießen soll bei ihrem Volk.«

Juraviel wusste, dass seine Herrin Recht hatte. Die To-gai-ru maßen ihren gescheckten Ponys mehr Wert zu als ihren Kindern, und ihr Ansehen in der Gemeinschaft hing davon ab, wie gut sie die kraftstrotzenden Tiere reiten konnten. Ein To-gai-ru, der ein führendes Amt erringen wollte, musste beweisen, dass er ein besserer Reiter war als seine Konkurrenten.

»Ein Großteil ihrer Lektionen muss künftig ihren Reitkünsten dienen«, erklärte Lady Dasslerond. »Vielleicht lässt sich eine Möglichkeit ersinnen, wie sich der Reitstil der To-gai-ru mit dem *Bi'nelle dasada* verbinden lässt.«

»Wir können noch heute ein Pferd fangen«, erwiderte Juraviel und lächelte bei der Vorstellung, wie Brynn Dharielle auf eines der Wildpferde in Andur'Blough Inninness zuging und es nach Caer'alfar zu locken versuchte. »Wir werden sofort beginnen. Wir finden ein Pferd für sie, und dann fangen wir mit dem Unterricht an.«

Lady Dasslerond schüttelte den Kopf. »Es gibt in Andur'Blough Inninness kein Pferd, das sie reiten könnte«, sagte sie. »Den Schwerttanz mit ihren Reitkünsten zu verbinden wird ihre größte Herausforderung sein, und sie kann es darin zur Meisterschaft bringen. Aber dazu müssen wir ihr das richtige Werkzeug in die Hände geben.«

Juraviels Augen verengten sich. Er konnte kaum glauben, was seine Herrin sagte. »Ihr wünscht, dass ich nach To-gai gehe und ihr ein Pferd besorge?«, fragte er argwöhnisch.

»Das ist nicht möglich«, entgegnete Lady Dasslerond. »Ich denke da an etwas anderes. Wir könnten einen Freund um einen Gefallen bitten.«

»Bradwarden«, sagte Juraviel, der endlich verstand. Doch dann legte sich ein zweifelnder Ausdruck auf sein Gesicht. »Denkt Ihr daran, Brynn Dharielle Symphony reiten zu lassen?«

Lady Dasslerond gab sich überrascht, obwohl offensichtlich war, dass ihr genau das vorschwebte.

»Sie würde mit ihm nicht umgehen können«, sagte Juraviel. Die Vorstellung, dass jemand anders als Elbryan oder Pony auf Symphony ritt, behagte dem Elfen nicht. »Sie ist nicht einmal annähernd groß genug, um das Pferd kontrollieren zu können«, fuhr er fort. »Ihre Beine sind zu kurz, und Symphony würde nicht einmal den Druck ihrer dünnen Waden spüren.«

»Tuntun ritt ihn«, rief Lady Dasslerond ihm ins Gedächtnis. Es stimmte: Tuntun war auf Symphony den ganzen Weg in den Barbakan geritten, um Avelyns Schar zu folgen. »Sie war auch nicht größer als Brynn.«

»Aber sie war stärker«, sagte Juraviel. »Ihre Muskeln waren durch jahrelange Arbeit gekräftigt.«

»Du willst nicht, dass Brynn Symphony bekommt«, bemerkte Lady Dasslerond trocken.

»Ich glaube nicht, dass man Symphony jemand anderem geben kann«, sagte Juraviel. »Wie der Nachtvogel mir erklärte – und Bradwarden bestätigt das –, hat Symphony sich genauso für ihn entschieden wie er sich für das Pferd.«

»Und wenn Symphony sie akzeptiert?«

Juraviel antwortete nicht, sondern starrte seine Herrin nur entgeistert an.

»Du hältst sie nicht für würdig, Nachtvogels Pferd zu bekommen«, fuhr Lady Dasslerond fort, »so wie Tuntun den Nachtvogel nicht für würdig hielt, Mathers Schwert zu bekommen.«

»Nachtvogel bewies Tuntun das Gegenteil.«

»Und Brynn wird dir das Gegenteil beweisen«, sagte Lady Dasslerond. »Mach dich noch in dieser Woche auf den Weg. Finde Bradwarden, den Zentaur, und höre, was er von der Sache hält. Ich glaube, es wird dir Spaß machen, deinem alten Freund und Roger Flinkfinger einen Besuch abzustatten. Angeblich sind die beiden in Dundalis.«

Juraviel erhob keine Einwände.

»Kehre mit einem Pferd für Brynn Dharielle zurück«, befahl ihm seine Herrin. »Vergiss nicht, dass sie die Verantwortung eines Hüters tragen wird. Ihr Weg wird nicht weniger gefahrenvoll sein als der des Nachtvogels. Und rufe dir immer ins Bewusstsein, Belli'mar Juraviel, dass die machtvollen Fähigkeiten, die Brynn Dharielle erlangen wird, zum Großteil auf ihren Reitkünsten beruhen werden.

Treffe die richtige Wahl«, fuhr sie in freundlichem, aber ernstem Ton fort. »Wenn du bei Bradwarden bist, wirst du wissen, ob Symphony dieses Pferd sein wird, und lasse dich in deinem Urteil nicht von persönlichen Gefühlen beirren.«

Juraviel straffte sich. Ihm war klar, dass seine Herrin ihn soeben in seine Schranken verwiesen hatte. Lady Dasslerond setzte ihr ganzes Vertrauen in ihn; sie hätte auch jemand anderen zu Bradwarden schicken können, um Symphony zurückzuholen. Nein, dies war ein Test, erkannte Juraviel. Seine Herrin wollte herausfinden, ob er die gleichen Fehler noch einmal begehen würde, die ihm mit Elbryan und Pony unterlaufen waren. In diesem Moment wusste Juraviel, dass er mit

Symphony zurückkehren würde, falls der Zentaur und das Pferd einwilligten.

»Es gibt noch etwas anderes, das du herausfinden sollst, während du im Land der Menschen bist«, fügte seine Herrin hinzu. »Unsere Kundschafter berichten, dass nach dem Kampf in Chasewind Manor Jilseponies Steine verschwunden seien.«

»Die Touel'alfar haben nie magische Steine besessen«, entgegnete Juraviel, »bis auf den Smaragd, der Euch gegeben wurde. Euren eigenen Worten zufolge sind die Steine Sache der Menschen.«

»Und ein Mensch soll sie auch bekommen«, entgegnete Lady Dasslerond. »Das haben wir doch längst besprochen. Das Kind wird all das sein, was sein Vater war und was seine Mutter einst gewesen ist. Wir werden ihm beibringen, mit dem Schwert und mit den magischen Steinen umzugehen.«

Juraviel dachte an den schicksalhaften Tag zurück. Bruder Francis war der Erste im Zimmer gewesen, entsann er sich; doch wenn Francis die Steine gefunden hätte, hätte er sie umgehend der Kirche ausgehändigt. Aber während des Kampfes war noch jemand anderer in der Nähe gewesen, ein Mensch, der im Ruf stand, flinke Finger zu haben. Er sah Lady Dasslerond fragend an. Seine Herrin nickte viel sagend, dann wandte sie sich um und ging davon. Sie hatte eine ziemlich genaue Vorstellung, wo er die vermissten Steine finden würde, wusste Juraviel.

Ja, Juraviel glaubte zu wissen, wer die Steine an sich gebracht hatte.

Noch in derselben Nacht verließ der Elf Andur'Blough Inninness und machte sich auf den Weg zu seinen alten Freunden.

8. Ein Kompromiss zur rechten Zeit

Abt Agronguerre hielt den Atem an, als seine Gäste in St. Belfour – Prinz Midalis und die beiden Barbaren Andacanavar und Brunheld – das Arbeitszimmer betraten. Der Kirchenmann hatte absichtlich die bequemen Stühle aus dem Zimmer gebracht und sie durch fünf Schemel mit harten, geraden Rückenlehnen ersetzt, die er im Kreis ohne erkennbare »Kopfposition« aufgestellt hatte. Bruder Haney war der Fünfte in der Runde und saß gegenüber von Agronguerre – auch dies absichtlich, denn der Abt wollte seinen Gästen das Gefühl geben, dies sei ein Treffen unter Kameraden und Freunden, und er wollte keine Trennlinien ziehen zwischen Vanguardianern und Alpinadoranern, zwischen Kirche und Barbaren.

Er beobachtete die Mienen der beiden Alpinadoraner und nickte zustimmend, als Prinz Midalis sich rasch rechts neben Bruder Haney setzte. Damit waren nur noch die beiden Plätze links und rechts neben Agronguerre frei. Brunheld brummte etwas Unverständliches, doch Andacanavar bedeutete ihm, sich links neben den Abt zu setzen, während der Hüter auf dem Schemel rechts von Agronguerre Platz nahm.

Die Szene passte zu dem, was Midalis ihm über die beiden alpinadoranischen Führer erzählt hatte, fand Agronguerre. Der Prinz hatte angedeutet, dass der Hüter Andacanavar der bei weitem Weltlichere und Freundlichere der beiden war, während Brunheld sich strengstens an die Sitten und Gebräuche seines Volkes hielt und die Vanguardianer mit großem Argwohn betrachtete. Besonders ihrer Kirche misstraute er, da deren Grundsätze in keiner Weise der alpinadoranischen Auffassung von Gott ähnelten – oder besser ihrer Götter, denn sie beteten eine Vielzahl verschiedener Gottheiten an.

Nachdem die beiden Platz genommen hatten und eine betretene Pause verstrichen war, wollte Prinz Midalis das Wort ergreifen, doch er wurde sofort von Agronguerre unterbrochen.

»Das war ein glorreicher Sieg heute Morgen«, sagte der Abt und nickte jedem seiner Gäste anerkennend zu, »wenngleich mich die erlittenen Verluste mit Trauer erfüllen.«

»Temorstaad starb einen heldenhaften Tod«, sagte Brunheld ernst. Seine Worte klangen holprig und hatten einen starken Akzent, was auf seine mangelnden Sprachkenntnisse zurückzuführen war. »Auch ich hoffe auf den Tod.«

Bei Brunhelds letzter Bemerkung machte Agronguerre große Augen, doch dann wurde ihm klar, dass der Barbar keinen Todeswunsch hegte, sondern einfach nur auszudrücken versuchte, dass er einen ebenso heldenhaften Tod wünschte, wie Temorstaad ihn gehabt hatte.

»Im Gegensatz zu euch trauern wir nicht um die Gefallenen einer Schlacht«, versuchte Andacanavar zu erklären.

»Auch wir beten dafür, ehrenhaft zu sterben«, sagte Midalis.

»Am meisten beten wir aber dafür, dass unsere Feinde der Tod ereilt«, wagte Abt Agronguerre scherzhaft einzuwerfen. Er glaubte schon, den ersten Fehler in ihrer Unterredung begangen zu haben, als Brunheld ihn scheinbar mürrisch anblickte, aber dann lachte der Häuptling und nickte zustimmend.

Nachdem die Spannung fürs Erste abgebaut war, bat Agronguerre Andacanavar und Midalis, zum Anlass ihres Treffens zu kommen, einem Gespräch über die Fortsetzung ihrer Allianz mit dem Zweck, die Horden des Geflügelten aus der Region zu vertreiben. Eine Zeit lang verlief die Unterredung harmonisch. Sie besprachen künftige Taktiken, erinnerten sich gegenseitig immer wieder an ihren heutigen Sieg, und an einem Punkt räumte Brunheld sogar ein, dass Midalis und seine Soldaten sich auf dem Schlachtfeld durch große Tapferkeit ausgezeichnet hätten.

Doch Agronguerre entging nicht, dass der Barbar sich zu keinem Zeitpunkt für die Hilfe der Mönche bedankte, und der Abt nahm an, dass dieser Punkt sich als die wahre Prüfung für die Stärke ihres ungewöhnlichen Bündnisses erweisen würde.

»Kraft der Magie und der Schwerter werden wir die Goblins aus dem Land fegen«, sagte der erregte Bruder Haney plötzlich. Schweigen senkte sich über den Raum, und Agronguerre spürte, wie Brunheld sich neben ihm verkrampfte. Langsam und bedächtig wandte er sich zu dem stolzen Alpinadoraner um, eine Hand erhoben, um Andacanavar und Midalis davon abzuhalten, das Gespräch wieder auf unverfängliche Themen zu lenken.

»Ihr misstraut unserer Kirche und unseren magischen Steinen«, sprach er Brunheld in aller Offenheit an. Bevor der Barbar etwas entgegnen konnte, fuhr er fort: »Genauso wie wir, die wir die Eigenschaften des alpinadoranischen Volkes nicht kennen und verstehen, Euren Glauben und Eure Traditionen mit Misstrauen betrachten. Das ist pure Ignoranz, auf unserer wie auf Eurer Seite, und ich fürchte, dass wir dieses gegenseitige Misstrauen so schnell nicht überwinden werden, schon gar nicht während dieser Unterredung.«

Brunhelds Miene kündete mehr von Unverständnis denn von Verärgerung. Er blickte an Agronguerre vorbei zu Andacanavar, der die Worte des Abtes sofort in die alpinadoranische Sprache übersetzte.

»Wir müssen unseren Argwohn und unseren Unwillen für den Augenblick vergessen«, fuhr der Abt fort. »Ihr müsst unseren Techniken nicht vertrauen, ebensowenig wie wir den Euren vertrauen müssen. Das Entscheidende ist, dass wir ein gemeinsames Ziel verfolgen, nämlich die Goblins, Pauris und Riesen endgültig aus dieser Region zu vertreiben. Seid versichert, mein Verbündeter, dass wir unsere Magie nicht gegen Euch einsetzen werden. Wir verfolgen dasselbe Ziel, und wir wissen dieses Bündnis wahrhaft zu schätzen.«

Er machte eine Pause und ließ Andacanavar seine Worte übersetzen, um sicher zu gehen, dass es in diesem wichtigen Punkt keine Missverständnisse zwischen ihnen gab. Hoffnung stieg in ihm auf, als Brunheld nickte und seine verkniffene Miene sich aufzuhellen begann.

»Ich weiß, dass ich meine Rechte als Verbündeter überschritten habe, als ich versuchte, meinen magischen Stein bei Eurem verletzten Kameraden einzusetzen«, sagte der Abt. »Und ich billige Eure Entscheidung nicht, Temorstaad diese Behandlung verwehrt zu haben.« Bruder Haney schaute ungläubig, und Prinz Midalis machte vor Überraschung große Augen, dass Agronguerre diesen heiklen Punkt überhaupt ansprach. Brunhelds Miene verdüsterte sich augenblicklich wieder.

Der Abt fuhr ungerührt fort: »Aber ich respektiere Eure Entscheidung und versichere Euch, dass weder ich noch einer meiner Brüder jemals wieder etwas Derartiges versuchen wird«, sagte er. Der Hüter neben ihm übersetzte rasch. »Falls Ihr, Brunheld, mein Verbündeter, jedoch im Laufe der Zeit Eure Meinung ändern solltet, nachdem wir uns mehr an die Eigenheiten des anderen gewöhnt haben, würden ich und meine Bruderschaft dies mit Freuden zur Kenntnis nehmen. Solltet Ihr irgendwann zu dem Schluss gelangen, dass die magischen Steine für die Heilung von Verwundeten ein ebenso wertvolles Werkzeug sind wie für die Vernichtung unserer gemeinsamen Feinde, dann werde ich die Wunden der Alpinadoraner genauso unermüdlich behandeln wie die der Vanguardiner, die meiner Kirche den Treueeid geleistet haben.«

»Und Ihr erwartet, dass auch wir einen solchen Eid ablegen?«, fragte Andacanavar, bevor Brunheld ihm zuvorkommen konnte.

»Nein, das tue ich nicht«, antwortete der Abt freundlich. »Ich erwarte nur – und das habe ich bereits gesagt –, dass Euer Volk zum Wohle des unseren kämpft, genauso wie das meine zum Wohle des Euren kämpft. Ich verlange keine Zugeständnisse, keinen Bruch mit Euren Traditionen und keine Erklärung, dass die abellikanische Kirche überlegen und unfehlbar ist.«

»Hochwürden!«, platzte es aus Bruder Haney heraus, aber Agronguerre lachte bloß.

»Natürlich betrachte ich den Glauben des Abellikaner-Ordens als einzig wahren Weg ins Paradies, und ich hoffe, dass eines Tages alle Menschen auf der Welt diese Wahrheit erkennen werden«, gab Agronguerre freimütig zu. »Aber das ist, fürchte ich, eine persönliche Entscheidung, die jeder für sich selbst treffen muss, ohne jedweden Druck von außen. Missionare sollten beim Vertreiben ihrer Ansichten Toleranz für das Andere üben, mein Freund.«

»Und sie sollten genauso viel zuhören, wie sie predigen«, entgegnete der Hüter.

»In der Tat«, pflichtete Agronguerre ihm bei. »Aber so oder so, ich kann Euch versichern, dass die Brüder aus St. Belfour keine missionarischen Absichten hegen. Ganz bestimmt nicht! Wir glauben, dass dieses Bündnis zum Wohle unserer beiden Völker sein wird. Hierbei geht es nicht darum, wer dem richtigen Gott dient.«

Andacanavar blickte am Abt vorbei auf Brunheld, und Agronguerre wandte sich ebenfalls zu dem argwöhnischen Barbaren-Häuptling um.

»Ihr werdet nicht versuchen, meine Verwundeten mit Eurer Magie zu heilen«, sagte Brunheld bestimmt, »selbst wenn jemand im Sterben liegt, so wie Temorstaad. Und passt auf, dass keine Eurer magischen Attacken meine Männer trifft!«, warnte er.

»Aber Ihr verlangt nicht, dass wir keine Blitze oder Feuerbälle auf die Goblins werfen«, schlussfolgerte Abt Agronguerre.

»Gilnegist clokclok gilnegist beyaggen inder fleequelt bene du-Godder«, erwiderte Brunheld, lehnte sich zurück und verschränkte die mächtigen Arme vor der Brust. Seine Miene drückte Zufriedenheit aus.

Agronguerre wandte sich zum schmunzelnden Andacanavar um.

»Gegen Dämonen kämpfende Dämonen belustigen den gottesfürchtigen Menschen«, übersetzte der Hüter.

Bruder Haney sah aus, als ob er aufspringen und sich gegen die scheinbare Beleidigung verwahren wollte, aber der Abt von St. Belfour stieß ein herzhaftes Lachen aus und wandte sich wieder zu Brunheld um. »Genau!«, sagte er mit offenkundiger Belustigung. »Genau!« Er lachte weiter, und Brunheld lachte ebenfalls, dann stimmten auch die übrigen Männer – etwas zurückhaltender – mit ein. Sie verstummten, als Abt Agronguerre dem Barbaren-Häuptling die Hand reichte. Brunheld starrte den Mann einen Augenblick lang an, dann packte er Agronguerres Handgelenk und umschloss es mit festem Griff.

So wurde das Bündnis in beiderseitigem Einvernehmen besiegelt. Der Rest der Unterredung verlief in größter Harmonie. Lachend brachten die Männer ihre Vorfreude auf die vor ihnen liegenden Schlachten zum Ausdruck und versicherten einander, dass sie nun, wo sie Verbündete waren, die Horden des Geflügelten ein für alle Mal aus dem Land vertreiben würden.

Prinz Midalis blieb sitzen, als Bruder Haney aufstand und die beiden Alpinadoraner zum Tor von St. Belfour brachte. »Ich hatte befürchtet, Ihr würdet weiterhin einen Groll wegen der Geschichte mit Temorstaad hegen«, gestand er Agronguerre, sobald sie allein waren. »Es wäre katastrophal gewesen, wenn Ihr auf Euren Standpunkt beharrt hättet.«

»Es dauerte eine Weile, bis ich darüber hinweggekommen bin«, sagte Agronguerre, »aber mir ist bewusst, dass es hier um Größeres geht und dass es an ein Wunder grenzt, wie Ihr die Barbaren auf unsere Seite gezogen habt, mein Freund. Nur wegen meines Stolzes konnte ich Eure Bemühungen doch nicht zunichte machen. Und mir ist klar, dass Temorstaad in den bevorstehenden Kämpfen nicht das einzige Opfer bleiben wird, mit magischen Steinen oder ohne.«

»Wohl wahr«, pflichtete Midalis ihm bei. »Aber wenigstens können wir dem Kommenden jetzt mit begründeter Hoffnung entgegensehen.« Er schwieg einen Moment und warf Agronguerre einen verschmitzten Blick zu. »Und wenn der Krieg vorüber ist, könnt Ihr womöglich mit der Missionierung von Brunheld und seinen Männern beginnen.«

Die beiden lachten herzhaft, und ihr Lachen wurde noch lauter, als Agronguerre in ernstem Ton erwiderte: »Vielleicht sollte ich lieber versuchen, Bestesbulzibar und seine Horden zu bekehren.«

Wäre Gevatter Tod persönlich in sein Arbeitszimmer hereinspaziert, Abt Braumin hätte nicht ungläubiger und entsetzter dreinschauen können.

Mit einem selbstgefälligen Lächeln trat De'Unnero direkt vor den Schreibtisch des neuen Abtes. Er verneigte sich, stützte die Hände auf die hölzerne Tischplatte und starrte auf Braumin Herde herab. In seinen Augen funkelte dieselbe Intensität, die Braumin noch aus ihren gemeinsamen Tagen in St. Mere-Abelle kannte, das Feuer, das die jüngeren Mönche stets in höchste Alarmbereitschaft versetzt hatte, wenn Meister De'Unnero in ihrer Nähe war, das Feuer, das den gefährlichen Mann unter den jüngeren Ordensbrüdern zu einer Legende hatte werden lassen.

»Es scheint Euch zu überraschen, mich zu sehen«, sagte De'Unnero unschuldig.

Abt Braumin war so verblüfft und bestürzt, dass ihm die Worte fehlten.

»Ihr habt geglaubt, ich wäre tot?«, fragte De'Unnero, als wäre dieser Gedanke völlig absurd.

»Der Kampf in Chasewind Manor …«, begann Abt Braumin, konnte dann aber nur fassungslos den Kopf schütteln. Er saß noch immer auf seinem Platz und war sich nicht sicher, ob seine Beine ihn überhaupt tragen würden, falls er aufzuspringen versuchte. Dabei war dem Abt klar, dass Marcalo De'Unnero, vermutlich der gefährlichste Mönch, den St. Mere-Abelle je hervorgebracht hatte, jederzeit über den Schreibtisch langen und ihn, Braumin, in Sekundenschnelle töten könnte.

»Ich war dort«, bestätigte De'Unnero. »Ich versuchte, Vater Markwart zu helfen, so wie es meine heilige Pflicht war.«

»Markwart ist tot und begraben«, sagte Braumin, der etwas selbstbewusster wurde, als ihm aufging, dass De'Unnero keinen einzigen Verbündeten in Palmaris hatte. »Begraben und diskreditiert.«

Falls De'Unnero überrascht war, wusste er dies zu verbergen.

»Auch Elbryan, der Nachtvogel, wurde bei dem Kampf getötet«, fuhr Abt Braumin fort und glaubte, ein Lächeln über De'Unneros Gesicht huschen zu sehen. »Ein schwerer Verlust für die ganze Welt.«

De'Unnero nickte, obwohl seine Miene keine Zustimmung verriet, sondern eher ein Zur-Kenntnis-Nehmen von Braumins Meinung.

Schließlich gelang es dem Abt, sich zu erheben und De'Unnero direkt ins Auge zu sehen. »Wo seid Ihr gewesen?«, fragte er. »Wir haben gerade die dunkelste und verwirrendste Zeit seit Menschengedenken hinter uns – beinahe hätten wir alles an König Danube verloren –, und nun sind wir nicht einmal mehr sicher, wo wir innerhalb des Königreichs und in den Augen der Bevölkerung stehen. Und wo ist Abt De'Unnero währenddessen? Wo ist der Mann, der die Wahrheit über Vater Markwarts Niedergang hätte berichten können?«

»Möglicherweise hielt ich die Kirche noch nicht für reif, diese Wahrheit zu hören«, sagte De'Unnero bestimmt. Doch er trat einen Schritt zurück und lächelte. »Markwart beging einen Fehler«, gab er zu, und Abt Braumin glaubte, sich verhört zu haben. »Und ich ebenso, weil ich ihm vertraut habe.«

»Er war von Bestesbulzibar besessen«, sagte Braumin vorsichtig. Die Äußerung weckte von neuem De'Unneros Unmut, und seine Augen blitzten erzürnt auf.

»Ihr wagt es, so etwas zu behaupten?«

»Ihr sagtet doch selbst, dass –«

»Dass er einen Fehler begangen hat«, sprach De'Unnero den Satz zu Ende. »Und das glaube ich tatsächlich. Es war ein Fehler, dass er sich von Avelyn Desbris' Anhängern so beeindrucken ließ. Er hätte Euch lieber Eure Theorien verbreiten lassen sollen, dann wären Eure Irrtümer für alle Welt offenkundig gewesen.«

»Seid Ihr gekommen, um diesen Unsinn zu verkünden?«, fragte Abt Braumin und kam um den Schreibtisch herum, weil ihm nicht gefiel, wie De'Unnero den Tisch als Stütze benutzte, um einen körperlichen Vorteil zu erlangen. »Falls Ihr Markwarts Ansichten vertretet, lasst Euch sagen, dass diese Ansichten nicht länger tragbar sind.«

»Weil der ehrwürdige Vater von Bestesbulzibar besessen war?«, fragte De'Unnero skeptisch.

»Ja!«, rief der Abt von St. Precious. »Jilseponies eigenen Worten zufolge!« Ihm entging der Zorn nicht, der in De'Unneros Gesicht aufblitzte, als die Frau erwähnt wurde. »Sie überlebte den Kampf mit Markwart und erkannte die Wahrheit. Sie sah, dass er mit dem schlimmsten aller Dämonen ein Bündnis eingegangen war.«

De'Unnero fing an zu lachen, bevor Braumin den Satz beendet hatte. »Was hätte sie Eurer Meinung nach auch anderes sagen sollen?«, fragte er. »Vielleicht, dass der ehrwürdige Vater von Engeln besessen war?«

»Euch ist eine Menge entgangen«, erwiderte Braumin.

»Ich habe aus der Ferne mehr mitbekommen, als Ihr glaubt.«

»Wo seid Ihr denn gewesen?«, wollte der Abt wissen. »Wo war Marcalo De'Unnero, als wir unsere Verhandlungen mit König Danube und Herzog Kalas – jetzt Baron von Palmaris – führten? Als wir begannen, Vater Markwarts Nachfolge zu erörtern? Hattet Ihr Angst, Euch für Eure Verbrechen verantworten zu müssen?«

»Angst?«, fragte der frühere Abt und Bischof von Palmaris. »Für welche Verbrechen soll ich mich denn verantworten, guter Abt? Für Alloysius Crump?«, fragte er und sprach damit den Händler an, den er in seiner Funktion als Bischof hatte einsperren und anschließend hinrichten lassen. »Er versuchte, der Kirche magische Steine vorzuenthalten, als Vater Markwart mir auftrug, alle im Umlauf befindlichen Steine zu konfiszieren. Was habe ich also getan, dass ich solche Worte wie die Euren verdiene? Ich stand in aller Ergebenheit dem ehrwürdigen Vater zur Seite, so wie es mir und Euch in St. Mere-Abelle beigebracht wurde, aber Ihr habt Euch ja von Meister Jojonahs dummem Geschwätz beirren lassen. Ja, mein Freund, ich spreche in aller Offenheit zu Euch und werde nicht vorgeben, dass ich um den ketzerischen Jojonah trauere. Und ja, ich gebe offen zu, dass ich Markwarts Helfer war und seine Anweisungen ausführte, die Anweisungen des rechtmäßigen Oberhaupts der abellikanischen Kirche. Dafür soll ich bestraft werden? Will Braumin mich einsperren und hinrichten lassen? Und wer kommt als nächstes an die Reihe, Ihr Narr? Wollt Ihr auch diejenigen verurteilen, die bei Vater Markwarts erstem Besuch in St. Precious dabei waren und den Zentaur, Bradwarden, einfingen? Aber wartet, war nicht auch Euer guter Freund, Bruder Dellman, unter diesen Leuten? Was ist mit den Wachposten in St. Mere-Abelle, die Bradwarden und die Chilichunks in den Kerkern unserer Abtei bewachten? Sagt, Abt von St. Precious, alle diese Leute wollt Ihr bestrafen?«

De'Unnero schüttelte den Kopf und stieß ein boshaftes Lachen aus; dann, mit einem fanatischen Funkeln in den Augen, trat er einen Schritt vor, sodass er dem Abt von Angesicht zu Angesicht gegenüberstand. »Würdet Ihr mir bitte mitteilen, mein werter Reformer, was Ihr mit all den Brüdern und Bürgern zu tun gedenkt, die Euren geschätzten Meister Jojonah durch die Straßen von St. Mere-Abelle trieben, ihn folterten und auf dem Scheiterhaufen verbrannten? Sind diese Menschen ebenso schuldig, wie ich es für Euch bin? Sollen wir ganze Reihen von Scheiterhaufen errichten, damit Ihr Euren Rachedurst stillen könnt?«

»Markwart wurde diskreditiert«, sagte Abt Braumin mit aller Entschlossenheit. »Er täuschte sich, Bruder De'Unnero, genauso wie Ihr, der Ihr ihm blindlings gefolgt seid.«

De'Unnero wich einen Schritt zurück, obwohl er nach wie vor sein listiges Grinsen zur Schau trug, ein in jahrelanger Übung perfektionierter Gesichtsausdruck, der den Anschein erweckte, als hielte er bei jeder Konfrontation die besseren Karten in Händen, als wüsste er mehr, als sein jeweiliger Gegner ahnte. »Selbst wenn das, was Ihr sagt, wahr ist, erwarte ich, wieder formell in die Kirche aufgenommen zu werden«, sagte er.

»Ihr müsst offenbaren, was Ihr während der letzten Monate getan habt«, erklärte Abt Braumin, aber De'Unnero schüttelte den Kopf, noch während der Abt sprach.

»Ich muss gar nichts«, entgegnete er. »Ich brauchte Zeit, um die aufwühlenden Ereignisse zu verarbeiten; deswegen bin ich fortgegangen. Lässt sich dasselbe nicht von Braumins Kohorte und ihrer Flucht in den Barbakan sagen?«

Schierer Unglaube breitete sich auf Braumins Gesicht aus.

»Wenn ich angehalten werde, über meine Taten des vergangenen Jahres Auskunft zu geben, werter Braumin Herde, dann lasst Euch sagen, dass Ihr und Eure Freunde Euch von der Kirche dieselben Fragen stellen lassen müssen«, sagte De'Unnero siegessicher. »Eure Seite hat den Konflikt in Palmaris gewonnen, so viel steht fest, und dem Sieger gebührt es, die Geschichtsbücher zu schreiben; aber St. Precious ist weder besonders groß noch besonders wichtig gemessen an St. Mere-Abelle. Vergesst nicht, Vater Markwart hatte dort viele Fürsprecher, und daran dürfte sich nichts geändert haben. Ich bin zurückgekehrt, Bruder«, endete De'Unnero, die Arme weit ausgebreitet. »Akzeptiert diese Tatsache und überlegt es Euch gut, bevor Ihr einen Krieg gegen mich anzettelt.«

Braumin blinzelte verwirrt und begann tatsächlich, über die Worte des Mannes nachzudenken. Er hasste De'Unnero ebenso sehr, wie er Markwart gehasst hatte, aber hatte er wirklich etwas gegen den Mann in der Hand? Gerüchten zufolge hatte De'Unnero Baron Bildeborough ermordet, und Abt Braumin zweifelte nicht einen Augenblick an der Richtigkeit dieser Gerüchte. Aber es waren eben bloß Gerüchte, und sollte es stichhaltige Beweise für das Verbrechen geben, so wusste Braumin nichts von ihnen. Marcalo De'Unnero war Markwarts Bluthund gewesen, ein Unmensch, der mit aller Härte diejenigen bestrafte, die sich Markwart zu widersetzen wagten.

De'Unnero hatte sich wie ein Teufel gegen Elbryan zur Wehr gesetzt und ihm dabei mit seiner Lieblingswaffe, der Tigertatze, eine Wunde zugefügt, die letztlich das Ende des Hüters herbeigeführt hatte.

Aber war De'Unneros Handeln in diesem letzten entscheidenden Kampf, als Elbryan und Jilseponie mit der Absicht, Vater Markwart zu töten, in Chasewind Manor eingedrungen waren, wirklich ein Verbrechen gewesen?

Braumin sah es so, aber hatte Meister Francis den Hüter zuvor nicht davon abzuhalten versucht, in Chasewind Manor einzudringen? Machte das auch Francis zu einem Verbrecher? Braumin überlegte hin und her, versuchte, Antworten zu finden. Für ihn war De'Unnero tatsächlich ein Verbrecher, und er wusste, dass er nicht der Einzige war, der so dachte. Sollte Jilseponie dem Mann jemals wieder begegnen, würde sie sich umgehend auf ihn stürzen und ihm das Herz aus der Brust reißen.

Dann wurde Braumin schlagartig bewusst, dass der Zeitpunkt dieser Unterredung kein Zufall war. Wie seltsam es doch war, dass De'Unnero just an dem Tag in St. Precious erschien, an dem Jilseponie sich auf den Weg nach Dundalis gemacht hatte!

Ermutigt von der Erkenntnis, dass dieser gefährliche Mann Angst vor Jilseponie hatte, straffte Braumin Herde die Schultern. »Ich bin der Abt von St. Precious«, erklärte er, »gestützt von Kirche und Krone, von König Danube und Abt Je'howith aus Ursal und der gesamten Bruderschaft von St. Precious. Ich werde von meiner Position nicht abrücken.«

»Ihr wollt mich einfach ausstoßen?«

»Ihr seid gegangen«, betonte Braumin, »ohne Erklärung, ohne vernünftigen Grund, wie viele finden.«

»Das war meine persönliche Entscheidung.«

»Und diese Entscheidung kostete Euch Euer Amt in St. Precious«, sagte Braumin. »Glaubt Ihr etwa, die Einwohner von Palmaris oder Herzog Kalas, der öffentlich bekannte, Euch zu hassen, würden Eure Rückkehr in das Amt befürworten?«, schnaubte er.

»Ich glaube, das ist allein Sache der Kirche«, erwiderte De'Unnero gelassen, scheinbar unberührt von Braumins offenen Angriffen. »Aber dieser Punkt ist irrelevant, denn ich habe keine Pläne in St. Precious oder dieser unseligen Stadt hier. Ich bin nur auf Wunsch des ehrwürdigen Vaters gekommen, um ein vakantes Amt zu übernehmen. Ihr seht in meiner Loyalität zu ihm ein Verbrechen, aber den kirchlichen Grundsätzen gemäß ist diese Einstellung lächerlich. Ich bin überzeugt, dass ich beim Äbtekollegium – das vermutlich bald einberufen wird – als Sieger im Streit um dieses Amt hervorgehen würde. Ihr könnt mein Wirken in St. Mere-Abelle weder rückgängig machen noch nachträglich zu etwas Perversem oder Bösem verdrehen.

Aber sorgt Euch nicht, mein allzu junger Abt, ich werde Euch Euer Amt nicht streitig machen«, fuhr De'Unnero fort. »Im Gegenteil, ich bin froh, dass Ihr hier seid. Ich hoffe nur, dass Jojonahs und Avelyns Anhänger sich alle hier in St. Precious um Euch scharen werden. Es ist besser, wenn Ihr und Euer Gefolge an diesem doch eher bedeutungslosen Ort vor Euch hin brütet, während ich mich in St. Mere-Abelle den wirklich wichtigen Vorhaben der Kirche widme.«

Braumin Herde hätte den Mann am liebsten angebrüllt und nach den Wachen gerufen, um diesen hinterhältigen Verbrecher einsperren zu lassen, aber ihm wurde bewusst, dass er eigentlich nichts tun konnte. Alles, was er gegen De'Unnero unternahm, konnte sich beim bevorstehenden Äbtekollegium negativ auswirken, und das konnten Braumin und seine Freunde sich nicht leisten. Denn auch wenn ihm der Bischofstitel aberkannt und sein Amt als Abt von St. Precious rechtmäßig auf Braumin übertragen worden war, bekleidete De'Unnero noch immer den Rang eines Meisters des Abellikaner-Ordens. Er war ein Mönch, der Immenses geleistet hatte, ein starker Führer, der innerhalb der Kirche nach wie vor einen Platz und eine Stimme besaß.

Eine sehr laute und unangenehme Stimme, wie Abt Braumin wusste.

Prinz Midalis und Andacanavar saßen auf einem feuchten Felsüberhang und blickten auf den Golf von Korona, stoisch den beißenden, für die Jahreszeit unverhältnismäßig kalten Meereswind und den unablässigen Nieselregen ignorierend.

»Ich hoffe noch immer auf ein Schiff am Horizont, oder besser auf hunderte«, sagte Midalis.

»Ihr hofft, dass Euer Bruder die von Euch erbetene Unterstützung schickt?«, fragte der Hüter.

»Ja. Zwei Allheart-Einheiten und eine Brigade der Kingsmen würden uns gegen die Goblins gut zu Gesicht stehen«, sagte Midalis.

»Wo bleibt dann die Unterstützung?«, fragte Andacanavar. »Euer Bruder ist König eines Landes, das, allen Berichten zufolge, den Feind besiegt hat. Warum hat er noch keine Soldaten entsandt, um Eurer – unserer – Sache zu helfen?«

Midalis wusste keine Antwort darauf. »Ich vermute, dass er Dringenderes zu tun hat«, sagte er. »Vielleicht ziehen noch einzelne Horden der Ungeheuer brandschatzend durchs Land.«

»Oder vielleicht sind seine Soldaten damit beschäftigt, in einem Königreich für Ruhe und Ordnung zu sorgen, in dem es drunter und drüber geht«, sagte der Hüter, woraufhin Midalis die Augenbrauen hob.

»So etwas habe ich schon erlebt«, fuhr Andacanavar fort. »Die Zeiten nach einem Krieg können gefährlicher sein als der Krieg selbst.«

Kopfschüttelnd blickte Midalis wieder auf die dunklen Meeresfluten.

»Wo bleiben sie dann?«, fragte Andacanavar. »Wo sind die Schiffe mit den tapferen Allhearts? Ignoriert Euer Bruder Euren Hilferuf?«

Prinz Midalis wusste nicht, was er darauf antworten sollte. Welchen Grund auch immer es geben mochte, allmählich dämmerte ihm, dass er seinen Kampf in Vanguard ohne Unterstützung des Königshauses würde führen müssen. Er schaute von den eisigen Fluten des Mirianischen Ozeans auf und sah den Hüter an, und der Anblick des noblen, Ehrfurcht gebietenden Kriegers erfüllte ihn mit Zuversicht.

Denn ganz gleich, ob sein Bruder, der König, Hilfe entsenden würde oder nicht, der Herzog von Vanguard, der Prinz des Bärenreiches, wusste, dass er und sein Volk in ihrem Kampf nicht mehr allein waren.

Sie blickte zum Himmel auf und sah die schweren, dunklen Gewitterwolken. Es würde weiter regnen; jeden Tag brachen neue sintflutartige Regenfälle vom Mirianischen Ozean über die Katzenbucht und die Stadt Felidan herein und weichten den Erdboden auf, in dem sie die arme Brennilee begraben hatten. Der Boden war knochenhart gewesen, als sie das Kind beerdigt hatten, und einige der Männer hatten sich beim Ausheben des Grabes murmelnd gefragt, ob die Grube tief genug war, um den Sarg vor den Regenfällen zu schützen.

Merry Cowsenfed betete, dass der Regen den kleinen Sarg nicht hochspülen würde, in den sie Brennilees Leichnam gelegt hatte. Nach schweren Regenfällen war es in Felidan des Öfteren vorgekommen, dass ein morscher Sarg aufbrach und plötzlich eine verweste Leiche durch den Matsch nach oben gespült wurde. Merry schluchzte kopfschüttelnd bei der Vorstellung, dass nun auch ihre geliebte kleine Tochter in einem solchen Sarg lag.

Die Frau sank zitternd auf die Knie. Tränen schwammen in ihren Augen. Vielleicht sollten sie das Kind in größerer Tiefe begraben, überlegte sie.

Ja, das würden sie tun, und zwar bald. Sie würden das Grab öffnen und die Grube vertiefen.

Merry Cowsenfed blickte auf die rötlichen Flecken auf ihrem Unterarm und nickte. Ja, sie wusste, dass die Totengräber bald wieder Arbeit bekommen würden.

»Merry!«, rief eine Stimme hinter ihr von der Straße. Ohne sich zu erheben, schaute die bis auf die Haut durchnässte Frau über die Schulter und erblickte die kleine Gruppe, die sich versammelt hatte. Einige der Gesichter konnte sie nicht erkennen, aber sie sah, dass Thedo Crayle, seine Frau Dinny und der kleine Haggart-Junge darunter waren; und wegen der einen Gemeinsamkeit, die diese Leute miteinander teilten, wusste Merry in etwa, wer die übrigen in der Gruppe sein mussten.

Sie waren die Kranken von Felidan, Menschen mit rötlichen Flecken, denen alsbald ein schreckliches Fieber und entsetzliche Magenkrämpfe folgen würden.

Merry kämpfte sich auf die Beine und zog ihren Schal enger um die Schultern, den Kopf gegen den peitschenden Regen gesenkt.

»Komm mit uns, Merry«, sagte Dinny Crayle mit ihrer sanften Stimme, als die trauernde Frau auf sie zutrat und Dinny ihr einen Arm um die Schultern legte. »Wir gehen nach St. Gwendolyn und bitten die Äbtissin um Hilfe.«

Merry betrachtete sie und die übrigen kranken und verzweifelten Menschen, aber in ihren erschöpften Zügen lag keine Hoffnung. »Man wird euch abweisen«, sagte sie. »Die Mönche helfen Pest-Kranken nicht. Sie werden sich vor euch verstecken, so wie unsere Verwandten auch.«

»Alles Feiglinge!«, brauste einer der Männer auf. »Die Äbtissin wird uns in ihre Abtei lassen, oder wir werden die verdammten Tore eintreten!«

Es folgte ein lauter, wild entschlossener Aufschrei der Gruppe, doch Merrys Stimme erhob sich darüber.

»Ihr kennt die Regeln!«, rief sie. »Ihr habt die Pest, also bleibt ruhig, macht euren Frieden mit Gott und fügt euch in euer Schicksal.«

»Zum Teufel mit den Regeln!«, rief ein anderer Mann.

»Du hast die Pest!«, rief Merry zurück. »Also bleib zu Hause, damit du die Seuche nicht auch in die anderen Städte des Königreichs trägst.«

»Zum Teufel mit den Regeln!«, rief derselbe Mann erneut.

»Aber du weißt, dass wir sonst auf schreckliche Weise sterben werden«, sagte Dinny Crayle zu Merry. »Du weißt, dass wir das Fieber bekommen und alle dem Wahnsinn anheim fallen werden. Im Fieberwahn werden wir nach unseren Toten rufen und uns wie irre herumwerfen, bis unsere Glieder schmerzen und blau sind von Beulen. Dann kommen die Weinkrämpfe, und anschließend werden wir sterben, und wenn wir Glück haben, wird jemand, der ebenfalls die Flecken hat, sich die Zeit nehmen und uns in der Erde verscharren – oder uns einfach in den Straßengraben werfen, sodass die Vögel unsere toten Augen auspicken können.«

Einige der Kinder fingen an zu weinen, ebenso manche der Erwachsenen, aber die meisten riefen, dass die Regeln falsch seien und dass die Mönche ihnen helfen müssten.

»Kein Gott wird uns auf diese Weise sterben lassen«, meinte eine andere Frau unbeirrt.

»Wir haben schon dreiundvierzig Tote in der Stadt«, rief Thedo Crayle Merry ins Gedächtnis, »darunter auch deine Brennilee. Und fünfzig weitere sind schon erkrankt. Mindestens fünfzig, und wahrscheinlich haben es schon doppelt so viele, und sie wissen nur noch nicht, dass sie dem Tode geweiht sind. Das sind gut hundertfünfzig Menschen, Merry. Hundertfünfzig von insgesamt elfhundert Menschen in Felidan. Und du sagst, wir sollen ruhig bleiben? Zum Teufel damit. Bald werden alle in der Stadt tot sein.«

»Aber vielleicht nur in unserer«, versuchte Merry ihn zu überzeugen.

Thedo blickte höhnisch. »Wie viele Schiffe haben bei uns angelegt, seitdem wir von der Pest wissen? Und wie viele, bis wir es wussten? Und woher kam die Pest denn, wenn alle, die sie haben, angeblich zu Hause bleiben? Nein, meine gute Merry, die Pest breitet sich aus, und zwar schon bevor sie nach Felidan gelangte. Der Tod geht um, und die Mönche lassen irgendetwas dagegen tun. Wir gehen nach St. Gwendolyn, ob du mitkommst oder nicht. Wir werden uns von Äbtissin Delenia und ihren Ordensbrüdern heilen lassen.«

»Es heißt, Bruder Avelyn habe den Geflügelten getötet«, fügte Dynni hinzu. »Wenn diese Mönche den geflügelten Dämon töten können, dann sind sie auch stark genug, um die Pest zu besiegen!«

Ein weiterer Aufschrei erklang, dann setzte sich die Gruppe auf der vom Regen aufgeweichten Straße in Bewegung. Dinny Crayle zog ihre Freundin Merry mit sich. Diese blickte immer wieder zu Brennilees kleinem Grabstein zurück. Ihr Mutterinstinkt schrie auf bei der Vorstellung, ihr kleines Mädchen zurückzulassen. Was würde mit Brennilee geschehen, wenn Merry an irgendeinem fernen Ort starb? Wen würden sie neben ihrer Tochter begraben? Würden sie sich überhaupt die Mühe machen, Brennilee ein zweites Mal zu beerdigen, falls ihre Leiche hochgespült würde? Es brach Merry das Herz. Sie glaubte nicht, dass die Abellikaner-Mönche ihnen helfen konnten oder helfen würden, aber sie ging trotzdem mit.

Hauptsächlich war es blanke Erschöpfung, die sie mitgehen ließ, die Unfähigkeit, sich aus Dinnys Umarmung zu befreien, der einzigen Trost spendenden Berührung, die ihre hängenden Schultern in den letzten Tagen erfahren hatten, seit bei ihr die ersten Anzeichen der Rotflecken-Pest aufgetreten waren.

Bald darauf begann die Gruppe ein Lied zu singen, ein gesungenes Gebet, das von Hoffnung und von Erlösung durch die abellikanische Kirche sprach, von St. Abelle, dem Heiler der Körper und Seelen.

Teil Zwei

Ein neuer Anfang

Ich musste fortgehen.

Mir war klar geworden, dass ich nicht länger in Palmaris bleiben konnte, diesem Ort der Trauer und ständigen Unruhen. Alles wuchs mir über den Kopf. Der Schmerz und vor allem meine Zweifel hatten mich völlig gelähmt.

Ich musste in meine Heimat zurückkehren, nach Norden, wo es weniger kompliziert zugeht. In Dundalis, wie überall in den Waldlanden, lässt einen der Druck des harten Überlebenskampfes die Fallen der Zivilisation zumeist umgehen. In den rauen Waldlanden, wo die Menschen sich der Vorherrschaft der Natur beugen müssen, herrscht statt des oft unklaren Prinzips von richtig oder falsch das wesentlich direktere Prinzip von Ursache und Wirkung. In der Wildnis schlägt man einen Weg ein, verfolgt diesen und akzeptiert die Konsequenzen seiner Entscheidungen und Taten. Hätte ich Elbryan beim Besteigen eines Berges verloren statt im Kampf gegen einen dämonischen Geist, hätte ich seinen Tod leichter akzeptieren können. Natürlich wären der Schmerz und das Gefühl des Verlustes ebenso stark gewesen, aber diese Empfindungen wären einer schlichten Realität entsprungen und nicht einer Realität, die auf zweifelhaften philoso-

phischen Betrachtungen über den Kampf von Gut und Böse und die heldenhafte Selbstaufopferung eines Einzelnen zum Wohle aller basiert. Aber hätte ich meinen Geliebten durch einen Unfall verloren, wäre dies nicht noch sinnloser gewesen?

Es will mir einfach nicht klar werden, und deswegen musste ich fortgehen.

Mein Entschluss, Palmaris zu verlassen, enttäuschte viele. Ich fürchte, ich habe meine Mitstreiter geschwächt und meine Feinde gestärkt. Für diejenigen, die mich nur aus der Ferne kennen, muss es aussehen, als hätte ich den einfacheren Weg gewählt.

Sie glauben, ich würde weglaufen, Freunde wie Feinde sind der Meinung, ich hätte meinen Kampf aufgegeben, wäre vor der Gefahr geflohen. Ich kann ihnen nicht völlig widersprechen, denn meine Einstellung zum Krieg hat sich gewandelt, wenngleich ich mir meiner neuen Haltung längst nicht sicher bin. Kämpften wir gegen einen dämonischen Geist oder gegen das Wesen der Menschen an sich? War Markwart nur eine unselige Fügung des Schicksals oder eine Unausweichlichkeit? Wie viele Revolutionen wurden schon von Menschen angeführt, die mehr Ehrlichkeit und Gerechtigkeit versprachen, um anschließend als neue Machthaber denselben menschlichen Fehlern zu unterliegen wie ihre Vorgänger?

Ja, ich denke, ich stelle den Sinn des Krieges an sich in Frage.

Möglicherweise flüchte ich vor den Wirrnissen der Kriegsfolgen, vor den Mächtigen der Kirche und des Staates, die mich für ihre Zwecke gewinnen wollen. Aber auch der vor mir liegende Weg wird kein einfacher sein. Mir ist klar geworden, dass ich in den persönlichsten und möglicherweise schwersten Kampf ziehe, den ich jemals ausgefochten habe. Ich ging aus Palmaris fort, um mich den grundlegenden Fragen unserer Existenz zu stellen: Was ist der Sinn des Lebens und was mag danach kommen? Ich wähle den Weg des Glaubens und der Hoffnung, aber ich hege nicht die Illusion, in Dundalis Erleuchtung zu finden. Ganz im Gegenteil, denn mir ist bewusst, dass die Suche nach Antworten auf meine Fragen meine geistigen Fähigkeiten übersteigen könnte.

Aber diesen meinen Kampf kann ich nicht umgehen oder aufschieben. Ich muss mich den grundlegenden Fragen der Menschheit stellen, wer wir sind und warum es uns gibt und wohin wir gehen, wenn ich jemals meinen Seelenfrieden finden möchte. Ich bin in meinem Leben an einem Punkt angelangt, wo ich entweder die Wahrheit herausfinde oder von meinen Zweifeln zerstört werde.

Bruder – Abt – Braumin möchte, dass ich mich ihm anschließe und gegen Markwarts Vermächtnis kämpfe. König Danube möchte meine Unterstützung, um wieder Ordnung in das vom Krieg erschütterte Königreich zu bringen. Vielleicht finden die beiden es feige von mir, dass ich ihre Angebote ausschlug, aber in Wahrheit habe ich es aus reiner Selbstsucht getan. Ich kann ihre Schlachten nicht auskämpfen, bis meine bohrenden Fragen beantwortet sind und ich an einem wahrhaftigeren Ort als Palmaris wieder zu mir selbst gefunden habe. Bis ich überzeugt bin, dass wir uns nicht in endlosen Schleifen falschen Fortschritts bewegen, sondern in Richtung einer bewussteren und gerechteren Welt. Bis ich überzeugt bin, dass wir uns weiter entwickeln und nicht zurückschreiten. Dass wir eines fernen Tages das Paradies finden werden.

Deswegen also gehe ich nach Dundalis, wo Elbryan begraben liegt. Ich hoffe, dort die Wahrheit zu finden, hoffe, dass der Ort, der mich die Realitäten des Lebens lehrte, mir auch das Geheimnis des Todes offenbaren wird.

JILSEPONIE WYNDON

9. Der ewige Fluch des Bestesbulzibar

Der Tag war drückend heiß, aber zumindest schien die Gluthitze die unablässigen Regenfälle des Frühlings und Frühsommers zum Versiegen gebracht zu haben. Meister Francis hatte die Hüftkordel seiner Mönchskutte so weit wie möglich gelockert und hätte sich an diesem Tag über jeden noch so schwachen Regenguss gefreut, der den klebrigen Schweiß von seinem Körper waschen würde.

Mit magischer Hilfe hatte er die etwa siebzig Meilen lange Reise von St. Mere-Abelle nach St. Precious in zwei Tagen bewältigt, doch die Rückkehr dauerte ungleich länger. Francis und seine Begleiter hatten in Amvoy am Masurischen Fluss Halt gemacht, um Proviant zu erstehen. In Palmaris' Schwesterstadt war ihnen jedoch so viel Elend begegnet, dass sie nicht tatenlos hatten weiterreisen können: In Gefechten mit einer marodierenden Goblin-Horde waren mehrere Männer schwer verwundet worden; dazu hatte ein Pferderitt einen kleinen Jungen verletzt. Trotz der Proteste einiger älterer Brüder waren sie auf Francis' Drängen hin fast zwei Wochen in Amvoy geblieben und hatten mit ihren wenigen Seelensteinen den Bedürftigen geholfen – und scheinbar hatte sich nach und nach die gesamte Einwohnerschaft der Stadt in ihre Behandlung begeben!

Nun waren sie endlich wieder unterwegs, allerdings nicht auf direktem Weg nach St. Mere-Abelle, sondern in südöstlicher Richtung, zu einem kleinen Dorf namens Davon Dinnishire, einer Ansiedlung bodenständiger Menschen, die aus Vanguard in den Süden gezogen waren. In dem Waldstück, das die Ortschaft umgab, war ein versprengter Goblin-Trupp entdeckt worden, und obwohl den für das Jagen der Ungeheuer zuständigen Soldaten Bescheid gegeben worden war, hatte man Davon Dinnishire keine Unterstützung geschickt.

»Das ist nicht unsere Angelegenheit«, sagte der junge Bruder Julius. »Unsere Aufgabe ist es, das Äbtekollegium vorzubereiten, und doch stecken wir unsere Nase in Angelegenheiten der Armee.«

Meister Francis lächelte Julius verständnisvoll an. »Einst habe ich empfunden wie du«, sagte er so laut zu dem jungen Ordensbruder, dass auch die anderen ihn hören konnten. »Einst war ich von dem Glauben erfüllt, dass die Kirche und ihre Mitglieder irgendwie über dem gemeinen Volk stünden.«

Julius war völlig perplex, schien mit einer solchen Äußerung nicht gerechnet zu haben.

»Es bedurfte des Todes des ehrwürdigen Vaters und der Vernichtung des Bösen, zu dem er geworden war –«

»Meister Francis!«, unterbrach ihn ein anderer aus der Gruppe.

Francis lächelte erneut und hob die Hand, um die erstaunt murmelnden Brüder zum Schweigen zu bringen.

»Auf direktem Wege nach St. Mere-Abelle zu gehen, obwohl wir wissen, dass Davon Dinnishire unsere Hilfe braucht, wäre eine große Sünde«, stellte Francis fest. »Der jüngere und weniger weise Francis Dellacourt, der der Täuschung des ehrwürdigen Vaters unterlag, hätte bestimmt diesen Weg gewählt. Aber ich bin klüger geworden, mein junger Freund«, betonte Francis. »Ich behaupte nicht, Erleuchtung gefunden zu haben, aber ich meine, den uns auferlegten Glaubensweg nun besser zu verstehen. Und dieser Weg führt uns jetzt nach Davon Dinnishire.« Bruder Julius begann, dies in Frage zu stellen, aber Francis unterbrach ihn. »Ich bin der einzige Meister in dieser Gruppe«, rief er ihm ins Gedächtnis. »Ich war Bischof von Palmaris und Abt von St. Precious und diente lange Zeit dem ehrwürdigen Vater. Dies ist kein Thema, das ich mit dir zu diskutieren gedenke, Bruder Julius, oder mit irgendeinem anderen von euch«, sagte er und sah jeden der Mönche einzeln an.

Als er sich wieder in südöstliche Richtung wandte, war das Murren hinter ihm verstummt.

Meister Francis war überzeugt, das Richtige zu tun, und ging entschlossenen Schrittes seinem Ziel entgegen. Einmal zuckte er jedoch zusammen, als er Bruder Julius zu einem anderen Bruder flüstern hörte, dass Francis nur deswegen nach Davon Dinnishire wolle, weil er sich fürchtete, nach St. Mere-Abelle zurückzukehren und Meister Bou-raiy unter die Augen zu treten, der sich über die Ereignisse seit Vater Markwarts Tod bestimmt nicht erbaut zeigen würde. In der Bemerkung lag durchaus ein Körnchen Wahrheit, musste Francis sich eingestehen.

Bald darauf erreichten die Mönche das Dorf. Die letzte Meile rannten sie, geleitet von einer dicken schwarzen Rauchwolke, die Unheil verkündend in den Himmel stieg. Als sie Davon Dinnishire erreichten, stellten sie mit Erleichterung fest, dass das Dorf noch nicht völlig niedergebrannt war. In ihrem Versuch, der Flammen Herr zu werden, hatten die Dorfbewohner eine Eimerkette gebildet.

»Wer ist euer Anführer?«, fragte Francis die erste Frau, die ihm über den Weg lief.

Die alte Bäuerin zeigte auf einen jungen, stämmigen Mann von ungefähr dreißig Wintern. Er hatte rotbraunes Haar und einen Vollbart, kräftige Oberarme und intensiv blickende graue Augen, die jedes Mal, wenn er einem Dorfbewohner einen Befehl zurief, wie glühende Holzscheite aufflammten.

Francis rannte zu ihm hinüber. Die grauen Augen des Dörflers weiteten sich, als er sah, dass der zu ihm eilende Mann ein Abellikaner-Mönch war. »Ich bin Meister Francis aus St. Mere-Abelle«, stellte er sich vor. »Wir möchten euch helfen.«

»Schade, dass Ihr nicht schon am Morgen gekommen seid«,

erwiderte der Mann. »Hättet Ihr uns gegen die Goblins geholfen, müssten wir nicht so viele Verwundete beklagen und so viele Brände löschen. Ich bin der Dorfvorsteher – Maladance Dinnishire vom Clan der Davon Dinnishire.« Er reichte Francis die Hand. Francis nahm und schüttelte sie, schaute unterdessen aber zu seinen Mönchen zurück und rief ihnen zu, sich an die Arbeit zu machen.

»Zuerst die Schwerverwundeten«, wies er sie an, »danach könnt ihr beim Löschen helfen.«

»Habt Ihr die Goblins gesehen?«, fragte Maladance Dinnishire. »Ungefähr zwei bis drei Dutzend der Biester sind uns entkommen.«

»Und wie viele griffen euch an?«, fragte Francis.

»Kaum mehr als das«, gestand der Dorfvorsteher. »Wir konnten nicht hinaus und sie verfolgen, weil sie sich im Wald versteckt hielten und uns mit Pfeil- und Speerhageln eindeckten. Einige wenige konnten wir töten und verwunden, aber sie haben sozusagen nur unsere Kräfte getestet.«

»Sie werden wiederkommen«, sagte Francis.

»Wahrscheinlich schon heute Nacht«, pflichtete Maladance ihm bei. »Goblins mögen die Dunkelheit. Aber keine Sorge, Meister Francis, wenn sie versuchen, über unseren Wall zu kommen, ist das ihr Ende.«

Francis zweifelte nicht an der Wehrhaftigkeit des Dorfes, denn er wusste, dass die meisten Städte und Dörfer in dieser Region auch nach Beendigung des Dämonenkrieges schweren Angriffen ausgesetzt gewesen waren und diese immer erfolgreich zurückgeschlagen hatten. Vor dem Ende des Krieges waren entlang der Golfküste starke feindliche Truppenverbände gelandet, ein Teil einer gewaltigen Streitmacht, die als Ziel den größten Preis im Bärenreich auserkoren hatte: St. Mere-Abelle. Aber dann war der Geflügelte vernichtet worden, und die Streitmacht hatte ihren Lenker verloren. Der Angriff auf St. Mere-Abelle war fehlgeschlagen, und da die feindlichen Flotte zum Großteil zerstört worden war, hatten die Pauris und Goblins keine Fluchtmöglichkeit gehabt und zogen nun in marodierenden Banden durch das Land.

Diese Dörfler, überwiegend Bauern, wussten sich also ihrer Haut zu erwehren. Aber ihm war auch klar, dass sie trotz ihrer Tapferkeit weitere Verluste würden hinnehmen müssen, möglicherweise schwere Verluste bei so vielen herumziehenden Goblins.

Francis machte sich an die Arbeit, versorgte die Verwundeten und half beim Löschen. Als er drei Stunden später fertig war, neigte sich die Sonne dem westlichen Horizont entgegen. Er rief seine Brüder zusammen, doch einige kümmerten sich noch um Verwundete. Jeder der zu ihm kommenden Mönche war mit rußigem Schweiß bedeckt, hatte gerötete Augen und schwielige Hände vom Hin-und-Her-Rennen mit vollen Wassereimern.

»Sammelt eure Kräfte, die körperlichen wie die magischen«, forderte Meister Francis sie auf. »Die Goblins werden heute Nacht zurückkehren, aber wir werden ihnen zuvorkommen und ihr Lager angreifen.«

Die Mönche rissen die Augen auf!

»Wir sind achtzehn kampferprobte und zauberkundige Ordensbrüder aus St. Mere-Abelle«, sagte Francis.

»Wir haben einen einzigen offensiven Stein«, gab Bruder Julius zu bedenken, der offenbar Sprecher der Gruppe geworden war, »einen einzigen Graphit.«

»Das reicht, um die Goblins zu blenden und so weit zu verwirren, dass wir uns auf sie stürzen können«, sagte Francis mit einem listigen Lächeln.

»Ihr klingt schon wie Meister De'Unnero«, sagte Bruder Julius, doch sein Tonfall deutete an, dass er es eher scherzhaft meinte. Francis aber gefiel der Vergleich ganz und gar nicht – Scherz hin oder her –, und er warf dem jüngeren Mann einen finsteren Blick zu.

»Wir haben eine Verantwortung für diese Menschen«, erklärte er, »für alle Menschen, die Hilfe brauchen.«

In diesem Moment schrie hinter ihnen jemand auf. Die Brüder wandten sich um und sahen am Ende einer Gasse einen Mönch aus einer Bauernhütte stürmen und sich die Kutte vom Leib reißen, während er auf sie zurannte. »Meister Francis!«, rief er immer wieder. Als er die Gruppe erreichte, trug er nur noch seine kurze Baumwoll-Unterhose, und zur Verblüffung der anderen Mönche griff er nach einem Wassereimer und schüttete sich den Inhalt über den Kopf.

»Bruder Cranston!«, ermahnte Francis ihn. »Uns allen ist heiß, aber –«

»Die Rotflecken-Pest«, rief Cranston verzweifelt. »In der Hütte … eine Frau … sie ist schon tot.«

Francis eilte zu dem Bruder und packte ihn bei den Schultern. »Rotflecken-Pest?«, fragte er. »Bist du sicher, Bruder Cranston?«

»Ihr ganzer Körper ist mit roten Flecken und weißen Ringen drum herum bedeckt«, antwortete er. »Ihre Augen sind regelrecht ausgetrocknet und völlig in die Augenhöhlen eingesunken. Sie blutete aus dem Zahnfleisch und aus den Ohren. Man sieht es ganz deutlich, obwohl bereits die Verwesung eingesetzt hat!«

Bruder Julius kam zu Francis und legte ihm die Hand auf die Schulter. »Wir müssen diesen Ort sofort verlassen, Meister Francis«, sagte er ernst. Francis hörte das Gemurmel der anderen Brüder. »Am besten wäre, die Goblins kommen zurück und brennen das ganze Dorf nieder«, fuhr Bruder Julius fort.

Francis hätte den Bruder am liebsten angebrüllt und ihn weggestoßen. Aber er konnte die Bemerkung nicht als unsinnig abtun. Die Rotflecken-Pest! Die größte Geißel des Bärenreiches. In St. Mere-Abelle hatte Francis jahrelang den Posten des Historikers bekleidet, und deswegen wusste er besser als jeder andere über die Rotflecken-Pest Bescheid. Zum ersten

Mal hatte sie im Jahre des Herrn 412 gewütet, vor allem in den südlichen Ausläufern des Königreiches. Den Aufzeichnungen zufolge war jeder siebte Mensch gestorben. Jeder siebte. Und in Yorkey war es nahezu jeder vierte gewesen.

Und doch war der nächste Ausbruch im darauf folgenden Jahrhundert, von 517 bis 529, noch viel verheerender gewesen und hatte entlang des Masurischen Flusses und in der Küstenregion am Golf von Korona bis hoch nach Vanguard ganze Landstriche entvölkert. Ursal war dabei besonders schwer getroffen worden. Die Geschichtsschreiber jener Tage, überwiegend abellikanische Mönche, hatten die Todesrate mit einem Drittel beziffert – und einige hatten sogar behauptet, die Hälfte der Bevölkerung des Bärenreiches sei der Rotflecken-Pest zum Opfer gefallen.

Die Rotflecken-Pest!

Wie leicht man damals das Königreich aus dem Süden, sprich aus Behren, hätte erobern können, wäre nicht auch dort die Seuche ausgebrochen. Francis kannte natürlich nicht die genaue Todesrate in dem südlichen Königreich, aber die Aufzeichnungen, die er darüber studiert hatte, sprachen sogar von noch mehr Opfern als im Bärenreich. Und heute war das Bärenreich viel dichter bevölkert als vor der Seuche von 517. Und wegen des erst unlängst zu Ende gegangenen Krieges war es noch viel weniger auf einen neuerlichen Ausbruch der Pest vorbereitet.

Obwohl Meister Francis Dellacourt, der sich nach Vater Markwarts unrühmlichem Ende von Grund auf geändert hatte und sich seither allein der Nächstenliebe und dem Wohle der Menschen verpflichtet fühlte, Bruder Julius' kaltherzige Bemerkung am liebsten niedergebrüllt hätte, fand er nicht die Kraft dafür. Nicht in diesem Augenblick des entsetzlichen Schocks, nicht angesichts einer solchen Bedrohung!

Aber als Erstes musste er es mit eigenen Augen sehen. Er hatte über die äußeren Merkmale der Erkrankung gelesen, hatte von Künstlern angefertigte Zeichnungen der Opfer gesehen. Seit 529 hatte es verschiedene Berichte über weitere Ausbrüche der Pest gegeben, aber sie hatten sich entweder als minder schwere Fälle oder schlichtweg als falsche Behauptungen verzweifelter Menschen erwiesen. Er schickte zwei seiner Brüder los, um die nicht anwesenden Mönche zu suchen, und bat die restlichen Brüder, auf ihn zu warten. Dann sammelte Meister Francis seinen ganzen Mut und ging entschlossenen Schrittes zu der Bauernhütte am Ende der Gasse.

Er hörte ein Wimmern und entdeckte zwei verwahrloste, verängstigte Kinder in der Hütte. Er ging an ihnen vorbei und trat durch einen Vorhang. Dahinter lag die Frau.

Der beringte rote Fleck
Der leuchtet ach so keck
Und flugs da sind es viele
Verbrennt die Kleider
Grabt die Gruben
Und sammelt Blumenstiele

Es war die erste Strophe eines alten Kinderliedes, das irgendwann um das Jahr 412 verfasst worden war. Es sprach von den – vergeblichen – Versuchen, die Verbreitung der Pest mit Blumen einzudämmen, die in großer Zahl in die Särge der Toten gelegt wurden, um den aus den Gräbern aufsteigenden Verwesungsgeruch zu überdecken. Das Lied verkündete die traurige Wahrheit für diejenigen, die sich mit der Krankheit infiziert hatten. »Grabt die Gruben und sammelt Blumenstiele«, flüsterte Francis.

»Raus hier! Raus hier!«, rief er den beiden Kindern zu. »Verschwindet, und kommt hier nicht wieder herein. Ihr könnt für eure Mutter nichts mehr tun. Verschwindet!« Er trieb die beiden Kinder in die Gasse hinaus. Maladance Dinnishire und mehrere andere Dorfbewohner traten auf ihn zu.

»Meine Brüder und ich werden die Goblins jagen«, sagte Francis zu dem Dorfvorsteher. »Mit ein bisschen Glück braucht Ihr Euch über die Ungeheuer keine Gedanken mehr zu machen.«

»Was war in der Hütte los?«, fragte der besorgte Dinnishire.

Francis blickte zu der Behausung zurück. »Brennt die Hütte nieder«, sagte er bloß.

»Was?«

»Brennt die Hütte nieder«, wiederholte Francis und sah den Mann eindringlich an. »Sofort.«

»Ihr könnt doch nicht einfach –«

»Brennt sie nieder!«, unterbrach ihn Francis. »Ihr müsst mir vertrauen, Maladance Dinnishire, ich flehe Euch an. Niemand darf die Hütte betreten.«

Der Dorfvorsteher starrte ihn fassungslos an, und die hinter ihm stehenden Leute steckten die Köpfe zusammen und begannen, aufgeregt zu tuscheln.

Francis nahm den Dorfvorsteher am Arm und zog ihn zur Seite. Dann erklärte er dem Mann in einfachen, offenen Worten, dass ab diesem heißen Sommertag die Goblins nicht länger ihr schlimmstes Problem darstellten.

»Wie könnt Ihr Euch so sicher sein?«, protestierte Dinnishire.

»Ganz sicher bin ich mir nicht«, log Francis, weil er keine Panik auslösen wollte. Außerdem hätte jede weitere Vorsichtsmaßnahme den Bewohnern von Davon Dinnishire nichts Gutes gebracht. »Aber wollt Ihr das Risiko eingehen, dass ich womöglich Recht hatte? Die Frau ist tot, und ihr Mann und ihre Kinder –«

»Ihr Mann ist vor zwei Jahren gestorben«, erklärte Dinnishire. »Er fiel im Kampf gegen die Pauris.«

»Dann muss jemand anders die Kinder aufnehmen. Brennt die Hütte nieder und verscharrt die verkohlten Reste gemeinsam mit der toten Frau in einer tiefen Grube.«

Der Dorfvorsteher starrte ihn entgeistert an.

»Bitte, tut, was ich Euch sage«, bat Francis ernst.

»Und Ihr haltet uns die Goblins vom Leib?«, fragte der Mann.

Francis nickte, dann ging er zurück, versammelte seine Brüder um sich und begab sich mit ihnen auf die Jagd nach den Goblins.

Als sie die Bäume jenseits der Bauernhäuser erreicht hatten, die direkt vor dem Dorfwall lagen, ließ Francis seine Brüder eine Verteidigungsformation einnehmen. Da er seine magischen Kräfte nicht weiter verringern wollte, nachdem er bereits zahllose Dorfbewohner behandelt hatte, gab er Bruder Julius den wirksamsten Seelenstein und forderte den Mann auf, seinen Geist auf die Suche nach den Goblins zu schicken.

Julius blickte betreten drein. Während seiner Jahre in St. Mere-Abelle hatte er sich auch einmal auf Geistreise begeben, und es war nicht gut verlaufen – ohne es richtig mitzubekommen, hatte der Mönch versucht, in den Körper eines anderen Klosterschülers einzudringen, und dabei hatte er einige sehr unangenehme Erfahrungen machen müssen. »Ich bin für diese Aufgabe nicht geeignet«, gestand er.

Francis nickte. Er konnte die Verunsicherung des Mannes gut nachempfinden. Markwart, Avelyn und Jilseponie waren mit den Steinen derart geschickt umgegangen, dass Dinge wie Geistreisen für sie beinahe Routine geworden waren. Auch Francis hatte in seiner Zeit mit Markwart eine Menge darüber gelernt, und er hatte vergessen, wie unheimlich es sein konnte, seinen Geist auf Reisen zu schicken. Und wie gefährlich. Er nahm den Stein zurück und bedauerte kurz, dass er noch mehr von seinen magischen Kräften verbrauchen würde. Dann verließ er seinen Körper, schwebte zwischen den Bäumen entlang, über einen kleinen Fluss hinweg und eine steile Uferböschung hinauf.

Kurz darauf entdeckte er die Goblins und zählte etwa dreißig von ihnen. Er blieb nur wenige Sekunden dort, um einen allgemeinen Eindruck von ihrer Einsatzbereitschaft zu bekommen, dann schwebte er auf einem kreisförmigen Umweg zurück, wobei sich seine Vermutung bestätigte, dass der Rest des Goblins-Trupps – vielleicht ein Dutzend der Ungeheuer – sich im Wald verteilt hatte.

»Sie haben ihr Lager gut gewählt«, erklärte Francis, als er zu seinen Brüdern zurückkehrte. Bevor seinem Gedächtnis die Einzelheiten des Geländes entschwinden konnten, bückte er sich und zeichnete eine grobe Skizze in den Sand. »Wir kommen an die Goblins nicht heran, ohne entdeckt zu werden.«

»Dann lass uns nach St. Mere-Abelle –«, begann Bruder Julius abermals einzuwenden, doch Francis ließ ihn nicht ausreden.

»Wir müssen sie nicht unbedingt in ihrem Lager angreifen«, fuhr Francis fort. »Ich glaube nicht, dass sie mit einem Gegenangriff der Dorfbewohner rechnen – vermutlich gehen sie davon aus, dass die Bewohner von Davon Dinnishire den nächsten Angriff hinter ihrem Dorfwall abwarten werden. Um wieder dorthin zu gelangen, werden die Goblins wahrscheinlich diesen Weg nehmen.« Er zeichnete eine Linie in die Sandkarte. »Lasst uns ihnen eine Überraschung bereiten.«

Die Mönche machten sich umgehend auf den Weg in ein Waldstück voll dickstämmiger Ahornbäume, zwischen denen ein deutlich sichtbarer Pfad verlief. Francis glaubte, dass die Goblins ihn nehmen würden, da sie keinen Hinterhalt erwarteten. Francis musterte seine Umgebung unsicher. Er war niemals ein gewiefter Kampftaktiker gewesen, sondern hatte sich mehr auf der politischen Bühne bewegt.

»Wenn Ihr erlaubt, Meister Francis«, sagte Julius, dem auffiel, dass Francis etwas hilflos wirkte. »Bis auf Euch verstecken wir uns alle in den Bäumen. Ihr verbergt Euch mit dem Graphit dort hinten im Unterholz. Diejenigen mit Armbrüsten halten ihre Waffen bereit.« Er blickte sich um und nickte befriedigt, denn mehr als die Hälfte der Mönche hatte Armbrüste dabei. »Die übrigen spitzen Stöcke an und benutzen sie als Speere oder nehmen große Steine mit auf den Baum. Sobald die ersten Goblins an einem bestimmten Baum vorbeikommen, tretet Ihr mit Eurem Stein aus dem Unterholz, Meister Francis«, erklärte Bruder Julius. Die andern Mönche nickten, denn sie wussten, dass Julius mehrmals an der Seite des gewieften Taktikers De'Unnero gekämpft hatte, darunter auch bei der fast schon legendären Schlacht mit den Pauris in St. Mere-Abelles Hafen. »In Erwartung des Blitzes halten wir uns die Augen zu, und dann ...« Er machte eine Pause und lächelte grimmig, und jedem, auch Francis, kam es so vor, als hätte sich Julius nun mit ganzem Herzen dem bevorstehenden Kampf verschrieben, nachdem er seinen Willen nicht bekommen hatte und sie nicht sofort nach St. Mere-Abelle weitergezogen waren.

Er ist ein guter Schüler von De'Unnero gewesen, dachte Francis, er hat die richtige Einstellung.

Bald darauf hatte jeder der Mönche seinen Platz im Geäst eines Baumes eingenommen. Francis stand weiter hinten hinter einem dicken Baumstamm.

Aus zwei Minuten wurde eine Stunde, wurden zwei Stunden, dann noch zwei Stunden. Obwohl er genauso unruhig war wie die anderen, hieß Francis die Verzögerung willkommen, denn sie gab ihm die Gelegenheit, seine magischen Kräfte aufzufrischen. Er glaubte zwar nicht, dass er mit seinem Blitzschlag viele Goblins töten würde, aber je greller der Blitz war, desto leichter und schneller würden sie ihren Sieg erringen.

Allmählich ging die Sonne unter, und noch immer war es still im Wald. Francis war klar, dass die zunehmende Dunkelheit ein Vorteil für die Goblins war, denn der Abend und die Nacht waren ihre liebste Tageszeit, und deswegen war er erleichtert, als er Sheila, Koronas helle Mondin, in nahezu ganzer Fülle in den dunklen Himmel aufsteigen sah.

Sie warteten und warteten und warteten – während Francis nur hoffen konnte, dass die übrigen Brüder nicht einschliefen!

Und dann hätte er vor Schreck beinahe aufgeschrien, denn urplötzlich schlüpfte völlig lautlos ein Goblin an ihm vorüber, von einem Baum zum nächsten huschend. Francis widerstand dem Drang, dem kleinen Biest nachzustellen, denn er wusste, dass es nur ein Kundschafter war und dass jedes Geräusch, das er machte, ihren Hinterhalt gefährden würde.

Bald darauf vernahm er ein lauter werdendes Rascheln auf dem Pfad, und Francis erkannte die dunklen Gestalten, die arglos durch das Ahornwäldchen trotteten.

Der Meister holte tief Luft, rieb die Hände an dem Graphit und nahm all seinen Mut zusammen. Er hatte keine Angst vor dem Bevorstehenden, befürchtete aber, dass er nicht stark genug war, um seine Brüder durch diesen Kampf zu führen, dass sie alle sterben würden, bevor sie die Nachricht vom neuerlichen Aufbruch der Pest überbringen konnten.

Nun, es war zu spät, jetzt noch von ihrem Plan abzurücken, sagte sich Francis, duckte sich und fasste die vordersten Goblins ins Auge, darauf wartend, dass sie den verabredeten Baum erreichten.

Francis sprang hinter dem Baum hervor, ging auf ein Knie, den Graphit ausgestreckt haltend, und stieß einen Ruf aus – das Signal für seine Brüder, sich die Augen zuzuhalten. Dann schleuderte er einen grellen Ball knisternder Energie aus dem Handgelenk, einen Blitzschlag, der drei der ersten fünf Goblins pulverisierte, die nachfolgenden Ungeheuer verwundet zu Boden warf und den übrigen für einen Moment die Sicht raubte. Dieser Moment genügte den abellikanischen Mönchen, ihre Armbrüste abzufeuern, ihre Steine und Speere auf die verwirrten Goblins zu schleudern und aus den Bäumen zu springen, um sich in den Nahkampf zu stürzen.

Alles lief nach Plan, und einen Moment lang glaubte Francis, sie würden den Kampf ohne einen einzigen Verlust für sich entscheiden können. Und tatsächlich waren nach kaum zwei Minuten ein gutes Dutzend Goblins tot, während die anderen sich unkoordiniert in den Schutz der Bäume zurückzuziehen begannen.

Plötzlich bemerkte Francis im Augenwinkel eine Bewegung und wirbelte herum, gerade als der Goblin-Kundschafter, der zuvor an ihm vorbeigehuscht war, einen Speer auf ihn schleuderte. Überrascht hechtete Francis zur Seite und spürte, wie die Speerspitze den Stoff seiner Kutte durchbohrte und gegen einen Rippenknochen stieß. Hätte der Goblin eine bessere Waffe gehabt, wäre es das Ende von Meister Francis Dellacourt gewesen, aber der mickrige Speer prallte von dem Knochen ab und schrammte, eine lange, aber oberflächliche Fleischwunde hinterlassend, über Francis' Brust und bohrte sich an seiner Achselhöhle in den groben Kuttenstoff statt in seinen Leib.

Francis sprang auf und sah, wo der Speer hängen geblieben war und dass der Goblin mit gebleckten gelben Zähnen auf ihn zustürmte.

Francis versuchte gar nicht erst, den Speer herauszuziehen, sondern schlüpfte aus seiner Kutte und ließ sie – samt des darin hängenden Speers – blitzschnell zu Boden gleiten. Mit hoch gerissenen Armen wehrte er den ersten Schlag des Goblins ab. Das kleine Ungeheuer schnaubte und zischte mit heraushängender Zunge; es reagierte kaum, als Francis ihm einen Tritt unter das Kinn versetzte und das Ungeheuer sich dabei die Zungenspitze abbiss.

Der Goblin taumelte leicht zurück. Francis, der in St. Mere-Abelle in allen gängigen Kampfkünsten ausgebildet worden war, setzte nach und rammte dem kleinen Biest die linke Faust ins Gesicht, dann die rechte und wieder die linke. Der Goblin fiel zu Boden, und Francis stürzte sich auf ihn.

Der Goblin biss ihm in die Schulter, aber Francis bekam

trotzdem die Hände um den Hals des Ungeheuers und drückte mit aller Kraft zu. Es schien ewig zu dauern, bis die Kreatur ihren Widerstand aufgab und ihre Arme kraftlos zu Boden sanken.

Dann lag der Goblin reglos da; selbst im hellen Mondlicht sah Francis den Schatten des Todes, der sich über das Gesicht des Ungeheuers gelegt hatte.

In dem Wissen, dass hinter ihm noch immer der Kampf tobte, riss sich Francis von dem toten Goblin los und sprang auf die Beine.

Er sah, dass seine Brüder gute Arbeit geleistet hatten. Viele der Goblins waren tot und die, die sich zu einem engen Verteidigungsring zusammengezogen hatten, waren den Mönchen hoffnungslos unterlegen.

Aber die bereits geflohenen Goblins hatten sich nicht wirklich aus dem Staub gemacht, erkannte Francis mit Entsetzen. Sie näherten sich jetzt in großer Zahl der linken Flanke, ihre Speere wurfbereit erhoben.

Francis bückte sich nach seiner Kutte und durchsuchte fieberhaft die Taschen. Kurz darauf hielt er den Graphit in der erhobenen Hand und beschwor dessen Kräfte. Die Speere der Goblins sausten durch die Luft – er hörte die Schreie seiner Brüder –, und gleichzeitig zischte der Blitzschlag aus dem Stein und verwandelte mehrere der heranstürmenden Goblins in Aschehaufen.

Die abellikanischen Mönche stürmten in die Reihen der Ungeheuer und kämpften mit einem Geschick, dem die kleinen Biester nicht gewachsen waren.

Francis wollte sich seinerseits in den Kampf stürzen, merkte aber, dass seine Beine wacklig wurden. Er tastete nach der Wunde an seinem Oberkörper, betrachtete seine Hand und sah, dass sie blutverschmiert war. Dann sank er plötzlich benommen zu Boden und erwartete, jeden Augenblick von einem Goblin umgebracht zu werden.

Aber dann hörte er Julius seinen Namen rufen; eine Gruppe der Mönche eilte ihm zu Hilfe.

Francis hob den Arm und gab Julius den Graphit. »Armbrüste«, brachte er mit rauer Stimme hervor.

Die verbliebenen Goblins gruppierten sich neu und griffen die Mönche abermals an, aber ihre heransausenden Speere wurden von einem neuerlichen Blitzschlag abgewehrt und mit einem Bolzenhagel aus den Armbrüsten der abellikanischen Brüder erwidert. Die überlebenden Goblins verstreuten sich in den nächtlichen Wald.

»Wie viele?«, wollte Francis kurz darauf von Julius wissen.

»Ruht Euch aus, Meister«, entgegnete Julius. »Wir werden Euch einen Verband anlegen und mit einem Stein behandeln, und morgen früh werdet Ihr Euch viel besser fühlen.«

»Wie viele?«, kam die entschlossene Frage von neuem.

»Wir haben ungefähr zwei Dutzend getötet. Die übrigen sind Hals über Kopf geflohen und sollten keine Gefahr mehr für Davon Dinnishire darstellen.«

Francis packte Julius an der Kutte und zog sich daran hoch, sodass die Gesichter der beiden Männer sich beinahe berührten. »Wie viele?«, grollte Francis.

»Sechs«, antwortete Julius leise. »Sechs Brüder wurden getötet, Meister, mehrere andere verwundet. Wir müssen sofort mit ihrer Behandlung beginnen.«

Francis ließ die Kutte los und sank wieder zu Boden. Sechs Ordensbrüder waren in einem Kampf getötet worden, den er hätte vermeiden können. Meister Francis fühlte sich der Ohnmacht nahe, und es hatte nichts mit der Wunde an seinem Oberkörper zu tun.

Er lag vielleicht eine Stunde am Boden, verlor immer wieder das Bewusstsein, während die Brüder seine Wunde mit Seelensteinen behandelten und ihm danach einen Verband anlegten. Als er schließlich erwachte, erfuhr er, dass ein weiterer Bruder seinen Verletzungen erlegen war.

Mehr als ein Drittel seiner Gruppe.

Es war keine Genugtuung für Francis, dass die Zahl der getöteten Goblins ungleich höher war. Einzig die Tatsache, dass er und seine Brüder die marodierende Horde zerschlagen und damit Davon Dinnishire vor weiteren Angriffen bewahrt hatten, spendete ihm ein wenig Trost. Er schritt langsam durch das eilig aufgeschlagene Lager und sah nach den Verwundeten. Obwohl niemand ihn direkt ansprach, spürte Francis, dass nicht wenige der Brüder den von ihm befohlenen Kampf mit den Goblins lieber vermieden hätten – und Francis ahnte, dass er sich diesbezüglich noch einige unangenehme Fragen würde gefallen lassen müssen, wenn er und seine Brüder erst einmal in St. Mere-Abelle waren.

»Macht Euch zum Aufbruch bereit. Wir nehmen die Toten mit«, wies Francis Bruder Julius an.

»Gehen wir direkt nach St. Mere-Abelle?«, fragte Julius mit einer Spur Sarkasmus in der Stimme.

Francis funkelte ihn an und nickte. »Habt ihr die Toten Goblins durchsucht?«

Julius musterte ihn argwöhnisch. »Glaubt Ihr, sie tragen Schätze bei sich?«, fragte er spöttisch. »Sie waren so verlottert und verlaust, dass ihnen beinahe die Stiefel von den Füßen fielen.«

»Ich möchte herausfinden, warum sie noch immer hier waren«, entgegnete Francis.

»Weil sie keine Möglichkeit hatten, sich aus dem Königreich abzusetzen, nachdem die Pauri-Flotte, die sie ursprünglich herbrachte, vor St. Mere-Abelle vernichtet wurde«, antwortete Bruder Julius schroff.

Francis starrte den Mann nachdenklich an. Er war sich nicht sicher, ob Julius seinen Befehl, die Goblins anzugreifen, kritisierte oder ob er einfach nur um die gefallenen Brüder trauerte. Es spielte keine Rolle, entschied Francis. Denn obwohl seine Feinde innerhalb der Kirche diesen Vorfall politisch gegen ihn verwenden würden, sagte ihm sein Herz, dass er das Richtige getan hatte.

»Unterrichte die anderen, dass wir in Kürze aufbrechen«, sagte Francis, ohne auf Julius' Bemerkung einzugehen. »Nach St. Mere-Abelle.«

Einen Moment lang starrte Julius den Meister an, aber dann nickte er und begann, die Mönche über den bevorstehenden Abmarsch zu informieren.

Unterdessen zog Francis einen brennenden Ast aus dem Lagerfeuer, das seine Brüder entzündet hatten, und ging zu dem Leichenberg der Goblins. Was hoffte er zu finden?, fragte er sich immer wieder. Wertvolle Informationen, die den Kampf gegen die Ungeheuer im Nachhinein rechtfertigen würden? Etwas so Wertvolles, dass es sogar den Tod von sieben Abellikaner-Mönchen rechtfertigte?

In den Taschen der Goblins fanden sich nur einige kümmerliche Münzen, ansonsten nichts – wie Julius vorausgesagt hatte –, was den Kampf wert gewesen wäre, und Francis sah, dass das Schuhwerk der Ungeheuer tatsächlich kurz vor dem Auseinanderfallen war. Enttäuscht trat er gegen einen der dreckverkrusteten Stiefel und wollte sich abwenden und zu seinen Brüdern zurückgehen.

Aber dann fiel ihm an dem nun nackten Fuß des Goblins etwas auf, und obwohl die Färbung nicht stimmte – ein gelblicher Fleck in einer kreisförmigen Narbe –, kam ihm die Musterung bekannt vor.

Francis bückte sich und hielt seine Fackel über den Fuß.

»Allmächtiger«, flüsterte er, denn das gleiche Fleckenmuster hatte er vor wenigen Stunden auf der Haut der toten Dorfbewohnerin gesehen. Aber bei diesem Goblin schienen die Wundflecken verheilt zu sein, als hätte das Ungeheuer die Erkrankung überlebt. Francis suchte den ganzen Körper des Goblins ab und entdeckte weitere dieser Narben. Dann überprüfte er die anderen Leichen und stellte erneut fest, dass die Hälfte der Ungeheuer abgeheilte Überreste einer Erkrankung aufwies, die für Francis wie die Rotflecken-Pest aussah. Sobald er in St. Mere-Abelle war, musste er herausfinden, ob diese seltsamen Narben denen ähnelten, die die wenigen menschlichen Überlebenden der Seuche zurückbehalten hatten.

Francis atmete tief durch und versuchte, seine Gedanken zu ordnen. Sollte er einen der infizierten Goblins nach St. Mere-Abelle mitnehmen? Nein, entschied er fast augenblicklich. Die Konsequenzen für seine geliebte Heimatabtei wären katastrophal, falls das Ungeheuer noch immer die Seuche übertrug. Derselbe Gedanke brachte ihn auf die noch beunruhigendere Möglichkeit: Hatten er und seine Brüder sich im Kampf gegen die Goblins mit der Seuche infiziert?

»Das lässt sich mit einem Seelenstein überprüfen«, murmelte Francis, der die Worte zur Beruhigung laut aussprechen musste. »Wir … nein, die geübteren Meister werden uns nach unserer Rückkehr untersuchen.«

»Was sagt Ihr?«, hörte er Bruder Julius aus einiger Entfernung fragen.

Francis wandte sich um und sah zu Julius hinüber, beschloss aber, dass es zum gegenwärtigen Zeitpunkt unklug wäre, ihm von seiner Entdeckung zu berichten. »Es ist an der Zeit, nach St. Mere-Abelle zurückzukehren«, antwortete er.

Der jüngere Bruder nickte und wandte sich ab. »Wir brechen in Kürze auf«, rief er den anderen Mönchen zu.

»Bruder Julius«, rief Francis ihm nach, und der Mönch drehte sich wieder zu ihm um. »Dein Plan war exzellent. Ohne dich hätten uns die Goblins überwältigt und Davon Dinnishire dem Erdboden gleichgemacht. Du trägst keine Schuld am Tod unserer Brüder. Ich finde, dass du das wissen sollst.«

»Das weiß ich, Meister Francis«, erwiderte Julius vorwurfsvoll. »Das weiß ich.«

Der Mönch wandte sich um und ging davon. Einen Moment lang erwog Francis, ihn vor versammelter Runde ob dieser

Unverfrorenheit zu schelten, aber nur einen Moment lang. Francis schaute auf den Leichenberg der gefallenen Goblins und wusste, dass er sich um Dringenderes zu kümmern hatte.

10. Sicherheitsvorkehrungen

Abt Je'howith ließ sich tiefer und tiefer in den magischen Strudel des Steins hineinfallen. Dort, in den Untiefen des Bodenlosen, fand sein Geist Erlösung von den Beschwernissen, die sein gealterter Körper ihm auferlegte. Für Je'howith war dies der Gipfel der Anmut, der höchste, Gott am nächsten kommende Bewusstseinszustand, den ein noch in seiner sterblichen Hülle gefangener Mensch erlangen konnte. Nun hatte er sich aller natürlichen Fesseln entledigt, reiste im Geiste ohne jedwedes körperliche Gebrechen, ohne Einschränkungen, ohne Grenzen.

Er sah die Frau geduldig vor ihm liegen. Wie angewiesen, hielt sie eine Sonnenstein-Brosche in der Hand. Constance Pemblebury war nicht geübt im Gebrauch der magischen Steine, aber unter Zuhilfenahme dieses bestimmten Utensils musste sie das auch nicht sein. Sobald sie spürte, dass ihr und Je'howiths Wille miteinander zu ringen begannen, musste sie sich nur mit der verzauberten Broschennadel in die Haut piksen, um den Geist des alten Abtes aus ihrem Körper zu spülen.

Je'howith schwebte dicht über ihr und unterdrückte den Drang, in ihr Wesen einzudringen und ihren Körper zu übernehmen. Das war das Gefährliche am Geistreisen – das instinktive Verlangen des Geistes, sich einer körperlichen Hülle zu bemächtigen, selbst wenn dies auf Kosten des anderen Geistes geschah.

Je'howith war jetzt direkt über ihr. Er streckte seine substanzlose Hand nach ihrem Bauchnabel aus – und wünschte sich, er wäre in diesem Augenblick aus Fleisch und Blut und könnte Constances zarte, glatte Haut spüren.

Der alte Abt verdrängte den sündigen Gedanken aus seinem Bewusstsein und konzentrierte sich auf die vor ihm liegende Aufgabe. Sein Geist glitt in die Frau hinein. Jetzt bedurfte es all seiner Willenskraft, ihren Körper nicht augenblicklich in Besitz zu nehmen. Er schwebte durch sie hindurch und suchte und suchte.

Dann spürte er es, unleugbar: ein zweites Lebewesen, eine zweite Seele im Mutterleib der Frau. Je'howith konnte der Versuchung nicht widerstehen – sein Geist drang in das Kind ein. Wie leicht es doch wäre, diese winzige, unentwickelte und unwissende Seele zu vertreiben! Und den Körper des Ungeborenen zu übernehmen! Noch im Mutterleib ein neues Leben zu beginnen, aber mit dem Wissen und den Erfahrungen seines früheren Daseins!

Dann, urplötzlich, wurde der alte Abt aus dem Leib des Kindes gespült und war, bevor er wusste, wie ihm geschah, wieder in seinem eigenen Körper gefangen. Ungläubig blinzelnd sah er, wie sich Constance neben ihm aufsetzte.

»Was habt Ihr getan?«, fragte sie ihn in scharfem Tonfall.

»Das – das, worum Ihr mich gebeten habt«, stammelte Je'howith und schüttelte sich, um sich wieder an seinen Körper zu gewöhnen.

»Ihr seid aber noch weiter gegangen«, warf Constance ihm mit fassungslosem Blick vor. »Ihr habt versucht …«, begann sie, doch dann zeigte sich ein versonnenes Lächeln auf ihrem Gesicht.

»Ja, werte Constance«, bestätigte der Abt. »Euer betörender Zauber hat gewirkt. Ihr tragt König Danubes Kind in Euch.«

Constance klatschte freudig in die Hände, dann schlug sie sie ungläubig vor den Mund. »Es ist wahr geworden«, sagte sie leise.

»Warum seid Ihr so überrascht? War dies nicht Eure erklärte Absicht, seit Ihr gesehen habt, welch begehrliche Blicke König Danube auf Jilseponie Wyndon warf?«

Constances Miene wurde ernst. »Habt Ihr etwas dagegen einzuwenden?«, fragte sie vorwurfsvoll. »Denn falls dem so wäre, wieso habt Ihr dann König Danube nicht vor meinen Absichten gewarnt?«

Je'howith schmunzelte bloß.

»Ich fürchte Jilseponie, aber Ihr verachtet sie«, fuhr Constance fort. »Ich hege ihr gegenüber keine bösen Absichten, Ihr dagegen würdet dem Henker noch einen Zuschlag zahlen, wenn er ihr das schöne Haupt von den Schultern schlüge.«

Je'howith verneigte sich, ein Eingeständnis, dass sie mit ihrer Behauptung Recht hatte. »Ich fürchte sie mehr, als Ihr je könnt«, erklärte er. »Ihr habt bloß Angst, dass sie Euch Euren bequemen Platz an Danubes Seite streitig machen könnte. Ich dagegen befürchte, dass sie die abellikanische Kirche auf den Kopf stellen wird.«

»Und indem man sie an den Königshof holt, kann man sie von der Kirche fern halten, nicht wahr?«, sagte Constance abermals in vorwurfsvollem Ton. »Vielleicht flüstert Je'howith dem König ja ins Ohr, wie gut sich Jilseponie an seiner Seite machen würde.«

Der Mönch lachte. »Weil es der Kirche ja ach so viel nutzen würde, wenn Jilseponie als Königin des Bärenreiches in Ursal residierte?«, fragte er spitzfindig. »Nein, werte Constance, das würde ich niemals wünschen. Ich bin froh, dass die Frau nach Norden gegangen ist und sich aus den Angelegenheiten der Kirche und des Hofes heraushält.«

»Und was ist dann mit mir und meiner Schwangerschaft?«, fragte Constance.

Der alte Abt schmunzelte erneut, die Sache offenbar nicht sonderlich ernst nehmend. »Er wird nicht Danubes erstes Kind sein. Und vermutlich auch nicht sein letztes.«

»Er?«, echote sie. »Es ist ein Junge?«

»Die meisten Mütter wollen vor der Geburt nicht wissen, welches Geschlecht ihr Kind hat.«

Constance strafte den Mann mit einem bitterbösen Blick.

»Ja, es ist ein Junge«, sagte Je'howith, und Constance ballte glücklich die Fäuste. »Aber Ihr seid anmaßend, wenn Ihr glaubt, dass dieses Kind Eure Position am Hofe entscheidend verändern wird«, sagte Je'howith.

»Ihr kennt meine Beziehung zu König Danube nicht«, erwiderte Constance. »Ihr seid derjenige, der anmaßend ist, nicht ich.«

Je'howith legte der Frau den Arm um die Schultern und setzte ein versöhnliches Lächeln auf. »Was reden wir nur?«, sagte er. »Wir klingen, als wären wir Gegner, dabei verfolgen wir doch dieselben Ziele. Unser wichtigstes Anliegen ist das Wohlergehen des Königs und seines Reiches, nicht wahr?«

»Und was bedeutet, Eurer Meinung nach, meine Schwangerschaft für das Wohlergehen des Reiches, Abt Je'howith?«, fragte Constance unverblümt.

Das Lächeln des alten Mannes schien aufrichtig. »Mylady Pemblebury, es würde mich in keinster Weise schmerzen, Euch meine Königin zu nennen.«

Constance erwiderte sein Lächeln und nickte, dann kleidete sie sich an und ging.

Abt Je'howith, dessen Welt in Palmaris unlängst auf den Kopf gestellt worden war, dessen Ansehen innerhalb seiner geliebten Kirche wegen seiner Verbindung zu Vater Markwart schwer gelitten hatte, sah ihr nachdenklich nach. Trug sie den künftigen König des Bärenreiches in ihrem Schoß? Oder – und dies war für den alten Je'howith viel bedeutsamer, da er den jungen Danube vermutlich nicht überleben würde – würde Constance durch diese Schwangerschaft tatsächlich Königin werden?

»Meinetwegen«, sagte der alte Abt schulterzuckend. Er war

mit Constance niemals ernsthaft aneinander geraten – ganz im Gegenteil, manches Mal hatte er sie gar für Danubes vernünftigste Vertraute gehalten. Dennoch hielt er es nicht für wahrscheinlich, dass Danube sie zur Frau nehmen würde – hätte der König dies gewollt, hätte er es längst getan.

Aber trotz all seiner logischen Argumente, die ihm sagten, dass diese nicht unerwartete Situation eigentlich keinen Schaden anrichten konnte, nagte etwas an Je'howith, bis ihm endlich der Grund für seine Beunruhigung klar wurde.

Würde Constances Schwangerschaft König Danube veranlassen, gewisse Gegenmaßnahmen zu ergreifen?, fragte sich der alte Abt. Würde Danube möglicherweise beginnen, Jilseponie zu umwerben, um einen akzeptableren Thronfolger zu zeugen?

Constance hatte ihren Willen bekommen, trug das Kind des Königs im Leib, aber der alte Je'howith war sich nicht sicher, ob der Frau die möglichen Konsequenzen ihrer Schwangerschaft bewusst waren.

Ein Junge, ein Sohn für König Danube Brock Ursal! Die Neuigkeit hätte Constance eigentlich nicht überraschen sollen, schließlich hatte sie lange daran gearbeitet. Und doch schien von dem Augenblick an, als Je'howith ihr von ihrem Kind erzählte, die Welt eine andere geworden zu sein.

Sie zog sich sofort in ihre Gemächer zurück und legte sich gedankenverloren und überglücklich aufs Bett. Sie würde die Mutter des künftigen Königs sein! Ihr Sohn würde in den erlauchtesten Adelskreisen verkehren und dem Namen Pemblebury das Ansehen zurückgeben, das er vor vielen Generationen einmal genossen hatte.

Früher, bevor das Reich unter König Danubes Ur-Ur-Ur-Urgroßvater vereint worden war, hatten die Pemblebury im Westen über große Lehnsgüter geherrscht. Als König Bendragon Coelyn Ursal das Königreich zusammengeschlossen hatte, waren die Pembleburys weiterhin eine angesehene, einflussreiche Familie geblieben. Aber über die Generationen hinweg hatte dieses Ansehen, genau wie die Bevölkerungszahlen im Westen, bis zu dem Punkt abgenommen, wo Constances Großmutter Kurtisane geworden war, um überhaupt noch eine Verbindung zum Königshof zu haben. Constances Mutter, das uneheliche Kind eines Herzogs, der entfernt mit der Familie von Targon Bree Kalas verwandt war, war in die Fußstapfen ihrer Großmutter getreten und hatte Constance in das neue Familiengewerbe eingeführt.

Constances Sohn würde der erste männliche Pemblebury seit drei Generationen sein, und aufgrund seiner Abstammung trug er das Potenzial in sich, das verblichene Ansehen der Pembleburys in neuem Glanz erstrahlen lassen zu können.

Doch neben den Hoffnungen, die sie sich an diesem Morgen machte, hegte Constance nicht wenige Zweifel. Nun, da ihre Bemühungen sich ausgezahlt hatten, wurde ihr immer stärker bewusst, in welch delikate und möglicherweise katastrophale Lage sie König Danube brachte. Sie hatte ihre Karten ausgespielt und ging ein immenses Risiko ein in der Hoffnung, dass der König zu ihr stehen würde.

Constance atmete tief durch und führte sich erneut die möglichen Konsequenzen ihrer Schwangerschaft vor Augen. Sie riskierte, aus der Stadt gejagt zu werden und fortan in den Kreisen des unbedeutenden Halbadels verkehren zu müssen, so wie die beiden Frauen, die ebenfalls ein Kind von Danube bekommen hatten. Blankes Entsetzen packte sie bei der Vorstellung, dass ihr allzu großer Ehrgeiz möglicherweise ihren Untergang bewirken würde.

Ihre Befürchtungen vergingen jedoch wieder, denn Constance rief sich ins Gedächtnis, wie sehr sie sich ein Kind gewünscht hatte. Ihr blieb nicht mehr viel Zeit für Nachwuchs, und da Danube nicht den Anschein erweckte, ihre Beziehung offiziell machen zu wollen, war ihr keine andere Wahl geblieben.

Natürlich hätte sie auch eine unkompliziertere Verbindung mit einem weniger bedeutenden Adligen eingehen können – die meisten hätten sie mit Kusshand zur Frau genommen. Aber Constance wollte kein Kind von irgendeinem Mann und hätte niemanden erwählt, den sie nicht liebte. Nein, sie liebte Danube, hatte ihn schon vor seiner Hochzeit mit Königin Vivian geliebt. Er war ihr Freund und Geliebter, der einzige Mensch auf der Welt, der sie wirklich zu verstehen schien. Und nun war er der Vater ihres Kindes, und nichts auf der Welt hätte Constance angemessener erscheinen können.

Und so, während sie es sich für den Rest des Vormittags im Bett bequem machte, überstieg ihre Vorfreude all ihre Ängste. Die Realität ihrer Schwangerschaft erfüllte sie mit Wohlbehagen, und sie war beglückt, in ihrem Schoß König Danubes Kind heranwachsen zu wissen.

»Kalas hat die Kirche in Palmaris fest im Griff«, teilte König Danube Abt Je'howith erfreut mit, als der alte Mann ihn später am selben Tag aufsuchte. Danube lehnte sich zufrieden in seinen Sessel und nippte an seinem edlen Brandy.

Der König war bester Laune, und das lag nicht am Alkohol. Er war froh, dass er mitten im schönsten Sommer wieder zu Hause war und endlich Ruhe in sein Reich einkehrte. Er freute sich, wieder über die Wiesen um Schloss Ursal reiten zu können, und genoss die zahlreichen Bälle und Feste mit den anderen Adligen und Kurtisanen. Es schien, als hätte sich der dunkle Schleier des geflügelten Dämons endlich von seinem Königreich gehoben, und auch die vorlauten Abellikaner-Brüder in Palmaris, die ihm immer wieder Probleme bereitet hatten, schienen dank Herzog Kalas allmählich zur Vernunft zu kommen.

»Ich vermisse Kalas«, sagte der König und lachte, als Je'howith, der nie ein Freund des ungestümen, den weltlichen Genüssen allzu sehr zugetanen Herzogs gewesen war, missmutig die Stirn runzelte. »Vielleicht kann ich ihn bald nach Hause holen.«

»Unterschätzt Abt Braumin Herde nicht. Er hat weitreichende Pläne«, warnte Je'howith.

»Kalas' Berichten zufolge ist Jilseponie nach Norden gegangen«, erwiderte der König. »Ohne sie an seiner Seite ist unser Freund Braumin lange nicht so gefährlich. Und die Kirche wird weiter an Einfluss verlieren, je mehr die Folgen des Krieges abklingen. Die Bevölkerung von Palmaris erinnert sich noch gut daran, wie De'Unnero sie unterdrückte, das versichere ich Euch. Seine Schreckensherrschaft kommt Herzog Kalas äußerst gelegen.«

»Weil Herzog Kalas ja so sanftmütig ist«, sagte Je'howith mit unverhohlenem Sarkasmus.

König Danube lachte abermals. »Es ist ein wunderschöner Tag, dem noch viele dieser Art folgen werden«, sagte er mit feierlich erhobenem Glas, als gäbe er einen Trinkspruch zum Besten.

Abt Je'howith zeigte eine nachdenkliche Miene. Danube nahm sein Glas herunter und sah den alten Mönch fragend an. Endlich wurde ihm klar, dass Je'howith ihn nicht zum Spaß aufgesucht hatte.

»Ich sprach heute Morgen mit Constance«, sagte Je'howith.

»Und?«, fragte Danube. »Wenn es an meinem Hof Schwierigkeiten geben sollte, dann raus damit.«

»Sie trägt ein Kind in sich«, unterrichtete Je'howith ihn. »Euer Kind. Ein Junge, glaube ich, der Mitte des kommenden Winters zur Welt kommt, falls es keine Komplikationen gibt.«

Danube schluckte beklommen. »Unmöglich ...«, sagte er. »Constance ist sehr geübt im Gebrauch der Kräuter ...« Er verstummte und dachte über die Neuigkeit nach. Er fragte sich, ob ihre Empfängnis ein Zufall oder Absicht gewesen war.

Constance war seit langem seine ergebene Vertraute und seit zwei Jahrzehnten seine Liebhaberin – einmal hatte sie ihn unverblümt gefragt, welche Absichten er mit ihr hege, ob er außer ihr noch andere Frauen habe … Aber anzunehmen, dass sie ihn absichtlich hintergangen hatte …

»Solche Dinge passieren, mein König«, sagte Abt Je'howith. »Ihr habt bereits zwei Kinder in die Welt gesetzt – habt Ihr das vergessen? Viele der Kurtisanen werden schwanger, das versichere ich Euch, obwohl sie die Kinder niemals austragen.«

»Kinder von mir?«, fragte Danube. In seinen sich weitenden Augen spiegelte sich seine Überraschung wider.

Abt Je'howith hob beschwichtigend die Hände. »Es ist schon vorgekommen«, sagte er leise. »Die Frauen denken an ihre Lage und ihre Zukunft. Die Plätze am Hof sind schließlich den schönsten und talentiertesten Frauen vorbehalten … und denen ohne Mutterpflichten. Den meisten Kurtisanen ist klar, welche Komplikationen ein Kind mit sich bringt, und sie befürchten, ohne Ansehen in ein Leben der Armut zurückgeschickt zu werden.«

König Danube lehnte sich in seinem Sessel zurück, der plötzlich gar nicht mehr so bequem zu sein schien, und nahm einen großen Schluck von seinem Brandy. Ihm behagte es nicht, von den unschönen Seiten seines Daseins zu hören, aber er musste Abt Je'howiths Beobachtungen Glauben schenken, ob er wollte oder nicht. Als er diesbezüglich an Constance dachte, beruhigte er sich jedoch ein wenig. »Constance würde so etwas nie tun«, sagte er.

»Nein, das würde sie nicht«, pflichtete Je'howith ihm bei. »Ich glaube nicht, dass sie es als Strafe empfindet, König Danube Brock Ursals Kind auszutragen. Sie wird darüber keine Tränen vergießen, es sei denn Freudentränen.«

Aus Je'howiths Tonfall schloss Danube, dass der alte Mann überzeugt war, Constance sei absichtlich schwanger geworden. Aber seltsamerweise weckte selbst diese Möglichkeit nicht Danubes Zorn. Wie viele Jahre hatte Constance ihm treu zur Seite gestanden? Wie viele Male hatte sie ihm in sorgenvollen Augenblicken Trost gespendet? Wie oft hatte sie ihm bei schwierigen Entscheidungen wie der Begnadigung eines verurteilten Verbrechers oder der Aufteilung von Lebensmittelrationen für hungernde Regionen einen klugen Rat gegeben?

»Vielleicht verdient sie dieses Kind«, sagte Danube mehr zu sich selbst als zu Je'howith.

»Und was genau bedeutet dieses Kind für Euch, meine Hoheit?«, riss Je'howith den König aus seinen Gedanken. Danube schaute zu dem alten Mann auf. »Ihr habt bereits zwei Kinder in die Welt gesetzt und den Müttern bequeme Apanagen und den Kindern sogar unbedeutende Titel gegeben«, rief der Abt ihm ins Gedächtnis. »Und doch habt Ihr die Kinder nicht offiziell anerkannt und ihnen damit jedweden Anspruch auf die Thronfolge abgesprochen. Werdet Ihr mit Constance Pemblebury's Kind ebenso verfahren?«

Danube wollte *Natürlich* antworten, aber das Wort blieb ihm im Halse stecken. Er sagte nichts und stieß stattdessen einen langen, nachdenklichen Seufzer aus.

»Liebt Ihr sie?«, fragte Je'howith.

Danube schüttelte den Kopf, antwortete aber gleichzeitig: »Ich weiß es nicht.«

»Liebt Ihr Jilseponie?«, bohrte der Abt weiter, und Danube riss überrascht die Augen auf.

»Wie könnt Ihr mir eine solche Frage stellen?«, entgegnete er mit lauter Stimme, doch Je'howith hob abermals beschwichtigend die Hände.

»Ich sah die begehrlichen Blicke, die Ihr auf sie geworfen habt«, antwortete der Abt. »Sie ist zweifellos eine wunderschöne Frau, deren Anblick das Blut eines jeden Mannes in Wallung bringt. Und allein ihre Taten qualifizieren sie schon für den Thron – genau genommen glaube ich, dass es auf der ganzen Welt keine Frau gibt, die für den Platz an Eurer Seite geeigneter wäre als Jilseponie Wyndon.«

Erneut hatte Danube Je'howiths haarscharfer Argumentation nichts entgegenzusetzen. Andererseits ließen Je'howiths Gedankengänge sich auch umkehren, und Danube wurde bewusst, dass die zweite Frau, die ebenfalls zur Königin taugte, möglicherweise diejenige war, die sein Kind unter ihrem Herzen trug. Auf seinem Gesicht war deutlich die Verwirrung abzulesen, die diese Erkenntnis in ihm hervorrief.

»Ich habe Euch überraschende Neuigkeiten überbracht, mein König«, sagte Je'howith und verneigte sich. »Es gibt keinen Grund für eine vorschnelle Entscheidung.«

»Aber bald werde ich eine treffen müssen«, entgegnete Danube. »Die Zeit vergeht schnell, und noch vor Ende des Sommers wird jeder sehen, dass Constance in anderen Umständen ist. Die Leute werden anfangen zu tuscheln und Fragen zu stellen.«

»Trotzdem müsst Ihr sie nicht zur Frau nehmen.«

»Ich muss aber ein Dekret über ihren Status und den des Kindes erlassen«, sagte Danube. »Das Kind nicht offiziell anzuerkennen würde Constance zutiefst verletzen, und das widerstrebt mir.«

»Das ehrt Euch, mein König, aber hätte sie sich das nicht selbst zuzuschreiben?«, gab Je'howith ihm zu bedenken.

Danubes ernste Miene verdeutlichte, dass er diese Sichtweise zu akzeptieren noch nicht gewillt war. Ihm war klar, dass ganz gleich, ob Constance die Empfängnis gewollt hatte oder nicht, er dabei eine nicht geringfügige Rolle gespielt hatte.

»Dann wäre da noch die Angelegenheit mit Eurem Bruder«, versuchte Je'howith das Thema zu wechseln.

»Und wenn ich nichts tue?«, fragte Danube, der wusste, dass Je'howith als Abt von Ursal umfangreiche Kenntnisse über das Verfahren der Thronfolge besaß. »Wenn ich den Ereignissen einfach ihren Lauf lasse – das Kind wird geboren, und ich lehne es weder offiziell ab noch beanspruche ich die Vaterschaft –, wird der Junge dann in der Thronfolge vor Midalis stehen?«

Je'howith zögerte einen Moment, dann nickte er. »Falls Ihr vor Midalis sterben solltet und das Kind gemeinhin als das Eurige akzeptiert wird, wird es in der Tat gewisse Ansprüche auf den Thron haben. Aber diese durchzusetzen dürfte nicht leicht werden. Es wird zu heftigen Auseinandersetzungen kommen, die vielleicht sogar mit dem Schwert ausgetragen werden. Kriege wurden schon aus geringeren Anlässen begonnen, mein König.«

»Dann muss ich bald eine Entscheidung treffen«, sagte Danube. »Soll ich Constance verletzen oder Midalis erzürnen? So oder so, es scheint, als müsste ich einem mir nahe stehenden Menschen großen Schmerz zufügen.«

»Es gäbe noch eine dritte Möglichkeit«, sagte Je'howith.

»Ich würde nie von ihr verlangen, sich des Kindes zu entledigen«, erwiderte Danube.

»Das meine ich nicht«, sagte Je'howith. »Ich spreche vielmehr von einer Art Verzögerungstaktik. Ihr greift in die Situation vorerst nicht ein und wartet ab, bis sich im Laufe der Zeit abzeichnet, welche Entscheidung die klügere ist. Dafür gäbe es nicht wenige Präzedenzfälle. Ihr könntet eine einstweilige Thronfolge-Verfügung erlassen, die das Kind vorerst von der Thronfolge ausschließt, ihm aber nicht für alle Zeiten den Weg auf den Thron verbaut. Sein gegenwärtiger Status bliebe erhalten, und Ihr hättet nach wie vor die Option, es eines Tages doch zu Eurem Nachfolger zu bestimmen.«

»Eine einstweilige Thronfolge-Verfügung?«, echote Danube.

»Genau. Dieser juristische Winkelzug ist in vergangenen Jahrhunderten oft angewendet worden«, erklärte Je'howith. »Und die Verfügung könnte einen Passus beinhalten, der das Thronfolge-Verbot für das Kind aufhebt, beispielsweise für den Fall, dass Ihr Euren Bruder überlebt und dann unerwartet sterbt.«

»Ein wirklich erhebender Vorschlag«, entgegnete Danube trocken.

»In diesem Falle würde Constances Kind den Thron besteigen«, sagte Je'howith.

»Und wenn ich eine solche Verfügung erlasse und Midalis mich überlebt?«

»Dann wird das Kind keinen Anspruch auf den Thron besitzen. Es wäre Sache Eures Bruders, für den Fall seines kinderlosen Ablebens Constances Sohn die Thronfolge zu ermöglichen oder ihm diese von vornherein mittels eines formellen Thronfolge-Verbots abzusprechen.«

König Danube lehnte sich zurück, legte eine Hand ans Kinn und überdachte Je'howiths Vorschlag.

»Um wie vieles einfacher doch alles wäre, hättet Ihr und Euer Bruder geheiratet und rechtmäßige Erben in die Welt gesetzt«, lamentierte der Abt.

Danube schaute auf und musterte den Abt mit zusammengekniffenen Augen. Je'howith wusste genau, dass Danube mit Königin Vivian verheiratet gewesen war, ein Umstand, den der Abt anscheinend lieber vergessen wollte, da es ihm trotz größter Bemühungen nicht gelungen war, Vivians Leben zu retten. Und diese – vergeblichen – Bemühungen hatten den Hof in Ursal viele Jahre lang gespalten und waren der Auslöser für den noch immer schwelenden Hass zwischen Je'howith und Herzog Kalas.

Je'howith verneigte sich rasch und ging.

König Danube, der sich eben noch gefreut hatte, dass in seinem Reich endlich wieder Ruhe einzukehren schien, sah sich mit einer Fülle beunruhigender Fragen konfrontiert. Die Verzögerungstaktik klang am geeignetsten, um zum einen Constance den Schmerz zu ersparen und zum anderen Midalis nicht zu vergrätzen. Der Prinz hatte ihm, dem König, zwar nie sonderlich nahe gestanden, war aber auch nie sein Rivale gewesen.

Ja, eine einstweilige Thronfolge-Verfügung schien der richtige Weg zu sein; und wenn er es recht bedachte, stellte die ganze Angelegenheit ohnehin gar kein so großes Problem dar.

Allerdings gab es noch etwas anderes, das die Dinge komplizierte, das Bild einer anderen Frau, einer Kriegerin, deren Schönheit unübertroffen war im Bärenreich. Es war ein Bild, das König Danube nicht aus dem Kopf bekam.

11. Freudiges Wiedersehen

Während er von Baum zu Baum flatterte, durchströmte ihn ein Gefühl der Behaglichkeit und Freundschaft, das normalerweise immer dann in ihm aufkam, wenn er nach einem seiner Vorstöße ins Reich der Menschen nach Andur'Blough Inninness zurückkehrte. Für Juraviel besaß die Gegend um Dundalis, Weedy Meadow und Weltenend – Elbryans und Jilseponies Heimat – denselben Duft und dieselbe Atmosphäre wie das Elfental. Wie eigenartig und überraschend dieser Umstand dem Elfen vorkam, während er die hügeligen Wälder und Täler durchquerte.

Juraviel war ein Touel'alfar, ein Angehöriger des Elfenvolkes. Diese Tatsache war die alles bestimmende Wahrheit seines langen Lebens, eine Wahrheit, die ein bindendes Verantwortungsempfinden sowie eine bestimmte Auffassung von der Welt und ihren verschiedenen Bewohnern beinhaltete. Für Juraviel, wie für jeden anderen Touel'alfar auch, standen selbst die Angehörigen seines Volkes, die er am wenigsten leiden konnte, über den besten Freunden, die er unter den *n'Touel'alfar* haben mochte, den Wesen, die *nicht* seinem Volk angehörten. Juraviel hatte diesen Grundsatz seiner Existenz nie in Frage gestellt und tat dies auch jetzt nicht, aber das behagliche Gefühl, das in ihm aufwallte, während er sich der kleinen

Menschensiedlung namens Dundalis näherte, überraschte ihn dennoch.

Am späten Nachmittag machte Juraviel Rast auf dem breiten Ast eines Ahornbaums und schlief nach wenigen Augenblicken ein.

Bald darauf weckte ihn eine liebliche, hauchzarte Melodie, die von der abendlichen Brise durch den Wald getragen wurde.

»Der Waldgeist«, flüsterte Juraviel und lächelte, als er den Namen laut aussprach, den die Menschen in Elbryans Heimat dem Zentaur, Bradwarden, und seinem Dudelsack gegeben hatten. Wie oft mochten Elbryan und Jilseponie dieser Melodie gelauscht haben, bevor der Schlaf sie ins Reich der Träume hinfortgetragen hatte?, fragte sich Juraviel.

Er machte sich daran, dem Ursprung der Melodie zu folgen, und blieb immer wieder tänzelnd und mitsummend stehen, wenn er an eine Lichtung gelangte und den wunderschönen Blick zum sternenübersäten Himmel genoss. Er wusste, dass die Nacht noch jung war und dass Bradwarden oft bis in die frühen Morgenstunden spielte, und deswegen ließ er sich Zeit mit seiner Suche. Schließlich erblickte er den Zentaur mit seinem Dudelsack auf einem baumlosen Hügel. Bradwarden war nicht so breit gebaut wie einige Pferde, die Juraviel gesehen hatte, aber für den Elf sah der zehn Fuß große Zentaur trotzdem wie ein gigantisches, machtvolles Urwesen aus, dem man besser aus dem Weg ging. Dass ein solch Furcht einflößendes Geschöpf solch betörende Melodien spielen konnte, war dem Elf nahezu unbegreiflich.

Neben dem Zentaur lag Roger Flinkfinger im Gras. Juraviel fiel auf, dass der junge Mann mit seinen spitz zulaufenden Zügen und seiner geringen Größe – das Resultat einer Erkrankung, die seine Eltern dahingerafft hatte – gleichermaßen den Menschen wie den Elfen ähnelte. Allerdings nicht, was das Temperament betraf, rief Juraviel sich ins Gedächtnis. Roger mochte durch die Ereignisse der letzten Jahre viel gelernt haben, und aus dem eigensinnigen Jungen, den Juraviel und der Nachtvogel aus den Fängen einer gemeinen Pauri-Bande befreit hatten, war sicherlich ein ernsthafterer junger Mann geworden. Aber soweit es Juraviel und die anderen Elfen betraf, hatte er noch immer einen weiten Weg vor sich, bevor er in puncto Vernunft und Weisheit an Jilseponie heranreichen würde. Und von da aus hatte er wiederum einen weiten Weg zu beschreiten, bevor er die Welt auf so wahrhaftige Weise betrachten konnte, wie Bradwarden und der Nachtvogel es taten; und selbst diese beiden konnten über die Beschränkungen, die ihnen ihre Art auferlegte, nicht hinausgelangen, konnten niemals etwas anderes sein als *n'Touel'alfar.*

Trotzdem mochte Juraviel Roger Flinkfinger, hatte ihn auch toleriert, als er jünger und närrischer gewesen war, und gegen Ende des Krieges war er mit ihm sogar recht gut ausgekommen.

»Ich kann es nicht erwarten, sie wiederzusehen«, hörte er Roger sagen; und anhand seines Gesichtsausdrucks wusste Juraviel, dass Roger nur Jilseponie meinen konnte. War es möglich, dass die Frau noch nicht angekommen war und Roger die Steine noch immer bei sich trug?

Bradwarden unterbrach sein Spiel. »Sie lässt sich aber viel Zeit mit ihrer Heimkehr«, sagte er. »Es dauert doch nur eine Woche, um von Palmaris hierher zu reiten.«

»Sie hat Freunde in Caer Tinella«, erinnerte ihn Roger.

»Schön, aber das Wetter ist gut, und die Straßen sind frei von Ungeheuern«, sagte der Zentaur. »Aye, das ist es! Unsere Pony ist es nicht gewohnt, auf Straßen zu reisen, die frei von Ungeheuern sind. Das verwirrt sie.«

Juraviel schlich den Hügel hoch, ein Flüstern im Wind, ein lebendiger Schatten. »Vielleicht hat Jilseponie die Reise unterbrochen, um sich ein wenig Kurzweil zu verschaffen«, sagte er. Seine beiden Freunde schraken überrascht zusammen.

Bradwarden ließ seinen Dudelsack fallen und ergriff eine Axt, die vermutlich mehr wog als Juraviel. Roger rollte durch das Gras auf die Seite.

Die beiden beruhigten sich, und Bradwarden, der offenbar die Stimme des Elfen erkannte, stieß einen lauten Begrüßungsschrei aus, obwohl Roger noch vorsichtig ins Dunkel fragte: »Juraviel?«

Der Elf trat aus dem Schatten. »Lang ist's her, seit ich zum letzten Mal den Melodien des Waldgeistes lauschte«, sagte er. Bradwarden warf die Axt über die Schulter und ging auf die Knie, um Juraviel in die Arme zu schließen.

»Und ebenso lang ist's her, seit ich zuletzt die Nörgeleien des Roger Flinkfinger gehört habe!«, fügte Juraviel spöttisch hinzu, als Bradwarden ihn absetzte, damit Roger ihn begrüßen konnte.

»Und dich haben wir auch schon lange nicht mehr gesehen«, entgegnete der Zentaur. »Ich dachte, du wärst zu Hause.«

»Das war ich auch all die Monate«, sagte Juraviel, »und ich wäre noch immer dort, hätte Lady Dasslerond mich nicht aufgefordert, hierher zurückzukehren, um –« Er sprach den Satz nicht zu Ende, sondern winkte bloß ab. »Ach, darüber werden wir später sprechen, Bradwarden. Es ist nicht so eilig, dass es nicht warten könnte, bis alte Freunde ihre Neuigkeiten ausgetauscht haben.«

Einen Moment lang schienen Bradwarden und Roger besorgt, bis Juraviels Lächeln ihre Befürchtungen zerstreute. »Viel gibt's nicht zu berichten«, sagte der Zentaur. »Die drei Dörfchen sind wieder randvoll mit Menschenvolk.«

»Sind Goblins in der Gegend?«, fragte Juraviel.

»Keine Spur von Goblins, Pauris oder Riesen«, antwortete Roger rasch. »Wir haben die gesamte Gegend durchkämmt, und überall ist es ruhig und friedlich.«

»Wir glauben, dass sich weiter nördlich noch jede Menge Ungeheuer rumtreiben«, fügte Bradwarden hinzu, »aber vermutlich trauen sie sich nicht, wieder in den Süden zu kommen.«

Juraviel nickte. Auf dem Weg hierher war ihm außer in den Moorlanden, wo es traditionsgemäß von Goblins wimmelte, nirgendwo etwas aufgefallen, das auf die Anwesenheit irgendwelcher Ungeheuer schließen ließ.

Ja, allmählich breitete sich Frieden im Land aus, und dieser Umstand machte Bradwardens Melodien umso zauberhafter.

»Und falls sie doch wieder in den Süden kommen sollten«, sagte Roger nach einem Augenblick, »stibitze ich ihnen all ihre Waffen, und dann ist es ein Kinderspiel, sie zu verjagen!«

»Solange sie ihre Craggoth-Hunde nicht dabei haben«, rief Juraviel dem prahlerischen Mann ins Gedächtnis, der mit den Furcht erregenden Jagdhunden der Pauris keine angenehmen Erinnerungen verband.

Bradwarden stieß ein grollendes Lachen aus, und Roger kniff verärgert die Lippen zusammen, doch Juraviel hielt dem zornigen Blick des Mannes ungerührt stand; allein seine Miene stellte Roger die Frage, wen er hier zu beeindrucken versuchte.

»Nun, genug mit dem Kräftemessen«, sagte Bradwarden und hob seinen Dudelsack an die Lippen, doch er hielt inne und nickte Juraviel zu. »Erzählst du uns, was dich hierher führt, Elf? Oder müssen wir dich erst anflehen?«

»Ich bin Lehrmeister eines neuen Hüters geworden«, gestand Juraviel.

»Du bringst einen neuen Hüter her?«, fragte Roger, dessen Tonfall andeutete, dass ihm die Aussicht nicht gefiel.

»Sie ist noch ein Kind«, erklärte Juraviel, »und ihr Weg wird sie nicht einmal in die Nähe von Dundalis führen, das verspreche ich dir.«

Roger nickte mürrisch, doch er sah überrascht aus. »Sie?«

»Warum überrascht dich das?«, entgegnete Juraviel. »Glaubst du, eine Frau taugt nicht zum Hüter?«

»Ho, ho, hoppla!«, brummte Bradwarden in bester Avelyn-Desbris-Manier. »Pony würde dir gehörig in den Allerwertesten treten, wenn sie dich so reden hörte!«

Roger zuckte mit den Schultern und sagte nichts.

»Pony wäre in der Tat eine geeignete Kandidatin für unsere Ausbildung gewesen«, pflichtete Juraviel dem Zentaur bei. »Hätten wir um ihr Potenzial gewusst, als sie damals das niedergebrannte Dundalis verließ, wäre ihr Leben bestimmt anders verlaufen.«

Das Thema war eigentlich nicht weiter von Bedeutung, und es gab nichts, worüber man sich hätte streiten können, doch Juraviel bemerkte Rogers verstimmten Gesichtsausdruck. Der Elf konnte es Roger Flinkfinger gut nachfühlen, denn er kannte den Grund für dessen Verstimmung. »Auch du, Roger Flinkfinger, hättest dich in Caer'alfar wiederfinden können, wenn du es damals verdient hättest.«

»Ich kann immer noch hingehen und lernen«, betonte der junge Mann.

»Dafür bist du mindestens fünf Jahre zu alt«, sagte Juraviel. »Lady Dasslerond würde niemals zulassen, dass wir einen Erwachsenen zur Ausbildung in unser Tal bringen.«

»Dann unterrichte *du* mich doch«, sagte Roger nur halb im Scherz, »ich meine, solange du hier bist.«

»Die Ausbildung dauert Jahre.«

»Dann bringe mir eben nur das Wesentliche bei«, fuhr Roger fort. »Zum Beispiel den Schwerttanz, den Elbryan und Pony …« Seine Stimme erstarb, als er den verkniffenen Gesichtsausdruck des Elfen sah, der scheinbar am Rande eines Wutausbruchs stand.

»Ich glaube, er sagt nein«, erklärte Bradwarden trocken.

Roger blickte den Zentaur hilfesuchend an, ein dümmliches Lächeln im Gesicht.

»Erzählst du es uns nun, oder was?«, drängte Bradwarden den Elfen. »Du hast einen künftigen Hüter unter deinen Fittichen, schön, aber du bist bestimmt nicht den ganzen Weg gekommen, nur um uns das zu berichten.«

»Sie ist eine Reiterin«, sagte Juraviel, seinen grimmigen Blick noch immer auf Roger gerichtet, »und ich muss ein geeignetes Pferd für sie finden.« Ihm war bewusst, dass der junge Mann nichts Böses gewollt hatte, aber allein die Erwähnung des *Bi'nelle dasada* riss in ihm eine Wunde auf. Dass Elbryan Jilseponie den Schwerttanz beigebracht hatte, hatte Lady Dasslerond zutiefst erbost, und Juraviel glaubte, dass seine Herrin es deshalb für rechtens hielt, das Kind zu behalten und als Sohn der Touel'alfar aufzuziehen. Außerdem glaubte er, dass dies der Grund dafür war, weshalb sie ihn von dem Kind fern hielt und Jilseponie nicht von der Existenz ihres Sohnes in Kenntnis setzte. Schlimmer noch, im Grunde gab sie ihm, Juraviel, die Schuld dafür, dass Elbryan Jilseponie den Schwerttanz beigebracht hatte. Was immer er für Elbryan und Jilseponie empfinden mochte, er konnte nicht abstreiten, dass Elbryan einen Fehler begangen hatte. Der Hüter hatte etwas fortgegeben, das er nicht hätte fortgeben dürfen, und dadurch hatte er, in Lady Dassleronds Augen, die gesamte Existenz der Touel'alfar gefährdet.

»In der Gegend laufen genügend wilde Ponys herum«, sagte Bradwarden, aber dann breitete sich ein wissendes Grinsen auf seinem Gesicht aus. »Du denkst doch nicht an …«

»An ein geeignetes Ross für einen Hüter«, sagte Juraviel bestimmt.

Roger blickte vom einen zum anderen, als versuchte er ihren Wortwechsel zu enträtseln, aber dann weiteten sich seine Augen, und er starrte Juraviel ungläubig an. »Symphony?«, fragte er. »Hast du vor, Symphony mitzunehmen? Aber –«

»Ruhig Blut, mein Freund«, unterbrach ihn Bradwarden. »Ich glaube, keiner wird Symphony irgendwohin mitnehmen, wenn Symphony es nicht möchte.«

»Wohl wahr«, sagte Juraviel. »Und ich bin sicher, dass der

gute Bradwarden mir helfen wird, ein anderes Ross zu finden, falls Symphony nicht möchte.«

»Sie ist eine gute Reiterin, sagst du?«, fragte der Zentaur.

»To-gai-ru«, antwortete Juraviel.

Bradwarden pfiff bewundernd durch die Zähne.

»Du meinst, sie reitet dieselben gescheckten Pferde wie die Allhearts?«, fragte Roger Flinkfinger.

»To-gais, richtig«, bestätigte Bradwarden. »Aber es sind Ponys, keine Pferde, auch wenn sie mit ihren achthundert Pfund reiner Muskelmasse wahre Riesen sind. Wenn du für einen jungen Hüter eines von denen suchst, suchst du am falschen Ort.«

Juraviel nickte und beschloss, das Thema vorerst ruhen zu lassen. Er und Bradwarden würden sich später um die Pferde-Frage kümmern. »Spiel uns ein Lied, Waldgeist«, sagte er lächelnd. »Ich habe genug erzählt; jetzt möchte ich hören, was Bradwardens Herz bewegt.«

Lächelnd begann der Zentaur wieder seine zauberhaften Melodien zu spielen, während Juraviel sich neben Roger ins Gras legte. Der junge Mann schlief bald darauf ein, doch Juraviel blieb bis tief in die Nacht wach, schaute zu den Sternen auf und lauschte Bradwardens lieblicher Musik.

»Du meintest zu Bradwarden, dass du Jilseponies baldige Rückkehr nach Dundalis erwartest«, sagte Juraviel zu Roger, als sie am folgenden Morgen durch den Wald Richtung Dundalis gingen. Es war ein heißer, sonniger Tag ohne den leisesten Windhauch. Bradwarden war bereits bei Tagesanbruch aufgebrochen, um für Juraviel nach der Pferdeherde Ausschau zu halten und zu sehen, ob er Symphony finden konnte.

»Vielleicht ist sie schon da«, sagte Roger aufgeregt, und auch Juraviel entzückte die Aussicht, seine gute Freundin wiederzusehen. Doch ihm fiel auf, dass außer der offenkundigen Vorfreude noch etwas anderes in Rogers Tonfall mitschwang.

»Hast du sie in letzter Zeit gesehen?«, fragte Juraviel.

»Nicht seit letztem Sommer«, antwortete Roger, »als Bradwarden und ich Elbryan, ich meine, seinen …«

»Als ihr Elbryans Sarg aus Palmaris hierher brachtet«, beendete Juraviel den Satz für ihn.

»Das war die schwierigste Reise meines Lebens«, sagte Roger mit schwacher Stimme. »Ich kann noch immer nicht glauben, dass …«

»Er liegt in dem Wäldchen begraben?«, fragte Juraviel. »Neben seinem Onkel Mather?«

Roger nickte, worauf der Elf augenblicklich kehrtmachte und sich in Richtung der Grabstätte seines toten Freundes wandte. Roger tat es ihm gleich.

Nachdem sie eine Weile durch den Wald gewandert waren, erreichten sie die kleine Lichtung mit den nebeneinander liegenden Hügelgräbern. Sie standen wortlos davor, starrten traurig auf die Grabstätten und gaben sich ihren Erinnerungen hin.

»Hier lag viele Jahre Sturmwind an Mather Wyndons Seite, bis Elbryan das Schwert im Kampf mit dem Geist seines Onkels gewann«, sagte der Elf schließlich.

Roger räusperte sich verlegen, worauf Juraviel ihn so lange anstarrte, bis der junge Mann endlich mit der Sprache herausrückte.

»Wir wussten nicht, in welches Grab wir das Schwert legen sollten«, erklärte Roger. »Ich fand, dass es Elbryans Schwert war, aber Bradwarden hielt es für richtig, Sturmwind wieder an Mathers Seite zu legen.«

»Aber der Bogen, Falkenschwinge, liegt im Grab des Nachtvogels, nicht wahr?«, fragte Juraviel mit Unbehagen, denn die Waffe, die letzte Arbeit seines Vaters, war eigens für den Nachtvogel angefertigt worden.

»Ja, er liegt in Elbryans Grab«, bestätigte Roger.

»Gut«, sagte der Elf, und Roger entspannte sich ein wenig.

Trotzdem schien dem geschickten Dieb noch immer etwas auf der Seele zu lasten.

Juraviel musste Roger abermals durchdringend anstarren, bis dieser ihm seine Gefühle offenbarte. »Ich glaube nach wie vor, dass der Kampf in Chasewind Manor anders ausgegangen wäre, wenn ich oder wir früher nach St. Precious gelangt wären und dem Nachtvogel rechtzeitig seine Waffen gebracht hätten«, sagte Roger.

»Genau das habe ich versucht«, gestand Juraviel und hoffte, damit Rogers Schuldgefühle zu lindern. »Ich war in der Abtei, als Alarm geschlagen wurde und Jilseponie sich auf den Weg durch die Stadt machte. Ich konnte das Schwert und den Bogen nirgendwo finden.«

»Sie lagen die ganze Zeit über in St. Precious«, sagte Roger. Er nickte und schien tatsächlich erleichtert zu sein. »Wir fanden sie hinterher in Vater Markwarts Versteck. Bruder Braumin wollte sie Jilseponie überlassen, aber sie bat ihn, die Waffen mit dem Sarg nach Norden bringen zu lassen und sie gemeinsam mit dem Nachtvogel zu begraben. Ich wünschte nur, er hätte sie zur Hand gehabt, als er nach Chasewind Manor ging, um Pony zu retten.«

»Das alles war äußerst verwirrend«, sagte Juraviel. »Vieles kam abhanden.« Seine letzte Bemerkung und die Art, wie er Roger dabei ansah, schienen den jungen Mann aus dem Gleichgewicht zu bringen.

»Nun, letztlich haben wir sie ja gefunden«, sagte Roger – etwas übereifrig, wie Juraviel fand. Da wurde dem Elfen endgültig klar, dass Roger etwas vor ihm verbarg, und er hatte eine recht genaue Vorstellung davon, worum es sich dabei handelte, wenn er bedachte, was Lady Dasslerond ihm über Jilseponies Steinbeutel berichtet hatte, der nach dem Kampf in Chasewind Manor abhanden gekommen war.

»Ja, und ihr habt das Richtige mit ihnen getan«, stimmte Juraviel ihm zu. »Ich habe ohnehin nie befürchtet, dass Roger

Flinkfinger und Bradwarden etwas tun würden, was nicht unser aller Wohl dienen würde.«

»Wir wussten nicht, ob die Touel'alfar die Waffen zurückhaben wollten«, sagte Roger.

Juraviels Blick ruhte auf den Grabstätten der beiden großen Hüter und ihrer wundersamen Elfen-Waffen. Er nahm an, dass die beiden Gräber in nicht allzu ferner Zukunft geöffnet werden würden, wenn ein neuer, Mathers und Elbryans Blutlinie entspringender Hüter sein Erbe antreten würde. Der Junge würde mit Mathers Geist kämpfen müssen, um das Recht zu erwerben, Sturmwind schwingen zu dürfen, und genauso würde er seinem eigenen Vater gegenübertreten müssen, um das Recht auf Falkenschwinge zu erwerben. Lady Dasslerond musste zusehen, dass sie dem Jungen eine erstklassige Ausbildung angedeihen ließ, dachte Juraviel.

»Du hast dich klug verhalten im Anschluss an die Tragödie«, sagte Juraviel nach einer Weile. »Das alles muss sehr verwirrend gewesen sein, und ich vermute, dass vieles abhanden kam, was nicht hätte abhanden kommen dürfen.« Der Elf glaubte, Roger das richtige Stichwort gegeben zu haben.

Aber Roger ging nicht darauf ein, sondern zuckte nur mit den Schultern.

Belli'mar Juraviel konnte das akzeptieren. Nach Rogers Empfinden – und so empfanden es alle anderen auch, einschließlich Jilseponie – waren die Steine nicht Sache der Touel'alfar. Als Jilseponie geglaubt hatte, sie und Elbryan würden möglicherweise in St. Mere-Abelle sterben, hatte sie Juraviel gebeten, den Beutel mit den Steinen, die Avelyn Desbris gestohlen hatte und die der Grund für Markwarts Jagd auf sie gewesen waren, nach Andur'Blough Inninness zu bringen. Juraviel hatte sich strikt geweigert und darauf beharrt, dass die Steine ein Problem der Menschen waren, nicht der Elfen.

Wie ironisch das dem Elfen angesichts seiner jetzigen Mission vorkam.

»Komm«, forderte er Roger auf. »Wir gehen zum Nordhang, und du gehst von dort aus nach Dundalis hinunter und schaust, ob man etwas von Jilseponie gehört hat. Heute Abend besuchst du Bradwarden und mich auf dem Hügel und wirst uns Bericht erstatten.«

Roger folgte dem Elfen aus dem Wäldchen und wandte sich dann in Richtung Dundalis. Juraviel setzte sich, halb fliegend, halb laufend, in Bewegung, sobald Roger außer Sichtweite war.

Bradwarden hatte seine Route gut sichtbar markiert, sodass Juraviel keine Schwierigkeiten hatte, ihn auf einer birkenbewachsenen Anhöhe zu entdecken, die eine weitläufige Wiese überblickte. Unter ihm graste eine Herde wilder Pferde, darunter der prachtvolle Hengst mit den schwarzweißen Fesseln. Kurz darauf hatte Juraviel den Zentaur erreicht, und Symphony hob den Kopf und schaute zu ihnen hoch. Der Elf sah den schimmernden Türkis in der Brust des Hengstes, den magischen Edelstein, den Avelyn Desbris und Elbryan dort eingefügt hatten, um die Bande zwischen Ross und Reiter zu stärken.

»Ich habe ihm erzählt, dass du ihn mitnehmen möchtest«, sagte Bradwarden. Sobald er zu Ende gesprochen hatte, kam Symphony ein kurzes Stück herangeschossen, bremste plötzlich ab und stellte sich wiehernd auf die Hinterläufe. Dann wirbelte das Pferd herum und preschte, vom Rest der Herde gefolgt, davon.

»Ich glaube, ihm gefällt deine Idee nicht«, fügte Bradwarden trocken hinzu.

Juraviel betrachtete das davonpreschende Pferd und sah die Entschlossenheit in seinen weit ausholenden, donnernden Schritten.

»Offenbar hat Symphony anderes im Sinn«, fuhr Bradwarden fort. »Vielleicht meint er, hier dringender gebraucht zu werden.«

»Würde Symphony das Schicksal seiner Herde sogar über mein Anliegen stellen?«, fragte Juraviel ungläubig.

»Klingt wie ein Elf«, lachte Bradwarden.

Juraviel warf ihm einen entrüsteten Blick zu, was den Zentaur natürlich nur umso heftiger zum Lachen brachte.

»Was immer Symphony denken oder empfinden mag, er muss seine eigenen Entscheidungen treffen, und ich werde nicht versuchen, ihn gegen seinen Willen nach Andur'Blough Inninness zu locken«, erklärte Juraviel.

Bradwarden schnaubte noch lauter, als wäre allein die Vorstellung völlig absurd – was sie in der Tat war, wie Juraviel wusste. Selbst zu Zeiten, als der Nachtvogel Symphony geritten hatte, hatte der Hengst stets seinen eigenen Willen gehabt.

»Hast du einen anderen Kandidaten entdeckt?«, fragte Juraviel.

»Symphony zeigte mir einen«, sagte Bradwarden und deutete auf einen kleineren, muskulösen, rotbraunen Hengst, der am Ende der Herde lief und sich nicht in die Formation einordnete wie der Rest, sondern verspielt mal in die eine, mal in die andere Richtung ausbrach. »Ein Zweijähriger, ist noch ein bisschen ungehobelt.«

»Symphony hat ihn dir gezeigt?«, fragte Juraviel. Der Elf bezweifelte nicht, dass Bradwarden und der Hengst miteinander kommunizieren konnten, aber er fragte sich, was Symphony damit beabsichtigte – falls er das überhaupt tat –, ein Tier aus seiner eigenen Herde vorzuschlagen.

»Dem Kleinen ist der Stutenduft zu Kopf gestiegen«, erklärte Bradwarden, »und das raubt ihm völlig die Sinne. Er ist sogar auf Symphony losgegangen. Entweder du nimmst ihn mit, oder Symphony wird ihn aus der Herde verbannen. Der Kleine hat Glück, wenn Symphony ihn nicht umbringt.«

Juraviel nickte. Nun verstand er. Neben Symphony gab es natürlich noch andere Hengste in der Herde, aber nicht viele, und keiner von ihnen stand in Konkurrenz zu dem mächtigen

Vollblüter. Juraviel hatte jedoch Bedenken – wäre dieses temperamentvolle Jungtier zu viel für die kleine Brynn? –, und diese Bedenken waren ihm deutlich anzusehen.

»Wenn man ihn von den Stuten trennt, ist er ein hervorragendes Reittier«, sagte der Zentaur, der offenbar Juraviels Gedanken las. »Natürlich müsste man ihn verschneiden, obwohl mir so etwas ganz und gar nicht gefällt!«

»Wird Symphony uns helfen, ihn einzufangen?«

»Oh, das mache ich für dich«, versicherte ihm der Zentaur. »Spätestens heute Nacht habe ich ihn, aber es wird einige Tage dauern, bis Roger und ich ihn gezähmt haben.«

Die Vorstellung zauberte ein Lächeln auf Juraviels Gesicht. Roger war nie ein besonders guter Reiter gewesen, und wenn dieser junge Hengst so temperamentvoll und kräftig war, wie er aussah, würde der junge Mann morgens vor lauter blauen Flecken kaum aus dem Bett steigen können.

»Derselbe Hügel?«, fragte Bradwarden.

»Sheila wird hell strahlen heute Nacht«, antwortete Juraviel. »Ich treffe euch dort, sobald sie ihren Zenit überschritten hat.«

Der Zentaur bückte sich, hob ein langes Seil auf und schlang es um seine Schulter. Er salutierte Juraviel kurz und begann dann, parallel zur Laufrichtung der Pferde die Anhöhe hinabzusteigen. »Ich hoffe nur, dass mein Duft nicht das Blut der Stuten in Wallung bringt.«

»Um deinet- oder um der anderen Hengste willen?«, fragte Juraviel lachend, und Bradwarden stimmte in das Lachen mit ein.

Eigentlich hatte Juraviel anschließend nach Dundalis gehen wollen, um dort den Gesprächen der nichts ahnenden Menschen zu lauschen und etwas über die Ereignisse seit Markwarts Tod zu erfahren, möglicherweise auch, wann Jilseponie in ihrer Heimat eintreffen würde. Doch er ließ sich vom Weg abbringen und fand sich wenig später in dem Wäldchen vor den beiden steinernen Hügelgräbern wieder. Welche Bezeichnungen Juraviel für die dort beigesetzten Menschen auch einfielen, eine davon *n'Touel'alfar,* sie halfen ihm nicht über den Schmerz hinweg, den er in diesem Augenblick empfand. Er dachte an Mather und dessen selbstlosen Tod, als der Hüter den jungen Bradwarden aus den Fängen einer Goblin-Horde befreit hatte – kein Wunder, dass der Zentaur darauf bestanden hatte, Sturmwind wieder an Mathers Seite zu legen. Hauptsächlich jedoch erkundete Juraviel die neuere, frischere Wunde in ihm – den Verlust Elbryans. Er entsann sich der Jahre mit dem Jüngling, dachte daran, wie er ihn ausgebildet hatte, ihm beigebracht hatte, die Welt mit den Augen der Elfen zu sehen, wie er ihn in der Kunst des *Bi'nelle dasada* unterwiesen hatte. Er rief sich die sternengesprenkelte Nacht in Cael'alfar ins Gedächtnis, als aus Elbryan der Nachtvogel geworden war, der Hüter. Dann dachte er an Lady Dassleronds andauernden Zorn auf den Nachtvogel und Jilseponie, und er erinnerte sich, dass zunächst auch er erbost gewesen war, als Nachtvogel der Frau den Schwerttanz beigebracht hatte. Doch Juraviel erinnerte sich auch an den Tag, als er die beiden im Kampf mit einer Goblin-Horde zum ersten Mal den *Bi'nelle dasada* hatte ausführen sehen. Wie herzzerreißend schön sie zusammen ausgesehen hatten, wie vollendet ihre Bewegungen einander ergänzt hatten und wie todbringend sie für die Goblins gewesen waren. Als er es mit eigenen Augen erlebte, war sein Ärger mit einem Schlag verflogen, und er hatte es als Geschenk für die Elfen empfunden, dass Nachtvogel und Jilseponie eine neue Ebene des Schwerttanzes erreicht und dem *Bi'nelle dasada* eine gänzlich neue Dimension eröffnet hatten.

Wäre Lady Dasslerond doch nur dabei gewesen!

Aber sie war nicht dabei gewesen, und Juraviels Beschreibung des Aktes konnte nicht einmal entfernt an das tatsächliche Ereignis heranreichen.

»Ruhe in Frieden, mein gefallener Freund«, sagte der Elf.

»Hüte Falkenschwinge an deiner Seite, bis eines Tages dein Sohn kommen und den Bogen für sich beanspruchen wird.«

Die letzten Worte ließen Juraviel versonnen lächeln, während er sich umwandte und nach Dundalis aufbrach. Trotzdem war ihm bewusst, dass sein Lächeln um einiges breiter gewesen wäre, wenn er bei der Ausbildung von Nachtvogels Sohn hätte mitwirken dürfen.

Den Rest des Tages verbrachte der Elf in der Umgebung von Dundalis, hoch oben in den Bäumen sitzend und den Gesprächen der Einheimischen lauschend. Irgendwann schlief er ein und träumte von seinem verblichenen Freund. Erst als Sheila, die Mondin, hoch am klaren Nachthimmel stand, erwachte er.

Wenig später traf er am Fuß des Hügels ein, wo ihn Bradwardens liebliche Melodien empfingen. Der junge rotbraune Hengst war da, an einen Baum gebunden. Er graste friedlich und hob nicht einmal den Kopf, als der Elf lautlos näher kam.

Juraviel sah Roger neben dem Zentaur im Gras liegen, ganz so wie in der vorherigen Nacht.

»Wir haben ihn«, sagte Bradwarden. »Oh, was für ein hitziges Kerlchen er ist. Deiner kleinen Freundin stehen ein paar wilde Ritte bevor.«

»Und wie steht es um meinen Freund Roger?«, fragte Juraviel lächelnd.

Roger zog eine säuerliche Miene.

»Er wird eine Weile Probleme beim Sitzen haben«, sagte der Zentaur und lachte herzlich. »Aber wir kriegen den Hengst schon noch dazu, dass er wenigstens einen Sattel duldet.«

»Wie lange wird das dauern? Eine Woche?«, fragte Juraviel. »Ich muss nämlich noch einige Dinge erledigen.«

Bradwarden nickte. »Bis dahin haben sich die beiden aneinander gewöhnt«, sagte er und warf Roger einen spöttischen Blick zu.

Den Rest der Nacht lagen die drei im Gras und schauten zu

den Sternen hoch. Als Roger eingeschlafen war, stand Juraviel auf und ging zu dem Hengst, um ihn sich genauer anzusehen.

Mit seinem rotbraunen Fell war er nicht das schönste aller Pferde, schon gar nicht verglichen mit Symphony, aber seine sehnigen Muskeln ließen auf große Kraft schließen, und in seinen dunklen Augen lag genügend Feuer, um Brynn Dharielle tatsächlich einiges Kopfzerbrechen zu bereiten.

Am nächsten Morgen überließ Juraviel Bradwarden und Roger ihrer Arbeit mit dem Hengst und machte sich auf den Weg gen Süden. Er hatte vor, in drei Tagen in Caer Tinella zu sein.

12. Eine Hand wäscht die andere

»Da kommen sie«, sagte Liam O'Blythe, als unter ihnen die ersten Goblins in die Schlucht strömten. »Wie Euer Barbarenfreund es vorausgesagt hat. Wir kommen gerade rechtzeitig.«

»Gebt den Bogenschützen das Signal«, befahl Prinz Midalis. »Lasst uns die Sache erledigen.«

Liam hob seinen Speer, an dessen Spitze eine rote Fahne mit einem schwarzen Kuh-Wappen hing, das Zeichen des Todes. Noch bevor er die Fahne dreimal gehoben hatte, ließen die auf beiden Seiten der Schlucht postierten Bogenschützen ihre Geschosse auf die Goblins niederprasseln.

Brunheld und seine Männer waren im Wald auf das Lager dieser Bande gestoßen, eine der wenigen, die in der Umgebung von Pireth Vanguard noch ihr Unwesen trieb. Daraufhin hatten sich die Alpinadoraner diesen kleinen Hinterhalt ausgedacht, bei dem Midalis und seine Soldaten als Nachhut fungierten, die den fliehenden Goblins den Garaus machen sollte.

Die Bogenschützen dünnten die Reihen der Goblins aus,

und diejenigen der Ungeheuer, die sich von der Hauptgruppe absetzen wollten, saßen alsbald in Fallgruben und Stolperseilen und einem breiten, eigens ausgehobenen Graben fest. Dies gab den Bogenschützen wiederum Gelegenheit, ihre Pfeile in aller Ruhe in eine dicht gedrängte Gruppe von Zielen zu schießen.

Am rechten Ende der Schlucht tauchten plötzlich Brunheld und seine Männer auf und stürmten hammerschwingend auf die Goblins zu.

Von oben ließen die Bogenschützen ununterbrochen ihre tödlichen Pfeilhagel auf die verwirrten und verängstigten Ungeheuer hinabregnen.

Am linken Ende der Schlucht erschien Midalis' Kavallerie und begann, mit gesenkten Speeren langsam und gewissenhaft durch die Goblin-Reihen zu pflügen.

»Ich sollte dort unten sein«, sagte der Prinz, und in der Tat war dies die erste Schlacht, bei der er seine Männer nicht persönlich in den Kampf führte. Die Zeit war zu knapp gewesen, denn Midalis hatte sich in St. Belfour aufgehalten, als ihn der Ruf erreichte, und als sie zur Schlucht gelangt waren, war der Rückzug der Goblins bereits in vollem Gange gewesen.

»Ach was, sie kämpfen doch nicht mal richtig«, entgegnete Liam. »Sie müssen nur ein paar versprengte Grüppchen der Goblins niederreiten.«

Die Goblins versuchten gar nicht erst, eine Verteidigungslinie aufzubauen, sondern rannten einander nur orientierungslos über den Haufen, hilflos den ununterbrochenen Angriffen der Alpinadoraner und Vanguardianer ausgesetzt.

Nach wenigen Minuten war alles vorüber, ohne dass Midalis auch nur einen einzigen Menschen vor Schmerz hatte aufschreien hören. Nach all den verlustreichen Gefechten der letzten Monate war die Schlacht am Tierman-dae – so hieß der inzwischen ausgetrocknete Fluss, der die Schlucht gebildet hatte – sicherlich die einseitigste von allen gewesen.

Midalis war klar, dass dies kein Zufall war. Seine Soldaten und die Alpinadoraner hatten einander besser kennen gelernt und wussten mittlerweile um die Stärken und Schwächen des anderen, sodass sie sich jetzt auf geschickte Weise ergänzten.

Die Schlacht am Tierman-dae war ein voller Erfolg gewesen, und Midalis hoffte, dass ihr noch viele dieser Art folgen würden … falls noch genügend Goblins übrig waren.

Hinter ihnen weckte etwas ihre Aufmerksamkeit. Die beiden wandten sich um und sahen Andacanavar die steile Böschung zu ihnen hochschreiten. Er trat ohne ein Wort des Grußes an ihre Seite, und obwohl Midalis und Liam auf ihren Pferden saßen, überragten sie den hünenhaften Alpinadoraner nicht.

»Ich bin gekommen, sobald ich von der Schlacht erfuhr«, sagte Midalis. »Ich fürchtete schon, alles zu verpassen, aber wir kamen gerade noch rechtzeitig. Alles lief bestens, die Schlacht war ein voller Erfolg. Aber es überrascht mich, Andacanavar zu sehen. Ich dachte, Ihr würdet die Alpinadoraner anführen.«

»Das war allein Brunhelds Schlacht, von Anfang bis Ende«, sagte der Hüter. »Eure Bogenschützen und Reiter haben hervorragende Arbeit geleistet. Ihr könnt hoffnungsvoll in die Schlucht hinunterblicken, denn dort unten seht Ihr die letzten Goblins, die Vanguard noch bedrohten.« Als er geendet hatte, wandte er den Blick von dem Gemetzel am Boden der Schlucht ab und sah Midalis eindringlich an. Als Midalis seinen Blick erwiderte, wurde ihm bewusst, dass Andacanavar von mehr sprach als bloß der regionalen Sicherheit.

Mit dieser Schlacht waren die Goblins in Vanguard, wie im gesamten Bärenreich, praktisch ausradiert. Nun aber folgte der wahre Test ihres Bündnisses, wusste Midalis. Würde Vanguards Armee den Alpinadoranern nach Norden in ihr Königreich folgen und helfen, auch das Land der Barbaren zu befrieden?

Midalis hätte dem Hüter am liebsten sein Wort gegeben,

aber das konnte er nicht; seine diesbezüglichen Gespräche mit seinen Landsleuten waren nicht ermutigend gewesen. Er nickte Andacanavar zu und sagte: »Bald werden auch die letzten Horden des Geflügelten geschlagen sein.«

Angesichts dieser ausweichenden Erwiderung zog Andacanavar eine Braue hoch, doch er nickte zustimmend, sich offenbar der delikaten Lage bewusst.

»Warum ließ Andacanavar sich einen solchen Kampf entgehen?«, fragte Liam O'Blythe unvermittelt.

»Ich musste nach Norden«, antwortete der Hüter und musterte den Prinzen von Vanguard noch eindringlicher, »um einige Dinge vorzubereiten.«

Midalis warf einen kurzen Blick auf Liam und sah dessen besorgten Gesichtsausdruck – er hatte seinem Gefährten von den »Dingen« erzählt, die Andacanavar vorbereiten wollte. Es war dieser besorgte, ja ängstliche Gesichtsausdruck, der Midalis in seiner Befürchtung bestärkte, dass das Bündnis mit Brunheld womöglich nicht von Dauer sein würde. Er richtete den Blick wieder auf Andacanavar und nickte mit grimmiger Miene. »Richtet Brunheld aus, dass ich ihn morgen Nacht im Met-Zelt aufsuchen werde«, sagte er. »Dann werden wir unsere weiteren Pläne besprechen.«

Der Hüter schaute wieder in die Schlucht hinunter, wo die letzten verbliebenen Goblins sich vergebens ihrer Haut zu erwehren versuchten.

»Es wird ein fröhliches Fest werden im Met-Zelt«, sagte der Hüter. Dann klopfte er Midalis' Hengst auf den Rücken und marschierte denselben Weg zurück, den er gekommen war, während Midalis und Liam ihm schweigend nachblickten.

Als Midalis schließlich den Blick auf seinen Gefährten richtete, sah er Liams noch immer besorgten Gesichtsausdruck.

»Er bewegt sich mit der Geschmeidigkeit eines weit jüngeren Mannes«, sagte Midalis, in erster Linie, um die Spannung abzubauen.

»Und er ist ziemlich schnell zu Fuß, wenn er einfach so mal eben nach Norden in die Berge gegangen ist«, pflichtete Liam ihm bei. Sein scharfer Ton und das Erwähnen der Berge – dort sollte laut Andacanavar das Blutsverbrüderungs-Ritual stattfinden – verrieten dem Prinzen, dass Liam tatsächlich die allerschlimmsten Befürchtungen hegte.

»Eure Besorgnis ehrt mich«, sagte er schmunzelnd.

Liam lächelte nicht. »Mir gefällt es nicht, meinen Prinzen zu verlieren«, sagte er.

»Andacanavar würde mich nicht in dieses Ritual schicken, wenn er nicht wüsste, dass ich es überleben werde«, erwiderte Midalis. »Außerdem habe ich noch nicht zugestimmt.«

»Ach was, Ihr werdet es machen«, sagte Liam. »Ich kenne Euch gut genug, um zu wissen, dass Ihr Euch eine solche Herausforderung nicht entgehen lassen werdet.«

Midalis musste erneut schmunzeln, als er sich all der waghalsigen Abenteuer entsann, die er und Liam in jüngeren Jahren in Vanguards Wäldern bestanden hatten. Selbst Liam brachte ein schwaches Grinsen zustande.

»Aber da wart Ihr jünger«, sagte Liam einen Moment später, »und wir beiden hatten weit weniger zu verlieren.«

»Ich habe noch nicht zugestimmt«, wiederholte Midalis energisch. Er hatte sich tatsächlich noch nicht entschieden, ob es weise war, die von Andacanavar vorgeschlagene Blutsverbrüderung durchzuführen. Vordergründig schien es eine wunderbare Möglichkeit zu sein, die Bande zwischen den Vanguardianern und den Alpinadoranern zu stärken, denn unter den Nordclans war Brunheld alles andere als ein unbedeutender Häuptling. Falls Midalis und Brunheld das Verbrüderungs-Ritual überlebten, waren sie für alle Zeiten als Verbündete aneinander gebunden.

Aber Midalis war klar, dass er mit dieser Blutsverbrüderung, die nicht nur für ihn, sondern für alle seine Untertanen bindend war, im Endeffekt ein Abkommen mit Alpinador schloss – zumindest mit Brunhelds weitverzweigtem Clan. Durfte er ohne Zustimmung seines Bruders, des Königs, ein solches Abkommen schließen? Und was würde geschehen, wenn Brunheld sich eines Tages auf ihr Bündnis berief und den Prinzen von Vanguard zwang, die Hälfte seiner Truppen in den frostigen, unwirtlichen Norden Alpinadors zu entsenden, um dort gegen einen gänzlich neuen Feind zu kämpfen, vielleicht gegen einen riesigen Feuerdrachen, oder wieder gegen eine Pauri-Invasion?

Andererseits konnte Prinz Midalis nicht abstreiten, dass Brunheld und seine Männer ihn und St. Belfour trotz ihrer Abneigung gegen die abellikanische Kirche gerettet hatten. Wie konnte der Prinz da den Verbrüderungsvorschlag des Hüters ablehnen?

»Dann seid Ihr also noch nicht soweit, mein Prinz?«, fragte Liam nach einem Moment unbehaglichen Schweigens. »Ihr seht die Barbaren noch immer nicht als echte Verbündete? Oder sogar als Freunde?«

Midalis starrte ihn durchdringend an, antwortete aber nicht.

»Euch ist klar, dass wir früher oder später in den Norden ziehen müssten, um für Brunheld irgendwelche Goblins aus dem Land zu jagen.«

»Meint Ihr nicht, dass wir ihnen das schuldig sind?«, fragte Midalis.

»Doch«, sagte Liam ohne zu zögern. »Meiner Meinung nach schulden wir den Barbaren schon viel zu viel. Aber ich stehe zu Euch, verlasst Euch drauf.«

»Das tue ich«, sagte Midalis und gab seinem Hengst die Sporen.

Wenig später trafen er und Liam die bestens gelaunten Soldaten auf dem Feld vor St. Belfour. Die Mönche, angeführt von Abt Agronguerre, kamen mit Weinschläuchen, Bierfässern und Speisen heraus, um dem Fest beizuwohnen. Sie wussten es alle, ohne dass Midalis es offiziell verkündet hatte: Die Bedrohung durch die Goblins hatte an diesem Tag geendet, und die Menschen in Vanguard konnten sich wieder daranmachen, ihre Felder zu bestellen und Ruhe in ihr Leben einkehren zu lassen.

Midalis ging davon aus, dass sie bis tief in die Nacht feiern würden – zumindest glaubte er das, bis Andacanavar und Brunheld erschienen. Glücklicherweise war er der Erste, der sie sah.

Der Prinz eilte ihnen entgegen und ergriff das Wort, bevor einer der beiden Barbaren, insbesondere der stets grimmig dreinblickende Brunheld, den Einsatz der Vanguardianer in Alpinador zur Sprache bringen konnte. »Ich habe Euch doch versprochen, morgen Abend in Euer Met-Zelt zu kommen«, sagte er.

»Ihr wollt uns nicht an Eurem Fest teilnehmen lassen?«, fragte Brunheld. »Wäre es Midalis lieber gewesen, wenn wir heute nicht gegen die Goblins gekämpft hätten?«

»Selbstverständlich seid Ihr willkommen«, stammelte Midalis, dem erst jetzt bewusst wurde, wie undankbar er geklungen hatte. »Ihr und alle Eure Krieger. Ich dachte nur … Nun, ich finde, Ihr wirkt nicht, als wäre Euch nach Feiern zumute, eher, als wolltet Ihr Pläne schmieden.«

»Es wird morgen Abend kein Fest im Met-Zelt geben«, sagte Brunheld schroff. Da Midalis die barschen Umgangsformen des Barbaren gewohnt war, alarmierte sein Ton ihn nicht sonderlich. »Wir brechen in der Morgendämmerung in unsere Heimat auf.«

In dem Augenblick trat Liam O'Blythe neben den Prinzen, in den Händen zwei zusätzliche Bierkrüge, die er den Gästen reichte.

»Brunheld möchte so schnell wie möglich in heimatliche Gefilde zurückkehren«, erklärte Andacanavar. »Er befürchtet, dass die von uns in die Flucht geschlagenen Goblins in den

Norden geflohen sein könnten, obwohl alle Bergpässe gut bewacht sind.«

»Verstehe«, sagte Midalis und hob seinen Krug, um Brunheld zuzuprosten. Der Barbar zögerte einen Moment, dann tat er es dem Prinzen gleich.

»Morgen wird ein trauriger Tag sein für die Menschen in Vanguard«, sagte Midalis.

»Für einige wenige vielleicht«, entgegnete Brunheld.

»Für alle«, sagte Midalis. »Vanguard hat nicht vergessen, was Ihr und Eure Krieger für uns getan habt. St. Belfour wäre untergegangen, wenn Brunheld uns nicht zu Hilfe gekommen wäre. Das werden wir Euch niemals vergessen.«

»Werdet Ihr uns im Gegenzug nach Norden folgen?«, fragte der Alpinadoraner unverblümt.

Midalis seufzte. »Eigentlich wollte ich das Thema heute mit meinen Männern besprechen«, erklärte er. »Morgen Abend wollte ich dann mit Euch reden.«

»Kommt Ihr in den Norden oder nicht?«, drängte ihn Brunheld.

»Ihr seid der Anführer der Vanguardianer«, sagte Andacanavar. »Ist Euer Wort nicht Gesetz?«

Nun war es offen ausgesprochen, und es gab keinen Raum für Ausflüchte. Selbstverständlich war Midalis der Anführer, das Oberhaupt, der Mann, der diese Entscheidung zu treffen hatte. Aber Prinz Midalis war nie ein Autokrat gewesen, sondern zog es vor, dass seine Beschlüsse von seinen Untertanen gebilligt wurden. Fast immer besprach er sich mit seinen Vertrauten – mit Liam, Agronguerre und anderen – und hörte sich ihre Ratschläge genauestens an, bevor er einen Entschluss fasste. Nun aber musste er diese Entscheidung allein treffen, eine Entscheidung, die für die Zukunft der Menschen in Vanguard wie für das gesamte Königreich des Bären von immenser Bedeutung war.

Und Midalis musste ihnen auf der Stelle eine Antwort geben. Er musterte die Alpinadoraner und erkannte, dass Brunheld mit diesem erzwungenen Entweder-Oder in erster Linie ihn, den Prinzen, testen wollte. In Anbetracht der Tatsache, dass Brunheld und Midalis sich bei dem Verbrüderungs-Ritual voll aufeinander verlassen mussten oder sterben würden, konnte der Prinz gut verstehen, dass Brunheld wissen wollte, woran er bei Midalis war.

»Wir werden kommen«, sagte Midalis entschieden. »Natürlich werden wir kommen! Was für Verbündete hättet Ihr Euch eingehandelt, guter Brunheld, wenn wir zuerst Eure Hilfe in Anspruch nehmen und Euch anschließend zum Dank im Stich lassen würden? Ich weiß aber nicht, wie viele Männer ich mitbringen kann. Unsere Höfe und Felder sind vom Krieg verwüstet, und ich muss sicherstellen, dass die Bauern uns im kommenden Winter versorgen können.«

»Dann überlegt, wie Ihr vorgehen wollt«, bot Brunheld an. »Wir erwarten Euch morgen Abend im Met-Zelt.«

»Aber Ihr sagtet gerade –«, begann der verwirrte Liam einzuwenden. Doch Midalis, der Brunhelds List durchschaute, brachte seinen Gefährten mit einem Wink zum Schweigen.

»Ich werde so viele Männer mitbringen wie möglich«, sagte Midalis. »Und nun kommt bitte zu unserem kleinen Fest.« Er wandte sich um und bedeutete den beiden Alpinadoranern, ihnen zu folgen.

Brunheld schaute Andacanavar an. Der Hüter nickte, und zu viert gingen sie über das Feld und mischten sich unter die freudig singenden Soldaten und Mönche. Nur wenige der Feiernden gesellten sich zu den beiden Barbaren, obwohl viele verstohlen in ihre Richtung blickten. Prinz Midalis fürchtete, dass ihre Gäste sich brüskiert fühlen würden, und forderte Liam nach einer Weile auf, sich gemeinsam mit einigen Freunden zu ihnen zu setzen.

»Die Männer haben Angst, etwas Falsches zu sagen«, erklärte Liam. »Ihr kommt gut aus mit Andacanavar und Brunheld, aber wir übrigen kennen sie nicht und wissen nicht, ob wir sie überhaupt kennen lernen wollen.

Ich weiß, was Ihr sagen wollt!«, fügte Liam rasch hinzu, als er Midalis' verärgerten Gesichtsausdruck sah. »Nein, mein Prinz, ich vergesse nicht, was Brunheld und seine Krieger für uns getan haben.«

»Dann geht und gebt unseren Gästen das Gefühl, willkommen zu sein«, befahl ihm Midalis. Liam wandte sich um und setzte sich in Bewegung, blieb aber gleich wieder stehen.

»Anscheinend hatten andere dieselbe Idee«, sagte er und deutete auf Abt Agronguerre und Bruder Haney, die auf die beiden Barbaren zugingen.

Sofort eilte Midalis zu den beiden hinüber, dicht gefolgt von Liam.

»Seid gegrüßt, Brunheld und Andacanavar«, hörte er den Abt sagen. »Ihr erinnert Euch sicherlich noch an Bruder Haney.«

In diesem Moment kreuzten einige fröhlich grölende Männer Midalis' Weg, sodass er stehen bleiben musste und die Antwort der Barbaren nicht verstehen konnte. Er atmete erleichtert auf, als er schließlich an den Männern vorbeikam und sah, dass die beiden Mönche und die Barbaren offenbar guter Dinge waren.

»Zwanzig Brüder«, sagte Agronguerre, als Midalis herantrat. »Ich wünschte, es wären mehr, und am liebsten würde ich mitkommen.«

»Ihr seid doch gar nicht so alt«, sagte Andacanavar zu dem Abt.

»Ich bin immerhin fast siebzig!«, entgegnete Agronguerre stolz und klopfte sich auf den Bauch.

»Mein Abt muss in St. Belfour bleiben«, warf Bruder Haney ein. »Es heißt, ein Bote aus dem Süden sei unterwegs zu uns. Wir haben unseren ehrwürdigen Vater verloren und –«

»Das Oberhaupt unserer Kirche«, erklärte Agronguerre.

Andacanavar nickte verständnisvoll, doch Brunhelds Miene blieb stoisch und unergründlich. »Und deswegen vermute ich, dass ich in den Süden muss, da nun ein neues Kirchen-Oberhaupt gewählt wird. Aber da die Gefahr in Vanguard gebannt scheint, möchten ich und meine Brüder Euch gerne helfen. Ich würde mir allerdings nicht anmaßen, ohne Eure Erlaubnis abellikanische Mönche nach Alpinador zu schicken.«

»Wir kamen Euch zu Hilfe, nun helft Ihr uns«, sagte Brunheld, bevor Andacanavar zu einem weiteren seiner diplomatischen Einwürfe ansetzen konnte. »Eure Brüder sind mehr als willkommen, und ich danke Euch für Eure Unterstützung.«

Prinz Midalis glaubte, sich verhört zu haben. Er und Liam setzten sich zu der Runde und lauschten ungläubig, was der Abt und die Barbaren miteinander besprachen.

»Meine Brüder werden ihre magischen Steine mitnehmen«, fuhr Agronguerre fort. »Sie werden sie gegen unsere Feinde und zur Versorgung der verwundeten Vanguardianer einsetzen. Was Eure eigenen Verwundeten anbelangt« – Brunheld verkrampfte sich, und Midalis hielt den Atem an –, »nun, die Wahl liegt bei Euch. Wenn Ihr unsere Heilmagie wünscht, müsst Ihr es nur sagen.«

»Nein«, raunte Brunheld.

»Wie Ihr wollt«, erwiderte Agronguerre. »Ich dachte, unter Freunden sollte ich es Euch wenigstens noch einmal angeboten haben.«

»Ein sehr großzügiges Angebot«, erklärte Andacanavar.

»Ihr werdet die Mönche im Auge behalten«, sagte Brunheld an Midalis gewandt.

»Bruder Haney wird sie anführen«, sagte Agronguerre, aber der Barbaren-Häuptling beachtete ihn nicht.

»Als Verbündete gegen unsere Feinde haben wir nichts gegen sie«, fuhr Brunheld fort, »als Missionare schon.«

»Natürlich«, sagte Agronguerre eifrig nickend und sah Midalis an. »Lasst uns wissen, wann Ihr aufbrechen wollt. Die

Brüder werden bereit sein.« Dann erhob sich der Abt, verneigte sich und ging gemeinsam mit Bruder Haney in die Abtei zurück.

»Es ist Zeit, dass wir in unsere Heimat zurückkehren«, sagte Andacanavar. »Wir erwarten Euch morgen Abend im Met-Zelt.

Und Prinz Midalis«, fügte er mit einem verschmitzten Funkeln in den Augen hinzu, »ernennt für Eure Truppen einen stellvertretenden Oberbefehlshaber. Es könnte sein, dass wir die Gelegenheit haben, den Shaggoth-Geist zu besuchen, und man weiß nie, ob er einen nicht doch verschlingt.«

Midalis lächelte über die Bemerkung, aber er sah Liam neben sich zusammenzucken und wusste, dass sein Gefährte vermutlich den Rest der Nacht versuchen würde, ihm das Verbrüderungs-Ritual auszureden.

13. Absprachen

»Die Wahl Eurer Mitstreiter zeigt, was für ein Narr Ihr seid«, fuhr Targon Bree Kalas Abt Braumin an.

»*Wahl?*«, erwiderte Braumin ironisch, denn im Grunde war der Kirchenmann derselben Ansicht wie der Herzog.

»Bischof De'Unnero ist unerwünscht in der Stadt«, fuhr Kalas fort.

»In der Kirche auch«, erklärte Braumin. Sie waren sich zufällig auf dem Markt von Palmaris begegnet. Als Kalas auf ihn zugekommen war, hatte Braumin augenblicklich an seiner Miene abgelesen, worüber der Herzog sich so erregte.

»Die Leute erinnern sich noch gut an Aloysius Crump«, sagte Kalas. »Wer könnte den Anblick je vergessen, als der unschuldige Mann mittels Eurer *göttlichen* Magie bei lebendigem Leib geröstet wurde? Sie erinnern sich, was De'Unnero ihren

Familien und Freunden angetan hat. Und nun wollt Ihr den Mann wieder der Bevölkerung präsentieren? Ist Eure Kirche so würdelos?«

Abt Braumin schluckte schwer und musste sich zur Gelassenheit zwingen, da er sich nicht in aller Öffentlichkeit mit Kalas streiten wollte. Er fragte sich, weshalb der Herzog, mit dem er seit ihrer beider Ernennung mehrfach aneinander geraten war, sich überhaupt die Mühe machte, ihn auf die Probleme hinzuweisen, die De'Unneros Auftauchen in Palmaris verursachte.

»Soll ich dem ehemaligen Bischof von Palmaris den Zutritt in die Abtei verwehren?«, fragte Braumin unschuldig.

»Schließt ihn aus der Kirche aus!«, schimpfte Herzog Kalas, und Bruder Braumin wurde klar, dass das Verhalten des Mannes weniger politische Hintergründe hatte, sondern dass er De'Unnero schlichtweg hasste. »Exkommuniziert ihn! Ich würde nie einer Messe beiwohnen, an der dieser Halunke teilnimmt.«

»Ich habe Euch bisher nie beim Gottesdienst in St. Precious gesehen, Euer Gnaden«, rief Braumin dem Herzog ins Gedächtnis.

Kalas sagte nichts dazu, sondern ging kopfschüttelnd weiter, gefolgt von seinen Begleitern, die sich lautstark über De'Unnero ausließen und ihn mit wenig schmeichelhaften Ausdrücken bedachten.

Abt Braumin blieb noch einen Moment vor dem Obststand stehen, sich der zornigen Blicke bewusst, die ihm von allen Seiten zugeworfen wurden. Ihm wurde endgültig klar, dass De'Unnero sich hier zu viele Feinde gemacht hatte. Er legte die Äpfel auf den Karren zurück und machte sich eiligen Schrittes auf den Heimweg nach St. Precious. Er würde De'Unnero von Kalas' Schimpftirade und den giftigen Blicken der Bauern berichten. Er hoffte, dass dies den ehemaligen Bischof überzeugen würde, die Stadt wieder zu verlassen.

Meister Francis blieb stehen und starrte auf die kalten Steinmauern von St. Mere-Abelle, die sich mehr als eine Meile entlang der Felsklippen über der Allerheiligen-Bucht erstreckten. Er entsann sich, wie er vor mehr als einer Dekade zum ersten Mal die Abtei betreten hatte, wie er als junger Novize die Ruten des Willigen Leidens hatte durchlaufen müssen, eine Doppelreihe älterer Mönche, die mit schweren Holzbleueln auf die Neuankömmlinge einprügelten.

Trotzdem hätte Francis lieber noch einmal diesen Spießrutenlauf auf sich genommen als das, was ihm nun bevorstand. Er brachte nur schlechte Nachrichten, angefangen mit der Tragödie in Palmaris, dann der Verlust mehrerer Ordensbrüder bei dem Kampf mit den Goblins außerhalb von Davon Dinnishire und, am schlimmsten, die von ihm entdeckten Anzeichen der Rotflecken-Pest. Am allerschlimmsten aber war, dass der Anblick St. Mere-Abelles Meister Francis an seine unentschuldbaren Fehler erinnerte. An diesem Ort hatte er blindlings den Befehlen Vater Markwarts gehorcht, selbst dann noch, als Markwart die unschuldigen Chilichunks und den Zentaur, Bradwarden, eingekerkert hatte. Dies war der Ort, an dem Francis nicht gegen die Ermordung – ja, es war tatsächlich ein Mord gewesen, wie ihm nun klar war – Meister Jojonahs aufbegehrt hatte.

Mit ihren mächtigen, majestätisch aufragenden Gemäuern erinnerte St. Mere-Abelle Meister Fancis an seine eigene Schwäche. Und er konnte sich nicht einmal sicher sein, diese Schwäche endgültig überwunden zu haben. Sicher, er war klüger geworden und wusste nun, dass Vater Markwart vom Geist des Geflügelten besessen gewesen war, aber ihm schien, als wäre sein Mut eher flüchtiger Natur. Vielleicht war es ein Fehler gewesen, seine Unterstützung für Jilseponie als neues Oberhaupt der abellikanischen Kirche zurückzuziehen. Er war sich nach wie vor der Probleme bewusst, die ihre Kandidatur mit sich gebracht hätte, aber hätte er nicht trotzdem für sie kämpfen sollen? Hätte er sich nicht für die richtige Sache einsetzen sollen, ganz gleich, welche Unbill es hervorrief?

Aber als er nun auf St. Mere-Abelles mächtige Gemäuer blickte, wurde Francis klar, dass er es nicht hätte tun können, dass er Jilseponies Ernennung zur ehrwürdigen Mutter nicht hätte billigen können. Damals nicht und auch nicht heute.

Sich seines Versagens bewusst, stieß Meister Francis Dellacourt ein resigniertes Seufzen aus und führte seine Ordensbrüder über das weite offene Feld zu den gewaltigen Steintoren von St. Mere-Abelle.

Er war zu aufgebracht, das wusste er, aber Abt Braumin konnte seine Frustration nicht länger im Zaum halten. Er hatte so hochfliegende Pläne gehabt, so große Hoffnungen, dass der Tod des Nachtvogels ihm und seinen Ordensbrüdern helfen würde, die Kirche zu reformieren und die Welt zu einem besseren Ort zu machen.

Und doch hatte er in den Monaten seit seiner Ernennung zum Abt von St. Precious nur Enttäuschungen erlebt. Zwar hatte die Abtei der Bevölkerung von Palmaris in vielerlei Hinsicht geholfen, hatte beispielsweise die Zahl der Gottesdienste beträchtlich erhöht und Ordensbrüder mit Seelensteinen losgeschickt, um Kranke und Verwundete zu behandeln, aber was die institutionellen Veränderungen in St. Precious betraf, hatte Braumin so gut wie keine Fortschritte erzielt. Jeder seiner Pläne war von Herzog Kalas blockiert worden.

Und jetzt De'Unnero!

Nach dem Gespräch am Markt wusste die ganze Stadt, dass der ehemalige Bischof wieder in Palmaris war. Im Anschluss an diese Begegnung waren die Gottesdienste überfüllt gewesen, aber die Menschen waren nicht des kirchlichen Segens wegen gekommen, sondern um zu tratschen und zu schauen, ob sie nicht einen Blick auf den verhassten De'Unnero erhaschen konnten.

Klugerweise hatte Marcalo De'Unnero Braumins Rat befolgt und war den Gottesdiensten ferngeblieben. Tag für Tag versammelten sich vor der Abtei Gruppen, die De'Unneros Exkommunizierung, ja sogar seine Hinrichtung forderten. Braumin nahm an, dass Herzog Kalas dahinter steckte, aber das spielte keine Rolle mehr, denn es wurden immer mehr Menschen, und mit der zunehmenden Sommerhitze würde ihre Wut allmählich den Siedepunkt erreichen.

Bruder Braumin ging in seinem Arbeitszimmer auf und ab und betete um göttlichen Beistand.

Meister Viscenti öffnete die Tür und führte De'Unnero herein. Als Viscenti sich setzen wollte, bedeutete Braumin ihm, sie allein zu lassen.

»Hattet Ihr eine andere Reaktion erwartet, als Ihr in die Stadt zurückgekehrt seid?«, begann Braumin kurz angebunden, sobald Viscenti gegangen war.

De'Unnero grinste unbeeindruckt. »Ich bin voller Demut zurückgekehrt«, sagte er leise. Braumin bemerkte das Zittern in seiner Stimme. Es kam ihm so vor, als würde De'Unnero in diesem Augenblick innerlich mit sich ringen. »Ich habe akzeptiert, dass Ihr ein Amt bekleidet, das früher meines war. Ein Amt, das ich vermutlich noch immer bekleiden würde, wenn –«

»Meister Francis wurde lange vor dem Kampf in Chasewind Manor an Eurer Stelle zum Abt ernannt«, rief Braumin ihm ins Gedächtnis.

»Ihr braucht mir nicht die Chronologie der Ereignisse vorzubeten, Abt Braumin«, sagte De'Unnero, dessen Stimme nun etwas gefasster klang. »Ich weiß besser als Ihr, was in den Tagen vor Vater Markwarts Tod geschah, und ich bin mir der Rolle wohl bewusst, die zu spielen ich gezwungen war –«

»Die Ihr nur zu bereitwillig gespielt habt«, korrigierte ihn Braumin. De'Unneros Augen blitzten zornig auf, doch der frühere Bischof blieb ruhig.

»Wie Ihr meint«, sagte er mit verkniffener Miene. »Aber Ihr wart nicht dabei.«

»Außer als ich in Eurem Kerker saß«, entgegnete Braumin. »Außer als meine Freunde und ich von De'Unnero und seinen Günstlingen aus dem Barbakan verschleppt wurden.«

»Von Vater Markwart, in dessen Diensten De'Unnero stand«, korrigierte der frühere Bischof, »und vom König des Bärenreiches. Habt Ihr das vergessen? Stand nicht Kalas, der heute Baron von Palmaris ist, neben mir auf dem Plateau und forderte Euch auf, Euch zu ergeben?«

»Das habe ich nicht vergessen!«, sagte Abt Braumin mit lauter, fester Stimme. »Und die Menschen dort draußen, die Einwohner von Palmaris, haben es ebenfalls nicht vergessen.«

De'Unnero verkrampfte sich; Braumin sah, dass er eine Hand zur Faust ballte.

»Die Menschen hassen Euch«, fuhr der Abt fort. »In ihren Augen repräsentiert Ihr all das, was falsch war –«

»Die Menschen sind Dummköpfe«, unterbrach De'Unnero ihn scharf, und die Wucht seiner Worte ließ Braumin zusammenfahren. »Alles Dummköpfe, dumme Schafe, die in Scharen in unsere Kirchen strömen und hoffen, dass dieser minimale Zeitaufwand ihnen Absolution bringt für die armselige Art und Weise, wie sie ihr Dasein fristen.«

Braumin musste diese abfällige Bemerkung erst verdauen, bevor er etwas erwidern konnte. »Die Menschen blicken nicht wohlwollend auf Eure Amtszeit als Bischof zurück«, sagte er, »und das Gleiche gilt für Vater Markwarts Herrschaft.«

»Ich bin nicht zurückgekommen, um alte Kämpfe wieder aufleben zu lassen«, zischte De'Unnero erregt – ein Zeichen für Braumin, dass seine Worte nicht auf taube Ohren stießen.

»Warum seid Ihr dann zurückgekommen, Marcalo De'Unnero?«, fragte der Abt, nun ebenso erregt wie sein Gegenüber.

»St. Precious ist meine Heimatabtei«, antwortete De'Unnero. »Meine Kirche.«

»Ich bezweifle, dass St. Precious gegenwärtig auch nur im Entferntesten etwas darstellt, das sich als Eure oder Markwarts Kirche bezeichnen ließe«, sagte Braumin. Er glaubte, bei De'Unnero einen wunden Punkt getroffen zu haben, aber der ehemalige Bischof starrte ihn nur ungläubig an.

»Weil Ihr Euch der Sorgen der Menschen annehmt?«, fragte De'Unnero. »Weil Ihr ihnen Trost spendet und ihnen weismacht, dass Gott alles richten und sie in sein Reich aufnehmen werde, ganz gleich, was für ein armseliges Leben sie führen? Weil Ihr in Eurer Narrheit und Arroganz glaubt, den Menschen die Sorgen und Nöte nehmen zu können?«

»Ist das nicht unser Auftrag?«

»Das alles ist eine Lüge, nichts weiter!«, sagte De'Unnero unnachgiebig. »Es ist nicht unser Auftrag, die Menschen zu verhätscheln und zu trösten, sondern ihnen Führung zu geben und ihren Gehorsam einzufordern.«

»Ihr klingt nicht wie jemand, der Markwarts Fehler eingesehen hat«, sagte Braumin.

»Ich klinge wie jemand, der anstelle dieser Fehler niemals falsche Hoffnungen auf das Paradies wecken würde«, sagte De'Unnero. »Da Ihr offenbar diesen Kurs eingeschlagen habt, sollte ich mich bei den Messen und in der Stadt vielleicht etwas stärker bemerkbar machen.«

»Ihr redet an der Realität vorbei!«, schimpfte Braumin, trat plötzlich vor und zeigte auf den Mann. »Hört Ihr nicht die Rufe der Menschen dort draußen? Könnt Ihr nicht verstehen, was Eure Feinde empfinden? Dies ist nicht mehr Eure Kirche, Marcalo De'Unnero. St. Precious ist nicht länger –«

Er stöhnte vor Schmerz auf, als De'Unnero plötzlich sein Handgelenk packte, es blitzschnell nach außen drehte und den Abt dadurch zwang, sich umzudrehen, sodass der frühere Bischof plötzlich hinter Braumin stand. Er schob dessen schmerzenden Arm bis zu den Schulterblättern hoch und nahm ihn von hinten in den Würgegriff.

»Ihr habt Eure Lektion in den Kampfkünsten nicht gelernt, mein Freund«, zischte De'Unnero ihm ins Ohr. Braumin vernahm das wilde, katzenartige Fauchen, das aus der Kehle des Mannes drang.

»Verlasst meine Abtei und meine Stadt«, presste Braumin unter De'Unneros Würgegriff hervor.

»Wie leicht ich meine Abtei zurückerobern könnte«, fuhr De'Unnero fort. »O weh, Abt Braumin fiel die Treppe hinunter und brach sich das Genick. Aber St. Precious braucht sich nicht zu sorgen, denn glücklicherweise ist ja ein anderer Abt zur Stelle.« Nach diesen Worten ließ er Braumins Arm los und packte nun mit beiden Händen dessen Kopf.

Fassungslos registrierte Braumin, wie stark De'Unnero war und wie leicht er ihm mit einem Ruck das Genick brechen könnte. Trotzdem hielt er dem Schmerz stand und zeigte keine Furcht. »Wisst Ihr noch, Baron Rochefort Bildeborough?«, keuchte er den Namen des beliebten Mannes, der jahrelang Baron von Palmaris gewesen war. Das Volk glaubte, er wäre von einer großen Raubkatze getötet worden, doch in Braumins Zirkel munkelte man, dass niemand anderer als Marcalo De'Unnero ihn umgebracht hatte.

De'Unnero knurrte wütend, als er den Namen hörte. Braumin glaubte, sein Leben ausgehaucht zu haben, aber dann stieß der ehemalige Bischof ihn fort.

»Ihr kehrt voller *Demut* zurück?«, fragte Braumin sarkastisch, während er sich den schmerzenden Nacken rieb.

»Voller Demut gegenüber der Wahrheit und dem Auftrag unserer Kirche«, erwiderte De'Unnero. »Aber ich sehe, dass meine Wahrheit nicht der Euren entspricht.«

»Verlasst meine Abtei«, wiederholte Braumin.

»Seid Ihr so mächtig, junger Abt?«

»Ich bin nicht der Einzige, dem Eure Anwesenheit missfällt«, versicherte ihm Braumin. »Ihr seid hier nicht willkommen – weder in St. Precious noch in Palmaris.«

»Wollt Ihr Euch etwa von Herzog Kalas helfen lassen?«, schnaubte De'Unnero verächtlich. »Von dem Mann, der unverhohlen seine Abneigung gegen die abellikanische Kirche zur Schau trägt?«

»Wenn es sein muss«, antwortete Braumin kühl. »Ich nehme jedwede Hilfe in Anspruch – ob von meinen Ordensbrüdern in St. Precious, vom Herzog oder von den Einwohnern von Palmaris –, Hauptsache, wir werden Euch ein für alle Mal los.«

»Wie rührend«, sagte De'Unnero.

»Verlasst meine Abtei und meine Stadt«, wiederholte Braumin mit fester Stimme, jedes einzelne Wort betonend. »Ihr seid an diesem Ort unerwünscht, denn in den Augen der Gläubigen schmälert bereits Eure bloße Anwesenheit das Ansehen von St. Precious.«

De'Unnero wollte etwas entgegnen, spuckte aber nur abfällig auf den Boden vor Braumins Füßen und stürmte aus dem Zimmer.

Gleich darauf platzte Meister Viscenti herein. »Geht es Euch gut?«, fragte er sichtlich erregt und besorgt.

»So gut wie es einem nach einem Streit mit Marcalo De'Unnero eben geht«, antwortete Braumin trocken.

Ein fahriges Schulterzucken hatte Viscentis linke Schulter erfasst und ließ seinen Kopf hin und her wackeln. »Dieser Mann ist mir nicht geheuer«, sagte er. »Ich hatte gehofft, er wäre umgekommen, wo … wo auch immer er sich versteckt hielt.«

»Bruder Viscenti!«, rügte ihn Braumin, obwohl der Abt sich eingestehen musste, dass er ebenso empfand. »Es steht uns nicht an, einem Ordensbruder Schlechtes zu wünschen.«

Viscenti schaute ungläubig, fast entsetzt darüber, dass Braumin De'Unnero als Ordensbruder bezeichnete.

Abt Braumin konnte ihn gut verstehen; dennoch führte kein Weg an den Tatsachen vorbei: De'Unnero war nicht exkommuniziert worden, wurde nicht einmal eines Verbrechens gegen den Hof oder die Kirche beschuldigt. Was immer die Gerüchte besagen mochten, der frühere Bischof war niemandem eine Erklärung schuldig. Wie gerne Abt Braumin doch einen Beweis in der Hand gehabt hätte, der De'Unnero als Mörder des früheren Barons von Palmaris überführte!

Aber er hatte keinen Beweis, und obwohl De'Unnero nicht mehr Bischof oder Abt war – beide Titel waren ihm aberkannt worden –, bekleidete er nach wie vor den Rang eines Meisters des Abellikaner-Ordens und würde sich beim Äbtekollegium im Herbst mit Sicherheit Gehör verschaffen.

Braumin zuckte bei dem Gedanken zusammen, dass De'Unnero womöglich sogar für das Amt des ehrwürdigen Vaters kandidieren würde, denn es gab in St. Mere-Abelle eine Reihe prominenter Meister, die diese Kandidatur unterstützen würden.

Es war kein angenehmer Gedanke.

Marcalo De'Unnero verließ St. Precious noch am selben Abend, doch Abt Braumin fand darin nur wenig Trost.

Es herrschte eine durchdringende Stille. Meister Francis saß am Ende des langen, schmalen Tisches in dem Empfangssaal, den der jeweilige ehrwürdige Vater für seine Audienzen nutzte. Francis hatte sich kurz nach seiner Ankunft in St. Mere-Abelle zu einer Unterredung mit Meister Fio Bou-raiy getroffen und ihm alles vortragen müssen, was er bei der Zusammenkunft mit den anderen Meistern zu berichten gedachte. Bou-raiy hatte ihn aufgefordert, seine die Rotflecken-Pest betreffenden Befürchtungen für sich zu behalten und nur einen noch ausgewählteren Personenkreis in die Sache einzuweihen. Francis hatte eingewilligt, obwohl er sich nicht sicher war, ob er das Richtige tat.

Francis hatte seinen Bericht den fünf zusammengekommenen Meistern vorgetragen: dem dominanten Bou-raiy, dem mächtigsten Oberen, der St. Mere-Abelle geblieben war; Machuso, der für die in der Abtei arbeitenden Hilfskräfte zuständig war; dem knapp vierzigjährigen Glendenhook, der unlängst in den Rang eines Meisters erhoben worden war; und den beiden Ältesten der Gruppe, Baldmir und Timminey, die Francis irgendwie an Abt Je'howith aus Ursal erinnerten, obwohl sie längst nicht so verknöchert und machtversessen waren. Francis wusste, dass keiner der beiden Männer in seinen gegenwärtigen Rang erhoben worden wäre, hätten die Umstände – die vielen im Zuge des Krieges getöteten Kirchenoberen – es nicht erfordert. Immerhin hatten beide dreißig lange Jahre als Immakulaten gedient, und es hätte ansonsten keinen Grund gegeben, daran etwas zu ändern. Aber St. Mere-Abelle war gegenwärtig nicht gerade reich an hochrangigen Mönchen.

»Dann seid Ihr also auch der Auffassung, dass Vater Markwarts tragischer Tod letztendlich dem Wohle der Kirche dient?«, fragte Meister Bou-raiy, der Mitte Vierzig war und kurzes, graubraunes Haar hatte. Der linke Ärmel seiner Mönchskutte war an der Schulter verschnürt, da er bei einem Unfall beim Steineschlagen seinen Arm verloren hatte.

»Vater Markwart war vom rechten Weg abgekommen«, antwortete Francis. »Das gestand er mir praktisch mit seinem letzten Atemzug.«

»Und was sagt das über Francis aus?«, fragte Bou-raiy mit zusammengekniffenen Augen. »Wenn Markwart vom rechten Weg abkam, was sagt das dann über Francis aus, der ihm treu ergeben nach Palmaris folgte und jeden seiner Befehle ausführte?«

»Meister Francis war – ist noch immer ein junger Mann«, warf Meister Machuso ein. »Ihr erwartet zu viel von einem jungen Ordensbruder, wenn Ihr verlangt, dass er sich den Befehlen eines ehrwürdigen Vaters widersetzt.«

»Er mag jung sein, doch er akzeptierte seine Ernennung zum Meister, zum Abt und zum Bischof«, widersprach Bou-raiy.

Francis musterte ihn aus dem Augenwinkel und begriff, dass es Bou-raiy zutiefst getroffen haben musste, von Markwart übergangen worden zu sein, als der ehrwürdige Vater Francis zu seiner rechten Hand gemacht hatte.

»Und nun ist ein noch jüngerer Mann unser Vertreter in einer so wichtigen Stadt wie Palmaris«, bemerkte Glendenhook verächtlich.

»Es waren schwierige Zeiten«, sagte Francis leise. »Ich folgte dem ehrwürdigen Vater und traf vermutlich mehr als einmal eine falsche Entscheidung.«

»So wie wir alle hin und wieder eine falsche Entscheidung treffen«, sagte Meister Machuso.

»Und ich habe alle Titel zurückgegeben, die Vater Markwart mir zusprach«, sagte Francis.

»Bis auf den des Meisters«, sagte Glendenhook, und allmählich kam es Francis so vor, als fungierte der junge Meister als Bou-raiys Sprachrohr. Mit seinen breiten Schultern, den blondgelockten Haaren, seinem Vollbart und seinem vorlauten Wesen war er in der Tat von imposanter Natur.

»Man hätte mich inzwischen ohnehin in den Rang eines Meisters erhoben«, fuhr Francis selbstbewusst fort. »Und ich glaube, ich habe diesen Titel verdient, denn immerhin habe ich die Expedition in den Barbakan organisiert, um herauszufinden, was mit dem geflügelten Dämon geschah. Ich behalte den Titel, weil ich ihn, erstens, verdiene und weil, zweitens, unsere Kirche momentan nicht gerade mit vielen hochrangigen Mönchen gesegnet ist.«

»Wohl wahr. Nun bekleidet sogar ein ehemaliger Ketzer Euer früheres Amt in St. Precious«, bemerkte Glendenhook.

»Ein Mann, der fälschlicherweise der Ketzerei bezichtigt wurde«, korrigierte Francis, »ein Mann, der sich Markwart widersetzte, im Gegensatz zu mir und anderen in diesem Saal.« Er sah, dass Machuso und die beiden älteren Männer nickten; Bou-raiy hingegen verkrampfte sich, und Glendenhook schien am liebsten ausspucken zu wollen. »Ich bitte Euch, Braumin Herde als Abt von St. Precious zu bestätigen, so wie König Danube und Abt Je'howith aus Ursal es bereits getan haben. Und ich bitte Euch, Bruder Viscentis Ernennung zum Meister zu bestätigen.«

»Das scheint nur rechtens zu sein«, sagte Machuso an Bou-raiy gewandt.

»Und wenn wir die Ernennungen der beiden Männer nicht bestätigen?«, fragte Meister Bou-raiy.

»Dann riskiert Ihr, dass sich die Kirche spaltet, denn die beiden haben zahllose Anhänger, und ich werde ihnen raten, ihre Titel zu behalten.«

Die freimütige Äußerung ließ einige Augenbrauen hochfahren.

»Dies ist nicht unsere Angelegenheit, Meister Bou-raiy«, fuhr Francis fort. »In Abwesenheit eines ehrwürdigen Vaters müssen wir in St. Mere-Abelle unseren Brüdern in St. Precious zubilligen, sich selbstständig die geeigneten Oberen zu wählen, solange dies innerhalb der Richtlinien unseres Ordens geschieht. Und im Falle von Braumin Herde und Marlboro Viscenti scheint dies der Fall zu sein. Die Brüder in St. Precious haben Braumin Herde gewählt, und dadurch ist er bevollmächtigt, Bruder Viscenti in den Rang eines Meisters zu erheben. Wir könnten Bruder Viscenti natürlich nach St. Mere-Abelle zurückrufen, denn dies ist seine Heimat, und hier seine Ernennung annullieren, aber wozu? Wir würden die Abtei in Palmaris nur schwächen, und gerade jetzt wäre dies ein schwerwiegender Fehler, wo König Danube den Kirchenfeind Kalas zum Baron ernannt hat.«

Wieder senkte sich Schweigen über den Raum; selbst Glendenhook blickte Hilfe suchend zu Meister Bou-raiy. Der ältere Mann strich sich über das glattrasierte Kinn und starrte Francis unverwandt an.

»Was ist mit der Frau, Jilseponie?«, fragte Glendenhook, der gleichzeitig auf Francis und Bou-raiy schaute. »Sie wurde zur Gesetzlosen und Ketzerin erklärt.«

»Sie ist eher eine Kandidatin für das Amt der ehrwürdigen Mutter«, sagte Francis. Die plötzlich entsetzt dreinblickenden Gesichter, selbst die seiner scheinbaren Verbündeten, machten ihm bewusst, welchen Aufruhr Jilseponies Kandidatur in der Kirche verursacht hätte!

»Sie ist keine Gesetzlose«, erklärte er. »Vater Markwart war derjenige, der sie zur solchen erklärt hatte, und auf dem Sterbebett gestand er mir, dass sie die ganze Zeit über Recht gehabt hatte. Sie ist weder eine Gesetzlose noch eine Ketzerin, gemäß den Worten des Mannes, der sie ursprünglich als solche bezeichnet hatte.«

»Möglicherweise würden weitere Untersuchungen ergeben, dass –«, begann Meister Glendenhook einzuwenden.

»Hört auf damit!«, fuhr Francis ihn an, und erneut starrten ihn alle ungläubig an. »Hört auf damit«, wiederholte er, dieses Mal etwas ruhiger. »Für die Menschen im Bärenreich ist Jilseponie schon jetzt eine legendäre Heldin. Sie genießt die Gunst König Danubes, und jedwede Maßnahme gegen sie würde nur den Zorn der Bevölkerung auf unsere Kirche lenken und möglicherweise sogar die Armee des Königs gegen uns aufbringen.«

»Starke Worte, Bruder«, bemerkte Bou-raiy.

»Ihr wart bei den Ereignissen in Palmaris nicht dabei, Meister Bou-raiy«, erwiderte Francis. »Hättet Ihr es selbst miterlebt, würdet Ihr meine Worte noch für untertrieben halten, das versichere ich Euch.«

»Was ist mit den Steinen, die Bruder Avelyn gestohlen hat?«, fragte Bou-raiy. »Es heißt, sie seien nach dem Kampf in Chasewind Manor nicht gefunden worden.«

Francis zuckte mit den Schultern. »Es gibt Gerüchte, denen zufolge die Steine im Kampf gegen Vater Markwart aufgebraucht worden sein sollen.«

Am Tisch erhob sich ungläubiges Gemurmel – und Francis hatte dem wenig entgegenzusetzen, denn auch er nahm an, dass die Steine von einem Unbekannten entwendet worden waren.

Bou-raiy lehnte sich zurück und bedeutete Glendenhook zu schweigen, als der Mann abermals das Wort ergreifen wollte.

»Sei es drum«, sagte Bou-raiy schließlich. »Durch seinen Mut und durch sein Glück, dass seine Seite obsiegte, hat Braumin Herde sich das Amt verdient – und wir könnten es nicht besetzen, ohne unsere eigene Abtei noch weiter zu schwächen. Wenn er es für nötig hält, Bruder Viscenti zum Meister zu ernennen, dann soll er das tun. Ich muss gestehen, dass ich froh bin, die beiden und mit ihnen Bruder Castinagis und Bruder Dellman nicht mehr hier in St. Mere-Abelle zu haben.«

»Wie wahr, wie wahr«, pflichtete Glendenhook ihm bei.

Francis reagierte nicht auf diese offenkundige Geringschätzung seiner Gefährten in St. Precious, sondern war erleichtert, dass Bou-raiy diese eine Beleidigung zu reichen schien und Braumins und Viscentis Ernennungen ohne ernsthaften Widerspruch bestätigt worden waren.

»Und diese Frau, Jilseponie, möge ihren Frieden haben«, fuhr Bou-raiy fort. »Wir werden ein späteres Zeitalter darüber befinden lassen, ob ihre Taten gut oder schlecht gewesen sind. Wir haben weder die Zeit noch die Mittel, den von Vater Markwart begonnenen Kampf weiterzuführen. Dennoch«, warnte er mit Unheil verkündender Miene, »täte Jilseponie gut daran, die Steine nicht zu behalten, ganz gleich, welche Rechtfertigung sie dafür während Markwarts Herrschaft hatte, denn Vater Markwart weilt nicht mehr unter uns.«

Francis nickte, sich des Ärgers bewusst, den es heraufbeschwören würde, falls Jilseponie tatsächlich noch im Besitz der Steine war und diese in den Nordlanden einsetzen sollte.

»Nichtsdestotrotz haben wir nun Wichtigeres zu erörtern«, sagte Bou-raiy und beugte sich auf seinem Stuhl vor, ein deutliches Zeichen, dass er das Gespräch fortan in seinem Sinne zu steuern gedachte. »Nämlich die Kleinigkeit, wer das vakante Amt an der Spitze unseres Ordens besetzen soll. Wir haben natürlich lange vor Eurer Ankunft darüber zu diskutieren begonnen, Meister Francis, und wir haben bereits festgelegt, dass das Äbtekollegium im Calember einberufen wird, so wie Ihr es vorhin vorgeschlagen habt.

Brüder«, fuhr er feierlich fort, machte eine Pause und sah jeden der fünf anderen Anwesenden an. »Wir müssen in dieser Sache zusammenstehen. Es ist kein Geheimnis, dass Olin aus Bondabruce für das Amt des ehrwürdigen Vaters kandidieren wird. Ich kenne Abt Olin seit vielen Jahren und schätze ihn als aufrichtigen Menschen, aber mir missfallen seine engen Verbindungen zu Behren.«

»Wie wäre es mit Meister Bou-raiy«?, schlug Glendenhook unvermittelt vor, und Francis konnte sich erneut nicht des Eindrucks erwehren, dass der junge Mönch für Bou-raiy sprach und dass er und Bou-raiy dieses Spielchen geplant hatten.

»Bei allem Respekt«, wandte Meister Machuso ein, »Ihr steht erst seit fünf Jahren im Rang eines Meisters, Bruder Bou-raiy. Unter anderen Umständen würde ich einem so schnellen Aufstieg in das höchste Amt möglicherweise zustimmen, aber –«

»Er ist der beste Meister, der der Kirche noch geblieben ist!«, schnaubte Glendenhook. Bou-raiy blieb gelassen und winkte den Mann zur Ruhe, dann bedeutete er Machuso fortzufahren.

»Selbst wenn wir alle einhellig hinter Euch stünden, hättet Ihr keine Chance, gegen Abt Olin zu gewinnen«, sagte Machuso. »Und was hieße das für uns? Abt Olin würde der neue ehrwürdige Vater werden und uns anschließend seinen Groll spüren lassen, weil wir ihm das Amt streitig machen wollten. Das kann nicht zu unserem Vorteil sein.«

Wieder wollte Glendenhook aufbegehren, aber Bou-raiy kam ihm zuvor.

»Weise gesprochen, werter Machuso«, sagte er. »Wen würdet Ihr stattdessen vorschlagen? Euch selbst?«

Francis sah, dass Machusos Augen sich ein wenig verengten, denn obwohl Bou-raiys Worte Zustimmung ausdrückten, hatten sie herablassend geklungen. Aber der eher gutmütige Machuso überging die Beleidigung und schüttelte nur lachend den Kopf.

»Wen dann?«, fragte Bou-raiy in die Runde. »Sagt, Meister Francis, hat die Bruderschaft in Palmaris diese Frage besprochen? Mit Abt Je'howith? Ja, möglicherweise wird Je'howith sich für das Amt bewerben, aber ich muss Euch warnen, dass diesbezügliche Absichten die Kirche nicht einen würden. Je'howith ist viel zu –«

»Sehr mit König Danube verbandelt. Außerdem bringt man ihn zu sehr mit Markwarts Niedergang in Verbindung«, unterbrach Francis. »Aber um Eure Frage zu beantworten, ja, wir haben dieses Thema in aller Ausführlichkeit erörtert, haben überlegt, welcher Kandidat für die gesamte Kirche akzeptabel wäre, wer die unterschiedlichen Auffassungen unseres Glaubens wieder zusammenführen könnte.«

»Und auf wen seid Ihr gekommen?«

»Wie es scheint auf Abt Agronguerre aus St. Belfour«, antwortete Francis.

»Ein hervorragender Mann mit einem exzellenten Ruf«, sagte Machuso enthusiastisch.

»Das stimmt«, pflichtete Meister Timminey ihm bei.

»Warum sagt Ihr, ›wie es scheint‹, Bruder?«, fragte Bou-raiy Meister Francis.

»Ich weiß nicht, ob Abt Braumin Herde den Mann gut genug kennt, um seiner Wahl zuzustimmen«, gestand Francis.

»Und Abt Je'howith?«

»Je'howith war derjenige, der Abt Agronguerre vorschlug«, antwortete Francis.

Bou-raiy lehnte sich auf seinem Stuhl zurück und nahm

wieder seine nachdenkliche Haltung ein. Francis sah die Enttäuschung und Verärgerung in seinem Gesicht – besonders in den grauen Augen –, aber Bou-raiy war ein Mann, der seine Emotionen kontrollierte, und gleich darauf war sein Unmut wieder verflogen.

Links neben Bou-raiy schien Glendenhook sogar noch verärgerter zu sein. Er knetete seine Finger und kaute auf den Lippen. Sie hatten gehofft, dass alle Brüder in St. Mere-Abelle, vor allem die Meister, einhellig hinter Bou-raiys Kandidatur stehen würden, aber Machusos begründeter Einwand hatte diesen Hoffnungen ein Ende bereitet.

Francis blickte wieder zu Bou-raiy und sah, dass der Mann sich bereits mit der neuen Entwicklung abfand. Wahrscheinlich dachte er daran, dass Abt Agronguerre ein alter Mann war, der höchstens noch zehn Jahre zu leben hatte, während Olin kaum fünfzig Winter zählte und bei bester Gesundheit war. Ja, erkannte Francis, Bou-raiy gelangte zu der Erkenntnis, dass es eine kluge Entscheidung sein mochte, sich hinter Agronguerre zu stellen und damit die Wahl des Mannes praktisch zu besiegeln. Anschließend konnte er sich bei dem neuen ehrwürdigen Vater einschmeicheln, sich unentbehrlich machen und sich allmählich in die Position seines logischen Nachfolgers hocharbeiten.

Ja, Bou-raiy würde zustimmen, glaubte Francis zu wissen, und für Abt Agronguerre war es nicht von Nachteil, dass die Meister Bou-raiy und Olin sich ohnehin nie gemocht hatten.

»Darüber werden wir weiter beratschlagen«, entschied Bou-raiy, »und alle Meister in St. Mere-Abelle müssen zu einer eigenen Meinung gelangen.«

»Agronguerre aus St. Belfour ist eine gute Wahl«, brachte Machuso die seine sogleich erneut zum Ausdruck.

»Das stimmt«, wiederholte Meister Timminey.

Francis wollte wissen, ob er noch einen dritten Befürworter fand, und schaute zu Baldmir hinüber, aber der Kopf des alten Meisters war nach vorne gekippt, und seine gleichmäßigen Atemzüge verrieten, dass er tief schlief.

»Nun zum letzten Punkt, den wir besprechen müssen«, sagte Bou-raiy, dessen Stimme einen dunklen, schwermütigen Klang annahm. »Wir leiden schwer unter dem Verlust zahlreicher viel versprechender Brüder.«

»Das geht mir ebenso«, sagte Francis.

»Und trotzdem habt Ihr die Goblin-Bande verfolgt und angegriffen«, stellte Bou-raiy fest, »obwohl Ihr den Kampf hättet vermeiden können.«

»Auf Kosten eines Dorfes«, sagte Francis.

»Das habt Ihr bereits ausführlich erläutert«, sagte Bou-raiy und hob die Hände, um das Thema rasch zum Abschluss zu bringen. »Auch darüber müssen wir beratschlagen. Wir werden einen Bruder Inquisitor ernennen, der sich mit dieser Problematik beschäftigen wird.«

Francis nickte: Dies war nichts Unerwartetes, und er war überzeugt, dass man ihm keine weiteren Vorwürfe machen würde.

»Der Abendgottesdienst beginnt in einer Stunde«, sagte Bou-raiy, und wie auf Kommando hob der gerade noch schlafende Baldmir den Kopf und blickte gemeinsam mit den anderen Meistern durch das Westfenster auf die untergehende Sonne. »Lasst uns mit den Vorbereitungen beginnen.«

Die Brüder erhoben sich von ihren Stühlen und eilten aus dem Raum. Francis wollte ebenfalls aufstehen, aber Bou-raiy bedeutete ihm, sitzen zu bleiben. Nach wenigen Augenblicken waren die beiden allein.

»Ich habe alle mit Euch zurückgekehrten Brüder in Verwahrung genommen«, sagte Bou-raiy.

»In Verwahrung genommen?«

»Sie von den anderen getrennt«, erklärte Bou-raiy, und Francis' Miene verdüsterte sich. »Um herauszufinden, was sie wissen.«

»Ihr meint, was sie über die Pest wissen«, sagte Francis.

»Was sie über eine tote Frau und einen Goblin mit seltsamen Narben wissen«, korrigierte Bou-raiy.

»Ich kenne mich mit den Symptomen der Rotflecken-Pest sehr gut aus«, entgegnete Francis knapp.

»Das bezweifle ich nicht«, sagte Bou-raiy. »Aber, werter Bruder, seid Ihr Euch über die Bedeutung Eurer Entdeckung im Klaren? Könnt Ihr Euch vorstellen, welche Panik es auslösen würde, wenn sich die Kunde im ganzen Land verbreitete?«

»Deswegen habe ich dem Dorfvorsteher Dinnishire auch nicht gesagt, dass ich meiner Sache sicher bin«, antwortete Francis.

»Aber in St. Mere-Abelle habt Ihr Eure Befürchtungen kundgetan.«

»Wir sind die Auserwählten Gottes«, sagte Francis, »die Schäfer des gemeinen Volkes, die Beschützer ...«

Bou-raiy schnaubte und schüttelte den Kopf. »Beschützer?«, echote er missmutig. »Beschützer? Es gibt keinen Schutz vor der Rotflecken-Pest, Meister Francis. Sollen wir die Menschen schützen, indem wir sie in Panik versetzen?«

»Nein, indem wir sie warnen«, korrigierte Francis.

»Zu welchem Zweck? Damit sie von ihrem nahenden Tod erfahren? Damit sie in Furcht vor ihren Nachbarn oder vor ihren eigenen Kindern leben?«

»Dann sollen wir also schweigen und nichts unternehmen?«, fragte Francis.

»Ich bezweifle Eure Beobachtungen nicht, aber Ihr wisst doch, dass viele Krankheiten äußerlich der Rotflecken-Pest ähneln«, sagte Bou-raiy. »Und vielleicht handelt es sich ja um eine andere Krankheit, denn der Goblin hat sie offensichtlich überlebt. Ja, hier in St. Mere-Abelle sollten wir entsprechende Vorsichtsmaßnahmen treffen, und vielleicht werden wir den anderen Äbten Bescheid geben, dass sie ihre Tore nur wenigen ausgesuchten Gläubigen öffnen sollen.«

Frustriert erhob sich Francis von seinem Stuhl. »Und was soll aus all den anderen werden?«, fragte er mit weit ausgebreiteten Armen, als wollte er die ganze Welt umschließen.

Bou-raiy erhob sich ebenfalls, stützte sich mit den Händen auf den Tisch und beugte sich zu Francis vor. »Wir wissen nicht, ob es *tatsächlich* die Rotflecken-Pest ist«, sagte er. »Und falls ja, wissen wir nicht, wie weit sie sich bereits ausgebreitet hat oder noch ausbreiten wird. Ihr sagt, Ihr kennt die Geschichte der Pest. Dann wisst Ihr auch, dass es Fälle gab, wo sie sich über die ganze Welt ausbreitete, und andere Male, wo sie nur an einzelnen Orten auftauchte und von alleine wieder verschwand.«

»Und woher wollen wir wissen, wie es sich dieses Mal verhält?«

»Das kann nur die Zeit zeigen«, antwortete Bou-raiy ernst. »In diesem Fall bedeutet Wissen nicht Macht, mein Freund, denn unser Wissen um die sich ausbreitende Seuche, wenn es denn dazu kommen sollte, gibt uns nicht die Macht, sie einzudämmen.«

»Man kann die Ausbreitung der Pest verlangsamen«, sagte Francis. »Wenn die Menschen sich von den Verstorbenen fern halten –«

»Das wissen die Menschen längst«, rief Bou-raiy ihm ins Gedächtnis. »Und genau genommen ist es ohnehin eher eine Angelegenheit für die Soldaten des Königs als für die Ordensbrüder in St. Mere-Abelle. Ihr kennt bestimmt das alte Lied über die Seuche und was es über die Wirksamkeit der magischen Steine gegen die Rotflecken-Pest aussagt.«

Meister Francis kannte das Lied und seinen Text nur zu gut. Es kündete von Finsternis und völligem Versagen.

Von zwanzig hilft es einem
Den Steinen zu vertrau'n
Der dumme Mönch

Sich dran versucht
Und morgen ist auch er verflucht

Die Gläubigen sie wandern
Ins Grab mit all den andern
So nehmt hinfort die Steine
Verscharrt auch sie im Schmutz
Denn Neunzehn hat es nicht genutzt

»Einen von zwanzig«, sagte Francis. Er wusste, dass zur damaligen Zeit die in der Steinmagie bewandertsten Mönche nur einem von zwanzig Infizierten hatten helfen können und dass die Zahl der Mönche, die bei der Behandlung ihrerseits erkrankten und starben, die der Geheilten um ein Vielfaches überstiegen hatte!

»Was also können wir tun?«, fragte Bou-raiy, und zum ersten Mal seit seiner Rückkehr glaubte Francis, in der kräftigen Stimme des Mannes eine Spur von Anteilnahme zu hören. »Aber ich glaube ohnehin, dass Ihr Euch zu große Sorgen macht«, fuhr er fort und klopfte Francis auf die Schulter. »Ihr habt in der Vergangenheit viel mitgemacht, und ich denke, Ihr seid einfach erschöpft und braucht etwas Erholung. Vielleicht war das, was Ihr gesehen habt, die Pest, vielleicht auch nicht. Und selbst wenn dem so wäre, könnte es nur ein unbedeutendes Aufflackern sein, das lediglich ein oder zwei Dörfer betrifft.«

»Ihr habt nicht die Gesichter der Kinder der toten Frau gesehen«, sagte Francis.

»Der Tod ist ein regelmäßiger Gast im Königreich des Bären«, erwiderte Bou-raiy, »in welcher Gestalt auch immer. Und in den letzten Jahren hat er das Land besonders häufig heimgesucht – unser Orden hat jedenfalls zu viele unserer Brüder zu Grabe tragen müssen.«

Die Art, wie er den Satz zu Ende sprach, rief Francis auf unsanfte Weise ins Gedächtnis, dass sie wegen seines Verhaltens sieben weitere Ordensbrüder verloren hatten.

»Wir werden abwarten, die Lage beobachten und das Beste hoffen«, fuhr Bou-raiy fort. »Mehr können wir nicht tun, denn zum Wohle des Ordens und der Menschen haben wir andere, drängendere Angelegenheiten zu erledigen.«

»Hinter verschlossenen Toren«, bemerkte Francis sarkastisch.

»Genau«, antwortete Bou-raiy nur. Francis traf diese gefühllose Einstellung mitten ins Herz. Sie erinnerte ihn an einen anderen Ordensbruder, der vor wenigen Monaten das Zeitliche gesegnet hatte.

14. Gefangene ihres Rufes

Pony ritt auf Greystone neben dem Wagen her und unterhielt sich mit Belster, der oben auf dem Kutschbock saß. Auf der Ladefläche hinter ihm stapelten sich die Vorräte – Nahrungsmittel und Getränke, Kleidung und verschiedene Werkzeuge und andere Gerätschaften, die sie zum Wiederaufbau von Belsters Schankhaus in Dundalis brauchen würden. Soeben hatten sie beschlossen, es Zur Geselligen Runde zu nennen.

Pony war erleichtert gewesen, als sie endlich Palmaris verlassen hatten. Nun musste sie sich nicht länger um Politik und geheime Allianzen sorgen, musste nicht erst jeden ihrer Schritte auf seine Folgen hin abwägen. Hier oben war sie nicht Jilseponie, die Heldin aus dem Krieg gegen den Geflügelten, nicht die Frau, die Markwart zu Fall gebracht hatte, sondern einfach nur Pony, die junge Frau, die als Kind glücklich in Dundalis gelebt hatte, bevor die Goblins gekommen waren und das Dorf niedergebrannt hatten.

Hier draußen musste sie ihr Pferd nicht vorsichtig zwischen

dichten Menschentrauben hindurchlenken, sondern konnte Greystone nach Herzenslust ausreiten, konnte seine kräftigen Muskeln unter sich spüren, während er dem Horizont entgegenpreschte. Oft ritt sie mit ihm einfach so über eine Wiese neben der Straße, um die Freiheit und den Wind zu spüren. Natürlich hatte sie einen Sattel dabei, aber meistens ritt sie auf Greystones nacktem Rücken.

Wieder einmal begab sie sich auf einen dieser Ausflüge und ritt auf ein schmales, langgezogenes Feld zu. In einem Gewirr aus Büschen erblickte sie einen umgestürzten Baum, dessen Stamm mannshoch quer über dem Boden hing.

»Na, was kommt jetzt wohl!«, rief Belster aus der Ferne, ein breites Grinsen im Gesicht.

Als Antwort trat Pony dem Pferd in die Flanken und galoppierte auf das Ziel zu.

Sie hörte Belsters Rufe, dass sie ein »verrücktes Kind« sei, aber sie schienen aus weiter Ferne zu kommen. Dann hörte sie nichts mehr und konzentrierte sich nur noch auf das vor ihr liegende Hindernis.

Greystone schoss in die Höhe, seinen Hals und die muskulösen Schultern wölbend. Pony hob sich halb von seinem Rücken, ihre Hände auf seinem Hals ruhend, ihre Beine um Greystones Rumpf geschlungen, ihr gesamter Körper in perfektem Gleichgewicht. Sobald sie auf der anderen Seite des Baumstammes landeten, wendete sie das Pferd und ritt zur Straße zurück.

»Du hättest dich beinahe umgebracht, Mädchen«, empfing Belster sie kopfschüttelnd.

Pony lachte bloß und preschte mit Greystone von neuem auf das Hindernis zu.

Dann ein drittes und viertes Mal, während der Schankwirt einfach weiterfuhr.

Einige Minuten später schloss Pony an einer Stelle zu ihm auf, wo die Straße sich um einen Hügel wand.

»Caer Tinella«, kündigte Belster an und deutete nach Norden, wo blasse Rauchwölkchen in die Luft aufstiegen.

Pony glitt von Greystones Rücken, band das Pferd ans Wagenende und setzte sich neben Belster auf den Kutschbock.

»Na, hast du deinen Spaß gehabt?«, fragte der Schankwirt.

»Der Spaß fängt gerade erst an«, antwortete Pony, »besonders wenn ich mit meiner Annahme über die Stadt richtig liege.«

»Ah, diese Frau, Kilronney«, erinnerte Belster sich an Ponys gute Freundin, eine Soldatin aus Palmaris, die ihr mit Rat und Tat zur Seite gestanden hatte, nachdem Pony von Elbryan getrennt worden war.

Seit dem letzten, alles entscheidenden Kampf hatte Pony sie erst einmal gesehen. Unter König Danubes milderer Aufsicht hatte Colleen Kilronney sich in Chasewind Manor einigermaßen erholt gezeigt von den körperlichen und seelischen Wunden, die sie sich während der Kämpfe an Ponys Seite zugezogen hatte. Dennoch war ihr Elbryans Tod so nahe gegangen, dass sie ihren Dienst in der Garnison quittiert hatte. Ihr Cousin, Hauptmann Shamus Kilronney – ein weiterer Freund Ponys –, hatte sie angefleht, es sich noch einmal zu überlegen, aber Colleen war bei ihrem Entschluss geblieben.

Bei dem kurzen Treffen hatte Pony aus Colleen nur herausbekommen, dass sie unendlich müde sei und in den Norden nach Caer Tinella wolle.

Es dauerte nicht lange, bis Belster und Pony Colleen fanden. Einige Leute wiesen ihnen den Weg zu einem kleinen Haus im Nordosten. Pony ließ Belster stehen und ritt voraus. Als sie das Haus erreichte, sprang sie aufgeregt von Greystone herunter und rannte zur Tür.

Ihre Vorfreude und Aufregung waren mit einem Schlag verflogen, als Colleen die Tür aufmachte, denn die Frau war nur noch ein Schatten ihrer selbst. Früher war sie eine kräftige Frau gewesen, doch nun hingen ihre Schultern schlaff herunter. Früher hatten ihre Augen kampflustig gefunkelt, doch nun blickten sie nur matt. Selbst Colleens feuerrotes Haar hatte seinen Glanz verloren. Es schien, als wäre die ganze Frau verblüht.

Pony reichte ihr die Hand. Colleen ergriff sie lächelnd, mit *links*, während sie ihren rechten Arm auffallend eng am Körper hielt.

»Was ist dir passiert?«, fragte Pony und umarmte ihre Freundin, darauf bedacht, nicht gegen den offenbar verletzten Arm zu stoßen.

»Dies ist ein schlechter Ort, um in ein Schwert zu laufen«, sagte sie, noch immer lächelnd. Sie führte Pony in ihr bescheidenes Haus, bedeutete ihr, sich auf einen Stuhl an einem kleinen runden Tisch zu setzen, und nahm neben ihrer Freundin Platz. »Du siehst gut aus«, sagte sie. »Kommst du langsam über den Schmerz hinweg?«

Pony seufzte. »Ob mir das jemals gelingen wird?«, fragte sie. Colleen legte ihr eine Hand – die linke – auf die Schulter und tätschelte sie freundschaftlich.

»Zeig mir deine Verletzung«, sagte Pony und nahm den Seelenstein aus ihrem Lederbeutel.

»Oh, durftest du den Stein behalten?«, fragte Colleen, »oder hast du ihn einfach genommen?«

Pony half ihr aus der Tunika und seufzte mitfühlend, als sie die lange, schlecht verschorfte Schnittwunde an Colleens Oberarm sah.

»Ist zwei Wochen alt«, sagte Colleen. »Ich dachte, ich würde den Arm verlieren.«

Pony strich der Frau mit einem Finger über die Lippen, dann legte sie eine Hand auf die Wunde und rieb sanft über das empfindliche Gewebe. Gleichzeitig starrte sie in den Seelenstein und ließ sich immer tiefer in den magischen grauen Strudel des Hämatits fallen. Schließlich fand sie eine Verbindung zu Colleens Wunde und schickte ihren Geist in den zerfetzten Oberarmmuskel der Frau.

Dann nahm Pony die Verletzung in sich auf, absorbierte sie mit ihrem ganzen Wesen. Einen Moment lang empfand sie einen stechenden Schmerz, aber sie fuhr fort, die Pein in sich aufzusaugen und die Wunde zu verschließen, bis der Seelenstein alle Tränen getrocknet und das zerstörte Gewebe in gesundes Fleisch verwandelt hatte.

Schließlich zog Pony ihren Geist zurück, aber nicht, ohne zuvor in dem Körper ein wenig herumgestöbert zu haben, um einen generellen Eindruck über den Gesundheitszustand der Frau zu bekommen. Ihr gefiel nicht, was sie sah, denn Colleens Körper war offenbar völlig entkräftet und ausgebrannt.

Einen Moment später schlug Pony die Augen auf und sah, dass Colleen bereits den Arm bewegte, ihn kreisen ließ und offenbar keine Schmerzen mehr hatte.

»Ich hatte schon überlegt, ob ich wegen der Verletzung zu dir kommen soll«, sagte die Frau und strahlte Pony an, »aber ich dachte mir, du hättest zu viel um die Ohren, um Leuten wie mir zu helfen.«

»Ich bin immer für dich da, Colleen, immer!«, versicherte ihr Pony. Sie umarmte die Frau erneut, und dieses Mal erwiderte Colleen die Umarmung.

»Dir geht es nicht besonders gut, was?«, stellte Pony fest, als die beiden Frauen sich wieder auf ihren Stühlen zurücklehnten.

»Ich musste wohl mehr einstecken, als mir bewusst war«, sagte Colleen. »Ich brauche einfach ein wenig Erholung.«

»Und wie ist das mit deinem Arm passiert?«, fragte Pony. »Es sieht mir nicht danach aus, als würdest du hier viel Erholung finden.«

»Das war ein Hurensohn, der den Mund zu weit aufriss«, sagte Colleen, »ein Kerl namens Seano Bellick. Wir waren in derselben Garnison stationiert und konnten uns nie ausstehen. Er lebt jetzt auch in Caer Tinella und macht nichts als Ärger. Wir hatten einen kleinen Streit in Callickys Schankhaus.«

»Einen *kleinen* Streit?«, wiederholte Pony. »Er hätte dir fast den Arm abgehackt!«

»Stimmt, er hat mich voll erwischt«, gestand Colleen.

»Wo kann ich ihn finden?«, fragte Pony.

»Ach was, lass sein. Er war eben der Bessere«, winkte Colleen ab. »Aber wenn ich ihn zu meiner guten Zeit erwischt hätte ...«

»Na ja, die Wunde ist jedenfalls so gut wie verheilt«, sagte Pony.

»Ja, es tut praktisch nicht mehr weh, seit du mit dem Stein zu Werke gingst«, stimmte Colleen ihr zu. »Vielleicht solltest du noch eine Weile in der Stadt bleiben, damit du Seano das Herz wieder in die Brust einsetzen kannst, nachdem ich es ihm herausgerissen habe.«

Sie lachten lautstark, aber für Pony war es ein trauriges Lachen. Die Colleen, die sie in Dundalis kennen gelernt hatte, hätte Seano Bellick tatsächlich das Herz aus der Brust gerissen, doch Pony erkannte, dass Colleen kein ebenbürtiger Gegner mehr für einen erfahrenen Krieger war. Diese Erkenntnis erfüllte sie mit Wehmut, denn Colleen hatte von Markwart und De'Unnero viel einstecken müssen, um Pony die Flucht aus Palmaris zu ermöglichen.

»Bleibst du eine Weile?«, fragte Colleen. »Oder ziehst du gleich nach Dundalis weiter?«

»Ich wünschte, du würdest mitkommen.«

»Hier ist mein Zuhause«, sagte Colleen kopfschüttelnd. »Das haben wir doch längst besprochen. Du hast dein Zuhause, und ich habe meins. Ich komme dich besuchen, verlass dich drauf – vielleicht halte ich auch irgendwann mal nach einem Haus in Dundalis Ausschau, aber nicht im Moment.«

Pony beließ es dabei. »Ich muss den Bürgermeister treffen, oder wer auch immer in Caer Tinella das Zepter führt.«

»Das wäre Janine vom See«, sagte Colleen, »eine gute Frau. Aber warum musst du sie treffen?«

Belster O'Comely schob seinen Kopf durch die Tür. Als er Colleen erblickte, stürmte er freudestrahlend in das Zimmer und schloss die Frau in die Arme. »Hast du sie überzeugt, nach Dundalis mitzukommen?«, fragte er Pony.

»Ich sagte ihr, dass ich nie mit einem Trunkenbold wie Belster O'Comely durch die Wildnis ziehen würde«, erwiderte Colleen, und sie und Belster lachten herzlich.

Colleen und Belster kannten sich nicht besonders gut, und doch benahmen sie sich wie alte Freunde. Bahnte sich da möglicherweise etwas an, das über rein kameradschaftliche Gefühle hinausging?

»Aber du kommst uns doch besuchen, oder?«, fragte Belster.

»Natürlich, was glaubst du denn!«, erwiderte Colleen.

»Prima«, sagte Belster. »Dann lege ich für die Willkommensfeier einen besonders edlen Tropfen beiseite.«

»Warum rückst du den edlen Tropfen nicht jetzt heraus, dann feiern wir schon heute«, schlug Colleen vor, aber bevor Belster darauf eingehen konnte, sah er, dass Pony den Kopf schüttelte.

»Ich muss mit Janine vom See sprechen«, erklärte sie.

»Das sagtest du bereits, aber warum, hast du nicht gesagt.«

»Wir möchten ein Heilzelt aufstellen«, erwiderte Pony, »um die Kranken zu behandeln.«

»Egal, was sie plagt?«, fragte Colleen erstaunt. »Furunkel oder Hühneraugen, eine Platzwunde oder ein verdorbener Magen?«

Pony nickte, und auf Colleens Gesicht breitete sich ein Ausdruck völliger Fassungslosigkeit aus.

»Die Mönche erlauben das?«, fragte sie.

»Die Mönche können nichts dagegen tun«, sagte Pony.

Binnen einer Stunde hatten sie auf einem kleinen Platz im Zentrum Caer Tinellas ein Zelt aufgestellt und ließen die Kunde in der Stadt und in der Nachbarstadt Landsdown verbreiten. Anfangs kamen nur wenige, vor allem die, die Pony bereits kannten. Aber als sich herumsprach, dass sie wundersame Heilungen vollbrachte, wurde die Schlange vor dem Zelt länger und länger.

Es kamen so viele Menschen in das Heilzelt – die meisten mit geringfügigen Blessuren, einer jedoch mit einer zersplitterten Kniescheibe, ein anderer mit einer Lebensmittelvergiftung –, dass Pony beschloss, bei Colleen zu übernachten und am nächsten Tag mit den Behandlungen fortzufahren.

Ponys Heilungen sorgten in der Gegend für großen Wirbel und weckten die Aufmerksamkeit vieler, auch die drei rauer Burschen, ehemaliger Soldaten, und die eines anderen, stilleren Beobachters, den niemand zu bemerken schien.

Der stille Beobachter heftete sich an die Fersen der drei Männer und lauschte ihren Gesprächen. Besonders aufmerksam wurde er, als einer sagte: »Sie sollte lieber in den Süden gehen, wo die Rotflecken-Pest wütet.«

Spät am zweiten Nachmittag beluden Pony und Belster ihren Wagen und zogen nach Norden weiter. Es war ein schöner Sommertag mit einer angenehmen lauen Brise. Das Paar fuhr gemächlich dahin und genoss die Düfte des Waldes ringsherum. Belster sah und spürte, dass seine Begleiterin wesentlich besserer Laune war als bei ihrer Abreise aus Palmaris.

»Langsam wird es wieder, was?«, fragte er, während die Schatten allmählich länger wurden.

Pony sah ihn von der Seite an, verstand nicht, was er meinte.

»Na ja, ich meine mit den Steinen«, erklärte Belster. »Du warst mit einer so guten Laune am Werk, wie ich sie bei dir seit Monaten nicht gesehen habe, Mädchen.«

Pony zuckte nur mit den Schultern und sagte nichts dazu. Aber im Stillen machte sie sich Gedanken über die Worte des Schankwirts. Die Arbeit im Heilzelt hatte ihr Freude bereitet, hatte ihr das Gefühl gegeben, dem Wohl des Volkes zu dienen, wenn auch nicht in dem großen Maßstab, den Bruder Braumin und König Danube für sie vorgesehen hatten. Die ganze Welt konnte sie ohnehin nicht ändern, das konnte niemand. Aber sie konnte kleine Teile dieser Welt ändern, das Dasein einiger weniger erleichtern. Belster hatte also Recht. Ihre Stimmung hatte sich tatsächlich erheblich gebessert.

Sie schlugen das Angebot einer Bauernfamilie aus, in deren Scheune zu übernachten, und fuhren noch ein Stück durch die Abenddämmerung, bis sie alle Häuser hinter sich gelassen hatten. Abseits der Straße entdeckte Pony eine kleine Lichtung, auf der sie anhielten und ihr Lager aufschlugen. Pony nahm den Pferden das Geschirr ab, damit sie ungehindert grasen konnten, während Belster eine köstliche Abendmahlzeit zubereitete, deren Zutaten Gaben der dankbaren Bürger Caer Tinellas waren.

Nach dem Essen saßen sie noch eine Weile zusammen, schauten zum Sternenhimmel hoch und redeten über dies und das.

Dann legte sich Pony hin und schlief bald darauf ein, aber wie in jeder Nacht seit Elbryans Tod hatte sie einen unruhigen, kaum erholsamen Schlaf. Als sie aufwachte und sah, dass es noch dunkel war, war sie nicht überrascht. Sie blieb liegen und fragte sich, ob sie etwas geweckt hatte und wenn ja, was.

Greystone schnaubte – nicht leise, sondern alarmiert.

Pony stützte sich auf die Ellbogen und schaute zu den angebundenen Pferden hinüber. Für das ungeübte Auge sah alles völlig normal aus, aber Ponys Instinkt sagte ihr, dass etwas nicht stimmte. Vielleicht war es die Art, wie Greystone dastand, die Muskeln gespannt, als ob er bereit wäre, bei der geringsten Provokation loszupreschen. Oder war es vielleicht die totale Stille, die mit einem Mal eintrat, als wären alle Geschöpfe des Waldes plötzlich auf der Hut?

Pony stand lautlos auf und schnallte sich in geduckter Haltung ihr Schwert, Beschützer, um. Sie nahm den Seelenstein, um ihren Geist die Gegend erkunden zu lassen, aber bevor sie sich ans Werk machen konnte, bemerkte sie eine Bewegung auf der Straße. Eine menschliche Gestalt, scheinbar ein groß gewachsener Mann, schritt auf ihr Lager zu.

Pony warf sich zu Boden, um kein Ziel für mögliche Bogenschützen abzugeben. Sie zog ein Bein an, um jederzeit blitzschnell aufspringen zu können, und umfasste den Schwertgriff.

Die Gestalt, die mit entschlossenen Schritten näher kam, schien etwas in der Hand zu halten, möglicherweise eine Streitaxt.

»Das ist nah genug, Sir«, sagte Pony unvermittelt, und der Mann blieb abrupt stehen.

Ein Moment der Stille verging. Dann lachte der Mann und stieß seine Axt gegen seinen metallenen Schutzschild.

»Was ist los?«, brummte Belster und rollte sich herum.

»Bleib liegen«, sagte Pony. Sie kroch auf den Fremden zu, die gesamte Umgebung ins Auge fassend, denn möglicherweise war der nächtliche Besucher nicht allein gekommen.

»Seid Ihr die Freundin der dummen Kilronney?«, bellte der Mann, und Pony glaubte zu ahnen, wer er war.

»Was, wenn ich es wäre?«, entgegnete Pony. Sie zog einen glimmenden Ast aus dem Lagerfeuer und schwang ihn hin und her, bis der Windhauch ihn aufflammen ließ. Dann sprang sie auf und eilte zwei Schritte auf den Fremden zu, um ihn besser sehen zu können.

Er war nicht sehr alt – vielleicht Mitte dreißig –, aber seine einstmals blonden Haare waren bereits weitgehend ergraut. Er trug ein ärmelloses Wams und hatte kräftige, stark behaarte Arme. Um die Handgelenke trug er breite Lederarmbänder. Pony sah die Dellen in seinem Schutzschild und die vielen Kerben in der Schneide seiner Streitaxt, die von zahllosen Gefechten kündeten.

»Seano Bellick«, sagte sie gelassen und trat dichter an den

Mann heran. Sie warf den brennenden Ast fort, um für etwaige Mitstreiter des Mannes kein allzu deutliches Ziel abzugeben.

Der große Mann lachte.

»Wer ist das?«, rief Belster von hinten.

»Bleib beim Wagen«, rief sie ihm zu.

»Ihr braucht Euch vor mir nicht zu fürchten«, sagte Seano Bellick. »Ich komme, um zu reden, nicht um zu kämpfen, und wenn ich kämpfe, dann ehrenhaft.«

Ponys Miene verriet, dass sie das bezweifelte. Der Mann konnte nichts vorbringen, was ihr die Zweifel nehmen würde, denn er hatte ihrer Freundin beinahe den Arm abgeschlagen, und Pony hoffte fast, dass er mit seiner Axt auf sie losging.

»Dann redet«, sagte sie grimmig.

Seano Bellick lachte erneut. »Ziemlich temperamentvoll, was?«, sagte er.

»Ihr hättet mich in der Stadt aufsuchen können«, erwiderte Pony. »Jeder wusste, wo ich mich aufhielt.«

Bellick zuckte mit den Schultern. »Nun, ich bin eben jetzt gekommen.«

Pony sagte nichts, sondern sah ihn nur durchdringend an.

»Ihr habt in dieser Gegend einen legendären Ruf«, fuhr Bellick fort. »Es heißt, Pony kämpfe gegen Goblins, Pauris und sogar gegen Riesen.«

»Jilseponie«, korrigierte die Frau.

»Schön, also *Jilseponie*«, sagte Bellick. »Und plötzlich taucht Ihr in der Stadt auf und kuriert Warzen und Bauchschmerzen, um Euch einen Namen als Heilerin zu machen.«

Pony wollte einwenden, dass er sich täuschte, wenn er glaubte, sie wolle sich mit den Dingen, die sie tat, einen Namen machen; sie kam aber schnell zu dem Schluss, dass dieser üble Spießgeselle es nicht wert war, dies erklärt zu bekommen – außerdem hätte er es ohnehin nicht verstanden.

Seano neigte den Kopf zur Seite. Pony wusste, wo dies hinführen würde, aber sie würde es dem Mann nicht leichter machen, indem sie den ersten Schritt tat.

»Ich bezweifle nicht, dass Ihr Euren Ruf verdient, Pony – ich meine, Jilseponie«, sagte Seano Bellick. »Und das macht es umso reizvoller für mich. Zückt dieses hübsche Schwert, das Ihr tragt, und zeigt mir, was Ihr den Goblins gezeigt habt.«

»Verschwindet«, entgegnete Pony. »Hier gibt es nichts für Euch zu holen, Seano Bellick. Ihr könnt Euch heute Nacht weder auf meine Kosten einen Namen machen, noch besitze ich irgendwelche Reichtümer, deretwegen sich ein Kampf lohnen würde. Steckt Eure hässliche Axt weg und verschwindet nach Caer Tinella, oder besser tief in den Wald, wo Ihr Euch mit einem Bären messen könnt, wenn Ihr unbedingt wollt.«

»Nichts für mich zu holen?«, wiederholte Seano ungläubig. »Wenn ich Euch töte, mache ich mir im ganzen Bärenreich einen Namen, und Herzog Kalas würde aufgehen, wie dumm es von Bildeborough war, mich aus der Armee zu werfen.«

Seine Worte überraschten Pony nicht.

»Nichts für mich zu holen?«, sagte Seano erneut, dieses Mal sogar noch ungläubiger. »Ihr habt einen magischen Stein dabei. Eine wirklich lohnende Beute, wie Ihr in der Stadt ja ausführlich demonstriert habt.«

»Ihr könntet mit dem Stein nichts anfangen«, sagte Pony.

»Aber andere werden ihn haben wollen«, schnaubte Seano, der offensichtlich immer aufgeregter wurde. »Und sie werden mit Gold bezahlen. Also gebt mir den Stein, und erspart mir die Mühe und Euch den Schmerz«, endete er und verzog den Mund zu einem hässlichen zahnlosen Grinsen.

Pony musterte Seano Bellick abschätzend. Noch steckte ihr Schwert in der Scheide. »Ich denke, mein Ruf ist längst nicht so schillernd, wie Ihr meint«, sagte sie langsam und sehr ruhig, »zumindest nicht im Vergleich zu Eurem.«

»Ich genieße tatsächlich einen gewissen Ruf«, sagte der große Mann.

»Das weiß ich«, entgegnete Pony. Sie atmete tief durch, ließ ihren Ärger ausströmen und versuchte, gelassen zu bleiben. »Seano Bellick«, sagte sie wieder völlig ruhig und gefasst, »ich würde Euch zwar zu gerne den Schmerz zurückzahlen, den Ihr meiner Freundin zugefügt habt –«

»Ah, noch so ein hartes Mädchen«, fuhr er ihr ins Wort. Pony lächelte innerlich und erkannte, dass Colleen, wäre sie in besserer Verfassung gewesen, mit diesem Großmaul tatsächlich keine Schwierigkeiten gehabt hätte. »Ich kämpfe grundsätzlich nicht gegen Menschen«, sagte sie. »Wir haben auf der Welt schon genügend Feinde, ohne dass wir einander bekriegen. Deswegen biete ich Euch an, nein, ich *bitte* Euch inständigst, Eure Axt herunterzunehmen und zu verschwinden.«

»Gebt mir den Stein, Mädchen, dann haue ich ab«, sagte Seano.

Pony schüttelte den Kopf. »Hört auf.«

»Alles in Ordnung, Pony?«, rief Belster, aber die junge Frau ignorierte ihn und konzentrierte sich ganz auf Seano.

»Zieht Euer Schwert«, forderte der große Mann sie auf.

»Verschwindet.«

»Das ist meine letzte Warnung.«

»Verschwindet.«

Wie erwartet, stürmte Seano Bellick auf Pony zu, einen wilden Kampfschrei ausstoßend. Pony zückte blitzschnell ihr Schwert. Mit fließenden Bewegungen wich sie seiner Attacke aus und griff den Mann ihrerseits mit mehreren Schwertschwüngen an, sodass Seano Bellick stehen bleiben und eine Verteidigungsposition einnehmen musste.

Plötzlich kam Pony der Gedanke, mit Hilfe ihres Seelensteins in den Geist des Mannes einzudringen, seinen Willen zu brechen und ihn zu verjagen. »Nein«, sagte sie sich, als Seano erneut brüllend auf sie zustürmte und seine Streitaxt sie nur um Haaresbreite verfehlte. »Nein«, sagte Pony sich wieder, denn ihr wurde bewusst, dass sie ihn nicht verjagen, sondern Vergeltung üben wollte für das, was er Colleen angetan hatte.

»Nein, renn nicht weg, Seano Bellick«, flüsterte sie. Der große Mann blickte mürrisch und griff abermals an – doch ein ums andere Mal wich die Frau seinen Hieben mit federnden, tänzelnden Schritten aus und verströmte dabei eine Anmut, als tanzte sie auf einem königlichen Ball.

Seano verharrte und starrte sie mit großen Augen an. Pony erkannte, dass der Mann noch nie jemandem begegnet war, der sich auf diese Weise bewegte. Es war der *Bi'nelle dasada*, der Schwerttanz der Elfen, bei dem die Ausweichmanöver nur von den Beinen ausgeführt wurden, während der Oberkörper vollkommen gerade und ausbalanciert blieb.

»Ihr seid ziemlich flink«, bellte Seano, »aber ich werde Euch trotzdem mit einem einzigen Axthieb den Schädel spalten.«

Pony machte sich nicht die Mühe, darauf zu antworten. Seano stieß einen wütenden Kampfschrei aus und stürmte mit erhobenem Schutzschild auf sie zu.

Es sah so aus, als hätte er einen Vorteil erlangt. Mit seinem Schild wehrte er Ponys Schwertstöße ab und holte zu einem vernichtenden Axthieb aus.

Pony glitt unter dem Schlag hinweg und wich auch der anschließenden Rückhand aus. Als Seano zum dritten Hieb ausholte, glitt sie einige Schritte zur Seite und stand mit einem Mal außerhalb seiner Reichweite.

Nun war plötzlich sie im Vorteil. Sie griff mit ihrem Schwert an und zwang Seano zum Rückzug. Immer wieder riss er seinen Schild hoch oder zur Seite, um ihre Stöße zu parieren – und er zeigte dabei großes Geschick, wie selbst Pony zugeben musste.

Seano präsentierte ein zahnloses Grinsen. »Ihr hättet Euch auch einen Schild besorgen sollen«, sagte er.

Erneut traf Pony nur den metallenen Schutzschild und sprang sofort zurück, als Seanos Axt durch die Luft sauste.

»Nein, so ein Ding macht einen bloß langsam«, erwiderte sie. Um ihre Auffassung zu illustrieren, führte sie ihren ersten wirklichen Angriff aus. Mit drei raschen Schritten glitt sie nach vorne und stieß ihr Schwert von der Seite hinter den Schild. Mit dieser blitzschnellen Attacke hatte sie ihn ausmanövriert, aber sie konnte nicht richtig zustoßen, weil ihr sogleich wieder Seanos Axt entgegensauste. Trotzdem gelang es Pony, seinen Bauch zu treffen, sodass aus dem neuesten Loch in seinem verschlissenen Wams Blut hervorzuquellen begann.

»Dafür wirst du bezahlen, du kleines Miststück!«, versprach er und stürmte wütend auf sie los.

Pony wich seinen nächsten beiden Hieben nach hinten aus, sprang plötzlich nach rechts und erzielte von der Seite einen weiteren leichten Treffer. Als Seanos Axt auf ihren Kopf zusauste, ließ sie sich fallen und machte eine Rolle vorwärts.

Sie sprang gerade rechtzeitig auf, um Seanos nächsten Hieb mit einer schönen diagonalen Blockade zu parieren, bei der ihm vor Überraschung die Axt aus der Hand fiel.

Dann hatte sie ihn, oder hätte ihn gehabt, wenn sie nicht von einem Geräusch im Unterholz und von Belsters Aufschrei abgelenkt worden wäre. Ohne dass es sie sonderlich überraschte, erblickte sie die beiden Spießgesellen, die Seano mitgebracht hatte – zwei Bogenschützen.

»Du bist besser als ich«, gestand Seano, »aber das wird dir nichts nützen.«

»Habt Ihr nicht behauptet, Ihr wärt ein ehrenvoller Kämpfer?«, erwiderte Pony.

»Ich habe ja auch ehrenvoll gekämpft«, sagte Seano. »Aber nun kämpfe ich nicht mehr. Nein, Mädchen, jetzt bin ich einfach nur ein Dieb. Also rück jetzt den Stein raus, dann verschwinden meine Freunde und ich.«

Pony musterte ihn, machte aber keine Anstalten, den Stein herauszuholen oder das Schwert niederzulegen.

»Meine Bogenschützen haben deinen Begleiter im Visier«, sagte Seano.

»Belster«, rief Pony.

»Ich sehe die beiden«, antwortete der Schankwirt. »Zwei Männer mit Pfeil und Bogen.«

»Gibst du ein deutliches Ziel ab?«

»Ich kann mich hinterm Wagen verstecken«, antwortete Belster.

Seano lachte. »Du möchtest es uns also ein wenig schwerer machen, na schön«, sagte er. »Schade drum, denn meine Männer werden dich abschießen wie einen räudigen Köter.«

Pony griff in ihren Beutel und holte den Hämatit heraus. Seanos gierige Hand langte nach dem Stein.

Sie gab ihm den Stein nicht, sondern stand nur reglos da und starrte auf den Hämatit, schickte ihren Geist hinein und ließ ihn mit den ihm innewohnenden magischen Kräften verschmelzen.

Dann schwebte sie aus ihrem Körper. Mit den magischen Kräften des Steines gelang es ihr, ihre Gedanken zu einem verzerrten, dämonischen Abbild ihrer selbst zu verdichten und es vor den beiden Bogenschützen überlebensgroß aufblitzen zu lassen. Die Männer schrien entsetzt auf, als wäre ihnen der Höllenfürst persönlich erschienen.

Die beiden wichen vor Schreck zurück, wirbelten herum und flohen stolpernd in den Wald.

»Was ist los?«, hörte sie Seano Bellick rufen und eilte umgehend in ihren Körper zurück. Sie kam gerade rechtzeitig, denn offenbar hatte der große Mann gespürt, dass sie ihn hereinlegen wollte. Er machte einen Satz nach vorn, mit der erhobenen Axt auf Ponys Stirn zielend.

Instinktiv übernahmen die Reflexe der Kriegerin die Kontrolle über ihren Körper. Sie sprang vor und stieß die Schwertspitze in den Holzstiel der niederfahrenden Axt, noch bevor Seano richtig ausholen konnte.

In einer einzigen fließenden Bewegung zog Pony die Klinge aus dem Axtstiel, stieß sie nach vorne und ließ ihr Handgelenk mit einem Ruck herumfahren und seitwärts in die Höhe schnellen. Seanos Axt segelte in hohem Bogen durch die Luft.

Der Mann hätte seine Waffe loslassen sollen, doch er hatte Ponys Parade überhaupt nicht registriert, geschweige denn ihren Gegenangriff.

Alles geschah im Bruchteil eines Augenblicks. Pony sprang zurück, Blut spritzte ihr ins Gesicht; Seano Bellicks Axt segelte durch die Luft und fiel zu Boden – und mit ihr die Hand, die noch den Holzstiel umfasste.

Der große Mann schrie auf, warf seinen Schild fort, sank auf die Knie und packte seinen Handstumpf, aus dem das Blut nur so herausschoss.

Pony wusste, dass sie sich nicht weiter mit ihm aufzuhalten brauchte. Sie wandte sich um und wollte zu der Stelle rennen, wo die beiden Bogenschützen gehockt hatten, aber plötzlich waren die Männer wieder da, jeder seinen Bogen im Anschlag.

Pony blieb stehen und musterte die beiden, sah ihre zitternden Hände. Sie glaubte nicht, dass einer der beiden sie treffen würde, so aufgeregt schienen sie, andererseits …

»Wollt ihr immer noch kämpfen?«, fragte sie mit fester Stimme und begann, langsam auf die beiden zuzuschreiten. Sie war unschlüssig. Die Stimme der Vernunft sagte ihr, dass sie stehen bleiben sollte, dass die Dunkelheit und die Entfernung ihr Vorteil waren. Eine andere Stimme sagte Pony, dass sie die ohnehin schon aufgeregten Männer vollends einschüchtern und endgültig in die Flucht schlagen sollte.

Dann sah sie das Schimmern der metallenen Pfeilspitzen.

»Her mit dem Stein, dann verziehen wir uns«, sagte der Kleinere der beiden, ein stämmiger Bursche mit funkelnden Augen. Er war der Gefährlichere der beiden, wurde Pony klar. Seine Hand war deutlich ruhiger als die seines Mitstreiters.

»Ihr bekommt nichts von mir«, sagte Pony, »aber ich werde

euch mehr als bloß die Hände abschlagen, verlasst euch drauf!« Dann stieß sie ein Furcht erregendes Fauchen aus und ruderte wild mit den Armen. Der größere Mann schrie auf und rannte davon, der kleinere aber brummte nur verärgert und schoss seinen Pfeil ab.

Im selben Moment schlug er die Hände vors Gesicht und begann wie am Spieß zu schreien. Dann stürzte er zu Boden.

Pony sah es nicht, sondern blickte auf den heransausenden Pfeil, der auf ihr Herz zielte und zu schnell war, um ihm noch auszuweichen. Instinktiv hob sie ihr Schwert und konzentrierte sich auf die Magnetite, die kleinen Magneteisensteine, mit denen das Heft der prächtigen Waffe besetzt war.

Die Magnetite reagierten, indem ihre Kraftwellen die metallene Pfeilspitze packten und die Flugbahn des Pfeils veränderten, sodass er gegen das Schwertheft prallte und dort haften blieb.

Verblüfft blickte Pony auf ihr Schwert und den daran hängenden Pfeil, der sie um ein Haar getötet hätte.

Dann schaute sie zu dem Bogenschützen hinüber, der reglos dalag. Hatte sein eigener Gefährte ihn hinterrücks erschossen? »Belster?«, rief sie.

»Alles in Ordnung, Mädchen?«, rief er von jenseits des Wagens. Da begriff Pony, dass er nicht in den Kampf eingegriffen hatte. Verwirrt ging sie zu dem Bogenschützen hinüber, der mit dem Gesicht nach unten auf dem Boden lag. Ihre Verwirrung wuchs noch, als sie sah, dass der Mann keine Wunde am Rücken hatte.

Sie kniete sich neben ihn, den Wald mit den Augen nach einem weiteren Angreifer absuchend, und drehte den Körper um.

Der Mann war tot. Er griff sich noch immer ins Gesicht, die Hand über das linke Auge gekrallt. Pony zog die Hand weg und sah den Schaft eines winzigen Pfeils aus dem zerfetzten Augapfel ragen.

»Juraviel?«, flüsterte die Frau in die Dunkelheit und blickte hoffnungsvoll zu den Bäumen auf.

15. Auf großer Fahrt

Es war eine unscheinbare Felsklippe mitten im Nirgendwo, auf einer Seite umspült vom Golf von Korona, auf der anderen von den wilden, eisigen Fluten des Mirianischen Ozeans. Etwa einhundert Menschen nannten die Insel Dancard ihr Zuhause, die Hälfte von ihnen Soldaten der königlichen Küstenwache in Pireth Dancard, der doppeltürmigen, hoch aus der Brandung ragenden Inselfestung.

Es waren bodenständige Leute, die mit Fischerei und dem Einsammeln des Seetang-Gestrüpps ihren Lebensunterhalt verdienten. Sie mussten schlimme Stürme und Angriffe riesiger Haie erdulden und hatten im Krieg gegen den Geflügelten einen schweren Pauri-Angriff zurückgeschlagen. Aber selbst wenn sie von dieser heldenhaften Schlacht sprachen, taten die Bewohner von Dancard es mit stoischer Ruhe, ohne sich darüber zu ereifern. Urwüchsig und geduldig, wie sie waren, akzeptierten sie – Soldaten wie Zivilisten gleichermaßen – ihr hartes Los, und jeder war auf sich selbst und die Hilfe des anderen angewiesen, was mitunter dazu führte, dass sie Besuchern mit Argwohn begegneten. Aber sie waren nicht unfreundlich. Sie hatten die *Saudi Jacintha* zu Reparaturarbeiten einlaufen lassen und das Schiff großzügig mit Vorräten versorgt, obwohl Kapitän Al'u'met längst nicht so viel brauchte.

Trotzdem war Bruder Dellman froh, als das Schiff entlang der trügerischen Felsküste aus dem kleinen Hafen der Inselfestung segelte. Die *Saudi Jacintha* hatte Palmaris vor mehr als einem Monat verlassen und wurde längst in Pireth Vanguard erwartet, aber ein Bruch in der Takelage hatte das Schiff zu dem unplanmäßigen Aufenthalt in Dancard gezwungen.

»Sturköpfige Männer und Frauen sind das«, sagte Kapitän Al'u'met, ein hoch aufgeschossener Mann mit krausem Haar und der für die Behreneser typischen dunklen Haut. Al'u'met war eine Seltenheit im Königreich des Bären, besonders so hoch im Norden. Zwar gab es im Hafenviertel von Palmaris eine kleine behrenesische Kolonie, aber praktisch keiner der Zuwanderer fand eine Anstellung, die über körperliche Arbeit hinausging. Und außerhalb von Entel, der südlichsten Stadt im Königreich des Bären, hatte ein Behreneser noch nie eine so hohe Position wie die eines Schiffskapitäns erlangt. Al'u'met war also alles andere als ein typischer Behreneser. Er war Abellikaner, nicht Anhänger der Yatol-Priester seiner Heimat, und er war einer der beeindruckendsten Männer, denen Bruder Holan Dellman je begegnet war, ein Mann, der auf natürliche Weise Autorität ausstrahlte.

»Das müssen sie wohl sein, wenn sie überleben wollen«, antwortete Bruder Dellman.

»Gute Menschen«, fügte Al'u'met nickend hinzu, dann wandte er sich von der Heckreling ab und ging mit dem jungen Mönch zum Bug der *Saudi Jacintha*.

»Wann werden wir Land sehen?«, fragte Dellman.

»Ihr müsst Euch nur umdrehen, wenn Ihr Land sehen wollt«, sagte Al'u'met schmunzelnd, aber Dellman und den Besatzungsmitgliedern, die die Bemerkung gehört hatten, war nicht nach Scherzen zumute, denn sie hatten es satt, auf endlose Wassermassen hinauszustarren. Kapitän Al'u'met räusperte sich und erklärte: »Zwei Wochen, wenn die Winde günstig sind, aber sobald Land in Sicht ist, wird es nicht mehr lange dauern, denn unser Kurs führt uns direkt nach Pireth Vanguard.«

Bruder Dellman lehnte sich an die Reling und blickte auf den Ozean hinaus. »Zwei Wochen«, sagte er grüblerisch und dachte an die ehrenvolle Aufgabe, die Abt Braumin ihm übertragen hatte. Er würde der wichtigste Berater des Abtes sein, wenn im Herbst der neue ehrwürdige Vater gewählt wurde. Er sollte sich eine Meinung über Abt Agronguerre bilden, und sein Urteil über den Mann würde maßgebend sein für den künftigen Kurs der abellikanischen Kirche.

Dies vor Augen, beschwerte Bruder Holan Dellman sich nicht – weder bei Al'u'met noch bei jemand anderem.

Und so segelten sie tagein, tagaus über die endlosen Weiten des Ozeans, bis eine Woche später ein Besatzungsmitglied im Krähennest rief: »Ein Schiff! Im Norden.«

Bruder Dellman, der auf allen vieren das Deck schrubbte, schaute auf. Er sah Al'u'met zum Bug schreiten, stand auf und folgte dem dunkelhäutigen Mann.

»Dasselbe wie zuvor?«, fragte er den Kapitän, denn bevor die *Saudi Jacintha* in Pireth Dancard hatte anlegen müssen, waren sie einige Tage lang einem Schiff nachgesegelt. Anfangs war es bloß ein Fleck am Horizont gewesen, doch die schnelle *Saudi Jacintha* hatte rasch aufgeholt, und der Späher im Krähennest hatte einen kleinen, älteren Einmaster mit Ruderbänken ausmachen können. Als die *Saudi Jacintha* noch näher kam, hatten sich die Ruder in Bewegung gesetzt, um den Abstand zwischen ihnen nicht noch geringer werden zu lassen.

»Gut möglich. Zu dieser Jahreszeit befinden sich kaum Schiffe in diesem Teil des Golfs«, antwortete Al'u'met. Er blickte hinauf zum Krähennest. »Was kannst du erkennen?«, rief er.

»Ein einziges Rahsegel«, antwortete der Späher.

»Dasselbe Schiff?«

»Ich kann keine Flagge erkennen«, rief der Mann herunter.

Al'u'met schaute Dellman an. »Ich vermute, es ist dasselbe Schiff«, sagte er. »Aber warum ein alter Einmaster sich so weit von der Küste entfernt, will mir nicht in den Kopf.«

Dellman blickte zu den windgeblähten Segeln der *Saudi Ja-*

cintha hoch und nahm an, dass sie es bald herausfinden würden.

»Igitt, ein Verfolger!«, tönte es vom Krähennest des Einmasters.

Dalump Keedump trat einen Eimer über das Deck und stürmte zur Heckreling, bei jedem Schritt lauthals fluchend.

»Dein Freund, Herzog Kalas«, grummelte ein anderer Pauri, Dokie Ruggs, der dem Anführer der Pauris an die Reling folgte. »Er ließ uns hier raussegeln, damit er uns ungestört umbringen kann.«

»Das wissen wir nicht!«, brüllte der Pauri-Anführer. »Es könnte ein Handelsschiff sein. Oder vielleicht hat es Vorräte zu der Inselfestung gebracht, an der wir vorbeikamen, und segelt jetzt weiter nach Norden zu einer anderen Festung.«

»Das hoffst du vielleicht, aber du weißt es nicht«, sagte Dokie Ruggs, und einige der umstehenden Pauris nickten zustimmend. »Es ist Kalas, glaubt mir. Lässt uns in dieser löchrigen Schüssel aufs offene Meer rausfahren und schickt uns das Boot nach, um uns zu versenken!«

»Es segelt unter der Flagge von Palmaris«, bemerkte ein anderer.

»Die Hälfte aller Schiffe der Menschen segelt unter der Flagge von Palmaris«, entgegnete Dalump.

»Es ist Kalas«, meinte Dokie unbeirrt. »Sie hätten uns längst eingeholt, wäre nicht einer ihrer Quermasten gebrochen. Und jetzt kommen sie, und wir haben nichts, um uns zu verteidigen!«

Dalump Keedump lehnte sich an die Reling und überlegte, was sie tun konnten – viele Möglichkeiten hatten sie nicht. Er war sich nicht sicher, ob Dokie Ruggs und die anderen Recht hatten, denn irgendwie vertraute er Herzog Kalas. Kalas hatte einfach keinen Grund gehabt, ihnen erst ein Schiff zu geben und ihnen anschließend über den ganzen Golf von Korona zu folgen und sie zu versenken. Er hätte sie im Kerker von Chasewind Manor verrecken lassen können, ohne dass jemand es bemerkt hätte.

Nein, Dalump Keedump glaubte nicht, dass seine verängstigten Mitstreiter Recht hatten, aber was immer dieses Schiff sein mochte, es stellte eine Gefahr dar. Was würde die Besatzung tun, wenn sie eine kaum seetüchtige alte Schüssel voller Pauris vorfand? Und zwar Pauris, die sich nicht verteidigen konnten! Jeder menschliche Seemann hatte tausend Gründe, die Pauris zu hassen.

Dalump schaute über die Schulter auf die vor seinem ächzenden alten Schiff liegenden Fluten, dann blickte er zum südlichen Horizont zurück, doch die Segel ihrer Verfolger waren von Deck aus noch nicht zu erkennen. Der Pauri-Anführer wusste, dass er seine Gefährten wieder an die Ruder würde schicken müssen, wo sie wegen des mickrigen Rahsegels die Rücken krumm machen mussten, um Fahrt zu gewinnen.

Der Gedanke gab Dalump jedoch etwas Hoffnung, denn niemand auf der Welt konnte so kräftig und ausdauernd rudern wie ein Pauri, und er hatte eine Besatzung, deren Leben davon abhing.

Im Laufe der folgenden Tage kam die *Saudi Jacintha* nahe genug heran, um die Ruderer auf dem anderen Schiff erkennen zu können. Am Morgen des fünften Tages informierte der Späher Kapitän Al'u'met, dass das Schiff nun in östliche Richtung fahre. Al'u'met, der sich fragte, weshalb es unbedingt seinen Vorsprung halten wollte, obwohl die *Saudi Jacintha* keine Kriegsflagge gehisst hatte, befahl, dem Schiff zu folgen. Bald darauf änderte es seinen Kurs wieder Richtung Norden.

»Offenbar wollen sie sich von uns fern halten«, sagte Al'u'met zu Bruder Dellman.

»Das muss nicht zu unserem Schaden sein«, erwiderte der Mönch, der einzig an seine wichtige Mission dachte, obwohl auch er sich fragte, was es mit dem seltsamen Schiff auf sich hatte.

Al'u'met überlegte einen Augenblick, dann nickte er. »Wenn es noch einmal den Kurs ändert, werden wir es nicht weiter verfolgen«, sagte er, »obwohl es mir nicht behagt, ein solches Schiff ohne vorherige Mitteilung über den Golf segeln zu lassen.«

»Mein guter Käpt'n, Ihr steht nicht in Diensten von Herzog Bretherford«, scherzte Dellman in Anspielung auf den Oberbefehlshaber der königlichen Flotte.

»Aber ich trage eine Verantwortung für alle Handelsschiffe, die in diesen Gefilden segeln«, entgegnete Al'u'met. »Genauso wie sie Verantwortung für mich und meine Besatzung tragen. Es ist eine Art Bruderschaft hier draußen, mein Freund. Wir alle müssen uns gegenseitig helfen, um die unglaublichen Kräfte des Mirianischen Ozeans zu überleben. Aber seid unbesorgt, ich werde Euch so schnell wie möglich nach Vanguard bringen.«

Bruder Dellman verneigte sich und machte sich wieder an seine freiwillige Arbeit an Deck. Hin und wieder schaute er nach Norden, und ein- oder zweimal glaubte er, das ferne Segel des Einmasters auszumachen.

Als am nächsten Morgen ein dichter Nebel aufgezogen war, konnten sie das Schiff nicht mehr sehen. Es herrschte nahezu Windstille, und es dauerte Stunden, bis sich die Dunstschwaden aufgelöst hatten. Als schließlich wieder klare Sicht herrschte, war das Schiff verschwunden.

Kapitän Al'u'met, Bruder Dellman und mit ihnen die gesamte Besatzung versuchten, es zu vergessen.

So verstrichen die Tage, und irgendwann wurde der Wind wieder stärker. Wenig später tauchte am Horizont erneut das Segel des Einmasters auf.

Aber das Wetter wurde schlechter. Es regnete die ganze Nacht, und am nächsten Morgen war erneut dichter Nebel aufgezogen. Als sich am Abend des gleichen Tages die Nebelschwaden endlich aufgelöst hatten, grüßte kein fernes Segel die Besatzung, sondern ein fernes Licht hoch über dem Wasser.

»Pireth Vanguard«, sagte Al'u'met zu Bruder Dellman und den übrigen.

Am nächsten Morgen legte die *Saudi Jacintha* im Hafen der nördlichsten Festung des Bärenreiches an.

Am selben Morgen fuhr noch ein anderes Schiff ein, allerdings in eine abgelegene Bucht fünf Meilen weiter nördlich. Die Pauris hatten ihren betagten Einmaster bis an seine Grenzen belastet, und nun bedurfte es einiger dringender Reparaturen an den Rudern und der Takelage. Die völlig erschöpften Pauris, die anderthalb Wochen ununterbrochen gerudert waren, konnten die Pause gut gebrauchen. Was sie, nach Dalump Keedumps Meinung, allerdings noch viel dringender brauchten, waren Waffen, die sie von weitem auf das ihnen folgende Schiff oder auf andere Angreifer schleudern konnten, die ihnen auf dem Mirianischen Ozean noch begegnen mochten. Außerdem war es noch ein weiter Weg zu den Wetterinseln, der Heimat der Pauris, und ein paar zusätzliche Vorräte würden sicherlich die Moral von Dalumps überarbeiteter und unterernährter Besatzung heben.

Vielleicht würde das andere Schiff sie hier entdecken und angreifen. Dalump und seine kampferprobten Pauris fürchteten die Menschen nicht, selbst nicht die Allheart-Ritter. Sie hatten zwar nicht auf offener See kämpfen wollen – zumindest nicht auf diesem alten Schiff ohne Verteidigungsmöglichkeiten –, aber an Land würden sie sich ihrem Gegner nur zu gern stellen.

Aber auch dafür benötigten sie Waffen, die Herzog Kalas ihnen vor ihrer Abreise strikt verweigert hatte. Sie hatten nicht mal Speere, um Fische aufzuspießen. Während sich also die Hälfte der Besatzung mit neuem Tatendrang daranmachte, aus Ästen primitive Bogen, Speere und Keulen zu schnitzen, reparierten andere das Schiff, und eine dritte Gruppe erkundete die Gegend.

Dalump sprach es nicht offen aus, aber er und seine Mitstreiter hofften, dass ihre Kundschafter ein einsames Dorf entdecken würden, wo die Besatzung sich auf Kosten der armen Menschen ein wenig amüsieren konnte.

An diesem Morgen war es vergleichsweise still im Hafen. Da das Wetter unbeständig war und sie wenige Tage zuvor prächtige Fänge eingeholt hatten, waren nur wenige von Vanguards Fischerbooten ausgelaufen.

Als die *Saudi Jacintha* am Kai festgemacht hatte und der Landungssteg herabgesenkt wurde, machten Al'u'met und Bruder Dellman sich daran, von Bord zu gehen. »Dürfen wir an Land kommen?«, fragte der Kapitän die beiden Soldaten der Küstenwache, die sie am Kai erwarteten.

»Ja, aber nur Ihr und der Mönch«, antwortete einer der Männer. »Festungskommandant Presso will Euch sprechen, bevor er eine generelle Landeerlaubnis erteilt.«

»Sicher«, sagte Al'u'met. Er und Dellman gingen von Bord und folgten den Soldaten eine lange, in die Felsklippe geschlagene Steintreppe hinauf, die direkt nach Pireth Vanguard hineinführte. Oben angelangt, suchten sie das Büro des Festungskommandanten Constantine Presso auf.

»Al'u'met«, sagte der Kommandant, als die beiden eintraten. Er erhob sich und kam um seinen Schreibtisch herum. »Wann haben wir uns zum letzten Mal gesehen, mein Freund?«

»Als du noch in Pireth Tulme dientest«, sagte Al'u'met, »lange vor dem Krieg.«

Sie gaben sich die Hand, dann stellte Al'u'met seinem alten Freund Bruder Dellman vor.

»Er ist hier, um Abt Agronguerre zu besuchen«, erklärte

Al'u'met. »Eine Menge geht vor im Süden. Einiges davon ist wundersam, anderes ziemlich schmerzhaft.«

»Wir haben Gerüchte gehört, aber nichts Genaues«, sagte Presso. »Aber durch das unermüdliche Wirken unseres Prinzen Midalis konnten wir endlich die elenden Goblins aus dem Land vertreiben.«

Al'u'met nickte. »Wir werden Abt Agronguerre einen genauen Lagebericht liefern«, sagte er. »Ich denke, Festungskommandant Presso wäre bei dem Treffen willkommen, sollte er uns begleiten wollen.« Er schaute Bruder Dellman an, um zu sehen, ob der Mönch etwas dagegen hatte.

»Wenn er ein Freund Al'u'mets ist, ist er sogar mehr als willkommen«, sagte Dellman und verneigte sich respektvoll.

»Dann auf nach St. Belfour«, sagte der Festungskommandant. Er führte die beiden hinaus, trug seinen Männern auf, Al'u'mets Besatzung den Aufenthalt so angenehm wie möglich zu machen und das Schiff einer gründlichen Inspektion zu unterziehen.

Die drei Männer fuhren in der bequemen Kutsche des Kommandanten durch das hügelige Waldland nach St. Belfour. Abt Agronguerre und Bruder Haney hatten an diesem Tag alle Hände voll zu tun, nahmen sich aber trotzdem Zeit für ihre Besucher.

»Das Äbtekollegium wird im Calember in St. Mere-Abelle zusammentreten«, erklärte Bruder Dellman, sobald die formelle Begrüßung vorüber war. »Wir werden Euch auf der *Saudi Jacintha* dorthin bringen, wenn es Euch genehm ist.«

»Drei Monate?«, fragte Agronguerre, den Blick auf Al'u'met gerichtet. »So lange wollt Ihr Euer Handelsschiff untätig im Hafen liegen lassen?«

»Das bin ich Eurer – meiner Kirche schuldig, Abt Agronguerre«, erklärte Al'u'met. »Ich und meine Besatzung werden Euch gerne diesen Dienst erweisen.«

»Das ist sehr großzügig von Euch«, sagte Abt Agronguerre.

»Aber für die Rückreise sollte ich ein Schiff aus Vanguard nehmen, sonst müsstet Ihr nach meiner Heimkehr auch noch hier überwintern.«

Al'u'met schaute Dellman an, aber der Mönch wusste auf den logischen Vorschlag des Abts nichts zu erwidern.

»Das werden wir später besprechen«, sagte Al'u'met. »Es eilt nicht. Lasst uns Euch von den Ereignissen in Palmaris berichten.«

»Vater Markwart ist tot«, sagte Abt Agronguerre, »das berichtete ein Händler aus dem Süden. Markwart sei von einem Mann namens Nachtvogel und dieser Frau, Pony, getötet worden.«

»Jilseponie«, korrigierte Bruder Dellman. »Er wurde von Elbryan Wyndon, bekannt als der Nachtvogel, und von seiner Frau, Jilseponie, getötet, die oft nur Pony genannt wird.«

»Sind sie Gesetzlose?«, fragte der Abt.

»Nachtvogel kam bei dem Kampf um«, erklärte Dellman. »Und Jilseponie ist alles andere als eine Gesetzlose. Sie wird im ganzen Bärenreich als Heldin verehrt.«

Abt Agronguerre wirkte vollkommen perplex.

Bruder Dellman atmete tief durch und versuchte, seine Gedanken zu ordnen. Ihm war klar, dass er ganz von vorne beginnen musste, um dem Mann begreiflich zu machen, was sich im letzten Jahr im Süden des Bärenreiches und im Barbakan am Berg Aida zugetragen hatte.

Die drei Vanguardianer lauschten aufmerksam und beugten sich so weit auf ihren Stühlen vor, dass sie fast schon auf dem Boden zu sitzen schienen. Bruder Haney schlug fassungslos eine Hand vor den Mund und machte das Zeichen des Lebensbaums, als Dellman von den Ereignissen am Berg Aida berichtete, Avelyns Grabstätte, wo magische Blitze aus dem versteinerten Arm des Märtyrers die Goblins vernichtet hatten, von denen Dellman und seine Gefährten auf dem verlassenen Bergplateau umzingelt worden waren.

Als Bruder Dellman vom alles entscheidenden Kampf in Chasewind Manor erzählte, bei dem der vom Geflügelten besessene Markwart umgekommen war, machte auch Abt Agronguerre das Zeichen des Lebensbaums.

Als er zu Ende gesprochen hatte, saßen die drei Vanguardianer lange schweigend da. »Wo ist diese Jilseponie jetzt?«, fragte der Abt schließlich.

»Sie ist in ihre Heimat zurückgegangen, in die Waldlande, in ein Dorf namens Dundalis«, sagte Al'u'met. »Dort wurde ihr Mann begraben.«

»Eine beeindruckende Frau«, sagte Agronguerre.

»Kann man wohl sagen«, entgegnete Al'u'met stolz. »Zu Zeiten eines Bischof De'Unnero und eines Vater Markwart wurden die Behreneser in Palmaris brutal unterdrückt, und Jilseponie ergriff unerschrocken Partei für uns. Sie setzte alles aufs Spiel für ein Volk, das sie nicht einmal kannte. Sie ist voller Güte und Stärke, eine wahre Heldin.«

»Niemand weiß besser mit den heiligen Steinen umzugehen als sie«, fügte Bruder Dellman hinzu, und sogleich machten Agronguerre und Haney wieder das Zeichen des Lebensbaums.

»Sowohl die Kirche als auch König Danube boten ihr hohe Ämter an«, fuhr Al'u'met fort. »Sie hätte Baroness von Palmaris werden können oder Äbtissin von St. Precious oder sogar …« Er brach ab und schaute zu Dellman.

»Man erwog, sie zur ehrwürdigen Mutter der abellikanischen Kirche zu machen«, sagte der Mönch. »Es war Meister Francis' Vorschlag, und –«

»Markwarts Lakai«, unterbrach Agronguerre. »Ich kenne Meister Francis vom letzten Äbtekollegium. Ehrlich gesagt fand ich ihn höchst unangenehm.«

»Meister Francis hat seine Fehler eingesehen«, versicherte ihm Bruder Dellman. »Er erkannte, dass der ehrwürdige Vater vom Geflügelten besessen war, und er entnahm seinen letzten Worten der Reue, dass es tatsächlich Markwart war, der zu ihm sprach.«

»Es ist ein ereignisreiches Jahr gewesen«, sagte Abt Agronguerre und stieß einen tiefen Seufzer aus.

»Diese Jilseponie würde ich gerne kennen lernen«, bemerkte Festungskommandant Presso.

»Sie diente früher bei der Küstenwache«, sagte Bruder Dellman zu ihm. Der Kommandant nickte anerkennend. »Genau genommen war sie in Pireth Tulme stationiert, als die Pauris angriffen. Sie ist vermutlich die einzige Überlebende des Massakers.«

Presso riss überrascht die Augen auf und starrte Dellman entgeistert an. »Beschreibt sie«, sagte er.

»Sie ist von Geburt aus schön«, sagte Al'u'met schmunzelnd.

Dellmans Beschreibung war genauer. Er hob die Hand, um zu zeigen, dass Pony ungefähr fünfeinhalb Fuß groß war. »Sie hat blaue Augen und goldschimmerndes Haar«, sagte er.

»Das gibt's doch nicht«, sagte der Kommandant.

»Ihr kennt sie?«, fragte Al'u'met.

»Wir hatten in Pireth Tulme eine Frau, die Jill hieß«, erklärte Presso. »Sie war zur königlichen Armee eingezogen worden – ich glaube, nach einer gescheiterten Ehe mit einem Adligen – und hatte sich zur Küstenwache hochgearbeitet. Ist aber schon Jahre her.«

»Die gescheiterte Ehe mit Connor Bildeborough, dem Neffen des Baron Bildeborough von Palmaris«, erklärte Bruder Dellman lächelnd, denn er wusste, dass sie tatsächlich von derselben bemerkenswerten Frau sprachen. »Die Ehe konnte nur scheitern, denn Jilseponie hatte ihr Herz an Elbryan verschenkt.«

»Unglaublich«, staunte Presso.

»Dann kennt Ihr sie also«, sagte Abt Agronguerre.

Presso nickte. »Sie war schon damals eine beeindruckende Frau, guter Abt. Eine Frau von untadeligem Charakter.«

»Das ist sie«, sagte Al'u'met lächelnd.

»Wir werden die Einzelheiten Eurer Reise später besprechen«, sagte Bruder Dellman zu Abt Agronguerre. »Bis es losgeht, werde ich in Vanguard bleiben. Ich freue mich, endlich dieses wundersame Land kennen lernen zu können.«

»Und Ihr seid höchst willkommen, Bruder Dellman«, sagte Agronguerre. »Wir haben viel Platz bei uns in St. Belfour. Viele Brüder sind mit Prinz Midalis in den Norden gezogen, daher kommt jede hilfreiche Hand gerade recht.«

»Und Käpt'n Al'u'met und seine Besatzung werden bei mir in Pireth Vanguard bleiben«, sagte Festungskommandant Presso. »Mir fehlen ebenfalls Leute, denn der Prinz hat die Hälfte meiner Soldaten mitgenommen.«

»Und wann erwartet Ihr seine Rückkehr?«, fragte Al'u'met.

»Bald, wenn man den jüngsten Gerüchten glauben kann«, antwortete Presso. »Sie zogen mit dem Barbaren-Häuptling Brunheld und dem Hüter Andacanavar ins südliche Alpinador, als Gegenleistung für die Hilfe der Nordmänner bei unserem Kampf gegen die Goblins.«

»Eine Allianz mit Alpinador?«, fragte Kapitän Al'u'met ungläubig.

Presso zuckte mit den Schultern. »Ich denke, diese Geschichte hebe ich mir besser für später auf«, sagte er, als es leise an Abt Agronguerres Tür klopfte.

»Die Vesper«, sagte Agronguerre und erhob sich. »Vielleicht möchtet Ihr den heutigen Abendgottesdienst leiten, Bruder Dellman.«

Dellman erhob sich von seinem Stuhl und verneigte sich respektvoll. Er musterte Agronguerre, versuchte noch immer, sich eine Meinung über ihn zu bilden. Falls jedoch der erste Eindruck tatsächlich der richtige war, würde er Braumin Herde und den anderen Kirchenoberen empfehlen, den Mann für das Amt des ehrwürdigen Vaters vorzuschlagen.

16. Erschreckende Parallelen

»Ein Bruder nach dem anderen kehrt zurück«, sagte Meister Bou-raiy voller Zynismus, als Marcalo De'Unnero sein Arbeitszimmer in St. Mere-Abelle betrat. »Zuerst beehrt uns Bruder … ich meine *Meister* Francis, und nun taucht Ihr auf.«

De'Unnero musterte den Mann lächelnd. Bou-raiy hatte ihn nie gemocht, weil der jüngere De'Unnero Vater Markwarts Günstling gewesen war und sich nach und nach hochgearbeitet hatte, während Bou-raiy auf der Stelle trat. Kurz nachdem vor St. Mere-Abelle die Pauri-Flotte aufgetaucht war, war De'Unnero die zwischen ihnen herrschende Rivalität bewusst geworden, denn er hatte sich bei der Schlacht mit den Pauris durch besonderen Mut ausgezeichnet, während Bou-raiy die ganze Zeit auf der Westmauer die nie erfolgte Bodeninvasion abgewartet hatte.

Es überraschte De'Unnero nicht, dass Bou-raiy das Machtvakuum in St. Mere-Abelle dazu genutzt hatte, seine eigene Position auszubauen. Wer war denn sonst noch da, der die riesige Abtei hätte führen können? Nun hatten sich also Bou-raiy und sein Handlanger Glendenhook an die Spitze gestellt.

»Zwei Meister – ehemalige Bischöfe und Äbte – sind zurückgekommen, um in dieser schweren Zeit St. Mere-Abelle zu stärken«, sagte De'Unnero.

»Stärken?«, wiederholte Bou-raiy und lächelte abfällig.

De'Unnero stellte sich vor, wie viel breiter dieses Lächeln wäre, wenn er Bou-raiy eine Faust zwischen die Zähne rammen würde. »Stärken? Hört Ihr nicht das Getuschel, das jeden Eurer Schritte begleitet? Hört Ihr nicht die abfälligen Kommentare über Euch?«

»Ich folgte Vater Markwart.«

»Dessen Ruf ruiniert ist«, sagte Bou-raiy. »Unter Markwarts Herrschaft wart Ihr und Francis wichtige Führungspersonen, das ist wahr. Aber jetzt ist er tot und wird bald vergessen sein.« Er machte eine Pause und schüttelte den Kopf. »Erspart mir Euren finsteren Blick, Marcalo De'Unnero. Früher habt Ihr in St. Mere-Abelle über mir gestanden, aber nur wegen Vater Markwarts Fürsprache. Unter den verbliebenen Meistern werdet Ihr kaum noch Gleichgesinnte finden, das versichere ich Euch. Selbst Meister Francis scheint seine Irrtümer eingesehen zu haben. Nein, dies ist wahrlich nicht mehr die alte Kirche, in der man Eure ... Talente so schätzte.«

»Ich muss niemandem über meine Taten Rechenschaft ablegen. Schon gar nicht einem Fio Bou-raiy«, schnaubte De'Unnero verächtlich.

»Taten, an die Ihr Euch bestimmt voller Wehmut erinnert.«

Die Bemerkung brachte De'Unnero zum Schweigen. Er starrte sein Gegenüber erbost an und spürte, wie sich der Tiger in ihm regte. Wie gerne er doch dieser dunklen Seite in ihm nachgeben wollte, zur Raubkatze werden und über den Schreibtisch hechten und diesen Dreckskerl in Stücke reißen wollte!

De'Unnero versuchte, gleichmäßig zu atmen und das gewaltige Begehren in ihm zu unterdrücken. Was würde ihm noch bleiben, wenn er dem Drang jetzt nachgab? Er würde aus St. Mere-Abelle und vor seinem geliebten Orden fliehen müssen und wäre gezwungen, wieder eine jämmerliche Existenz am Rande der Zivilisation zu führen, so wie in den vergangenen Monaten. Nein, das konnte er nicht länger ertragen, und er versuchte mit all seiner Willenskraft, seinen Geist vor Bouraiys zynischen Kommentaren zu verschließen.

»Ihr seid fast zehn Jahre jünger als ich«, sagte Bou-raiy. »Zehn Jahre! Ich habe eine ganze Dekade länger als Ihr die alten Schriften über das Wirken Gottes auf Korona studiert. Seid Euch also Eures Platzes bewusst, und der ist unter mir.«

»Und wie viel länger als Meister Bou-raiy haben die Meister Timminey und Baldmir die alten Schriften studiert?«, fragte De'Unnero mit ruhiger Stimme, denn er hatte sich inzwischen wieder in der Gewalt. »Eurer eigenen Logik zufolge steht Ihr unter diesen Männern und unter Machuso und vielen anderen, und doch ist es Bou-raiy, der nun im Arbeitszimmer des Abtes sitzt.«

Bou-raiy lehnte sich auf seinem Stuhl zurück und trug ein breites Lächeln zur Schau. »Wir beide wissen sehr genau, was Männer wie Machuso und Baldmir von Männern wie uns unterscheidet«, sagte er. »Einige werden zum Führen geboren, andere zum Dienen. Ich denke, Ihr versteht, was ich meine.«

»Ihr meint Eure Arroganz«, entgegnete De'Unnero. »Ihr unterscheidet zwischen den Ordensbrüdern so, wie Eure Zwecke es erfordern. Ihr behauptet, aufgrund Eurer größeren Erfahrung über mir zu stehen, aber bei anderen lasst Ihr diesen logischen Schluss nicht gelten.«

»Sie würden die Verantwortung dieses Amtes nicht wollen«, sagte Bou-raiy und beugte sich plötzlich wieder auf seinem Stuhl vor, was erneut De'Unneros Mordlust aufflackern ließ. Überrascht packte er die Stuhllehne und zwang sich zur Ruhe.

»Und gedenkt Ihr, Euch von Eurem Lakai Glendenhook beim Äbtekollegium für das Amt des ehrwürdigen Vaters vorschlagen zu lassen?«, fragte De'Unnero unvermittelt. »Ihr würdet eine vernichtende Niederlage erleiden, falls Ihr kandidieren solltet«, sagte er mit einem spöttischen Lächeln. »Braumin Herde, Francis und der neueste Meister, Viscenti, Je'howith, Olin, Äbtissin Delenia, sie alle würden gegen Euch sein.« Er machte eine dramatische Pause, obwohl ihm klar war, dass seine nächste Bemerkung Bou-raiy nicht überraschen würde. »Ich würde natürlich auch nicht für Euch stimmen.«

Bou-raiy lehnte sich wieder zurück und saß eine Weile gedankenverloren da. De'Unnero glaubte zu wissen, was der Mann überlegte, und seine Vermutung bestätigte sich, als

Bou-raiy plötzlich erklärte: »Sie werden Abt Agronguerre aus St. Belfour nominieren, und ich werde seine Ernennung zum ehrwürdigen Vater befürworten.«

Ja, das machte Sinn für De'Unnero. Bou-raiy wusste, dass er gegen Agronguerre nicht gewinnen würde, daher würde er sich voll hinter den sanftmütigen Vanguardianer stellen, hinter den *alten* Vanguardianer. Davon erhoffte er sich, dass Agronguerre für ihn dasselbe tun würde, was Markwart für De'Unnero und Francis getan hatte. Der Unterschied war, dass Bou-raiy viel älter und erfahrener war als De'Unnero und Francis, als Markwart sie unter seine Fittiche genommen hatte. Wenn der alte Agronguerre starb – vermutlich innerhalb der nächsten fünf Jahre –, wäre Bou-raiy als sein Nachfolger zur Stelle und hätte bei der Wahl aufgrund seiner Erfahrung und Reputation keinen ernsthaften Konkurrenten.

»Abt Agronguerre ist ein guter Mensch mit einem großmütigen Wesen«, sagte Bou-raiy wenig überzeugend, obwohl er damit Recht hatte. De'Unnero begriff, dass die Eigenschaften, die Bou-raiy so lobend herausstrich, in seinen Augen gar nicht so bewundernswert waren. »In diesen schweren Zeiten braucht unsere Kirche vermutlich genau das: einen alten weisen Mann, der nach St. Mere-Abelle kommt und unseren angeschlagenen Orden wieder auf den rechten Weg führt.«

Marcalo De'Unnero kannte dieses Spiel nur zu gut. Er bewunderte Bou-raiy beinahe für dessen Geduld und Weitblick und hätte ihm dies auch gesagt – wenn er Bou-raiy nicht so gehasst hätte.

Allmählich gewöhnte sich De'Unnero an die tägliche Arbeit in St. Mere-Abelle. Zu seiner Überraschung hatte Bou-raiy gegen seine Anwesenheit nichts einzuwenden und erlaubte ihm sogar, als Meister wieder die Kampfausbildung der jungen Ordensbrüder zu übernehmen.

»Den linken Arm!«, brüllte De'Unnero eines Morgens den

jungen Bruder Tellarese an. Der Meister stürmte auf ihn zu, packte seinen linken Arm und riss ihn in die richtige Abwehrhaltung hoch. »Wie willst du sonst meinen Schlag abwehren?«

Als De'Unnero zu Ende gesprochen hatte, ließ der offenbar erschöpfte junge Mann den Arm wieder sinken. De'Unnero verschwendete kein weiteres Wort, sondern ließ seine Faust vorschnellen und versetzte Tellarese einen Schlag ins Gesicht, der den jungen Bruder von den Beinen holte.

Der Meister wandte sich mit einem frustrierten Brummen ab und stolzierte davon. »Idiot!«, murmelte er und befahl einem anderen seiner Schüler, einem jungen, viel versprechenden Bruder im ersten Jahr, sich mit Tellarese zu messen.

Die beiden traten vor und tauschten einige halbherzige Schläge aus, mehr um einander zu testen als den anderen ernsthaft zu treffen. Unterdessen zogen die übrigen zehn Ordensbrüder einen stetig enger werdenden Kreis um die Kontrahenten und trieben sie damit immer näher aufeinander zu.

Als Tellarese erneut den Arm sinken ließ und sein Gegenüber einen leichten Gesichtstreffer landete, stürmte De'Unnero in den Kreis, schob den Bruder im ersten Jahr beiseite und nahm dessen Platz ein.

»Ich wollte zu einem Konter ansetzen«, stammelte Tellarese.

»Du hast ihn zu dem Schlag ermutigt, weil du gehofft hast, dadurch eine Lücke in seiner Deckung zu finden?«

»Ja.«

De'Unnero schnaubte verächtlich. »Du lässt dir von deinem Gegner freiwillig ins Gesicht schlagen? Wozu? Warum sollte dein Konter dadurch besser werden?«

»Ich dachte bloß –«

»Du sollst nicht denken!«, brüllte der frustrierte De'Unnero. Früher war er Bischof von Palmaris gewesen, ein bedeutender Mann mit großer Verantwortung. Hätte Markwart Elbryan und Jilseponie an jenem schicksalhaften Tag in Chasewind

Manor besiegt, wäre irgendwann er, De'Unnero, der ehrwürdige Vater geworden. Früher hatte er den Nachtvogel gejagt, den berühmten Hüter, der als der wohl größte Krieger der Welt gegolten hatte. Er hatte sich mit ihm von Mann zu Mann gemessen und dabei, wie er fand, eine gute Figur gemacht.

Und nun unterrichtete er Schwachköpfe, die sich nie im Leben gegen einen hässlichen kleinen Goblin würden zur Wehr setzen können, geschweige denn gegen einen richtigen Gegner.

Seine ganze Wut platzte aus ihm heraus, als er Tellarese mit der rechten Faust ins Gesicht schlug, und als der junge Bruder den Schlag – viel zu spät – zu blockieren versuchte, schlug De'Unnero ihm mit der linken Faust abermals mitten ins Gesicht.

»Wenn ich einen Dolch hätte, würdest du mich ihn dir in den Bauch rammen lassen, um eine Lücke in meiner Deckung zu finden?«, fragte De'Unnero und schlug Tellarese wieder ins Gesicht. Dann noch einmal und noch einmal, und als der junge Mann schließlich die Arme hob, um seinen Kopf zu schützen, schlug De'Unnero ihm in die Magengrube. Als Tellarese sich mit schmerzverzerrter Miene an den Bauch fasste, versetzte De'Unnero ihm wieder einen wuchtigen Haken ins Gesicht. Dann noch einen und noch einen.

Er hörte das Gemurmel der anderen Schüler, die ihr Mitleid für Tellarese bekundeten, aber die Unterstützung für den Schwächling spornte den wütenden De'Unnero nur noch weiter an. Seine Schläge wurden immer härter und kamen in immer schnellerer Folge, bis er plötzlich innehielt.

Es dauerte einige Augenblicke, bis Tellarese es wagte, hinter seinen erhobenen Armen hervorzuspähen und sie schließlich herunterzunehmen.

»Ich hatte es nicht begriffen«, sagte er leise.

»Und hast du es jetzt begriffen?«, fragte ihn De'Unnero, und den anderen kam es so vor, als hätte seine ohnehin raue

Stimme plötzlich einen seltsamen, katzenartigen Klang angenommen.

»Ja, das habe ich.«

»Dann verteidige dich!«, sagte er und nahm wieder seine Kampfhaltung ein.

Tellarese hob erneut die Arme, und De'Unnero ließ die Schultern kreisen und täuschte mehrere Hiebe an.

Zu seiner Überraschung landete Tellarese einen Treffer, der irgendwie De'Unneros Deckung durchstieß und mitten in seinem Gesicht landete. Die jungen Ordensbrüder, die im Kreis um die Kontrahenten standen, begannen den Mann leise anzufeuern, obwohl ihnen dabei nicht wohl zumute war.

De'Unneros Hand schoss blitzschnell vor und fuhr dem jungen Tellarese über das Gesicht. Zu Tellareses Entsetzen, zum Entsetzen der Zuschauer und auch zu De'Unneros Entsetzen blieben auf der Wange des jungen Ordensbruders vier deutlich sichtbare Kratzspuren zurück.

De'Unnero nahm den Arm sofort herunter und ließ den breiten Kuttenärmel über seine Tigerpranke gleiten. Wie war das geschehen? Wie hatte er die Kontrolle über sich verlieren können?

Wegen so einer Kleinigkeit!

»Manchmal lässt man einen Schlag durchkommen, um seinerseits einen Treffer zu landen«, fauchte er den benommenen Tellarese an. »Wenn man weiß, dass der Schlag sitzen wird, kann man seinem Gegner durchaus einen geringfügigen Treffer erlauben«, improvisierte er. In Wahrheit hatte Tellareses Glückstreffer De'Unnero fast genauso überrascht wie der Umstand, dass sich seine Hand in eine Tigerpranke verwandelt hatte. »Aber Vorsicht! Wenn man diese Strategie verfolgt, muss man sich seiner Sache ganz sicher sein. Man muss um die Schwäche seines Kontrahenten wissen und seine eigenen Fähigkeiten genau einschätzen können. Die Lektion ist für heute beendet. Jeder von euch wird ein Dutzend Mal den Hindernislauf absolvieren, danach rennt ihr dreimal die Abteimauer ab. Danach ruht euch aus und denkt über die heutige Lektion nach!«

Er wandte sich ab, wollte nichts weiter, als sich für den Rest des Tages in seinem Zimmer verkriechen. Als er aber das Entsetzen in den Gesichtern der jungen Ordensbrüder sah, drehte er sich noch einmal zu Tellarese um. Der Novize kniete auf dem Boden und hielt sein blutendes Gesicht.

»Ihr zwei«, sagte er zu den am nächsten stehenden Brüdern, »werdet euch um seine Wunden kümmern oder ihn, wenn nötig, zu Meister Machuso bringen. Nachdem Tellarese versorgt wurde, werdet ihr drei die Läufe nachholen.«

Dann wandte sich De'Unnero ab und zog sich in sein winziges Zimmer zurück. Immer wieder fragte er sich, wie das hatte passieren können. Er war so beunruhigt, dass er den Abendgottesdienst versäumte.

»Verbündete?«, fragte De'Unnero Meister Francis hoffnungsvoll, als Francis am späten Abend unangemeldet an seiner Tür auftauchte.

»Wir beiden dienten demselben ehrwürdigen Vater«, war alles, was Francis darauf antwortete.

»Und dessen Ruf ist ruiniert«, sagte De'Unnero. »Sollen wir mit ihm untergehen? Oder sollen wir beide zusammenhalten, mein *Freund*, Meister Francis?« Sein Tonfall klang ironisch. »Ihr und ich gegen den Rest der Kirche?«

»Ihr macht Euch über die Dinge lustig, und das zeigt mir, dass Ihr die Gefahr unterschätzt, in der sich alle befinden, die Markwart folgten«, entgegnete Francis kühl. »Die Kirche hat sich verändert, Meister De'Unnero. Die Zeiten, in denen Markwart mit harter Hand regierte, sind vorüber. Ich denke, Marcalo De'Unnero wird entweder seine Ansichten ändern oder sich mit einer untergeordneten Rolle in der neuen abellikanischen Kirche abfinden müssen.«

»Soll ich etwa vor Fio Bou-raiy zu Kreuze kriechen?«, schnaubte De'Unnero.

»Meister Bou-raiy wird die Kirche nicht führen«, antwortete Francis. »Aber unterschätzt nicht seinen Einfluss in St. Mere-Abelle. Als ich aus Palmaris zurückkehrte, war ich ebenfalls überrascht, wie stark seine Position geworden ist. Es wäre nicht klug, sich mit ihm anzulegen.«

»Warum habt Ihr mich aufgesucht?«, wollte De'Unnero wissen. »Bruder Francis hat sich früher nie um De'Unneros Freundschaft bemüht.« Es stimmte. Selbst unter Markwarts Herrschaft hatten Francis und De'Unnero sich nie sonderlich nahe gestanden. Sie waren eher Rivalen gewesen, hatten um die Ämter gewetteifert, die unter Markwarts Ägide in der Kirche frei wurden.

»Ich bin nur gekommen, um Euch einen Rat zu geben«, erwiderte Francis gelassen. »Ob Ihr den Rat annehmt oder nicht, liegt ganz bei Euch. Dies ist nicht länger Markwarts Kirche. Ich glaube, Braumin Herde und Avelyns übrige Anhänger werden in Zukunft das Zepter führen.«

De'Unnero schnaubte verächtlich ob dieses Gedankens.

»Sogar Vater Markwart gestand, dass er in Avelyns Fall versagt habe«, erklärte Francis.

»Ja, versagt, weil er ihn und seine Anhänger nicht zügiger und umfassender bestrafte«, entgegnete De'Unnero.

»Nein, weil er die Wahrheit nicht zugab«, sagte Francis bestimmt. »Jeder Mensch im Bärenreich kennt die Geschichte, wie Avelyn mit Jilseponies und Elbryans Hilfe den geflügelten Dämon vernichtete.«

»Und welche Beweise gibt es, dass die Geschichte stimmt?«, fragte De'Unnero. »Die Worte von Gesetzlosen?«

»Sie sind nicht länger Gesetzlose«, erinnerte ihn Francis. »Und Avelyns versteinerter Arm, der aus einem Felsen am zertrümmerten Berg Aida ragt, bestätigt die Berichte. Habt Ihr nicht von dem Wunder am Aida gehört?«

»Die dumme Geschichte von den Goblins, die pulverisiert wurden, als sie die um den allmächtigen Steinarm versammelte Schar angriffen? Das ist blanker Unsinn, nichts weiter«, sagte De'Unnero seufzend, »Fantastereien, die ehrgeizige Männer in Umlauf brachten, um weiterzukommen.«

»Es ist einerlei, was Ihr von der Geschichte haltet. Die Menschen im Königreich des Bären glauben Braumin Herde, und der war schließlich dabei«, sagte Francis.

»Und was hält Meister Francis von Avelyns und Meister Jojonahs angeblichen Ruhmestaten?«, fragte De'Unnero, in dessen Stimme sich ein verschlagener Unterton einschlich.

»Glaubt Meister Francis an das angebliche Wunder am Aida?«

»Eure Fragen sind töricht und überflüssig«, sagte Francis.

»Trotzdem glaube ich Eure Antworten zu kennen«, entgegnete De'Unnero.

»Es gibt zwei sehr gegensätzliche Meinungen über Avelyn Desbris, und in beiden liegt eine gewisse Wahrheit, würde ich sagen«, entgegnete Francis ausweichend. »Was Meister Jojonah anbelangt, denke ich, dass er sein Schicksal nicht verdiente.«

»Trotzdem habt Ihr nicht das Wort erhoben, um ihn zu retten«, sagte De'Unnero.

»Damals war ich nur Immakulat«, erklärte Francis, »ohne Stimme im Äbtekollegium. Trotzdem habt Ihr Recht mit Eurem Vorwurf. Mein damaliges Schweigen ist etwas, womit ich für den Rest meiner Tage leben muss.«

»Habt Ihr etwa auch den Mut zum Kampf verloren?«, fragte De'Unnero.

Francis würdigte diesen Unsinn keiner Antwort.

»Und was ist mit diesem Wunder am Aida?«, drängte De'Unnero. »Glaubt Francis, dass Avelyns Geist zurückkehrte, um Goblins zu pulverisieren?«

»Euer sarkastischer Ton zeigt, dass Ihr noch nicht am Aida wart«, sagte Francis. »Ich bin dort gewesen. Ich sah den Felsen und den versteinerten Arm, der aus ihm herausragt, und ich spürte …« Er verstummte und schloss die Augen.

»Was, Meister Francis?«, drängte De'Unnero weiter, aber es klang eher wie eine Verhöhnung als wie eine ernst gemeinte Frage. »Was habt Ihr am Berg Aida gespürt? Die Gegenwart von Engeln? Ist Gott persönlich herabgestiegen, um Euch zu segnen, während Ihr am Grab eines Ketzers herumgekrochen seid?«

»Ich ging voller Skepsis dorthin«, erwiderte Francis. »Ich hoffte, Avelyn Desbris lebend zu finden, um ihn in Ketten zu Vater Markwart schleifen zu können! Ich kann nicht leugnen, dass mich an seiner Grabstätte eine Aura des Friedens und der Ruhe umfing.«

De'Unnero machte eine wegwerfende Handbewegung. »Als Nächstes werdet Ihr Bruder Avelyn für die Heiligsprechung vorschlagen«, höhnte er.

»Da dürfte Abt Braumin mir zuvorkommen, denke ich«, sagte Francis mit großer Ernsthaftigkeit. De'Unnero spuckte beinahe aus vor Abscheu.

»Oh, welch denkwürdige Zeiten!«, rief der erregte Mönch voller Sarkasmus aus. »In einer Epoche der Wunder zu leben! Welch großes Glück mir widerfährt!«

Francis sah den Mann eine Weile schweigend an. »Ich bin gekommen«, sagte er schließlich, »um Euch zu warnen, dass die Kirche, wie Ihr sie kanntet, nicht mehr existiert. Um Euch aufzufordern, Euer Feuer zu zügeln, denn in dieser Kirche wird ein Akt wie Euer Verhalten gegenüber Bruder Tellarese nicht mit Wohlwollen betrachtet. Markwarts Zeit ist vorüber, und das Königreich und die Kirche werden nicht länger von den Horden des Geflügelten attackiert. Nehmt meinen Rat an, oder lasst es bleiben. Wegen allem, was wir gemeinsam durchgemacht haben, fühlte ich mich verpflichtet, Euch diese Dinge zumindest mitzuteilen. Für Eure künftigen Taten hingegen trage ich keine Verantwortung.«

De'Unnero war kurz davor, ihn rauszuwerfen, aber Francis kam ihm zuvor und ging.

Trotz De'Unneros anmaßender Haltung hatten Francis' Worte große Wirkung auf den geplagten Mann. Er konnte sich noch so zornig, uneinsichtig und sarkastisch geben, die schlichte Wahrheit von Francis' Ausführungen traf ihn dennoch zutiefst.

Mit diesen Gedanken im Kopf ging er zu Bett und fand kaum Schlaf – denn während er sich in einem fort auf dem Laken herumwarf, träumte er davon, wie er mit seinen Tigerpranken auf die betenden Ordensbrüder losging. Es war ein schrecklicher, endloser Traum, in dem das Blut der jungen Männer auf ihn spritzte, während er sie anschrie, dass sie sich täuschten, dass sie schwach seien und dass ihre Schwäche das Ende der abellikanischen Kirche bedeutete. Und als sie ihm nicht länger zuhören wollten und sich abwendeten, um mit ihren schwachsinnigen Gebeten fortzufahren, riss De'Unnero die jungen Ordensbrüder in Stücke und spürte ihr warmes Blut über sein Gesicht und seinen Hals laufen.

Er erwachte lange vor dem Morgengrauen, schweißgebadet auf dem Boden liegend. Er schaute sofort auf seine Hände und wäre vor Erleichterung beinahe ohnmächtig geworden, als er sah, dass es noch immer Hände waren und keine Tigerpranken. Als das Gefühl der Erleichterung gleich wieder verflog, tastete er seinen Hals und sein Gesicht nach Überresten von Blut ab.

»Nur ein Traum«, sagte er sich, denn er fühlte nur kalten Schweiß an seinen Fingern. Er begann, das Bettzeug zu ordnen, und wollte sich wieder hinlegen, aber dann wurde ihm klar, dass er in dieser Nacht keinen Schlaf mehr finden würde.

Er begab sich auf die Ostmauer der Abtei, von wo er einen freien Blick auf die Allerheiligen-Bucht hatte. Er betrachtete den Sonnenaufgang, dessen erste glühende Strahlen das Dunkel der mirianischen Fluten in schimmerndes Rot verwandelten.

Als er Palmaris und die Narren in St. Precious verlassen hatte, hatte er geglaubt, nach Hause zurückzukehren. Aber jetzt begriff er die schmerzvolle Wahrheit. Er hatte sich nicht verändert – zumindest glaubte er das –, St. Mere-Abelle hingegen schon. Dies war nicht mehr sein Zuhause, und er war sich nicht einmal mehr sicher, ob dies noch seine Kirche oder sein Orden war. Marcalo De'Unnero war Vater Markwart nicht blindlings ergeben und bestimmt nicht dessen williger Knecht gewesen, so wie Francis. Nein, er hatte sich oft mit Markwart gestritten und zu dessen Verärgerung gelegentlich seine eigenen Entscheidungen getroffen. Aber zumindest war die Kirche unter Markwart stabil gewesen. Er hatte ihr neue Ziele gegeben, hatte versucht, sie zu neuen Höhen zu führen und ihr größere Macht zu verleihen. Aus diesem Grund hatte Markwart in Palmaris einen Bischof installiert, ein im Bärenreich seit Jahrhunderten nicht mehr dagewesener Winkelzug der Kirche, durch den er dem König wenigstens einen Teil seiner Macht streitig machen wollte. Aus diesem Grund hatte Markwart verfügt, dass nur Kirchenmitglieder die heiligen Steine besitzen durften.

Ja, trotz aller Meinungsverschiedenheiten mit Vater Markwart hatte De'Unnero dessen Ansichten weitgehend geteilt. Aber was sollte nun aus ihm und seiner Kirche werden, jetzt da Markwart tot war und kein starkes neues Oberhaupt seinen Platz einnehmen würde? Schlimmer aber war noch die Frage, wie mächtig Braumin Herde und seine Anhänger werden würden, wenn sie weiterhin die Erinnerung an den auf dem Scheiterhaufen verbrennenden Jojonah und an das »Wunder« am Aida benutzten, um ihre Position bei dem verweichlichten Teil der Bruderschaft zu stärken?

De'Unnero behagten die Aussichten nicht, und da er mit Meister Bou-raiy nicht zurechtkam, sah er keine Möglichkeit, die Dinge in seinem Sinne zu beeinflussen.

Er lehnte an der Mauer, auf die rot glitzernden Fluten der

Allerheiligen-Bucht starrend, und fragte sich, wie tief seine Kirche noch sinken würde.

Wenig später riss ihn das Geräusch näher kommender Schritte aus seinen Gedanken. Er wandte sich um und sah Francis und Bou-raiy auf sich zukommen.

»Es wird eine Weile dauern, bis Bruder Tellareses Wunden verheilt sind«, begrüßte ihn Bou-raiy.

»Es waren doch nur ein paar Kratzer«, entgegnete De'Unnero und wandte sich von ihm ab.

»Das wären sie gewesen, wenn sie ihm nicht von einer Raubkatzenpranke zugefügt worden wären«, sagte Bou-raiy. »Die Wunden sind voller Eiter, und Machuso musste den jungen Bruder die halbe Nacht mit einem Seelenstein behandeln.«

»Dafür haben wir die Steine ja«, entgegnete De'Unnero ungerührt, ohne den Blick von der Bucht abzuwenden. Zu seiner Überraschung lehnte sich Bou-raiy neben ihm an die Mauer.

»Uns sind Gerüchte über Schwierigkeiten im Süden zu Ohren gekommen«, sagte er mit betroffener Stimme, aber De'Unnero sah ihn noch immer nicht an. »Gerüchte über die Rotflecken-Pest.«

Selbst das beeindruckte De'Unnero nicht. »Jedes Jahr schreit irgendwer, dass die Pest ausgebrochen sei«, entgegnete er.

»Ich habe die Symptome der Erkrankten gesehen«, warf Francis ein.

»Und die habt Ihr mit Zeichnungen in einem alten Buch verglichen, nicht wahr?«, sagte De'Unnero sarkastisch.

»Die anderen Meister und ich haben beschlossen, jemanden zu entsenden, der den Gerüchten nachgehen soll«, erklärte Bou-raiy.

Jetzt sah De'Unnero ihn an, die Augen zu schmalen Schlitzen zusammengezogen. »Die anderen Meister?«, fragte er. »Wieso war ich nicht dabei?«

»Wir konnten Euch heute Morgen nirgendwo finden«, antwortete Bou-raiy, der De'Unneros erzürntem Blick nicht auswich.

De'Unnero sah Francis an. »Lasst uns allein«, befahl er ihm. Francis machte keine Anstalten zu gehen.

»Bitte, Bruder Francis, lasst uns allein«, bat De'Unnero etwas höflicher. Francis warf Bou-raiy einen besorgten Blick zu, dann trat er einige Schritte zurück.

»Und Ihr habt beschlossen, dass ich derjenige sein soll, der den Gerüchten nachgeht, nicht wahr?«, sagte De'Unnero leise.

»Ja, vielleicht wäre es am besten, wenn Ihr die Abtei für eine Weile verlassen würdet«, erwiderte Bou-raiy.

»Ich bin nicht an Eure Weisungen gebunden«, sagte De'Unnero. Entschlossen straffte er den Rücken, und obwohl er kein großer Mann war, gab er eine imposante Figur ab, von der auch Meister Bou-raiy nicht unbeeindruckt blieb.

»Es ist eine Bitte, keine Weisung. Eine Bitte aller Meister in St. Mere-Abelle.«

»Gehört auch Francis zu den Bittstellern?«, fragte De'Unnero mit erhobener Stimme, damit auch der junge Meister ihn hörte.

»Ja«, antwortete Bou-raiy.

Dies ließ De'Unnero schmunzeln. Er konnte kaum glauben, wie schnell Bou-raiy reagiert hatte und Bruder Tellareses Verletzung als Vorwand nahm, um ihn fortzuschicken. Er hätte es kommen sehen müssen, wurde ihm klar. Sein einstiger Aufstieg zur Macht hatte ihm viele Neider eingebracht.

»Ich kann auch die Immakulaten veranlassen, sich der Bitte anzuschließen«, sagte Bou-raiy.

»Dann muss ich mir jetzt also schon von Immakulaten Befehle erteilen lassen?«, fragte De'Unnero verärgert. »Oder von eifersüchtigen, nachtragenden Meistern, die befürchten, dass ich ihre bequeme Welt durcheinander bringe?«

Bou-raiy starrte ihn entgeistert an.

»Ja, in Markwarts Abwesenheit hat Meister Fio Bou-raiy

sich ein bequemes Leben in St. Mere-Abelle eingerichtet«, fuhr De'Unnero fort. »Meister Fio Bou-raiy fürchtet, dass ich ihm seine kostbare Position streitig machen könnte.«

»Diesen Streit haben wir bereits ausgetragen«, sagte Bou-raiy kühl, der offenbar ahnte, wo dies hinführen würde.

»Und wir werden ihn wieder und wieder austragen«, raunte De'Unnero. »Aber nicht jetzt. Ich habe mir gerade überlegt, ob es nicht besser wäre, St. Mere-Abelle für eine Weile zu verlassen, und wenn die Meister wünschen, dass ich nach Süden gehe, werde ich ihrem Wunsch folgen.«

»Eine kluge Entscheidung.«

»Aber zum Äbtekollegium werde ich selbstverständlich zurück sein«, versprach De'Unnero. Dann fügte er leiser hinzu, damit Francis es nicht hören konnte: »Ich werde die Wahl des ehrwürdigen Vaters genauestens verfolgen, das verspreche ich Euch. Und falls Agronguerre gewinnen sollte, werde ich ihn anschließend genauso umgarnen, wie Bou-raiy es tun wird. Ich werde den Mann nach Kräften unterstützen und mich ebenso unentbehrlich machen, wie ich es für Vater Markwart war.«

»Abt Agronguerre ist kein Krieger«, entgegnete Bou-raiy.

»Jeder ehrwürdige Vater ist ein Krieger«, sagte De'Unnero, »oder wird einer werden, sobald er die wahren Absichten derjenigen durchschaut, denen er sein Vertrauen schenkt. Oh, er wird froh sein über meine Unterstützung, und er ist kein junger Mann mehr.«

»Glaubt Ihr wirklich, dass Ihr in unserem Orden jemals genügend Fürsprecher finden werdet, um die Wahl zum ehrwürdigen Vater zu gewinnen?«, fragte Bou-raiy ungläubig.

»Vermutlich nicht, aber ich glaube, dass ich damit zumindest Bou-raiys Ernennung verhindern kann«, sagte De'Unnero unverblümt. Zu seiner Freude wurden Bou-raiys Lippen schmal.

»Nun, diesen Kampf tragen wir ein anderes Mal aus«, sagte De'Unnero. Er blickte zu Francis hinüber. »Bestimmt habt Ihr eine Reiseroute für mich ausgearbeitet, oder?«, fragte er.

»Ja«, antwortete Francis.

»Gut«, sagte De'Unnero. »Ich werde in wenigen Stunden aufbrechen.«

Er wandte sich um und ging, in Gedanken wieder bei der Kirche, zu der er zurückgekehrt war, dieser gehaltlosen Hülle dessen, was Markwart aus ihr gemacht hätte. Ja, er würde in den Süden gehen, aber nicht um nach der Pest zu suchen. Vielleicht würde er nach St. Gwendolyn gehen oder gar nach Entel, wenn die Zeit es zuließ, und sich unter den raueren Ordensbrüdern der südlichen Abteien Verbündete suchen. Wie würde Abt Olin reagieren, wenn er erfuhr, dass Agronguerres Wahl zum ehrwürdigen Vater so gut wie feststand?

Olin und De'Unnero kamen gut miteinander aus, und De'Unnero wusste, dass Olin die gegenwärtige Entwicklung der Kirche nicht gefallen konnte, denn der Abt war froh gewesen, als Jojonah auf dem Scheiterhaufen verbrannt worden war. Und vom letzten Äbtekollegium wusste er, dass Olin und auch Äbtissin Delenia keine Freunde Bou-raiys waren.

Ja, sinnierte De'Unnero, auf seiner Reise würde er jede Menge Unfrieden stiften. Jedes Ungemach, das er der gegenwärtigen Inkarnation der Kirche bescherte, konnte nur positive Veränderungen nach sich ziehen.

Marcalo De'Unnero war zeit seines Lebens ein gewiefter politischer Taktiker gewesen, daher war er sich der schwer wiegenden Folgen seiner Pläne voll bewusst. Und im Gegensatz zu Bou-raiy und Francis war ihm klar, dass Braumin Herde und seine Anhänger die abellikanische Kirche durchaus spalten konnten. Ja, De'Unnero würde mit aller Macht für seine Vision einer reinen Glaubenslehre kämpfen. Und wenn er dafür St. Mere-Abelle bis auf die Grundmauern niederbrennen musste, würde er es mit der Gewissheit tun, dass er und seine künftigen Mitstreiter aus der Asche wieder auferstehen würden.

Bevor er von Francis seine Reiseroute abholte, begab er sich in eine der Bibliotheken, wo er eine der wenigen Kopien einer ganz besonderen Seekarte in die Falten seiner Mönchskutte schob.

Meister Bou-raiy stand auf der Abteimauer und beobachtete, wie De'Unnero St. Mere-Abelle verließ. Seine Vorstellung von einer vernünftigen Kirche unterschied sich nicht sehr von der dieses Mannes, den er als seinen Feind ansah. Natürlich betrachtete Bou-raiy Abt Agronguerres voraussichtliche Ernennung zum ehrwürdigen Vater als heilsam für die abellikanische Kirche. Argronguerre war für das Mitgefühl bekannt, an der es der Kirche momentan mangelte, und Bou-raiys Bemerkung zu De'Unnero, dass Agronguerres Ernennung genau das sei, was die Kirche gegenwärtig brauche, war nicht spöttisch gemeint gewesen und hatte keinerlei subtile politische Motive gehabt.

Agronguerres voraussichtliche Wahl schien vernünftig und logisch zu sein, und Bou-raiy war sich sicher, dass beim Kollegium genügend Äbte und Meister es ebenso sehen und dem Mann ihre Stimme geben würden.

Aber wenn er seine Einschätzung der Lage konsequent zu Ende dachte, konnte sich Bou-raiy des Eindrucks nicht erwehren, dass dieser gigantische lebendige Körper, der die abellikanische Kirche war, gegenwärtig einem verwundeten, im Unterholz lauernden Raubtier glich, das jeden Augenblick angreifen konnte.

Und Fio Bou-raiy – dessen Gedanken ironischerweise in dieselbe Richtung zielten wie die seines erklärten Feindes De'Unnero – war sich nicht sicher, ob er diesen Angriff abwehren wollte.

17. Ein mausender alter Freund

»Ahhh! Füg sie wieder an! Füg sie wieder an!«, brüllte Seano Bellick. Er kauerte auf dem Boden und hielt seinen blutenden Armstumpf. Wenige Meter entfernt lag seine Hand im Staub, noch immer den Holzstiel der Axt umfassend.

Pony ging achtlos an ihm vorbei. »Belli'mar Juraviel?«, rief sie. »Bist du hier? Oder ein anderer Touel'alfar? Ich kenne diese Pfeile!«

»Was redest du da, Mädchen?«, fragte Belster O'Comely und kam hinter dem Wagen hervor.

»Meine Hand!«, brüllte Seano. »Füg sie wieder an! Bitte, bitte, benutz deine Magie!«

»Ich kann Eure Hand nicht wieder anfügen«, sagte Pony scharf und warf ihm einen mitleidslosen Blick zu.

»Du musst!«

»Keine Magie kann das bewerkstelligen!«, zischte Pony. Es bedurfte all ihrer Willenskraft, nicht zu dem Mann hinüberzugehen und ihm in die hässliche Visage zu treten.

Seano Bellick winselte erbärmlich, noch immer seinen blutenden Stumpf haltend. Er langte nach der Hand auf dem Boden. Als seine Finger sie fast erreicht hatten, zog er sie jedoch aus Furcht, das grausige Ding anzufassen, schnell wieder zurück. Außerdem musste er seinen Armstumpf zudrücken, denn als er ihn losgelassen hatte, schoss das Blut wieder heraus.

»Ich verblute!«, brüllte er. »Oh, ich sterbe! Du Hexe hast mich umgebracht!«

Belster kam zu Pony herüber. Sie starrten den vor ihnen knienden Mann an. »Was überlegst du?«, fragte Belster, da Pony keine Anstalten machte, ihren Stein oder einen Verband zu holen. Sie stand einfach nur da und sah zu, wie das Blut aus dem Armstumpf schoss.

»Mädchen?«, fragte Belster, als Pony nach einer Weile noch immer nicht geantwortet hatte.

»Ich verblute«, schluchzte Seano mit schwächer werdender Stimme.

»Ich glaube, Belli'mar Juraviel oder einer seiner Artgenossen ist in der Nähe«, sagte Pony zu Belster und wandte sich von Seano ab. »Der Bogenschütze wurde vom Pfeil eines Touel'alfar getötet. Er traf ihn mitten ins Auge.«

»Und was soll aus ihm werden?«, fragte Belster und deutete auf Seano.

»Bin ich deine Heilkünste nicht wert, gute Frau?«, flehte Seano. »Dann tu *du* etwas«, sagte er an Belster gewandt.

»Urteilst du erst über jeden, den du heilen sollst?«, fragte Belster sie ernst, aber Pony hatte sich schon abgewandt und blickte suchend zu den Bäumen hinauf.

Belsters Frage ließ sie erzürnt herumfahren.

»Ich sage nicht, dass du das nicht tun sollst«, erklärte Belster. »Ich frage bloß, damit du dir selbst darüber klar wirst. Hier liegt jemand, der deine Hilfe benötigt, und du hast den Stein, mit dem du ihm helfen kannst. Willst du nur diejenigen heilen, die es deiner Meinung nach wert sind?«

»Kämpfe ich mit Leuten, nur um sie danach wieder zusammenzuflicken?«, fragte Pony zornig.

Belster zuckte mit den Schultern.

Er antwortete nicht, aber schon seine Frage hatte ihr seine Meinung zu der Sache verraten und ihr wie ein Spiegel ihren menschenverachtenden Zorn vor Augen gehalten.

Der Edelstein, ein Geschenk Gottes, gab ihr die Macht über Leben und Tod, aber musste sie deswegen auch Gottes Rolle als Richter über die Menschen einnehmen? Beinahe hätte sie über die Absurdität des Gedankens laut gelacht, aber stattdessen holte sie ihren Seelenstein heraus und ging zu Seano hinüber.

Bevor sie sich in die Magie des Steines fallen ließ, sah sie dem Mann in die Augen und versprach ihm in kühlem Ton: »Solltet Ihr jemals wieder versuchen, mich oder einen meiner Freunde zu bestehlen oder einen meiner Freunde zu attackieren, werde ich Euch finden und noch einmal gegen Euch kämpfen. Mein Stein kann eine abgeschlagene Hand nicht wieder anfügen, ebenso wenig einen abgeschlagenen Kopf.«

Pony schickte ihren Geist in den Stein und verschloss in wenigen Augenblicken Seanos blutenden Armstumpf.

»Was sagst du dazu, Juraviel?«, rief sie in den Wald hinein. »Wären die Touel'alfar genauso gnädig gewesen?«

»Die Touel'alfar hätten die Aufgabe von vornherein fachgerecht zu Ende geführt«, erklang eine weiche melodische Stimme, »vielleicht mit einem Stoß ins Herz. Jedenfalls hätten sie niemals ein solches Blutbad angerichtet wie du.

Der dritte Bogenschütze ist längst über alle Berge«, unterrichtete sie der noch immer unsichtbare Elf. »Lass Belster diesen Tölpel Bellick nach Caer Tinella zurückbringen, und du gehst in nördlicher Richtung in den Wald, auf dass wir unter vier Augen sprechen können.«

Pony sah Belster fragend an.

»Er muss dir etwas Wichtiges mitzuteilen haben«, sagte der Schankwirt und ging zu Seano Bellick hinüber. »Komm, Schweinskopf, auf nach Caer Tinella. Dort kannst du allen berichten, dass du Pony begegnet bist und welche Katastrophe über dich kam. Ja, genau, du bist einer Katastrophe namens Pony begegnet!«

»Schön gesagt«, bemerkte Pony und wandte sich nach Norden, während Belster mit dem unter Schock stehenden Seano Bellick nach Süden marschierte.

»War ich gut?«, fragte Pony Juraviel, als sie den Elfen erblickte, der zehn Fuß über dem Boden auf einem Ast saß.

»Worin? Im Kampf oder mit der Steinmagie?«, fragte Juraviel.

»Beides.«

»Hätte der schwerfällige Strolch dir im Kampf irgendwelche Probleme bereitet, hätte ich Nachtvogels Entscheidung, dir den *Bi'nelle dasada* beizubringen, als vergebene Mühe bezeichnet«, antwortete der Elf. Während er sprach, bemerkte Pony die Anspannung hinter seiner jovialen Fassade. »Was die Steinmagie anbelangt, hast du das getan, was ich von dir erwartet habe.«

»Was hätte Belli'mar Juraviel getan?«, fragte Pony.

»Wie gesagt, ich hätte ihn gleich zu Anfang getötet«, meinte der Elf.

»Und wenn du es nicht getan hättest«, fragte Pony, »wenn du in derselben Situation gewesen wärst wie ich, hättest du dann seine Wunde behandelt?«

Belli'mar Juraviel dachte lange über die Frage nach. Die meisten seiner Artgenossen hätten den Mann sterben lassen – die Elfen zeigten gegenüber feindlich gesonnenen *n'Touel'alfar* keine Gnade. »Ich wäre schwer enttäuscht von dir gewesen, hättest du den Narr sterben lassen«, war alles, was Juraviel darauf antwortete. »Und auch du wärst von dir enttäuscht gewesen, und du hättest dich für den Rest deines Lebens schuldig gefühlt.«

Nun war es Pony, die lange über seine Worte nachdachte. Schließlich nickte sie, froh darüber, dass sie Seano Bellick nicht hatte sterben lassen. »Willst du die ganze Nacht dort oben sitzen bleiben?«, fragte sie unvermittelt. »Oder kommst du runter und schließt eine alte Freundin in die Arme, so wie es sich gehört?«

Wie gerne Belli'mar Juraviel genau das getan hätte! Beinahe wäre er tatsächlich von dem Ast gesprungen, aber zwei Worte in seinem Kopf hielten ihn davon ab: *Rotflecken-Pest*. Natürlich wusste er nicht, ob sich im Land der Menschen tatsächlich die Pest auszubreiten begonnen hatte. Außer einigen diesbezüglichen Gerüchten aus dem tiefen Süden gab es keine Anhaltspunkte dafür.

Aber Belli'mar Juraviel empfand diesen Moment als einen der möglichen Wendepunkte in seinem Leben. Falls die Pest wirklich ausgebrochen war und Pony sich angesteckt hatte und sie die Krankheit auf ihn übertrug, was würde dann aus Andur'Blough Inninness werden? Konnte die kleine Elfen-Bevölkerung einen Pest-Ausbruch überleben?

Belli'mar Juraviel überlegte, wie wahrscheinlich es war, dass Pony sich angesteckt hatte. Es schien ihm durchaus möglich, doch er glaubte es nicht. Nein, nicht Pony. Aber er war ein Touel'alfar und sie nicht. So einfach war das.

Und da war noch etwas anderes, das sein Handeln bestimmte, ob er es wahrhaben wollte oder nicht: Wenn er heruntersprang und sie in die Arme schloss, wenn er zuließ, dass ihn das tiefe Gefühl der Freundschaft zwischen ihnen überwältigte, wie konnte er der Frau dann das Kind verschweigen, das jetzt in Andur'Blough Inninness lebte? Ihr Kind, Elbryans Kind.

»Du hast einen Seelenstein«, sagte er, denn er musste das Thema wechseln, bevor er womöglich doch noch schwach wurde. »Wo sind die anderen abgeblieben?«

Pony zuckte mit den Schultern. »Ist mir egal«, sagte sie aufrichtig. »Die Kirche ist darüber auch nicht allzu besorgt. Aus den Schatzkammern der Abteien werden noch des Öfteren Steine verschwinden.«

»Ist das wahr?«, fragte Juraviel, und er wollte es wirklich wissen. Falls noch weitere Steine aus den diversen Abteien verschwanden, konnte es für die Touel'alfar ernste Folgen haben.

»Ich spüre es«, antwortete Pony. »Markwarts Ära ist vorüber und mit ihr die Jahrhunderte einer restriktiven Politik, die einen Mann wie ihn erst an die Macht kommen ließ. Bald wird die Ära Avelyns beginnen.«

»Glaubst du, Avelyn wäre mit den Steinen so sorglos umgegangen?«

»Ich glaube, Avelyn hätte sie allerorten benutzt, um Gutes zu tun«, antwortete Pony. »So wie er es mit dem Türkis tat, den er Symphony einsetzte, um die Bande zwischen dem Pferd und Elbryan zu stärken.«

Juraviel beließ es dabei, denn er kannte nun Ponys Meinung und wusste, dass alles weitere, was sie dazu sagen würde, bloße Mutmaßungen wären. Juraviel verstand die Motivation von Avelyns Anhängern, denen es einzig und allein um eine bessere Welt ging, und in gewisser Weise beneidete er sie darum. Aber Juraviel war zu realistisch, um zu glauben, dass sich ihre Pläne so einfach umsetzen ließen. Die magischen Steine stellten Macht dar, und diese Macht auf die Welt loszulassen konnte schlimmere Folgen haben, als sich diese von übersteigerter Menschlichkeit geblendeten Ordensbrüder ausmalen konnten.

Menschen lebten nicht lange, machte sich Juraviel bewusst. Für sie war ein einziges Jahrhundert mehr als eine Lebensspanne, und deswegen handelten sie oft kurzsichtig; Menschen taten das, was ihnen in ihrer gegenwärtigen Situation weiterhalf, selbst wenn es für die nachfolgenden Generationen katastrophale Folgen hatte.

Aber Belli'mar Juraviel war kein Mensch; er war ein Tou-el'alfar und hatte bereits mehrere Jahrhunderte kommen und gehen sehen. Ponys Worte bestärkten ihn nur in seiner Meinung darüber, was zu tun war, und Juraviel musste sich ernsthaft fragen, ob Lady Dasslerond diesen fortschreitenden Wandel in der Kirchenpolitik vorausgeahnt hatte.

»Was ich dir jetzt sage, sage ich, weil ich dein Freund bin«, erklärte Juraviel. »Sei dir im Klaren, was für ein Geschenk dir der Nachtvogel machte. In meinem Volk ist es die höchste Ehre, die einem erwiesen werden kann.«

»Du meinst den *Bi'nelle dasada*«, sagte Pony.

»Er hätte dir den Schwerttanz nicht beibringen dürfen«, sagte Juraviel. »Und schon gar nicht ohne Lady Dassleronds Erlaubnis.«

Pony wusste nicht, was sie darauf erwidern sollte.

»Du darfst niemandem den *Bi'nelle dasada* beibringen«, fuhr Juraviel mit ernster Stimme fort. »Ich habe geschworen, dass du es nicht tun wirst, und nur weil Lady Dasslerond mir vertraut, darfst du am Leben bleiben«, sagte Juraviel. Jedes seiner Worte ließ Ponys blaue Augen vor Erstaunen ein Stück größer werden. »Ich flehe dich an, dass du dieses Vertrauen nicht enttäuschst.«

»Das werde ich nicht tun«, hauchte die junge Frau.

»Dasselbe sagte ich zu meiner Herrin«, entgegnete Juraviel. »Und ich hätte es überhaupt nicht erwähnt, wenn ich nicht befürchtet hätte, dass du dir über die Macht dieses Geschenkes nicht im Klaren bist. Das Wissen um diese Kampfkunst muss unbedingt geheim bleiben.«

»Das wird es«, versprach Pony.

»Da kommt Belster«, sagte der Elf, der den Schankwirt auf Pony zuschreiten sah.

»Wir trafen Seanos geflohenen Spießgesellen«, sagte Belster zu Pony. »Der Tölpel verlor vor Schreck seinen Bogen, als du ihn davongejagt hast. Traurig für die beiden, falls ihnen unterwegs Straßenräuber auflauern sollten!«

Würde ihnen recht geschehen, dachte Pony und sah wieder zu Juraviel hoch.

Aber der Elf war längst verschwunden.

Als er sich wenige Tage später Dundalis näherte, war Belli'mar Juraviel sich sicher, Pony und Belster weit hinter sich gelassen zu haben. Dass er seine gute Freundin wortlos verlassen hatte, lastete ihm ebenso auf der Seele wie das Geheimnis, dass ihr Kind in Andur'Blough Inninness ausgebildet wurde. Juraviel hatte sich das Ende des Krieges gegen den Geflügelten anders vorgestellt. Zuerst hatte er seine Freundin, Tuntun, verloren, dann den Nachtvogel. Und jetzt das. Juraviel hatte davon geträumt, mit Bradwarden, Elbryan und Jilseponie abends auf einem Hügel zu sitzen, sich Geschichten zu erzählen und den zauberhaften Melodien des Zentauren zu lauschen. Hunderte Male hatte Juraviel sich dieses Szenario ausgemalt, und nun, da es niemals Wirklichkeit werden würde, empfand er eine tiefe Leere in sich, einen fortwährenden Stich in seinem Herzen.

Das Einzige, was er gegen diesen Schmerz tun konnte, war, sich seines Vermächtnisses bewusst zu sein. Er war ein Tou-el'alfar und hätte den Nachtvogel und Pony und deren Kinder und Kindeskinder sowieso um Jahrhunderte überlebt.

Drei Tage nach seiner Begegnung mit Pony näherte er sich Bradwardens und Rogers Lieblingshügel. Die beiden hatten es sich unter dem Sternenhimmel gemütlich gemacht, und Juraviel sah erleichtert, dass, an einen Baum angebunden, auch der Hengst noch da war.

»Hat aber lange gedauert«, begrüßte ihn der Zentaur und legte den Dudelsack zu Boden. Roger stützte sich auf die Ellbogen.

»Wieso, wir hatten doch eine Woche ausgemacht«, entgegnete Juraviel, »und seitdem sind erst sechs Tage vergangen. Braucht ihr den siebten Tag, um Eure Arbeit mit dem Pferd zu vollenden?«

Rogers Stöhnen sagte alles.

»Nein, wir sind fertig mit ihm«, antwortete Bradwarden. »Ein temperamentvolles kleines Biest, verlass dich drauf. Wird ein wilder Ritt für dich werden, aber wenigstens lässt er sich jetzt satteln.«

»Dann werde ich vor dem Morgengrauen aufbrechen«, überraschte der Elf seine beiden Freunde.

»Hast's wohl eilig, was?«

»Ich bin nicht zum Vergnügen hier, sondern auf Geheiß meiner Herrin«, sagte Juraviel. »Sie trug mir auf, so schnell wie möglich zurückzukehren, also werde ich das tun.«

Roger sah von Juraviel zu dem Zentaur und warf ihm einen

fragenden Blick zu. »Kommst du wenigstens auf einen Schluck hoch?«, fragte er, denn Juraviel war auf halbem Weg auf dem Hügel stehen geblieben und machte keine Anstalten, näher zu kommen.

»Später«, sagte der Elf. »Ich muss noch einige Reisevorbereitungen treffen. Ich begegnete Pony nördlich von Caer Tinella.« Roger machte große Augen. »Sie und Belster sollten in einigen Tagen hier sein.«

Dann flatterte der Elf in den Wald zurück. In Wahrheit hatte er nichts vorzubereiten – Vorräte würde er unterwegs besorgen –, aber er wollte so wenig Kontakt wie möglich zu potenziellen Trägern der Pest haben, und dazu gehörten eben auch seine beiden Freunde.

Bradwardens betörende Melodien säuselten noch lange durch die Nacht und waren so im Einklag mit der Natur, dass Juraviel es kaum bemerkte, als die letzten Töne verhallten. Aber als ihm die anschließende Stille auffiel, wusste der Elf, dass er schnell handeln musste.

Er begab sich auf den Hügel und stellte erfreut fest, dass Bradwarden, der niemals zu schlafen schien, nicht in der Nähe war. Roger hingegen schlummerte friedlich schnarchend neben dem Lagerfeuer.

Wie erwartet fand er die Edelsteine in Rogers Gürteltasche – einen Rubin, einen Seelenstein, einen Magnetit, einen Graphit und mehrere andere. Eilig steckte er sie ein und blickte ein letztes Mal zurück. Er hatte ein schlechtes Gewissen, denn immerhin war Roger sein Freund. Doch dann rief Belli'mar Juraviel sich ins Gedächtnis, dass er ein Touel'alfar war und er seinem Volk einen wichtigen Dienst erwies. Leise seufzend ging er zu dem Pferd, band es los und verschwand mit dem Tier im Wald.

»Es ist noch lange hin bis zum Morgengrauen, würde ich meinen«, vernahm er kurz darauf Bradwardens Stimme. Der Elf hätte sich zwar ohne weiteres unbemerkt von seinen

Freunden davonstehlen können, aber ein Pferd konnte Bradwarden mit Leichtigkeit aufspüren.

»Je früher ich aufbreche, desto eher bin ich zu Hause«, antwortete Juraviel.

Der ein Dutzend Schritte entfernt stehende Zentaur wollte auf Juraviel zugehen, aber der Elf hob die Hand und bedeutete ihm stehen zu bleiben.

»Was ist los mit dir, Elf?«, fragte Bradwarden.

»Ich sage doch, ich habe es eilig«, antwortete Juraviel.

»Nein, da ist noch etwas anderes«, sagte Bradwarden. »Der Juraviel, den ich kenne, würde nie ein fröhliches Gelage mit seinen Freunden ausschlagen.«

»Ich musste Vorbereitungen –«

»Der Juraviel, den ich kenne, hätte seine Freunde um Hilfe gebeten, wenn die Vorbereitungen so wichtig wären«, unterbrach ihn Bradwarden, während er einige Schritte auf ihn zuging. »Der Juraviel, den ich kenne, hätte Pony und Belster nie unterwegs zurückgelassen, sondern wäre die paar Tage mit ihnen gereist, ganz gleich, was seine Herrin forderte. Also, Elf, was ist los mit dir? Erzählst du's mir oder nicht?«

Juraviel überlegte eine Weile. »Gib Acht auf dich, Bradwarden«, sagte er schließlich mit ernster Stimme. »Unterwegs kamen mir Gerüchte über die Rotflecken-Pest zu Ohren.«

»Was sagst du da?«

»Ich weiß nicht, was an den Gerüchten dran ist. Vermutlich ist es nur belangloses Geschwätz und nichts weiter«, fuhr der Elf fort. »Aber ich darf nicht riskieren, bei meinem Volk die Pest einzuschleppen.«

Bradwarden schüttelte bekümmert den Kopf; dann sah er Juraviel an und nickte verständnisvoll.

»Gib Acht auf Roger und Jilseponie«, sagte der Elf. »Sollten die Gerüchte über die Pest sich bewahrheiten, fürchte ich, dass wir uns jetzt zum letzten Mal sehen. Sollte das Land von der Seuche befallen werden, werden die Touel'alfar ihre Grenzen schließen, und auf Jahre wird niemand von uns das Nebeltal verlassen dürfen.«

Bradwarden nickte, sagte aber nichts.

»Leb wohl«, sagte Juraviel.

»Du auch«, erwiderte Bradwarden. Dann ließ Juraviel seinen Freund im Wald zurück, der ihm mit einem Mal viel dunkler erschien.

Pony und Belster trafen zum erwarteten Zeitpunkt in Dundalis ein, der stattliche Schankwirt den Wagen fahrend, Pony auf Greystone reitend. Die Einwohner strömten aus ihren Häusern, um die Ankunft der Frau mitzuerleben, deren Mut im Kampf gegen den Geflügelten ihnen allen das Leben gerettet hatte. Das ganze Dorf war auf den Beinen und jubelte den beiden zu. Pony war die große Anteilnahme zwar ein wenig unangenehm, aber es schien ihr, als wäre sie tatsächlich nach Hause zurückgekehrt.

In vorderster Reihe der jubelnden Menge stand Roger Flinkfinger, dessen Lächeln so breit war, dass es seine abstehenden Ohren zu verschlucken drohte.

»Wir warten schon seit einer Ewigkeit auf dich«, sagte er. »Belli'mar Juraviel berichtete, er sei dir nördlich von Caer Tinella begegnet. Deswegen hatte ich gehofft, du würdest deinem kräftigen Gaul ein bisschen Auslauf gönnen und wesentlich früher eintreffen.«

»Wir kamen gut voran, denn es gibt keinen Ort außer diesem, zu dem es mich zieht«, erwiderte Pony versonnen.

Einen Moment lang blickte Roger etwas verwirrt, aber dann lächelte er wieder. »Keiner hat etwas auf das Fundament der Heulenden Sheila gebaut«, sagte er und deutete auf die Ruine des ehemaligen Schankhauses. »Wir wussten, dass du heimkehren würdest.«

»Olwan Wyndon baute dieses Fundament«, sagte Pony mit trauriger Stimme. Wie gut sie sich an diesen speziellen Ort erinnerte! Sie war gerade zwölf Jahre alt gewesen, als die Goblins und Riesen gekommen waren, um Dundalis niederzubrennen, und unter eben jenem Fundament hatte sie sich vor den Ungeheuern versteckt. Nach dem Gemetzel war sie herausgekrochen und hatte feststellen müssen, dass alle Dorfbewohner, ihre gesamte Familie und alle ihre Freunde tot waren oder vermisst wurden. Sie und Elbryan waren die einzigen Überlebenden der Katastrophe gewesen.

Aber Dundalis war wieder aufgebaut worden, und auf dem Fundament hatte Belster das Schankhaus Zur Heulenden Sheila errichtet.

Und dann war Dundalis abermals dem Erdboden gleichgemacht worden.

Diese traurigen Ereignisse zeigten Pony, wie wenig er sich selbst von den schlimmsten Katastrophen beeindrucken ließ. Warum erging es ihr nicht ebenso? Wo war ihr Kampfgeist geblieben, ihre Bereitschaft, die Verluste zu akzeptieren und von vorne anzufangen?

Vielleicht gab es Dinge, die sich einfach nicht wieder aufbauen ließen, überlegte sie, während sie das Fundament betrachtete und sich fragte, ob es richtig gewesen war, an diesen Ort zurückzukehren. Hier lag das Vermächtnis der Heulenden Sheila, ein Fundament aus kaltem Stein; und nur wenige Meilen entfernt lag ein weiteres Vermächtnis, ein Hügelgrab, ebenfalls aus kaltem Stein.

»Alles in Ordnung?«, hörte sie Roger fragen, aber ihr schien, als kämen die Worte von weit her. »Pony?«

Sie spürte seine Hände auf ihren Schultern und merkte erst jetzt, dass sie am ganzen Leib zitterte. Kalter Schweiß bedeckte ihre Stirn.

Belster eilte an ihre Seite, nahm ihren Arm und stützte sie.

Pony machte mehrere tiefe Atemzüge und schüttelte den Schwächeanfall ab. »Ich hätte besser frühstücken sollen«, sagte sie, verlegen lächelnd, zu Belster. Der Schankwirt nickte höflich, aber sie wusste natürlich, dass er ihre kleine Lüge durchschaute. Belster hatte sie im Laufe des vergangenen Jahres gut genug kennen gelernt, um zu wissen, was ihren Schwächeanfall ausgelöst hatte.

»Schafft was zu essen herbei!«, rief Roger den umstehenden Dörflern zu. »Und zwar das edelste Gericht, das wir zubereiten können!« Er deutete auf zwei Männer, die die Aufgabe erledigen sollten, aber Pony legte eine Hand auf seinen Arm und drückte ihn sanft herunter.

»Später«, sagte sie.

»Unsinn«, widersprach Roger. »Wir werden etwas Leckeres –«

»Später«, sagte Pony erneut, dieses Mal bestimmter. »Ich habe etwas zu tun.«

»Bist du dir sicher, Mädchen?«, fragte Belster, und Pony wandte sich zu ihm um und nickte.

»Ich beginne dann schon mal mit dem Abladen«, sagte Belster.

»Roger wird dir bestimmt helfen«, erwiderte Pony, die diese Sache allein tun wollte. Sie sah Roger an und klopfte ihm lächelnd auf die Schulter.

Dann ging sie zu Greystone und zog sich in den Sattel. Sie ritt zügig aus dem Dorf, in Richtung des Hanges nördlich von Dundalis. Als sie den Kamm erreichte, stieg sie ab, führte das Pferd die steile Böschung hinunter und durchquerte das Kiefernwäldchen mit dem flauschigen Teppich aus weißen Rentierflechten.

Als sie die andere Seite der Talsenke erreichte, ließ sie Greystone in vollem Galopp durch den Wald preschen.

»Sie kennt sich bestens aus in den Wäldern«, sagte Bradwarden, als ein aufgeregter Roger ihn später am Tag bestürmte, dass sie unbedingt Pony finden müssten.

»Aber sie ist schon seit Stunden fort«, erklärte Roger.

»Ich glaube, sie wird in den kommenden Wochen noch viele dieser kleinen Ausritte unternehmen. Kannst du dir nicht denken, wo sie ist und warum sie allein dorthin wollte?«

Zuerst sah Roger ihn verständnislos an, dann aber ging ihm ein Licht auf.

»Bist du dir sicher, dass sie allein zurechtkommt?«, fragte er.

»Mach dir lieber Sorgen um die Ungeheuer, die ihr zufällig über den Weg laufen könnten«, sagte Bradwarden und stieß ein herzhaftes Lachen aus. »Du hast ihr doch die Steine zurückgegeben, oder?«

Rogers betretene Miene verriet dem Zentaur, dass dem nicht so war.

»Was schaust du so verdattert drein, Junge?«, fragte Bradwarden.

»Ich habe sie nicht mehr«, gestand Roger.

Nun war Bradwarden derjenige, der verdattert dreinblickte. »Du sagtest, du hättest sie«, protestierte der Zentaur. »Du hast sie mir sogar gezeigt!«

»Ich hatte sie auch, aber sie sind verschwunden!«, versuchte Roger zu erklären.

»Verschwunden?«

»Vor einigen Tagen hatte ich sie noch, aber dann wachte ich eines Morgens auf, und sie waren verschwunden.«

»Du sagst, du hättest eine Hand voll magischer Steine verloren, mit denen man eine mittelgroße Stadt platt machen könnte?«, rief Bradwarden fassungslos. »Du hast eine Hand voll Edelsteine verloren, für die jeder Kaufmann sein gesamtes Vermögen hergeben würde, um sie in die Finger zu bekommen?«

»Ich hatte sie, und dann waren sie plötzlich weg«, sagte Roger.

»Und warum hast du nichts gesagt, solange der Dieb vielleicht noch in der Nähe war?«, schimpfte Bradwarden.

»Ich glaube, ich weiß, wer sie genommen hat«, antwortete Roger leise.

»Na dann geh und knöpf dir den ...« Der Zentaur verstummte. Langsam dämmerte ihm, was geschehen war. »Wann, sagst du, hast du die Steine verloren?«

»Vor drei Tagen.«

»Also an dem Morgen, als ...« Bradwarden schüttelte den Kopf. Es ergab keinen Sinn. Juraviel? Ihr Elfen-Freund sollte die magischen Steine gestohlen haben?

»Entweder Juraviel nahm sie, oder jemand anderer schlich auf den Hügel, nachdem ich eingeschlafen war«, sagte Roger.

Bradwarden hatte keine Ahnung, was er dazu sagen sollte. Er wusste genau, dass niemand auf den Hügel geschlichen war, um Roger zu bestehlen. Und doch waren die Steine in jener Nacht verschwunden – in der Nacht, in der Juraviel so überstürzt aufgebrochen war.

»Könnte sein, dass die Mönche einen Weg gefunden haben, sich auf magische Weise herzubegeben und die verdammten Dinger mitzunehmen«, sagte der Zentaur wenig überzeugend, denn er wusste, dass Vater Markwart auf eine solche Möglichkeit gestoßen wäre und die Steine schon vor langer Zeit zurückgeholt hätte.

»Ich habe keine Ahnung, was ich Pony sagen soll«, gestand Roger.

»Hat sie nach den Steinen gefragt?«

»Nein.«

»Weiß sie überhaupt, dass du die Dinger hattest?«

»Ich glaube nicht.«

»Dann sag nichts, bis sie danach fragt«, riet ihm Bradwarden. »Ich glaube, dem Mädchen lastet im Moment schon genug auf der Seele.«

»Mehr als du denkst«, entgegnete Roger. »Ich sprach mit Belster, und er erzählte mir, dass Pony aus Palmaris regelrecht fortgerannt sei. Man hatte ihr dort alles Mögliche angeboten, die Baronswürde, die Abtei. Alles. Und sie ist einfach fortgegangen.«

Bradwarden beäugte Roger verstimmt, den richtigen Schluss aus dessen Tonfall ziehend. »Und du findest, dass sie die falsche Entscheidung traf?«

»Nach allem, was wir durchgemacht haben?«, entgegnete Roger, in dessen Stimme sich ein frustrierter Unterton einschlich. »Nach all den Kämpfen und all den Toten? Nachdem Elbryan sein Leben gab für eine bessere Welt? Wir könnten eine solche Welt haben. Wir – Pony könnte erreichen, dass sich das alles gelohnt hat.«

»Das sind ja ganz neue Töne aus deinem Mund«, bemerkte der Zentaur, worauf Roger einen Augenblick lang stutzte.

»Ich habe ja schließlich mitgekämpft«, verteidigte er sich, nachdem er seine Gedanken geordnet hatte.

»Ich habe auch nie das Gegenteil behauptet«, sagte Bradwarden. »Aber nach meinem Empfinden hast du mehr für dich selbst gekämpft als für eine bessere Welt für alle.«

Roger musste abermals innehalten und sich seine Antwort überlegen, denn er wusste, dass der Zentaur ein aufrechter Bursche war und glaubte, nur die Wahrheit auszusprechen. Besonders am Anfang des Krieges war Roger tatsächlich darauf bedacht gewesen, mit jeder seiner Taten möglichst viel Ruhm einzuheimsen.

Elbryan und Juraviel hatten ihm seine damaligen Fehler vor Augen geführt. Aber erst jetzt, wo Bradwarden ihn förmlich darauf stieß, wurde Roger bewusst, wie sehr er sich verändert hatte. Erst jetzt erkannte er mit aller Klarheit, dass Elbryan für eine Sache gestorben war, die wichtiger war als sein und Ponys Leben. Und zu Rogers völliger Verblüffung empfand er nun tatsächlich tiefe Enttäuschung darüber, dass Pony fortgerannt war, als ihr in Palmaris wichtige Ämter angeboten worden waren. Allein durch ihren Ruf hätte sie tiefgreifende Veränderungen bewirken können, Veränderungen zum Besseren, Veränderungen, die den von ihnen erbrachten Opfern eine wirkliche Bedeutung gegeben hätten.

Und sie war fortgerannt!

»Bist du nicht ein bisschen zu streng mit dem Mädchen?«, fragte Bradwarden.

»Sie sollte nicht hier sein«, erwiderte Roger. »Oder wenigstens sollte sie nicht wieder herziehen. Es gibt zu viel zu tun, und die Zeit arbeitet gegen uns, wenn wir nichts unternehmen.«

»Gegen *uns*?«, wiederholte der Zentaur ironisch. »Ich sehe nicht, dass Roger Flinkfinger in Palmaris für eine bessere Welt arbeitet; genau genommen arbeitet Roger Flinkfinger überhaupt nicht!« Er beendete den Satz mit einem schallenden Lachen, doch Roger, der noch immer verwirrt war, starrte ihn bloß ernst an.

»Ah, du bist wirklich zu streng mit ihr«, sagte Bradwarden.

»Die Gelegenheit –«

»Was könnte sie schon bewirken, wenn sie nicht mit dem Herzen bei der Sache ist?«, unterbrach Bradwarden ihn sogleich. Seine Stimme klang jetzt mürrischer und ernster. »Du hast einen Freund verloren, bist deswegen tief betrübt und möchtest, dass sein Tod sich wenigstens gelohnt hat«, führte der Zentaur aus. »Das ist normal. Wir alle empfinden so. Aber Pony hat mehr als einen Freund verloren.«

»Ich habe Elbryan geliebt wie einen Bruder«, begann Roger einzuwenden, aber Bradwarden lachte nur über die absurde Äußerung, und Roger wusste nichts darauf zu erwidern. Seine Beziehung zu Elbryan mit Elbryans Beziehung zu Jilseponie zu vergleichen war in der Tat absurd.

»Sie muss über das alles erst hinwegkommen«, sagte der Zentaur nach einer Weile. »Sie braucht Zeit, um sich klar zu werden, wer sie ist und warum es sie gibt. Sie muss einen Grund zum Weiterkämpfen finden.«

»Wie lange soll das noch dauern?«, fragte Roger. »Es ist ein Jahr her.«

»Ein gebrochenes Herz braucht mehr als ein Jahr, um zu heilen«, sagte Bradwarden mit leiser, ernster Stimme, der man das Mitgefühl für seine geschätzte Freundin Jilseponie anhörte. »Gib ihr Zeit, dann wird sie möglicherweise wieder in den Süden gehen und von neuem den Kampf aufnehmen.«

»Möglicherweise?«

»Vielleicht auch nicht«, sagte der Zentaur unverblümt. »Man kann niemandem vorschreiben, was er zu tun hat, und man kann niemanden zu einem Kampf zwingen, den er nicht länger ausfechten möchte.«

»Und falls sie sich entschließen sollte, nicht weiterzukämpfen?«, fragte Roger. »Welchen Wert hatte dann Elbryans Tod?«

»Frag sie selbst«, antwortete der Zentaur. »Du hast es ziemlich eilig, Pony in den Kampf zurückzuschicken, während du es dir hier oben in den Waldlanden gemütlich machst. Was ist denn mit Roger, frag ich mich? Er lässt seinen Freund im Erdboden erkalten und unternimmt rein gar nichts, um seinem Tod einen Sinn zu geben.«

»Mir wurde auch keine Baronswürde oder ein Kirchenamt angeboten.«

»Aber du hättest in Palmaris bleiben und abwarten können, was passiert«, sagte Bradwarden. »Wenn du wirklich gewollt hättest, hättest du einiges bewirken können.«

»Ich habe dich nach Norden begleitet, um Elbryan zu beerdigen«, wandte Roger ein.

»Aber du hättest längst wieder in Palmaris sein können«, rügte ihn Bradwarden. »Du bist über Pony verärgert, Junge? Bist du das wirklich? Oder ärgerst du dich vielleicht bloß über dich selbst?«

Roger wollte etwas erwidern, hielt aber inne und starrte nur nachdenklich in den Wald.

»Pony braucht jetzt einen Freund, und sie muss tun, was immer sie tun muss, ohne dass wir über sie richten«, sagte Bradwarden streng. »Glaubst du, du bekommst das hin?«

Roger dachte sorgsam nach. Dann nickte er.

Am Abend kam ein kühler Wind auf, und Pony fragte sich, ob das natürlich war oder ob es mit diesem kalten Ort zu tun hatte. Jedenfalls schien es ihr passend, während sie vor den beiden Hügelgräbern in dem Wäldchen nördlich von Dundalis stand. Dieser Ort hätte ihr selbst in der schlimmsten Mittagshitze einen eisigen Schauer über den Rücken gejagt.

Sie schaute nur flüchtig auf das ältere der beiden Gräber, die Ruhestätte von Elbryans Onkel, Mather Wyndon, der erste Hüter der Wyndon-Familie. Sie konnte nicht anders, als sich unter den Steinen den vereisten Leichnam vorzustellen, dessen Ruhe ein erstes Mal in jener finsteren Nacht von Elbryan gestört worden war, als er sich das Elfenschwert, Sturmwind, verdient hatte, und dann ein zweites Mal erst kürzlich von Bradwarden und Roger, als sie die Waffe wieder an die Seite ihres ursprünglichen Besitzers gelegt hatten.

Und Pony konnte nicht anders, als sich Elbryan vorzustellen, und der bloße Gedanke an ihren Geliebten im kalten Erdboden raubte ihr beinahe die Besinnung. Dort unter den Steinen lag er, neben ihm Falkenschwinge, der prächtige Bogen, den Belli'mar Juraviels Vater, Joycenevial, eigens für ihn angefertigt hatte. Dort unten lag der Nachtvogel, mit Augen, die nicht sahen, und einem Mund, der keinen Atem schöpfen konnte. Er, der sie so oft in seinen starken Armen gewärmt hatte, lag einsam und allein dort unten in der Kälte, und es gab nichts, was sie dagegen tun konnte.

Ihr ganzes junges Leben war von Verlusten geprägt. Zuerst waren ihre Familie und ihre Freunde – außer Elbryan – von Goblins und Riesen umgebracht worden. Dann hatten Pauris bei dem Angriff auf Pireth Tulme all ihre Kampfgefährten niedergemetzelt – zwar waren die Männer und Frauen nicht ihre Freunde gewesen, aber die gemeinsame Zeit bei der Küstenwache hatte sie zusammengeschweißt. Danach waren die Chilichunks, die ihr tiefe Zuneigung entgegengebracht hatten, in den Kerkern von St. Mere-Abelle zugrunde gegangen.

Tuntun und Avelyn waren am Berg Aida umgekommen. Der dämonische Markwart hatte ihr das ungeborene Kind aus dem Mutterleib gerissen. Und am Ende hatte Elbryan sein Leben für sie gegeben, ihr Geliebter, ihr bester Freund, der Mann, mit dem sie hatte alt werden wollen.

Es war nicht leichter geworden mit jedem neuerlichen Verlust, im Gegenteil. Statt sie gegen künftige Verluste abzuhärten, schien jeder weitere Todesfall die vorangegangenen nur noch schmerzlicher gemacht zu haben.

Sie dachte an all diese Menschen, stellte sich jeden Einzelnen von ihnen vor. Von Elbryan über Avelyn bis zu ihrem Vater zogen sie alle an ihr vorüber, ohne sie zu sehen oder ihre klagenden Rufe zu vernehmen. Schweigend begaben sie sich auf ihre letzte Reise, hinein in die ewige Finsternis.

Sie streckte den Arm aus und versuchte, Elbryan festzuhalten, aber er war nur eine nebelhafte Erscheinung, eine Illusion, nichts weiter, und ihre Hand glitt durch ihn hindurch. Er war nur ein Bild, eine Erinnerung, der letzte und größte ihrer Verluste.

Pony schlug die Augen auf und versuchte gar nicht erst, die Tränen zurückzuhalten.

18. Eine junge Freundschaft vertieft sich

»Ich hätte nicht gedacht, dass wir so schnell heimkehren würden«, sagte Liam O'Blythe zu Prinz Midalis, während sie an der Spitze einer langen Soldatenkolonne ihre Rösser durch den vanguardianischen Wald lenkten. Sie waren mit Brunheld und seinem Clan nach Norden gezogen, nur um dort von den Barbaren-Kundschaftern zu erfahren, dass es im Süden Alpinadors keine Ungeheuer mehr gab, dass seit vielen, vielen Wochen keine Goblins oder Pauris mehr gesehen worden waren.

Daher waren die Männer aus Vanguard, mit Brunhelds Zustimmung und einem wissenden Zwinkern Andacanavars, umgehend in ihre Heimat zurückgekehrt, um dort die Narben des Krieges gegen den Geflügelten zu beseitigen.

Andacanavar war ebenfalls in den Süden zurückgekehrt, allerdings auf einer anderen Route. Mit Midalis' Segen hatte der Hüter beschlossen, für den Rest des Sommers Vanguard zu erkunden. Er wollte so viel wie möglich über seine südlichen Nachbarn erfahren, um die Kluft zwischen den beiden Völkern weiter zu verringern. Der Hüter hatte Midalis sogar das Versprechen abgerungen, dass er ihn im Herbst bei seiner Heimkehr nach Alpinador begleiten würde.

Die nicht geringfügige Angelegenheit der Blutsverbrüderung war allerdings unerledigt geblieben.

»Pireth Vanguard!«, rief ein Soldat aus der Vorhut.

»Gut, die Festung steht noch«, spottete Midalis. Wenige Augenblicke später kamen sie um eine Biegung, dann stieg der Weg steil an. Oben angekommen, erblickten Liam und Midalis die Küstenfestung, deren Türme sich dunkel von dem wolkenverhangenen grauen Himmel über dem Golf von Korona abhoben.

Bevor sie in die Festung einritten, fiel den beiden ein im Hafen liegendes Handelsschiff auf. Aber erst als Midalis den Festungskommandanten auf sich zurennen sah, dämmerte ihm, dass etwas Ungewöhnliches vorging. Der kriegsmüde Prinz war erleichtert, als Presso ihm berichtete, dass seit ihrem Abrücken nichts Schlimmes geschehen war.

Trotzdem war die Nachricht, dass ein Mönch aus Palmaris angereist war, um Abt Agronguerre nach St. Mere-Abelle zu bringen, nicht gerade unbedeutend. Obwohl er müde, verschwitzt und schmutzig war, beschloss Prinz Midalis, sich augenblicklich nach St. Belfour zu begeben, um den Mönch kennen zu lernen. Selbstverständlich begleitete Liam ihn. Den beiden schlossen sich Kapitän Al'u'met und Festungskommandant Presso an. Auf dem Ritt zu der Abtei berichtete Al'u'met von den Ereignissen in Palmaris. Midalis und Liam lauschten interessiert, hingen förmlich an seinen Lippen. Allmählich wurde ihnen klar, weshalb Midalis' Bruder, König Danube, nicht auf ihr Ersuchen reagiert und keine Truppen entsandt hatte.

»Ich hatte Gerüchte gehört, dass der ehrwürdige Vater gestorben sei«, sagte Midalis, als Al'u'met mit seinem Bericht fertig war. »Aber ich hätte nie solch erschütternde Hintergründe vermutet.«

»Es wird lange dauern, bis sich das Königreich von alldem erholt hat«, sagte Al'u'met mürrisch. »Hoffentlich trifft die Kirche mit der Wahl ihres neuen Oberhaupts eine weise Entscheidung zum Wohle aller Menschen.«

»Seit wann kümmert die abellikanische Kirche das Wohl der Menschen?«, fragte Liam den dunkelhäutigen Behreneser unverhohlen.

»Ich bin Abellikaner«, sagte Al'u'met, »und folge diesem Weg zu Gott schon seit Jahrzehnten.«

»Ich meinte bloß –«

»Schon gut«, beschwichtigte Al'u'met ihn lächelnd.

»Wann wird das Äbtekollegium einberufen?«, fragte Midalis.

»Ich soll Bruder Dellman, Abt Agronguerre und dessen etwaige Begleiter im Herbst nach St. Mere-Abelle bringen«, sagte Al'u'met. »Das Kollegium wird im Calember zusammentreten, wie das letzte Mal.«

Midalis wollte etwas entgegnen, hielt aber inne und wählte seine Worte mit Bedacht. »Dieser Bruder Dellman«, fragte er, »wer hat ihn geschickt?«

»Abt Braumin aus St. Precious.«

»Ich kenne den Mann nicht«, sagte Midalis. »Abt Agronguerre hat ihn mir gegenüber nie erwähnt. Ist er jung?«

»Für einen Abt schon«, antwortete Al'u'met. »Abt Braumin

gelangte aufgrund seiner Taten in dieses Amt, nicht wegen seines Alters. Er hielt unbeirrt zu Elbryan und Jilseponie, obwohl Vater Markwart ihm mit Folter drohte. Braumin ließ sich nicht einschüchtern, selbst als seine Einstellung ihn das Leben zu kosten schien. Mit Bruder Dellman verhält es sich ebenso. Er ist ein aufrechter junger Mann, finde ich.«

»Und warum seid Ihr so früh gekommen?«, fragte Midalis.

»Es ist eine lange Schiffsreise, auf der vieles passieren kann«, antwortete Al'u'met. »Das Wetter war nicht schlecht, und doch mussten wir wegen Reparaturarbeiten am Schiff im Hafen von Dancard einlaufen.«

»Ihr hättet trotzdem noch eine Weile in Palmaris bleiben können«, erwiderte Midalis. »Ihr hättet bis zum Monatsende im Süden bleiben können und hättet dennoch mehr als genug Zeit gehabt, herzusegeln, Agronguerre aufzulesen und ihn nach St. Mere-Abelle zu bringen.«

»Ich wollte kein Risiko mit dem Wetter eingehen«, sagte Al'u'met, doch Midalis nahm ihm diese Erklärung nicht ab. Entlang der Golfküste wusste jeder Seemann, dass die Wetterbedingungen im späten Frühling weitaus trügerischer waren als im Spätsommer oder am Herbstanfang. Al'u'met war nicht nur viel zu früh eingetroffen, sondern hatte eine allseits bekannte Seefahrer-Regel missachtet.

Welchen Grund hatte er dafür?, fragte sich Prinz Midalis. Weshalb war dieser Dellman, der Protegé des neuen Abtes, den ganzen Weg nach Vanguard gekommen, obwohl die Einladung zum Äbtekollegium von jedem der vielen Handelsschiffe hätte übermittelt werden können, die in den nächsten anderthalb Monaten hier einlaufen würden? Und ein prominenter Kirchenmann wie Abt Agronguerre hätte problemlos eine Schiffspassage in den Süden gefunden. Demselben Gedankengang folgend, erkannte Midalis plötzlich, dass es sinnvoller gewesen wäre, wenn der Abt eines der schnellen Schiffe des Prinzen genommen hätte, statt mit Al'u'met zu fahren, denn so hätte er vor Winterbeginn wieder in Vanguard sein können.

Es sei denn, Abt Braumin erwartete gar nicht, dass Agronguerre umgehend wieder nach Vanguard zurückkehren würde, überlegte Midalis. Ihm wurde klar, dass dies weit mehr war als bloß eine Einladung. Den Rest des Weges nach St. Belfour musste er sich bemühen, sich seine Verwunderung nicht anmerken zu lassen.

Am späten Nachmittag trafen sie in der Abtei ein und setzten sich sofort mit Bruder Dellman, Abt Agronguerre und dem stets anwesenden Bruder Haney zusammen. Dellman trug seinen Bericht ein zweites Mal vor, was jedoch nicht allzu lange dauerte, da der Prinz das meiste bereits von Al'u'met erfahren hatte. Was den Prinzen am meisten interessierte und was er sich von Dellman in aller Ausführlichkeit schildern ließ, war das Verhalten seines Bruders bei den Auseinandersetzungen in Palmaris.

Bruder Dellman war bedacht, König Danube in einem positiven Licht darzustellen, und das fiel dem Mönch nicht sonderlich schwer. Er erzählte ihm, dass Danube sich klugerweise aus dem Konflikt zwischen Elbryan und Markwart herausgehalten habe. »Er begriff, dass es bei diesem Kampf in erster Linie um das Wesen der Kirche ging und weniger um sein weltliches Königreich«, sagte Dellman. »Er hat sich richtig verhalten.«

Midalis nickte. Er war nicht überrascht, denn in diplomatischen Angelegenheiten hatte sein Bruder schon immer großes Geschick bewiesen. Eine der wichtigsten Lektionen, die sie beide in jungen Jahren gelernt hatten, war, das Königreich nie in einen Kampf zu verwickeln, der es nicht direkt betraf.

»Auch nach der Auseinandersetzung zwischen Markwart und Elbryan zeichnete er sich durch große Klugheit aus«, fuhr Bruder Dellman fort. Er widerstand der Versuchung, die einzige Fehlentscheidung Danubes zu erwähnen, der statt eines diplomatischeren Kandidaten den despotischen Herzog Kalas zum Baron von Palmaris ernannt hatte. »Er bot Jilseponie die Baronswürde an.«

Erstaunt zogen Prinz Midalis und Liam O'Blythe die Brauen hoch.

»Würdet Ihr die Frau kennen, würdet Ihr das Angebot des Königs verstehen«, sagte Kapitän Al'u'met.

»Dann sollte ich diese bemerkenswerte Frau unbedingt kennen lernen«, entgegnete Prinz Midalis.

»Ihr werdet nicht enttäuscht sein«, sagte Festungskommandant Presso. »Wenn sie dieselbe Frau sein sollte, mit der ich vor einigen Jahren in Pireth Tulme diente, wird sie Euch ziemlich beeindrucken.«

»Schade, dass sie nicht am Äbtekollegium teilnimmt«, sagte Agronguerre.

»Man würde sie sicherlich einladen«, sagte Dellman, »aber sie würde die Einladung nicht annehmen. Sie ist nach Norden in die Waldlande gegangen, um über ihren Kummer hinwegzukommen. Es wäre besser um die Welt bestellt, wenn ihr das rasch gelänge und Jilseponie zu uns zurückkehrte!«

Sie redeten bis zum späten Abend, erzählten hauptsächlich von ihren Erfahrungen während des Krieges. Abt Agronguerre ließ den Abendgottesdienst aus und entband auch Haney und Dellman davon, damit sie das angenehme, höchst informative Gespräch ungestört fortsetzen konnten. Als sie sich schließlich weit nach Mitternacht von ihren Stühlen erhoben, hatten die anwesenden Männer freundschaftliche Bande geknüpft, und den weltlichen Gästen wurde angeboten, sich so lange sie wollten in der Abtei auszuruhen.

Trotzdem war Bruder Dellman einigermaßen überrascht, als der Prinz ihn bat, noch einen Moment zu bleiben, während die anderen das Arbeitszimmer des Abtes verließen.

»Ich finde es eigenartig, dass Ihr so früh gekommen seid«, sagte der Prinz.

»Wir wollten gewährleisten, dass St. Belfour rechtzeitig

über das bevorstehende Äbtekollegium informiert wird und Abt Agronguerre genug Zeit hat, seine Reisevorkehrungen zu treffen«, antwortete Bruder Dellman.

»Das hätte man auch einfacher bewerkstelligen können«, entgegnete der Prinz.

Bruder Dellman zuckte nur mit den Schultern.

»Ihr seid ein guter Freund des neuen Abtes von St. Precious«, bemerkte Midalis.

»Abt Braumin Herde«, sagte Dellman. »Ich bin mit ihm quer durch das Land gereist, um Avelyn zu helfen. Wir erlebten gemeinsam das Wunder am Aida, und ich war an seiner Seite, als Markwart und die Soldaten des Königs ihn gefangen nahmen.«

»Und nun, da Markwart tot ist, wird der neue Abt von St. Precious versuchen, das Kollegium von seinen Standpunkten zu überzeugen, nicht wahr?«

Bruder Dellman dachte einen Augenblick über die seltsame Bemerkung nach, dann zuckte er erneut mit den Schultern.

»Die Zeiten sind günstig für ihn«, sagte der Prinz. »Er war mitverantwortlich für Markwarts Niedergang und führt nun Avelyns Anhänger an. Demzufolge sollte er beim Äbtekollegium eine gewichtige Stimme haben.«

»Wenn die anderen Äbte und Meister klug sind, werden sie sich genauestens anhören, was Abt Braumin vorzubringen hat«, entgegnete Bruder Dellman.

»Beabsichtigt Abt Braumin, sich für das höchste Amt der Kirche zu bewerben?«

Dellman wirkte überrascht. »Verzeiht, Prinz, aber es steht mir nicht zu, über derartige Dinge zu sprechen.«

»Natürlich«, sagte Midalis. »Aber Ihr sagtet, er sei ein junger Mann – zu jung für das Amt des ehrwürdigen Vaters, würde ich meinen, wenn ich Eure Kirche richtig einschätze.«

»Ihr wisst gut Bescheid über uns«, entgegnete Dellman, dem der Verlauf des Gesprächs zu missfallen begann.

»Aber möglicherweise beabsichtigt Abt Braumin, jemand

anderen für das Amt vorzuschlagen«, sagte Prinz Midalis. »Vielleicht sucht er jemanden, der die Geschicke der Kirche auf klügere Weise zu lenken versteht als Markwart.«

»Das sollte sein Ansinnen sein, mein Prinz«, sagte Bruder Dellman, »so wie es momentan das Ansinnen eines jeden Abtes und Meisters sein sollte.«

Ein wissendes Lächeln legte sich über die Züge des Prinzen. »Sollte er unter diesen Umständen nicht seine engsten Freunde losschicken, um alles Wissenswerte über die möglichen Kandidaten in Erfahrung zu bringen?«, fragte er.

»Das ist wieder eine Frage, die ich nicht beantworten kann«, sagte Dellman. Aber natürlich war auch das eine Antwort, und zwar eine, die Prinz Midalis in höchstem Maße erfreute.

»Ich sage dies ohne persönliche Motive«, erklärte Midalis. »Falls Ihr und Abt Braumin Agronguerre für geeignet halten solltet, das wichtigste Amt Eurer Kirche zu übernehmen, dann könnte ich Euch zu Eurer Wahl nur beglückwünschen. Agronguerre ist ein wunderbarer Mensch, ein Mann Gottes und ein großartiger Diplomat. Wie er bei unserm kürzlich eingegangenen Bündnis mit den Alpinadoranern umging, zeugt von größtem Einfühlungsvermögen und hervorragender Menschenkenntnis. Ich betrachte mich nicht als besonders religiös, Bruder Dellman, aber wenn ich Abt Agronguerre reden höre – und seine Worte kommen immer von Herzen –, dann weiß ich, dass ich den Willen Gottes vernehme.«

»Starke Worte«, entgegnete Dellman verblüfft, und es war in der Tat eine mutige Äußerung, die fast an Ketzerei grenzen würde, falls Midalis daraus einen persönlichen Nutzen zu ziehen glaubte. Aber während er den Prinzen beobachtete und sich dabei die Situation der Kirche und des Hofes vor Augen führte, begriff Dellman, dass Midalis es aufrichtig meinte.

»Falls Ihr tatsächlich erwägt, Abt Agronguerre zu nominieren, dann lernt ihn vorher ruhig genau kennen«, fuhr Prinz Midalis fort. »Denn je mehr Ihr über Abt Agronguerre erfahrt, desto mehr werdet Ihr ihn zu Eurem nächsten Kirchenoberhaupt wählen wollen. Ich weiß, wovon ich spreche, Bruder Dellman, denn ich kenne ihn seit vielen Jahren und habe nie einen fragwürdigen Charakterzug an ihm entdecken müssen. Sicher, hin und wieder gerieten wir aneinander, aber selbst wenn wir verschiedener Meinung waren, wusste ich immer, dass die seine einer logischen und stimmigen Philosophie entspringt, die allein auf den ehrwürdigen Traditionen Eurer Kirche basiert.«

»Ich werde Eure Worte bedenken, Prinz Midalis«, erwiderte Bruder Dellman.

»Dann gebt Ihr also zu, dass Ihr nicht hier seid, um bloß eine Einladung auszusprechen?«, fragte Midalis, wieder ein wissendes Lächeln im Gesicht.

Nun konnte sich auch Bruder Dellman ein Lächeln nicht verkneifen. »Verzeiht, mein Prinz«, sagte er wieder, »aber mir steht es nicht zu, über diese Dinge zu sprechen.«

Lachend klopfte Midalis Dellman auf die Schulter. Dann erhob er sich und verließ Agronguerres Arbeitszimmer.

Kurz darauf zog sich Dellman in seine Kammer zurück, war aber zu aufgeregt, um sich schlafen zu legen. Stattdessen ging er auf und ab und versuchte zu verarbeiten, was er von Prinz Midalis erfahren hatte. Er fand es tatsächlich äußerst klug von Abt Braumin, ihn hierher geschickt zu haben. Er konnte nur hoffen, dass die abellikanische Kirche das Oberhaupt wählen würde, das sie brauchte, um durch diese dunklen Zeiten zu gelangen.

Zwei Tage später eilte Abt Agronguerre in den Innenhof von St. Belfour hinunter, nachdem ihm von einem höchst unerwarteten Besucher berichtet worden war, der ihn und den noch anwesenden Prinzen sprechen wollte. Auf dem Weg nach unten begegnete er Haney und Dellman und bat sie, ihn zu begleiten, jedoch ohne ihnen Einzelheiten zu nennen.

Sobald sie den Hof betraten, sahen sie, weshalb der Abt so aufgeregt war: Der sieben Fuß große Andacanavar erwartete sie.

»Seid gegrüßt, mein Freund, Andacanavar«, sagte Agronguerre atemlos. »Ich hoffe, dieses Mal führen Euch gute Nachrichten zu uns. Bestimmt erinnert Ihr Euch an Bruder Haney. Und das ist ein Gast aus dem Süden, Bruder –«

»Holan Dellman«, unterbrach ihn Andacanavar, und sowohl Haney als auch Agronguerre schauten voller Verblüffung auf ihren Gast aus dem Süden.

»Seid gegrüßt, Andacanavar aus Alpinador«, sagte Bruder Dellman, und Agronguerre registrierte in der Stimme des Mönchs eine Spur von Nervosität.

»Wie es scheint, brachten wir beide einen langen Weg hinter uns, um letztlich an denselben Ort zu gelangen«, sagte der Hüter grinsend. Trotzdem kam es Agronguerre so vor, als bemühte sich Andacanavar, höflich zu sein. Die beiden hatten eine gemeinsame Geschichte, und zwar eine, die nicht frei von Konflikten gewesen war.

Tatsächlich waren Dellman und Andacanavar sich schon einmal begegnet, allerdings nicht in körperlicher, sondern in geistiger Gestalt. Dellman hatte Meister Jojonah, Bruder Francis und andere Brüder aus St. Mere-Abelle in den Barbakan begleitet, um den Tod des geflügelten Dämons zu untersuchen. Die Reise hatte sie durch Alpinador geführt, wo Dellman nach einem Gefecht gegen Goblins mit seinem Geist die Gegend erkundet und entdeckt hatte, dass sie von Andacanavar beobachtet wurden. Daraufhin hatte Bruder Braumin sich mittels eines magischen Steins im Geiste zu Andacanavar begeben und ihn gebeten, sie in Ruhe zu lassen. Als dies fehlschlug, hatte Meister Jojonah Braumin angewiesen, mit seinem Geist in Andacanavar einzudringen und dessen Körper fortzuführen.

Aber Andacanavar, dessen Wille stärker war, als die Mönche erwartet hatten, hatte den Spieß umgedreht und war über die Geistesverbindung zu Dellman in Braumins Körper eingedrungen und hatte das Lager der Mönche aufgesucht, um mehr über die Abellikaner in Erfahrung zu bringen.

Braumin und Andacanavar hatten das Missverständnis ausgeräumt, aber trotzdem war ihr Verhältnis gespannt geblieben – wie auch das zwischen dem Hüter und Braumins Anhängern, die mit angesehen hatten, wie der Mann mit magischen Kräften ihren Anführer überwältigt hatte. Sich des Körpers eines anderen Menschen bemächtigen war eine der geschmacklosesten Möglichkeiten, die einem die Steinmagie eröffnete, eine regelrechte Vergewaltigung des Geistes. Menschen, die einen so intimen Kampf miteinander ausfochten, konnten dieses Erlebnis zeit ihres Lebens nicht mehr vergessen.

»Ich dachte, Ihr wärt mit Brunheld in Alpinador geblieben«, sagte Abt Agronguerre.

»Brunheld ist nicht in Alpinador geblieben«, erklärte der Hüter. »Es gibt dort keine Ungeheuer mehr.«

»Das haben wir gehört«, sagte Agronguerre. »Meine Brüder kehrten vor wenigen Tagen zurück, und wir waren froh zu erfahren, dass Alpinador von den Horden des Geflügelten verschont geblieben ist.«

»Bis vor wenigen Monaten mussten wir sehr wohl gegen die Ungeheuer kämpfen«, erklärte Andacanavar. »Aber es ist gut, dass unsere Heimat nicht länger bedroht wird. Und doch erreichte uns, kurz nachdem Prinz Midalis und seine Männer abzogen, die Kunde von neuerlichen Schwierigkeiten. Deswegen bin ich hier.«

Agronguerres pausbäckiges Gesicht verdüsterte sich.

»Mir wurde berichtet, dass Prinz Midalis hier sei«, sagte der Hüter. »Bringt mich zu ihm, dann muss ich meine Geschichte nur einmal vortragen.«

Sie fanden Midalis beim Frühstück auf dem Flachdach des Nordwest-Turmes. Natürlich saß auch Liam O'Blythe mit am Tisch.

Midalis war vom Erscheinen des Hüters ebenso überrascht wie Agronguerre. Er wischte sich rasch den Mund ab, erhob sich und ging Andacanavar entgegen, um ihn nicht am Tisch mit den Resten der Speisen zu begrüßen.

»Neue Unbilden zeichnen sich ab, meint Andacanavar«, verkündete Abt Agronguerre sogleich. »Brunheld und seine Männer sind ebenfalls zurückgekehrt.«

»Unbilden?«, fragte Midalis den Hüter.

»Das berichtet einer unserer Kundschafter, der mit einem der Euren sprach«, informierte ihn der Hüter. »Östlich von hier, in einer abgeschiedenen Bucht, liegt ein Pauri-Schiff.«

»Ein Tonnen-Boot«, sagte Midalis.

»Nein«, entgegnete Andacanavar. »Ein Einmaster. Sie ankerten in der Bucht, aber kannten anscheinend das Gewässer nicht, denn mit dem Einsetzen der Ebbe liefen sie auf Grund. Ihr habt also wieder Pauris im Land, mein Freund. Wir sind gekommen, um mit Euch diese verdammten Rotkappen zu vernichten.«

Bald darauf verließen sie St. Belfour. Abt Agronguerre saß auf seinem Wagen, die zwanzig Ordensbrüder anführend, die gerade erst aus Alpinador zurückgekehrt waren. Dazu kamen noch Dellman und Haney. Vor ihnen ritten Midalis, Liam und Andacanavar. Ihre Zahl verfünffachte sich in Pireth Vanguard, wo Festungskommandant Presso, Kapitän Al'u'met und viele Soldaten sich ihnen anschlossen. Nach einer kurzen Besprechung, in der sie die genaue Lage der Bucht zu bestimmen versuchten, ging Al'u'met mit einer Einheit von Pressos Bogenschützen an Bord der *Saudi Jacintha* und machte sich auf den Weg zum Versteck der Pauris.

Mit Brunhelds Männern, die an der Bucht bereits Stellung bezogen hatten, und den zahllosen Freiwilligen, die sich ihnen unterwegs anschlossen, sah es ganz so aus, als könnte Midalis der bevorstehenden Schlacht zuversichtlich entgegensehen.

»Halten, hochziehen und festzurren!«, brüllte Dalump Keedump seiner Besatzung zu, und genau das taten die Pauris, die das Schiff mit dicken Seilen einen Zoll die Rampe hochzogen und die Drehkurbel in ihrer neuen Position festzurrten. Sie waren in die Bucht eingelaufen, um Reparaturen durchzuführen und ihre Vorräte aufzustocken, vielleicht auch, um sich ein wenig zu vergnügen, aber mit der Ebbe war der Wasserstand dermaßen gefallen, dass das Schiff auf Grund gelaufen und der Rumpf beschädigt worden war.

»Halten, hochziehen und festzurren!«, rief der Pauri-Anführer mit neuem Enthusiasmus, denn sie kamen gut voran und würden vermutlich bald auf dem Weg in ihre Heimat sein. Dalump hatte den Angriff auf ein nahe gelegenes Dorf befohlen – eine Ansammlung weniger Bauernhäuser –, und wenn die Rotkappen – zu ihrer Enttäuschung – auch keine Menschen entdeckt hatten, die sie hätten umbringen können, hatten sie zumindest die Mauern der Häuser eingerissen und genügend Seile und Werkzeuge gefunden, um sich auf den Rückweg machen und ein provisorisches Trockendock bauen zu können. Inzwischen hatten sie die vordere Hälfte des Schiffes ein gutes Stück aus dem Schlamm gehoben, sodass der Riss im Rumpf zu sehen war. Glücklicherweise war es nicht allzu schlimm, und Dalump nahm an, dass sie mit der nächsten Flut wieder in See stechen konnten.

»Halten, hochziehen und festzurren!«, rief er wieder und wieder, während das Schiff sich ächzend immer höher aus dem Schlamm hob. »Bald haben wir's geschafft! Dann geht es nach Hause, und wir werden mit einer neuen Armee zurückkehren und es diesem Halunken Kalas heimzahlen!«

Midalis war nicht überrascht, als sie den Familien begegneten, denn seine Kundschafter hatten ihm von den Vertriebenen berichtet. Dennoch, der Anblick dieser von den Pauris zur Flucht gezwungenen Menschen ließ in Midalis abermals das Feuer der Kriegslust auflodern. Ja, er würde dafür sorgen, dass sie in ihre Häuser zurückkehren konnten, und er würde ihnen ein paar Pauri-Köpfe schenken, die sie als Dekoration in ihren Gärten aufpfählen konnten!

»Mein Prinz!«, rief ein Mann, der neben einem der Wagen dahintrottete, ein stämmiger Bauer von ungefähr vierzig Wintern. Er rannte Midalis entgegen und sank vor dem Prinzen auf ein Knie.

»Haben euch Pauris aus euren Häusern vertrieben?«, fragte Midalis.

»Ja, und sie hätten uns in unseren Häusern verbrannt, hätten seine Männer« – er deutete auf Andacanavar – »uns nicht rechtzeitig gewarnt.«

»Wie es scheint, stehen ich und meine Untertanen erneut in Brunhelds Schuld«, sagte er schmunzelnd zu Andacanavar.

»Das Verbrüderungs-Ritual wird alle Schuld auslöschen«, erwiderte der Hüter augenzwinkernd.

»Kommt, wir müssen uns beeilen«, rief Midalis seinen Männern zu, »bevor Brunheld und seine Krieger uns noch den ganzen Spaß verderben.« Er richtete den Blick wieder auf den Bauern. »Ihr braucht nicht weiter zu fliehen«, sagte er. »Ich lasse zu eurem Schutz einige Soldaten und Mönche bei euch. Schlagt ein Lager auf und wartet. Es wird nicht lange dauern, bis ihr in eure Häuser zurückkehren könnt.«

»Wenn noch etwas von ihnen übrig ist«, sagte der Mann.

»Wenn nicht, helfen wir euch beim Wiederaufbau!«, machte Midalis dem Mann Mut.

Danach erhöhten sie das Tempo und ritten zügig zu der Bucht. Der Prinz, der die Gegend gut kannte, beschloss, eine nördliche Route zu nehmen, wo sie von einer bewaldeten Felsklippe aus freie Sicht auf das Wasser hatten.

»Wir sehen uns dort«, versprach Andacanavar. Dann verschwand der Hüter, um sich zu Brunhelds Männern zu begeben und den Angriff der beiden Gruppen zu koordinieren.

»Da sind die Ungeheuer und die Überreste der Häuser«, sagte Liam O'Blythe, als sie den Aussichtspunkt erreichten und die Pauris bei der Arbeit auf ihrem eilig gebauten Trockendock erblickten.

»Schlaue Burschen«, entgegnete Midalis. Als er den Blick hob, sah er Bruder Dellmans überraschte Miene. »Erkennt Ihr sie?«, fragte er den jungen Mönch.

»Es kann sein, dass es das Schiff ist, das wir im Golf verfolgt haben.«

»Sie sind auf dem Weg in die Heimat«, bemerkte Abt Agronguerre.

»Schade für sie«, sagte Midalis entschlossen. Es gab keinen Widerspruch von den Soldaten, den Mönchen und den anderen Vanguardianern, die so schrecklich unter den teuflischen Rotkappen gelitten hatten. »Stellt Eure Bogenschützen entlang der Klippe auf«, befahl der Festungskommandant Presso. »Sagt ihnen, sie sollen ihre Ziele sorgfältig ins Visier nehmen und auf mein Zeichen warten.« Midalis wandte sich zu Abt Agronguerre. »Eure Mönche mit den Armbrüsten sollen dasselbe tun, und wenn Ihr wollt, setzt ruhig Eure Steine ein. Ich glaube nicht, dass wir nach dem Kampf viel Heilmagie brauchen werden.«

Abt Agronguerre nickte einvernehmlich. Soweit zu erkennen war, handelte es sich um höchstens dreißig Pauris, und Agronguerre bezweifelte, dass auch nur ein einziger die erste Angriffswelle überleben würde.

Wenige Minuten später kehrte Andacanavar zurück. Er teilte ihnen mit, dass Brunhelds Männer südwestlich des Trockendocks zwischen den Bäumen Stellung bezogen hätten.

Midalis nickte Liam zu, der sogleich losstürmte und begann, eine Einheit zusammenzustellen, die die Barbaren unterstützen sollte.

»Brunheld hat genügend Männer dabei, um die Aufgabe alleine zu bewältigen«, versicherte Andacanavar dem Prinzen.

»Wenn sie zwischen den Bäumen hervorstürmen, deckt die Pauris mit einem Pfeilhagel ein, dann ist die Sache schnell erledigt.«

»Wir befinden uns in Vanguard«, sagte der Prinz. »Meine Männer sollten unter den Angreifern sein.«

»Dazu ist keine Zeit«, erklärte der Hüter und deutete auf das Trockendock. »Wie es scheint, kommen wir gerade rechtzeitig. Sie werden in Kürze in See stechen, und das wird Brunheld nicht zulassen!«

»Käpt'n Al'u'met auch nicht«, fügte Bruder Dellman hinzu. Plötzlich richteten sich alle Augen auf ihn und sahen ihn mit einem breiten Lächeln in den Golf hinausblicken. Dort, jenseits der Westküste der Bucht, erkannten sie die Segel der *Saudi Jacintha*, die heranglitt, um das Pauri-Schiff abzufangen.

Offenbar hatten auch Brunhelds Männer das Schiff erblickt. Da sie nicht wussten, um wen es sich handelte, wollten sie vermutlich verhindern, dass die Pauris Verstärkung bekamen. Oder, sinnierte Midalis, der Barbaren-Häuptling wollte in der Tat sicherstellen, dass er und seine Männer das ganze Vergnügen für sich allein hatten!

Was immer der Fall sein mochte, die Barbaren-Horde kam mit lautem Kampfgeschrei und erhobenen Steinschleudern zwischen den Bäumen hervorgestürmt.

Prinz Midalis rief einen Befehl, und sogleich senkte sich der tödliche Hagel aus Pfeilen und gleißenden Blitzschlägen über die Bucht.

Als die mindestens hundert Barbaren brüllend aus dem Wald herausstürmten, erkannte Dalump Keedump sofort ihre bedrohliche Lage, und seine Furcht steigerte sich ins Unermessliche, als von oben die tödlichen Geschosse herunterzuregnen begannen.

Zum Glück für den Pauri-Anführer und zwei seiner Gefährten standen sie in dem Moment so dicht am Schiff, dass sie darunter Deckung fanden und dem todbringenden Pfeilhagel entgingen.

Dalump befahl seinen Leuten – den wenigen, die noch am Leben waren –, den Barbaren entgegenzustürmen, hielt aber die beiden neben ihm stehenden Zwerge zurück. Einem der beiden bedeutete er, mit ihm an Bord des Schiffes zu gehen, während der andere die Halteseile kappen sollte.

Der Pauri-Anführer konnte nur hoffen, dass seine dummen Mitstreiter die Barbaren lange genug aufhalten würden, bis er draußen in der Bucht war.

»Sie fliehen!«, rief Midalis, als das Pauri-Schiff vom Trockendock ins wieder steigende Wasser glitt. Der Pauri, der die Seile gekappt hatte, rannte hinterher und versuchte, das Schiff zu erreichen. Als er merkte, dass es ihm nicht gelingen würde, packte er eines der Seile und ließ sich in den Schlamm fallen und von dem Schiff mitziehen.

Midalis' Bogenschützen schossen auf den Zwerg, und als er das Wasser erreichte, verfärbte es sich um ihn herum blutrot.

Auch Brunheld sah, was geschah. Er rannte um die wenigen heranstürmenden Pauris herum und überließ sie seinen fähigen Männern, während er in vollem Tempo über den Strand jagte.

Das Segel des Schiffes begann sich aufzublähen, aber Brunhelds weit ausholende Schritte brachten ihn dicht genug heran. Er hechtete ins Wasser, packte eines der Seile und hangelte sich daran auf das Schiff zu.

Von oben versuchten die Bogenschützen und Mönche, mit ihren Pfeilen und Blitzen das Schiffsdeck zu treffen, verfehlten aber ihr Ziel. Ächzend und knarrend schipperte der Einmaster dem Ausgang der Bucht entgegen.

»Al'u'met wird sie schnappen«, sagte Midalis. »Versucht weiter, das Schiff zu treffen«, befahl er Liam.

»Tut das nicht!«, rief Agronguerre. Der Abt deutete auf das

Wasser hinunter, wo Brunheld sich immer näher an das Schiff heranhangelte.

»Dann zielt auf das Segel!«, befahl Midalis.

Fluchend zog Dalump Keedump den Kopf ein, als ein weiterer donnernder Blitzschlag über ihm ein Loch in das Segel riss. Aber dann machte das Schiff einen Satz nach vorne, als plötzlich von hinten eine starke Brise aufkam und das Segel voll aufblähte.

»Ha, versucht doch, uns zu schnappen!«, rief der Pauri-Anführer, aber seine Worte blieben ihm im Halse stecken, als er in Fahrtrichtung blickte und die *Saudi Jacintha* auf sich zukommen sah, ihr Deck voller Bogenschützen.

»Wir müssen uns ergeben«, sagte der andere Pauri.

»Und uns wieder in einen Kerker stecken lassen?«, entgegnete Dalump und versetzte seinem Gefährten eine Kopfnuss. »Lieber liege ich auf dem Grund dieser verdammten Bucht, als noch einmal in einem stinkenden Kerker zu hocken!« Dann band er das Steuerrad fest, damit das Schiff geradeaus segelte, und eilte zum Bug, seinen widerwilligen Gefährten mitschleifend und der näher kommenden *Saudi Jacintha* wüste Flüche zubrüllend.

»Kommt schon, ihr Hunde! Ich werde euch zeigen, wie ein Pauri kämpft!«

Brunheld zog sich immer dichter heran, befand sich jetzt direkt neben dem Schiffsrumpf. Das Seil war am Bug befestigt, aber der Gedanke, diesen Weg zu nehmen, erschreckte den Barbaren, denn in den Bugwellen würde er bestimmt ertrinken, bevor er sich aus dem Wasser ziehen konnte. Außerdem lag das Deck nicht allzu hoch über dem Wasser.

Brunheld holte das hinter ihm treibende Seil ein. Er rollte es zusammen, warf es um eine Verstrebung in der Reling und fing das ihm entgegenfliegende Seilende auf. Dann zog er sich an der Seite des Schiffsrumpfes mit einem Ruck aus dem Wasser.

Er spähte über die Deckkante und sah die zwei Pauris, die, ihm den Rücken zuwendend, vorne am Bug standen.

Brunheld zog einen Dolch aus seinem Gürtel und schwang sich an Deck.

»Noch nicht schießen«, rief Al'u'met seinen Bogenschützen zu, während die Schiffe einander immer näher kamen.

Er hörte die Flüche des Pauris und sah die Keule, die Dalump ihm entgegenschleuderte. »Ich werde euch rammen und auf den Grund des Ozeans mitnehmen!«, versprach der Pauri.

»Erschießt sie«, befahl Al'u'met grimmig. Die Bogensehnen wurden zurückgezogen, die Pfeile zischten los.

Unglücklicherweise kam genau in diesem Moment Brunheld aus seinem Versteck hervor und stürmte von hinten auf die beiden Pauris zu.

Das Sperrfeuer der Pfeile durchsiebte Dalump Keedump und seinen Gefährten.

Auch Brunheld stürzte getroffen aufs Deck.

Am Abend war die Stimmung in den beiden Lagern am Strand mehr als gedämpft. Abt Agronguerre, Bruder Haney und Bruder Dellman gingen mit ihrem Verbandszeug zu den Alpinadoranern und boten ihre Dienste an.

Kapitän Al'u'met, tief betroffen von dem Missgeschick, begleitete Prinz Midalis, Liam und Andacanavar zum Kriegsrat der Alpinadoraner.

»Wir haben Brunheld nicht gesehen«, erklärte Al'u'met, und Andacanavar übersetzte für seine aufgebrachten Mitstreiter. »Sonst hätten wir nicht geschossen und ihn die beiden Pauris erledigen lassen.«

Ein Alpinadoraner raunte eine mürrische Antwort, doch keiner der Vanguardianer verstand ihn. Dann pflichtete ein anderer Barbar dem Mann bei. Als Andacanavar sich wieder zu den Vanguardianern umwandte, winkte er beruhigend ab.

»Brunheld wurde im Kampf verwundet«, sagte der Hüter. »Das ist nichts Unehrenhaftes, im Gegenteil. Was Euer Missgeschick anbelangt, hegen sie keine Zweifel an Eurer Aufrichtigkeit. Was sie – und, zugegeben, auch mich – hingegen überrascht, ist, einen so dunkelhäutigen Mann zu sehen.«

Kapitän Al'u'met verneigte sich tief.

»Wir beten alle dafür, dass Brunheld seine Verwundung überleben wird«, sagte Prinz Midalis.

»Er ist aus härterem Holz geschnitzt, als Ihr vermutet, falls Ihr denkt, er könnte einfach so sterben«, erwiderte Andacanavar entschieden.

»Er ist bewusstlos«, sagte Bruder Haney. »Er wird es nicht einmal merken.«

Abt Agronguerre richtete den Blick auf den jüngeren Mönch. »Und was denkt Ihr, Bruder Dellman?«, fragte er. »Soll ich unseren Freund Brunheld mit einem Seelenstein behandeln, obwohl er uns verboten hat, bei seinen Kriegern unsere Heilmagie einzusetzen?«

»Ich kenne die Situation zwischen Euch nicht gut genug, um dies zu beurteilen«, wich Dellman aus.

»Ohne Heilmagie könnte er sterben«, sagte Haney. »Und falls Brunheld sterben sollte, wären alle Fortschritte, die wir in den letzten Monaten mit den Alpinadoranern erzielten, null und nichtig. Dieser Verdienst gebührt weniger Andacanavar, sondern in erster Linie Brunheld.«

»Wohl wahr«, pflichtete Abt Agronguerre ihm bei.

»Also werdet Ihr ihn mit einem Seelenstein behandeln?«, fragte Dellman.

Abt Agronguerre hielt einen Augenblick inne und strich sich nachdenklich über das Kinn. »Nein«, entschied er. »Nein, was immer der Preis dafür sein wird, er wird ihn zahlen müssen.

Ich werde dem Mann nicht die Seele rauben, um ihn zu heilen. Denn nach Brunhelds Auffassung würde ich genau das tun. Lasst ihn uns auf konventionelle Weise behandeln und beten.«

Bruder Dellman starrte Abt Agronguerre entgeistert an.

»Wenn wir die Freundschaft mit den Alpinadoranern erhalten möchten, müssen wir ihre Ansichten respektieren«, erklärte Agronguerre. »Es würde mir großen Kummer bereiten, wenn Brunheld heute Nacht sterben sollte, aber mein Kummer wäre noch größer, wenn ich die Freundschaft zwischen unseren Völkern entehrte.«

In diesem Moment wusste es Bruder Dellman. Er wusste ohne jeden Zweifel, dass Abt Agronguerre das nächste Oberhaupt der abellikanischen Kirche werden würde, und dieser Wahl würde er aus ganzem Herzen zustimmen.

Sie saßen lange an Brunhelds Bett und legten ihm mehrere Verbände an. Schließlich brach Bruder Haney den letzten Pfeil ab, dessen Spitze tief in der Hüfte des Barbaren steckte. Ohne Heilmagie durften sie es nicht wagen, die Pfeilspitze herauszuziehen, aber wenigstens war fürs Erste die Blutung gestillt.

Eine weitere Stunde verstrich, während der sich Brunheld etwas zu erholen schien. Er schlug sogar die Augen auf und sah Agronguerre neben sich sitzen.

»Es tut weh, nicht wahr?«, sagte der Abt, und Brunheld nickte knapp.

»Guter Brunheld, ich biete Euch das nur aus tief empfundener Freundschaft an«, sagte Agronguerre und hielt dem Barbaren den Seelenstein vors Gesicht.

Brunhelds Augen weiteten sich – vor Entsetzen, wie es Dellman schien. Der Atem des Barbaren kam stoßweise, und er schüttelte vehement den Kopf, obwohl jede Bewegung ihm großen Schmerz zu bereiten schien.

»Wir werden es nicht tun!«, versicherte ihm der Abt und legte ihm beruhigend eine Hand auf die Schulter. »Wir würden es nur mit Eurer Zustimmung tun. Fürchtet Euch nicht!«

Er wusste, dass Brunheld ihn nur teilweise verstand, doch der Mann schien sich ein wenig zu beruhigen.

Bald darauf war Brunheld eingeschlafen.

Auf Agronguerres Bitte begab sich Bruder Dellman zum Ratszelt der Barbaren, um sie über ihre Fortschritte zu unterrichten. Als er hereinkam, sah er den bestürzt dreinblickenden Prinzen eine Standarte in Händen halten, den Wimpel von Herzog Bretherford, Oberbefehlshaber der königlichen Flotte.

»Es war tatsächlich dasselbe Schiff, das wir über den Golf verfolgten«, sagte Kapitän Al'u'met. »Ein Schiff aus Ursal, das vermutlich gerade aus Palmaris ausgelaufen war.«

»Wie kann das sein, Bruder Dellman?«, fragte Midalis. Der Mönch schluckte beklommen. Auf dem Weg zum Zelt hatte er am Strand die Leichen der Pauris gesehen, und er war sich sicher, zumindest einen der Zwerge erkannt zu haben, eine Kreatur mit orangem Bart, die er an jenem nebligen Morgen nach der letzten Schlacht bei Palmaris als Gefangenen der Allhearts gesehen hatte.

»Herzog Kalas«, sagte er, und alle Blicke richteten sich auf ihn. Er erzählte ihnen von der Schlacht und vom Herzog und seinen Allheart-Rittern, die die Pauris binnen kürzester Zeit besiegt hatten.

»Eine Flucht aus den Kerkern von Palmaris?«, fragte Prinz Midalis ungläubig.

Die Vorstellung ließ nur einen Schluss zu, und selbst der schien unmöglich zu sein. Wie konnte eine Hand voll Pauris aus dem Kerker von Chasewind Manor fliehen und mit einem Segelschiff unbemerkt aus dem geschäftigen und gut bewachten Hafen von Palmaris auslaufen?

Dann traf es Dellman wie ein Schlag ins Gesicht. Warum hatten er und Al'u'met nichts von einer solchen Flucht oder einem entwendeten Schiff gehört, bevor sie aufgebrochen waren? Schließlich mussten die Pauris kurz vor ihnen in See gestochen sein. Und davon abgesehen, weshalb waren die Pauris nach der Schlacht bei Palmaris nicht wie angekündigt hingerichtet worden?

Und wieso, fragte sich Dellman – und er fragte sich, weshalb er daran nicht schon früher gedacht hatte –, wieso war bei der Schlacht nicht ein einziger der Allheart-Ritter verwundet worden? Sicher, sie waren hervorragende Soldaten – vermutlich die besten im gesamten Bärenreich –, aber an jenem Tag war die Zahl der Pauris weitaus höher und das Schlachtfeld unübersichtlich gewesen.

»Das war keine Flucht«, platzte es aus Dellman heraus. Er schüttelte fassungslos den Kopf, denn die Alternative schnürte ihm die Kehle zu. Er war drauf und dran, seine Vermutung kundzutun, dass die Pauris mit Herzog Kalas unter einer Decke gesteckt hatten, aber als er den vor sich stehenden Prinzen und die an seinen Lippen hängenden Barbaren ansah, besann er sich klugerweise eines Besseren.

»Zumindest keine Flucht aus dem Kerker«, sagte er im Brustton der Überzeugung. »Wahrscheinlich sollten die Zwerge nach Ursal gebracht werden, um dort verhört und hingerichtet zu werden. Sie müssen die Besatzung des Schiffes überwältigt und aufs offene Meer gesegelt sein.«

Andacanavar übersetzte sogleich, und die anderen Alpinadoraner nickten zustimmend. Als der junge Mönch jedoch seine eigenen Landsleute ansah, sah er ihre zweifelnden Mienen, besonders bei Midalis und Al'u'met.

Auf dem Rückweg ins Lager der Vanguardianer brachte Al'u'met unverhohlen seine Zweifel zum Ausdruck. »Wir hätten von einem Gefangenentransport gehört«, sagte er. »Herzog Kalas hätte ein riesiges Spektakel daraus gemacht, um seinen Ruhm zu mehren.«

»Ihr sprecht nicht gerade wie ein Freund des Herzogs«, sagte Prinz Midalis schmunzelnd.

»Mir sind viele Berichte zu Ohren gekommen, wie er nach der besagten Schlacht mit seinen Gefangenen triumphal in die

Stadt zurückkehrte«, sagte Al'u'met. »Wenn es tatsächlich dieselben Pauris waren und sie aus Palmaris hätten fortgebracht werden sollen, hätte Herzog Kalas daraus ein Spektakel gemacht, ganz sicher.«

»Vermutlich«, erwiderte der Prinz. »Dann müssen sie doch aus dem Kerker in Palmaris geflohen sein.«

»Oder sie wurden heimlich freigelassen«, bemerkte Bruder Dellman. »War es vielleicht eine Absprache zwischen Kalas und dem Anführer der Pauris?«

»Habt Ihr einen Grund für Eure Vermutung?«, fragte Midalis scharf.

»Herzog Kalas ist seit langem ein guter Freund von König Danube, und der ist der Bruder des Prinzen«, sagte Liam O'Blythe zu Dellman, eine eindeutige Warnung an den Mönch, sich seine Worte genau zu überlegen.

»Vielleicht war es ein Gefangenenaustausch«, sagte Dellman. »Aber wie auch immer, ich kann mich der Vermutung nicht erwehren, dass diese Pauris die Hilfe des Herzogs oder eines seiner hochrangigen Berater gehabt haben müssen.«

Midalis dachte einen Moment darüber nach und nickte dann. »Ich weiß nicht, ob ich Eure Meinung teilen soll, Bruder Dellman, aber ich bin froh, dass Ihr eine solche Vermutung nicht in Gegenwart unserer Barbaren-Freunde geäußert habt. Andacanavar und besonders Brunheld haben weitaus simplere Ansichten über den Umgang mit diesen Biestern. Man schachert mit Goblins, Pauris und Riesen nicht herum. Man tötet sie, und das war es.«

»Ich weiß nicht, ob ich gegen diese Philosophie etwas einzuwenden habe«, erwiderte Dellman.

»Aber wir wissen, dass die Welt ein viel zu komplizierter Ort ist für solch simple Prinzipien«, fuhr Midalis fort. Doch obwohl er im Brustton der Überzeugung sprach, kam es Dellman so vor, als missfiele dem Prinzen vor allem die Möglichkeit, dass einer der engsten Freunde seines Bruders, der Oberbefehlshaber der Allhearts, gemeinsame Sache mit den Rotkappen gemacht haben sollte. »Sollte an Euren Vermutungen etwas dran sein, bin ich sicher, dass Herzog Kalas gute Gründe dafür hatte und dass sein Vorgehen einzig dem Wohle des Königreichs diente.«

Zum Wohle des Königreichs und zum Schaden für die Kirche?, fragte sich Bruder Dellman. Er erinnerte sich noch gut daran, wie sehr nach der vermeintlichen »Rettung« von Palmaris Herzog Kalas' Popularität gestiegen war und wie geschickt Kalas sich seinen neuen Ruhm bei den ständigen Auseinandersetzungen mit Abt Braumin zunutze gemacht hatte.

In den nächsten Tagen wachten Midalis und seine Soldaten, Al'u'met und seine Besatzung, Agronguerre und die Mönche aus St. Belfour und Andacanavar und die Alpinadoraner voller Sorge über Brunheld.

Dann, eines späten Nachmittags, kam der Barbaren-Häuptling aus dem Zelt. Er humpelte zwar, verströmte aber nach wie vor die Aura grimmiger Entschlossenheit, die ihn unter den Nordmännern zu einer absoluten Respektsperson gemacht hatte.

Bruder Dellman wurde abermals bewusst, wie weise Abt Agronguerre sich verhalten hatte, denn Brunheld begab sich eigens zu dem alten Mönch und schüttelte dankbar seine Hand. Agronguerre wurde von vielen als der potenzielle Heilsbringer für die angeschlagene Kirche betrachtet, und Dellman konnte nur feststellen, dass sie in der Tat keinen besseren Kandidaten für das Amt des ehrwürdigen Vaters hätten finden können.

Am Abend veranstalteten die Barbaren ein großes Fest im Met-Zelt, und die Vanguardianer konnten nur staunen, welche Unmengen von dem Gebräu diese Männer auf ihre Feldzüge mitnahmen!

Alle waren gekommen, und es wurde eine Nacht ohne

Spannungen, denn Brunheld verkündete vor seinen Männern, dass er nicht den leisesten Groll gegen Al'u'met oder dessen Besatzung hege.

Wie alle anderen, ließ auch Bruder Dellman seiner Trinkfreude freien Lauf. Es kam ihm allerdings so vor, als würde sein Becher schneller nachgefüllt werden – von Bruder Haney und Liam O'Blythe – als die der anderen. Er dachte sich aber nichts dabei, sondern ließ es sich einfach schmecken. Zu dem Zeitpunkt, als Liam und Haney zu ihm kamen, ihn bei den Armen packten und meinten, er sähe aus, als könnte er ein bisschen frische Luft vertragen, war er nicht mehr in der Lage zu widersprechen.

Sie führten ihn nach draußen, gingen mit ihm über den Strand und blieben lange unter dem klaren Sternenhimmel stehen, während über ihren Köpfen die Mondin Sheila vorüberzog und das brüllende Gelächter aus dem Met-Zelt allmählich leiser wurde.

Gegen das Trockendock der Pauris gelehnt, nickte Dellman irgendwann ein, erwachte aber gleich wieder, als Liam O'Blythe ihm einen Eimer kaltes Wasser ins Gesicht spritzte.

»Was?«, stammelte der Mönch.

»Wir wissen, dass Ihr nach Vanguard gekommen seid, um uns über das Äbtekollegium zu informieren«, begann Bruder Haney, und erst da wurde Dellman bewusst, wie sehr die beiden Männer einander ähnelten. Beide waren absolut loyale Gefolgsleute ihrer Herren, der eine Abt Agronguerre ergeben, der andere Prinz Midalis.

»Aber weswegen seid Ihr noch hier, Bruder Dellman?«, wollte Liam wissen.

Dellman, noch betrunken vom Met, starrte die beiden verständnislos an.

»Los, spuckt es schon aus«, drängte Bruder Haney. »Ihr seid hier, um Abt Agronguerre auszuspionieren, stimmt's?«

»Spionieren?«

»Was habt Ihr vor, Bruder Dellman?«, bohrte Haney weiter. »Raus damit, oder wir werfen Euch ins Wasser.«

Dellman straffte die Schultern und blinzelte sein Gegenüber aus blutunterlaufenen Augen an. »Tatsächlich?«, fragte er ungehalten.

»Nicht um Euch wehzutun, sondern um Euch ein wenig abzukühlen«, antwortete der Mönch aus St. Belfour.

»Ihr wollt herausfinden, was für ein Mensch er ist«, sagte Liam O'Blythe. »Zumindest glaube ich das, und der Prinz glaubt es auch. Also, was steckt dahinter, Bruder Dellman? Weshalb schickt Euch Euer Abt durch das halbe Königreich nach Vanguard?«

Dellman zuckte bloß mit den Schultern, aber auch das war eine Antwort.

»Und was werdet Ihr Eurem Abt berichten?«, fragte Bruder Haney, der auf Dellman zutrat, aber stehen blieb, als er Bruder Dellmans Grinsen sah.

»Ich werde Abt Braumin berichten, dass Abt Agronguerre tatsächlich der wunderbare Mensch ist, zu dem sein Ruf ihn erklärt«, sagte Dellman. »Ich werde Abt Braumin sagen, dass Abt Agronguerres Ernennung zum ehrwürdigen Vater der abellikanischen Kirche einen großen Dienst erweisen würde.« So, er hatte es ausgesprochen, und er fragte sich, ob der völlig perplexe Bruder Haney vor Erstaunen sogleich in den Sand kippen würde.

»Das wäre ein schwerer Verlust für Vanguard, aber ein großer Gewinn für Eure Kirche«, merkte der ebenso verblüffte Liam O'Blythe an.

»Weiß er es schon?«, fragte Bruder Haney.

»Nein, und Ihr dürft es ihm nicht verraten!«, befahl ihm Dellman. »Ich finde, dass Abt Agronguerre von seiner Nominierung aus berufenerem Munde erfahren sollte, nicht von Euch oder von mir. Vielleicht von Abt Braumin oder dem alten Je'howith aus Ursal.«

»Bestimmt ahnt er schon etwas. Wir haben es schließlich auch geahnt«, sagte Liam.

Dellman nickte. »Und bald wird er erfahren, dass ihn seine Ahnung nicht trog«, sagte er. »Aber Ihr müsst mir versprechen, dass Ihr ihm nichts verraten werdet.«

Beide Männer nickten eifrig. Dann stießen sie mit ihren Bechern an, und als der Met versiegt war, rannte Liam O'Blythe zum Zelt zurück und holte Nachschub, damit sie ihre kleine Privatfeier noch bis tief in die Nacht fortsetzen konnten.

19. Kaltes Herz

Meister Bou-raiy hatte angeboten, ihm mehrere junge Mönche mitzuschicken, aber De'Unnero hatte dies abgelehnt, zum einen, weil er nicht wollte, dass Bou-raiys Lakaien jeden seiner Schritte beobachteten, und zum anderen, weil er zügig vorankommen wollte.

Und Meister De'Unnero wusste, wie man zügig vorankam. Im Mondschein Sheilas verwandelte er sich in einen Tiger und rannte auf diese Weise schneller als jedes Pferd. Aber die Stunden als Raubkatze waren eine Tortur für den Mönch, denn überall witterte er Beute, Hirsche und Rehe, Kühe und Schafe und vor allem – Menschen. Er wusste, dass er dem Drang nicht nachgeben durfte, dass er nicht einmal ein Eichhörnchen fressen durfte. Denn wenn er dies zuließ, würde der Raubkatzengeist in ihm die Kontrolle über seine Sinne erlangen: Erst würde er das Eichhörnchen vertilgen, und bevor er aus seiner Verwandlung erwachte, würde er an sich warmes Menschenblut entdecken. Er wusste es, und deswegen rang er die Versuchung nieder.

Er nutzte die Gestalt der Raubkatze nur zum Reisen und legte auf diese Weise in jeder Nacht siebzig Meilen zurück.

Auf Geheiß der Meister in St. Mere-Abelle war sein erstes Ziel St. Gwendolyn, die fünftgrößte Abtei des Abellikaner-Ordens, die nach einer relativ unbekannten Märtyrerin aus dem dritten Jahrhundert benannt worden war und in der die einzigen Frauen des Abellikaner-Ordens lebten, die Ordensschwestern von St. Gwendolyn. De'Unneros Plan war, nur so lange wie nötig dort zu bleiben und anschließend auf einem Segelschiff die Küste nach Entel und St. Bondabruce hinunterzufahren, der Residenz des mächtigen Abtes Olin. De'Unnero war überzeugt, dass er von dem Mann mehr Unterstützung erfahren würde als von den Meistern in St. Mere-Abelle, und deswegen wollte er unbedingt dort eintreffen, bevor Olin zum Äbtekollegium aufbrach. Wenn er im Hafen von St. Gwendolyn das richtige Schiff fand, glaubte er, es schaffen zu können.

Als er nach einer Woche unermüdlichen Reisens endlich in Sichtweite St. Gwendolyns kam, einer Abtei mit weiß getünchten Mauern und hoch emporragenden Minaretten, gab Meister De'Unnero seinen Plan auf. Denn der Anblick, der sich ihm um die Abtei bot, machte ihm bewusst, dass sich alle seine Pläne mit einem Schlag geändert hatten.

Unwiderruflich.

Denn überall um St. Gwendolyn erblickte De'Unnero kranke Menschen, die in zerlumpten Kleidern vor ihren provisorischen Zelten kauerten. Die Umgebung der Abtei war voller Abfälle, Exkremente und Leichengruben.

Der erste Anblick des geschundenen Feldes um St. Gwendolyn brannte sich in Meister De'Unneros Bewusstsein ein. Es war das Schlimmste, was er jemals gesehen hatte, eine Prophezeiung für den bevorstehenden Untergang, der Beweis, dass Gott sein Land und seinen Orden aufgegeben hatte.

Nein, dachte der Meister. Nicht Gott hatte sich von seiner Kirche abgewandt, sondern seine Kirche hatte sich von Gott abgewandt. Dieser Unfug mit Avelyn, dem Mörder, dem Dieb; dieses Beharren darauf, ihn und Meister Jojonah heilig zu sprechen – selbst von denen, die nicht an Avelyn oder Jojonah und deren lächerliche, angeblich humanistische Botschaft glaubten! Diese Ketzer! Dieser unselige Aufstieg Braumins und seiner Kohorten in Ämter, die ihnen beinahe diktatorische Macht über den Orden verliehen – und das nur, weil sie zufällig auf der richtigen Seite gestanden hatten, als die weltlichen Kräfte des Königreichs das Objekt ihres Widerstandes vernichtet hatten! Diese naive Auffassung, dass die abellikanische Kirche das Kindermädchen der Bevölkerung werden musste!

Ja, so sah De'Unnero die Dinge. Die neuen Führer der Kirche wollten Kindermädchen werden, und nun zeigte ihnen Gott die Torheit ihres Glaubens und die Schwäche ihrer verweichlichten Herzen. De'Unnero kannte die alten Lieder und Kinderreime. Wie alle Brüder, die in den Abellikaner-Orden aufgenommen wurden, hatte er von den Bemühungen früherer Generationen erfahren, an der Pest erkrankte Menschen zu heilen. Er wusste, dass es nur bei jedem zwanzigsten Infizierten gelang und dass Mönche, die dieses Wunder herbeizuführen suchten, sich ebenfalls ansteckten und starben, durchschnittlich bei jedem siebten Heilungsversuch.

»Würde Avelyn Desbris, wenn er noch am Leben wäre, mit seinem Seelenstein durch das Zeltlager rennen und den Menschen zu helfen versuchen?«, fragte sich De'Unnero. Er kannte die Antwort nur zu gut. Er wusste, dass Avelyn Desbris unermüdlich versucht hätte, die Menschen in St. Gwendolyn zu heilen. Und nach einer oder zwei Wochen wäre er zu krank gewesen, um seine Bemühungen fortzusetzen, und wäre kurz darauf gestorben. »Ja, Avelyn, und wenn du auf diese Weise gestorben wärst und sie deine Leiche auf den Scheiterhaufen geworfen hätten, damit dein verwesendes Fleisch die Krankheit nicht auf andere überträgt, hätten sie dich dann einen Heiligen oder einen Narren genannt?«

In diesem Moment auf der Anhöhe, die das Feld der Todgeweihten überblickte, wurde Marcalo De'Unnero in aller Deutlichkeit bewusst, welcher Unverstand sich in seinem geliebten Orden breit gemacht hatte, welche Torheit die scheinbar großmütigen Herzen der Brüder ergriffen hatte, die nach humanistischen Reformen riefen.

Dies war nicht die Kirche, die Markwart als ehrwürdiger Vater angestrebt hatte. Und obwohl Marcalo De'Unnero nicht jede von Dalebert Markwarts Visionen geteilt hatte, musste er ihm dennoch zugute halten, zumindest versucht zu haben, die Kirche auf ihrem angestammten Kurs zu halten, eine Kirche, der es um Führerschaft und strikt zu befolgende Weisungen ging, nicht um verweichlichte Brüderlichkeit und allgemeines Trostspenden.

Sie waren die Brüder aus St. Mere-Abelle, die Verkünder der Worte Gottes, diejenigen, deren Sorge allein den Seelen gelten musste, nicht den Körpern, diejenigen, die das Leben nach dem Tod in den Mittelpunkt ihres Wirkens stellten, nicht das Dasein in der Gegenwart. Menschen erfuhren jeden Tag Leid und starben auf vielerlei schreckliche Weise. Aber nach De'Unneros Ansicht war dies nicht weiter tragisch. Sich auf den unausweichlichen Tod vorzubereiten war ein Reinigungsprozess der Seele, während gleichzeitig der Körper zu verfallen begann. Daran ließ sich nun mal nichts ändern. Die neue Glaubenslehre der Kirche, die Hinweise, dass Avelyns Fehler ignoriert werden würden, dass man ihn möglicherweise sogar heilig sprechen würde, die Vorstellung, dass die magischen Steine nicht länger alleinige Sache der Abellikaner-Mönche waren, dass mit den Steinen fortan körperliche Gebrechen geheilt werden sollten – all das zeigte Marcalo De'Unnero, dass seine geliebte Kirche nicht nur den falschen Weg eingeschlagen, sondern ihren Kurs radikal geändert hatte und nun im Sinne des geflügelten Dämons wirkte statt im Sinne Gottes.

In diesem Augenblick der Offenbarung wurde Marcalo

De'Unnero klar, was er tun musste, oder zumindest, wofür er kämpfen musste. Wie aber sollte er damit anfangen?

Er betrachtete das sich ihm bietende Bild genauer, sah die dutzenden, nein hunderten unseliger Würmer und die zahllosen Blumenbeete, die vor den Toren St. Gwendolyns angelegt worden waren. Die Gelehrten früherer Tage waren zu der Erkenntnis gelangt, dass sich die Pest vor allem durch den Verwesungsgeruch der Toten ausbreitete; und die Düfte, die diesen tödlichen Gestank am wirksamsten überdeckten, waren bestimmte Duftmischungen aus verschiedenen Blumen.

De'Unnero schaute hinter sich auf die Straße, die zum Dorf Gwendolyn führte, das in einer Talsenke nördlich der Abtei lag. Er konnte sich gut ausmalen, wie die Menschen in dem Dorf mit Blumensträußen, den kleineren Versionen der Duftmischungen, durch die Gassen schlichen, den verräterischen Ausdruck der Verzweiflung und des blanken Entsetzens in den Gesichtern.

Für den Augenblick blieb er in menschlicher Gestalt. Er rannte in das Dorf und erstand auf einem Markt einen Blumenstrauß. Danach rannte er wieder auf die Anhöhe, die das Feld überblickte. Zum ersten Mal, seitdem er St. Mere-Abelle verlassen hatte, wünschte er sich, einige Steine mitgenommen zu haben, um gefahrlos an den verzweifelten Menschen vorbeigelangen zu können. Da er aber keine Steine hatte, verwandelte er sich zur Hälfte in einen Tiger, vor Schmerz das Gesicht verziehend, als der untere Teil seines Körpers die Gestalt einer Raubkatze annahm, deren muskulöse Beine ihn bei drohender Gefahr augenblicklich in weite Ferne tragen würden.

Er prüfte seine Kutte, um sicherzugehen, dass die verwandelten Gliedmaßen nicht zu erkennen waren. Dann rannte er in vollem Tempo auf das Feld und versuchte, den Menschenmassen auszuweichen. Die armen Leute stürmten ihm entgegen, versuchten sich ihm in den Weg zu stellen, aber De'Unnero war schneller. Als sich eine Gruppe zusammenrottete, um ihm den Weg zur Abtei zu versperren, wich er mit einem gewaltigen Satz seiner Tigerbeine zur Seite aus, landete weich und rannte weiter auf die Blumenbeete zu.

»Bleib stehen!«, kam ein Ruf von der Abteimauer. De'Unnero hielt lange genug inne, um mehrere, mit Armbrüsten auf ihn zielende Mönche zu erblicken. »Keiner darf hinter die Blumenbeete!«

»Ich bin Meister De'Unnero aus St. Mere-Abelle, du Narr!«, rief der Mönch und rannte in das Blumenmeer hinein.

Er hörte, wie die Mönche einigen Bauern, die ihn verfolgten, etwas zuriefen, dann vernahm er das Klicken ihrer Armbrüste und die plötzlichen Aufschreie hinter sich. Endlich einmal Brüder, die den Mut hatten, das Richtige zu tun.

St. Gwendolyns Haupttor schwang auf, und dahinter fuhr das Fallgatter ächzend in die Höhe. De'Unnero eilte hinein, ein breites Grinsen im Gesicht. Er würde die Brüder und Schwestern von St. Gwendolyn zu ihrer Wachsamkeit und ihrem Entschluss, das Richtige zu tun, beglückwünschen.

Aber er blieb verdutzt stehen, denn der Anblick im Innenhof der Abtei glich dem jenseits der Abteimauern. Mehrere Brüder und Schwestern lagen in provisorischen Zelten stöhnend auf dem Boden, während andere aus Türen und Fenstern und von der Mauer argwöhnisch auf De'Unnero starrten. Hinter dem Meister krachte das Fallgatter in die Tiefe.

»Wo ist Äbtissin Delenia?«, bellte De'Unnero den nächstbesten offenbar gesunden Mönch an, der auf der Brustwehr der Mauer stand.

Der junge Mönch schüttelte resigniert den Kopf. »Wir sind ohne unsere Äbtissin. Alle unsere Meister sind gestorben. Uns blieb nur eine einzige Oberschwester«, sagte er. »Verfluchte Pest!«

De'Unnero fuhr erschrocken zusammen, denn in St. Gwendolyn hatte es, im Gegensatz zu anderen Abteien, nie an hochrangigen Mönchen gemangelt. Zum letzten Äbtekollegium hatte Delenia nicht weniger als fünf Meister und drei Oberschwestern mitgebracht, und sie hatte De'Unnero persönlich unterrichtet, dass drei weitere Frauen kurz vor ihrer Ernennung zur Oberschwester stünden, dem Äquivalent zum Meister.

»Weniger als fünfzig von uns sind noch gesund«, fuhr der Mönch fort. »Die Pest erwischte uns, bevor uns klar war, was geschah.«

»Und wie viele von euch sind nach draußen gegangen und haben versucht, den Menschen zu helfen?«, fragte De'Unnero erbost. Obwohl ihn der fast völlige Niedergang St. Gwendolyns schmerzte, äußerte sich dieser Schmerz in Zorn, nicht in Mitgefühl oder Trauer.

Der Mönch zuckte mit den Schultern und senkte den Blick.

»Wie viele, Bruder?«, wollte De'Unnero wissen. Mit einem kurzen Stoß seiner Tigerbeine sprang er auf die zwölf Fuß hohe Brustwehr, wo er plötzlich direkt vor dem verblüfften jungen Mönch stand. »So ist die Seuche in eure Abtei gelangt, nicht wahr?«

»Äbtissin Delenia ...«, stammelte der Mann, und De'Unnero wurde klar, dass er mit seiner Vermutung richtig gelegen hatte. Äbtissin Delenia war immer sehr mitfühlend gewesen, eine Schwäche, die nach De'Unneros Ansicht allen ihren Geschlechtsgenossinnen anhaftete. Sie hatte zwar mit den klügsten Köpfen des Abellikaner-Ordens mithalten können und war eine Freundin Abt Olins gewesen, aber De'Unnero hatte sie trotzdem für eine Sympathisantin von Avelyn und vor allem von Jojonah gehalten, weil sie es nicht mit ansehen wollte, als der ketzerische Meister in St. Mere-Abelle auf dem Scheiterhaufen verbrannt worden war.

»Ruf alle gesunden Brüder und Schwestern im Versammlungssaal zusammen«, befahl der Meister dem eingeschüchterten jungen Mönch. »Wir haben viel zu besprechen.«

Merry Cowsenfed ging an ihren schluchzenden Gefährten vorbei und betrachtete die Leiche im Blumenbeet. Der Mann war erst vor drei Tagen auf das Feld vor St. Gwendolyn gekommen. Die Pest hatte ihm seine Frau und zwei seiner drei Kinder geraubt, und auch das dritte, ein junges Mädchen, hatte die ersten der verräterischen roten Flecken bekommen. Deswegen hatte der verzweifelte Mann sich auf den Weg nach St. Gwendolyn gemacht. Als sein Pferd erschöpft zusammengebrochen war, hatte er seine Tochter die restlichen hundert Meilen getragen, um hierher zu gelangen.

Er hatte sich nicht einmal mit der Pest angesteckt.

Wie ironisch es Merry vorkam, den Gesündesten von ihnen tot im Blumenbeet liegen zu sehen. Sie bückte sich, drehte den Mann um und wich sogleich dem herausspritzenden Blutschwall aus, denn der Armbrust-Bolzen hatte seine Schneidezähne durchschlagen und sich tief in seine Rachenhöhle gebohrt.

Dann vernahm Merry das Weinen eines Kindes, das sich vor Schwäche kaum auf den Beinen halten konnte. Halb laufend, halb kriechend, näherte sich das höchstens fünf Jahre alte Mädchen dem Leichnam, unentwegt nach seinem Vater rufend. Merry hob das Kind hoch und trug es zu ihrem Zelt. Im Weggehen bedeutete sie den anderen, die Leiche fortzuschaffen.

»Ist schon gut, Kind«, hauchte Merry dem Mädchen leise ins Ohr. »Ist schon gut. Merry nimmt sich deiner an, und alles wird gut werden.«

Doch Merry wusste, dass sie log. Nichts würde gut werden. Es *konnte* gar nicht mehr gut werden. Selbst wenn die verbliebenen Mönche – vielleicht der neue, der durch die Blumenbeete gestürmt war – herauskamen und ihnen allen ein wirksames Heilmittel gaben, würde nichts wieder gut werden.

Wie gut Merry Cowsenfed um diese schreckliche Wahrheit wusste! Sie schaute auf ihren nackten Arm, auf die verschorften Narben, die von ihrem Kampf gegen die Rotflecken-Pest zurückgeblieben waren. Sie war die eine von zwanzig gewesen, die von den Mönchen und ihren Seelensteinen gerettet worden war. Äbtissin Delenia persönlich hatte sich um Merry gekümmert.

»Eine von zwanzig«, sagte die Frau kopfschüttelnd. Die Mönche hatten dutzende von ihnen behandelt, aber bisher war Merry die einzige Überlebende. Und viele dieser tapferen Mönche waren inzwischen selbst tot, sinnierte die Frau.

Delenia hatte Merry als geheilt erklärt. Hinter den Abteimauern waren laute Freudenrufe erklungen, und Merry war eingeladen worden, in die Abtei zu kommen und mit den Mönchen zu beten. Aber die gebrochene, erschöpfte Frau wusste, wie lächerlich die Behauptung der Äbtissin war, sie sei geheilt, denn nichts war weiter entfernt von der Wahrheit. Möglicherweise hatte ihr Körper die Krankheit überstanden, ihr Herz jedoch nicht. Sie hatte die Einladung ausgeschlagen und es vorgezogen, auf dem Feld bei dem Rest der Gruppe zu bleiben, mit der sie aus Felidan gekommen war.

Inzwischen waren alle tot, Dinny und Thedo und all die anderen, tot wie ihre Brennilee, und nicht einmal in einem richtigen Sarg begraben. Nein, sie waren auf dem Scheiterhaufen verbrannt worden – zumindest die ersten Toten, dann war den armen Leuten das Brennholz ausgegangen. Die unlängst Verstorbenen waren einfach in eine Grube geworfen worden, ein Festschmaus für die Würmer.

Merry schaute über das Feld, sah die leeren Blicke, die flehenden Mienen der Menschen, die voller Verzweiflung nach dem trachteten, was Merry geschenkt worden war. Sie wollten, dass die Mönche herauskamen und sie behandelten, weil sie glaubten, dass dann alles gut werden würde.

Merry wusste, dass nichts jemals wieder gut werden würde, weder für sie selbst noch für die anderen. Die Pest war gekommen und hatte ihre Welt zerstört, ihrer aller Welt, und nichts würde jemals wieder so sein, wie es einmal gewesen war.

Eine gebeugte ältere Frau trat auf Merry zu und erbot sich, ihr das Kind abzunehmen, doch Merry lehnte ab und erklärte, sie würde sich um das Mädchen kümmern.

Es starb noch in derselben Nacht. Behutsam legte Merry das Kind auf den Karren, auf dem die Leichen eingesammelt wurden.

»Ihr hättet lieber das Mächen retten sollen, ihr Narren!«, rief Merry kurz darauf voller Verzweiflung den Abteimauern entgegen. Sie stand vor einem der Blumenbeete, die Fäuste in den Abendhimmel gehoben. Auf der Mauer erkannte sie die Silhouetten der Mönche. »Wenn ihr die Kinder rettet, heilt ihr nicht nur ihre Körper, sondern auch ihre Seelen. Verschwendet nicht eure Zeit mit Leuten wie mir, ihr Narren! Wisst ihr nicht, dass ich Schmerzen leide, die eure Steine niemals kurieren werden? Aber was rede ich überhaupt? Ihr seid seit Tagen, seit Wochen nicht herausgekommen! Wollt ihr einfach bloß herumsitzen und uns alle sterben lassen? Wollt ihr bloß auf eurer Mauer stehen und uns erschießen, wenn wir euch zu nahe kommen? Und ihr nennt euch Männer Gottes – pah, ihr seid bloß eine Horde feiger Hunde!«

»Wer ist die Hexe?«, fragte De'Unnero einen der beiden Brüder, die mit ihm auf der Abteimauer standen und auf das Feld hinabblickten.

»Merry Cowsenfed aus Felidan«, antwortete der junge Mönch, »die Einzige, die von Äbtissin Delenia gerettet werden konnte.«

»Zweifellos auf Kosten ihres eigenen Lebens«, stichelte De'Unnero kaltherzig. »Die Närrin.«

Die Kirchenmänner wandten sich um, als im Innenhof zornige Stimmen erklangen.

»Die erkrankten Brüder sind wütend«, bemerkte der junge Mönch.

»Ihre Meinung interessiert niemanden«, sagte De'Unnero.

Bei der Zusammenkunft der gesunden Abellikaner in St. Gwendolyn hatte der Meister aus St. Mere-Abelle einige harte, aber notwendige Entscheidungen durchgesetzt. Alle kranken Brüder und Schwestern sollten das Abtei-Gelände verlassen und sich auf das Feld zu den anderen Erkrankten begeben. De'Unnero hatte sich erboten, den Infizierten die Entscheidung persönlich mitzuteilen, aber einige der noch verbliebenen Ordensschwestern hatten ihn gebeten, es selbst tun zu dürfen. Nun standen sie alle im Innenhof und teilten ihren Brüdern und Schwestern mit, dass sie gehen mussten.

Der Streit wurde immer heftiger. Immer neue Mönche bekundeten lautstark ihren Unmut und stießen drohend die Fäuste in die Luft.

»Bestimmt versteht ihr die Gründe für diese Entscheidung«, rief De'Unnero herunter, und plötzlich blickten alle zu ihm hoch.

»Dies ist seit Jahren unser Zuhause«, rief einer der Brüder.

»Und die anderen in St. Gwendolyn waren deine Familie«, entgegnete De'Unnero. »Willst du deine Brüder und Schwestern etwa einer solchen Gefahr aussetzen? Hat dich alle Stärke verlassen, Bruder? Ist dir der Großmut abhanden gekommen, der einen Abellikaner-Mönch leiten sollte?«

»Der Großmut, der Euch kranke Menschen in die Nacht hinausscheuchen lässt?«, erwiderte der Mönch hitzig.

»Uns gefällt diese Entscheidung auch nicht«, entgegnete De'Unnero mit ruhiger Stimme, »und wir konnten uns zu diesem Schritt nur schwer durchringen. Aber die Rettung der Abtei ist wichtiger als das Leben eines Einzelnen, und darum müsst ihr gehen. Die, die noch laufen können, sollen die anderen hinaustragen.«

»Dort hinaus, ohne jede Hoffnung?«, fragte der Bruder.

»Dort hinaus zu denen, denen es ebenso geht wie euch«, verbesserte ihn De'Unnero.

Protestschreie erhoben sich aus der Menge. Einige der Mönche begannen, andere zu schubsen, und die Schwestern, die den Beschluss überbracht hatten, zogen sich aus Furcht vor Tumulten eilig zurück.

»Dieses biete ich euch an«, rief De'Unnero hinunter und nahm einen Edelstein aus der kleinen Stecktasche in seiner Kutte, einen grauen Hämatit, den er soeben aus St. Gwendolyns mageren Vorräten an sich genommen hatte.

»Nehmt diesen Seelenstein und behandelt euch gegenseitig«, fuhr De'Unnero fort. Er warf ihn einem der Mönche zu. »Du wirst mir berichten, wer ihn benutzt hat, denn hinterher möchte ich ihn zurückhaben.«

»Wenn wir alle tot sind«, sagte der Mönch.

»Wer kennt schon Gottes Willen?«, entgegnete De'Unnero achselzuckend, obwohl er und die anderen genau wussten, dass diese Männer sterben würden. Der Seelenstein mochte ihnen etwas Linderung verschaffen, aber heilen würden sie die Rotflecken-Pest damit nicht. »Nehmt ihn und geht«, endete De'Unnero, und seine Stimme nahm einen dunklen Klang an. »Eine andere Wahl habt ihr nicht.«

»Und wenn wir uns weigern?«

Die Frage kam nicht unerwartet, und trotzdem war die Antwort des Meisters für die Umstehenden mehr als überraschend. Er wandte sich zu einem der jüngeren Mönche um, nahm ihm die Armbrust ab und richtete sie auf den widerspenstigen kranken Bruder. »Geht«, sagte er ruhig, zu ruhig, »zum Wohle der Abtei und eurer noch gesunden Brüder und Schwestern. Geht.«

Der Mönch nahm eine Kampfstellung ein, aber die anderen – die De'Unneros entschlossene Miene richtig deuteten und wussten, dass der Meister aus St. Mere-Abelle ihn erschießen würde – zogen den Mann fort.

Die kranken Brüder und Schwestern von St. Gwendolyn begannen, denjenigen aufzuhelfen, die nicht mehr von alleine auf die Beine kamen. Dann nahmen sie Kleidung und so viele warme Decken, wie sie zu tragen vermochten, und schlurften mit hängenden Schultern durch das Tor der Abtei.

»Die Prozession der Todgeweihten«, sagte der junge Mönch, der neben De'Unnero auf der Mauer stand.

Alle aus St. Gwendolyn verwiesenen Brüder und Schwestern waren binnen einer Woche gestorben. De'Unnero wurde nicht müde darauf hinzuweisen, dass ihr Tod durch ihre törichten Selbstheilungsversuche beschleunigt worden sei. »Es ist so, als würde man sich im Schlamm suhlen, um einem ausgerutschten Bruder beim Abbürsten des Schmutzes zu helfen«, erklärte De'Unnero den verbliebenen Abellikanern bei einer ihrer vielen Zusammenkünfte. »Es wäre ihnen besser ergangen, wenn sie mit dem Seelenstein die Lebenskraft von Gesunden in sich aufgesaugt hätten.«

»Aber wie viele Bauern wären dadurch erkrankt?«, fragte eine der Schwestern.

»Wenn hundert Bauern ihr Leben gäben, um einen einzigen Abellikaner zu retten, wäre es den Preis wert«, betonte De'Unnero.

»Und das Opfer wie vieler Abellikaner wäre angemessen, um einen Bauern zu retten?«, fragte dieselbe Schwester.

»Keines einzigen«, kam die schroffe Antwort. »Wenn ein Abellikaner-Mönch ein Dutzend Bauern rettete, aber dabei sein eigenes Leben gäbe, wäre der Preis zu hoch. Misst du deiner Ausbildung keinen Wert bei? Deiner jahrelangen Hingabe an die höchsten Prinzipien? Wir sind Krieger, verstehst du das nicht? Krieger Gottes. Die um die Wahrheit Wissenden. Die Hüter der heiligen Steine.«

»Hütet Euch vor der Sünde des Hochmuts, Bruder«, mahnte ihn die Schwester, aber noch bevor sie den Satz zu Ende gesprochen hatte, bedachte der erzürnte Meister sie mit einem funkelnden Blick.

»Glaubst du, du könntest all die Menschen retten, Schwester?«, fragte er. »Fürchtest du den Tod so sehr, dass du das unbedingt versuchen musst?«

Das ließ sie vorerst verstummen, während sie den scheinbaren Widerspruch in De'Unneros Argumentation zu enträtseln versuchte.

»Wir werden alle sterben«, sagte De'Unnero und wandte sich von der Frau ab, um seine Worte an alle in St. Gwendolyn verbliebenen Abellikaner zu richten. »Du«, sagte er zu einem jungen Mönch, »und ich, und er und er dort und sie. Wir alle werden sterben, und auch die Menschen dort draußen werden sterben. Uns aber obliegt es, das Wort Gottes zu verkünden. Unsere Stimmen dürfen nicht verstummen! Gerade jetzt, wo die Welt vom rechten Weg abzukommen droht, wo unsere Kirche den heiligen Weg verlassen hat, müssen wir unsere Stimmen umso lauter erheben!«

Erzürnt stürmte er aus dem Raum, überquerte den Innenhof und ließ das Fallgatter hochziehen und das Tor öffnen.

Draußen erblickte er Merry Cowsenfed, die vor den Blumenbeeten auf und ab marschierte wie ein Wachposten, der auf die Ankunft des Todes wartete.

»Habt Ihr Euch entschlossen, uns wieder zu helfen, nachdem die von Euch fortgeschickten Mönche alle gestorben sind?«, fragte sie hoffnungsvoll, als sie De'Unnero sah. »Als Erstes müsst Ihr Prissy helfen, das arme kleine –«

»Ich bin gekommen, um den Seelenstein zu holen, nichts weiter«, entgegnete De'Unnero scharf.

Merry sah ihn an, als hätte er sie geohrfeigt. »Ihr könnt uns doch nicht einfach vergessen«, sagte sie, ihre Stimme kaum mehr als ein Flüstern. »Die Äbtissin und ihre Freunde –«

»Sie sind alle tot«, rief De'Unnero ihr ins Gedächtnis. »Weil sie sich weigerten, die Wahrheit zu akzeptieren.«

»Die Wahrheit, sagt Ihr?«, fragte Merry. »Ist es also Eure persönliche Wahrheit, dass ich längst gestorben und im Dreck verscharrt sein sollte? Ich war an der Pest erkrankt«, sagte sie und hob einen nackten Arm, um dem Meister ihre ringförmigen Narben zu zeigen.

»Den Seelenstein«, drängte er und streckte die Hand aus.

»Ihr habt in der Abtei doch genügend davon, mehr als Ihr jemals brauchen werdet«, widersetzte sich Merry. »Wir wollen nur diesen einen.«

»Deine Leute wissen doch gar nicht, wie man ihn benutzt.«

»Wir werden jemanden finden, der es uns zeigt«, sagte Merry. »Wenn Ihr und die anderen Mönche uns nicht helfen wollt, dann lasst uns wenigstens diesen einen Stein. Ihr müsst es uns wenigstens versuchen lassen.«

De'Unnero kniff die Augen zusammen. »Na schön, versuche es«, sagte er und blickte zu einem in der Nähe stehenden Burschen hinüber, der üble Pestbeulen im Gesicht hatte. »Geh und bring das Mädchen her ... Wie heißt es noch gleich?«

»Prissy«, antwortete Merry. »Prissy Collier.«

»Beeil dich!«, fauchte De'Unnero, und der Mann machte sich umgehend auf den Weg.

Kurz darauf kehrte er mit einem zwei oder drei Jahre alten Mädchen auf dem Arm zurück. Behutsam legte er es vor Merry auf den Boden, dann trat er, auf De'Unneros Wink, einige Schritte zurück.

»Sie ist schon fast tot«, sagte Merry.

»Dann rette sie«, sagte De'Unnero. »Du hast den Seelenstein, also beschwöre den Namen und die Macht Gottes und heile sie von der Pest.«

Merry sah ihn fassungslos an.

»Mach schon!«, brüllte der Mönch sie an.

Merry schaute sich Hilfe suchend um, sich der wachsenden Zuschauerzahl bewusst, der unzähligen kranken Menschen, die von weitem zusahen, und der vielen Mönche, die sich auf der Mauer der Abtei versammelt hatten.

»Mach schon«, sagte De'Unnero erneut. »Du hoffst auf ein Wunder, also bete für eines.«

»Ich bin nur eine Wäscherin, eine arme –«

»Dann gib mir den Stein zurück«, sagte De'Unnero und streckte erneut die Hand aus.

Merry griff in ihre Tasche und holte den Seelenstein heraus, gab ihn aber nicht De'Unnero. Sie drückte ihn an die Brust und kniete neben der armen Prissy nieder. Und dann begann sie, aus tiefster Seele zu beten. Sie sprach jedes einzelne Gebet, das sie als Kind gelernt hatte, und dachte sich eigene aus, mit Worten, die sie ihrem trauernden Herzen entriss. Immer wieder küsste sie den Seelenstein und legte ihn anschließend auf Prissys Stirn und flehte Gott an, das Mädchen gesund werden zu lassen.

Merry betete bis tief in die Nacht. Unermüdlich kniete sie neben dem Mädchen und betete noch immer für ein Wunder, das anscheinend niemals geschehen würde.

Prissy Collier starb an diesem Morgen in den Armen der schluchzenden Merry. Nach einer Weile packte De'Unnero die Frau am Ellbogen und half ihr auf.

»Den Seelenstein«, sagte er und streckte die Hand aus.

Merry Cowsenfed schien eine gebrochene Frau zu sein. Ihr Gesicht war gerötet und verquollen. Sie zitterte am ganzen Leib und schien jeden Augenblick ohnmächtig zu werden.

Aber dann straffte sie den Rücken und hob die Schultern. »Nein, Ihr dürft uns den Stein nicht nehmen«, sagte sie.

Überrascht neigte De'Unnero den Kopf zur Seite, ein verschlagenes Lächeln im Gesicht.

»Bei Prissy hat es nicht funktioniert, aber vielleicht funktioniert es bei anderen«, sagte sie unbeirrt. »Es muss funktionieren, denn der Stein ist alles, was wir haben.«

Sobald sie zu Ende gesprochen hatte, flammte ein brennender Schmerz in ihr auf, als De'Unneros Tigerpranke über ihr Gesicht fuhr und ihre Wange aufriss. Anschließend fühlte sie einen scharfen Ruck an ihrem Arm und spürte, wie sich ihr Körper in die Luft hob.

Dann fiel sie, scheinbar ganz langsam, zu Boden.

Das Letzte, was Merry Cowsenfed auf dem Feld vor St. Gwendolyn sah, war Marcalo De'Unneros Rücken, als der Mönch sich kaltherzig von ihr abwandte und in die Abtei zurückkehrte.

20. Towalloko

Im Süden war noch Herbst, hier oben aber, an den steilen Ausläufern des alpinadoranischen Gebirges, war bereits der Winter hereingebrochen.

Der Schnee und die schneidenden Winde schienen Andacanavar kaum zu stören, während er Brunheld und Midalis durch die Wildnis führte. Trotz seines fortgeschrittenen Alters und trotz des Sturms lief der Hüter so leichtfüßig, als wäre er eher ein Geist denn ein Mensch aus Fleisch und Blut. Er schien völlig im Einklang mit der sie umgebenden Natur, und besonders der arme Midalis, der mühsam durch den kniehohen Schnee watete, beneidete ihn um diese Fähigkeit.

Brunhelds Schritte waren noch mühsamer, denn der Barbaren-Häuptling war nicht völlig gesund und würde es nie wieder werden, da die Pfeilspitze tief in seinem Fleisch saß und schmerzhaft gegen seinen Hüftknochen rieb. Trotzdem hatte er keine Schwierigkeiten, mit Midalis Schritt zu halten, denn der Prinz war solche Hochlagen nicht gewohnt. Mittlerweile befanden sie sich zwei Meilen über der Höhe von Pireth Vanguard und näherten sich dem Unterschlupf des Schneewurms, auch bekannt als der Shaggoth-Geist.

Endlich blieb Andacanavar stehen, legte eine Hand an die Augen und deutete auf einen windgepeitschten Felsvorsprung. »Der Eingang«, verkündete er.

Midalis trat neben Andacanavar und spähte angestrengt in

die Ferne, aber zwischen all den verschneiten Felsbrocken konnte er keinen Höhleneingang ausmachen.

»Er ist dort«, versicherte ihm Andacanavar, der Midalis' zweifelnde Miene sah.

»Das Zuhause des Shaggoth-Geistes?«

Der Hüter nickte.

»Woher wisst Ihr das?«, fragte der Prinz

»Andacanavar wandert seit vielen Jahren durch dieses Gebirge«, sagte Brunheld, der hinter den beiden stand.

»Aber woher wisst Ihr, dass das Wesen noch am Leben ist?«, fragte Midalis. »Wie viele Jahre sind vergangen, seit Ihr es zum letzten Mal gesehen habt?«

»So lange Menschen leben, lebt auch der Shaggoth-Geist«, antwortete der Hüter bestimmt. »Wir müssen uns beeilen«, sagte er und marschierte weiter, »ich möchte vor Einbruch der Dunkelheit dort sein.«

In einiger Entfernung lag tatsächlich ein Höhleneingang, obwohl Midalis ihn erst erkannte, als er praktisch direkt davor stand. Andacanavar führte sie hinein. Sie mussten ein gutes Stück in absoluter Finsternis durch einen niedrigen, gewundenen Tunnelgang kriechen – was dem Prinzen ganz und gar nicht behagte, zumal irgendwo in der Nähe ein sagenumwobenes Monster hausen sollte!

Sie gelangten in eine Höhle, in die durch einen Spalt in der Westwand schwaches Tageslicht drang. Die Höhle war eng, bot gerade genug Platz für drei Männer. Es gab nur zwei Zugänge: den, durch den sie hereingekrochen waren, und einen zweiten, steil nach oben führenden Tunnel auf der gegenüberliegenden Seite.

Andacanavar begann mit den Vorbereitungen: Als Erstes baute er nahe des zweiten Tunnels eine kleine Feuerstelle, dann entnahm er seinem Bündel einen dicken, saftigen Fleischbrocken, schob ihn auf einen Spieß und legte ihn über das Feuer. Den Rauch fächerte er auf den Tunneleingang zu, sodass der köstliche Duft in den natürlichen Kamin aufzusteigen begann.

»Wir wecken seinen Appetit«, erklärte der Hüter augenzwinkernd.

Anschließend entnahm Andacanavar seinem Bündel die Gegenstände, die die beiden benötigen würden: zwei Paar Reitsporen, deren gezackte Enden nach unten wiesen statt nach hinten; einen kunstvoll verzierten, handtellergroßen Feuerstein; zwei mit einem Metallstab verbundene Eisenketten und zwei Wurfspieße, in die sich die freien Kettenenden einhaken ließen; als Letztes holte er ehrfurchtsvoll einen tellerförmigen, in eine Tierhaut gewickelten Gegenstand heraus. Bedächtig legte der Hüter ihn vor sich auf den Boden und murmelte verschiedene Gebete in seiner Sprache, während er den Gegenstand vorsichtig auspackte.

Prinz Midalis betrachtete das Gebilde voller Neugier, bewunderte seine zarte Schönheit vor dem Hintergrund, dass es von den so grobschlächtigen Barbaren hergestellt worden war. Es war ein glatt polierter Holzreifen, der eine spinnwebenartige Anordnung aberdutzender, schimmernder Kristalle umschloss. Genau in seinem Zentrum saß eine kleine Kerze.

»Was ist das?«, fragte Midalis vorsichtig.

»Eure einzige Hoffnung, hier wieder lebend rauszukommen«, antwortete der Hüter listig grinsend. Er nahm den Holzreifen und den Feuerstein, kratzte mit dem Daumennagel über dessen Oberfläche und zündete mit dem Funken die Kerze an.

Andacanavar begann, den Reifen langsam in der Hand zu drehen. Die Kristalle fingen den Kerzenschein ein, reflektierten ihn und brachen das Licht in unterschiedliche, hell strahlende Farben, was Brunheld und Midalis glauben machte, inmitten eines leuchtenden Regenbogens zu sitzen.

»Erwache, Towalloko«, sprach der Hüter mit gedämpfter Stimme, um die meditative Trance nicht zu stören, »du Bote der Träume.«

»Towalloko«, sprach Midalis ihm leise nach und versank immer tiefer in dem kristallenen Netz aus leuchtenden Farben und Bildern; sein Geist entschwebte der engen Berghöhle, hin zu einem stilleren, friedvolleren Ort.

Plötzlich blies Andacanavar die Kerze aus. Midalis schlug die Augen auf und fühlte sich, als wäre er soeben aus einem erholsamen Schlaf erwacht. Er starrte auf den Towalloko und versuchte zu verstehen, was hier vorging. Er wusste, dass es Magie war, Steinmagie. Und Andacanavar hatte den Holzreifen angerufen, als wäre dieser eine der alpinadoranischen Gottheiten – obwohl es hieß, dass die Alpinadoraner die heiligen Steine verschmähten und entschieden ablehnten. Midalis runzelte die Stirn ob dieses vermeintlichen Widerspruchs. Er sah Andacanavar fragend an, doch der Hüter lächelte nur und hantierte weiter mit den verschiedenen Gegenständen herum.

Dann erklärte der Hüter den beiden Männern die Hintergründe der vor ihnen liegenden Aufgabe. Das Ritual der Blutsverbrüderung war eine altertümliche alpinadoranische Tradition, seitdem die Stammesvorfahren das Wesen in seiner Höhle gefangen und es fortan als den Shaggoth-Geist, den Berggott des Schnees, angebetet hatten. Damals hatte jeder Stammesjüngling die Kreatur reiten müssen, um seine Mannbarkeit zu beweisen und in den Kreis der Erwachsenen aufgenommen zu werden. Da im Laufe der Jahre jedoch zahllose Jünglinge dabei Gliedmaßen oder gar ihr Leben verloren hatten, war das Ritual zu einem noch spezielleren Vorgang in der alpinadoranischen Kultur gemacht worden, der Blutsverbrüderung.

Andacanavar zufolge würde die Blutsverbrüderung zwischen Midalis und Brunheld die erste seit über zehn Jahren sein.

»Und wie ist es das letzte Mal ausgegangen?«, fragte der sichtlich beunruhigte Midalis.

Andacanavar lächelte viel sagend.

»Ihr werdet dem Shaggoth nichts tun«, erklärte der Hüter kurz darauf, »selbst dann nicht, wenn dies euren Tod bedeuten sollte.«

Brunheld nickte ernst, Midalis hingegen starrte den Hüter beklommen an.

»Nicht dass ihr dem Biest ernsthaften Schaden zufügen könntet«, sagte Andacanavar. »Das würde euch selbst mit euren besten Waffen nicht gelingen. Dies ist eine Prüfung eures Mutes, nicht eurer Fähigkeiten als Krieger. Und es ist eine Prüfung des Vertrauens, das ihr ineinander setzt. Sollte einer von euch versagen, werdet ihr beide auf grausame Weise sterben.«

Midalis wollte anmerken, dass er bezweifelte, dass Andacanavar einen solchen Verlust riskieren würde, aber er behielt den Gedanken für sich. Denn er glaubte nicht, dass der Hüter sie hierher gebracht hätte und dieses Risiko einging, wenn er nicht vollstes Vertrauen in sie setzen würde. Der Prinz musterte den hünenhaften Mann, der sein Blutsbruder werden sollte. Eigentlich mochte er den sturköpfigen Brunheld nicht sonderlich. Sein übertriebener Ehrenkodex grenzte beinahe an Gefühllosigkeit, fand Midalis, aber trotzdem vertraute er seinem Wort. Im Kampf konnte Midalis sich außer Liam keinen besseren Mitstreiter vorstellen als diesen Hünen von einem Mann, der sich bisher stets als hervorragender, wagemutiger Krieger erwiesen hatte.

»Seid ihr bereit?«, fragte der Hüter ernst. Die beiden Männer sahen sich an und nickten.

Aus seinem scheinbar bodenlosen Bündel holte Andacanavar einen kleinen Topf, dann entnahm er seinen vielen Gürteltaschen verschiedene Kräuter. Er warf sie in den Topf, fügte ein wenig Schnee hinzu und stellte das Gemisch auf das Feuer. Bald darauf war die Höhle von einem schweren süßlichen Duft erfüllt, der Midalis wieder verschwommene, leuchtende Regenbogenbilder sehen ließ.

Er fühlte sich so leicht, als würde er auf den Bergwinden dahingleiten. Dann wurde er schläfrig und danach seltsam tatendurstig. Er beobachtete Andacanavars Bewegungen wie im Traum, als der Hüter den Fleischbrocken vom Spieß zog, ihn mit einem Stück Schnur an den Metallstab band und diesen Brunheld reichte. Dann verabschiedete der Hüter sich von den beiden Männern, kroch in den Tunnel zurück, durch den sie hergelangt waren, und begann draußen, leise vor sich hin zu singen.

Brunheld nahm ein Sporenpaar und schnallte es an seine schweren Stiefel; Midalis tat es ihm gleich. Dann, ohne den Prinzen noch einmal anzusehen, sammelte Brunheld die übrigen Utensilien ein und begann, den steilen Tunnel hochzukriechen. Midalis folgte ihm und kam sich dabei vor, als würde er den Schacht hochschweben.

Wegen des Rauchs konnte der Prinz nicht viel erkennen, aber er spürte, dass Brunheld das Ende des Schachtes erreicht hatte. Dann hörte er, wie der Barbar scharf die Luft einsog, so als fürchtete er sich vor etwas.

Seine eigenen Ängste niederringend und sich ins Gedächtnis rufend, dass Brunheld ihn brauchte, kroch Midalis das letzte Stück nach oben und zog sich durch die Öffnung auf den vereisten Boden einer zweiten, deutlich größeren Höhle. Er folgte Brunhelds Blick zu einem hellen Erdwall auf dem Boden. Zuerst dachte Midalis, es wäre ein Haufen Schnee.

Aber dann bewegte sich der Haufen, begann sich zu winden und schnüffelnd auf sie zu zu kriechen. Als seine Augen sich an das Licht gewöhnt hatten, konnte Midalis mehr von der Kreatur – dem Shaggoth-Geist – erkennen, und es bedurfte all seiner Willenskraft, sich nicht schreiend in den Schacht zurückzustürzen!

Die Kreatur glich einem gigantischen Tausendfüßler, war bestimmt fünfzehn Meter lang und dreimal so dick wie ein Mensch. Ihr wurmartiger Körper schimmerte weiß und hatte auf dem Rücken einen glühenden, orangefarbenen Streifen. Selbst aus dieser Entfernung konnte Midalis die Hitze spüren, die der Streifen ausstrahlte, und ihm wurde klar, dass der Shaggoth-Geist ihn besaß, um schneller durch die Schneemassen zu gelangen.

Der fette Riesenwurm hielt den Kopf erhoben, während er mit seinen unzähligen Kriechfüßen auf sie zurobbte. Sein einziges, schwarzes, insektenartiges Knollauge ragte aus der Mitte seines platten Gesichts und starrte sie finster an. Beim Anblick der riesigen Zähne der Kreatur fuhr Midalis ein Schauer über den Rücken: spitze, stoßzahnartige Fänge, die selbst in dem beträchtlichen Maul kaum Platz fanden.

»Auf geht's«, flüsterte Brunheld und drückte Midalis eine der Ketten in die Hand. Der Prinz betrachtete sie einen Augenblick; aber Brunheld hatte sich schon in Bewegung gesetzt, daher stürmte auch er los und schloss zu seinem Mitstreiter auf.

An den Seiten seines Körpers breitete der Shaggoth-Geist kleine weiße Flügel aus und schlug sie so heftig, dass sich sein Kopf und das vordere Viertel seines Körpers mehrere Fuß vom Boden hoben.

Und dieses Auge! Dieses glitzernde Auge! Es schien mitten durch ihn hindurchzublicken, dachte Midalis. In diesem Moment verlor er beinahe alle Hoffnung und hätte sich fast vor der Kreatur zu Boden geworfen, damit sie ihn kurz und schmerzlos töten konnte.

Brunheld hingegen ging ungerührt auf die Kreatur zu, und die Gelassenheit des Barbaren machte Midalis wieder Mut. Kurz darauf schwangen die beiden ihre mit dem Metallstab verbundenen Eisenketten in einer synchronen Bewegung durch die Luft und schleuderten dem Shaggoth-Geist den Fleischbrocken entgegen.

Der Riesenwurm beäugte die beiden Ketten und das an dem Metallstab befestigte Fleisch. Dann schnüffelte er an dem

Brocken, und Midalis sah, dass die Nase des Shaggoth-Geistes einfach nur eine Öffnung unter seinem Knollauge war.

»Was, wenn er das Fleisch nicht will?«, fragte Midalis leise und hakte, genau wie Brunheld, den Wurfspieß in das Ende seiner Kette ein.

Der Shaggoth-Geist begann, seinen Kopf vor- und zurückgleiten zu lassen, eine hypnotisierende Bewegung, vor und zurück, vor und zurück. Andacanavar hatte sie davor gewarnt, hatte gemeint, dass man sein Vorhaben vergaß, auf der Stelle erstarrte und von dem Shaggoth-Geist verschlungen wurde, wenn man zu intensiv in das Auge blickte.

Midalis warf einen Blick auf Brunheld und sah, dass der Barbar vollkommen reglos dastand und gebannt auf die Kreatur starrte. Der Prinz eilte zu ihm und schlug dem Barbaren auf die Schulter, um ihn aus seiner beginnenden Trance zu reißen. Dann schraken die beiden Männer zusammen, als plötzlich der Kopf des Shaggoth-Geistes in atemberaubender Geschwindigkeit vorschnellte und nach dem Fleischbrocken an dem Metallstab schnappte.

»Jetzt!«, rief Brunheld. Er und Midalis schleuderten ihre Wurfspieße am Kopf des Shaggoth-Geistes vorbei in den vereisten Boden. Anschließend holte Brunheld den Towalloko und den Feuerstein hervor und zündete die Kerze an. Dann rannte er zum Kopf des Riesenwurms und hielt der Kreatur den Boten der Träume vor das Knollauge.

Prinz Midalis wusste, was er zu tun hatte – an dem benommenen Monstrum vorbeirennen, eine der Ketten aufklauben, den Riesenwurm besteigen und auf der anderen Seite den zweiten Kettenzügel aufheben. Ihm war klar, dass er sofort losrennen musste, wenn sie die Gelegenheit nutzen wollten, und er schrie sich im Stillen an, sich endlich in Bewegung zu setzen. Aber seine Beine verweigerten ihm den Dienst.

»Na los!«, raunte ihm Brunheld zu.

Midalis stand wie erstarrt da. Er dachte an die katastrophalen Folgen, die es nach sich zöge, wenn er einfach stehen blieb und Brunheld wegen seiner Feigheit starb oder wenn sie einfach abzogen, ohne etwas erreicht zu haben. Was für ein Verlust es für das Bärenreich sein würde, speziell für Vanguard, das von den Alpinadoranern gerettet worden war!

Er hatte das Bild der belagerten St. Belfour-Abtei vor Augen, sah, wie die Goblins seine kleine Streitmacht einkesselten. Die Ungeheuer hätten die Vanguardianer vernichtet, wenn Brunheld und seine Männer ihnen nicht zu Hilfe gekommen wären.

Midalis rannte in geduckter Haltung los. Bei jedem Schritt bohrten sich seine Sporen in den vereisten Boden. Trotzdem versuchte er, sich möglichst fließend zu bewegen und alle Erschütterungen zu vermeiden, damit der Shaggoth-Geist nicht aus seiner Trance erwachte.

Er gelangte hinter den erhobenen Hals des Monstrums und sah die erste Kette auf dem Boden. Dann kam es ihm plötzlich so vor, als geschehe alles in einem traumhaften Nebel, als bewege er sich ganz langsam und bedächtig. Er hob die Kette auf und kletterte auf den Rumpf des Shaggoth-Geistes, stellte einen Fuß auf eine knochige Leiste, die die Außenseite des Wurmkörpers von dem glühenden, orangen Hitzestreifen auf seinem Rücken trennte. Midalis machte sich gar nicht erst bewusst, wie viel Glück er hatte, dass sein Fuß festen Halt fand, denn wegzurutschen und auf den kochend heißen Rücken zu fallen hätte ihm das Fleisch von den Knochen gebrannt! Er überlegte auch nicht, was als Nächstes zu tun war, sondern schwang einfach den anderen Fuß über den Hitzestreifen, stellte ihn auf die gegenüberliegende Knochenleiste, bückte sich und hob das andere Kettenende auf.

Dann sah er die vielen Knochen im hinteren Teil der Höhle – weiße Menschenschädel und abgenagte Beinknochen –, und beinahe wäre der Prinz vor Entsetzen erstarrt.

Aber er unterdrückte seine Furcht. Er stand mit gespreizten

Beinen auf dem Rücken des Shaggoth-Geistes und straffte die Zügel.

Plötzlich wandte sich der Riesenwurm nach links und hob seinen Kopf noch höher. Midalis geriet aus dem Gleichgewicht, fiel nach vorne und schaffte es im letzten Augenblick, sich mit den Armen abzustützen, sein Gesicht und Oberkörper kaum ein Zoll über dem glühenden Streifen.

Dann sah er, dass Brunheld sich auf einen Seiteneingang zubewegte und den Wurm mit dem Towalloko dort hinlockte.

Durch einen Gang gelangten sie ins Freie auf einen langgezogenen, schneebedeckten Felsvorsprung. Links von Midalis lag ein tausend Fuß tiefer Abgrund, rechts von ihm eine steil aufragende Felswand. Brunheld eilte aus dem Weg, und ab jetzt war Midalis auf sich allein gestellt.

Sofort begann der Shaggoth-Geist zu zerren und zu bocken, aber Midalis hielt die Zügel straff und den Kopf der Kreatur hoch erhoben.

Der Prinz spürte den tosenden Wind in den Ohren, während die Kreatur in aberwitzigem Tempo über den Felsvorsprung jagte. Zahllose Felsbrocken und ganze Schneelawinen krachten mit ohrenbetäubender Lautstärke in die Tiefe. Kurz vor dem Abgrund zog Midalis mit aller Kraft am rechten Zügel und riss das Monstrum in einer scharfen Kurve herum. Bevor es ihm richtig bewusst wurde, sah er, dass sie beinahe wieder bei Brunheld angelangt waren, der am Höhleneingang auf sie wartete.

Der Barbar hielt den Towalloko hoch und versetzte die Kreatur wieder in Trance. Prinz Midalis merkte, dass es äußerst schwierig war, hier draußen im tosenden Wind von dem Riesenwurm abzusteigen. Bei jeder falschen Bewegung konnte er sich die Beine verbrennen oder in die gähnende Tiefe stürzen.

Irgendwie gelang es ihm, heil von dem Biest herunterzukommen. Er rannte zu Brunheld, nahm den Towalloko und verhinderte, dass der Shaggoth-Geist aus seiner Trance erwachte.

Midalis zog sich in die Höhle zurück, während Brunheld auf dem Monstrum über den Felsvorsprung ritt. Als sie zurückkehrten, eilte er hinaus und versetzte den Shaggoth-Geist abermals in Trance, damit der Barbar absteigen und zu ihm eilen konnte.

Atemlos und kaum glaubend, was sie soeben vollbracht hatten, wichen die beiden Männer Schritt für Schritt zum Tunnel zurück.

Dann erlosch die Kerze; der hypnotisierende Regenbogenschimmer war verschwunden.

Midalis wusste, dass er durch den steil abfallenden Schacht entkommen konnte. Aber dann würde die Kreatur Brunheld verschlingen. Wie konnte er das diesem Mann, seinem neuen Bruder, antun?

Er sprang vor Brunheld – oder versuchte es wenigstens, denn der Barbar hatte denselben Gedanken und versuchte im selben Moment, seinerseits schützend vor seinen Gefährten zu springen. Sie prallten mit voller Wucht aneinander. Midalis' Kopf rammte Brunhelds Schulter, ihre Knie stießen gegeneinander. Dann stürzten sie zu Boden, sich ihres baldigen Todes sicher.

Unerklärlicherweise verpasste der Shaggoth-Geist die Gelegenheit, als hätte ihr plötzlicher Zusammenstoß ihn verwirrt.

Die beiden Männer purzelten auf den Schacht zu, fielen hinein und stürzten in die Tiefe. Unten angekommen, krochen sie aus der Öffnung und erblickten den wartenden Andacanavar.

»Scheint ein spaßiger Ritt gewesen zu sein«, lachte der Hüter die beiden zerzausten Männer aus, denn Midalis hatte eine Platzwunde an der Stirn, und Brunheld hielt sich ein Knie. »Wir könnten noch mal hochgehen und den Shaggoth-Geist ein zweites Mal reiten.«

»Unseren Segen habt Ihr«, sagte Midalis und reichte ihm den Towalloko. »Hier, nehmt. Viel Spaß.«

Aber Andacanavar lachte bloß und führte sie aus der Höhle.

Den ersten Teil ihres Abstiegs bekam Midalis kaum mit, denn er war noch zu benommen von der rauschhaften Erfahrung. Als seine Gedanken allmählich klarer wurden, merkte er, dass er schlimme Kopfschmerzen hatte. Zuerst glaubte er, es sei die Nachwirkung seines Zusammenpralls mit Brunheld, aber als er ihn musterte, sah er, dass sich auch der Barbar die Schläfen rieb.

Der Kräuterrauch, fiel Midalis ein. Dann kam ihm ein eigenartiger Gedanke: Wie viel von diesem Erlebnis war real, wie viel bloße Einbildung gewesen? Gab es überhaupt einen Riesenwurm in dieser Höhle? Und wenn ja, war er tatsächlich so schrecklich, wie er ihnen vorgekommen war? Ja, das musste es sein, dachte Midalis. Diese ganze Erfahrung war nichts weiter gewesen als eine kunstvolle Täuschung!

»Was überlegt Ihr?«, fragte Andacanavar, der Midalis' nachdenkliche Miene sah. Doch dann brach der Hüter in schallendes Gelächter aus, und Brunheld stimmte mit ein.

Midalis starrte die beiden neugierig an.

Der noch immer lachende Hüter zog eine kleine polierte Metallplatte hervor und reichte sie dem Prinzen. »Euer Gesicht«, sagte er.

Midalis nahm den Spiegel, sah hinein, sog zischend die Luft ein und musste seine Vermutungen neu überdenken.

Denn der Prinz hatte einen Sonnenbrand im Gesicht, und der konnte nur von seinem Beinahe-Sturz auf dem Rücken des Shaggoth-Geistes herrühren.

»Ihr habt wirklich hässliche Monster in Alpinador«, sagte Midalis.

»Dasselbe sagen wir über eure Frauen«, erwiderte Brunheld, und nun lachten sie alle.

»Ihr seid jetzt Blutsbrüder«, sagte Andacanavar in ernstem Ton.

Midalis und Brunheld nickten einvernehmlich – sie hatten sich beide bereit gezeigt, das Leben des anderen zu retten. Aber selbst in diesem Augenblick des Triumphes fragte sich der Prinz, was sein richtiger Bruder von ihrem neuen Familienmitglied halten würde.

»Ich bin erst seit acht Jahren Mitglied des Ordens«, sagte Bruder Haney zu Liam O'Blythe und Bruder Dellman, als sie zwischen den Docks auf die wartende *Saudi Jacintha* zugingen. »Aber abgesehen von Abt Agronguerre gibt es in ganz Vanguard nur zwei Ordensbrüder, die älter sind als ich.«

Seine Befürchtungen berührten Dellman, denn auch ihm waren die Gerüchte zu Ohren gekommen, denen zufolge Haney zum Abt von St. Belfour ernannt werden sollte, falls Agronguerre tatsächlich der neue ehrwürdige Vater wurde. Haney war nicht im richtigen Alter, war nicht einmal Meister, aber frühzeitige Ernennungen waren in Vanguard nicht ungewöhnlich, denn in dieser entlegenen Region gab es von jeher nicht sonderlich viele Ordensbrüder. Gelegentlich war St. Mere-Abelle sogar gezwungen gewesen, wegen eines verblichenen Abtes einen Meister in den Norden zu schicken. Dieses Mal war das jedoch wegen der unruhigen Lage im Süden und der insgesamt geringen Zahl von Meistern und anderen hochrangigen Brüdern ziemlich unwahrscheinlich, glaubte Dellman. Falls Agronguerre tatsächlich der neue ehrwürdige Vater werden sollte, würde man seinem Wunschnachfolger Haney sicherlich keine Steine in den Weg legen.

»Werdet Ihr zurückkehren?«, fragte Liam O'Blythe Bruder Dellman.

»Ich kann nicht darüber entscheiden, wohin mein Weg mich führt«, antwortete Dellman, doch er fügte schnell hinzu: »Aber falls sich die Möglichkeit bietet, werde ich nach Vanguard zurückkehren. Vielleicht werde ich ja in St. Belfour unter Abt Haney meine Ernennung zum Meister erleben, wer weiß?« Es waren genau die richtigen Worte, ein kleiner Scherz, der ein Lächeln auf Bruder Haneys Gesicht zauberte. Und es war genau der richtige Zeitpunkt, denn sie hatten den Landungssteg erreicht, der zur *Saudi Jacintha* hochführte. Kapitän Al'u'met stand an der Reling und schaute zu, wie die drei Männer, die in jener Nacht am Strand Freunde geworden waren, einander die Hand gaben.

»Schade nur, dass wir keinen zünftigen Abschiedstrunk picheln können«, sagte Liam augenzwinkernd.

Dellman sah ihn eigenartig an. »Das Einzige, was mich davon abhalten könnte, nach Vanguard zurückzukehren«, sagte er mit ernster Stimme zu seinem Gefährten, »ist meine Angst, eines Tages so zu reden wie Ihr, Liam!« Die drei Männer brachen in schallendes Gelächter aus und schlossen sich zum Abschied ein letztes Mal in die Arme.

»Ihr werdet zu uns zurückkehren, Bruder Dellman«, rief Bruder Haney, als Dellman den Landungssteg hinaufging. Der junge Mönch schaute über die Schulter zurück und nickte freudig, denn genau das hatte er vor – nach Vanguard zurückzukehren.

»Und falls ich nicht zurückkehre …«, sagte Abt Agronguerre zu Prinz Midalis, während die beiden Männer in einem Hafengebäude in Pireth Vanguard darauf warteten, dass die *Saudi Jacintha* zum Auslaufen bereit gemacht wurde.

»… wird Bruder Haney zum Abt von St. Belfour ernannt«, versicherte der Prinz dem Mönch. »Wir kennen uns bestens aus mit der Ernennung von Nachfolgern. Gibt es im ganzen Bärenreich eine Abtei, die unabhängiger ist als St. Belfour?«

»Damit dürftet Ihr Recht haben«, sagte der Abt lächelnd, doch dann wurde seine Miene wieder ernst. »Es schmerzt mich, Vanguard zu verlassen.«

Prinz Midalis, der genauso an dem rauen, wunderschönen Land hing, konnte es ihm gut nachfühlen. »Eure Dienste werden gebraucht, und es gibt keine bessere Wahl als Euch.«

»Wir wissen noch nicht, wie die Wahl ausgeht«, erinnerte ihn Agronguerre.

»Doch, das tun wir«, sagte der Prinz unbeirrt. »Eure Kirche ist keine so dumme Institution, dass sie das Offensichtliche ignorieren würde. In einem Monat werdet Ihr der neue ehrwürdige Vater sein, und das kann dem Land nur gut tun, wenngleich Vanguard am Verlust Eurer Weisheit schwer zu tragen haben wird.«

»Ich denke, die Menschen in Vanguard werden schon zurechtkommen«, sagte der Abt trocken und klopfte Midalis aufmunternd auf die Schulter.

Es stimmte. Brunheld und der Hüter waren nach Alpinador zurückgekehrt, und obwohl der Barbaren-Häuptling jetzt noch stärker hinkte als zuvor, hatte er Midalis in tiefer Freundschaft verlassen, einer Freundschaft, die im Kampf und durch die Blutsverbrüderung geschmiedet worden war. Allen schien es, als wäre ein wirklicher Frieden in Vanguard in greifbare Nähe gerückt. Für die Völker beider Länder bestand nun die Möglichkeit, freundschaftliche Bande zu knüpfen. Ein Vanguardianer, der einem durchreisenden Alpinadoraner begegnete, konnte den Mann ohne Furcht in sein Haus einladen, ihn verköstigen und bei sich nächtigen lassen, und ein Alpinadoraner konnte mit seiner Jagdbeute nach Vanguard gehen und damit Handel treiben. All das hatten Midalis und Brunheld in der Berghöhle des Shaggoth-Geistes erreicht. Sie waren für alle Zeiten Brüder geworden und hatten damit zugleich die beiden Königreiche zu Verbündeten gemacht.

Natürlich fragte sich der Prinz noch immer mit einiger Besorgnis, was sein Bruder von den neuen Entwicklungen halten würde, aber letzten Endes spielte das keine Rolle. Er allein war für Vanguard verantwortlich – Danube hatte dies in aller Klarheit deutlich gemacht, als er ihnen keine Unterstützung in ihrem Kampf gegen die Horden des Geflügelten geschickt hatte –, und deswegen war es allein seine Sache, ein solches Bündnis einzugehen. Er hatte die Barbaren und ihre raue Kultur noch immer nicht richtig durchschaut, und er gab auch nicht vor, es zu tun. Aber er wusste jetzt, dass sein geliebtes Vanguard nun sicherer war und seine Untertanen aufgrund des Bündnisses ein sorgenfreieres Leben führen konnten.

»Die Welt hat sich sehr verändert«, sagte Agronguerre.

»Zum Besseren«, erwiderte Midalis.

»Möglicherweise«, sagte der Mann, der der nächste ehrwürdige Vater werden würde. »Die Zeit wird es zeigen. Ich frage mich aber, weshalb es erst eines Krieges bedurfte, um diese Veränderungen herbeizuführen. Sind wir Menschen so sehr Gefangene unserer althergebrachten Anschauungen und Gewohnheiten, dass erst ein Krieg uns zu neuen Einsichten verhilft?«

»Das ist eine weise Frage«, sagte Midalis. »Es ist die Frage eines Visionärs, eines Menschen, der sich mit dem Bestehenden nicht zufrieden gibt, sondern das ersehnt, was sein könnte.«

»Ich erinnere mich noch gut daran, als Vater Markwart Meister Jojonah auf dem Scheiterhaufen verbrennen ließ«, sagte Abt Agronguerre. »Jojonahs einziges Verbrechen war, dass er sich mit dem Bestehenden nicht zufrieden gab, sondern das zu erreichen suchte, was seiner Meinung nach sein könnte.«

»Ihr sagtet, er hätte Gesetzlose nach St. Mere-Abelle geholt.«

Agronguerre zuckte mit den Schultern. »Gesetzlose?«, fragte er skeptisch. »Nur weil Jilseponie und Elbryan den Zentaur, Bradwarden, befreien wollten? Der war schließlich einer derjenigen, die gegen den Geflügelten kämpften. Nein, sie waren keine Gesetzlosen.«

»Das konnte Vater Markwart nicht wissen, als er Meister Jojonahs Tod befahl«, entgegnete Midalis.

»Konnte oder wollte er es nicht wissen?«, antwortete Abt Agronguerre und seufzte verdrossen. »Ich bin kein Visionär, fürchte ich. Und wenn andere das dächten, würde man mich nicht für das Amt des ehrwürdigen Vaters vorschlagen.«

»Ihr werdet sie die Wahrheit lehren«, sagte Midalis, aber Agronguerre sah ihn bloß missmutig an, was Midalis verriet, dass der alte Mönch nicht sicher war, was diese Wahrheit überhaupt sein mochte.

»Ihr folgt stets Eurem Herzen«, betonte der Prinz, »Ihr tut immer das, was am besten ist für die Kirche und für die Welt, nicht was am besten für Euch ist. Das ist meine Definition für einen Mann Gottes, und es ist die beste Eigenschaft, die man sich bei einem ehrwürdigen Vater nur wünschen kann.«

Agronguerre wusste auf diese Lobpreisung nichts zu erwidern. Er lächelte seinen Freund warmherzig an – diesen jungen, aber schon so weisen Prinzen – und schloss ihn zum Abschied in die Arme. Dann wandte er sich zu den Hafenanlagen um und machte die ersten Schritte der wichtigsten Reise seines Lebens.

21. Ein gelassener Kapitän auf stürmischer See

Die Stimmung in diesem Calember in St. Mere-Abelle war gedämpft. Alle Äbte und Meister und eine Vielzahl der Immakulaten waren zum zweiten Äbtekollegium der letzten Jahre in die größte Abtei des Landes gepilgert. Das vorherige Kollegium, bei dem Markwart Avelyn Desbris zum Ketzer erklärt und dessen wichtigsten Anhänger, Meister Jojonah, auf den Scheiterhaufen gebracht hatte, war von Aufregungen und allgemeinem Tatendrang, von dramatischen Reden und gewandter Rhetorik geprägt gewesen. Dieses Kollegium hingegen war, trotz der etwas friedvolleren Zeiten und einer scheinbar hoffnungsvolleren Zukunft, ein weitaus stilleres und doch bedeutsameres Ereignis. Die Abwesenheit zweier wohlbekannter Abellikaner – Äbtissin Delenia aus St. Gwendolyn und Meister De'Unnero – sorgte für ein gespanntes Klima, besonders als De'Unneros Bote, ein Bauer, die Nachricht von der Tragödie in St. Gwendolyn überbrachte.

Ihre ersten Stunden in der riesigen Abtei verbrachten Abt Braumin und Meister Viscenti mit Bruder Dellman. Es dauerte nicht lange, bis dieser die beiden überzeugt hatte, dass Abt Agronguerre in der Tat der Richtige für das Amt des Ehrwürdigen Vaters war. Dellman hob besonders Agronguerres sanftmütiges Wesen und sein einfühlsames Verhalten bei den Verhandlungen mit Brunheld und den Alpinadoranern hervor.

»Ich habe mehrere Monate mit dem Abt verbracht«, beendete Dellman seinen Bericht, »und ich bin sicher, dass er niemals ein Anhänger Markwarts war. Als Abt Je'howith Euch erzählte, dass Agronguerre die Behandlung Meister Jojonahs missfallen habe, entsprach dies der Wahrheit.«

Abt Braumin sah Viscenti an, der beifällig nickte. »Also Abt Agronguerre«, sagte er. »Möge Gott ihm die Weisheit schenken, uns wohlbehalten durch diese schwierigen Zeiten zu führen.« Abt Braumin klopfte Dellman freundschaftlich auf die Schulter und dankte ihm für die gute Arbeit. Dann erhob er sich und wollte gehen, um zunächst mit Meister Francis und anschließend mit dem alten Je'howith zu sprechen, der erst vor einer Stunde angekommen war und sich offenbar erst ein Weilchen ausruhen musste.

»Da wäre noch ein Punkt, den wir besprechen müssen«, sagte Bruder Dellman in ernstem Ton.

Abt Braumin wandte sich um, musterte den Mann einen Moment und setzte sich wieder hin.

Bruder Dellman begann seinen Bericht mit einer dramatischen Geste: Er warf die berüchtigte, blutgefärbte Rotkappe eines Pauri auf den Tisch. »Es betrifft Herzog Kalas«, sagte er.

Abt Agronguerre aus St. Belfour wurde wie erwartet zum neuen Ehrwürdigen Vater gewählt. Zu seinen Fürsprechern zählten Abt Braumin und dessen Schar, der alte Je'howith, Meister Francis, dazu Bou-raiy, Glendenhook und verschiedene andere Meister aus St. Mere-Abelle.

Abt Olin aus St. Bondabruce war nicht erbaut, aber da Äbtissin Delenia gestorben war, hatte er nur wenige Mitstreiter für sich gewinnen können. Delenias selbst ernannter Nachfolger, De'Unnero, sprach sich in Abwesenheit überraschenderweise für Olin aus, aber das schien die Aussichten des Mannes eher zu schmälern.

Und so wurde an einem bitterkalten Morgen des Jahres 827 Abt Fuesa Agronguerre aus Vanguard nach nur einem Wahlgung der nächste ehrwürdige Vater der abellikanischen Kirche, der zweitmächtigste Mann im Königreich des Bären.

Er ging unter verhaltenem Beifall zum Podium, um seine Antrittsrede zu halten. Sclbst seine glühendsten Anhänger hatten nur deshalb für ihn gestimmt, weil sie in ihm einen Friedensstifter sahen, jemanden, der die beiden Gruppierungen innerhalb der Kirche zufriedenstellen oder vielleicht sogar versöhnen konnte – die Traditionalisten, die von Markwart vertreten worden waren, und die reformhungrigen Anhänger von Avelyn Desbris, die für eine neue, humanistischere Kirche eintraten.

»Wie ihr wisst, habe ich beinahe mein ganzes Leben in Vanguard verbracht«, sagte Agronguerre, seine Worte mit Bedacht wählend, nachdem er seinen Gastgebern seinen formellen Dank ausgesprochen und die Vorzüge Abt Olins, seines einzigen Kontrahenten, herausgestrichen hatte. »Viele von euch werden sich fragen, ob diese Erfahrung – oder besser dieser Mangel an Erfahrung – hinderlich sein könnte, da ich fortan diese Kirche führe, die in erster Linie außerhalb dieser isolierten Region verwurzelt ist. Ich glaube, ich kann eure Befürchtungen ausräumen. Vanguard unterscheidet sich gar nicht so sehr von St. Mere-Abelle. Mit den relativ wenigen Menschen dort oben zu leben hat mich Verständnis für die Welt im Ganzen gelehrt.

Ich diente viele Jahre dem Prinzen des Bärenreiches«, fuhr Agronguerre fort. »Er ist ein wirklich bemerkenswerter Mann. Unter seiner Führung schloss das Volk von Vanguard ein Bündnis, ein Zweckbündnis, mit den Barbaren aus Alpinador.« Die Nachricht sorgte für nicht wenige überraschte Gesichter und mehr als ein missmutiges Raunen. Die abellikanische Kirche hatte eine weit zurückreichende, katastrophale gemeinsame Geschichte mit den Barbaren. Immer wieder hatten die Abellikaner Missionare entsandt und sogar kleine Kapellen in Alpinador errichtet, doch jede dieser Unternehmungen hatte mit einem Gemetzel geendet, das keiner der Missionare überlebt hatte.

»In unseren Ansichten, unserem Glauben und in der Art, wie wir unser Leben führen, unterscheiden wir uns sehr von unseren nördlichen Nachbarn«, sagte Agronguerre, »und doch kämpften wir gemeinsam mit ihnen gegen die Horden Bestesbulzibars, verflucht sei sein Name. Und aus diesem notwendig gewordenen Friedensschluss entwickelten sich mehr Gemeinsamkeiten mit den Alpinadoranern, als wir je für möglich gehalten hätten. Und genauso sehe ich die gegenwärtige Lage in unserem Orden. Uns stellt sich die Aufgabe, die Tragödie von Vater Markwart zu verstehen, seine Herrschaft und seinen Niedergang. Und wir müssen verstehen, was wirklich am Berg Aida geschah, und die Wahrheit über Avelyn Desbris erkennen. Wie sehr die Meinungen sich doch unterscheiden über diesen verlorenen Sohn! Einige sehen in ihm einen Heiligen, andere einen Ketzer. Aber hinter alldem verbirgt sich eine Wahrheit, meine Brüder, die wir, als geeinte Kirche, erkennen und akzeptieren müssen, ganz gleich, wie diese Wahrheit lauten mag.«

Er sprach noch lange weiter, berichtete von seinem Zorn

über Jojonahs Schicksal, redete über Abt Braumin und die übrigen, die behaupteten, das Wunder am Berg Aida miterlebt zu haben. Er sprach über das Verhältnis zwischen Kirche und Krone, über die Übergriffe, die sich beide Streitkräfte im kriegumtosten Palmaris geleistet hatten, und über die ständigen Anmaßungen, die Abt Braumin sich von Herzog Kalas gefallen lassen musste.

Dann, nach einer Pause und einem tiefen Seufzer, kam Vater Agronguerre zum wichtigsten Thema von allen. Er bat um ein stilles Gebet für Äbtissin Delenia, die vielen Anwesenden lange Jahre eine gute Freundin gewesen war und der Kirche mehr als drei Jahrzehnte ehrenhaft und aufopferungsvoll gedient hatte.

»Es scheint, als wären unsere dunklen Stunden noch nicht vorüber«, sagte er leise. »Nach Meister Francis' Entdeckung schickte der Orden einen Bruder in den Süden, um den Gerüchten über ein neuerliches Auftreten der Rotflecken-Pest nachzugehen. Nun, meine Brüder, die Gerüchte wurden bestätigt. Meister De'Unnero berichtete uns von der Katastrophe in St. Gwendolyn, wo die Pest unsere Bruderschaft dramatisch dezimiert hat. Hunderte Kranke bevölkern das Feld um die Abtei und flehen um Heilung, doch wir können den Menschen nicht helfen. Lasst uns beten, dass die Pest auf diese Region begrenzt bleibt und nicht, wie in vergangenen Jahrhunderten, die ganze Welt heimsuchen wird.«

Er beendete seine Rede mit einer Rezitation sämtlicher abellikanischer Kirchengebete, in die die gesamte Bruderschaft einstimmte; dann bat er die Anwesenden um ihre Meinung zu dem Thema.

Dutzende Mönche meldeten sich zu Wort und taten kund, wie die Kirche sich verhalten sollte. Einige forderten, die Region am Mantis Arm vollständig zu isolieren, aber Francis warf ein, dass Davon Dinnishire zwischen St. Mere-Abelle und Palmaris lag, also weit entfernt von Mantis Arm. Andere forderten, alle Abteien sofort sperren zu lassen und keinen kirchenfremden Menschen Zutritt zu gewähren.

So ging es immer weiter, doch keine der Wortmeldungen beinhaltete einen vernünftigen Lösungsvorschlag. Vater Agronguerre hörte sich alles aufmerksam an, gelangte aber immer mehr zu der Auffassung, dass diese heraufziehende Krise sie überforderte und nur von Gott allein gelöst werden konnte. Die letzte Wortmeldung des Tages kam vom ehrwürdigen Vater selbst, der jeden einzelnen Bruder und die wenigen Ordensschwestern der abellikanischen Kirche aufforderte, um Beistand und Erlösung für die Pest-Kranken zu beten.

Es schien nur eine schwache Waffe zu sein für eine Kirche, die unlängst die Armeen von Bestesbulzibar niedergerungen hatte, für Mönche, die mittels ihrer mächtigen Steinmagie unzählige Pauris, Goblins und Riesen getötet hatten.

Aber es war das Einzige, was sie tun konnten.

»Ihr wart ein ebenso guter Gastgeber, ehrwürdiger Vater«, erwiderte der vor Scham rot gewordene Bruder Dellman, als Agronguerre ihn nach dem Abendgottesdienst bei der Unterredung mit Abt Braumin in höchsten Tönen lobte.

»Ihr wart mehr als nur ein Gast«, fuhr der neue ehrwürdige Vater fort. »In der kurzen Zeit in Vanguard seid Ihr den Brüdern in St. Belfour richtig ans Herz gewachsen.«

Dellman suchte nach einer Erwiderung, verneigte sich aber bloß respektvoll.

»Und deswegen wollte ich Euch bei dieser Unterredung dabeihaben«, sagte Agronguerre und sah erst Dellman und dann Abt Braumin an.

»Bruder Dellmans Integrität und Güte sind keine Überraschungen für mich, ehrwürdiger Vater«, entgegnete Abt Braumin, aber in seiner Stimme schwang ein harter Klang mit. Anscheinend ahnte er, worauf dieses Gespräch hinauslief, dachte Agronguerre.

Also kam der ehrwürdige Vater sofort zur Sache. »Ich weiß, was für ein wertvoller Mitstreiter Bruder Dellman für Euch gewesen ist«, sagte er, »und ich schätze Eure Arbeit in Palmaris sehr, besonders in diesen schwierigen Zeiten. Aber dass ich dem Ruf der Kirche gefolgt bin, birgt ein großes Risiko für St. Belfour. Bruder Haney, der bald der neue Abt von St. Belfour werden wird, ist ein ausgezeichneter Mann, und ich hätte mir keinen geeigneteren Nachfolger wünschen können.«

»Aber ...«, warf Abt Braumin ein und musterte Dellman.

»Er ist ganz auf sich allein gestellt«, sagte Agronguerre. »Die anderen Brüder in St. Belfour sind alle jung und unerfahren. Prinz Midalis ist zwar ein Freund der Kirche, aber das Bündnis mit den Barbaren aus Alpinador wird große Anforderungen an den neuen Abt von St. Belfour stellen. Ich halte es für klug, den jungen Haney durch einen starken, erfahrenen Mitstreiter zu unterstützen.«

»B-bestimmt gibt es q-qualifiziertere Brüder als m-mich«, stammelte der offensichtlich überwältigte Dellman. »Meister aus St. Mere-Abelle.«

»Abt Braumin«, sagte Vater Agronguerre und stieß einen tiefen Seufzer aus, »ich weiß nicht, welchem der hiesigen Meister ich vertrauen kann. Außerdem kenne ich sie nicht gut genug, um zu wissen, wem man das harte Leben in Vanguard zumuten kann. Selbstverständlich fiele mir Meister Francis ein, aber nach Bruder Dellmans Berichten über den Mann würde ich Francis für den Moment lieber hier behalten.«

»Das kann ich gut verstehen«, sagte Braumin.

»Also?«, fragte Vater Agronguerre. »Werdet Ihr Euren Freund Dellman zu Bruder Haney nach St. Belfour schicken?«

Braumin wandte sich an Dellman. »Was sagst du dazu, Bruder? Immerhin reden wir hier über dein Leben. Und ich würde meinen, dass du es verdienst, dir deine Abtei selbst auszusuchen. Wirst du mit mir nach St. Precious zurückkehren oder in den Norden nach Vanguard segeln?«

Dellman schien völlig verwirrt. Mehrere Male setzte er zu einer Antwort an, brach aber immer wieder ab und schüttelte bloß den Kopf. »Wodurch würde ich meiner Kirche den größeren Dienst erweisen?«, fragte er.

»Indem du nach St. Belfour gehst«, sagte Abt Braumin, bevor Vater Agronguerre antworten konnte. Er schaute Dellman direkt in die Augen und zeigte ihm mit seinem freundschaftlichen Blick, dass er es aufrichtig meinte.

Dellman wandte sich zum neuen ehrwürdigen Vater und nickte. »Ich gehe dorthin, wo meine Kirche mich am meisten braucht, Vater Agronguerre«, sagte er. »Und, offen gesagt, finde ich es schön, länger in Vanguard zu leben und sein Volk und die Brüder in St. Belfour besser kennen lernen zu können.«

»Ich werde ihn in Palmaris vermissen«, sagte Abt Braumin. »Er war einer meiner wertvollsten Berater und mein unerschütterlichster Mitstreiter bei der schweren Prüfung mit Vater Markwart.«

»Eure Entscheidung macht mich froh, Bruder Dellman«, sagte der ehrwürdige Vater. »Nicht nur St. Belfour und Bruder Haney werden davon profitieren. Dort oben im rauen Vanguard werdet Ihr rasch in den Rang eines Meisters aufsteigen, wahrscheinlich schon in wenigen Monaten.«

»Ich bin noch nicht so weit«, antwortete Bruder Dellman.

»Du bist weiter als die meisten Mönche, die in diesen Rang erhoben werden«, warf Abt Braumin rasch ein, »weiter als ich es in der Rolle bin, die Gott mir auferlegt hat.«

»Es gibt nicht viele Ordensbrüder in Vanguard«, sagte Vater Agronguerre. »Und es gibt keine Meister in St. Belfour. Ich werde Bruder Haney anweisen, dies umgehend zu ändern, sobald er Abt geworden ist.«

Abt Braumin nickte beifällig, ein breites Grinsen im Gesicht. Auch Bruder Dellman strahlte.

»Nun zu einem weniger angenehmen Thema«, verkündete Vater Agronguerre. Er erhob sich von seinem Stuhl und bedeutete Abt Braumin, ihm in den angrenzenden Raum zu folgen, wo mehrere Meister auf sie warteten, darunter Francis, Bou-raiy, Glendenhook und Machuso.

»Ich habe Abt Je'howith gebeten, an dieser Zusammenkunft teilzunehmen«, sagte Agronguerre, als er am Kopfende des Tisches Platz nahm und Braumin bedeutete, sich neben ihn zu setzen – ein weiteres, subtiles Indiz für seine Einstellung gegenüber Markwarts Verhalten am Ende seiner Herrschaft. »Aber er ist bereits nach Ursal abgereist.«

Abt Braumin nickte und gab damit zu verstehen, dass er den Hintergrund dieser übereilten Abreise besser verstand als der ehrwürdige Vater. Braumin wusste, genauso wie Je'howith es wusste, dass sie bei dieser Zusammenkunft über das weitere Schicksal Marcalo De'Unneros befinden würden. Und Je'howith, der so eng mit Markwart verbandelt gewesen war, wollte mit dieser Auseinandersetzung nichts zu tun haben.

Und die Auseinandersetzung war sofort in vollem Gange.

»Er hat sich zum Abt von St. Gwendolyn ernannt«, schnaubte Meister Bou-raiy verärgert, »eine noch nie dagewesene Anmaßung.«

»Oder eine Notwendigkeit«, warf Meister Machuso, stets der Friedensstifter, ein.

»St. Gwendolyn wird traditionsgemäß von einer Äbtissin geleitet«, merkte einer der weniger bedeutenden Äbte an.

»Das mag so sein«, räumte Vater Agronguerre ein, »aber De'Unnero erklärte, dass es für dieses Amt gegenwärtig keine geeignete Frau gebe. Bis auf eine sind alle Oberschwestern gestorben, und die verbliebene ist bereits erkrankt.«

»Oder eine Tigerpranke riss ihr das Herz aus der Brust«, murmelte Bou-raiy, aber es war laut genug, dass mehrere der Brüder ihn verstanden, darunter Agronguerre und Braumin Herde.

»Könnte er nicht als vorläufiger Abt gelten?«, fragte Machuso unschuldig.

»Nein!«, rief Bou-raiy und schlug mit der Faust auf den Tisch. Er wandte sich an Agronguerre. »Gewährt es ihm nicht, ich bitte Euch. Sein Wirken war stets destruktiv, und falls die Pest im Süden lange wüten sollte, ist St. Gwendolyn der Schlüssel dazu, das gemeine Volk kirchentreu zu halten.«

Überrascht von Bou-raiys Vehemenz, blickte Agronguerre zu Abt Braumin, der seinerseits Meister Francis ansprach. »Ihr habt mit ihm zusammengearbeitet«, sagte Braumin. »Ihr kennt ihn besser als jeder andere in diesem Raum.«

Francis warf Braumin einen verkniffenen Blick zu, offensichtlich nicht erbaut darüber, derart in den Mittelpunkt gestellt zu werden. »Wir waren niemals Freunde«, sagte er tonlos.

»Aber Ihr seid ihm nach Palmaris gefolgt und habt die Ämter übernommen, die De'Unnero frei machte«, sagte Vater Agronguerre.

»Das stimmt«, räumte Francis ein. »Dennoch möchte ich vorab klarstellen, dass ich zu Meister Marcalo De'Unnero keinerlei freundschaftliche Beziehungen hege und dass ich mich zu dieser Angelegenheit lieber nicht geäußert hätte.

Aber ich wurde gefragt, also werde ich antworten«, fuhr Francis leise fort. »Meister De'Unneros Wirken in Palmaris war alles andere als vorbildlich. Ich weiß, dass man ihn dort nicht zurück haben möchte.«

»Die Menschen würden ihn aufhängen«, sagte Braumin. »Ich musste ihn auffordern, die Stadt zu verlassen, denn allein seine Anwesenheit in St. Precious verursachte so viel Unruhe, dass Herzog Kalas davon zu profitieren begann.«

»Aber in St. Gwendolyn kennt man Meister De'Unnero nicht«, sagte Meister Machuso. »Ließe sich nicht annehmen, dass sein Vorgehen in Palmaris auf Vater Markwarts ausdrückliche Anweisung erfolgte und dass er daher diese Fehler nicht wiederholen wird?«

»Eine gefährliche Annahme«, sagte Meister Glendenhook.

»Soll ich ihn abberufen?«, fragte Agronguerre verdrossen. Die Anwesenden sahen deutlich, dass dem gutmütigen Mann der Gedanke missfiel, als erste Amtshandlung eine Abberufung zu erlassen. Aber angesichts der vorherrschenden Meinung, die so unterschiedliche Meister wie Bou-raiy und Francis vertraten, welche andere Möglichkeit blieb Vater Agronguerre da noch?

»Ihr müsst ihn abberufen«, sagte Bou-raiy energisch. »Es wird uns nicht schwer fallen, einen geeigneteren Abt oder eine Äbtissin für St. Gwendolyn zu finden, das versichere ich Euch.«

Die meisten am Tisch befürworteten die Abberufung, natürlich auch Abt Braumin, der Agronguerre um ein gesondertes Gespäch über Marcalo De'Unnero bat – über den Mann, der in Braumins Augen die größte aller Gefahren für die abellikanische Kirche darstellte.

Verdrossen nahm Vater Agronguerre jedes zustimmende Nicken und Raunen zur Kenntnis. Ja, das Jahr würde einen hässlichen Ausklang haben, wurde ihm bewusst, und angesichts des nun bestätigten Pest-Ausbruchs hatte Agronguerre kaum Hoffnung, dass die kommenden zwölf Monate schöner werden würden.